Das Buch
New York gegen Ende des 18. Jahrhunderts: Elizabeth und Nathaniel Bonner leben mit ihrer Tochter Hannah und den neugeborenen Zwillingen im Hinterland von New York. Ihre Ruhe wird gestört, als sich herrausstellt, dass Nathaniels Vater in seiner schottischen Heimat potenzieller Erbe eines Grafentitels ist und dessen derzeitiger Träger Angst hat, seinen Besitz zu verlieren, weil seine Tochter mit einem Protestanten verheiratet ist. Moncrieff, dem Sekretär des schottischen Grafen, ist jedes Mittel recht, um Nathaniel und seine Familie nach Schottland zu locken – schließlich entführt er die Babys.
Sowohl Elizabeth als auch Nathaniel begeben sich auf die Suche nach ihren Kindern. Als sie in Schottland angekommen sind, werden sie mit ihrer Vergangenheit und den Intrigen konfrontiert, die Giselle, die frühere Geliebte Nathaniels, zu spinnen versucht. Alle Liebe und Geduld von Elizabeth und Nathaniel werden auf eine harte Probe gestellt.

Die Autorin
Die Amerikanerin Sara Donati lebt mit ihrem Mann und ihrer Tochter im Nordwesten der USA und unterrichtet an einer Universität kreatives Schreiben und Linguistik. Für ihren ersten Roman *Homestead* erhielt sie 1998 den Pen/Hemingway Award und mit *Im Herzen der Wildnis* (Heyne Taschenbuch Nr. 01/13156) wurde sie auch in Deutschland bekannt.

SARA DONATI

AN EINER FERNEN KÜSTE

Roman

WILHELM HEYNE VERLAG
MÜNCHEN

HEYNE ALLGEMEINE REIHE
Band-Nr. 01/13198

Die Originalausgabe
DAWN ON A DISTANT SHORE
erschien 2000 bei Bantam Books

Aus dem Amerikanischen
von Ulrike Laszlo (Teil 1 und 2)
und Kristina Raub (Teil 3)

Umwelthinweis:
Dieses Buch wurde auf
chlor- und säurefreiem Papier gedruckt.

6. Auflage
Deutsche Erstausgabe 11/2000
Copyright © 2000 by Sara Donati
Published in agreement with the author,
c/o Baror International, Inc., Armonk, New York
Copyright © der deutschsprachigen Ausgabe 2000 by
Wilhelm Heyne Verlag GmbH & Co.KG, München
Printed in Germany 2002
Umschlagillustration: ROYO/Norma, Barcelona
Umschlaggestaltung: Nele Schütz Design, München
Satz: Buch-Werkstatt GmbH, Bad Aibling
Druck und Bindung: Bercker, Kevelaer

ISBN: 3-453-17737-1

http://www.heyne.de

Für meine Tochter Elisabeth

»*Zu ihrer großen Freude entdeckte sie, dass man seine Kinder nicht nur liebt, weil sie die eigenen Kinder sind, sondern wegen der Freundschaft, die sich entwickelt, während man sie großzieht.*«

GABRIEL GARCIA MARQUEZ

Stammbaum der Carrycks

*kennzeichnet authentische Charaktere

Robert, 5. Lord Scott, wurde im Dienst unter Charles II. getötet; er hatte von Beatrix Scott of Pykeston ein einziges Kind, Robert, 6. Lord Scott, der von seinem dankbaren Herrscher 1660 zum Earl of Carryck und Viscount Moffat ernannt wurde.

Robert Scott, 6. Lord Scott of Carryckcastle, 1. Earl of Carryck; verheiratet mit Frances, uneheliche Tochter von *Frances Scott, 2. Earl of Buccleuch (ein bekannter Royalist).

Robert Scott, 7. Lord Scott of Carryckcastle, 2. Earl of Carryck; verheiratet mit Margaret, uneheliche Tochter von *James Morton; 11. Earl of Morton, gestorben 1755.

Roderick Scott,
7. Lord Scott of Carryckcastle
3. Earl of Carryck
geboren 1690 (älterer Zwilling);
verheiratet mit Appalina Forbes,
Tochter und Erbin von William
Forbes of Agardston,
Kaufmann aus Danzig im Ruhestand, der Agardston Tower wiederherstellte, die Ländereien vergrößerte und eine Flotte im Hafen
von Aberdeen unterhielt; sowie
Schwester und Erbin
ihrer beiden unverheirateten Halbbrüder, die in den amerikanischen
Kolonien ein riesiges Vermögen mit
dem Handel von Zucker, Tabak und
Sklaven machten; gestorben 1775.

James Scott,
geboren 1690
(jüngerer Zwilling);
wanderte 1718 aus;
heiratete 1722
Margaret Montgomerie
of Edinburgh in Albany,
NY, gestorben 1728.

Alasdair Scott
9. Lord Scott of Carryckcastle
4. Earl of Carryck
geboren 1721;
verheiratet mit Marietta,
Tochter einer unbekannten
französischen Lady und
*Arthur Elphinstone,
6. Lord Balmerinoch
(hingerichtet als Jakobit);
Marietta war eine Cousine
Floras, Countess of Loudoun.

Isabel,
geboren 1764;
brannte 1790 durch, um Walter
Campbell zu heiraten, den
unehelichen Sohn von *John
Campbell, 4. Earl of Breadalbane;
Walter dient Flora, Countess of
Loudoun, als Verwalter.

Tochter Hannah
(Squirrel) aus
erster Ehe.

*Dan'l Bonner, auch
bekannt als Hawkeye,*
geboren 1725 an der
Grenze zu New York;
heiratete 1756 Cora
Munro, Tochter eines
Kadetten der Familie
Munro of Foulis, eines
Offiziers der Königlichen
Streitkräfte in den
nordamerikanischen
Kolonien.

Nathaniel Bonner,
geboren 1757;
erste Ehefrau: Sings-
from-Books, Enkelin der
Mutter des Langhauses
des Wolf-Clans vom Volk
der Kahnyen'kehàka;
zweite Ehefrau seit 1793:
Elizabeth Middleton aus
Oakland, Devon.

Sohn Daniel
und
Tochter Mathilde
(Zwillinge) von
seiner zweiten
Frau.

Prolog

AN DEN EARL OF CARRYCK
CARRYCKCASTLE
ANNANDALE
SCHOTTLAND

Euer Ehren,

erlaubt mir, Euch von meinem Erfolg zu berichten: Endlich ist es mir gelungen, den Mann ausfindig zu machen, den ich für Euren Cousin halte. Man kennt ihn unter dem Namen Dan'l Bonner. Von seinen Bekannten, Indianern sowie Weißen, wird er jedoch Hawkeye genannt. Selbst wenn es nicht etliche Dokumente gäbe, die beweisen, dass er Jamie Scotts und Margaret Montgomeries Sohn ist, würde allein sein Anblick jeden davon überzeugen, dass er tatsächlich ein Scott of Carryck ist.

Bonner lebt an der nördlichsten Grenze des Staates New York, wo er – wie Ihr bereits vermutet habt – von Eingeborenen aufgezogen wurde. Sicher werdet Ihr erfreut sein zu hören, dass er eine Schottin zur Frau nahm (mittlerweile verstorben), deren Vater – durch einen glücklichen Zufall – ein Sprössling der Familie Munro of Foulis war. Sie brachte einen Sohn zur Welt – Nathaniel ist jetzt etwa sechsunddreißig Jahre alt und bei guter Gesundheit. Seine zweite Frau ist guter Hoffnung. Sowohl der Vater als auch der Sohn verdienen sich ihren Lebensunterhalt als Jäger und Trapper in der Wildnis, die die Eingeborenen ›Endlose Wälder‹ nennen. Zwischen diesem Ort und dem Mohawk Valley fand ich Nathaniel, der mich dann nach Montreal verwies. Er ist ein vielversprechender junger Mann, und ich denke, Ihr werdet von ihm angetan sein.

Bevor ich die mir übertragene Aufgabe erfüllen und Bonner und seinen Sohn heim nach Carryck bringen kann, muss Dan'l zuerst aus der Garnison entlassen werden, wo er im Augenblick noch festgehalten wird. Es geht um eine Befragung wegen einer größeren Ladung Gold des Königs, die seit etwa vierzig Jahren vermisst wird.

Ihr seht, die Familienähnlichkeit beruht nicht nur auf der äußeren Erscheinung.

Ich habe Nachricht von Pickering erhalten, der mit der Isis in Halifax vor Anker liegt, doch an Bonner heranzukommen ist ein höchst kompliziertes Unterfangen, das möglicherweise einige drastische Schritte erfordert. Das Unternehmen gestaltet sich noch schwieriger durch die Einmischung von Vizegouverneur Lord Bainbridge. Euer Ehren wird sich sicher noch an Pink George und den unglückseligen Vorfall mit dem Schwein erinnern. Er hat diese Sache auf jeden Fall nicht vergessen.

Stets zu Euren Diensten,
Euer Ehren.
Angus Moncrieff
Montreal, am 3. Januar 1794.

AN MR. NATHANIEL BONNER
PARADISE,
AM WESTLICHEN ARM DES SACANDAGA
STAAT NEW YORK

Sir,

mit Rob MacLachlans unermesslich großer Hilfe und dank Ihrer ausgezeichneten Anweisungen habe ich Ihren Vater gefunden. Unglücklicherweise kam mir der Vizegouverneur zuvor. So läuft Ihr Vater nun in einer Zelle im Gefängnis der Garnison auf und ab und wird über eine Sache befragt, die allgemein nur ›Tory-Gold‹ genannt wird. MacLachlan hat Skrupel, mir die Einzelheiten zu verraten. Ich habe Ihren Vater nur für einen kurzen Augenblick gesehen, doch er scheint sich in guter gesundheitlicher Verfassung zu befinden. Hier eine Nachricht in zwei Teilen:

Erstens wurde ein junger Mann namens Otter aus dem Stamm der Mohawk (oder Kahnyen'kehàka, wie sie sich selbst wohl nennen) mit ihm verhaftet, ist aber unversehrt. Zweitens glaubt Ihr Vater, dass ein Besuch im ›Land der großen Tiere‹ der einzige Weg sei, seine jetzigen Schwierigkeiten beizulegen.

Ich nehme an, das bedeutet, dass Sie nach Montreal reisen werden, und bitte Sie, mich in meiner Unterkunft in der Rue St. Gabriel aufzusuchen. Sie werden feststellen, dass ich ein erfahrener und bereitwilliger Assistent bin. Meine einzige Bitte ist, eine Stunde Gehör zu finden, um Ihrem Vater das Anliegen meines Herrn vortragen zu können.

Für Ihre Ehefrau wird die Zeit wohl bald kommen. Erlauben Sie mir, meine besten Wünsche für eine problemlose Niederkunft zu äußern. Möge Ihre gesamte Familie sich weiterhin bester Gesundheit erfreuen.

Ihr ergebener Diener
Angus Moncrieff
Sekretär und Gutsverwalter des Earl of Carryck
Montreal, am 3. Januar 1794.

TEIL I

Richtung Norden nach Kanada

1

2. Februar 1794
Am Rande der Wildnis von New York

In der Mitte eines Blizzards, in der zweiten Hälfte des härtesten, schneereichsten Winters, den man in Paradise je erlebt hatte, fragte sich Elizabeth Middleton Bonner, schweißbedeckt, nackt und den brennenden Schmerzen hilflos ausgeliefert, ob sie jetzt an dieser unerträglichen Glut würde sterben müssen.

Wieder griff sie nach den Lederriemen an dem Bettgestell, zog sich daran nach vorne und presste mit aller Kraft.

»Komm, Kleines«, zirpte das Mädchen, das am Fußende des Betts kniete und wartete. Das Gesicht der Zehnjährigen glänzte vor Aufregung und angestrengter Konzentration. Mit einer lockenden Geste streckte sie ihre blutigen Hände aus.

Aus einem Korb vor dem bullernden Herd ertönte das hohe, durchdringende Wimmern von Elizabeths erstgeborener Tochter, die vor zwanzig Minuten das Licht der Welt erblickt hatte.

»Komm, Kindchen«, sang Hannah leise. »Wir warten auf dich.«

Wir alle warten auf dich.

Elizabeth konzentrierte sich so stark, dass sie in Flammen aufzugehen glaubte, und presste noch einmal. Dann wurde sie mit dem wunderbaren Anblick des oberen Teils eines Köpfchens belohnt. Mit zitternden Fingern berührte sie die verklebten nassen Locken und ihre eigene, bis zum Zerreißen gespannte Haut. Ihr Körper fühlte sich an, als würde er jeden Augenblick in zwei Teile gespalten.

Noch einmal, noch ein letztes Mal, ein letztes Mal. Sie spannte ihre Muskeln an, fühlte, wie das Kind sich streckte und drehte, fühlte seinen Willen, so stark wie ihr eigener. Elizabeth blinzelte

den Schweiß aus ihren Augen und sah Hannahs Blick auf sich gerichtet.
»Lass ihn kommen«, sagte das Mädchen auf Kahnyen'kehàka. »Es ist soweit.«
Elizabeth presste. Mit einem Schwall Flüssigkeit glitt ihr Sohn, blauweiß angelaufen und bereits schreiend, in die ausgestreckten Hände ihrer Stieftochter. Elizabeth stöhnte erleichtert und ließ sich dankbar zurückfallen.
Einen herrlichen Augenblick lang übertönte das Geschrei der Neugeborenen das Heulen des Schneesturms, der durch die endlosen Wälder tobte. Die warmen, sich windenden Bündeln an sich gedrückt, die Hannah ihr in die Arme gelegt hatte, betete Elizabeth leise für Nathaniels sichere Rückkehr in diesem Sturm.

Während Elizabeth in den Wehen lag, saß die kleine Gruppe von Farmern und Trappern in der einzigen Taverne von Paradise. Sie spielten Karten, tranken Bier und warteten, bis der Sturm sich legte, der sie hierher verschlagen hatte. Der Wind zerrte an den Dachbalken wie hungrige Wölfe an einem Kadaver, und die Männer erzählten sich mit ruhigen, leisen Stimmen Geschichten, ohne sich von ihren Karten, den Bierkrügen und dem langen, steifen Rücken des Mannes ablenken zu lassen, der reglos am Fenster stand.
»Gespannt wie die Saiten meiner Fiedel«, murmelte einer der Kartenspieler. »Sag etwas zu ihm, Axel.«
Axel Metzler zuckte resigniert die Schultern und drehte sich zum Fenster um. »Setz dich, Nathaniel, und trink etwas. Heute gibt es mein bestes Ale. Und der Sturm wird sich nicht legen, nur weil du hinausstarrst.«
»Frauen haben schon in den schwierigsten Zeiten Kinder zur Welt gebracht«, verkündete der jüngste der Männer ernst.
»Was weißt du denn schon davon, Charlie? Hältst du etwa irgendwo eine Frau vor uns versteckt?«
»Ein Mann braucht keine eigene Ehefrau, um zu wissen, dass es verdammtes Pech ist, in dieses Wetter geraten zu sein.«
Der Sturm heulte noch lauter, als wolle er protestieren. Das Dach ächzte eine Antwort und eine feine Staubschicht rieselte in den Raum und legte sich auf die offenen Krüge.
Axel zog angewidert seine Pfeife aus dem Mund, reckte sein

Kinn mit dem zerzausten weißen Bart nach oben und streckte seinen langen Hals, der an einen gerupften Truthahn erinnerte.

»Halt den Mund, du alter Teufel. Ruhe!«

Der Wind heulte noch einmal auf, stieß einen langen Seufzer aus und verstummte dann. Die Männer starrten sich eine Weile an, bis Axel seine Pfeife mit einem zufriedenen Grunzen wieder in den Mundwinkel steckte.

An der Tür zu den Wohnräumen erschien eine Frau genau in dem Moment, als der Mann am Fenster sich umdrehte. Der Schein des Feuers erhellte seine markanten Gesichtszüge: leicht eingefallen, besorgt, gefurchte Augenbrauen und zusammengepresste Lippen. Mit einer Hand steckte er ein zerknülltes Stück Papier in seine Hemdtasche, während er mit der anderen nach seinem Mantel griff.

»Curiosity?« fragte er mit heiserer Stimme.

»Hier bin ich, Nathaniel.« Curiosity Freeman, trotz ihrer knapp sechzig Jahre noch groß gewachsen, drahtig und in aufrechter Haltung, durchquerte mit wirbelnden Röcken den Raum. Ihre tiefbraunen Hände, die den Turban hoch auf ihrem Kopf zurechtrückten, hoben sich stark gegen den mit einem Blattmuster verzierten Stoff ab. Sie wandte sich an einen grobknochigen, rothaarigen, vor Müdigkeit blassen Jungen, der neben dem Feuer saß. »Du da, Liam Kirby. Wach auf und bring mir meine Schneeschuhe.«

Er sprang auf und rieb sich die Augen. »Ja, Ma'am.«

Axel stand auf und streckte sich. »Viel Glück, Nathaniel! Und beste Grüße an Elizabeth!«

Nathaniel hob die Hand zum Gruß. »Vielen Dank, Axel. Jed, ich sollte Martha Southern Bescheid geben. Würdest du das für mich erledigen?«

»Das werde ich. Morgen können wir das Kind dann ordentlich begießen.«

»Natürlich. So Gott will.«

Liam ging voran auf die Veranda, doch die ältere Frau blieb stehen und legte ihre Hand auf Nathaniels Arm. »Elizabeth ist stark und Hannah ist bei ihr. Dein Mädchen hat eine gute Hand für so etwas, das weißt du.«

Sie ist erst zehn Jahre alt.

Nathaniel las diesen Gedanken in den besorgten Zügen um

Curiositys Mund. »Elizabeth hat nach dir gefragt. Sie wollte dich bei sich haben.« *Und mich auch. Ich sollte jetzt bei ihr sein.* Curiosity warf ihm einen verstohlenen Blick zu. Er hatte sich noch nie mit billigem Trost zufrieden stellen lassen. Sie nickte und folgte ihm nach draußen.

Im Gänsemarsch verließen sie auf Schneeschuhen das Dorf – Nathaniel ging voran und Liam bildete die Nachhut. Sie trugen kleine Laternen mit sich, die winzige tanzende Lichter auf den frisch gefallenen Schnee warfen: die verstreuten goldenen Laternensterne wirkten wie das Ebenbild der glühenden Himmelskörper über ihren Köpfen. Der Nachthimmel war nun ganz klar, der Mond hob sich messerscharf und kalt ab, so kalt wie die Luft, die in der Kehle und den Nasenlöchern brannte.

Nathaniel sah hin und wieder über die Schulter, um zu prüfen, ob Curiosity mit ihm Schritt halten konnte. Bis jetzt zeigte sie keine Ermüdungserscheinungen, trotz der späten Stunde und des Schlafmangels. Pionierfrauen, hatte sein Vater oft gesagt. Wenn eine der ihren in Not ist, können sie erstaunliche Kräfte entwickeln.

Vor vierundzwanzig Stunden war er aufgebrochen, um sie zu holen. Curiosity Freeman war die Haushälterin seines Schwiegervaters, aber nicht nur das. Sie war auch Elizabeths und seine Freundin, besaß den hellsten Kopf im ganzen Dorf und Fähigkeiten, die denen eines Arztes am nächsten kamen, seit Richard Todd beschlossen hatte, den Winter in Johnstown zu verbringen. Als Geburtshelferin war sie seit jeher besser gewesen. Mit dem untrüglichen Instinkt einer Hebamme hatte sie ihn, mit gepacktem Korb, bereits erwartet. Sie hatte sich den Teig von den Händen und Armen gewischt, den gekneteten Kloß ihrer Tochter gereicht und ihrem Mann Galileo zugerufen, dass sie sich auf den Weg mache. Richter Middleton war noch im Bett, also verließen sie das Haus, ohne ihn zu stören.

»Lassen wir ihn schlafen«, hatte sie gesagt, während sie ihre Schneeschuhe überstreifte. »Ein Mann kann ohnehin nichts tun, was seiner in den Wehen liegenden Tochter helfen könnte, und meine Polly wird sich um sein Frühstück kümmern. Haben Sie Martha eine Nachricht zukommen lassen? Da die anderen Frauen alle weg sind, wäre ich froh um ihre Hilfe.«

»Liam ist unterwegs, um sie zu holen.«
»Dann sollten wir jetzt aufbrechen. Erstgeborene haben es zwar üblicherweise nicht eilig, aber man kann ja nie wissen.«
Doch kurz vor dem Dorf hatte sie der Schneesturm überrascht und die Welt, in der Nathaniel jeden einzelnen Baum kannte, in einen silberweiß flimmernden Spiegel verwandelt – es war nicht mehr möglich, sich zu orientieren. Es war schon ein Wunder, dass sie den Handelsposten gefunden hatten – und ein weiteres, dass er hier Stunde um Stunde ausgeharrt hatte, ohne seinen Verstand zu verlieren. Nathaniel konnte das Bild vor seinen Augen nicht verdrängen: Elizabeth in den Wehen und nur Hannah bei ihr. Er hatte seine erste Frau – Hannahs Mutter – bei der Niederkunft verloren. In einer warmen Sommernacht, die mit den Schwierigkeiten der heutigen nicht zu vergleichen gewesen war.
Er wischte sich den kalten Schweiß von der Stirn und beschleunigte seinen Schritt.

Der Berg wurde Hidden Wolf genannt und das hoch gelegene Tal, in dem sein Vater vor vierzig Jahren seine Heimstätte errichtet hatte, hieß Lake in the Clouds, See in den Wolken. Das war die Übersetzung des Namens, den die Kahnyen'kehàka ihm gegeben hatten, und die Weißen hatten bis heute keinen besseren Ausdruck für den Ort gefunden, an dem sich eine Schneise in dem Berg auftat. Das dreieckige Tal war groß genug für zwei L-förmige Hütten, eine Scheune, Gemüsegärten und ein großes Getreidefeld am äußeren Rand, wo die Bergschulter in einen jähen Abgrund überging. Am anderen Ende ergoss sich ein Wasserfall über glitzerndes, vereistes Gestein in eine schmale Schlucht. Der kleine See unterhalb war von kreisförmigen Gebilden aus Eis umgeben.
Sobald Nathaniel den Wasserfall hören konnte, schritt er schneller voran und ließ die anderen zurück. Vorbei an der ersten Hütte, in der er aufgewachsen war. Jetzt, wo sich sein Vater in Montreal befand und der Rest der Familie in Good Pasture wohnte, lag sie im Dunkeln. Weiter durch das kleine mit Buchen, Kiefern und Blaufichten bestandene Wäldchen bis zu der letzten Hütte, die vor knapp einem Jahr für seine zweite Frau Elizabeth Middleton gebaut worden war. Sie war aus England

hierher zu ihrem Vater gekommen. Eine gebildete Frau, die kein Blatt vor den Mund nahm, aber bereit war, sich auch andere Meinungen anzuhören; sie besaß Geld und eigenes Land und wollte hier als Lehrerin arbeiten. Ohne mit der Wimper zu zucken hatte sie sich selbst als Jungfer bezeichnet, ihm ihre starken wie auch schwachen Seiten gezeigt, unbezähmbare Neugier an den Tag gelegt und große Stärke und Mut bewiesen. Von Chingachgook, seinem Großvater, einem Mahican, hatte sie den Namen ›Bone-in-her-Back‹, ›Die mit dem Rückgrat‹ bekommen.

Auf der Veranda schleuderte Nathaniel seine Schneeschuhe von den Füßen und schwang die Tür zu der warmen, vom Feuer schwach beleuchteten Stube auf. Die Hütte roch wie immer: nach dem Rauch des Holzes, dem Saft der Kiefern, nach Kernseife, Talgkerzen, Pökelfleisch, gebackenem Maisbrot, getrockneten Äpfeln und Gewürzen; nach den Hunden und den gereinigten, gespannten Tierhäuten. Und nach ihr – dafür hatte er keine Worte, aber hundert Bilder im Kopf. Dazu kam nun der Geruch nach frischem Blut – nach Kupfer und heißem Salz.

Nathaniel legte seine Waffen ab, ließ seinen Umhang und seine Handschuhe fallen und durchquerte den Raum, eine Spur von Eis- und Schneeklumpen hinterlassend. Bevor er die Tür zu dem kleinen Schlafzimmer öffnete, zwang er sich dazu, tief durchzuatmen. Das Blut rauschte so laut in seinen Ohren, dass er kaum etwas anderes wahrnehmen konnte.

Da waren sie – schlafend. Im schwachen Schein des Feuers entdeckte er seine Hannah, zusammengerollt am Fuß des Bettes, einen Arm über Elizabeths lange Beine gelegt. Deren Gesicht war im Schatten verborgen.

Lautlos durchquerte er den Raum und ging in die Knie. Sie atmete mit leicht geöffnetem Mund. Ihre Lippen waren rissig und mit Blutstropfen bedeckt. Keine Anzeichen von Fieber – sie war blass und ihre Haut fühlte sich unter seinen Fingern kühl an. Der Knoten in seinem Magen begann sich zu lösen. Ein Finger nach dem anderen entspannte sich, bis ihn ein warmes Gefühl der Erleichterung überkam.

Nathaniel riss seinen Blick von Elizabeths Gesicht los und wandte sich dem Bündel an ihrer Seite zu. Verwundert blinzelte er.

Zwei Säuglinge, so gewickelt, wie die Kahnyen'kehàka es taten. Dunkles Haar, runde Wangen, hellrosa Gesichtchen, kleiner als seine Handfläche. Ein Augenpaar öffnete sich mit verschwommenem Blick. Der kleine rote Mund kräuselte sich, die Backen zogen sich kurz zusammen und entspannten sich dann wieder.

Zwillinge. Nathaniel legte seine Stirn auf das Bett, holte tief Atem und spürte, wie sein Herz einen Sprung machte.

2

Das kalte, klare Licht des Wintermorgens ließ Eis und Schnee aufleuchten und warf einen Regenbogen auf Hannahs Gesicht. Sie wachte auf, blieb einen Augenblick lang liegen und lauschte den Geräuschen des Morgens: Liam legte Holz nach und summte dabei vor sich hin. Die Hunde winselten vor der Tür und dann ertönte eine Frauenstimme: vertraut und angenehm, aber ungewöhnlich zu so früher Stunde.

Schlagartig fielen ihr die Ereignisse der letzten Nacht ein. Sie stieg rasch aus ihrem Bett auf dem Dachboden, kletterte die Leiter hinunter und zog dabei die Bettdecke mit sich.

Liam hielt ihr eine Schüssel entgegen. »Haferbrei«, erklärte er verdrossen. Seit Liam bei ihnen wohnte, wusste Hannah, dass er sich immer zuerst um seinen Magen kümmerte, doch jetzt konnte sie ihren Blick nicht von der halb geöffneten Schlafzimmertür abwenden.

Als hätte Hannah nach ihr gerufen, erschien Curiosity.

»Miz Hannah«, sagte sie förmlich. »Lass mich dir die Hand schütteln, Kind. Wir sind sehr stolz auf dich, das kann ich dir sagen.«

Hannah fand ihre Stimme wieder. »Ist sie in Ordnung?«

»Ja. Und diese Babys ebenfalls.« Curiosity lachte laut auf. »Hätte unser Herrgott etwas noch Schöneres geschaffen, so hätte er es wohl für sich selbst behalten.«

Aus dem Zimmer nebenan ertönte ein schwacher Schrei. Hannah lief los, wurde jedoch von Curiosity am Ellbogen gepackt und zurück zum Tisch geführt.

»Setz dich und iss zuerst einmal etwas. Gib ihr von dem

Haferbrei, Liam, und lass diese Grimassen. Das ist gutes Essen.«

»Sie sind schrecklich klein«, sagte Hannah und nahm mit einer automatischen Handbewegung die Schüssel und einen Löffel entgegen. »Ich hab' mir Sorgen gemacht.«

»Zwillinge sind normalerweise klein«, erwiderte Curiosity. »Du warst es auch, als du geboren wurdest. Nathaniel konnte dich in einer Hand halten, und genau das tat er auch. Eine Zeit lang hat er dich ständig in seinem Hemd herumgetragen.«

»Er hat dich letzte Nacht auch nach oben getragen. Das hast du wohl gar nicht bemerkt«, meinte Liam.

»Nun, Nathaniel ist mächtig stolz.« Curiosity stellte einen Krug Apfelwein vor Hannah auf den Tisch.

»Ein Junge«, sagte Liam. »Chingachgook hatte Recht. Jetzt hat Nathaniel einen Sohn.«

»Jawohl. Und zwei reizende Töchter«, fügte Curiosity hinzu. »Man kann nie genug Töchter haben, das ist meine Meinung.«

Hannahs Lächeln verschwand. »Mein Großvater sollte hier sein. Er sollte es wissen. Ich wünschte, wir hätten Nachricht von ihm.«

Curiosity setzte sich mit ihrer Schüssel an den Tisch, beugte sich vor und tätschelte die Hand des Mädchens. »Mir scheint, unser Herrgott meint es heute gut mit dir, Missy. Jan Kaes brachte einen Brief aus Johnstown, kurz bevor der Sturm losbrach. Er kommt den weiten Weg aus Montreal.«

»Von meinem Großvater?« Hannah richtete sich auf.

Curiosity schürzte nachdenklich ihre Lippen. »Glaub' ich nicht. Die Handschrift ist komisch. Muss wohl von einem Schotten sein – Moncrieff heißt er, oder? Der Mann, der an Weihnachten hier vorbeikam. Aber ich wette, er hat Neuigkeiten von Hawkeye.«

Draußen schlugen die Hunde an und Liam stand auf, um sich um sie zu kümmern.

»Das wird der Richter sein«, meinte Curiosity. »In Begleitung der halben Stadt, so wie sich das anhört. Sind gute Nachrichten nicht lauter als Joshuas Trompete?«

»Stimmt«, sagte Nathaniel an der Türschwelle. Er wirkte müde, doch in der Haltung so entspannt, wie Hannah ihn schon lange nicht mehr gesehen hatte. Sie sprang auf ihren Vater zu und er fing sie geschickt auf, um ihr etwas ins Ohr zu flüstern.

»Squirrel«, sagte er auf Kahnyen'kehàka und drückte sie so fest an sich, dass ihre Rippen krachten. »Ich bin mächtig stolz auf dich. Danke.«

»Gibt es Nachrichten von Großvater?« fragte sie leise.

Ein kalter Luftstrom und Stimmengewirr an der Tür lenkten Nathaniel ab. Er klopfte ihr auf den Rücken, bevor sie ihn gehen ließ. Einen Moment lang huschte ein Ausdruck der Besorgnis über sein Gesicht, den er jedoch sofort sorgfältig verbarg, als er sich umdrehte, um seinen Schwiegervater zu begrüßen.

Elizabeth hielt sich für eine Vernunftperson, die selbst in Extremsituationen logisch denken und sich angemessen benehmen konnte. Im vergangenen Jahr hatte sie genügend Gelegenheiten gehabt, das sich selbst und dem Rest der Welt zu beweisen. Doch jetzt lagen zwei kleine menschliche Wesen friedlich schlafend in der Wiege neben ihrem Bett: ihre Kinder. Sie konnte es kaum begreifen, obwohl der Beweis so offensichtlich war.

»Sieh nur!« hatte Curiosity gerufen und erst das eine und dann das andere Baby in die Strahlen der aufgehenden Sonne gehalten. »Sieh nur, was du geschafft hast!«

Den ganzen Tag über waren Besucher bei ihr gewesen, um ihre guten Wünsche zu überbringen. Darüber hinaus hatte sie sich um ihre eigenen Bedürfnisse und die ihrer Säuglinge kümmern müssen. Elizabeth war todmüde, aber sie konnte die Augen nicht schließen. Auf der Seite liegend, sah sie den Babys beim Schlafen zu. Ihren Kindern – ihren und Nathaniels.

»Stiefelchen«, sagte Nathaniel. Er saß auf einem Stuhl vor dem Feuer. »Du denkst zu viel nach.«

»Ich kann nicht anders«, erwiderte sie und streckte sich vorsichtig. »Sieh sie dir nur an.«

Er legte das Messer beiseite, das er geschliffen hatte, und kam zu ihr. Sie hatte ihn selten so müde und gleichzeitig so zufrieden gesehen. Er kauerte sich neben die Wiege, ließ die Hände über seine Knie baumeln und betrachtete gründlich diese kleinen Wesen.

»Du hast dich tapfer geschlagen, Stiefelchen, und jetzt

brauchst du deinen Schlaf. Sie werden dich schon bald wieder in Anspruch nehmen.«

Sie nickte und kuschelte sich unter die Decke. »Ja, du hast recht. Aber du bist auch müde. Komm ins Bett.«

Elizabeth richtete ihre Aufmerksamkeit nun auf Nathaniel, sah zu, wie er seine Lederhose abstreifte und dachte, was ihr immer wieder in den Sinn, aber nie über die Lippen kam: dass er für sie ebenso schön war wie diese perfekten Kinder. Die Wölbung seines Rückens, die Art, wie sein Haar über seine breiten Schultern fiel, die langen, sehnigen Muskeln seiner Schenkel – selbst seine Narben, weil sie Geschichten über ihn erzählten. Als er sich neben sie legte, rückte sie instinktiv näher an seinen warmen Körper. Doch als ihr bewusst wurde, dass er hellwach neben ihr lag, konnte sie nicht einschlafen.

In dem einen Jahr, seit sie zusammen lebten, war sie zuerst erstaunt und dann ein wenig aufgebracht über Nathaniels Fähigkeit gewesen, von einer Sekunde auf die andere in tiefen Schlaf zu fallen. Das war eine Kunst der Jäger und Krieger – so lebenswichtig wie der geübte Umgang mit dem Gewehr. Aber nicht heute Abend.

»Jetzt denkst *du* zu viel nach«, sagte sie schließlich. »Ich kann deine Gedanken beinahe hören.«

Er griff nach ihrer Hand. »Du wusstest, dass es Zwillinge sind. Warum hast du es mir nicht gesagt?«

Sie zögerte. »Falling-Day dachte, du würdest dir große Sorgen machen. Und das war auch meine Meinung. Nach dem, was mit Sarah geschehen ist ...« Elizabeth warf einen Blick in die Wiege. Hannahs Zwillingsbruder war in Nathaniels Armen gestorben. Sarah hatte ihm einen zweiten Sohn geschenkt, und auch dieses Kind hatte er begraben – in den Armen der Mutter.

Es war unvermeidlich, dass er – selbst an einem solchen Glückstag – an diese Verluste denken musste.

»Ich hätte hier sein sollen«, sagte er.

»Nathaniel ...«

»Du hast dich sicher gefürchtet, als der Sturm aufkam.«

Er wollte sich bestätigt hören, also tat sie ihm den Gefallen. »Ja«, gab sie schließlich zu. »Aber als die Schmerzen stärker wurden, blieb mir kaum mehr Kraft für irgendetwas anderes.

Und keine Wahl – wie auch du keine Wahl hattest. Aber wir haben es geschafft, nicht wahr?«

Aus seiner Kehle drang ein Laut, der nicht ganz überzeugt klang. Elizabeth legte seine Hand an ihre Wange.

»Sollen wir sie nach deinem Vater und meiner Großmutter nennen? Daniel und Mathilde. Würde dir das gefallen?«

»Ja. Und auch Hawkeye würde sich darüber freuen.« Er wandte sich ihr zu, doch seine Gedanken schweiften ab. Zärtlich schmiegte er sein Gesicht in die Wölbung ihres Nackens und ihrer Schulter. Er roch wie immer: nach frischem Schweiß, Leder und Schießpulver, nach dem Rauch des Holzes und der getrockneten Minze, die er gern kaute.

»Du denkst heute sehr oft an Hawkeye.«

Sie spürte, wie die Spannung in ihm wuchs und sich wie Schweiß auf seine Haut legte.

»Was ist los? Sag es mir.«

»In der Taverne lag ein Brief für mich«, murmelte er. »Von Moncrieff. Er ist in Montreal.«

Sie wartete ein wenig nervös. »Hat Moncrieff deinen Vater gefunden?«

»Ja. In der Garnison. Unter Arrest.«

Elizabeth war mit einem Mal hellwach, setzte sich ruckartig auf und fuhr zusammen, als sie ihre schmerzenden Muskeln spürte.

»Somervilles Männer haben ihn zum Verhör festgenommen«, fuhr Nathaniel fort. »Es gibt Gerüchte über das Tory-Gold.«

»Meine Güte.« Elizabeth blickte wieder in die Wiege und verschränkte ihre Hände vor der Brust. »Erzähl mir alles.«

Nathaniel wiederholte den Inhalt des Briefes. In den langen Stunden während des Schneesturms hatte er nichts anderes tun können, als die Nachricht immer wieder zu lesen, und so konnte er sich genau an den Wortlaut erinnern.

Als er geendet hatte, lehnte sie sich zurück. »Du musst hinfahren.«

»Dann glaubst du Moncrieff also?«

Sie hob eine Augenbraue. »Ich bezweifle, dass er sich so etwas nur ausdenkt. Wozu auch? Natürlich kennen wir ihn nicht sehr gut, Nathaniel, aber ich glaube, in dieser Angelegenheit

können wir ihm trauen.« Sie hielt inne. »Wir wissen beide, dass du Hawkeye nicht im Stich lassen kannst.«
Nathaniel lachte mit rauer Stimme, aber sein Blick verriet seine Besorgnis. »Ich kann ihn nicht im Gefängnis sitzen lassen, aber du darfst nicht allein hier bleiben. Und du kannst nicht reisen.«
Elizabeth versuchte, eine bequemere Position zu finden. »Natürlich gefällt mir der Gedanke nicht, dass du jetzt so weit wegfahren musst, aber ich verstehe, dass du keine andere Wahl hast.«
Trotz des Ernstes der Situation grinste Nathaniel. Er zog die Decke, die ihr über die Schultern bis zur Taille hinabgerutscht war, mit festem Griff nach oben. »Du bist doch diejenige mit dem Talent, Männer aus einem Gefängnis zu befreien.«
Sie errötete und versetzte ihm einen leichten Klaps mit der Hand. »Hast du eine Idee, wie wir Hawkeye aus einem Militärgefängnis holen könnten?«
»Ich bin sicher, dass uns irgendetwas einfallen würde«, sagte er. »Geld ist vorhanden und das öffnet mehr Türen als alle Schlüssel. Aber ich bin nicht bereit, dich hier mit den zwei Babys allein zu lassen.«
»Du musst aber gehen. Moncrieff und Robbie können es nicht ohne dich schaffen. Dein Vater braucht dich.«
»Stiefelchen«, sagte Nathaniel leise. »meine Mutter empfahl mir immer wieder, sich nicht mit einer Frau im Wochenbett anzulegen, aber ...«
»Eine weise Frau«, unterbrach Elizabeth ihn. »Ein ausgezeichneter Rat.«

Spät nachts brachte Nathaniel ihr zuerst das Mädchen und dann den Jungen zum Stillen, da sie nicht beide gleichzeitig zufriedenstellen konnte. Curiosity war beim Ertönen der ersten Hungerschreie an der Tür erschienen, doch als sie feststellte, dass Nathaniel sich bereits um Elizabeth kümmerte, nickte sie und schlüpfte zurück in das Bett auf dem Dachboden, das sie sich mit Hannah teilte.
Gähnend lehnte Elizabeth sich gegen die Nackenpolster und betrachtete das kleine Gesicht ihres Sohns. Er saugte so kräftig an ihrer Brust, dass sie einen leisen Schrei unterdrücken musste.

Nathaniel saß neben ihr, den Blick unablässig auf den Jungen gerichtet. Auf seinem Schoß schlief Mathilde, bereits frisch gewickelt.

»Ich wünschte, du müsstest nicht gehen, Nathaniel«, sagte Elizabeth.»Aber ich darf nicht so selbstsüchtig sein. Du wirst hier keine Ruhe finden, weil du weißt, dass dein Vater deine Hilfe braucht. Vielleicht rufst auch du einmal nach Daniel, und ich erwarte, dass er dann tun wird, was getan werden muss. Ich bin sicher, dass es so wäre.«

Die Wangen des Babys schimmerten im Licht der Kerze wie Gold. Nathaniel berührte mit einem Finger die zarte Haut.»Du brauchst mich aber auch«, erwiderte er heiser.»Es ist nicht richtig, dich allein zu lassen, Stiefelchen.«

»Du wirst doch zu mir zurückkehren? Zu uns?«

»Ja.« Sein warmer Atem streifte ihre Haut.»Daran darfst du niemals zweifeln.«

In Paradise verbreiteten sich Neuigkeiten sehr rasch. Am nächsten Morgen stand Richter Middleton am Fußende des Bettes und wollte von seiner Tochter die ganze Geschichte hören, während er seinen Dreispitz in den Händen drehte. Er erinnerte Elizabeth an ihre Schüler, wenn sie ein schlechtes Gewissen plagte. Sie musterte ihn und stellte wieder einmal seine große Ähnlichkeit mit ihrem Bruder fest. Julian hatte ebenfalls eine kräftige Hautfarbe, markante Gesichtszüge und die gleiche Neigung zur Maßlosigkeit.

Der Richter räusperte sich zum wiederholten Mal.»Es tut mir leid von Hawkeyes Schwierigkeiten zu hören, aber es gibt keinen Grund für dich, mitten im Winter allein auf diesem Berg zu bleiben. Komm heim mit mir. Ich habe genug Platz für euch alle.« Er wich Elizabeths Blick aus.

Sie konzentrierte ihre Aufmerksamkeit auf das Kind in ihrem Schoß, bis ihr Schweigen ihn schließlich dazu zwang, den eigentlichen Punkt anzusprechen.

»Curiosity kann sich dort ebenso gut um dich kümmern wie hier«, erklärte er schroff.»Besser sogar.«

Der Richter befürchtete einfach, während Nathaniels Reise auf seine Haushälterin verzichten zu müssen. Elizabeth war enttäuscht, wusste aber, dass es nicht der Mühe wert war, darüber mit ihrem Vater zu streiten.»Ich werde Lake in the Clouds nicht verlassen, aber ich spreche mit Curiosity.«

Erleichtert, dass er dieses Thema hinter sich gebracht hatte, wandte sich der Richter für einige Minuten bewundernd seinen Enkelkindern zu.

»Ich glaube, sie haben beide den Teint deiner Mutter geerbt.« Vorsichtig hob der Richter Mathilde hoch und studierte ihr Gesicht.»Sie hat das Kinn deiner Mutter – wie du. Du gleichst deiner Mutter sehr, Elizabeth.« Er musterte sie mit zusammengekniffenen Augen, als würde er sie zum ersten Mal sehen.»Beide so unabhängig. Es ist dein Fluch, aber auch dein Segen. Ich fürchte, dieses kleine Mädchen hat die gleiche Veranlagung.«

»Das hoffe ich«, entgegnete Elizabeth, ein wenig überrascht über die ungewöhnliche Nachdenklichkeit ihres Vaters.

Er reichte ihr das Baby.»Das Leben könnte einfacher sein, wenn du es zuließest.«

»Das Leben wäre auch für dich einfacher gewesen, wärst du in Hertfordshire geblieben.«

Der Richter lächelte, und mit einem Mal fühlten sie sich im Umgang miteinander ungezwungener, als es lange Zeit der Fall gewesen war. Dann ertönte Curiositys Stimme aus dem Nebenzimmer und der Richter wurde nervös. Er entschuldigte sich mit der Begründung, einen Termin in der Stadt zu haben, und verließ überstürzt den Raum.

»Dieser Mann«, murmelte Curiosity, als Elizabeth ihr von ihrer Unterhaltung mit dem Richter erzählte.»Belästigt eine Frau im Wochenbett mit seinen unwichtigen Männerproblemen. Mein Galileo und ich sind nun seit über dreißig Jahren frei und ich springe nicht mehr, wenn er mit den Fingern schnippt. Sind meine Mädchen nicht genauso gut in der Haushaltsführung wie ich?«

Elizabeth stimmte ihr zu.

»Polly hat nichts anderes zu tun, als diesen Mann zu verpflegen, und Daisy ist auch in der Nähe. Ich sage es ganz offen: Soll er ruhig noch eine Weile essen, was sie ihm kochen. Will er doch tatsächlich, dass ich seine einzige Tochter nach der Entbindung allein lasse, nur weil ihm langweilig ist! Kein Wunder, dass er davongelaufen ist, bevor ich ihm dazu meine Meinung sagen konnte.«

Elizabeth verbarg ihr Lächeln in Mathildes duftendem Nacken, doch Curiositys Wutausbruch war noch nicht vorüber. Sie hatte einen Eimer mit heißem Wasser zum Waschen hereingebracht und trommelte jetzt ungeduldig eine Melodie auf dem Blech, während sie vor sich hin murmelte. Dann hob sie ruckartig den Kopf und grinste Elizabeth an. »Wir schicken Martha zu ihm ins Haus, damit sie sich um ihn kümmern kann. Damit ist das Problem gelöst.«

Martha Southern war eine Witwe mit drei kleinen Kindern und Curiosity vermutete seit kurzem, dass der Richter ein Auge auf sie geworfen hatte.

»Du bringst mich zum Lachen, Curiosity. Selbst in diesem Fall wird es dir noch gelingen, die Kupplerin zu spielen.«

»Gönnst du deinem Vater keine junge Frau?«

»Doch, natürlich.« Als Elizabeth Curiositys hochgezogene Augenbrauen bemerkte, fügte sie hinzu: »Sollte ich mir überhaupt darüber Gedanken machen, dann eher, weil Martha nach Moses einen besseren Ehemann verdient hätte.«

Curiosity stemmte die Fäuste in die Hüften. »Mit einer richtigen Frau an seiner Seite könnte der Richter schon ein guter Ehemann sein. Und Martha ist allein mit den drei Kleinen. Wenn sie den Richter nicht nimmt, dann vielleicht Charlie LeBlanc, und der ist arm wie eine Kirchenmaus.«

Sie kippte den zweiten Eimer Wasser in die Wanne und zog ein Stück Seife aus ihrer Schürzentasche. »Nun komm, wir seifen deine wunden Stellen ein. Die Seife stammt von den Sachen, die diese Merrieweather zurückgelassen hat. Du wirst zwar riechen wie eine Bardame auf der Suche nach einem Mann, aber das wird schon niemanden stören. Schnell, bevor die Männer zurückkommen und die kalte Luft hereinlassen.«

»Wo ist Nathaniel?« fragte Elizabeth und stieg vorsichtig aus dem Bett.

»Draußen in der Scheune mit Liam«, antwortete Curiosity. »Sie führen ein Gespräch unter Männern.«

Früher wäre Nathaniel innerhalb einer Stunde für die Reise in den Norden bereit gewesen. Mit dem Lederbeutel auf seinem Rücken, einem Vorrat von Fladen und getrocknetem Hirschfleisch und soviel Munition und Schießpulver wie er nur tragen konnte, wäre er einfach losmarschiert. Doch jetzt waren er und Liam die einzigen Männer in Lake in the Clouds und das machte ihm die Abreise noch schwerer.

»Du wirst mit dem Feuerholz beschäftigt sein«, wiederholte Nathaniel, obwohl Liam das ohnehin wusste. Aber dem Jungen schien es nichts auszumachen, sich alles noch einmal anzuhören. Liam war ein guter Arbeiter, zäh und gründlich. Etwas aus Büchern zu lernen war ihm verhasst, aber er konnte den ganzen Tag lang einen Hirsch verfolgen, ohne dessen Spur zu verlieren. Nathaniel hatte noch nie erlebt, dass er sich beschwert oder vor einer Aufgabe gedrückt hätte, so unangenehm sie auch sein mochte. Sie hatten Liam im vergangenen Herbst aufgenommen, nachdem sein Bruder Billy gestorben war, und der Junge arbeitete hart, um sich seine Unterkunft in Lake in the Clouds zu verdienen.

»Du kannst jederzeit Galileo oder Jed um Hilfe bitten, falls es dir zu viel wird«, sagte Nathaniel. »Ich habe schon mit ihnen gesprochen.«

»Ich schaffe das doch«, sagte Liam und sah blinzelnd auf die Schneeverwehungen vor der Scheune hinaus. »Was glaubst du, wie lange du ausbleiben wirst?«

Das war eine quälende Frage. Nathaniel stieß seinen Atem in einer Wolke aus.

»Wenn die Flüsse nicht vorzeitig aufbrechen, vier Wochen. Sechs, falls das Eis schmilzt und die Regenfälle früher einsetzen. Ich werde auf dem Weg nach Norden in Kayenti'ho Halt machen und Falling-Day und Many-Doves wissen lassen, was geschehen ist. Sie könnten Runs-from-Bears hierherschicken, wenn sie davon hören.«

Liams blasse Augen funkelten auf. »Ich komme mit der Arbeit zurecht«, erklärte er mit brüchiger Stimme.

»Das weiß ich«. Nathaniel erinnerte sich daran, wie es war, vierzehn zu sein: unerfahren, unerprobt, neugierig auf die Welt, leicht aufzubringen durch gute Ratschläge, aber auch ängstlich, etwas allein anzupacken. »Hör zu, Liam. Sollte Bears hierher kommen, bedeutet das nicht, dass ich dir nicht traue. Das tue ich wirklich. Sonst würde ich doch Elizabeth nicht allein lassen.«

Der Junge starrte auf seine riesigen Stiefel. Als er den Kopf hob, glänzten seine Augen.

»Ich wüsste nicht, warum du mir trauen solltest.«
Nathaniel legte dem Jungen eine Hand auf die knochige Schulter. »Du schaust in den Spiegel und siehst deinen Bruder. Aber ich möchte dir sagen, dass ich ihn besser kannte als du. Du bist nicht wie Billy.« Für einen Moment kämpfte Nathaniel mit den Erinnerungen an Liams Bruder, die er mit dem Jungen nicht teilen konnte. Liam mochte einiges vermuten, aber er sollte keine Einzelheiten darüber erfahren, wenn es sich vermeiden ließ. »Würde ich sonst meine Frau und meine Kinder in deiner Obhut zurücklassen?« fügte er hinzu.

Dann begann Nathaniel das Reh aufzuhängen, das er am Morgen geschossen und ausgenommen hatte, und ließ den Jungen eine Weile in Ruhe darüber nachdenken. Als er aufsah, zeigten sich Flecken auf Liams Gesicht, aber keine Tränen.

»Ich werde mein Bestes für sie tun.«

»Das weiß ich.« Nathaniel wischte sich die Hände an einem Stück Sackleinen ab. »Bei Sonnenaufgang breche ich auf, aber es gibt heute Nachmittag noch etwas zu erledigen, und dazu brauche ich deine Hilfe.«

Im Winter war Hidden Wolf trügerisch: Jeder Fehltritt wurde rasch und gnadenlos bestraft. Nathaniel konzentrierte sich auf den Wind und spürte, wie der Berg durch das Netz seiner Schneeschuhe mit ihm sprach. Liam folgte dicht hinter ihm. Sie mussten noch einiges besprechen, aber es war nicht klug, das in dieser nassen Kälte zu tun: Die Feuchtigkeit legte sich rasch auf die Brust, wenn man nicht Acht gab.

Sie gingen bergauf durch Buchen-, Ahorn- und Birkenhaine. Die Kiefern und Schierlingstannen waren schwer beladen mit Schneemassen. Aufgescheuchte Waldhühner kreischten und über ihren Köpfen stießen Eichhörnchen spitze Rufe aus und schleuderten Schalen von Bucheckern nach unten. Das Wolfsrudel, das auf dem Berg umherstreifte, hatte deutliche Spuren hinterlassen. Die Wölfe versteckten die Überreste ihrer Beute nicht. Meist waren es nur Kleintiere, aber vor kurzem hatten sie sich an einem jungen Hirsch satt gefressen und nur abgenagte Knochen, ein zweiendiges Geweih und das zerfetzte Fell übrig gelassen.

Nathaniel machte einen weiten Bogen um einen kleinen Hügel, über den ein anderer Mann leicht gestolpert wäre. Die kleine Erhebung sah nicht anders aus als ein mit Schnee bedeckter Baumstumpf. Er deutete auf das Lüftungsloch und wies Liam auf den kaum wahrnehmbaren Dampf aufsteigenden Atems hin.

»Den können wir uns holen, sobald das Wetter besser wird.« Liam sah sich um und orientierte sich. Noch in dieser Jahreszeit würde er höchstwahrscheinlich hierher zurückkehren und dem Bären eine Kugel zwischen die Augen jagen. Die schwierige Aufgabe bestand dann darin, den Kadaver in die Hütte zu schaffen.

Auf dem Grat des Bergs traf sie ein unbarmherziger Windstoß, der sie zurück in die Wälder treiben wollte. Sich vorsichtig über den nackten Kamm tastend, gingen sie weiter zu einem kleinen Plateau, wo einige Felsbrocken Schutz vor dem Wind boten. Sie blieben stehen, um ihre Schneeschuhe abzustreifen, banden sie auf dem Rücken fest und begannen, eine Klippe hinunterzusteigen. Liam hielt sich an einer verkrüppelten Zederzypresse fest, als er ausrutschte, und fing sich mühelos ab. Nathaniel beobachtete, wie der Junge sich wieder gründlich umsah – er kannte sich aus und würde notfalls den Rückweg nach Lake in the Clouds auch allein finden.

Er machte Liam auf eine Spalte im Gestein aufmerksam, die einem bloßen Schatten glich. Ohne eine weitere Erklärung griff er nach oben und zog sich in den Berg hinein.

Eine rauschende Wasserwand begrenzte die Höhle und strahlte eine Kälte aus, die ihnen bis in die Knochen fuhr. Mit den an der gegenüberliegenden Wand aufgestapelten Holzscheiten entfachten sie ein Feuer und zündeten daran eine Fackel an.

»So habe ich sie mir nicht vorgestellt«, meinte Liam. »Ich hielt sie für größer.« Er ließ seinen Blick über die lange Reihe Wolfsfelle gleiten, die in einem Spalt an der Wand aufgehängt waren.

Nathaniel verschwand im Schatten des hinteren Teils der Höhle. Etwas schleifte über den Boden, dann ertönte ein dumpfer Schlag, und Nathaniel erschien wieder. »Sie ist tatsächlich größer«, erklärte er. »Komm und schau dir das an.«

Er rollte einen großen Felsbrocken zur Seite, der den Eingang zur nächsten Höhle freigab. Das Licht der Fackel tanzte über Fässer, Körbe und sorgfältig zusammengerollte Felle. In den Rissen der Wand steckten von langen Seilen umwickelte Holzpflöcke, an denen getrockneter Mais und Kürbisse hingen: genügend Vorräte, um mindestens sieben Menschen durch den Winter zu bringen. Hier war es ebenfalls kalt, aber trocken und ruhiger.

»So hast du den letzten Winter überstanden«, sagte Liam, mehr zu sich selbst. Einige der Dorfbewohner hatten die Bonners und die Mitglieder ihrer Kahnyen'kehàka-Familie von dem Berg vertreiben wollen und sie beraubt, als ihre Einschüchterungsversuche nicht fruchteten. Im Herbst hatten sie die Hütte überfallen und weniger Wintervorräte gefunden, als sie erwartet hatten. Billy war einer der Aufrührer gewesen und Liam war seinem Bruder überallhin gefolgt.

Nathaniel sah, wie sich die Gefühlsregungen auf dem Gesicht des Jungen abzeichneten: Zorn und Scham und Reue, dass er an diesem Geschehen beteiligt gewesen war. Doch diesen Kampf musste Liam mit sich selbst austragen, also machte Nathaniel sich an die Arbeit.

»Hilf mir hiermit.« Er deutete mit dem Kinn auf die größte der drei alten Truhen, die alle unförmig und abgewetzt waren. Nathaniel sprach gelassen, beobachtete aber Liam aus dem Augenwinkel und sah Interesse und Überraschung aufflackern.

Die Truhe war schwer. Keuchend setzten sie sie neben dem Feuer in der vorderen Höhle ab.

»Das Tory-Gold?« fragte Liam. Seine Stimme klang betont gleichgültig und leicht brüchig.

Nathaniel schnaubte verächtlich. »Du hast dir wohl wieder Axels Märchen angehört.« Er ging in die Hocke und drehte an dem Schloss. Der Deckel ließ sich mühelos aufklappen.

Obenauf lag ein Bündel Papiere, zusammengerollt und eingebunden in ein Öltuch: die Schenkungsurkunde, mit der der Anspruch auf das Land an Elizabeth übergegangen war, ihre Heiratsurkunde, der Kaufvertrag für das Schulgebäude, das Nathaniel gebaut und dann Elizabeth auf ihr Drängen hin verkauft hatte, sowie weitere Dokumente, die vor Gericht gewichtiges Beweismaterial liefern würden, sollten sie noch einmal um ihr Recht auf den Hidden Wolf kämpfen müssen. Nathaniel leg-

te eine hölzerne Schachtel zur Seite, die die persönlichen Gegenstände seiner Mutter enthielt. Darunter schimmerte es matt und Liam holte tief Luft.
»Silber«, keuchte er. »Reines Silber?«
»Nicht ganz.« Nathaniel griff nach der leeren Schachtel, die er mitgebracht hatte. »Es ist nicht einfach, es hier zu bearbeiten, aber wir tun eben, was wir können.«
Liam blinzelte. »Also gibt es doch eine Mine auf dem Hidden Wolf.«
»Ja«, bestätigte Nathaniel. »Es gibt eine.«
»An der Nordseite?«
Nathaniel nickte.
»Weiß der Richter davon?«
»Nein. Ich nehme an, er hat niemals danach gesucht.«
Liam ballte schweigend die Hände an seinen Seiten zu Fäusten und streckte dann wieder die Finger aus.
»Ich kümmere mich jetzt nur darum, weil ich es möglicherweise in Montreal brauche. Das Silber gehört jedoch nicht mir.«
Der Junge hob ruckartig den Kopf. »Nicht? Wem dann? Elizabeth?«
»Die Mine gehört den Kahnyen'kehàka«, sagte Nathaniel. »Also auch das Silber. Aber sie haben sicher nichts dagegen, wenn ich es dazu verwende, Otter und Hawkeye aus ihren Schwierigkeiten zu helfen.«
Liam ging in die Hocke, den Blick auf Nathaniel gerichtet.
»Aber der Berg befindet sich auf dem Land, das dem Richter gehörte. Er hat es bei einer Versteigerung erworben.«
»Stimmt.« Nathaniel arbeitete weiter, beobachtete dabei jedoch Liams Gesicht aus dem Augenwinkel.
»Und er hat es an Elizabeth weitergegeben. Dann hast du sie geheiratet.«
»Auch das ist richtig«, bestätigte Nathaniel. »Das war damals jedoch nicht ganz so einfach. Worauf willst du hinaus?«
Liam starrte eine Weile auf seine Hände. Wie immer dachte er gründlich darüber nach, was er sagen wollte, bevor er fortfuhr. Diese Angewohnheit ließ ihn älter erscheinen als er war und gehörte zu den Eigenschaften, die ihn von seinem Bruder Billy unterschieden.
»Der Hidden Wolf gehört dir. Die Mine ebenfalls. Du hast ei-

nen gesetzlichen Anspruch darauf, also gehört dir auch das Silber...« Liam zögerte, als er Nathaniels Gesichtsausdruck bemerkte.

»Es gibt nicht nur eine Art von Gesetz«, erklärte Nathaniel. »Meiner Meinung nach sind die Kahnyen'kehàka die einzigen, die einen Anspruch auf die Mine erheben können.«

Liam starrte durch den Wasserfall auf das Gebiet, wo die Hütte stand. »Sieht Elizabeth das auch so?«

»Das tut sie. Wir wären bereit, den Berg schon morgen überschreiben zu lassen, wenn das Gericht das anerkennen würde.«

Der Junge schluckte, sodass sich sein Adamsapfel auf- und abbewegte. »Mein Bruder würde aus dem Grab steigen, um zu verhindern, dass du den Hidden Wolf den Mohawk zurückgibst.«

Nathaniel setzte sich auf seine Fersen. Liams Gesicht trug Billys Züge. Der Junge hatte die gleiche breite, niedrige Stirn, hohe Wangenknochen und eine schmale Nase. Auf seiner Oberlippe und den Handrücken spross der rot-goldene Flaum, der allen Kirbys gemeinsam war. Eines Tages würde Liam ebenso groß und stark sein wie Billy. In seinen Augen lag jedoch etwas, das seinem Bruder gefehlt hatte. »Und du?« fragte Nathaniel.

»Was würdest du tun?«

»Mich geht das nichts an«, erwiderte Liam.

»O doch«, widersprach Nathaniel. »Wenn du einer von uns sein willst, betrifft es auch dich. Das ist ...« Er sah auf die Truhe und ließ dann seinen Blick durch den Wasserfall über Lake in the Clouds und Hidden Wolf wandern. »Das ist Hannahs Geburtsrecht sowie das von Many-Doves und deren Kindern. Meine Aufgabe besteht darin, für sie darauf aufzupassen, und nun bist auch du dafür verantwortlich. Falls du einer von uns sein willst.«

Dem Jungen stieg die Röte ins Gesicht. Er starrte erst Nathaniel an und richtete dann seinen Blick auf das Silber.

»Ich bin einer von euch«, sagte er mit heiserer Stimme.

»Dann wollen wir uns an die Arbeit machen.« Nathaniel reichte ihm eine Schachtel. »Zum Reden ist es hier zu kalt.«

Elizabeth war bereits kurz vor Sonnenaufgang wach. Die Babys hatten eine Stunde zuvor getrunken und schlummerten, doch sie wollte nicht schlafen. Sie hatte eine Kerze angezündet und ihre Ohren vor der leisen, wegen dieser Verschwendung mahnenden Stimme verschlossen. Jetzt lag sie auf der Seite und betrachtete durch die eisverkrusteten Scheiben des einzigen kleinen Fensters das Farbenspiel der Morgendämmerung. Das Fenster war ein weiterer Luxus und im Augenblick bereute sie ihn. Schon bald würde die Sonne über den Kamm steigen und Nathaniel wecken. Dann würde er aufstehen und aufbrechen. Sie hatte ihn zu der Reise ermutigt – sie hatte sogar darauf bestanden. Und trotzdem erschien der Gedanke daran mit einem Mal erdrückend. Elizabeth war erfüllt von Furcht und unbestimmten Sorgen, wenn sie an Montreal und die dortigen Schwierigkeiten dachte, und an die konkreter vorstellbaren Hindernisse, die in den endlosen Wäldern zu überwinden waren. Außerdem ärgerte sie sich über sich selbst. Sie wollte den Abschied für ihn nicht noch schwerer machen.

Trotzdem kam sie nicht umhin, jetzt sein Gesicht zu studieren. Das Gesicht, das sie so gut kannte. Im Frühjahr würde er siebenunddreißig werden und schon jetzt zeigte sich eine einzige weiße Haarsträhne am Haaransatz. Die geraden Augenbrauen, die Narbe unter seinem linken Auge, die markante Nase und der kräftige Unterkiefer. Der Schwung seiner Lippen. Die Vertiefung in seinem Kinn, wo der Schatten seines Barts am dunkelsten war.

Die Sonne war noch nicht aufgegangen, doch sie spürte, wie der Rhythmus seines Atems sich veränderte. Seine Wangenmuskeln zuckten leicht. Sie hielt den Atem an und hoffte, er würde wieder in tiefen Schlaf zurückgleiten und nicht vor Mittag aufwachen. Dann müsste er einen Tag länger bleiben.

Doch er hob einen Arm, schlang ihn um sie und zog sie zu sich herunter. »Du bist so nervös, Stiefelchen«, sagte er leise. »Komm, ruh dich mit mir aus.«

Elizabeth schmiegte das Gesicht in seinen Nacken und sprach aus, was sie nicht hatte sagen wollen. »Ich wünschte, du müsstest nicht gehen.«

Er verstärkte den Druck seines Arms um ihre Schultern.

Eine Weile genossen sie diesen Augenblick, schweigend und ohne sich zu bewegen. Nur seine Finger strichen sanft über ihre Schläfe. Seine Brust unter ihrer Hand war so hart wie Eichenholz. Sie sog seinen Duft ein und spürte, wie sich ihre Poren öffneten und ihre Sinne erwachten.

»Ich wünschte ...«, sagte Elizabeth schließlich und verstummte. Sie fühlte, dass er wartete. Als sie ihm ihr Gesicht zuwandte, waren seine Augen geöffnet und sein Blick was ruhig und wissend. Er wusste es – er wusste es immer. Nathaniel küsste sie und sie begann zu weinen. Nur ein wenig. Nur genug, um den Kuss mit Salz, Bedauern und Verlangen zu würzen. Er nahm ihr Gesicht in die Hände und murmelte etwas Tröstliches.

Elizabeth umarmte ihn und erwiderte seinen Kuss. Mehr konnten sie sich nicht schenken. Die Zeit war zu kurz und ihr Körper fühlte sich immer noch wund an. Doch es war schön, ihn in den Armen zu halten, sein Verlangen zu spüren und zu wissen, dass auch sie ihn begehrte. Trotz der erstaunlichen Vielfalt ihrer Schmerzen überall in ihrem Körper brachte Nathaniels Kuss ihre Brüste zum Pochen und Kribbeln und unterhalb ihres Bauchs regten sich die Gefühle, die sie an jenem Wintermorgen bei seiner ersten Berührung entdeckt hatte.

Mit einem Mal zogen sich ihre Brustmuskeln zusammen und ein wenig Milch trat aus. Sie stöhnte überrascht auf und wich zurück.

»Psst.« Er zog sie wieder an sich. »Schon gut. Das passiert öfter. Schon gut.« Mit einer Hand hob er ihr Kinn. Er lächelte ein wenig. »Es tut mir nur leid, dass ich dein Angebot nicht annehmen kann.«

Sie drückte mit den Handflächen gegen seine Schultern, doch er ließ sie nicht los, legte seine Lippen auf ihre Schläfe und flüsterte ihr zu: »Ich werde zurückkommen, Stiefelchen. Alles wird verheilt sein und wir werden uns wieder lieben können. Bis dahin wird es in der Höhle warm genug sein. Wir müssen uns dort wiederentdecken, wo wir uns gefunden haben. Du und ich. Wie hört sich das an?«

Elizabeth strich ihm das Haar aus der Stirn. »Das klingt, als solltest du schon längst unterwegs sein, damit du dich wieder auf den Heimweg machen kannst. Schließlich enden Reisen damit, den Liebsten wieder zu sehen.«

»Daran werde ich denken.« Nathaniel lachte. »Das wird mir auf dem langen Heimweg helfen.«

3

Die Märzwinde fegten über den Sankt-Lorenz-Strom und wirbelten durch Montreals schmale Gassen, wo Nathaniel sich in den Schatten der Herberge St. Gabriel zurückgezogen hatte. Als die Kirchenuhr vier schlug, hatten sich die meisten der Stadtbewohner über die glitschigen Pflastersteine hastend bereits zum Abendessen zurückgezogen. Nathaniel blieb jedoch bewegungslos und aufmerksam stehen, ohne die Eiskörner zu beachten, die auf die Dächer aus Blech und Schiefer niederprasselten.

Die Tür der Taverne öffnete sich und eine Bedienstete kam mit klappernden Schritten heraus, unter dem Gewicht ihres Korbs zur Seite geneigt. Ihr folgten zwei Rotröcke mit hochgezogenen Schultern. Nathaniel drückte sich enger an die Wand, entspannte sich jedoch, als sie an ihm vorbeigingen. Ihre Blicke waren nach unten auf ihre Stiefel gerichtet und in Gedanken waren sie bereits bei den Pflichten, die sie von dem Herd und ihrem Bier weggeholt hatten. Für sie war er unsichtbar.

Nathaniel wandte seine Aufmerksamkeit wieder der dämmrigen Straße zu. Zwischen den Häusern gegenüber entdeckte er eine Bewegung. Ein Kind, zu leicht bekleidet, suchte zwischen den schattigen Stellen die Rinnsteine ab. Nathaniel beobachtete es einen Augenblick lang, dann trat er in den Lichtkegel einer Laterne und hielt eine Münze hoch. Der Junge richtete rasch seinen Blick auf das schwache Schimmern, überquerte mit drei Sprüngen die Straße und folgte Nathaniel in den Schatten.

Etwa zehn Jahre alt, vermutete Nathaniel, und klein für sein Alter. In seinen Augen lag ein Ausdruck des Argwohns, eines war rot verkrustet. Seine Haut war mit Schmutz und blauen Flecken bedeckt. Aber er grinste. »Monsieur?«

Nathaniel reichte ihm den Schilling, der schnell zwischen den Fingern des Jungen verschwand.

»Wie heißt du?«

»Man nennt mich Claude«, erwiderte der Kleine. »Für eine weitere Münze sage ich Ihnen auch meinen Familiennamen.«

Nataniel schnaubte. »Du bekommst noch eine Münze, wenn du dem großen Schotten dort drin eine Botschaft überbringst.« Nathaniel hatte schon lange nicht mehr Französisch gesprochen, doch das Nicken des Jungen war ermutigend. »Sag ihm, er soll Wolf-Running-Fast bei Iona treffen, und achte darauf, dass dich niemand belauscht.«

»Die *Auberge* ist voll mit Schotten«, sagte der Junge. »Überall in Montreal wimmelt es von ihnen. Ist Ihnen irgendein Schotte recht, Monsieur Wolf-Running-Fast?«

»Der größte im Raum«, erklärte Nathaniel. »Weißhaarig, hört auf den Namen Rab MacLachlan. Hat einen roten Hund – fast so groß wie du.«

Die Augen des Jungen leuchteten interessiert auf. »Gibt es eine Münze für jeden? Für den Mann und den Hund?«

»Wenn sie allein auftauchen, bekommst du für jeden eine Münze.«

»Und eine weitere, wenn ich ihnen den Weg zeige.«

Nathaniel lachte leise bei diesem Gedanken. Robbie konnte den Weg zu Iona mit verbundenen Augen finden. »Wenn du deine Aufgabe erledigst, bekommst du die Geldstücke. Und, ich wette, einen Teller Lammeintopf obendrauf.«

»Wolf-Running-Fast«, wiederholte der Junge. »Iona.« Als Nathaniel nickte, verschwand er in der dunklen Gasse.

Nathaniel besaß genügend Erfahrung, um nichts als selbstverständlich vorauszusetzen. Geduldig harrte er also im Schatten gegenüber von Ionas Hütte aus, trotz des Windes und des Knurrens seines Magens. Jetzt, wo er sich hier aufhalten musste, erinnerte er sich wieder, warum er all die Jahre der Stadt ferngeblieben war. Mit siebzehn hatte er sowohl seine Arglosigkeit als auch seine Unschuld in Montreal verloren. Die erste Erfahrung hatte er gemacht, als er sah, wie Händler hinter Pelzen und Priester hinter den Seelen der Huronen und Cree, der Abeknaki und Hodenosaunee her waren. Den zweiten Verlust hatte er mit geringerem Widerstand mit der Tochter des Vizegouverneurs erlebt. Der Gedanke an Giselle Somerville hinterließ einen seltsamen Geschmack in seinem Mund – so, als hätte er in einen Apfel gebissen, der verlockend aussah, aber innen faul war. Er hatte geglaubt, das könne ihm nichts mehr anhaben, doch Giselle trug die Schuld an seinen Schwierigkeiten. Zwanzig Jahre waren vergangen, und es gelang ihr immer noch, ihre kalte Hand auszustrecken und einen Finger auf seine Wange zu legen.

Die Schneeflocken fielen dichter und wirbelten ihm in die Augen. Er zog seine Kapuze tiefer ins Gesicht und suchte die warme Mitte in sich, so wie er es als Kind gelernt hatte. Zu Hause würden jetzt beide Herde lodern. Wahrscheinlich gab es Wild mit Maisbrot und getrockneten Preiselbeeren. Nach getaner Arbeit würde Hannah sich über eine Näharbeit oder – wenn es nach ihr ging – über ein Buch beugen. Nathaniel stellte sich Elizabeth vor, wie sie daneben saß, eines der Babys an ihrer Brust. Er konnte sie ganz deutlich vor sich sehen; ihr herzförmiges Gesicht, die ersten Sorgenfältchen in den Augenwinkeln, ihr Mund so rot wie wilde Erdbeeren. Abends hatte sich ihr Haar gelöst und fiel in feuchten Locken über ihre Schläfen in den Nacken und über die Schultern, wenn sie sich fürsorglich über das Kind in ihren Armen beugte.

Das Bild der Babys konnte er nicht klar heraufbeschwören. Die Zeit war zu kurz gewesen.

Nathaniel schüttelte sich leicht. Wenn er sich konzentrierte und seine Aufgabe erledigte, dann würde er sich schon bald mit seinem Vater, Otter und Rab auf den Heimweg machen können. Die Flüsse waren noch fest zugefroren; sie konnten es in kurzer Zeit schaffen. Die Nächte würden sie in Höhlen verbringen und über einem Feuer braten, was immer ihnen vor die Gewehrläufe gekommen wäre. Otter würde ihnen seine Geschichte erzählen: wie er in Montreal gelandet war, obwohl er eigentlich Richtung Westen ziehen wollte, und wie er mit den Somervilles in Konflikt geraten war. Zuletzt hatten sie von Otter im Dezember gehört, als Rab MacLachlan mit der Nachricht nach Lake in the Clouds gekommen war, dass der Junge bei Giselle gelandet sei. Noch schlimmer war Rabs Neuigkeit, dass Hawkeye sich auf dem Weg nach Montreal befand, um Otter aus seiner misslichen Lage zu befreien.

Moncrieffs Brief und die Mitteilung, dass sich beide im Gefängnis befanden, war kein unerwarteter Schock gewesen. Kanada war nun einmal kein guter Aufenthaltsort für die Männer der Bonners. Das war es nie gewesen. Vor allem dann nicht, wenn Giselle Somerville ihre Finger im Spiel hatte. In der eisigen, dunklen Nacht waren Nathaniel zwei Dinge ganz klar: Sie mussten seinen Vater und Otter so schnell wie möglich aus dem Gefängnis holen und sie mussten den Somervilles aus dem Weg gehen. Wenn sie sich dann zu Hause in Sicherheit befanden, würden sie sich mit Otter beschäftigen müssen. Er mochte zwar Hannahs Lieblingsonkel sein, aber er war auch ein Siebzehnjähriger, der vier erwachsene Männer in eine gefährliche Situation gebracht hatte.

Ein gedämpftes Bellen ertönte und der rote Hund erschien auf der Straße. Neben Ionas Hütte schimmerten ein weißer Haarschopf und eine erhobene Hand. Eine Tür wurde geöffnet und wieder geschlossen. Nathaniel wartete noch fünf Minuten länger. Als sich nichts rührte, folgte er Robbie MacLachlan hinein.

Der kleine Raum war nur vom Schein des Feuers und der kleinen Lampe erhellt. Das Haus roch nach Holzrauch, gebratenem Hammelfleisch, Talg, dem nassen Hund, der wie ein verkrüppelter Ast vor der Feuerstelle lag, und dem ungewaschenen Jungen, der neben ihm kauerte und sich mit den Fingern Eintopf in den Mund schaufelte. Claude nickte ihm nur zu, aber Robbie packte ihn an den Schultern, bevor er noch ein Wort der Begrüßung hervorbringen konnte.

»Nathaniel«, sagte der große Mann. Er stand gebückt, um sich den Kopf nicht an den Balken der niedrigen Decke zu stoßen. Sein gerötetes Gesicht verzog sich vor Freude, aber auch vor Besorgnis. »Was tust du hier? Solltest du nicht zu Hause bei Elizabeth sein? Geht's ihr gut? Ist das Kleine schon da?«

»Ihr geht es gut. Sehr gut«, beruhigte Nathaniel ihn. »Sie hat mir gesunde Zwillinge geschenkt – einen Jungen und ein Mädchen.«

Ein Schatten glitt über Robbies offenherzige Miene. »Aber warum bist du dann hier? Warum bist du nicht an der Seite deiner Frau?«

»Man hat nach mir geschickt«, erklärte Nathaniel. »Moncrieff teilte mir in einem Brief mit, dass Vater mich sehen will. Ist er nicht mit Otter im Gefängnis der Garnison?«

Robbie fuhr mit der Hand über seinen struppigen Backenbart. »Ja, das stimmt. Aber Hawkeye hat uns nicht gebeten, dich zu holen. Er war froh, dich zu Hause in Sicherheit zu wissen, Junge. Ich kann mir nicht vorstellen, warum Moncrieff dir so etwas geschrieben hat.«

»Aber ich.« Die ruhige Stimme kam von der niedrigen Tür zum Nebenzimmer. Eine Frau erschien: klein und von unbestimmbarem Alter; eine Person, die keine Aufmerksamkeit auf sich zog, wenn man nicht auf den lebhaften Ausdruck ihrer Augen achtete.
»Miss Iona«, sagte Nathaniel. »Es ist schon lange her.«
»Das ist wahr«, bestätigte sie. Wenn sie lächelte, erahnte man, wie sie als junge Frau ausgesehen haben musste, und schenkte den Geschichten über sie bereitwillig Glauben. Nathaniel hatte sie vor beinahe zwanzig Jahren kennen gelernt. Die kleine Iona, wie die Männer in der Wildnis sie nannten, oder Schwester Iona, denn sie hatte einmal den Schleier getragen, und das konnten viele nicht vergessen. Über die Umstände und die Gründe, warum sie das Kloster verlassen hatte, rankten sich viele Gerüchte und Legenden.

Sie kam quer durch das Zimmer auf ihn zu und begrüßte ihn gastfreundlich.

»Du hast dich gut gehalten, Nathaniel Bonner. Zieh die nassen Sachen aus und komm näher. Es gibt Eintopf, falls der junge Claude nicht schon den letzten Rest aus dem Topf gekratzt hat.« Ihr gälischer Akzent war deutlich zu hören – alle Wörter mit ›S‹ klangen weich und verschliffen. Nathaniel spürte ihren taxierenden Blick, nahm ein Tuch von ihr entgegen und trocknete sich die Haare.

»Hast du einen Grund, Moncrieff nicht zu trauen?« Sie kniete vor dem Herd nieder, geschmeidig wie ein junges Mädchen von zwanzig Jahren. »Er ist Schotte, nicht wahr?«

Claude entblößte seine kranken Zähne und grinste Robbie an, der errötete und empört einen Zischlaut ausstieß.

Nathaniel zog ein paar Münzen aus seiner Tasche und hielt sie dem Jungen entgegen. Er sprang auf und wischte sich den Mund mit seiner schmierigen Hand ab. Als Iona ihm einen warmen Schlafplatz in der Scheune anbot, rannte er zur Tür und sah sich nur kurz zu Nathaniel um.

»Wenn Sie mich noch einmal brauchen sollten, finden Sie mich bei Sonnenaufgang in der Nähe der *Auberge*.«

»Das werde ich mir merken«, erwiderte Nathaniel.

Nachdem Claude verschwunden war, kam Robbie sofort auf das Thema zurück. »Iona, ich muss mich über dich wundern. In

Gegenwart eines Highlanders, der in Schottland geboren und aufgewachsen ist, verfluchst du die Schotten wie den Teufel. Das ist nicht fair, Mädchen.«
»Mag sein«, gab sie zu und zuckte die Schultern. »Aber die schottischen Tiefländer bringen immer Ärger und Moncrieff ist schlimmer als die meisten anderen. Er will unbedingt seinen Willen durchsetzen.«
»Und der wäre?« fragte Nathaniel und streckte seine Finger dem wärmenden Feuer entgegen.
»Ist das nicht eindeutig? Er will dich und deinen Vater auf einem Schiff in Richtung Schottland sehen. Deshalb sitzt du jetzt hier, Nathaniel, anstatt zu Hause bei Frau und Kindern zu sein. Natürlich musst du zuerst Hawkeye aus dem Gefängnis holen. Damit rechnet Moncrieff.« In ihrer Stimme lag weder Zorn noch Unmut. Nathaniel schenkte ihr unwillkürlich Glauben.
»Woher kennst du ihn so gut?«
Robbie räusperte sich. »Moncrieff und ich haben hier eine Menge Zeit verbracht und uns oft unterhalten.«
»Hast du ihm auch die Geschichte erzählt, wie Elizabeth meinen Vater aus Annas Vorratskammer herausgeholt hat?«
»Ja«, gab Robbie verschämt zu. »Das habe ich getan. Die Geschichte ist einfach zu gut, um sie für sich selbst zu behalten. Und in all der Zeit, die ich mit Moncrieff verbracht habe, und bei all den Geschichten, die wir uns erzählt haben, fiel niemals ein einziges Wort über ein Schiff nach Schottland.«
Iona schürzte ihre Lippen. »Dann hast du wohl nicht genau zugehört, Robbie MacLachlan. Aber das überrascht mich nicht.
Ich erinnere mich noch gut daran, dass Isaac Putnam dir nicht nur einmal empfohlen hat, deine Ohren zu putzen.«
Robbies üblicherweise freundliche Miene bewölkte sich bei der Erwähnung eines alten Streitpunkts. Auch wenn er schon seit Jahren nicht mehr in Montreal gewesen war, funkte es immer noch zwischen Iona und ihm.
»Vielleicht hoffte mein Vater, ohne meine Hilfe aus dem Gefängnis freizukommen, aber nun bin ich hier. Ich kann ihn nicht dort sitzen lassen. Wir werden schon noch herausfinden, ob Moncrieff noch etwas anderes im Sinn hat, als ihn zu befreien.« Er unterbrach sich, um einen seiner nassen Mokassins auszuziehen. »Sobald mein Vater befreit ist, werden wir uns auf den

Heimweg machen und ganz Schottland wird uns nicht davon abhalten können.«

Iona schob sich eine lose Haarsträhne aus der Wange und Nathaniel bemerkte, dass ihr weißes Haar sehr dünn geworden war. »Unterschätzt ihn nicht.«

Robbie stellte mit einer heftigen Bewegung seine Schüssel auf den Tisch. »Du bist eine misstrauische Frau, Iona, aber das hat dir in den vergangenen Jahren sicher auch geholfen. Möglicherweise war ich ein wenig zu nett zu Moncrieff.«

»Weißt du, wo er sich jetzt aufhält?« fragte Nathaniel.

»Ja, weiß ich.« Robbie warf ihm einen langen Seitenblick zu. »Er ist zum Abendessen bei unserer schönen Giselle. Wie so oft.«

»Ich nehme an, ihr Vater hält sich nicht in der Stadt auf«, sagte Nathaniel.

»Somerville ist in Quebec«, bestätigte Robbie. »Ich habe keine Ahnung, wie lange er dort bleiben wird.«

Sie sahen Iona an, die ihren Kopf nachdenklich zur Seite neigte. »Ich denke, Gouverneur Carleton wird ihn noch eine weitere Woche bei sich haben wollen.«

Iona war, trotz ihres schlichten Heims und unauffälligen Erscheinens, die beste Informationsquelle in Montreal. Als junge Frau hatte sie sich unter den Angehörigen dreier Armeen bewegt, während diese um Landbesitz gekämpft hatten. Sie hatte die Männer kennen gelernt, die das Schicksal Kanadas bestimmten, und sie kannte sie immer noch. Heutzutage kamen sie zu ihr und setzten sich vor den Kamin, um mit ihr zu plaudern, und sie hieß jeden willkommen, der freundlich und kein Katholik war. Schotten, die mit Pelzen handelten, Engländer, die die Kolonie befehligten, Franzosen, die im Schatten der Engländer lebten und für die Beschaffung der notwendigen Güter und Nahrungsmittel in der Stadt sorgten. McTavish, McGill, Guy, Latour, Desprès, Cruikshank, Gibb, Carleton, Monk – sie kamen allein oder gemeinsam, um zu reden. Sie bot ihnen starkes Bier und gutes Essen und hörte ihnen zu.

»Hat Moncrieff sich mit Somerville getroffen?«

Robbie lachte leise. »Ja. Allerdings steht unser Angus Moncrieff nicht gerade auf gutem Fuß mit Pink George.«

Nathaniel grinste, als er den alten Spitznamen Somervilles hörte, aber er wollte sich nicht durch ein Gespräch über die Eigenarten oder Charakterfehler dieses Mannes ablenken lassen, also brachte er das Gespräch auf die praktischen Dinge. Nach wenigen Minuten hatte er Robbie den ganzen Bericht über die Ereignisse entlockt. Wie er angenommen hatte, gab es nicht viel zu sagen. Hawkeye war hierher gekommen, um Otter nach Hause zu bringen, und beide waren dann im Gefängnis gelandet. Die Behörden gaben an, Hawkeye wegen des Tory-Golds befragen zu wollen, aber Robbie und Iona war klar, dass etwas ganz anderes dahinter steckte.

»Was will Somerville wirklich von ihnen?« wollte Nathaniel wissen. »Habt ihr irgendeine Ahnung? Hat er etwas über Otter und Giselle herausgefunden? Ist es das?«

Iona saß mit ihrem Strickzeug auf einem schmalen Hocker neben dem Herd und senkte den Blick. »Er vermutet es vielleicht, aber er weiß immer nur das über seine Tochter, was er wissen will. Und das ist sehr wenig.«

»Warum sind mein Vater und Otter dann immer noch im Gefängnis?«

Robbie streckte seine Hände aus. »Das ist sehr einfach. Somerville kann es nicht riskieren, dass Otter Montreal verlässt. Der Gouverneur will den Jungen hier haben, verstehst du? Otter ist seine einzige Verbindung zu Stone-Splitter.«

Stone-Splitter war ein Sachem, also ein Häuptling der Kanyen'kehàka, der den O'seronnis niemals nachgegeben hatte. Aus diesem Grund fürchteten ihn die Engländer mehr als alle anderen. Er kannte ihre Schwächen sehr gut, war nicht auf ihre Geschenke angewiesen und mochte ihren Whiskey nicht. Daher gab es für sie keine Möglichkeit, Kontrolle über ihn zu gewinnen. Er war ein Krieger der alten Tradition, einer, von dem man sich Geschichten erzählte und von dessen Unerbittlichkeit auf dem Schlachtfeld alte Soldaten immer noch unruhig träumten und sich dabei stöhnend im Bett hin und her wälzten.

Die jungen Männer seines Dorfes wurden auf die gleiche Art erzogen.

Stone-Splitter war der einzige aller Häuptlinge der Kahnyen'kehàka, der sich geweigert hatte, im Unabhängigkeitskrieg Partei zu ergreifen – daher hatte sein Volk überlebt, während andere immer noch kämpften. Der Gouverneur versuchte wohl, Stone-Splitters Aufmerksamkeit auf sich zu ziehen, da er für einen weiteren Krieg aufrüstete und hoffte, die Unterstützung des Sachems und seiner Krieger zu gewinnen. Stone-Splitter war Otters Blutsbruder.

Nathaniel wandte sich Iona zu und bemerkte, dass sie ihn beobachte und wahrscheinlich ganz genau wusste, was in ihm vorging.
»Der Geruch nach Krieg hängt in der Luft«, meinte sie. »Aber vielleicht vergehen bis dahin noch ein paar Jahre.«
Noch ein Krieg. Seit dem letzten sprachen die Männer mit Unbehagen darüber, denn niemand konnte so recht glauben, dass sie nichts mehr von Englands König hören würden. Und nun war er in greifbare Nähe gerückt. Das Verlangen, weit weg zu sein, war stärker denn je.

»Wird es schwer sein, Otter aus Montreal herauszuschleusen, sobald wir ihn aus dem Gefängnis befreit haben?« fragte Nathaniel. Er sah Robbie zögernd an, konnte aber kein Anzeichen eines Vorwurfs entdecken.

»Falls du damit auf Giselle anspielst, so kennst du die Antwort besser als ich, Junge. Du bist eines Tages als freier Mann von hier weggegangen – mit der Unterstützung deines Vaters.«

Nathaniel war normalerweise nichts peinlich, aber er wurde nicht gern an die Stunden erinnert, die er mit Giselle Somerville verbracht hatte. Er war jung, gesund und lernbegierig gewesen; sie war ebenfalls jung, keineswegs unschuldig und begeistert, ihm etwas beibringen zu können. Es lag schon beinahe zwanzig Jahre zurück, aber an manche Augenblicke konnte Nathaniel sich noch sehr deutlich erinnern, wenn er das zuließ. Hawkeye war aufgetaucht und hatte ihn geradeheraus gefragt, ob er diese junge Frau heiraten wolle und ob sie dann mit nach Lake in the Clouds kommen würde.

Damit hatte die Sache ein Ende gefunden. Er war zu sich gekommen. Auf keinen Fall wollte er in Montreal bleiben und sie hätte bei dem Gedanken, am Rande der Wildnis zu leben, nur gelacht. Also hatte er Montreal in Begleitung seines Vaters verlassen und die Jagdsaison bei Stone-Splitters Stamm verbracht. So hatte er die älteste Tochter der Mutter des Wolf-Clans kennen gelernt. Sings-from-Books wurde seine erste Frau. *Vom Regen in die Traufe.*

Er schüttelte den Kopf, als wolle er die Vergangenheit abstreifen. »Giselle wird versuchen, Otter an sich zu fesseln, wenn sie eine Möglichkeit dazu sieht«, sagte Nathaniel. »Sie sammelt Männer wie andere Frauen Schmuckstücke.«

Iona hielt den Kopf über ihre Strickarbeit gebeugt, doch Nathaniel sah, wie sie ihre Lippen zusammenpresste. »Das ist nicht sehr freundlich von dir, wenn man bedenkt, was ihr einander einmal bedeutet habt«, erwiderte sie.

Der Tadel war verdient – Nathaniel nahm ihn mit geneigtem Kopf entgegen. »Du hast recht. Ich sollte sie nicht verurteilen, aber ich mache mir eben Sorgen um Otter.«

»Er ist ein prima Kerl – und schlau obendrein. Aber er ist noch jung – und neugierig. Nur gut, dass dein Vater bei ihm ist.«

»Wir müssen ihn von hier wegbringen. Und wir müssen auch verschwinden.«

»Möglichst schon morgen«, stimmte Iona ihm zu.

»Ja. Da kann ich euch nur zustimmen«, pflichtete Robbie bei. »Habt ihr irgendwelche Pläne?«

Robbie grinste. »Hast du Geld?«

Nachdem sie sich eine Stunde lang unterhalten hatten, ging Robbie allein zu der Herberge in der Rue St. Gabriel zurück, um Nathaniels Anwesenheit geheim zu halten. Wenn alles gut ging, könnten sie Montreal in zwei Tagen verlassen und Moncrieff würde niemals erfahren, dass Nathaniel jemals hiergewesen war. Einen Moment lang empfand Nathaniel beinahe Mitleid für den Mann, der nur seine Pflicht gegenüber seinem Arbeitgeber tun wollte, einem alten Mann ohne Erben und Hoffnungen. Doch das Bedürfnis, seine Leute zu schützen, war stärker, und Nathaniel würde Montreal und Moncrieff den Rücken kehren, ohne auch nur einen Augenblick lang zu zögern.

Später, auf seinem Lager, fiel Nathaniel in einen tiefen Schlaf und träumte von den Höhlen unter dem Wasserfall.

4

Nathaniel hatte im Laufe seines Lebens schon einige Zeit in Städten verbracht, doch er würde sich in einer Menschenmenge niemals wirklich wohl fühlen. Ihm war jedoch klar, dass der Tumult auf dem Schweinmarkt in Montreal ideal war, um sich zu tarnen. Laut Iona würden sie dort mit großer Wahrscheinlichkeit den Sergeant finden, der im Gefängnis der Garnison Nachtwache hatte. Der Dragoner hieß Ronald Jones.

Die Kälte war so beißend, dass sie Atem in Eis verwandeln konnte, doch den Sonnenstrahlen gelang es trotzdem, sich hier und dort vorzuwagen: Sie brachten ein Blechdach, ein Beil, das an der Seite einer Marktbude hing, ein Fenster, an dem die Läden geöffnet waren, und den silbernen Ohrring eines jungen Indianers zum Leuchten. In der Menge wurde man getreten, gestoßen und angefasst. Überall traf man auf übergewichtige Kaufleute, angetrunkene Soldaten, Metzger, die ihre Säue zusammentrieben, Mägde, die beladene Schlitten zogen, Bettler, Hunde, Ochsen, Pferde und unzählige Schweine. Trotz der extremen Kälte war die Luft dick und stank nach Schweinemist und gepökeltem Fleisch. Asche und Kohlereste wirbelten über den Feuerstellen umher, an denen sich die Metzger und ihre Kunden wärmten.

Selbst in dieser Menschenmenge spürte Nathaniel Blicke auf sich gerichtet. Möglicherweise lag es daran, dass ihm die meisten nur bis zur Schulter reichten und dass Robbie neben ihm selbst ihn überragte. Sie sahen ihn an und wandten sich wieder ab. Er war nur einer dieser Hinterwäldler auf der Suche nach Schnaps, einer Frau oder einem guten Preis für seine Felle. Nathaniel zwang sich, daran zu denken, dass das nur für heute oder morgen so sein würde. Wenn sie diesen Jones finden konnten und er bestechlich war. Er spürte das Gewicht der doppelt genähten Ledertaschen, die er quer über seine Brust geschnallt trug. Darin befanden sich etwa zwanzig Pfund beinahe reinen Silbers.

Seine Gedanken waren so sehr auf den Waliser gerichtet, dass er die ersten Anzeichen des Handgemenges nicht bemerkte. Zwischen den Buden zu seiner Linken ertönte ein kehliger Schrei: *Crisse de Tete à Faux!* Eine Faust zischte so nahe an ihm vorbei, dass er rasch einen Schritt zur Seite trat. Bevor Nathaniel klar wurde, was vor sich ging, stürmte die Menge herbei. Die Geschäfte und die Kälte waren bei der Aussicht auf ein wenig Unterhaltung vergessen.

Ein Metzger und ein Farmer beschimpften und bespuckten

sich über den Kadaver eines riesigen Schweins hinweg. Der Kopf des Metzgers glich einer Kanonenkugel: dicke Backen und ein rosaroter Schädel, so borstig wie der leblose Fleischberg zu seinen Füßen. Der Farmer hatte schwarzes Haar, war zwanzig Jahre jünger, zwanzig Pfund leichter und viel zorniger. Auf seiner Wange war ein frischer Schnitt zu sehen. Nathaniel wurde sich des vertrauten und beruhigenden Gewichts des Gewehrs auf seinem Rücken und des Tomahawks bewusst, der in dem breiten Gürtel an seiner Lende steckte.

Die Masse warf sich hin und her wie ein von Wespen geplagtes Maultier. Robbie fluchte wiederholt – er konnte solche Menschenmengen noch weniger ausstehen als Nathaniel.

Ein Mann sprang auf ein Fass. *«Moe, J'prends pur Pepin, moe, p'is j'y meths dix shillings, la!«* rief er und schwenkte eine Münze über dem Kopf.

Der Farmer grinste und holte zu einem raschen Faustschlag aus. Bevor der größere Mann ihn zu fassen bekam, wich er schnell zurück. Weitere Wetten wurden auf Englisch, Schottisch, Französisch und in anderen Sprachen herausgeschrieen, die Nathaniel nicht kannte.

Robbie knurrte, als ein Junge versuchte, auf seinen Rücken zu klettern, um sich eine bessere Aussicht zu verschaffen. Plötzlich bewegte sich etwas in der Menge und unter erbostem Gemurmel schob sich ein Rotrock nach vorne und blieb direkt vor Nathaniel stehen. Er hatte hängende Schultern, einen schwabbeligen Bauch, krauses rotes Haar und den Mund voller kleiner Zähne von der Farbe billigen Tabaks. Sein Gesichtsausdruck war verkniffen wie der eines kleinen Mannes, der weniger Autorität besaß, als er sich wünschte, aber mehr, als gut für ihn war.

»Heiliger Himmel«, flüsterte Robbie Nathaniel ins Ohr. »Das ist er. Das ist Jones. Sieh dir nur an, wie dieser kleine walisische Möchtegern herumstolziert.«

»Halt! Was ist hier los? Was geht hier vor?« bellte Jones mit erstaunlicher Lautstärke und pumpte seine Brust auf, doch die Männer schenkten ihm keine Beachtung. Sie kämpften erbittert, rollten über das tote Schwein und stießen gegen die Bude. Für einen Moment waren sie unter einem Berg geräucherter Hachsen vergraben.

Neben Nathaniel stand eine alte Frau, in einen schäbigen Umhang gehüllt, und zupfte Jones am Ärmel. »Denier hat wieder beim Abwiegen geschummelt!« schrie sie, um die Masse zu übertönen. »Der junge Pepin hat beschlossen, ihm eine Lektion zu erteilen. War auch höchste Zeit!«
Die beiden hatten sich voneinander gelöst. Der Metzger zog sich an einem Balken der halb zusammengebrochenen Bude nach oben, packte das Fleischbeil fester und drehte sich langsam um.
»Pepin!« schrie der Mann auf dem Fass. »*Faite attention! Il a un poignard!*«
Nathaniel sah, wie nun unbezähmbare Wut in dem jungen Farmer aufloderte. Im Bruchteil einer Sekunde wurde er leichenblass, ließ die Schultern sinken und griff, in den Überresten der verwüsteten Bude kniend, nach einem langen Messer; dann richtete er sich zu seiner vollen Größe auf, riss den Arm nach oben und vollführte eine Drehung. Mit einer geschickten Bewegung schlitzte er die Leinenschürze des Metzgers vom Kragen bis zur Hüfte auf und entblößte einen großen, haarigen Bauch, so bleich wie der eines Fisches.
Nicht einmal Jones konnte laut genug brüllen, um die überraschten, entsetzten, aber zustimmenden Aufschreie zu übertönen.
Der Metzger heulte auf wie ein wütendes Wildschwein, ließ das Beil fallen und griff sich an die Schürze. Als er den Kopf nach oben riss, traf ihn das Messer direkt ins Gesicht. Mit einer lässigen Handbewegung spaltete der junge Mann die dicke, rosige Wange des Metzgers. Ein blutiger Regen sprühte hervor und Nathaniel wischte sich die warmen Tropfen aus den Augen. Denier warf sich nach vorne, stolperte über das Schwein und schlug mit dem Kopf gegen die Ecke der Bude.
Die Menge verstummte – entweder vor Überraschung oder Schrecken. Der Zorn des jungen Pepin war plötzlich verflogen. Er schüttelte sich, als könne er nicht glauben, was er da sah.
Jones stieß den Metzger mit dem Fuß an. Als er ein Stöhnen zur Antwort bekam, nickte er.
»Na gut«, bellte er und steckte die Daumen in seinen breiten Ledergürtel. »Ihr kommt beide vor Gericht.«
Der junge Farmer schien ihn nicht zu hören oder sich nichts

daraus zu machen. Eine Flasche wurde herumgereicht und er nahm einen kräftigen Schluck, ohne seinen Blick von Deniers zuckendem Körper abzuwenden.

Jones räusperte sich geräuschvoll und nahm die Farbe seiner Uniform an. Auf seiner Stirn trat eine pulsierende Ader hervor. »Höchste Zeit zu verschwinden«, sagte Nathaniel. Robbie murmelte seine Zustimmung, aber es war zu spät. Jones ging um sie herum und deutete auf Robbie, den größten Mann in der Menge – doppelt so groß wie er selbst. »Du bringst den Kadaver zu meinem Schlitten dort drüben.«

»Das Schwein?« schrie die alte Frau und entblößte ihr dunkelrotes Zahnfleisch. »Oder Denier?«

Jones ließ seinen Blick über den breiten Rücken des toten Tiers wandern und schätzte die Lage ab. »Beide. Das Schwein muss als Beweis mit.«

»Und für dein Abendessen«, murmelte Robbie.

Der junge Farmer richtete seine Aufmerksamkeit von dem Schwein auf Jones und zog verstehend die Augenbrauen nach oben. Seine Empörung schien wieder aufzuflackern.

»Was glotzt du so, Junge?« Jones ging einen Schritt auf ihn zu. »Ihr kommt alle vor Gericht – ein Schwein und zwei Franzosen ...«

»Und ein walisischer Pferdearsch«, fügte Robbie auf Französisch hinzu. Auf ein schallendes Auflachen folgte unbehagliches Gemurmel.

»Was war das?« brüllte Jones. »Was?«

Robbie zog eine Augenbraue nach oben. »Ich sagte, der Kerl versteht kein Englisch.«

»Dann sag es ihm auf Französisch«, fuhr Jones ihn an. Sein Blick fiel auf Nathaniel. »Du da, Jacques. Du siehst aus wie ein Franzose. Sag du es ihm.«

Nathaniel überlegte. Er konnte tun, was der kleine Mann verlangte, oder machen, was er selbst wollte – ihm den Rücken zukehren und seine Verachtung zeigen. Jones würde ihnen nicht helfen können, Hawkeye und Otter aus dem Gefängnis zu befreien – das stand fest. Er fragte sich jedoch, inwieweit er sie daran hindern konnte.

»Gestatten Sie.« Die Stimme klang vertraut. Nathaniel atmete unhörbar auf. Es überraschte ihn jedoch nicht, Angus Moncrieff sich seinen Weg durch die Menge bahnen zu sehen. Er war tadellos gekleidet, hielt sich gerade und nickte Jones zu. Auf Französisch mit schottischem Akzent erklärte er dem Farmer, was er wissen musste, und wandte sich dann Nathaniel und Robbie zu.

»Moncrieff«, sagte Nathaniel.

Ein schmales Lächeln war die Antwort. »Nathaniel. Es freut mich, Sie endlich hier zu sehen.«

Moncrieff schlug ein Lokal in der Nähe der Docks vor, das an einem gewöhnlichen Arbeitstag morgens beinahe leer sein würde. Da es kalt war und keine Möglichkeit bestand, dieser Unterhaltung aus dem Weg zu gehen, begleiteten Nathaniel und Robbie ihn zu der kleinen Taverne im Schatten von Notre Dame de Bonsecours.

Die Gaststätte war sauber und warm und der Duft nach frischem Brot und über dem Feuer gebratenen Hammelfleisch einladend. In der Stube saßen nur zwei andere Gäste: ein Mann mittleren Alters, tief über sein Glas Ale gebeugt, und ein junger Matrose mit einem dick verbundenen Bein. Der erste schien nur Interesse an dem zu haben, was er auf dem Grund seines Kruges sah, und der zweite hatte seine mit Teer verschmierten Hände vor der Brust verschränkt, seinen Kopf gegen die Wand gelehnt und schnarchte laut.

Die Kellnerin begrüßte Moncrieff mit seinem Namen und führte sie an den besten Tisch neben der Feuerstelle.

Noch bevor sie sich setzten, fragte Moncrieff: »Also sagen Sie schon – bringen« Sie gute Nachrichten von Paradise?«

Ein breites Lächeln erhellte sein Gesicht, als Nathaniel ihm die Neuigkeiten erzählte. Er beglückwünschte ihn, zeigte sich sehr interessiert und wollte Einzelheiten wissen, die nur für wenige andere Männer von Belang gewesen waren.

»Wir müssen auf Ihr Glück trinken und auf die Gesundheit der Lady«, verkündete er schließlich.

Die Servierin brachte ihnen einige Krüge und raffte die Röcke so weit, dass ihre Fußgelenke zu sehen waren, als sie durch den Raum ging. Moncrieff steckte seine Pfeife in den Mundwinkel und sah ihr nachdenklich hinterher.

»Eine Freundin von Ihnen?« fragte Nathaniel.

Moncrieff zog eine Schulter nach oben – eine Geste, die eher zu einem Franzosen als zu einem Schotten passte. Doch es gab keinen Zweifel daran, dass er aus den Lowlands stammte. Er hatte ein langes, schmales Gesicht, große Ohren, eine markante Nase und ein kräftiges Kinn. Nathaniel hatte viele solcher Gesichter auf den Zeichnungen von Familienangehörigen gesehen, die seine Mutter hinterlassen hatte. Onkel und Cousins, die er nie kennen gelernt hatte, nie treffen und nur an der Form ihrer Augen und der Kontur ihres Kinns erkennen würde. Moncrieff musste mindestens Mitte fünfzig sein. Um seine Augen hatten sich tiefe Falten gebildet und sein Kinn war leicht erschlafft. Sein glattes dunkles Haar, das er zu einem ordentlichen Zopf geflochten trug, war jedoch noch voll und er strahlte eine Energie aus, die vielen jungen Männern fehlte. Nathaniel war geneigt, diesen Mann zu mögen und ihm zu glauben, doch irgendetwas lag unter der Oberfläche, das er nicht richtig einschätzen konnte. Vertrauen war ein Luxus, den er sich nicht leisten durfte – nicht in diesem Augenblick.

»Das ist Adele«, sagte Robbie und zog einen Mundwinkel nach oben, während er die Frau beobachtete, wie sie mit schwingenden Hüften den Raum durchquerte. »Eine Witwe, nicht wahr? Eine von Angus' vielen besonderen Freundinnen.«

Moncrieff beugte sich lächelnd über seinen Krug. »Ja, ich habe einige Freunde in Montreal. Bis heute zählte ich Jones zu den nützlichen darunter, wenn auch zu den weniger angenehmen.«

»Wir waren nicht dort, um einen Streit mit diesem Mann vom Zaun zu brechen«, erklärte Nathaniel.

»Das glaube ich gern. Es ist jedoch nicht sehr schwer, sich mit Jones anzulegen. Ein großer Kopf und ein kleiner Verstand – das verträgt sich nicht miteinander. So sagt man zumindest.«

Robbie schnaubte zustimmend.

Moncrieff kaute auf seinem Pfeifenstiel und starrte Nathaniel eine Weile an. »Sie hatten vor, Jones zu bestechen, um Hawkeye und Otter aus dem Gefängnis der Garnison zu holen.«

Nathaniel versuchte, eine bequemere Stellung auf dem Stuhl zu finden. »Und wenn das so wäre?«

Wieder dieses gallisch anmutende Schulterzucken. »Es ist nicht ratsam, Vertrauen oder Geld in einen Mann wie Jones zu investieren. Er würde seine Mutter dem Teufel verkaufen, könnte er daraus Profit schlagen.« Moncrieff sah Nathaniel in die Augen. »Und er hat natürlich von diesem Tory-Gold gehört. Er würde annehmen, Sie hätten es bei sich, und sich fragen, wie er es in seine Hände bekommen könnte.«

Nathaniel stellte vorsichtig seinen Krug auf den Tisch und erwiderte Moncrieffs Blick. »Da ist er wohl nicht der Erste und auch nicht der Letzte. Ich habe jedoch kein Gold bei mir, falls Sie das wissen wollen.« Befriedigt stellte er fest, dass der Mann errötete.

Moncrieff nahm die Pfeife aus dem Mund, legte beide Hände flach auf den Tisch und beugte sich so kraftvoll vor, als wolle er die Platte mit seinem Gewicht in den Boden drücken.

»Das Gold interessiert mich nicht – auch wenn es tatsächlich vorhanden wäre und Sie es bei sich hätten. Das Schicksal Ihres Vaters beschäftigt mich und die Frage, wie man ihn aus dem Gefängnis befreien kann. Wäre ich der Meinung gewesen, das allein mit Geld bewerkstelligen zu können, hätte ich das schon längst in die Wege geleitet. Meine Brieftasche ist nicht leer, junger Mann.«

Nach einer Weile nickte Nathaniel. »Na schön.«

Robbie räusperte sich. »Ich nehme an, Sie haben einen besseren Plan, Angus?«

»Ja, Rab, vielleicht. Wenn Sie sich ihn anhören wollen ...«

Die Kellnerin kam an den Tisch, um ihre Krüge nachzufüllen. Sie schwiegen, während sie damit beschäftigt war. Die Frau ließ sich Zeit, lehnte sich über den Tisch und offerierte Moncrieff ihre üppige Oberweite. Er tätschelte ihre Hand und murmelte einige Worte, die Nathaniel zwar nicht hören, aber deren Sinn er verstehen konnte. Adele verließ sie mit einem Lächeln.

Nathaniel hob eine Hand, um Robbie davon abzuhalten, die Frage zu beantworten, die noch in der Luft lag. »Bevor wir uns weiter darüber unterhalten ...«

Moncrieff seufzte. »Sie wollen eine Erklärung für meinen Brief? Na gut. Und ich habe wohl ein paar harte Worte verdient. Also raus damit.«

»Sie geben es also zu?«

»Dass ich in meinem Brief geschwindelt habe und dass es nicht die Idee Ihres Vaters war, nach Ihnen zu schicken? Ja, das gebe ich zu. Aber sagen Sie mir: Wären Sie jetzt lieber zu Hause, während er im Gefängnis sitzt? Ich kenne Sie noch nicht sehr lange, Nathaniel Bonner, aber ich glaube nicht, dass Ihnen das recht wäre.«

Mit jedem Schluck Bier wurde Moncrieffs schottischer Akzent stärker. Nathaniel war sich nicht sicher, ob der Mann jetzt die Wahrheit sagte oder sich noch weiter davon entfernte.

»Ich würde gern die ganze Geschichte hören und mir dann meine eigene Meinung bilden«, entgegnete er.

Mit einer Fingerspitze fuhr Moncrieff über die Furchen in der Tischplatte, als handele es sich um ein Alphabet, das nur er entziffern könne. Seine Hände waren die eines Mannes, der sich seinen Lebensunterhalt mit Büchern, Dokumenten und Tinte verdiente: schmalgliedrig und ohne Schwielen. Nathaniel wünschte, er könnte sich fünf Minuten lang mit seinem Vater beraten – er wusste beim besten Willen nicht, was er von Angus Moncrieff halten sollte. Auf der anderen Seite des Raums erhob sich der Matrose, warf Adele eine Münze zu und humpelte hinaus. Der Mann in der Ecke bestellte noch ein Ale und begann leise zu singen: ein deutsches Schlaflied oder vielleicht ein Liebeslied, langsam und melancholisch. Draußen trieb ein Mädchen lautstark eine Ziegenherde vor sich her. Der Klang der Glocken schallte klar und deutlich durch die kalte Luft.

Als Moncrieff wieder aufsah, war sein Gesicht nicht mehr so stark gerötet und sein Tonfall ruhiger. »Ja, Sie haben recht«, sagte er. »Ich habe meine Grenzen überschritten – dafür entschuldige ich mich. Aber jetzt sind Sie hier. Sie können meine Hilfe annehmen oder es bleiben lassen. Wofür entscheiden Sie sich?«

Nathaniel lehnte sich nachdenklich zurück.

Robbie hatte sich an Moncrieff gewandt, und nach dreißig Jahren in der Wildnis war er Fremden gegenüber misstrauisch geworden und freundete sich nicht leicht mit jemandem an. Natürlich konnte er auch einen Fehler gemacht haben. Aber vielleicht auch nicht. Elizabeth, die ein untrügliches Gespür für unausgesprochene Dinge hatte und Halbwahrheiten nicht ausstehen konnte, hatte sich über Moncrieff nicht besorgt gezeigt. Sie hatte Nathaniel den Fall mit der ihr eigenen Direktheit und Klarheit geschildert: *Sollte Hawkeye beschließen, nach Schottland gehen zu müssen, dann wird er es tun. Auch wenn es uns unwahrscheinlich erscheint, dass er es in Betracht ziehen könnte, so hat er doch das Recht auf seine eigene Entscheidung.* Das stimmte. Nathaniel konnte das sich selbst und ihr eingestehen, aber er wollte nicht zulassen, dass Moncrieff ihm das ansah.

Es gab aber noch andere Tatsachen, die man nicht außer Acht lassen durfte. Sie hatten sich den Mann zum Feind gemacht, der ihre einzige Verbindung zum Gefängnis war, und Moncrieff verfügte über Beziehungen und hatte eine Idee.

»Eins nach dem anderen«, sagte Nathaniel. »Erklären Sie mir, was Sie von meinem Vater wollen, wenn er frei ist.«

»Das ist ganz einfach«, antwortete Moncrieff leise. »Der Earl o' Carryck möchte seinen Erben finden, bevor er stirbt. Mein Herr möchte, dass das Land und seine Güter in der Familie bleiben ...« Er machte eine Pause und sprach dann weiter. »Und sein Titel. Nicht mehr und nicht weniger. Ich will eine Stunde mit Ihrem Vater sprechen können, um ihm von seiner Verwandtschaft zu erzählen und ihn über sein Geburtsrecht aufzuklären.«

Nathaniel nickte. »Sie sollen Ihre Stunde haben. Aber hören Sie mir zuerst zu. Ich werde Ihnen sagen, was ich für die Wahrheit halte. Vielleicht ist mein Vater von Geburt ein Schotte von Carryck. Sie scheinen da sicher zu sein und ich kann nicht behaupten, dass Sie Unrecht haben. Er wurde jedoch in der Wildnis aufgezogen und in seinem Herzen ist er eher Mahican als Weißer.«

»Und trotzdem hat er eine Schottin geheiratet«, entgegnete Moncrieff.

»Die Schottland den Rücken gekehrt hat.« Nathaniel beugte sich vor. »Hören Sie, selbst wenn das mit der Grafenwürde seine Richtigkeit hat, wird er nichts damit zu tun haben wollen. Aus eigenem freien Willen wird er nie ein Schiff nach Schottland besteigen. Wenn er Ihnen das ins Gesicht sagt, werden Sie uns dann verlassen und nach Hause zurückkehren?«

Moncrieffs braune Augen leuchteten auf. Zornig, ungläubig oder vielleicht auch nur halsstarrig. Er senkte den Kopf. »Ja, wenn Ihr Vater mir das sagt, werde ich nach Schottland zurückfahren.«

»Auch ich werde nicht mitkommen«, fügte Nathaniel hinzu. »Davon will ich nichts wissen. Ist das klar?«

»Ja«, antwortete Moncrieff. »Durchaus.«

Robbie schlug Nathaniel auf den Rücken und lachte. »Bei Gott, Junge, du hättest Anwalt werden sollen. Angus, sagen Sie uns, was Sie vorhaben.«

Moncrieff trank einen großen Schluck und zog ein Taschentuch hervor, um sich die Stirn zu wischen. »Der Koch«, sagte er dann und grinste schief, als er von beiden Männern verständnislose Blicke erntete. »Martin Fink ist der Koch der Somervilles. Er hat eine Schwäche für Karten und Whiskey – eine sehr schlechte Kombination für einen Mann mit begrenzten Mitteln.«

Nathaniel runzelte die Stirn. »Kann uns ein Koch in das Gefängnis einschleusen oder einen Mann dort herausholen?«

»So einfach ist das nicht«, sagte Moncrieff. »Aber er kann euch Zugang zu Pink Georges Küche ermöglichen, und genau dort solltet ihr an diesem Abend sein. Giselle hat mich zu einer ihrer Partys eingeladen und sie plant, Otter und Hawkeye dabei zu haben.«

Nathaniel erinnerte sich noch sehr gut an Giselles Feste. Sie versammelte Männer für einen Abend um sich, an dem ihr Vater nicht zu Hause war. Ihr Vergnügen war ihr dabei wichtiger als ihr Ruf. Er hatte diese Partys nie leiden können und jetzt gefiel ihm der Gedanke daran noch weniger. »Glauben Sie denn, wir könnten mit ihnen einfach aus der Villa des Vizegouverneurs hinausspazieren?«

»Im richtigen Moment, ja. Warum nicht?«

Warum nicht. Nathaniel verbarg sein Grinsen hinter seinem Krug. Es war ein herrlich einfacher Plan. Schlimmstenfalls würden sie die Rotröcke abfangen müssen, die die Gefangenen bewachten. Wenn man es richtig einfädelte, wären sie wahrscheinlich sogar betrunken.

Robbie sah Moncrieff jedoch fassungslos an. Sein Gesicht rötete sich.

»Wollen Sie etwa sagen, dass Giselle Otter und Hawkeye zu sich kommen lässt, damit sie wie trainierte Affen die Herren Offiziere unterhalten? Dazu wird Hawkeye sich nicht hergeben, selbst wenn sie ihn mit einer Muskete bedroht.«

»Das mag stimmen.« Moncrieff senkte die Stimme. »Aber denken Sie nach, Rab. Gegen Mitternacht werden alle stinkbesoffen sein. Wenn sie dann am Morgen wieder nüchtern sind, könnten wir schon längst über alle Berge sein.«

»Mein Vater wird die Vorzüge dieses Plans erkennen, sollte es uns gelingen, ihn davon in Kenntnis zu setzen«, sagte Nathaniel. und legte eine Hand auf Robbies Schulter. »Er würde noch viel mehr tun, als nur während einer Dinnerparty neben Giselle Somerville sitzen zu müssen, um aus dem Gefängnis zu kommen.«

Robbie runzelte die Stirn. »Pink George wird wütend sein, wenn er nach Hause kommt und davon erfährt. Es wäre nicht das erste Mal, dass er die Hand gegen seine Tochter erhebt.«

»Das ist ihr Problem«, entgegnete Nathaniel lauter als beabsichtigt. »Sie hat sich schon öfter mit ihm auseinandersetzen müssen, wenn er zornig war.«

»Manchmal kannst du sehr hart sein, Nathaniel Bonner.« Robbie fuhr sich seufzend mit seinem breiten Daumen über die Nase. »Was muss nach Ihrem Plan als Erstes geschehen, Angus?«

»Das Gefängnis. Wir müssen Hawkeye Bescheid geben. Die kleine Iona wäre vielleicht zu einem Besuch bereit.«

»Nicht Iona«, erklärte Robbie in einem Tonfall, der keinen Widerspruch zuließ.

Nathaniel nickte zustimmend. »Sie ist zu bekannt, um in diese Sache hingezogen zu werden.«

Moncrieff starrte auf die Tischplatte. Nach einer Weile drehte er sich um und warf Adele über die Schulter einen Blick zu. Sie saß auf einem Hocker neben der Feuerstelle und rührte in einem Topf mit Bohnen. Noch bevor er ihr ein Zeichen geben konnte, sprang sie auf und zeigte ihm mit einem warmen Lächeln ihre Kurven.

»Nun, dann vielleicht ein Freund mit einer gut verborgenen Botschaft.« Er erhob sich mit dem Krug in der Hand und legte bei dem letzten Schluck Ale seinen Kopf in den Nacken. »Ich habe etwas mit Adele zu besprechen. Wie gut sind Sie beim Kartenspielen?«

»Mit einem Gewehr kann ich besser umgehen«, meinte Nathaniel.

»Sogar mit einer verdammten Nähnadel.« Robbie grinste.

Nathaniel zuckte die Schultern. »Das stimmt wohl. Ich kann Kartenspielen nicht ausstehen.«

»Dann brauchen Sie nicht so zu tun, als würden Sie verlieren.« Angus nickte zufrieden. »Vielleicht möchten Sie und Robbie herausfinden, ob hier jemand Interesse an einem Spiel hat.« Er hob eine Augenbraue und deutete auf den Mann, der über seinem Ale vor sich hinsang. Dann ging er zu dem Hinterzimmer, in dem Adele verschwunden war.

Robbie richtete sich auf und sah sich verwundert um. »Warum sollten wir mit einem solch käsebleichen Säufer Karten spielen wollen?« fragte er und warf einen zornigen Blick in die Ecke.

»Weil das Martin Fink ist«, erklärte Nathaniel. »Hast du etwa geglaubt, Moncrieff hätte uns nur zufällig hierher gebracht?«

Robbie war verblüfft. »Du meinst, das ist der Koch der Somervilles? Heiliger Strohsack!« Er fuhr sich mit der Hand über das Gesicht. »Ich hätte Angus nicht für so durchtrieben gehalten.«

Nathaniel hob seinen Krug und spülte den Rest seines Ales hinunter – und damit die schlimmsten Zweifel, die er gegen Angus Moncrieff gehegt hatte. Sie hatten diesen Weg nun einmal eingeschlagen und mussten sehen, wohin er sie führte. Auf jeden Fall würde er auf der Hut sein. Er schlug Robbie auf den Rücken, beugte sich vor und flüsterte in dessen riesiges, muschelförmiges Ohr: »Du gibst mir Rückendeckung, Rab, und ich dir.«

Weit weg am anderen Ende der riesigen Wälder lag Elizabeth im Halbschlaf mit beiden Babys an ihrer Brust vor der Feuerstelle, als gedämpftes Gelächter sie weckte.

»Was war das?«

Hannah sah von dem Gefäß auf, in dem sie Mais mahlte, und schob sich mit dem Handrücken eine Haarsträhne aus dem Gesicht. »Was meinst du?«

Verwirrt ließ Elizabeth sich in den Schaukelstuhl zurückfallen. »Ich habe etwas gehört. Vielleicht habe ich nur geträumt.«

»Von meinem Vater«, ergänzte Hannah.

Mit einem unterdrückten Gähnen zog Elizabeth die Kissen, auf die die Zwillinge gebettet waren, näher zu sich. Sie machten beim Trinken nun längere Pausen und würden schon bald eingeschlafen sein. Elizabeth dachte an die Wiege und ihr eigenes Bett in dem Nebenraum, aber sie war zu erschöpft, um sich zu bewegen und sank, so wie sie saß, wieder in den Schlaf zurück. Seit drei Wochen hatte sie nun nicht länger als drei Stunden an einem Stück ausruhen können. Kein Wunder, wenn sie Wachträume mit denen im Schlaf verwechselte.

Auch Hannah wirkte abgeschlagen. Sie arbeitete den ganzen Tag lang und hielt mit Liams und Curiositys Hilfe den Haushalt in Schwung. Die Mahlzeiten mussten auf den Tisch gebracht, das Feuerholz gestapelt und der Herd gereinigt werden. Elizabeth vermisste die Tage ihrer Jugend nur selten, doch in letzter Zeit dachte sie immer häufiger an Tante Merriweather und ihre unzähligen Dienstboten. In Oakmere hatten kleine Mädchen noch kleine Mädchen sein dürfen.

Solange sie nicht allzu großes Interesse an dem Bestand der Bibliothek zeigten, rief sie sich ins Gedächtnis.

Stimmen von draußen wurden lauter. Liam und Curiosity und vielleicht eine von Curiositys Töchtern oder Martha Southern kamen vom Dorf herauf, um ihr eine verpackte Mahlzeit oder ein Pfund Butter zu bringen. Hier auf dem Berg hielten sie sich keine Kühe. Sie hatte gute Nachbarn, die alles taten, um ihr zu helfen. Elizabeth wusste, sie sollte aufstehen, die Babys in die Wiege legen, ihre Kleidung zurechtrücken, sich die Haare kämmen, ihr Gesicht waschen, Tee kochen, bei der Zubereitung des Maisbrots und der Wäsche der unzähligen Windeln helfen, nähen. Die Aschentonne, die Kerzenschachtel, die Spindel, der Mörser und der Stößel – all diese Dinge schienen nach ihr zu rufen. Aber das Feuer knisterte friedlich und die Babys waren so schwer und drückten sie tief in ihren Stuhl – sie hatte das Gefühl, nie wieder auf ihren zwei Beinen stehen zu können, niemals mehr unbelastet zu sein.

Und trotzdem ...Sie konnte sie nicht ansehen, ohne dass sich ihr die Kehle zuschnürte und ihr die Tränen kamen – zu gleichen Teilen vor Erschöpfung und Glück. Mathildes runde Wangen bewegten sich sogar im Schlaf noch rhythmisch; Daniels kleine Hand lag ausgestreckt auf ihrer weißen Brust.

Die Stimmen von draußen kamen noch näher. Hannah horchte auf und legte den Kopf zur Seite, sodass ihr die Zöpfe bis auf die Hüfte fielen. Curiosity war offensichtlich gerade dabei, eine Geschichte zu erzählen. Sie kannte so viele und die Kinder wurden es nie müde, um weitere zu betteln. Diese Menschen, die sich hier an der äußersten Grenze ihr Leben eingerichtet hatten, waren alle Geschichtenerzähler. Es würden noch Jahre vergehen, bis sie alle Erzählungen Nathaniels kannte.

Das Bild ihres Ehemanns vor Augen, ließ sich Elizabeth schließlich vom Schlaf übermannen und dachte dabei an die Geschichten, die er von Montreal mitbringen würde. Sie fragte sich, wie lange sie wohl noch warten musste, um seine Stimme wieder zu hören.

Bald schlief sie so fest, dass sie nicht bemerkte, wie Hannahs Gesicht bei dem Geräusch der Schritte auf der Treppe aufgeregt und erfreut aufleuchtete. Das Mädchen vergaß ihre Pflichten und die Babys und rannte durch das Zimmer, als die Besucher die Tür öffneten: ihre Tante Many-Doves mit einem breiten Lächeln und den Kufen für eine Wiege über der Schulter; Runsfrom-Bears, Doves Ehemann, der sie angrinste, während er ein aus Weiden geflochtenes Tragegestell auf den Boden legte, und Falling-Day, die in einen Überwurf aus Öltuch gehüllt war, der die gleiche intensive Farbe wie ihre Augen und ihr Haar aufwies – das dem Hannahs glich. Hannah begrüßte sie, vor Erleichterung und Freude jubelnd, und warf sich in die offenen Arme ihrer Großmutter.

5

Die Küche der Somervilles im Kellergeschoss war so tief gelegen und schwach erleuchtet wie eine Höhle, doch keineswegs so kühl; von der Feuerstelle und den Herden ausgehende Hitze erzeugte Feuchtigkeit an den Wänden. Von einer entlegenen Ecke aus, wo Nathaniel und Robbie darauf warteten, das den ganzen Tag andauernde Kartenspiel mit Martin Fink wieder aufnehmen zu können, beobachteten sie, wie der Koch hastig ein Gericht nach dem anderen zu Giselle und ihren Gästen hinaufschickte.

Sie hatte ihren gewohnten Appetit nicht verloren. Außer den Platten mit delikaten Fleischpasteten, Terrinen mit Suppen und Ragout, dem Spanferkel, gebratenem Hammelfleisch, Hirschkeulen, drei verschieden Fischarten, allen nur denkbaren eingelegten oder geschmorten Gemüsesorten, Brot und anderen kunstvoll aufgeschichteten Teigwaren gab es einen gebratenen Schwan, der nicht auf den Schultern von zwei, sondern von vier Männern serviert werden musste. Nachdem der Vogel gestopft worden war, hatte man ihn wieder mit seinen weißen Federn geschmückt. Der lange Hals wurde durch versteckte Spieße aufrechtgehalten, und nun wurde das Tier, von gebratenen Tauben in einem Nest aus Teigtaschen umgeben, die Treppe hinaufgetragen.

Fink arbeitete mittlerweile an einer riesigen Meringe und verzierte sie mit kandierten Früchten; sie erinnerte Nathaniel an die gepuderten Perücken, die nun schon seit langer Zeit aus der Mode waren. Der Koch ging um die Platte herum, kniff dabei ein Auge zu und presste einen Finger an den Mund. Schließlich trat er einen Schritt zurück, zwinkerte den Männern in der Ecke verschwörerisch zu und stimmte lautstark ein Lied an. Von Gericht zu Gericht wurde seine Laune besser und seine Stimme lauter.

»Sing nur weiter, du Trottel«, murmelte Robbie. »Dieser Mensch kann es kaum erwarten, dir den Rest deines Silbers abzunehmen, Junge.« Robbie spielte nur selten Karten, aber es fiel ihm schwer, absichtlich gegen einen halbbetrunkenen elsässischen Koch zu verlieren, der die Angewohnheit hatte, in aller Öffentlichkeit falsch zu singen. Mit der Großzügigkeit eines Gewinners hatte Fink ihnen das Beste angeboten, was die Küche zu bieten hatte, aber Robbie hatte sich nur ein Stück Brot und kaltes Wildbret genommen. Jetzt biss er große Stücke davon ab, ohne den Koch aus den Augen zu lassen.

Nathaniel unterdrückte ein Gähnen. Es würde noch mindestens eine Stunde so weitergehen: Die Bediensteten waren mit Schimmelkäse, Obstkompott, Likören, Kaffee und Kakao beschäftigt. Von diesen Dingen hatte er vor seiner Ankunft in Montreal noch nie gehört und nicht mehr daran gedacht, nachdem er die Stadt verlassen hatte. Plötzlich wurde der Wunsch, nach Hause zurückzukehren, so übermächtig, dass er die Kraft fand aufzustehen. Er warf seinen Umhang über, packte sein Gewehr am Riemen und schulterte es. »Ich werde mich oben umsehen, bis Fink bereit ist, den nächsten Gang servieren zu lassen.«

Robbie starrte ihn mit offenem Mund an. »Und wie willst du das anstellen? In einem Haus, in dem es von Rotröcken wimmelt? Hat Giselle irgendwo eine geheime Treppe eingebaut?«
»So geheim ist sie nicht«, erwiderte Nathaniel. »Ich möchte nicht wissen, wie viele Männer sie kennen. Einige von ihnen sitzen wahrscheinlich gerade an ihrem Tisch.«
»So ist das also.« Robbie steckte die Reste des Brots und Käse in seine Tasche und stand schwerfällig auf. »Ich könnte dich begleiten. Dieser ungeschlachte Klotz wird uns nicht brauchen, bevor das Essen beendet ist.« Er deutete mit dem Kinn auf Fink. »Sag ihm, wir müssten uns mal erleichtern.«

Es tat gut, der Küche entfliehen zu können, weg zu kommen von der Hitze und den sich mischenden Gerüchen nach tausend Mahlzeiten.

Nathaniel atmete tief die kalte Luft ein, blieb im Hof stehen und lauschte. Von den Wachen war nichts sehen und zu hören; wahrscheinlich wärmten sie sich gerade im Haus auf. Dei dem Somervilles gaben sie sich ohnehin nicht viel Mühe.

Dicht gefolgt von Robbie ging Nathaniel zu einigen Büschen Immergrün hinüber, bog die Zweige auseinander und legte eine kleine Holztür ohne Klinke frei. Er drückte auf zwei Stellen gleichzeitig und die Tür schwang lautlos nach innen auf. Dahinter lag eine schmale Steintreppe. Es roch nach Feuchtigkeit, Tabakrauch und dem moschusähnlichen Duft von Giselles Haar, wenn sie es offen trug. Der Geruch war seltsam, sofort vertraut – und bewirkte, dass sich seine Nackenhaare aufstellten, als würde ihm ein unsichtbarer Feind auflauern.

Nathaniel stieg die kurze Treppe hinauf und Robbie folgte ihm schweigend. An einem Absatz, von dem aus die Stufen weiter ins Dunkel führten, blieben sie stehen. Nathaniel tastete sich zu zwei Hockern vor, an die er sich noch erinnerte, und wies Robbie leise darauf hin.

Von der anderen Seite der Wand hörten sie gedämpftes Gelächter und Gläserklirren. Nathaniel griff nach dem Paneel – die Täfelung glitt langsam zurück und gab für jeden zwei Gucklöcher frei, durch die das gebündelte Kerzenlicht drang. Das Stimmengewirr löste sich auf und fünf oder sechs verschiedene Gesprächspartner waren deutlich zu hören. Nathaniels Vater und Otter standen neben Giselle. Vor Hawkeye befand sich ein Teller mit Süßspeisen und ein Glas Wein. Moncrieff war weiter unten am Tisch in eine Unterhaltung mit einem gutgekleideten Mann vertieft, den Nathaniel nicht erkannte.

»Panther unter Pfauen«, flüsterte Robbie. Hawkeye und Otter hoben sich mit ihren abgetragenen Lederhemden und Hosen deutlich von den Offizieren der Army und Kavallerie ab, die scharlachrote, blaue und grün gemusterte Stoffe trugen, geschmückt mit fließenden Bändern, Messingknöpfen, Goldlitzen, Seidenschals und Waffen mit reich verzierten Säbelkörben.

»Hawkeye wirkt recht mürrisch.«

»Gereizt, aber in guter Verfassung«, stimmte Nathaniel ihm zu, erleichtert davon, dass sein Vater aussah wie immer. Der Dreiundsiebzigjährige hatte den Großteil seines Lebens im Freien verbracht, saß jedoch da, als befände er sich an seinem eigenen Tisch oder an einem Lagerfeuer des Rats der Kahnyen'kehàka – sehnig und in der geraden Haltung eines Mannes in den besten Jahren, mit einem wachen und aufmerksamen Ausdruck in den Augen.

Von Otters Gesicht war nur ein Teil zu sehen, aber die Haltung seiner Schultern drückte deutlich aus, dass er aufs Äußerste gespannt und zum Sprung bereit war. Adele hatte bei ihrem Besuch beide gut vorbereitet.

Und da war auch Giselle. Sie befanden sich nicht einmal drei Meter von ihr entfernt – nahe genug, um die Perlen ihrer Halskette zählen zu können. Sie saß mit dem Rücken zu ihnen am Tisch. Ein glücklicher Zufall, denn ihre Augen waren scharf. Nathaniel musterte sie gründlich: Das dunkelblonde Haar war hochgesteckt und gab ihren schlanken Nacken frei, die weiße Haut ihrer Schultern hob sich gegen die tiefgrüne Seide ab, und wenn sie ihren Kopf drehte, um mit dem Diener zu sprechen, konnte er die Kontur ihrer Wangenknochen sehen.

Jetzt, wo er ihr so nahe war, konnte Nathaniel nicht mehr verstehen, warum er sich vor ihrem Anblick so gefürchtet hatte. Sie war immer noch sehr schön – das konnte er selbst von hier erkennen –, doch sie war nicht Elizabeth, und sie hatte keine Gewalt mehr über ihn. Überrascht stellte er fest, dass er nur eine unbestimmte Dankbarkeit und zögernde Bewunderung für sie empfand. Sie konnte skrupellos sein und kümmerte sich nicht um die Meinung anderer. Stets umgab sie ein leichter Hauch von Gefahr. Es gefiel ihr, Männer um sich zu scharen, die sich gerne amüsierten; sie nahm sich von ihnen, was sie wollte, und ließ den Rest fallen. Heute Abend hatte sie einen siebzehnjährigen Kahnyen'kehàka an ihre rechte Seite gesetzt und damit über die reichen und mächtigen Männer gestellt, doch das wagte niemand zu hinterfragen. Seit ihrem sechzehnten Lebensjahr feierte sie solche Partys hinter dem Rücken ihres Vaters.

Ein Offizier der Kavallerie hob sein Glas und prostete Giselle zu. Das Kerzenlicht spiegelte sich in dem Wein und sprühte Funken auf sein gerötetes Gesicht.

»Dieser Paxareti«, verkündete er mit vom Alkohol leicht verwischter Stimme, die jedoch laut genug war, um die Aufmerksamkeit aller Anwesenden auf sich zu ziehen, »ist der Beweis dafür, dass die Portugiesen keine Barbaren sind. Er stammt aus einem Kloster einige Stunden zu Pferd von Jerez entfernt und ist sein Geld und die Mühe wert. Bei Gott, das kann man wirklich sagen.«

»Wie aufmerksam von Ihnen, ihn mir mitzubringen, Captain Quinn«, sagte Giselle. Ihr Tonfall war locker, ermutigend, aber unverbindlich, und ihre Stimme klang so, wie Nathaniel sie im Gedächtnis hatte: tief und ein wenig rau, so als hätte sie sie am Tag oder in der Nacht zuvor überbeansprucht. »Wie schade, dass unsere amerikanischen Freunde einem so großen Genuss widerstehen können.« Sie sah Hawkeye an, während sie sprach, lehnte sich aber leicht zu Otter hinüber.

»Man sagt, zwei Gläser starken Sherrys machen einen zurückhaltenden Mann gesprächiger, ohne ihm zu schaden«, bemerkte einer der Dragoneroffiziere und starrte Hawkeye an. Er war groß gewachsen und breitschultrig, doch wenn er grinste, zeigte er eine Reihe gelblicher Zähne, die zu groß für seinen Mund waren.

Hawkeye hob die Augenbrauen. »Wenn ich etwas Wichtiges zu sagen habe, spreche ich es aus – ob mit oder ohne Alkohol. Bisher habe ich nichts vernommen, was die Mühe wert gewesen wäre, zuzuhören.«

Robbies zustimmendes Grunzen ging in der folgenden Mischung aus Gelächter und Protest unter.

»Und wie steht es mit Ihrem jungen Freund?« Der Dragoner

ließ seinen Blick zu Otter wandern. »Oder beherrscht er keine zivilisierte Sprache?«

»Major Johnson ...«, sagte Giselle ruhig, bevor Hawkeye antworten konnte. Der Offizier grinste sie mit entblößtem Gebiss an und neigte, offensichtlich ihre Zustimmung erwartend, seinen Kopf.

»Zu Ihren Diensten, Miss Somerville.«

»Sie langweilen mich.«

Sein Gesicht wurde blass. »Ich meinte doch nur ...«

Giselle ignorierte Johnsons Entschuldigungen und richtete ihre Aufmerksamkeit auf die gegenüberliegende Seite des Tisches.

»Captain Pickering, Sie haben uns schon lange nicht mehr in diesem kalten Erdteil besucht. Die Navy lässt mich im Stich, aber auf Sie kann ich immer zählen.«

Der Mann, an den sie sich wandte, war in ein Gespräch mit Moncrieff vertieft, blickte aber sofort freudig auf, als Giselle ihn ansprach. Robbie und Nathaniel holten überrascht tief Luft, als sie sein Gesicht deutlich erkennen konnten.

Die Wildnis war ein rauer Ort. Nathaniel war in Gesellschaft von Männern und Frauen aufgewachsen, die ihre schrecklichen Narben mit Fassung und Würde trugen. Pickerings Gesicht war jedoch nicht von einem Tomahawk, Pocken oder Feuer verunstaltet worden. Sein Gesicht sah aus, als wäre der Schöpfer mit ihm, seinem Produkt, nicht zufrieden gewesen und hätte versucht, seine Irrtümer zu korrigieren, indem er eine übergroße Nase in ein teigiges Gesicht drückte, das einem Haferkuchen ähnelte. Alles daran war schief – von den kleinen, nach oben gezogenen Schlitzaugen bis zu den tiefhängenden, ineinander übergehenden Augenbrauen.

»Meine Güte, sieh dir dieses Maul an«, murmelte Robbie. »Er sieht aus wie ein Hecht. Kein Wunder, dass er zur See führt.«

»Mademoiselle.« Pickering neigte den Kopf. »Ich habe Ihnen nicht nur die Geschichten eines Seefahrers mitgebracht. Wenn Sie gestatten ...« Er erhob sich halb und deutete auf jemanden in dem Raum, der nicht zu sehen war.

Giselle lachte. »Horace, ich wusste, dass ich mich auf Sie verlassen kann. Eine Überraschung! Ich liebe Überraschungen. Soll ich raten?«

»Ha!« rief Quinn. »Alle Anwesenden sollten sich Gedanken darüber machen, was Pickering wohl auf seinem Handelsschiff transportiert hat. Vielleicht hat er ein oder zwei wütende Elefanten in seinem Frachtraum versteckt.«

Ein Diener erschien an der Tür und brachte einen Korb mit einem kleinen Deckel herein. Einige Bedienstete liefen hastig hin und her und räumten an Giselles Tisch Teller und Platten ab, um dort Platz zu schaffen.

»Sie haben mir bei Ihrem letzten Besuch herrliche Elfenbeinschnitzereien aus Indien mitgebracht«, sagte Giselle mit einem Blick auf den Korb. Sie hatte sich zur Seite gedreht, so dass Nathaniel ihr Gesicht sehen konnte. Die Jahre waren nicht spurlos an ihr vorübergegangen, aber ihre Augen sprühten noch und ihre Wangen waren rosig. Er wunderte sich nicht darüber, dass Otter trotz des Altersunterschieds Feuer gefangen hatte. Stärkere Männer mit größerer Erfahrung hatten sich schon verzweifelt darum bemüht, die Gunst dieser Frau zu erlangen. An diesem Tisch saßen einige gute Beispiele dafür.

Pickering zögerte die Spannung hinaus. »Wir befanden uns auf dem Weg von Halifax nach Martinique ...«

Quinn stellte sein Glas geräuschvoll auf den Tisch. »Pickering, Sie schlauer Fuchs, wo waren Sie, als Jervis und Grey Martinique einnahmen?« Es waren keine anderen Seeleute anwesend, aber die Aussicht auf einen Sieg über Frankreich wäre den Offizieren der Armee überaus willkommen gewesen.

Pickering lächelte höflich, ohne ihre Neugier zu befriedigen. Stattdessen legte er eine Hand auf den Korb, als wolle er das, was immer sich auch darin befinden mochte, beruhigen.

»Diese habe ich an Bord genommen, ohne zu wissen, ob sie die Reise überleben würden. Ich hatte Glück. Und mein ausgezeichneter Marineadmiralarzt hat sie natürlich auf dem Weg fürsorglich gepflegt.« Mit einer eleganten, schwungvollen Handbewegung schlug er den Deckel des Korbs auf und griff hinein.

»An dem süßen Duft werden Sie bemerken, dass sie genau die richtige Reife erlangt haben.« Er zog ein Paar bleicher, geschwollener Hände hervor, nicht größer als die eines zehnjährigen Kinds, an denen leicht gekrümmte Finger baumelten.

Einen Augenblick lang herrschte betroffenes Schweigen, als er sie hochhielt. Selbst Giselles Stimme schien zu versagen.

Ein Major der Königlichen Hochländer mit sandfarbenem Haar sprang auf. »Mein Gott, guter Mann, haben Sie sich etwa mit Kannibalen eingelassen?«

Mit einem Mal herrschte Chaos in dem Raum. Alle Männer drängten sich an den Tisch und Otter, der sich in der Menge befand, schob sich direkt vor Nathaniels Blickfeld. Robbie, der ebenfalls durch sein Guckloch nichts mehr erkennen konnte, setzte sich.

»Beruhigen Sie sich, MacDermott«, sagte Pickering beschwichtigend. »Das wächst auf den Inseln«, erklärte er der Menge. »Die Eingeborenen nennen es ›Ti-nains‹.«

»Das soll eine verdammte Frucht sein?« fragte einer der Kaufleute ungläubig.

»Ja«, erwiderte ein anderer gelassen. »Bananen. Aber nicht von der Sorte, die man in Indien bekommt. Diese sind viel kleiner. Verdammt schwierig zu transportieren.«

»Ha!« schrie Captain Quinn wieder und griff nach seinem Weinglas. »Früchte! Ein guter Scherz, Pickering! Früchte!«

Johnson stand schweigend am Kopf der Tafel und spähte misstrauisch in den Korb. »Welcher zivilisierter Mensch würde ein solches Ding in den Mund nehmen?«

»Ich habe gehört, der König hat eine besondere Vorliebe für Bananen und freut sich immer, wenn er sie bekommen kann«, meinte Moncrieff und beugte sich vor, um die Früchte näher zu betrachten.

Johnson stieß einen verächtlichen Laut aus, als Pickering eine einzelne Frucht emporhielt. »Sieht aus, als hätte Ihr teuflischer Schiffsarzt diese Dinger einem armen Hund abgenommen, der gerade nicht aufgepasst hat.«

Quinn erhob sein Glas. »Wenn ein Mann nur mit so etwas Eindruck machen kann, dann ist es wohl schlecht um ihn bestellt.«

Einen Moment lang herrschte eisiges Schweigen in dem Raum, doch Giselle gelang es, die Situation mit ihrem entwaffnenden Lächeln zu entspannen. »Bitte, Gentlemen, nehmen Sie Platz. James, ich glaube, Captain Quinn hätte gerne eine Tasse Kaffee und servieren Sie Major Johnson noch etwas von dem Quittenlikör, den er bevorzugt. Horace, sagen Sie mir, wie öffnet man diese wunderschönen *Ti-nains*?«

Johnson sah so enttäuscht und verdrießlich drein, als hätte er das Geräusch knackender Rippen erwartet, als Pickering die dunkelbraune Außenhaut abzog. Das Innere der Frucht war rosafarben und selbst hinter der Holzvertäfelung war der süße Geruch wahrnehmbar.

»Am besten schmecken sie, wenn man sie direkt vom Baum pflückt«, sagte Pickering, legte die Früchte auf einen Teller und reichte sie Giselle. »Aber ich denke, Sie werden sie auch jetzt köstlich finden.«

Giselle beugte sich vor, um den Duft der Früchte einzuatmen, die von den Dienern eilig geschält und am Tisch verteilt wurden.

»Wir werden etwas so Kostbares sicher zu schätzen wissen, nicht wahr, Gentlemen? Dazu sollten wir vielleicht ein Glas Madeira oder Champagner genießen und uns dann ein wenig Bewegung verschaffen. Musik oder ein Spiel? Was denken Sie, Mr. Bonner?«

»Wie es Ihnen beliebt.« Hawkeye verschränkte die Arme vor der Brust und ließ den Teller unberührt vor sich stehen. »Ich werde zuschauen.«

Sie wandte ihm langsam ihren Blick zu. »Tatsächlich? Soweit ich aus Erfahrung weiß, sind die Männer Ihrer Familie eher sehr tatkräftig.«

»Oh, ich bezweifle nicht, dass sie sich hin und wieder von ihren Aufgaben ablenken lassen, mit denen sie beschäftigt sind«, entgegnete Hawkeye leichthin. »Aber das ist eine Angewohnheit, die ein Mann ablegt, wenn er heranwächst. Zumindest zum größten Teil.«

Giselle lachte bei dieser Herausforderung überrascht auf, aber ein junger Lieutenant unterbrach sie, bevor sie antworten konnte.

»Das wird Sie doch wohl nicht erstaunen, Miss Somerville«, sagte er und erhob seine Hand. »Sicher wissen Sie, dass die Yankees keine fairen Sportsmänner sind.«

»Nach den Regeln der Engländer wohl nicht«, stimmte Hawkeye ihm zu.

Giselle unterbrach den jungen Mann bei seiner gestotterten Antwort. »Lieutenant Lytton, woran ich denke, ist kein englisches, sondern ein schottisches Spiel aus Carryckcastle. Mr.

Moncrieff hat mir erzählt, man spiele es dort immer, wenn der Earl am Wochenende Gäste hat.«

»Hmm.« Robbie setzte sich interessiert auf.

Als Giselle die Spielregeln erklärte, begannen die Gäste am Tisch zu grinsen.

»Aha«, sagte MacDermott. »Als ich ein kleiner Junge war, nannten wir dieses Spiel *Razzored Harries*. Am Ende waren wir alle aneinander gepresst wie Heringe in der Dose.«

Johnson legte seine unberührte Frucht zur Seite. »Es ist das Gegenteil von einem Versteckspiel. In Shropshire wird es auch gespielt. Bei uns hieß es ›Gurken einlegen‹.«

»Verstehe ich das recht?« unterbrach ihn Quinn, der versuchte, den Sinn des Spiels trotz seiner von dem portugiesischen Sherry benebelten Sinne zu begreifen. »Wenn ich das Versteck finde, sage ich das nicht, sondern schließe mich einfach …den Leuten an, die bereits dort sind?«

»Ja«, bestätigte Giselle. »Und Sie müssen sich ganz ruhig verhalten.«

»Klingt gut.« Pickering rieb sich voll Vorfreude die Hände. »Miss Somerville, darf ich annehmen, dass Sie sich als erste verstecken?« fragte ein junger Marineoffizier.

»Selbstverständlich, Mr. Gray«, erwiderte Giselle. »Würde es denn sonst Spaß machen?«

»Erwachsene Männer, die herumlaufen und Kinderspiele spielen«, knurrte Robbie, als sie sich wieder auf den Weg in die Küche machten. »Das ist entwürdigend.«

Über ihren Köpfen ertönte Gelächter und das Klirren zerbrechender Gläser.

»Sie sind auch nicht hier, um sich würdevoll zu benehmen«, bemerkte Nathaniel trocken.

Robbie blieb abrupt stehen. »Du glaubst doch nicht etwa … Sie würde doch nicht mit diesen Männern …?«

»Nein«, antwortete Nathaniel. »Das denke ich nicht. Aber einer von ihnen wird danach nicht direkt nach Hause gehen. Nun, solange es sich dabei nicht um Otter handelt, geht uns das nichts an.«

An der Küchentür blieben sie stehen. Zwei junge Mädchen mit verschlafenen Augen waren missmutig damit beschäftigt, einen Berg schmutziges Geschirr und Gläser abzuspülen. Von Fink war nichts zu sehen.

»Auf diese Art Kriegsführung war ich nicht vorbereitet«, meinte Robbie seufzend. »Eine Muskete wäre mir lieber als ein Gesellschaftsspiel mit einem Haufen Verrückter.«

»Dann sollten wir uns wohl eine besorgen«, ertönte Hawkeyes Stimme hinter ihnen. Nathaniel drehte sich um. Sein Vater stand neben Moncrieff auf der Treppe. Trotz seiner über siebzig Jahre war Hawkeyes Griff auf seiner Schulter immer noch hart wie Stahl und seine haselnussbraunen Augen sprühten Funken vor Freude.

»Dad. Höchste Zeit«, sagte Nathaniel und hörte, wie brüchig seine Stimme klang.

»Schön, dich zu sehen. Rab, es ist schon so lange her.«

»Fink wird uns bereits suchen«, warf Nathaniel ein.

»Macht euch um ihn keine Sorgen«, sagte Moncrieff. »Er ist so betrunken, dass er nicht einmal mehr weiß, wo seine Nase sitzt. Solange er mit den Wachen oben in der Speisekammer Karten spielt, wird er keinen Gedanken an uns verschwenden. Ich werde Otter holen.« Eilig lief er die Treppe nach oben.

Sie konnten es kaum erwarten aufzubrechen und hofften, dass es Moncrieff gelingen würde, Otter so schnell wie möglich von dem Spiel loszueisen. Nathaniel hatte Hawkeye noch nie so angespannt gesehen, doch das war nach einigen Wochen Gefängnisaufenthalt nicht verwunderlich. Hawkeye bemerkte Nathaniels Blick und lächelte schwach. »Ich möchte alles über Zuhause hören, aber zuerst müssen wir von hier verschwinden und Moncrieff loswerden – ich traue diesem Mann nicht.«

Robbie beugte sich vor. »Ohne Moncrieff wärst du immer noch im Gefängnis, Dan'l.«

»Noch bin ich nicht frei«, betonte Hawkeye. Von oben hörte man Fußgetrappel, eine Tür wurde geöffnet und zugeschlagen. Dann folgten einige Flüche und die Schritte entfernten sich.

»Moncrieff hat sich in Schwierigkeiten gebracht«, sagte Nathaniel. »Er hat uns den Zutritt zu diesem Haus ermöglicht. Ich habe ihm im Gegenzug versprochen, dass du dir anhören wirst, was er zu sagen hat.«

»Ich vertrödele meine Zeit mit niemandem, Sohn. Was will er?«

Nathaniel warf einen kurzen Blick auf die Treppe und senkte seine Stimme. »Du wirst es nicht glauben, Dad. Aber er soll es dir selbst sagen. Bis Chambly darf er uns begleiten – das wird ihm genügend Zeit geben.«

Hawkeye schnaubte. »Wenn er mit uns mithalten kann, soll es mir recht sein. Aber zuerst müssen wir den Jungen von diesem verdammten Spiel wegbekommen ...Ah!« Erleichtert nickte er, als Otter am Treppenabsatz auftauchte und, gefolgt von Moncrieff, die Stufen hinunterlief. Otter kam auf Nathaniel zu und packte ihn an den Unterarmen.

»Raktsi'a«, murmelte er. *Älterer Bruder.* Das war die traditionelle Begrüßung für den Ehemann der ältesten Schwester, doch Nathaniel stellte verblüfft fest, dass Otter kein Junge mehr war. Er war jetzt ein Mann, breitschultrig und beinahe so groß, dass er Nathaniel direkt in die Augen schauen konnte. Sein Gesichtsausdruck war von einer Ernsthaftigkeit überlagert, die bei ihrer letzten Begegnung noch nicht da gewesen war.

»Wie seid ihr entkommen?« fragte Hawkeye.

Otter zuckte die Schultern. »Vielleicht bin ich nicht so gut im Aufspüren, wie sie es sich gewünscht hätte.« Er wandte seinen Blick ab.

Robbie hob seinen Rucksack und seine Waffen auf. »Gehen wir, Jungs.«

Der Himmel hatte sich bewölkt; es schneite leicht und der Wind war eiskalt. Als Nathaniel sich vergewissert hatte, dass sie keiner der Wachen in die Arme laufen würden, gab er den anderen ein Zeichen, dass sie herauskommen konnten.

An der gegenüberliegenden Seite bei den Ställen erhob sich Treenie langsam und wedelte mit dem Schwanz.

»Ein Licht!« zischte Otter.

Alle fünf duckten sich tiefer in den Schatten des Hauses. Nathaniel zwang sich, ruhig zu atmen und konzentrierte all seine Sinne auf die Dunkelheit dort draußen.

Es war Captain Quinn. Er stolperte den Pfad entlang und lachte vor sich hin. Die Blechlaterne in seiner Hand schwankte und warf zuckende Lichtstrahlen auf sein Gesicht. Er blieb stehen, starrte zwinkernd auf das Haus und versuchte dann, sich mit einer Hand den Weg durch die Büsche zu bahnen. Nathaniel konnte das zuerst nicht begreifen, doch dann erkannte er, dass Quinn so betrunken war, dass er versuchte, die Geheimtür an der falschen Seite der Mauer zu suchen.

»Komm schon, Giselle!« rief er. »Du kannst dich nicht vor mir verstecken. Ich habe deine Spur gefunden. ›Gurken einlegen‹, was? Sie schlingen sich alle um dich, du wildes Weib. Aber dem werde ich Einhalt gebieten.« Er zog sein Säbel und schlug, keuchend vor Anstrengung, auf die Büsche ein. Nathaniel konnte ihm nur knapp ausweichen. Gleich darauf torkelte Quinn in eine Stechpalme und blieb dann stehen.

»Hast deine kleine Tür wohl verlegt, was? Das wird dir nichts nützen, Liebchen. Ich finde dich schon. Du kannst jeden Mann um die Sechzig fragen – sie werden dir alle bestätigen, dass Jonathan Quinn bei Frauen noch immer Einlass gefunden hat.« Er lachte über seinen eigenen Scherz, warf den Kopf in den Nacken und brüllte laut: »Giselle!«

Nathaniel fluchte unterdrückt. Dieser Idiot würde die Wachen alarmieren.

Über ihren Köpfen wurde ein Fenster geöffnet. »Sie ist nicht draußen, du verdammter Blödmann. Komm rein, Quinn.« Das Fenster wurde zugeschlagen.

»Muss erst pinkeln!« rief Quinn. »Dann werde ich sie finden. Du wirst sie nicht kriegen, Johnson, hörst du?« Leise murmelnd drehte er sich um, schlurfte ein paar Schritte weiter und zerrte dabei an seiner Hose.

Die fünf Männer zogen sich rasch in gebückter Haltung in die entgegengesetzte Richtung zurück. Sobald sie um die Ecke gebogen waren, steckten sie die Köpfe zusammen.

»Wir müssen uns trennen und uns dann am Anfang der Eisstraße wieder treffen«, meinte Hawkeye.

»Wenn es gestattet ist, würde ich …«, begann Moncrieff, doch Hawkeye legte ihm die Hand auf die Schulter.

»Sollten Sie mit mir reden wollen, werden Sie es im Laufen tun müssen. Falls Sie das können.«

»Giselle!« rief Quinn wieder. Seine Stimme klang nun näher.

»Giselle!«

Der Himmel klarte auf und Nathaniel konnte das Gesicht seines Vaters sehen.

»Giselle!«

In der Ferne hörte man Schritte im Schnee. Die Wachen hatten sich vom Kartenspiel losgerissen, das warme Haus verlassen und kamen anmarschiert. Die versteckte Treppe war zwar gefährlich, aber noch schlimmer war es, für alle sichtbar im Garten zu stehen. Otter sprang hinter die Büsche und die anderen folgten ihm.

Auf der Treppe angelangt, verhielten sie sich ganz ruhig und hofften, dass die Stimmen im Garten sich entfernen würden. Stattdessen wurden sie noch lauter. Nathaniel spürte das Blut in seinen Händen pochen. Seine Muskeln zuckten bei dem unterdrückten Verlangen, davonzulaufen. Otters Brustkorb hob und senkte sich so heftig, als wäre er meilenweit gerannt, und Moncrieff stand angespannt da, bereit zur Flucht. Das ist mehr, als er sich bei dieser Vereinbarung erwartet hat, dachte Nathaniel. Robbie und Hawkeye bewahrten die Ruhe – sie waren erprobte Soldaten, die schon Schlimmeres durchgemacht hatten.

Treenie lief in der Dunkelheit unruhig auf und ab.

»Sitz«, befahl Robbie leise und die Hündin gehorchte.

Nathaniel konzentrierte sich auf den regelmäßigen Atem seines Vaters, ordnete seine Gedanken und dachte über die wenigen Möglichkeiten nach, die ihnen jetzt noch blieben. Er kam zu keinem anderen Schluss, also lief er mit großen Schritten die Treppe hinauf und lauschte an Giselles Tür. Nichts.

Im Hof wurde Pferdegetrappel auf den Pflastersteinen laut.

Auf Nathaniels Zuruf hin folgten ihm die anderen und betraten das Schlafzimmer. Die Gerüche hingen wie der Rauch eines mit feuchtem Holz entzündeten Feuers in der Luft: Bienenwachs, Lavendel, getrocknete Rosenblüten und Moschus. Otter blieb wie gelähmt an der Tür stehen und konnte nur durch einen Stoß in den Raum befördert werden. Nathaniel wusste, was er jetzt empfand. *Ich wollte dieses Zimmer auch nie wieder betreten.*

Ein Blick aus dem Fenster brachte weitere schlechte Nachrichten. Im Hof wimmelte es von Rotröcken, Pferden und Dienern – ein Lichtermeer aus schwankenden Laternen und Fackeln. Die Wachen hatten sich unter den Fenstern versammelt und suchten die Büsche ab. Nathaniel entdeckte Pickering und einige andere, die davonschlenderten, als hätten sie mit der Sache nichts zu tun.

»Sie suchen nach dir«, sagte er und drehte sich um. Flüchtig wurde ihm bewusst, welch seltsamen Anblick sie boten: raue Hinterwäldler in Giselles mit Samt und Seide und Goldlitzen ausgestattetem Schlafzimmer. Moncrieff hatte sich in einen Stuhl mit gedrechselten Beinen fallen lassen. Robbie spähte über das Dach eines Himmelbetts. Der rote Hund wetzte sein schmutziges Hinterteil an einem bestickten Hocker, schnüffelte an dem parfümierten Stoff und nieste.

Hawkeye schlug einen Spitzenvorhang beiseite. »Darin könnte man sich leicht verheddern.«

Robbie lief auf und ab, öffnete die Schränke und schloss sie verärgert wieder. »Kein Platz, um sich zu verstecken.«

Otter stand in der Mitte des Raums und betrachtete mit gerunzelter Stirn das Feuer im Kamin. Dann drehte er sich um, ging zu einem Spiegel an der Wand gegenüber des Bettes und schlug gegen den Bauch eines vergoldeten Engels an der oberen rechten Ecke. Der Spiegel schwenkte leise knarrend zurück.

»Das kenne ich noch nicht«, sagte Nathaniel.

Hawkeye rieb sich mit der Hand über die Lippen und starrte auf den kleinen Raum dahinter. »Sie liebt Versteckspiele, nicht wahr? Weiß Pink George das?«

Otter antwortete ihm mit einem gutturalen Laut.

»Genug Platz für eine Person«, stellte Moncrieff fest.

»Wir haben immer noch eine Möglichkeit, hier herauszukommen«, erwiderte Hawkeye. »Obwohl ich zugeben muss, dass die Chancen nicht gut stehen.« Er musterte Otter eine Weile. »Ich habe das Gefühl, dass sie dich gehen lässt, wenn ihr Vater nichts davon erfährt. Habe ich recht?«

Otter nickte. »Hen'en. Ja.«

Hawkeye warf einen Blick aus dem Fenster. In der Sprache der Kahnyen'kehàka sagte er dann: »Hör mir zu. Wenn es soweit ist und du dich sicher fühlst, verschwindest du so schnell wie möglich und läufst zum Hidden Wolf.« Er senkte seine Stimme. »Schicke Runs-from-Bears mit Gold hierher.«

Otter gab ihm mit einem Augenzwinkern zu verstehen, dass er begriffen hatte.

Hawkeyes Stimme wurde zu einem heiseren Flüstern. »Sag Bears, er soll sich von diesem Schotten fern halten. Er braucht nicht alles zu erfahren, was uns angeht. Verstehst du, warum ich auf diese Weise mit dir spreche?«

Der Junge nickte mit unbewegter Miene. Hinter ihm sah Robbie nachdenklich drein. Moncrieff setzte zum Sprechen an, überlegte es sich jedoch dann anders.

An der Tür zu der Geheimtreppe leuchtete ein Licht auf, und sie drängten sich aneinander.

»Giselle?« Das heisere Flüstern klang bittend. »Ich kann dich hören. Lass mich hinein, Liebling. Ich bin es – Jonathan.« Quinn hatte die versteckte Tür gefunden und war offensichtlich nicht mehr so prahlerisch aufgelegt.

»Giselle«, flehte er.

In der Eingangshalle ertönte Giselles Stimme, als hätte sie ihn erhört. Ihr ausgelassener Tonfall war verschwunden. Sie schien aufgeregt und außer Atem zu sein und kam näher.

Nathaniel riss die Tür zu der Geheimtreppe auf, packte den überraschten Quinn an seinen Epauletten und zog ihn in das Zimmer.

»Was …?« stieß er hervor, bevor Rab ihm mit dem Lauf seines Gewehrs einen gezielten Schlag auf den Kopf verpasste. Otter fing Quinn auf, bevor er auf Giselles türkischen Teppich sinken konnte, und stieß ihn auf das Bett.

»Na also«, sagte er. »Das wollte er sowieso.«

Giselles Stimme war nun deutlich zu hören. Sie rief im Treppenhaus jemandem Befehle zu. Im Garten ertönten weitere Stimmen.

Otter fing Nathaniels Blick auf, der ihm wortlos sein Gewehr und sein Pulverhorn mit dem Kugelbeutel entgegenhielt. Otter ergriff alles und lief rasch in die Kammer hinter dem Spiegel.

Hawkeye packte ihn an der Schulter. »Wir verlassen uns auf dich, Sohn. Lass uns nicht länger in diesem Gefängnis sitzen als unbedingt nötig.«

Sie schlossen die Tür hinter sich und liefen, gefolgt von Treenie, die Steinstufen hinunter. Als sie unten angelangt waren, schimmerte von oben mit einem Mal Kerzenlicht und vor ihnen schwang die Tür nach innen auf.

»Verdammt«, flüsterte Moncrieff.

»Noch sind wir nicht verloren«, entgegnete Hawkeye. »Auch diesen Tag werden wir überleben.«

Colonel George Somerville, Viscount Bainbridge, Vizegouverneur von Lower Canada, stand vor ihnen an der Türschwelle im Licht einiger Laternen. Seine Männer und die meisten Leuten in Montreal kannten ihn als Pink George. Er trug einen von der Reise verschmutzten Umhang. Sein hageres Gesicht war fleckig vor Kälte und in seinen Augen lag ein zufriedenes Funkeln. Hinter ihm stand eine Armee von Rotröcken mit gezückten Bajonetten.

Giselle neben ihm hielt überrascht den Atem an. Erwischt, dachte Nathaniel. Und wir mit ihr. Wäre Elizabeth nicht gewesen, hätte er diese Situation sogar komisch gefunden.

»Meine Herren.« Der Vizegouverneur presste das Kinn auf die Brust und sah sie über den Rand seiner Brille an.

Treenie knurrte und stellte sich auf die Hinterbeine.

Somerville hob die Augenbrauen. »Sergeant Jones«, sagte er und zog verächtlich die Mundwinkel nach unten, »bringen Sie den Hund nach draußen und erschießen Sie ihn. Was euch Männer betrifft, so hoffe ich, dass ihr die kleine Dinnerparty meiner Tochter genossen habt. Es wird nämlich keine weitere mehr geben.«

6

Curiosity beugte sich über Daniel und betrachtete sein Gesicht. »Nun, ich würde sagen, es handelt sich nur noch um Tage, bis der Junge grüne Augen bekommt.« Sie lachte, als das Baby ihr seine Faust an die Nase drückte.

»Nicht braun?« fragte Elizabeth und musterte Many-Doves' Sohn auf ihrem Schoß. Blue-Jay war mittlerweile vier Monate alt und gut entwickelt. Er lächelte sie an. Seine Augen hatten die gleiche intensive Farbe wie die seiner Eltern – ebenso wie sein Haar, das wirr vom Kopf abstand.

»Nein, Ma'am«, sagte Curiosity und drehte Daniel geschickt auf die Seite, um ihm die Windel anzulegen. »Grün, wie die Blätter eines Zuckerahorns. Und ebenso süß, nicht wahr, mein Baby?«

In dem anderen Zimmer ertönte das Weinen seiner Schwester, als würde ihr diese Neuigkeit ganz und gar nicht gefallen. Elizabeth wollte sich aus dem Schaukelstuhl erheben, aber Curiosity hielt sie mit einem Blick zurück und legte ihr Daniel auf den Schoß.

»Bleib sitzen«, befahl sie. »In diesem Haus sind genügend Frauen, die dir helfen können. Ich denke, wir werden uns jetzt um Miss Lily kümmern.«

»Du brauchst mich nicht zu verhätscheln«, entgegnete Elizabeth laut, aber Curiosity wedelte nur mit der Hand und verließ das Schlafzimmer.

Daniel zwinkerte und stieß unter großer Anstrengung einige Gurrlaute aus. Elizabeth antwortete ihm liebevoll und er fuchtelte in der Erwartung einer längeren Unterhaltung begeistert mit den Armen. Curiosity hatte sicher Recht: Seine Augen würden grün werden und die Mathildes blau. Blau wie eine Schwertlilie im Mai, hatte sie erklärt, und so nannten sie jetzt alle Lily. Elizabeths dunkles Grau und Nathaniels Haselnussbraun hatten sich bei keinem der Babys durchgesetzt, aber sie trugen ganz deutlich die Züge ihres Vaters – von der Form ihrer Ohrläppchen bis zu der Beschaffenheit der Zehennägel. Elizabeth fand, dass sie von ihr nichts geerbt hatten – bis auf die Löckchen auf ihren Köpfen.

Sie schrie leise auf, als Blue-Jay heftig an ihrem Zopf zerrte. Daniel untersuchte seine Hände, als fragte er sich, wie man so etwas wohl anstellte. Im Zimmer nebenan hatte Lily sich beruhigt. Wahrscheinlich ruhte sie in dem auf Falling-Days Rücken angeschnallten Tragegestell, in dem alle Babys sich am wohlsten fühlten. Elizabeth betrachtete die Gesichter vor sich, blies den Kleinen sanft ins Haar und erntete begeistertes Krähen von beiden.

Nathaniel hatte die Zwillinge noch nicht lächeln sehen – er hatte sie nicht mehr betrachten können, seit sie drei Tage alt waren. Elizabeth hatte sich eigentlich fest vorgenommen, nicht nachzurechnen, seit wann er sich auf der Reise in den Norden befand, aber jetzt zählte sie doch die Tage. Bald würden acht Wochen vergangen sein – viel mehr Zeit, als er sich ausgerechnet hatte. Es gab keine Möglichkeit herauszufinden, ob er sich auf dem Heimweg befand oder überhaupt jemals in Montreal eingetroffen war. Sie vertraute jedoch fest darauf, dass er tat, was getan werden musste. Ebenso verließ er sich darauf, dass sie sich um das Wohl seiner Kinder kümmerte. Trotzdem wurde sie von Tag zu Tag unruhiger – und dann hatten vor kurzem auch noch diese Träume begonnen.

Die Babys wachten nun nachts nicht mehr so oft auf und so fand auch Elizabeth mehr Schlaf. Sie träumte von Schnee. Den Windigos in den Endlosen Wäldern, deren Pelze weiß gefärbt waren. Von den Männern aus Stein mit milchigen blauen Augen. Immer sah sie eine vereiste Straße in ihren Träumen, die silberfarben und schwarz schimmerte, aber von Nathaniel gab es keine Spur. Und das ängstigte sie am meisten.

Blue-Jay begann zu strampeln und Elizabeth schüttelte rasch ihren Tagtraum ab. Das Gesicht des Babys nahm den nachdenklichen Ausdruck an, der bedeutete, dass er gefüttert werden wollte. Elizabeth hätte ihn sich selbst an die Brust gelegt, denn auch Many-Doves fütterte manchmal Lily oder Daniel, damit sie, Elizabeth, noch eine Stunde weiterschlafen konnte. Doch bei Blue-Jays erstem Schrei stand seine Mutter bereits an der Tür.

Das Baby krähte ungeduldig, während sie die Näharbeit aus der Hand legte und sich mit ihm auf das Bett setzte.

»Dein Name passt gut zu dir, mein Sohn.« Many-Doves sprach Kahnyen'kehàka wie immer, wenn sie die englische Sprache vermeiden konnte. Sie zog den Jungen näher zu sich heran und öffnete ihre Bluse.

Eine Weile saßen die beiden Frauen schweigend beieinander und hörten zu, wie Blue-Jay zufrieden schluckte. Auf das Dach rieselte wieder Schnee und von draußen ertönten die Schläge einer Axt. Das Geräusch erinnerte Elizabeth daran, dass sich auf dem Hidden Wolf immer noch einige Männer befanden. Falling-Day hatte Liam und Runs-from-Bears jedoch in die andere Hütte verbannt, damit die Frauen hier das Regiment allein führen konnten.

Daniel wurde schläfrig. Elizabeth brachte ihn in eine bequemere Position und unterdrückte ein Gähnen.

Dove streichelte nachdenklich die Wange ihres Sohns. »Runs-from-Bears will sich in den Norden aufmachen«, sagte sie mit einem Blick in Elizabeths Augen.

»Aha.« Elizabeth spürte gleichzeitig Erleichterung und Furcht in sich aufsteigen. »Was sagt Falling-Day dazu?«

»Meine Mutter träumt von der Eisstraße, sieht aber dort keine Spur von den Männern.«

Zu einer anderen Zeit – in dem Leben, das sie einmal geführt hatte –, wäre Elizabeth darüber beunruhigt gewesen, dass sie und Falling-Day ähnliche Träume hatten. Im vergangenen Jahr hatte sie jedoch gelernt, dass Vernunft und Logik Grenzen gesetzt waren.

Many-Doves betrachtete sie aufmerksam.

»Wann will Bears aufbrechen?«

»Bald«, erwiderte Doves. »Vielleicht schon morgen.«

Kurz nach Tagesanbruch wurde Elizabeth durch Schritte auf der Veranda geweckt. Falling-Day erhob sich hastig von ihrem Schlafplatz unter Hannahs Hochbett. Elizabeths Herz tat einen gewaltigen Sprung; sie rannte barfuss mit wehendem Nachthemd in das Nebenzimmer.

An der offenen Tür stand Otter, gesund und munter, wenn auch sein Gesicht hager und angespannt war. Er war allein. Elizabeth lief an ihm vorbei in den grauen Morgen hinaus. Sie wollte ihren Augen nicht trauen, doch nur der winterliche März erwartete sie und der Schnee unter ihren Füßen war klirrend kalt.

Otter trug Nathaniels Gewehr über der Schulter und ließ es sich wortlos gefallen, als sie es ihm abnahm.

Sie hätte es überall sofort erkannt, auch wenn der Name nicht eingraviert gewesen wäre. *Hirschtöter*. Wie oft hatte sie es in seinen Händen gesehen? Sie selbst hatte es einmal abgefeuert und war dann allein in der Wildnis erschrocken davongelaufen. Nathaniel würde dieses Gewehr freiwillig ebenso wenig aus den Augen lassen wie seine Frau.

Otter sprach jetzt mit ihr, aber sie verstand ihn nicht. Das Blut rauschte in ihren Ohren. Elizabeth schüttelte den Kopf und zwang sich zur Konzentration. Sie musste sich anhören, was er zu sagen hatte. Am liebsten wäre sie davongelaufen.

Er zog sie am Arm in die Hütte. »Ich habe Nachrichten von deinem Mann, meinem Bruder«, sagte er. »Hör mir zu. Er ist am Leben und unversehrt.«

»Und Großvater?« fragte Hannah und zupfte Otter am Ärmel. »Was ist mit meinem Großvater?«

»Auch ihm geht es gut. Er schickt euch Grüße.«

Von der Wiege nebenan ertönte das Weinen der Zwillinge

und Elizabeth fand ihre Stimme wieder. »Warum sind sie nicht mit dir zurückgekommen? Warum hast du Nathaniels Gewehr?« Selbst wenn sie seinen Gesichtsausdruck nicht bemerkt hätte, wäre ihr klar geworden, was passiert sein musste. »Er hat versucht, dich und Hawkeye aus dem Gefängnis zu holen und es ist schief gelaufen, nicht wahr?«

Otter nickte.

»Wann war das?«

»Somerville hat sie in der ersten Nacht des Vollmonds festgenommen.«

Drei Wochen. Elizabeth schluckte heftig. Nathaniel saß seit drei Wochen im Gefängnis der Garnison; Hawkeye schon viel länger. Sie sind am Leben, rief sie sich ins Gedächtnis und rieb ihre Wange an dem kalten Metall des Gewehrlaufs. *Nathaniel lebt.*

Otter begann zu sprechen, aber seine Mutter unterbrach ihn.

»Zuerst wirst du etwas essen«, sagte Falling-Day. »Und dann wirst du erzählen.«

Während Elizabeth und Many-Doves sich um die Bedürfnisse ihrer Kinder kümmerten, überließ Otter sich der Obhut seiner Mutter. Falling-Day reichte ihm eine Schüssel mit roter Maissuppe und beobachtete ihn, bis sie leer war. Dann führte sie Otter vor das Feuer und zog ihn bis auf seinen Lendenschurz aus, als wäre er ein sechsjähriger Junge und nicht ein groß gewachsener Mannes von achtzehn Jahren. Sie ging dabei nicht zimperlich mit ihm um und gab ausführliche Kommentare über sein Verhalten ab. Otter ließ alles über sich ergehen – vielleicht hatte er Schmerzen oder er war einfach nur froh, wieder zu Hause zu sein. »Möglicherweise hat Giselle Somerville ihm mehr über Frauen beigebracht, als er bereit war zu lernen«, flüsterte Elizabeth Lily zu, während sie sie stillte. Das Baby runzelte die Stirn, als wollte sie ihr zustimmen, und drückte scheinbar beschwichtigend ihre kleine Hand an Elizabeths Brust.

Drei von Otters Finger zeigten schlimme Erfrierungserscheinungen, und Hannah rieb sie so lange mit einem Stück Flanell ab, bis sie schmerzhaft wieder zum Leben erwachten. Als Falling-Day jedoch seine Füße sah, verstummte sie. Liam wurde geschickt, um Curiosity zu holen, und nach langer Beratung schärfte Runs-from-Bears ein Messer und sie nahmen ihm zwei Zehen ab, die stark eiterten. Trotz ihrer beider Erfahrung war hier nichts mehr zu machen. Otter gab keinen Laut von sich, aber auf seiner Oberlippe bildete sich ein Schweißfilm und seine Hand zitterte, als er an Hannahs Zöpfen zog, um sie zum Lachen zu bringen.

Man musste Elizabeth nicht sagen, dass Otter großes Glück gehabt hatte. Ein später Schneesturm hatte ihn drei volle Tage lang in einer Schneehöhle festgehalten; es war ein Wunder, dass er das überlebt hatte. Sie verstand auch vollkommen, dass er jetzt zuerst etwas essen und medizinisch versorgt werden musste und nach der tagelangen mühsamen Reise Schlaf brauchte. Trotzdem verspürte sie das Verlangen, ihn zu schütteln, um endlich die ganze Geschichte zu erfahren.

Schließlich zog sich Curiosity mit den drei Babys in das andere Zimmer zurück, fest davon überzeugt, dass sie bei der nun folgenden Diskussion nichts zu suchen hatte. Auch Liam wollte gehen, aber Elizabeth nahm seinen Arm und führte ihn zu der Gruppe, die sich um die Feuerstelle versammelt hatte. Er ging in die Hocke, ließ die Hände über die Knie baumeln, die sich jeden Moment durch die selbst gewebte Hose zu bohren, und starrte auf den Boden. Obwohl er wahrscheinlich nicht viel von dem verstehen würde, was zu besprechen war, wollte Elizabeth ihn dabei haben.

Elizabeth hatte Otter schon oft Geschichten erzählen hören; er besaß eine kräftige Stimme und verstand es, seine Zuhörer zu fesseln. Diese Geschichte begann er jedoch stockend und er sprach direkt seine Mutter an. Sein Blick war nur auf ihr Gesicht gerichtet. Er erzählte, wie er Richard Todd im Spätsommer nach Montreal gefolgt war, wie Hawkeye am Neujahrstag eingetroffen war, wie sie Vorbereitungen getroffen hatten, Montreal zu verlassen, und wie sie dann zum ersten Mal von Somerville verhaftet worden waren. Giselle Somerville erwähnte er mit keinem Wort. Doch als dann alles gesagt war, zählten die Details sowieso nicht mehr. Die Situation war schlimm genug: Hawkeye, Nathaniel und Robbie saßen im Garnisonsgefängnis. Und Angus Moncrieff ebenfalls.

Als Otter geendet hatte, war Elizabeth der Schweiß ausgebrochen.

»Jemand hat nach Somerville geschickt«, meinte Bears schließlich. »Ein Verräter.«

Otter zog eine Schulter nach oben. »Sieht so aus.« Elizabeth presste ihre Hände im Schoß zusammen. »Man hat die vier beschuldigt, dir bei der Flucht geholfen zu haben?«

Otter wich nervös ihrem Blick aus. »Und wegen Spionage.«

»Spionage!« Hannah sprang auf. Many-Doves zog sie wieder herunter. Liam rutschte unbehaglich hin und her und ließ seinen Blick über die Gesichter der anderen wandern.

»In Friedenszeiten?« fragte Elizabeth in ungewohnt strengem Tonfall.

»Die Engländer befinden sich im Krieg mit den Franzosen«, warf Runs-from- Bears ein.

»Dann können wir ja von Glück sagen, dass wir keine Franzosen sind«, meinte Many-Doves und sah ihren Mann stirnrunzelnd an, als sei er persönlich für die Kriege verantwortlich, die die Europäer miteinander austrugen.

»Die Engländer sind misstrauisch, weil sich die Amerikaner nicht in ihre Auseinandersetzung mit den Franzosen einmischen«, erklärte Otter.

»Wir sind aber keine Amerikaner«, erwiderte Hannah herausfordernd.

»Die O'seronni sehen in Wolf-Running-Fast und Hawkeye, was sie sehen wollen«, meinte Falling-Day. »Sie verstehen nichts von Menschen und beurteilen sie nur nach ihrer Hautfarbe.«

»Rab und Nathaniel haben im letzten Krieg beide unter Schuyler gedient«, betonte Runs-from-Bears.

»Nathaniel kämpfte mit unseren Kahnyen'kehàka-Kriegern«, verbesserte Falling-Day ihn.

»Auf jeden Fall ist der Gedanke absurd, Nathaniel könne ein Spion der Franzosen sein, und ich bin mir sicher, dass sie das auch wissen«, sagte Elizabeth. »Das ist nur ein Vorwand, um sie festzuhalten.«

Hannahs Miene umwölkte sich. »Sie hängen Spione.«

»Nein«, erwiderte Otter rasch. »Zumindest nicht sofort. Iona sagt, Carleton selbst soll sie befragen, aber er wird nicht vor Mai in Montreal sein. Also hat Bears genügend Zeit, um mit dem Gold dort hinzugehen.« Er warf einen unsicheren Blick in

Liams Richtung, aber der Junge beobachtete Hannah und hatte ihn sicher nicht verstanden.

Elizabeth streckte den Arm aus und Hannah kam betrübt auf sie zu. »Squirrel«, sprach Elizabeth sie an und benützte ihren Kahnyen'kehàka-Namen. »Hörst du mich? Wir haben noch Zeit.« Möge Gott es geben, fügte sie für sich hinzu. Ihre Gedanken rasten. So wenige Fakten, aber hunderte von Fragen, auf die es keine Antwort gab.

Falling-Day wandte sich an Bears. »Du wirst dich morgen auf den Weg in den Norden machen. Das Gold wird sicher helfen.«

»Das Gold wird nichts nützen«, sagte Elizabeth leise und strich Hannah übers Haar. »Bears weiß nicht, an wen er sich wenden soll. Stimmt das?«

Zögernd nickte Runs-from-Bears.

Hannah zupfte Elizabeth am Ärmel. »Es muss einen Weg geben.«

»Es gibt ganz sicher einen«, erklärte Elizabeth bestimmt. »Aber wir dürfen keine Zeit verlieren. Es gibt jemanden in Albany, der uns weiterhelfen kann.«

Bears hob die Augenbrauen. »Phillip Schuyler wird uns in Montreal nichts nützen. Er und Somerville sind alte Feinde.«

»General Schuyler wird es möglicherweise nicht gelingen, Somerville umzustimmen«, gab Elizabeth zu. »Aber ich bezweifle, dass er den Sohn und Erben des Vorsitzenden des Obersten Gerichts ignorieren kann.«

Liam richtete sich fragend auf, als plötzlich Englisch gesprochen wurde. »Meine Güte. Wer soll das denn sein?«

»Cousine Amandas Ehemann, Will Spencer, Viscount Durbeyfield«, sagte Hannah. »Weißt du nicht mehr, Liam? Sie haben uns mit der Tante im Sommer besucht und sie sind noch nicht nach England zurückgekehrt.«

»Spencer ist in Albany?« fragte Otter.

»Ja«, bestätigte Elizabeth. »Ich habe vor kurzem einen Brief von ihnen bekommen.«

»Na dann.« Liam seufzte erleichtert auf. »Schickt Will Spencer nach Montreal. Er ist Anwalt, nicht wahr? Er kann sie aus dem Gefängnis holen.«

Falling-Day beobachtete Elizabeth scharf und neigte den

Kopf zur Seite. «Bone-in-her-Back«, sagte sie leise und benützte Elizabeths Kahnyen'kehàka-Namen, »würdest du einen Mann für eine Sache losschicken, in der das Einfühlungsvermögen einer Frau gebraucht wird?«

Elizabeth schluckte heftig. Das war die Frage. Sollte sie ihren Cousin nach Montreal schicken, um mit einer politischen Einflussnahme die Situation zu bereinigen, oder sollte sie die Angelegenheit selbst in die Hand nehmen? Der Teil von ihr, der immer noch eine englische Lady aus gutem Hause war, konnte sich kaum vorstellen, mitten im Winter so weit zu reisen, um eine Männersache zu erledigen, doch gab es nun eine andere, stärkere Stimme in ihr. Und das wusste auch Falling-Day. Ihr war klar, dass Elizabeth Nathaniels Leben nicht aufs Spiel setzen würde und nicht tatenlos bleiben konnte, während andere für ihn kämpften.

Es war undenkbar und trotzdem musste sie handeln.

»Ich würde keinen Mann schicken«, antwortete Elizabeth. »Mir bleibt nichts übrig, als mich selbst auf den Weg zu machen.«

»Thayeri«, sagte Falling Day. »Das ist richtig.«

Zum ersten Mal an diesem Tag hatte Elizabeth das Gefühl, durchatmen zu können.

»Du willst diese Babys in die Wildnis mitnehmen?« Curiosity stand an der offenen Schlafzimmertür. Elizabeth zuckte zusammen und stand auf. »Wie kannst du nur daran denken? Du sprichst doch immer davon, vernünftig zu sein.«

»Curiosity, lass mich dir erklären ...«, begann Elizabeth.

»Ich habe genug gehört. Mehr brauchst du nicht zu sagen.« Curiosity drehte sich auf dem Absatz um und verschwand wieder im Schlafzimmer.

»Sie ist diejenige, die du überzeugen musst«, meinte Falling-Day und griff nach ihrer Näharbeit. »Das ist der erste Schritt zu dieser Reise.«

Im Schlafzimmer hatte Curiosity ihre Arme bis zu den Ellbogen in seifiges Wasser mit schmutzigen Windeln getaucht.

»Das musst du nicht machen«, sagte Elizabeth.

Ohne aufzusehen, brummte Curiosity missmutig.

»Der Weg von Albany nach Montreal führt nicht direkt

durch die Wildnis. Er wird beinahe so oft bereist wie die London Road.«
 Das ständige Rubbeln auf dem Waschbrett wurde nicht unterbrochen. »Erzähl mir nichts von der London Road. Hier musst du mit einem strengen Winter fertig werden.«
 »Du hast mir erst gestern gesagt, das Schlimmste sei vorbei, nicht wahr?«
 Curiosity setzte sich auf ihre Fersen und rieb sich mit dem Handrücken über die Wange. »Nun, ich wusste ja nicht, dass du mit diesen Babys auf dem Rücken auf und davon willst – sonst hätte ich das nicht gesagt.«
 Elizabeth musste lächeln. »Blue Jay haben sie vor sechs Wochen bei schlechterem Wetter durch eine rauere Landschaft hierher gebracht. Und ich gehe ja nicht zu Fuß.«
 Ein ungeduldiges Aufseufzen. »Hast du etwa vor, deine Schwingen auszubreiten und zu fliegen? Oh, ich verstehe. Du denkst, der Richter wird dir einfach seinen Schlitten und seine Mannschaft überlassen, damit du nach Albany fahren kannst, nicht wahr? Er wird versuchen, dich aufzuhalten, das weißt du genau.«
 »Oh, Curiosity. Das hat er doch schon früher versucht, nicht wahr?« Seufzend setzte sie sich auf die Bettkante, wo die Zwillinge lagen, strampelten und sich gegenseitig etwas vorgurrten.
 Elizabeths Stimme klang viel fester, als sie selbst erwartet hatte. »Wenn ich nicht gehe, werden sie Nathaniel, Hawkeye und Robbie als Spione verurteilen und niemand wird für sie eintreten«, sagte sie. »Erwartest du etwa, dass ich hier sitze und warte, bis die Nachricht eintrifft, dass man sie gehängt hat?«
 Curiositys Schultern zuckten leicht, aber sie schwieg.
 »Du würdest gehen, wenn es sich um einen der deinen handeln würde.«
 »Du bist wie einer der meinen«, erklärte Curiosity ruhig.
 »Dann hilf mir«, bat Elizabeth. »Ich brauche deine Hilfe.«
 Es folgte ein langes Schweigen, nur unterbrochen von den glucksenden Lauten der Babys. Elizabeth saß auf dem Bett, das sie mit ihrem Ehemann geteilt hatte, und fragte sich, ob er jemals wieder durch diese Tür kommen und ob sie jemals wieder seine Stimme hören würde. Ein seltsames Gefühl der Benommenheit überkam sie. Ihre Augen brannten, aber es schienen die

Tränen einer anderen zu sein. Davon wollte sie jetzt nichts wissen. Sie würde das mit oder ohne Curiositys Hilfe erledigen. Vielleicht erkannte die ältere Frau ihre Gefühle an ihrem Gesichtsausdruck, denn ihre Miene wurde weicher.
»Unter einer Bedingung könnte ich mit dem Richter wegen des Schlittens reden.«
»Ich werde meine Kinder nicht zurücklassen.«
»Nein, Missy, das wirst du nicht.« Curiosity hob ihr Kinn. Ihre dunklen Augen funkelten. »Und mich auch nicht.«
Elizabeth begann plötzlich zu zittern. Sie faltete ihre Hände im Schoß. »Du würdest mit uns kommen?«
Curiosity wischte sich die Arme an ihrer Schürze ab. »Irgendjemand muss dich ja vor Schwierigkeiten bewahren«, sagte sie. »Lass uns zum Richter gehen und wegen des Schlittens mit ihm reden. Ich habe keine Lust zu laufen.«

Hannahs Hände schienen ihr nicht richtig zu gehorchen. Sie ließ eine Schüssel fallen, den Nähkorb, ihre Schreibtafel – alles was sie anfasste. Doch niemand schien ihre plötzliche Ungeschicktheit zu bemerken. Ihre Großmutter und ihre Tante suchten Kleidungsstücke zusammen, wickelten getrocknetes Wildbret in Maisblätter, besserten Schneeschuhe aus und bereiteten alles für Elizabeths und Runs-from-Bears lange Reise vor. Bears war zur Nordseite des Bergs gegangen, um das Gold zu holen; Otter war nach einer Tasse Weidenrindentee ins Bett geschickt worden und Elizabeth und Curiosity waren im Dorf.

Von der anderen Seite des Zimmers fing Liam ihren Blick auf und bedeutete ihr mit den Augen, nach draußen zu kommen.

Der Stall war der Ort, an dem sie sich unterhalten konnten. Wenn es wärmer war, schälte Hannah dort oft Bohnen oder mahlte Mais, während Liam seine Pflichten erfüllte. Jetzt war der Stall leer, da die Pferde den Winter über beim Schmied untergebracht waren. In jede Ecke war Schnee eingedrungen.

»Dein Vater und dein Großvater werden in einem Monat wohlbehalten wieder zu Hause sein«, sagte Liam. Er saß auf einem umgekippten Eimer, sein Gesicht im Schatten verborgen.

»Ja«, erwiderte Hannah. Sie schluckte hart, um die Tränen zu unterdrücken, die ihr ohne Vorwarnung in die Augen schossen.

»Du gehst mit ihr.« Liam zog seinen Hut vom Kopf und untersuchte die Innenseite, als könne die abgetragene Kopfbedeckung ihm sagen, was er hören wollte.

Hannah nickte. »Wenn sie mich lässt.«

Er lachte kurz auf. »Du wirst sie schon überreden. Schon im Sommer wolltest du mit ihr gehen.«

Der vergangene Sommer. In den langen Wochen, in denen ihr Vater und Elizabeth in den Endlosen Wäldern auf der Flucht gewesen waren, hatte sie sich vor Sorge ganz krank gefühlt. Liam hatte damals noch bei seinem Bruder gewohnt, aber er war immer dann aufgetaucht, wenn sie jemanden zum Reden gebraucht hatte. Jetzt wusste sie jedoch kaum, was sie sagen sollte. Läge es in ihrer Macht, würde sie ihn verlassen und mit Elizabeth, Runs-from-Bears und Curiosity in den Norden reisen. Er würde hier bleiben, Scheite spalten, Holz und Wasser holen, die Haut von Opposums und Rehwild säubern und Fallen aufstellen. Noch einsamer wäre er dann, als sie es im Sommer gewesen war. Sie hatte immerhin ihre Großmutter und ihre Tanten und Onkel gehabt.

»Du wirst Otter mögen, wenn du ihn besser kennen lernst«, sagte Hannah. »Er kennt alle geheimen Plätze auf dem Berg und er wird sie dir zeigen.«

»Tatsächlich?« Liams Stimme klang heiser.

»Du bist jetzt einer von uns. Er wird sie dir zeigen.«

»Ich habe nachgedacht«, sagte er mit gesenktem Blick.

»Vielleicht sollte ich bei den McGarritys bleiben, bis du zurückkommst. Die zwei Frauen und dein Onkel schaffen es allein.«

»Nein«, sagte Hannah heftiger als beabsichtigt. »Tu das nicht. Du gehörst hierher.«

»Du auch.«

Hannah blinzelte. »Sie braucht meine Hilfe mit den Babys ...«

Er ließ resigniert seine Schultern fallen und nickte.

»Du bleibst also?«

Liam konnte ihr nicht in die Augen sehen. »Ich werde der einzige Weiße am Hidden Wolf sein, wenn du gehst.«

Sie glaubte, Schnee im Nacken zu spüren. Die Kälte wanderte über ihr Rückgrat hinunter und in ihren Bauch. Sie musste wohl einen Laut von sich gegeben haben. Liam hob den Kopf und musterte sie aufmerksam. Seine Augen waren so blau wie das Eis im Winter.

»Ich bin nicht weiß«, murmelte sie.

»Für mich schon.«

Die Welt verschwamm vor ihren Augen. Das Rotgold von Liams Haar und das helle Metall der Fallen an der Wand verschmolzen zu einem rostfarbenen Regenbogen. Hannah presste ihre Hände auf ihre Augen, um den Ausdruck auf seinem Gesicht nicht mehr sehen zu müssen. Er dachte, er hätte ihr ein Kompliment gemacht. *Ich bin die Tochter von Sings-from-Books aus dem Stamm der Kahnyen'kehàka*, wollte sie sagen. *Ich bin die Enkelin von Falling-Day, Urenkelin von Made-of-Bones, Ururenkelin von Hawk-Woman, die einen Häuptling der O'seronni mit ihren eigenen Händen getötet und sein Herz ihren Söhnen zum Verspeisen gegeben hatte.* Diese Namen flossen wie ein Fluss durch ihre Venen, doch Liam bedeuteten sie nichts. Es waren keine Namen von weißen Frauen. Sie öffnete ihren Mund, um noch einmal zu sagen: *Ich bin nicht weiß*, doch da gab es ja noch eine andere Großmutter. Cora Bonner war über ein Meer hierher an den Rand der Endlosen Wälder gekommen, das Hannah nie gesehen hatte. Granny Cora mit ihrer hellen Haut, ihren indigoblauen Augen und ihrem sanften Lächeln, hinter dem ein Wille so hart wie Feuerstein steckte. Hannah hatte von ihrer schottischen Großmutter einige Eigenschaften geerbt, die sie nicht verleugnen konnte: die Liebe zur Musik, das Verlangen nach dem geschriebenen Wort, das Sprachtalent, der Wunsch, die Welt zu bereisen. *Ich bin nicht weiß* – das war nur ein Teil der Wahrheit.

Liam sah sie an, wie er es manchmal tat, so wie Bears ab und zu Many-Doves oder wie ihr Vater Elizabeth ansah. Es war etwas, das sie nicht ganz verstand, also schob sie den Gedanken daran beiseite. Auf diese Art magischer Kraft musste sie noch warten – bis sie älter war, eine Frau, die verstand, was sie bedeutete, und stark genug war, damit umzugehen.

»Hannah!« Sie blieb an der Tür stehen, mit dem Rücken zu ihm.

»Ich werde bleiben, wenn du es willst.«

Alle ihre Worte waren verflogen. So ließ sie ihn dort in einem Lichtstreif, der kalten Wintersonne zurück.

In der Nacht kam Runs-from-Bears zu Many-Doves. Das Geräusch seiner Schritte auf den Dielen riss Elizabeth aus einem leichten Schlaf. Auf der anderen Seite der Wand hörte sie Doves einen Willkommensgruß murmeln, dann ein leises Knarren, Seufzen und ein tiefes Lachen, das sofort wieder verstummte. Sie wäre trotz der Kälte und der späten Stunde nach draußen gegangen, aber dann hätte sie an ihnen vorbeigehen müssen. Elizabeth rollte sich auf die Seite, vergrub ihr Gesicht in den Kissen und versuchte die Bilder zu verdrängen, die vor ihren Augen entstanden. Sie rief sich etwas anderes ins Gedächtnis, das sie sich den ganzen Tag vorgestellt hatte: Nathaniel in einer Gefängniszelle. Es wäre nicht das erste Mal, dass sie einen solchen Ort aufsuchte. Ihr Bruder Julian hatte wegen seiner Schulden drei Monate in London im Gefängnis verbracht, bis Tante Merriweather seine Rechnungen bezahlt und ihn auf einem Schiff nach New York untergebracht hatte. Er hatte England nur zögernd verlassen. Man hatte so viel getan, um ihm einen neuen Anfang zu ermöglichen – alles umsonst. Julian war tot.

Aber Nathaniel lebte. Elizabeth fragte sich, ob sie Decken, ein Feuer und anständiges Essen hatten – und ob sie angekettet waren. Bei diesem Gedanken beschleunigte sich ihr Atem. Von Nathaniel war sie geneckt worden, als sie Hawkeye aus dem Gefängnis befreit hatte, doch es war lächerlich, eine Vorratskammer in einem Handelsposten – gesichert nur mit einem rostigen Schloss – mit einem Militärgefängnis in Montreal zu vergleichen. Sie musste sich darauf verlassen, dass Will überzeugend für sie eintreten konnte, und wenn ihm das nicht gelang, dass er es besser als sie verstand, mit dem Gold die richtigen Männer zu bestechen. Gemeinsam mit Falling-Day hatte sie zweihundert Goldmünzen in Beutel eingenäht, die sie direkt auf der Haut tragen konnten. Sie und Bears würden sie in Montreal Will Spencer aushändigen, falls er sie brauchen sollte.

Doch wenn Will versagte? Dieser Gedanke ging ihr wie ein Klagelied immer wieder durch den Kopf. Wenn Will versagen sollte; wenn Somerville sich nicht davon abbringen ließ, diese Männer hängen zu lassen, die in seinen Augen nicht mehr waren als Hinterwäldler, Unruhestifter, eigensinnige Siedler. Amerikaner.

Dann würde sie die Garnison eigenhändig niederbrennen.

Und niemals zulassen, dass man Nathaniel zum Galgen führte. In der Hitze des Sommers hatte sie für ihn schon Schlimmeres getan. Sie erinnerte sich an das Gewicht eines fremden Gewehrs in ihren Händen. Schaudernd schob sie die Erinnerung daran beiseite.

Many-Doves murmelte zärtlich etwas. Abschied nehmen hatte seinen eigenen Rhythmus, war wie ein Lied, das hier am Rand der Endlosen Wälder zu oft gesungen wurde. Bears würde sie und Blue-Jay mindestens einen Monat lang allein lassen.

Elizabeth wurde plötzlich von Traurigkeit, Furcht vor dem, was vor ihr lag, und einem starken Gefühl der Einsamkeit überwältigt. *Reisen enden damit, dass Liebende sich wieder sehen.* Nathaniel hatte bei diesen Worten gelächelt. Sie sehnte sich nach ihm und er konnte nicht zu ihr kommen. »Na gut«, flüsterte sie sich selbst zu, allein in der Dunkelheit. »Dann werde ich eben zu dir kommen.«

7

Auf dem Gut der Schuylers in Albany wimmelte es von Kindern. Eine Gruppe Jungen spielten auf der Wiese vor dem Haus Eisstockschießen, im Garten warfen sich kleine Mädchen hin und machten Schneeengel, und am Tor, wo Galileo den Schlitten anhielt, saßen zwei Kleinkinder mit feuerroten Backen, in so viele Mäntel und Schals gewickelt, dass sie Äpfeln im Schlafrock glichen. Elizabeth blieb an der Tür stehen und versuchte sowohl ihren Mut als auch ihre ganze Kraft zusammenzunehmen. General Schuyler und seine Frau waren liebe Freunde, die sie in einer Notlage jederzeit aufnehmen würden. Seit über dreißig Jahren waren sie den Bonners, und vor allem Nathaniel, sehr zugetan. Ihre Liebenswürdigkeit zeigte sich in vielen Bereichen, doch Elizabeth fragte sich, ob ihr unangemeldeter Besuch nicht sogar ihnen zu viel sein würde.

Curiosity erriet ihre Gedanken. »Sie haben deiner Tante Merriweather für einige Wochen Unterschlupf gewährt«, sagte sie. »Dieser kurze Besuch wird sie sicher nicht aus der Fassung bringen. Es ist kalt, Elizabeth. Beeil dich.«

Ein Dienstmädchen, ein Baby auf der Hüfte balancierend, öffnete auf ihr Klopfen hin.
»Kann ich Ihnen helfen?« Sie sprach mit holländischem Akzent und wirkte erschöpft. Es schien sie überhaupt nicht zu überraschen, noch mehr Gäste mit Babys in Tragegestellen auf dem Rücken zu sehen. Als Elizabeth nach dem General fragte, huschte jedoch ein Ausdruck des Interesses und der Neugier über das Gesicht der jungen Frau.
»Der General ist in der Stadt«, erklärte sie und musterte Elizabeth aufmerksam. »Ich werde die Missis holen.«
»Noch ein Haus voll von Frauen und Kindern«, knurrte Curiosity und zog in der warmen Eingangshalle ihre Handschuhe aus.
»Nicht ganz«, erwiderte Will Spencer aus dem Salon und schlug ein Buch zu. »Ich denke, ich habe heute zwei der erwachsenen Söhne und einen Schwiegersohn unter den vielen Leuten am Tisch gezählt. Und mich gibt es selbstverständlich auch noch.«
Elizabeth drehte sich um. Zum ersten Mal an diesem Tag lächelte sie. Will hatte sich seit dem Sommer kaum verändert – die gleiche schlanke Figur und elegant gekleidet wie immer.
»Cousin. Es ist schön, dich zu sehen. Wo ist Amanda?«
»Ich befürchte, meine liebe Frau ist wieder irgendwo auf dem Weg zwischen Mrs. Schuyler und meiner Schwiegermutter stecken geblieben. Sie werden sicher bald hier sein. Komm, Lizzy, lass mich dir helfen. Hannah, schön,dass du dabei bist. Mrs. Freeman, wie ich sehe, brennt hier schon ein Feuer. Mr. Freeman ist anscheinend mit den Männern beschäftigt. Ist das Runsfrom-Bears neben ihm?«
Curiosity rümpfte die Nase, konnte aber ein Lächeln nicht unterdrücken, als sie Will in den Salon folgten.
»Du hast dir eine schwierige Zeit für deine Reise ausgesucht, Cousine«, sagte Will. »Es wird schon bald auf allen Straßen tauen, und sie werden schwer zu befahren sein. Oder planst du, länger zu bleiben? Deine Tante wird dich hierbehalten wollen. Lady Crofton hält nicht sehr viel von Reisen mit Kindern bei diesem Wetter.«
Elizabeth verzog das Gesicht. »Daran erinnere ich mich. Aber dieser Besuch wird nur kurz sein.« Sie holte Daniel aus

dem zweiten Traggestell und reichte ihn Hannah. »Ich bin eigentlich froh, dass ich dich einen Moment allein sprechen kann, bevor die anderen zurückkommen.«

»Elizabeth!« Tante Merriweathers Stimme hallte durch den Vorraum. »Wenn du mir einen Gefallen erweisen willst, Cousin, dann pack deine Sachen und halte dich morgen früh für die Abreise mit uns nach Montreal bereit.«

Das Lächeln verschwand von Wills Gesicht. »Ist es so dringend?«

»Noch dringender«, erwiderte Elizabeth und drehte sich um, um ihre Tante Augusta Merriweather, Lady Crofton, zu begrüßen.

Sie fegte mit der ihr eigenen schwungvollen Art in den Salon; bei jedem Schritt rauschte ihr Witwenkleid aus Bombasin und Krepp; die Fransen des schwarzen Seidenschals flatterten. Hinter Tante Merriweather erschien ihre Tochter Amanda, die beim Anblick der unerwarteten Besucher vor Freude errötete. Mrs. Schuyler und zwei ihrer verheirateten Töchter bildeten die Nachhut der kleinen Gruppe. Die anderen Töchter und die Bediensteten brachten nach und nach Tabletts mit Tee, Sandwiches und Butterkuchenstücken herein. Elizabeth nahm den Tee dankbar entgegen und freute sich über das Chaos; der Tee war belebend und das Durcheinander ersparte es ihr, die schwierigen Fragen sofort beantworten zu müssen. Nach zwei Tagen Reise war sie nur allzu gern bereit, still auf Mrs. Schuylers Sofa vor dem Kamin zu sitzen, während die Ladys ihre Kinder begutachteten.

»Sehr hübsch«, erklärte ihre Tante ausführlich. »Gute Konstitution und starker Charakter, aber wie sollte das auch anders sein? Elizabeth, denk an meine Worte. Dieses kleine Mädchen wird dich noch ganz schön in Atem halten. Genauso wie du es mit mir getan hast – und ich freue mich schon darauf, das beobachten zu können! Ich befürchte, sie wird dein Haar bekommen, ebenso kraus. Du brauchst mich gar nicht so vorwurfsvoll anzuschauen, Amanda. Deine Cousine weiß, dass ihr Haar zu lockig ist. Schau dir nur an, wie üppig es ihr ins Gesicht fällt. Äußerst widerspenstig, dieses Haar. Mathilde heißt sie also – und du nennst sie Lily? Wie seltsam. Lily hat etwas von ihrer Mutter geerbt, was nur ein Vorteil für sie sein kann. Und was für ein feiner, starker kleiner Mann das ist – das Ebenbild seines Vaters. Wie aufgeweckt er ist. Wahrscheinlich wird er mir schon bald sagen, dass meine Manieren zu wünschen übrig lassen. Seht euch die Augen des Jungen an – grün wie chinesischer Tee. Sicher nicht von unserer Seite der Familie. Womit wickelst du sie? Ach, ich verstehe. Wie praktisch.« Die Babys wurden nacheinander im Kreis der Ladys umhergereicht, von jeder der Damen gründlich bewundert und dann an die Kindermädchen weitergegeben, die man anwies, sie warm zu baden.

Draußen auf dem Rasen spielte Bears mit den Kindern im Schnee. Einer der Jungen tauchte an der Tür auf und lud Hannah ein, ebenfalls mitzumachen. Elizabeth winkte ihr erleichtert zu; so blieb zumindest dem Kind erspart, was folgen würde.

»Geh nur, Kindchen. So wirst du deinen steifen Nacken los«, ermutigte Curiosity sie. »Ich werde nachsehen, wo unsere Männer geblieben sind.« Elizabeth hielt Curiosity nicht zurück, obwohl sie sie gern in ihrer Nähe gehabt hätte. Sie war eine wertvolle Verbündete in jedem Meinungsstreit. Aber Galileo musste sich am folgenden Tag auf die Heimreise nach Paradise machen und Curiosity würde ihn einige Wochen lang nicht sehen. Kein Wunder, dass sie für die Versammlung der Ladys keine große Geduld aufbringen konnte.

Plötzlich kam wieder Bewegung in den Raum. Man sprach über Tee für die Kinder, das Gepäck, Zimmer, die vorbereitet werden mussten, die Abreise einiger der Anwesenden am folgenden Nachmittag. Als Mrs. Schuylers Töchter hinausgegangen waren, faltete Tante Merriweather die Hände im Schoß und sah ihre einzige Nichte durchdringend an. »Ich freue mich, dass es dir so gut geht, Elizabeth. Die Mutterschaft bekommt dir, obwohl du ziemlich dünn geworden bist. Wenn du gestattest, könnte ich dir eine gute Amme besorgen ... Ich sehe schon, diese Idee gefällt dir nicht. Nun, das habe ich auch nicht anders erwartet. Ah, sieh nur, hier ist Aphrodite. Komm und begrüß deine Cousine Elizabeth, meine Liebe. Es ist schon lange her, dass du sie gesehen hast.«

Sie streckte ihre Hände zu einem Willkommensgruß aus und die Katze sprang ihr auf den Schoß. Die Juwelen an den langen Fingern und Aphrodites Augen funkelten in dem gleichen bernsteinfarbenen Ton.

»Du siehst, die Seereisen haben ihr nicht geschadet«, bemerkte Tante Merriweather. »Ich kümmere mich allerdings selbst um ihre Kost. Elizabeth, mein spezieller Tee wird wieder Farbe auf deine Wangen zaubern ...«

»Mutter«, begann Amanda vorsichtig. »Vielleicht möchte Elizabeth die eine oder andere Sache mit uns besprechen. Sicher hat sie die weite Reise nicht gemacht, um hier Tee zu trinken.«

»Ich denke, Ihre Tochter hat recht, Lady Crofton«, warf Mrs. Schuyler ein. Sie war rundlich und weich – im gleichen Maß wie Tante Merriweather schlank und eckig wirkte. Bei beiden traf das sowohl auf die Figur als auch auf die Stimme zu. »Nicht, dass wir nicht begeistert wären, dich hier zu haben, Elizabeth. Wir freuen uns wirklich sehr darüber. Zum letzten Mal hatte ich das Vergnügen bei deiner Hochzeit in Saratoga – vor beinahe genau einem Jahr.« Ihre Stimme wurde leiser. Sie scheute eine direkte Frage.

»In zwei Wochen jährt es sich«, bestätigte Elizabeth. Bei all ihren Sorgen und der Aufregung hatte sie gar nicht mehr daran gedacht.

Mrs. Schuyler sah sich im Kreis um. »Verzeih mir bitte meine Neugier und meine Ungeduld, Elizabeth. Aber wo ist Nathaniel und warum bist du ohne ihn hier?«

Tante Merriweather streichelte Aphrodite nachdenklich. »Ja, es muss allerdings einen außergewöhnlichen Anlass für eine Lady geben, in diesem widerwärtigen Wetter mit Kindern so weit zu reisen. Ein Schneesturm am ersten April! Jetzt weiß ich, wie gut wir es in England ohne Schnee haben.« Sie schüttelte sich leicht. »Bitte klär uns auf, Elizabeth. Was sind deine Gründe?«

»Nathaniel ist mit seinem Vater und zwei Freunden in Montreal. Wir sind auf dem Weg dorthin. »Es geht um eine äußerst wichtige Angelegenheit und wir müssen im Morgengrauen aufbrechen.«

Alle schwiegen erstaunt, bis Tante Merriweather ihre Katze mit ungewohnter Heftigkeit von ihrem Schoß schubste. »Das ist höchst ungewöhnlich. Das kannst du doch nicht ernst meinen.«

»O doch«, erwiderte Elizabeth und begegnete dem Blick ihrer Tante mit gespielter Gelassenheit.

Mrs. Schuyler beugte sich vor und drückte Elizabeths gefaltete Hände. »Erzähl uns die ganze Geschichte«, ermutigte sie sie. »Und dann sag uns, wie wir dir helfen können.«

Die ganze Geschichte konnte sie nicht erzählen. Trotz ihres Kummers war sie sich bewusst, dass sie bestimmte Dinge nicht enthüllen durfte. Immerhin trug sie einen Teil des verlorenen Schatzes bei sich, auf den sowohl die Briten als auch die Amerikaner Anspruch erhoben. Ihrer Tante konnte sie trauen, aber es wäre gefährlich, mit nur einem Wort das Tory-Gold zu erwähnen. Zumindest in einem Haus, in dem sie gerade mit der Frau des Schatzministers – Betsy, der ältesten Tochter der Schuylers – bekannt gemacht worden war. Es gab auch keinen Grund, Moncrieff oder den Earl of Carryck zu erwähnen. Also erzählte sie ihnen nur, was sie wissen mussten: dass Nathaniel nach Montreal gegangen war, um seinen Vater zu treffen, dass die beiden Otter aus dem Gefängnis befreit hatten und dabei verhaftet worden waren. Elizabeth rechnete mit der Missbilligung ihrer Tante, aber sie zählte auch auf Lady Croftons ausgeprägten Sinn, was den Schutz des Familiennamens anging. Solche Situationen waren ihr nicht fremd, denn sie war mit einem Mann verheiratet gewesen, der mehr Geld als Verstand und Urteilsvermögen besessen hatte, und ihr Sohn glich dem Vater aufs Haar.

Als sie hörte, dass Nathaniel, Hawkeye und Robbie der Spionage beschuldigt wurden, rötete sich Mrs. Schuylers Gesicht. »Das ist ungeheuerlich!«

»Eine äußerst unangenehme Sache«, stimmte Tante Merriweather zu und trommelte mit den Fingern auf die aufwendig geschnitzte Armlehne. »Da muss man selbstverständlich etwas unternehmen, aber das ist eine Angelegenheit, die wir den Männern überlassen sollten. William muss natürlich fahren.« Sie streifte ihn nur mit einem kurzen Blick und ignorierte Amandas entsetzten Gesichtsausdruck.

»Ich wäre Will sehr dankbar, wenn er sich bereit erklären würde, mit uns zu kommen«, sagte Elizabeth und versuchte, die Aufmerksamkeit ihrer Cousine zu gewinnen. »Wenn Amanda ihn entbehren kann. Ich denke, es wäre eine wertvolle Erfahrung für ihn vor seiner Laufbahn am Gerichtshof. Aber ich werde nicht hierbleiben, Tante. Das kann ich nicht.«

»Ich verstehe«, erwiderte sie, doch es war ihr deutlich anzusehen, dass sie keineswegs überzeugt war.

»Verzeih, Elizabeth«, sagte Mrs. Schuyler. »Während du mit Lady Crofton weitersprichst, werde ich General Schuyler suchen und ihn über die Situation informieren. Er wird die nötigen Vorkehrungen treffen. Ich glaube, Captain Mudges Schoner liegt im Dock. Es gäbe keinen Mann, der besser geeignet wäre als er, um euch nach Montreal zu bringen.«

»Augenblick«, warf Tante Merriweather ein, noch bevor Elizabeth ihre Überraschung zeigen oder sich bedanken konnte. »Verzeihen Sie, Mrs. Schuyler, aber Ihr freundliches Angebot kommt verfrüht. Die Angelegenheit ist noch nicht entschieden. Sicher werden Sie mir zustimmen, dass keine Notwendigkeit für meine Nichte besteht, diese Reise selbst anzutreten, wenn mein Schwiegersohn bereit ist, zu fahren. Runs-from-Bears wird ihn begleiten – einen besseren Führer kann er sich nicht wünschen.«

»Ich befürchte, so einfach ist das nicht«, sagte Catherine Schuyler bestimmt. »Sollte die Chance bestehen, dass Elizabeths Anwesenheit zu einer glücklichen Lösung in dieser Situation beitragen kann, dann sollte sie mit dem Viscount nach Montreal fahren.«

Eine dünne weiße Augenbraue schoss nach oben. »Aber meine liebe Mrs. Schuyler, wie könnte Elizabeth dabei helfen?«

Mrs. Schuylers sanfter Gesichtsausdruck und ihre mütterliche Art waren mit einem Mal verflogen. Ihre sonst so gütigen Augen funkelten. »Nathaniel ist mit einer Engländerin verheiratet, die über gute Beziehungen verfügt, und sie haben zwei Babys. Das kann nicht schaden, denn Gouverneur Carleton legt viel Wert auf Familienleben. Außerdem darf ich Sie darauf hinweisen, Lady Crofton, dass hier mehr auf dem Spiel steht als die Freiheit und das Leben dieser Männer. Vielleicht sind Sie sich nicht über die möglichen Auswirkungen im Klaren.«

»Auswirkungen? Meint sie politische Folgen? Erklär mir das bitte, William.«

Er räusperte sich. »Möchtest du dich wirklich mit unserer Lokalpolitik beschäftigen?«

Tante Merriweather klopfte entschieden mit ihrem Stock auf den Boden. »Ich bin kein Idiot, junger Mann. Es geht also um Politik. Dann erkläre es mir einfach.«

»Nun gut.« Will deutete eine leichte Verbeugung an. »Somerville, der Vizegouverneur von Lower Canada, der – wie du dich vielleicht erinnerst – ebenfalls Offizier in der Königlichen Armee ist, hat amerikanische Bürger festgenommen und sie in Friedenszeiten der Spionage bezichtigt. Das könnte als kriegerische Handlung ausgelegt werden.«

»So ist es«, stimmte Mrs. Schuyler zu. »Es gibt Männer in unserer Regierung, die das ohne zu zögern als Rechtfertigung ansehen würden, um wieder die Waffen gegen Kanada zu erheben – ein Ereignis, an das ich gar nicht denken möchte. Sollte der schlimmste Fall eintreten und Somerville – dumm wie er ist – tatsächlich einen von ihnen hängen lassen, wären die Ausmaße der Katastrophe größer, als wir uns vorstellen können. Entschuldige, Elizabeth, aber auch daran müssen wir denken. General Schuyler muss sofort informiert werden. Er wird möglicherweise an Präsident Washington schreiben.«

Tante Merriweather lachte verlegen. »Nathaniel Bonner ein Spion! Er hat nicht das geringste Interesse an Politik.«

»Tante«, begann Elizabeth, Furcht stieg in ihr auf, »vielleicht haben aber die Politiker Interesse an Nathaniel.«

Als die Babys zu schreien begannen, war Elizabeth erleichtert. Besser zwei hungrige und missgelaunte Kinder als eine weitere halbe Stunde vorsichtigen Streitgesprächs mit Tante Merriweather. Sie nahm dem entnervten Kindermädchen die Zwillinge ab und floh nach oben in das Zimmer, das sie sich mit Hannah teilen würde. Die Kleinen beruhigten sich rasch, als sie gestillt wurden, und Elizabeth war allein mit ihren Gedanken.

Sie brauchte noch zwei Wochen nach Montreal – vierzehn endlose Tage mühsamer Reise über Land und Wasser. Bald würde das Tauwetter einsetzen. Sie konnte es spüren, obwohl immer noch Schnee lag. Alles würde sich in Schlamm verwandeln, in einen See aus Schneematsch zwischen ihr und Nathaniel, den sie mit drei Kindern überqueren musste. Es könnte bedeuten, dass sie einen längeren Umweg machen mussten. Der Gedanke, Nathaniel und Hawkeye auch nur einen Tag länger im Gefängnis schmoren zu lassen, war unerträglich. Was man nicht ändern kann, muss man eben erdulden, hätte Robbie ihr jetzt gesagt, wäre er hier.

Robbie hatte sie im Sommer durch die schwere Zeit begleitet, als Nathaniels Leben am seiden Faden gehangen und sie befürchtet hatte, vor Sorgen den Verstand zu verlieren. Und nun saß auch er im Gefängnis. Eine Welle der Erschöpfung überrollte sie und ihre Selbstbeherrschung zerbröckelte wie morsches Holz. Da sie ihre Kinder in beiden Armen hielt, hatte sie nicht einmal eine Hand frei, um sich das Gesicht abzuwischen. Weinend legte sie sich auf die Kissen und war wütend auf sich selbst, da diese Tränen sinnlos waren.

Eine Weile später kam Curiosity herein und stellte sich an das Fußende des Bettes. Sie stützte die Hände in die Hüften und sah Elizabeth aus ihren dunklen Augen mitfühlend an. »Meine Mama sagte immer, Milch und Tränen kommen aus derselben Quelle. Wie es aussieht, überschüttest du diese Kinder mit beidem.«

Sie beugte sich über Lily, die bereits eingeschlafen war, und wischte ihr die Milchtropfen ab. Dann kümmerte sie sich in gleicher Weise um Daniel, und schließlich nahm sie Elizabeths Kinn in ihre kühlen Hände und drehte ihr Gesicht nach oben, um die Tränen zu trocknen. Sie zog die Mundwinkel leicht nach unten, aber ihr Ton war so sanft, als würde sie ein Schlaflied singen, während sie Elizabeths nasse Wangen abwischte.

»Du musst mir nichts erzählen. Ich habe schon alles gehört. Sie sind immer noch unten. Spencer versucht, ihnen Vernunft beizubringen. Er sieht zwar nicht so aus, aber er besitzt Überzeugungskraft.«

»Er ist wahrscheinlich der Einzige, der sie überreden kann«, stimmte Elizabeth ihr zu.

»Welchen Namen hat Chingachgook dir gegeben?«

»Bone-in-her-Back, ›Die mit dem Rückgrat‹.« Elizabeth lachte unsicher. »Das scheint mir schon so lange her zu sein.«

Curiosity drehte Elizabeths Kopf hin und her, schüttelte ihn leicht und ließ ihn dann wieder los, offensichtlich zufrieden mit ihrem Werk. »Rückgrat liegt wohl in der Familie.«

»Hast du an der Tür gelauscht?«

»Du solltest mich besser kennen.« Curiosity schwenkte verächtlich das feuchte Taschentuch. »Es gibt anscheinend kaum etwas, was diese Haushälterin nicht weiß.«

»Ah, Mrs. Gerlach. Sie hat auf unserer Hochzeitsfeier Geschichten von Nathaniel zum Besten gegeben.«
»Das kann ich mir denken. Diese Sally hat für Geschichten etwas übrig.« Curiosity rückte das Kissen zurecht, auf dem die Babys schliefen, und bettete die beiden sanft in eine bequemere Lage.
»Ich habe vor, morgen früh nach Montreal aufzubrechen, falls es dich interessiert. Ob mit oder ohne Will Spencer. General Schuyler kümmert sich bei einem Captain Mudge um die Überfahrt.«
Curiosity nickte. »Das habe ich mir gedacht. Tante Merriweather wird sich zwar kaum auf die Straße werfen, um uns aufzuhalten, aber sie wird dich auch nicht einfach so gehen lassen.«
»Ja«, erwiderte Elizabeth matt. »Aber vergiss nicht, dass ich mit diesen Streitgesprächen aufgewachsen bin.«
»Sie hielt nicht viel davon, dass du England verlassen hast, oder?«
»Nein.«
»Und du bist trotzdem hier.«
»Ja«, flüsterte Elizabeth. »Ich bin hier. Sie warnte mich, sagte, ich würde es bedauern. Damals rechnete ich nicht damit, dass sie persönlich kommen würde, um mich davon zu überzeugen.« Sie zwang sich zu einem Lächeln. »Ich verstehe, was du meinst, Curiosity. Aber mach dir keine Sorgen. Ihre Missbilligung wird mich nicht aufhalten.«
»Das habe ich auch nicht angenommen. Keine Armee könnte dich im Augenblick aufhalten.« Curiosity spülte das Taschentuch in dem frischen Wasser in der Schüssel aus und drückte es dann Elizabeth in die Hand.
Die Kühle war angenehm auf ihren erhitzten Wangen. »Du kannst immer noch mit Galileo zurück nach Paradise gehen, wenn du möchtest. Noch ist es nicht zu spät.«
»Nein, Kindchen. Ich habe mich dazu entschlossen, das mit dir durchzustehen, und dabei bleibe ich.«
»Gut«, sagte Elizabeth. »Es ist sehr egoistisch von mir, aber ich glaube, ohne dich schaffe ich es nicht.«
An der Tür klopfte es leise.
»Sieht so aus, als hätten auch noch andere Leute hier solche

Empfindungen für dich.« Curiosity ging mit festem Schritt zur Tür.

»Das ist sicher ein Abgesandter meiner Tante«, meinte Elizabeth und zupfte ihr Kleid zurecht. »Jemand, der mir Vernunft beibringen soll.«

Amanda begann sich für das Verhalten ihrer Mutter zu entschuldigen, noch bevor sie die Türschwelle überschritten hatte. Bevor sie zu Elizabeth hinüber ging, blieb sie kurz stehen, um Curiosity zu umarmen. Die ältere Frau sah sie erstaunt, aber gleichzeitig erfreut an.

Elizabeth streckte ihrer Cousine die Hände entgegen. »Ich freue mich, dich zu sehen, Amanda, auch wenn du unangenehme Nachrichten bringst.«

Amanda war eine der wenigen Personen, die sie wirklich vermisste, seit sie England verlassen hatte; sie hatte ihr näher gestanden als ihre Schwestern. Tante Merriweathers jüngste und hübscheste ihrer drei Töchter litt unter einem Hang zur Nervosität – so bezeichnete es zumindest ihre Mutter. Sie hatte eine lebhafte Phantasie und eine ausgeprägte, gefühlvolle Art. Beides war in einem Haushalt von eigenwilligen, pragmatischen Frauen nicht gerade von Vorteil. Jetzt stellte sie sich neben Elizabeths Bett und betrachtete die schlafenden Babys.

»Komm.« Elizabeth klopfte auf die Bettkante. Als Amanda sich gesetzt hatte, legte sie ihr Lily in die Arme und gemeinsam sahen sie zu, wie das Baby sich streckte und im Schlaf seine Wangen aufblähte.

Amanda beugte ihren Oberkörper beschützend über das kleine Kind. »Du kannst dich wirklich glücklich schätzen.«

»Oh, ja. Das ist mir bewusst.«

Amandas Hals rötete sich leicht und in ihrer Wange zuckte ein Nerv. »Will ist alles, was ich habe. Du schickst ihn mir doch so schnell wie möglich zurück, nicht wahr?«

»Ja«, flüsterte Elizabeth. »Natürlich.«

Während Amanda Elizabeth besuchte und Tante Merriweather sich weiter mit Will beriet, vollbrachte Mrs. Schuyler ein Wunder. Sie reduzierte die Anzahl der Menschen in ihrem Wohnzimmer drastisch, indem sie die Kinder, die zu Besuch waren, sowie deren ihre Familien und Bedienstete nach Hause schickte.

Auch die Hamiltons machten sich auf den Weg, um den ersten Teil ihrer Reise auf dem Hudson nach New York City in ihr Heim zurückzulegen. Elizabeth beobachtete ihre Abreise vom Fenster aus, ein wenig neugierig auf den berühmten Alexander Hamilton, Betsys Ehemann. Sie erwähnte seine Schriften über den Föderalismus und erfuhr, dass Curiosity sie gelesen hatte – wie alles, was in die Hände des Richters gelangte –, jedoch weder von deren Inhalt noch von dem Autor beeindruckt war.

»Sieh ihn dir an«, schnaubte sie. »Er mag ja für die Revolution gekämpft haben, aber im Grunde genommen hält er noch an den alten Werten fest. Er schwänzelt um deine Tante herum, als würde sie eine Krone tragen. Erinnert er dich nicht auch an diese kleinen gelblich braunen Kläffer, die immer einer Frau an den Fersen hängen?« Als sie Elizabeth entsetzten Blick bemerkte, rümpfte sie die Nase. »Der Mann ist nicht nur für seine Schriften berühmt. Er kann keiner Frau mit einem Titel widerstehen und sucht ständig jemanden, der ihm den Bauch streichelt. Und der ist wahrscheinlich auch noch mit Sommersprossen übersät.«

Elizabeth hätte sich verschluckt, wenn Curiosity ihr nicht rasch einige kräftige Schläge zwischen die Schulterblätter versetzt hätte. »Schau ihn dir jetzt genau an und dann sag mir, dass Betsy dir nicht leid tut.«

»Gegen dein umfassendes Wissen über seinen Ruf kann ich wohl nichts vorbringen«, sagte Elizabeth, nachdem sie sich wieder gefasst hatte. Sie nahm eine Bürste in die Hand und versuchte, ihr Haar in Form zu bringen. »Doch jetzt wartet General Schuyler unten, um die Einzelheiten der Reise mit uns zu besprechen, also sollten wir nicht seinen Sohn hinter seinem Rücken kritisieren.«

Curiosity lachte laut auf. »Warte nur, bis du Nathaniels Gesichtsausdruck siehst, wenn Lily einmal einen Ehemann nach Hause bringt, Elizabeth. Niemand steht der Wahl einer Tochter kritischer gegenüber als ihr Vater.«

Sie hob das verwaschene graue Seidenkleid auf, das einzige Abendkleid, das Elizabeth mitgebracht hatte, und glättete den Stoff. »Geh und setz dich zu dem General. Mich braucht ihr bei dem Gespräch wohl nicht.«

Elizabeth, die gerade ihr Reisekleid aufknöpfte, hielt inne

und sah sie erstaunt an. »Aber natürlich brauche ich dich. Ich verlasse mich auf dein Urteil. Runs-from-Bears wird auch dabei sein.«

»Das ist etwas anderes. Sie kennen Bears, seit er ein kleiner Junge war. Sie werden jedoch kaum einen Platz am Tisch für die Haushälterin deines Vaters decken, Elizabeth, und bilde dir nicht ein, du könntest sie eines Besseren belehren. Kümmere dich nur darum, dass wir so schnell wie möglich nach Montreal kommen, und ich passe auf die Kinder auf.«

»Ich kann es kaum glauben, dass schon ein Jahr vergangen ist, seit ich sie zum letzten Mal gesehen habe«, meinte Elizabeth. »Ich habe doch tatsächlich meinen ersten Hochzeitstag vergessen ...« Ihre Stimme klang brüchig und sie verstummte.

Curiositys Augen verengten sich. »Gib jetzt nicht die Hoffnung auf. Es gibt keinen Grund zu glauben, du würdest Nathaniel vor eurem Jahrestag nicht wieder sehen. Und dieses Mal wird Richard Todd sich nicht einmischen.«

»Das stimmt. Aber wir haben es noch mit George Somerville zu tun.«

Curiosity fegte den Vizegouverneur mit einem Fingerschnippen verächtlich zur Seite. Elizabeth hoffte, es würde so einfach sein.

General Schuylers Büro roch nach alten Dokumenten, Tinte, Tabak und kalter Asche im Kamin. Auch der Geruch nach der Milch in Hannahs Atem hing in der Luft. Vor allen Dingen aber war es hier ruhig. Neben dem Fenster mit Aussicht auf den Fluss stand ein bequemer Sessel. Elizabeth betrachtete eine Weile, wie die letzten Sonnenstrahlen dieses Nachmittags einen funkelnden Regenbogen auf die Eiszapfen an der Regenrinne zauberten. Einer brach plötzlich ab und fiel in den weichen Schnee.

Ein Mann auf einem kastanienbraunen Wallach ritt vor das Tor. Ein weiterer Besucher tauchte auf. Er trug einen weiten Mantel, gestreifte Beinkleider und einen Schlapphut mit einer herabhängenden Truthahnfeder. So viele Gäste. In Lake in the Clouds kam oft einen ganzen Monat lang niemand vorbei.

Auf der Treppe waren Schritte zu hören – der General kam herauf. Hannah warf einen bedauernden Blick auf die Regale mit der langen Reihe lederbezogener Bücher und schlüpfte zur Tür hinaus in den Gang.

Wohin sie auch ging – überall würden sich Erwachsene über die Reise unterhalten. Die Kinder, mit denen sie am Nachmittag gespielt hatte, waren mit ihren Eltern nach Hause gegangen. Sie fragte sich, ob sie alle in einem Haus wie diesem wohnten, in dem man überall Kristall, Silber und spiegelblank poliertes Holz sah. Alle Fenster hatten Glasscheiben, das Geschirr war aus Porzellan und die Kerzen aus Bienenwachs standen in Kerzenhaltern aus Silber und Messing. Niemand hier besaß Kleidung aus Hirschleder und nur die Stalljungen trugen Hosen aus grobem Baumwollstoff. Die Erwachsenen verhielten sich sehr freundlich und großzügig, aber trotzdem war dies hier eine seltsame, üppig ausgestattete Welt, in der sich Hannah nicht wohl in ihrer Haut fühlte.

Redskin, einer der älteren Jungen, hatte sie während des Spiels im Schnee zu sich gerufen. Er hatte Pickel im Gesicht und entblößte vorstehende Zähne, wenn er grinste. Als Runs-from-Bears außer Sichtweite war, hatte er sie grob an den Zöpfen gezogen.

Er war groß und ungeschickt und sie hatte ihm, ohne auch nur einen Moment zu zögern, ein Bein gestellt und ihn mit blutender Nase im Schnee liegen lassen. Dann war sie zu den anderen Kindern zurückgelaufen und hatte ihnen gezeigt, wozu eine Rothaut fähig war. Sie hatte den hölzernen Eisstock so weit über die Eisbahn schlittern lassen, dass die Jungs ihn nicht mehr sehen konnten und murrend aufgaben.

Von der Eingangshalle führte eine unbeleuchtete Treppe nach oben zu den Zimmern der Dienstboten. Hannah setzte sich dort auf eine Stufe, zog die Knie an und lauschte den Geräuschen im Haus. Die Küchenhilfen unterhielten sich angeregt auf Holländisch, bis die Haushälterin sie zum Tischdecken abkommandierte. Im oberen Stockwerk weinte ein Baby und wurde rasch beruhigt. In der Empfangshalle sprach der Aufseher, ein gewichtiger Mann mit einer Perücke, die ständig von seinem Kopf zu rutschen drohte, mit einem der Gäste. Hinter der geschlossenen Tür zum Salon ertönten die lauter und dann wieder leiser werdenden Stimmen einiger Frauen; Tante Merriweather setzte sich wieder einmal so regelmäßig durch wie Ebbe und Flut. Im Hintergrund war Elizabeths sanfte Stimme zu hören. Hannah wünschte mit einem Mal, bei ihr sein zu können. Elizabeth verstand diesen seltsamen Ort. Sie hatte ein Leben wie dieses aufgegeben und sich für den Hidden Wolf entschieden.

»Darf ich dir Gesellschaft leisten?«

Hannah wurde aus ihrem Tagtraum gerissen. Will Spencer stand am Treppenabsatz vor ihr. Alles an ihm schimmerte im Dämmerlicht: Messingknöpfe, Silberschnallen, der weiße Leinenstoff an seinem Nacken, sogar das sich lichtende fahle Haar. Er war von mittlerer Größe und schmal gebaut. Die kleinen Schwielen an seinen Händen kamen nur von dem Umgang mit der Feder und die wenigen Risse waren mit Tinte gefärbt.

Sie drückte sich an die Wand, um ihm Platz zu machen.

»Sehr klug von dir, diesen Platz ausfindig zu machen. Davon gibt es in diesem Haushalt nicht viele, und sie sind schwer zu entdecken.«

»Ist das Ihr geheimes Versteck, das nur Ihnen gehört?« fragte Hannah.

»Nein, sicher nicht. Hier ist für uns beide Platz genug.« Er streifte seine Rockschöße zurück, bevor er sich setzte, nahm seine Brille ab und zog ein Taschentuch aus seiner Tasche.

Hannah wusste aus Erfahrung, dass es bei weißen Männern drei verschiedene Möglichkeiten im Umgang mit ihr gab. Die meisten ignorierten sie, einige fühlten sich verpflichtet, sie nach ihren Eltern und den Einzelheiten ihrer Kindheit zu befragen, und manche stellten ihr dumme Fragen darüber, wie die Kahnyen'kehàka lebten. Erleichtert stellte sie fest, dass Will Spencer wohl nichts davon im Sinn hatte.

»Kommen Sie mit uns?« fragte sie schließlich.

»Natürlich.« Er steckte das Taschentuch in den Ärmel. »Elizabeth braucht meine Hilfe. Vielleicht kann ich auch deinem Vater und Großvater helfen.«

Es fiel ihr schwer, sich vorzustellen, dass dieser Mann in seinen seidenen Hosen und dem gestreiftem Wams hilfreich sein könnte. Hannah nickte trotzdem höflich.

»Du machst dir große Sorgen?« fragte er.

»Sollte ich das nicht?«

Er dachte eine Weile nach und rückte seine Brille zurecht.

»Deine Stiefmutter ist eine Frau mit einem starkem Willen und erstaunlicher Kraft. Ich kenne kaum jemanden mit einem solchen Menschenverstand und so viel Mut. Würde ich in einem Garnisonsgefängnis sitzen, wäre mir leichter ums Herz, wenn ich wüsste, sie würde sich um meine Freilassung bemühen.«

»Das ist keine Antwort auf meine Frage.«

Will Spencer neigte den Kopf. »Es gibt Grund, sich Sorgen zu machen. Aber ich glaube, dass wir es gemeinsam schaffen können, ein glückliches Ende herbeizuführen. Wir haben das Gesetz auf unserer Seite.«

Und das Tory-Gold, dachte Hannah. »Der Schlüssel zur Gefängniszelle würde schon genügen«, sagte sie.

Er grinste – zum ersten Mal sah sie, wie sich ein breites Lächeln über sein Gesicht ausbreitete. »Die Kanadier werden es noch bedauern, sich mit Mitgliedern der Familie Bonner eingelassen zu haben.«

»Ich glaube, die Schuylers tun das bereits.«

Er lachte leise. »General Schuyler und seine Frau scheinen solche abenteuerlichen Unternehmungen zu mögen, und ich bin sicher, dass sie ernsthaft um das Schicksal deines Vaters und deiner Stiefmutter besorgt sind. Nathaniel hat einmal etwas für sie getan, das sie nie vergessen werden. Du kennst wohl die Geschichte, wie er ihren ältesten Sohn gerettet hat?«

»Oh, ja«, erwiderte Hannah. »Ich habe jedoch eher an einen der Enkel gedacht. Ich habe ihm heute Nachmittag die Nase blutig geschlagen.«

»Ich verstehe«, sagte Will. »Meinst du den mit den vorstehenden Zähnen und dem Benehmen, das dazu passt?«

Sie sah ihn aus dem Augenwinkel an. »Er hat mich beleidigt.«

»Das liegt wohl in seinem Charakter.«

»Sie sagen nicht, dass ich ihn nicht hätte schlagen dürfen?«

Will verzog einen Mundwinkel. »Das sollte ich wohl tun, aber ich hätte genauso gehandelt, und es wäre scheinheilig, etwas anderes zu behaupten.« Er sah ihr direkt in die Augen. »Ich befürchte, das war nicht das letzte Mal, dass du mit so etwas konfrontiert wirst.«

Hannah nickte. »Das sagte meine Großmutter auch, bevor

ich Hidden Wolf verlassen habe. Sie hat mir geraten, eher meinen Kopf als meine Fäuste zu gebrauchen.«

»Eine weise Frau.«

»Das ist aber leichter gesagt als getan.«

»Wie wahr. Du solltest dir ein Beispiel an deiner Stiefmutter nehmen; sie hat das gelernt. Und jetzt werden wir bei Tisch erwartet.«

Der Mann in den gestreiften Beinkleidern war, wie sich herausstellte, Captain Grievous Mudge. Er besaß die größten Hände, die Hannah jemals gesehen hatte, einen grauen Kinnbart, so lang wie ein Wasserfall, und einen Schnurrbart, der beim Reden zuckte. Außerdem sprach er so laut und schnell, dass nicht einmal Elizabeths Tante eine Chance hatte, ihn zu unterbrechen. Die alte Lady schien gleichzeitig fasziniert und entsetzt zu sein, als der Captain in Windeseile Suppe mit weißem Pfeffer, Fasan gefüllt mit Dörrpflaumen und Rosinen, Schinken, Kartoffeln mit Sauerrahm, eingelegten Mais und Brechbohnen verschlang und dabei die Geschichte seines Lebens auf dem Wasser erzählte.

»Seit über dreißig Jahren befördere ich alle Arten von Lebensmitteln von Albany nach Montreal«, schloss er und deutete mit der Silbergabel auf die Reisenden. »Ich kann auch Sie befördern.«

»Stammen Sie aus New York, Captain?« fragte Amanda.

»Ich bin dort geboren und aufgewachsen«, antwortete Mudge und schnitt sich mit offensichtlichem Vergnügen eine dicke Scheibe Schinken ab. »Meine Mama, eine geborene Allen, kommt jedoch aus Connecticut und ich bin blutsverwandt mit Ethan und den Green Mountain Boys. Niemand kennt den großen Teich besser.« Er warf Runs-from-Bears einen Blick zu, der sich am anderen Ende des Tisches leise mit Will Spencer unterhielt. »Nun ja, beinahe niemand. Da gibt es natürlich noch die Mohawk. Ich freue mich, dass du dabei bist, Bears. Wird wie in den alten Zeiten sein, als du mit deinem Dad unterwegs warst.«

»Ich wusste nicht, dass ihr miteinander bekannt seid«, warf Elizabeth ein und war ebenso erstaunt wie Hannah. »Wo habt ihr euch kennen gelernt?«

Runs-from-Bears sah von seinem Teller auf. »Ticonderoga.«

Der Name löste verständnisvolles Kopfnicken am Tisch aus. Im Staat New York gab es kaum einen Menschen, der die Geschichte des Kampfes um das Fort nicht in allen Einzelheiten kannte. Hannah hätte sie gerne noch einmal gehört, aber die alte Tante klopfte mit ihrem Stock auf den Boden.

»Nicht schon wieder eine Kriegsgeschichte! Ihr jungen Leute seid so kriegslustig. Es scheint keine Dinnerparty ohne eine Diskussion über die eine oder andere Revolution zu geben.« Mit der Hand beschrieb sie eine Spirale in der Luft. »Äußerst ungeordnete Zustände.«

»Das ist das Zeitalter, in dem wir leben, Lady Crofton«, sagte General Schuyler. »Die ganze Welt um uns herum verändert sich – im Großen und Ganzen zum Besseren.«

Sie schnalzte mit der Zunge. »Dummes Zeug. Damen verspüren hin und wieder den Drang, ihre Salons umzugestalten. Männern geht es ebenso mit den Regierungen. Das war schon immer so und wird auch immer so bleiben.«

Hannah versteckte ihr Lächeln hinter ihrer Serviette – weniger vor Tante Merriweather als vor diesen Weißen, die nicht wussten, wie sie mit einer Frau umgehen sollten, die einen starken Willen hatte und sich mit fortschreitendem Alter immer direkter ausdrückte. Amanda war offensichtlich peinlich berührt, Mrs. Schuyler starrte auf ihr Weinglas und die Männer gaben missbilligende oder beschwichtigende Laute von sich. Sogar Will Spencer, der in Hannahs Augen ein vernünftiger Mann war, runzelte die Stirn, den Blick auf seinen Teller gerichtet. Nur Elizabeth und Bears grinsten breit.

»Bei Captain Mudge seid ihr gut aufgehoben.« General Schuyler lenkte das Gespräch auf ein unverfänglicheres Thema. »Er wird mit Schmugglern und Eisschollen fertig.«

»Schmuggler!« Amanda erschrak und legte die Hand auf den Arm ihres Mannes.

»Pelzschmuggler aus Lower Canada«, erklärte Runs-from-Bears. »Sie haben bei sich, was sie im Winter erbeutet haben. Wenn man ihnen aus dem Weg geht, hat man nichts von ihnen zu befürchten.«

Will Spencer beugte sich zu Hannah vor. »Das klingt nach einem großen Abenteuer. Bist du dafür bereit?«

»Natürlich ist sie das nicht«, sagte Tante Merriweather und

warf Hannah einen Blick aus ihren wässrigen Augen zu. »So ein sensibles Mädchen. Sie wird mit mir hierbleiben. Nicht wahr, Kindchen?«

»Nein, Ma'am«, erwiderte Hannah höflich.

Der Captain lachte herzhaft über Tante Merriweathers verkniffenen Gesichtsausdruck. »Sie ist ohne Zweifel Nathaniels Tochter. Immer geradeheraus.« Er wandte sich an Elizabeth. »Man erzählt sich, Sie hätten im letzten Sommer selbst einige Abenteuer erlebt, Mrs. Bonner. Diese Geschichte würde ich gern hören. Ich kenne Lingo, das alte Stinktier.«

Elizabeths Miene wurde mit einem Mal ausdruckslos. Hannah spürte, wie ihre Wangen sich vor Aufregung röteten. Ein Gespräch über Jack Lingo sollte man besser vermeiden, doch mittlerweile hatten alle am Tisch ihre Köpfe gedreht. Mrs. Schuyler fragte sich offensichtlich neugierig, wie Elizabeth auf diese Herausforderung reagieren würde; Amanda sah ein wenig verwirrt drein. Die alte Tante war zornig, weil sie weniger darüber wusste, als sie für nötig hielt. Hannah bezweifelte, dass sie, selbst wenn man ihr die Geschichte erzählen würde, glauben könnte, was zwischen Jack Lingo und ihrer Nichte vorgefallen war.

»Worum geht es?« fragte die alte Dame streng. »Wer ist dieser Lingo? Einer deiner Freunde, Elizabeth?«

»Nein, Tante«, erwiderte Elizabeth heiser. Sie legte ihre Hand auf ihr Dekolleté an die Stelle, wo ein Silberkettchen in dem Ausschnitt ihres Kleides verschwand. »Kein Freund von mir.«

General Schuyler hüstelte leise. »Er war nur ein *Courier du Bois*, Lady Crofton.«

»Ein Franzose?« fragte Tante Merriweather in dem Tonfall, in dem sie jemanden als Heiden bezeichnet hätte.

Der Colonel neigte seinen Kopf. »Ja, ich glaube, er wurde in Frankreich geboren. Wichtiger ist jedoch, dass es sich bei ihm um einen Dieb und Schurken der schlimmsten Sorte handelt. Diese Geschichte ist nichts für zarte Gemüter.«

»Hmm«, stimmte der Captain zu und schob sich eine Gabel mit Schinken in den Mund. Er warf Elizabeth einen raschen Blick zu, bezähmte dann aber seine Neugier.

»Ich denke, die Reisenden sind eher an dem Zustand des Reisewegs interessiert«, warf Mrs. Schuyler ein, bevor die Tante fortfahren konnte.

Der Captain schluckte und sein Schnurrbart zuckte, als sei er lebendig. »Es gibt nur eines, was man tun kann, wenn man im April diese Strecke zurücklegen will.« Er griff nach den Kartoffeln. Tante Merriweather stellte ihr Glas unsanft auf dem Tisch ab. »Und was ist das? Raus mit der Sprache!«
»Beten Sie um Frost, Missis.« Der Captain erwiderte ihren Blick mit der unbeirrbaren Gelassenheit der Yorker. »Beten Sie, so viel Sie können.«

Später am Abend, viel später als Elizabeth sich gewünscht hatte, konnte sie endlich in ihr Zimmer gehen. Hannah schlief bereits tief auf einer Liege neben dem Kamin, in Reichweite des Kinderbettchens. Elizabeth wusste, dass Hannah sofort aufwachen würde, wenn die Zwillinge sich rührten, und dass sie sich wahrscheinlich beim Klang ihrer Stimme wieder beruhigen ließen. Sie konnte für ihr Alter erstaunlich viel Wärme und Liebe spenden.

Elizabeth bückte sich und strich dem kleinen Mädchen eine Haarsträhne aus der Stirn. So ein ernstes und liebenswürdiges Kind. Sie hätte sie in Lake in the Clouds lassen sollen, wo sie gut aufgehoben gewesen wäre, aber dann hatte sie ihr doch nachgegeben. In ihrer Mädchenzeit war ihre Neugier auf die Welt so oft unterdrückt worden; sie konnte Hannah nicht dasselbe antun – nicht jetzt, wo so viel auf dem Spiel stand. Sie war noch so jung und hatte trotzdem bereits sehr viel von Nathaniel an sich.

Elizabeth sah noch einmal nach den Zwillingen, ging dann ans Fenster und blickte über die kahlen Bäume auf den Fluss. Unter dem Fenster raschelte es und eine Frauengestalt schlich sich aus dem Schatten des Hauses. Ein langer Umhang zog dunkle Spuren in dem mondbeschienenen Schnee. Als die Kapuze herunterrutschte, sah Elizabeth das Gesicht der Frau. Es war eine der Töchter. Vielleicht ging sie in die Nacht hinaus, um sich mit ihrem Liebhaber zu treffen.

Elizabeth rieb sich die Augen und versuchte sich zu konzentrieren. Sie wusste nur, dass Nathaniel, Hawkeye und Robbie in einer kalten Gefängniszelle im hohen Norden schliefen und dass man sie ohne ihre Hilfe wahrscheinlich hängen würde. Sie durften keine Zeit verlieren und mussten alles tun, was in ihren

Kräften stand. Diese junge Frau sollte ihres Weges gehen. Sie hatte ein warmes Bett verlassen und das Wohlwollen ihrer Freunde und Verwandten aufs Spiel gesetzt, um ihren Liebsten zu treffen. Elizabeth verurteilte sie nicht dafür. Es war noch nicht sehr lange her, als sie selbst in einer dunklen Nacht zu Nathaniel gegangen war. Aus eigenem freiem Willen hatte sie sich auf den Weg zu einem Mann gemacht, der in den Wäldern lebte, der einen Lendenschurz und die Feder eines Adlers im Haar trug. Sie war zu einem Mann gegangen, der der Welt nur seine Aufrichtigkeit, sein Geschick im Umgang mit seinem Gewehr und seine Liebe zur Wildnis zu bieten hatte. Ein Witwer mit einer dunkelhäutigen Tochter. Alles andere als ein Gentleman. Sie hatte ihn auf der Flucht geheiratet und ihren Familienmitgliedern samt deren Erwartungen und Anschauungen über standesgemäßes Verhalten den Rücken gekehrt. Und sie bedauerte es keineswegs.

8

Als Elizabeth an diesem Frühlingsmorgen erwachte, war sie allein in der engen Kabine von Grievous Mudges Schoner *Washington*. Neben ihr stand eine leere behelfsmäßige Wiege mit einem Stapel ordentlich gefalteter Decken. Elizabeth blieb eine Weile liegen, blinzelte in die wandernden Sonnenstrahlen und lauschte den regelmäßigen Wellenschlägen gegen den Rumpf und dem vertrauten Rhythmus der Männerstimmen. Sie hörte einen kurzen Schrei und den darauf folgenden beruhigenden Klang von Curiositys Stimme. Gähnend ging Elizabeth zwei Schritte zum Fenster, das zum Hauptdeck führte, und öffnete die Läden.

Blassblauer wolkenloser Himmel und milde Luft. Eines der Mannschaftsmitglieder ging pfeifend mit hochgekrempelten Hemdsärmeln vorbei. Es war seltsam, aber das warme Wetter bereitete ihr Unbehagen. Sie brachte trotzdem ein Lächeln für Curiosity zustande, die auf einem zusammengerollten Seil saß und die Babys in ihrem Schoß wiegte.

»Wir wollten dich gerade rufen«, sagte Curiosity, als sie

Elizabeth sah. Mit einer geschickten Bewegung reichte sie ihr den zappelnden Daniel nach unten durch das Fenster. Dann folgte Lily und Elizabeth setzte sich mit den Babys auf die schmale Koje, um deren Hunger zu stillen. Sie sehnte sich danach, die Kajüte zu verlassen, in der es nach Tabak, Schweiß und nassen Windeln roch; gern hätte sie die Babys in der Sonne gestillt. Mit einem Schal um ihre Schultern, wäre es wohl niemandem aufgefallen, aber sie wollte die Matrosen nicht in Verlegenheit bringen. Die Dutzend Männer, aus denen sich die Mannschaft des Schoners zusammensetzte, schienen anständig zu sein, aber alle Seeleute waren sehr abergläubisch, was Frauen betraf, und Elizabeth wollte nichts tun, was die Fahrt nach Montreal gefährden könnte.

Schon wenig später tauchte Curiosity an der Tür auf und brachte einen Teller mit Maisbrot und Eintopf aus Wildbret – eine bessere Verpflegung, als man auf einem Schoner erwarten durfte, der auf den kurzen, schnellen Fahrten außer den wertvollen Transportgütern nur das Nötigste geladen hatte. Der Kapitän legte jedoch großen Wert auf seine Mahlzeiten.

»Ein herrlicher Morgen«, sagte Curiosity und hielt ihr einen Blechbecher mit schwachem Tee entgegen. »Es gibt kaum etwas Schöneres als einen klaren Tag auf einem See, der von Bergen umgeben ist.«

»Ja«, stimmte Elizabeth ihr zu und griff über das Kissen mit den Babys nach der Tasse. »Es ist wirklich schön hier. Wo ist Hannah?«

»Sie unterhält sich mit Mudge.« Aus dem Augenwinkel betrachtete Elizabeth den verkniffenen Gesichtsausdruck Curiositys. »Captain Mudge hat einige Geschichten zu erzählen.«

»Das scheinen zumindest einige Leute zu glauben.«

Elizabeth lächelte in sich hinein. Über eine Woche lang schlammige Wege, kalter Regen, überfüllte Unterkünfte und karge Mahlzeiten schienen Couriosity weniger auszumachen als die Tatsache, dass Grievous Mudge ein guter Geschichtenerzähler war. Elizabeth verlagerte nachdenklich ihr Gewicht.

»Du vermisst Galileo sicher sehr.«

Curiosity sah auf. Ihre dunklen Augen verengten sich. »Natürlich vermisse ich ihn. Schließlich wache ich seit dreißig Jahren jeden Morgen neben ihm auf. Wir waren zwar hin und wieder getrennt, aber das war nie leicht für uns. Auch meine Babys fehlen mir.«

Elizabeth lachte bei dem Gedanken an Curiositys groß gewachsenen, breitschultrigen Sohn und ihre tüchtigen erwachsenen Töchter. Dann schüttelte sie bedauernd den Kopf.

»Es tut mir leid. Bitte verzeih mir. Ich weiß es wirklich zu schätzen, dass du deine Familie verlassen hast, um uns zu begleiten.«

»Du musst dich nicht entschuldigen«, erwiderte Curiosity rasch und fuhr mit einer Hand über die Babykleidung, die sie an einer quer durch die Kajüte gespannten Leine zum Trocknen aufgehängt hatte. »Es war meine eigene Entscheidung.«

»Das stimmt«, meinte Elizabeth. »Ich stehe für immer in deiner Schuld.«

Curiosity ließ sich ächzend auf der Koje nieder, hob Lily von Elizabeths Schoß und begann ihr die Windeln zu wechseln. »Ich glaube eigentlich nicht, dass wir beide über so etwas reden müssen. Du wirst nicht gerne daran erinnert, aber du hast meine Polly zu einer glücklichen Frau gemacht und das werde ich dir nie vergessen.«

»Was hat Elizabeth für Polly getan?« wollte Hannah wissen und stützte sich mit den Ellbogen auf die aufgeklappten Läden.

»Nichts«, sagte Elizabeth. »Zumindest nichts, worüber wir jetzt sprechen sollten. Hast du frisches Wasser mitgebracht?«

Curiosity sah Elizabeth stirnrunzelnd an und wandte sich dann an Hannah, die einen Eimer durch das Fenster reichte.

»Deine Stiefmutter hat Benjamin und seinen Bruder von den Gloves freigekauft, damit meine Polly einen freien Mann heiraten konnte. Sie hat ihren Cousin aus Baltimore geholt, damit er die Bezahlung abwickelte, aber das Geld kam von ihr und Nathaniel. Schau sie dir an – jetzt wird sie rot, nur weil ich die Wahrheit erzähle.«

»Das stimmt nicht«, widersprach Elizabeth, nicht ganz aufrichtig. »Ich habe nur Blut an Hannahs Ärmel bemerkt.«

»Das stammt nicht von mir«, erklärte Hannah. »Mr. Little hat heute morgen ein paar Lachse gefangen und ich habe ihm geholfen, sie auszunehmen. Heute wird es ein leckeres Abendessen geben.«

»Tatsächlich?« schnaubte Curiosity und kitzelte Lily am

Kinn, bis sie lächelte. Dann tauschte sie sie gegen Daniel aus, der ihr ins Gesicht gähnte. »Die wissen vom Kochen genauso viel wie vom Geschichtenerzählen. Nicht auszudenken, was dieser Little mit einem guten Lachs anstellen wird.«
»Ach, Curiosity«, sagte Hannah fröhlich, »Mr. Little fragte, ob du dir Elijahs Fuß ansehen könntest. Er heilt nicht so wie erwartet und muss wahrscheinlich aufgeschnitten werden.«
»Siehst du?« meinte Curiosity in einem Tonfall, als würde ein infizierter Fuß alles erklären, was es über Mr. Littles Kochkünste und seine Fähigkeiten als Arzt und Mensch zu sagen gab. »Ich komme, sobald ich deinem Bruder den Po saubergewischt habe. Und fang ja nicht ohne mich an, an diesem Fuß herumzudoktern. Hast du mich verstanden, mein Kind?«
Hannah verschwand grinsend im Sonnenschein.
»Es freut mich, sie jetzt so gut gelaunt zu sehen«, sagte Elizabeth. »Morgen müssten wir Chambly erreichen und dann werden die Dinge nicht mehr so einfach sein.«
Curiosity presste entschlossen die Lippen aufeinander. »Ich nehme an, der Schmutz in Kanada lässt sich ebenso leicht abwaschen wie in jedem anderen Land«, sagte sie. »Möchtest du mitkommen, wenn ich mir diesen Fuß ansehe?«
»Lieber nicht.« Elizabeth zog ihr Kleid zurecht. »Geh nur. Ich werde inzwischen diese beiden in die Sonne bringen.«
Die Babys an ihre Brust gedrückt, ging sie an Deck. Die Kleinen steckten die Fäuste in den Mund und betrachteten mit großen Augen das riesige, flatternde weiße Segel. Einer der Matrosen stand am Ruder, zwei flickten achtern neben einem Mast Taue zusammen, und ein weiterer schrubbte das Hauptdeck. Elizabeth vermutete, dass der Rest der Crew sich unter Deck befand und sich um Curiosity und ihren Patienten versammelt hatte. Auf dem Achterdeck entdeckte sie Will und Runs-from-Bears, mit dem Rücken zu ihr in eine angeregte Unterhaltung vertieft. Elizabeth machte keinen Versuch, sie auf sich aufmerksam zu machen – sie genoss es, einige wenige kostbare Minuten allein an der frischen Luft verbringen zu können.
Eine kräftige Brise kräuselte die Wasseroberfläche. In der Ferne sah man die immer noch schneebedeckten Berge der Endlosen Wälder im Spiel von Licht und Schatten. Elizabeth ließ ihren Blick über die Ostküste gleiten und versuchte, irgendein

vertrautes Merkmal zu entdecken – im vergangenen Sommer war sie im Kanu an dieser Küste entlang gefahren –, doch sie sah nur die verschwommenen Umrisse von Pappeln, Ahornbäumen, Weiden und kahlen Eschen, an denen wenige grüne Blätter sprossen.

Über ihr ließ sich ein kreischender Schwarm Möwen vom Wind tragen. Die Babys zwinkerten nachdenklich nach oben. Ihre runden Wangen waren von der frischen Luft gerötet.

Eine Landzunge in einer kleinen Bucht, übersät mit Felsblöcken, löste eine vage Erinnerung aus, die sie jedoch nicht richtig einordnen konnte. Nathaniel kannte die Namen von jedem Winkel des Sees auf Englisch, Mahican und Kahnyen'kehàka; möglicherweise hatte er ihr eine Geschichte über diesen Ort erzählt.

Ein Matrose mit muskulösen Armen schlenderte an ihr vorbei. Sein Gesicht glich einer zerfurchten Walnuss. In seinem rissigen Mundwinkel steckte eine geschwungene Pfeife. Elizabeth winkte ihn zu sich. Er blieb stehen und tippte mit der Hand an seine Mütze.

»Verzeihung, könnten Sie mir sagen, wie diese Bucht heißt?« Sie deutete mit dem Kinn darauf.

Sein kräftiger Unterkiefer bewegte sich ruckartig, als er ihr, ohne die Pfeife aus dem Mund zu nehmen, in der knappen Sprechweise der Nordstaatler antwortete. »Das ist die Button Bay, also die Bucht der Knöpfe. Zumindest nennen wir sie so.«

»Die Bucht der Knöpfe?«

»Eine seltsame Sache, Missus. Wenn Sie dort an der Küste entlanglaufen, finden Sie diese Steine mit Löchern – wie Knöpfe, verstehen Sie? Die Kinder ziehen sie gern auf einer Schnur auf.« Seine Augen glänzten wie Kiesel, als er seinen Blick auf die Babys richtete. »Wird wohl noch eine Weile dauern, bis diese zwei mit so etwas spielen können. Ein Junge und ein Mädchen, oder?«

Als Elizabeth nickte, beugte er sich vor und betrachtete Daniels Gesicht. »Sehen Sie sich nur diese Augen an.« Der Matrose grinste und entblößte dabei seine Zähne, die hölzernen Wäscheklammern glichen. »Grün wie das Meer, wenn es stürmt. Könnte eines Tages ein großartiger Seemann werden.«

Daniel juchzte unvermittelt auf, krause die kleine Nase und

zeigte seinen rosigen Gaumen. Elizabeth sah ihn erstaunt an – die Babys lächelten zwar oft, hatten aber beide bis jetzt noch nie laut gelacht. Auch Lily schaute ihren Bruder leicht verwundert an.

»Sehen Sie!« rief der Seemann. »Er weiß schon, was richtig ist. Einen Mann, der für die See geboren wurde, kann man nicht aufhalten.«

»Sind Sie schon als Junge zur See gefahren?« Elizabeth gefiel sein Lächeln und seine Bewunderung für ihre Kinder.

»Jawohl.« Er zog die Pfeife aus dem Mund, neigte den Kopf zur Seite und spuckte aus, ohne seinen Blick von ihr abzuwenden. »Die Cards aus Port Ann sind alle geboren, um Seeleute zu werden. Jeder Einzelne von uns. Schon mit vierzehn Jahren habe ich China gesehen. Glauben Sie es oder nicht, Missus – als ich siebzehn war, brachten wir ein Kaperschiff zurück nach Bristol. Nördlich von Kuba gerieten wir in einen Sturm, der das Schiff beinahe in zwei Teile zerbersten ließ. Wir retteten die Ladung, bevor sie unterging, und mein guter Kapitän schickte mich mit vierzig Pfund kostbaren Gewürzen, einer ganzen Tonne Zucker, fünfzig Gallonen Rum und beinahe tausend Dollar nach Hause – mich! Tim Card, wie Sie ihn nun vor sich sehen, wuchs damals noch nicht einmal ein anständiger Bart. Ich marschierte zu meiner Mutter in die Küche und legte ihr das Geld hin. Sie bekam auch alles andere von mir – bis auf den Rum, versteht sich. Meine Mum las immer fleißig in der Bibel. Für Schnaps hatte sie keine Verwendung.« Wieder grinste er breit.

»Sie sind also immer auf Kaperschiffen gesegelt?« fragte Elizabeth ein wenig ungehalten. Sie war auf einem britischen Postschiff nach New York gekommen und auf der langen Seereise hatte ihr der Kapitän, ein ehemaliger Offizier der Königlichen Marine, viele Geschichten erzählt. Er hatte die Kaperschiffe nicht nur verabscheut, sondern auch gefürchtet. Tim Card fuhr jedoch eifrig mit seiner Erzählung fort.

»Oh, ja. An den Hummerfängern hatte ich nie Interesse, verstehen Sie? Und ich war auch nie ein Anhänger des Militärs. Und was sind denn die Handelsschiffe heutzutage noch? Zwei meiner älteren Brüder liefen mit einem Handelsschiff aus und landeten auf einer Fregatte der Torys. Danach haben wir von Harry und Jim nie mehr etwas gehört oder gesehen. Das ist nichts für mich, erklärte ich meiner Mum, und zog los, um mein Glück zu machen. Zehn Jahre segelte ich mit Captain Parker auf der *Nancy* und noch länger mit Captain Haraden. Vielleicht haben Sie schon von ihm gehört und davon, wie wir im Golf von Biscaya die *Golden Eagle* gekapert haben. Kurz darauf heuerte ich hier auf diesem Schoner an.«

»Nach Ihren vorherigen Abenteuern muss Ihnen das recht langweilig vorkommen.«

Der Matrose ließ seinen scharfen Blick über das Wasser wandern. »Unterschätzen Sie das nicht, Missus. Auch hier gibt es einige Fallen und das sollte man besser nicht vergessen.« Er kratzte mit seinen verhornten Fingernägeln über Bartstoppeln auf seiner Wange.

»Ja«, erwiderte Elizabeth. »Wenn Sie mich in meinem jetzigen Aufzug sehen, werden Sie es vielleicht kaum glauben, aber diese Gewässer sind mir nicht fremd, Mr. Card. Im vergangenen Sommer bin ich mit meinem Ehemann in einem Kanu quer über diesen See gepaddelt.«

Der alte Seebär horchte auf, sah sie mit zusammengekniffenen Augen an und legte wie ein Vogel den Kopf zur Seite.

»Tatsächlich?« Nachdenklich musterte er ihr gutes graues Reisekleid mit der Spitze am Kragen und den Ärmeln und das große Umhängetuch und zuckte dann die Schultern. »Bei Nathaniel Bonner waren Sie auf diesem See sicher in guten Händen.«

»Kennen Sie meinen Mann?« fragte Elizabeth freudig überrascht und begierig auf jedes Wort über Nathaniel.

»In diesem Teil der Welt gibt es kaum jemanden, der Hawkeye und seinen Sohn Nathaniel nicht kennt«, erwiderte der erfahrene Seemann grinsend. »Ich habe ihn ein- oder zweimal getroffen. Aus ihm wäre ein prächtiger Matrose geworden.« Er ließ seinen Blick wieder über das Wasser schweifen. »Seit ich auf diesem See fahre, hatte ich nie mehr das Verlangen, auf das Meer zurückzukehren. Die Arbeit auf einem Kaperschiff ist außerdem eher etwas für die Jüngeren.« Er starrte sie an. »Ich nehme an, Sie haben ein paar Geschichten über die Besatzung der Kaperschiffe gehört. Die Männer sollen nicht viel besser als Piraten sein, wie?«

»Man hat mir einiges darüber erzählt«, gab Elizabeth zu.

Brummend biss er so fest auf die Pfeife, dass sie auf und ab wippte. »Auf meinen Reisen hier habe ich auch etliche Geschichten über die Mohawk gehört«, meinte er nachdenklich. »Dass sie Frauen quälen, weiße Babys essen und so etwas. Aber ich nehme an, da Sie bei Ihnen leben, wissen Sie das besser. Sie haben Nathaniels Tochter bei sich, nicht wahr? Ein nettes, aufgewecktes Ding mit scharfen Augen.«
Elizabeth sah ihn forschend an, konnte jedoch nichts Feindseliges in seinem Gesichtsausdruck entdecken. »Sie wollen mir damit wohl sagen, dass ich die Geschichten über die Besatzung der amerikanischen Kaperschiffe nicht glauben sollte.«
Er zuckte die Schultern. »So weit würde ich nicht gehen, Missus. Es gibt schon einige Halunken auf See und nicht alle von ihnen hissen die Piratenflagge. Ich kannte da einige, die diese Kleinen ohne Skrupel über Bord geworfen hätten.«
Elizabeth legte ihre Arme so fest um die Babys, dass sie protestierend zu strampeln begannen.
»Ich gehöre allerdings nicht zu denen«, fügte er hinzu. »Und ich bin auch nie mit Männern dieser Sorte gesegelt. Die meisten sind nur Kaufleute, die eben auf Profit aus sind. Was nicht Gewinn bringend genug ist, geht über Bord, verstehen Sie?«
»Ich werde daran denken«, sagte Elizabeth mit brüchiger Stimme und versuchte zu lächeln.
»Wir nennen sie die Bucht der Knöpfe«, sagte Tim Card mit einem Blick auf die Küste. Bevor er sich abwandte, legte er kurz die Hand an seine Mütze.

Mit ein wenig Glück hätten sie die *Washington* in Fort Chambly verlassen und Montreal mit dem Schlitten auf der Eisstraße in einem knappen Tag erreichen können. Elizabeths viele Gebete für anhaltenden Frost wurden jedoch nicht erhört. Als sie die Stromschnellen bei Richelieu überwunden hatten, lag schlammiges Wasser vor ihnen. Im Marschland war das Eis so brüchig, dass es das Gewicht eines Schlittens, unabhängig von seiner Größe, nicht mehr tragen würde. Blieb also nur die Sommerroute, die schon bei Trockenheit Schwierigkeiten bot, während des Tauwetters im Frühling jedoch unmöglich zu bewältigen war. Captain Mudge fasste das Problem in seiner üblichen direkten Art zusammen.

»Genügend Schlamm für eine ganze Welt voller Schweine«, erklärte er. Dann folgte eine lange, verworrene Geschichte über einen Ochsen, der bis zum Hals im Sumpf stecken geblieben und nach einigen Tagen vergeblicher Befreiungsversuche brüllend erstickt war. Elizabeth lauschte nur mit halbem Ohr, aber Hannah schien abgelenkt zu sein, und das war gut so.

Es gab keine andere Lösung – sie mussten die längere Route nehmen, um zu den Walfangbooten zu gelangen, die sie dann durch die Eisschollen nach Sorel bringen würden. Schließlich könnten sie von dort auf einem weiteren Schoner den letzten Teil der Strecke nach Montreal zurücklegen. Als der Captain jeden einzelnen Schritt der Reise aufzählte, klang das in Elizabeths Ohren wie ein Klagelied. Es kostete sie große Selbstüberwindung, ihre Enttäuschung nicht zu zeigen. Zum ersten Mal wünschte sie, sie hätte die drei Kinder in Paradise in Sicherheit zurückgelassen. Ohne sie hätte sie trotz der Schlammmassen die direkte Route nach Montreal genommen.

Curiosity und Runs-from-Bears steckten die Köpfe zusammen und heckten einen Plan aus, der zuerst ideal schien, dann aber die erste Auseinandersetzung hervorrief, die Elizabeth seit ihrer Kindheit mit Will Spencer gehabt hatte. Auf den Vorschlag, Will solle den kürzeren Weg nehmen, reagierte dieser zuerst mit nachdenklichem Schweigen und verkündete dann, dass ihm der Gedanke, Elizabeth für den Rest der Reise allein zu lassen, nicht gefalle.

»Aber ich bin nicht allein«, entgegnete sie, verwirrt über sein Zögern. Sie befanden sich auf dem Achterdeck. Die Umhänge und Schals, in die sie sich hüllten, schützten sie vor der unangenehmen Kälte, jedoch nicht vor dem eisigen Nieselregen. Das schöne Wetter hatten sie auf dem großen See hinter sich gelassen; vor ihnen ragte das gewaltige Fort Chambly in dem dichten Nebel wie ein Schloss aus einem Märchen auf.

»Curiosity ist eine ausgezeichnete Reisebegleiterin«, gab Will zu. »Ihr gesunder Menschenverstand hat uns bisher sehr geholfen. Ich kann jedoch nicht billigen, dass ihr ohne ausreichenden männlichen Schutz weiterreist.«

Elizabeth unterdrückte ein Lachen. »Runs-from-Bears ist in der Lage, uns bestens zu beschützen«, erklärte sie. »Er hat dich und meine Tante im letzten Herbst von Albany nach Paradise gebracht und mich unter weitaus schwierigeren Bedingungen durch die Endlosen Wälder geführt. Außerdem bin ich hier schon einige Tage allein unterwegs gewesen. Unter diesen Umständen ist dein besorgter Einwand ein Luxus, den ich mir nicht leisten kann. In erster Linie muss ich an Nathaniel und seinen Vater denken. Ich hoffe, auch deine Sorge gilt vorrangig ihnen, lieber Cousin.«

Sein blasses, gutmütiges Gesicht glänzte vom Regen oder vielleicht vom Schweiß; Elizabeth sah ihm an, wie unbehaglich er sich bei dem Gedanken fühlte, allein vorauszufahren und sie zurückzulassen. Will war, trotz seiner bedächtigen Art, kein Feigling. Er blickte ihr direkt in die Augen.

»Wenn du ganz sicher bist, verlasse ich mich auf dein Urteil, Elizabeth.«

Sie lächelte. »Das bin ich. Du hilfst mir am besten, wenn du jetzt ohne mich gehst.« Sie sah sich um und vergewisserte sich, dass sie nicht beobachtet wurde, dann drückte sie ihm einen kleinen aber schweren Beutel in die Hand. »Du wirst das womöglich brauchen.«

Überrascht wog er das Säckchen in seiner Hand, doch bevor er eine der logischen und vernünftigen Fragen stellen konnte, die ihm dazu sicher sofort einfallen würde, packte sie ihn am Ärmel. »Bitte frag nicht. Nicht jetzt. Irgendwann werde ich dir die ganze Geschichte erzählen, aber im Augenblick bitte ich dich nur, das Gold als dein Eigentum zu betrachten, das nichts mit mir oder Nathaniel zu tun hat. Du kannst es verwenden, Will. Ich nicht. Zumindest nicht, ohne Fragen auszulösen, die uns in noch größere Schwierigkeiten bringen würden. Gib alles aus, wenn es Nathaniel weiterhilft.«

Will zog erstaunt eine seiner blassen Augenbrauen nach oben. »Du scheinst dich auf ein gefährliches Abenteuer eingelassen zu haben, Elizabeth. Sobald wir uns in Montreal wiedertreffen, möchte ich alles erfahren.«

»Versprochen.« Elizabeth war dankbar und erleichtert.

Trotzdem fiel es ihr schwer, ihm nachzuschauen, als er mit einem Führer, den Runs-from-Bears ihm besorgt hatte, das Fort verließ. Sie musste sich mit der Idee trösten, dass er schon in zwei Tagen in Montreal sein konnte. Vielleicht würden Nathaniel und die anderen bereits frei sein, wenn sie mit den Kindern

schließlich dort eintraf. Sollte Will dieses Meisterstück gelingen, würde Elizabeth ihm alles erzählen, was er wissen wollte – auch wenn sie befürchtete, dass die Geschichte bei ihm nicht sehr gut ankäme. Er mochte ihr Freund und Vertrauter sein, aber er war auch ein Engländer, der einer bestimmten Klasse angehörte.
Hannahs warme Hand auf ihrem Arm riss sie aus ihren Gedanken.
»Dein Cousin ist ganz anders als die meisten Engländer«, stellte Hannah fest und machte ihm damit ein großes Kompliment. Wie immer, wenn sie mit Elizabeth allein war, sprach sie Kahnyen'kehàka.
Elizabeth lachte. »Ich dachte gerade genau das Gegenteil. Was an Will erscheint dir nicht englisch?«
Hannah sah ernst drein. »Er ist nicht habgierig – er versucht nicht, alles an sich zu reißen.«
Elizabeth verstummte – das war richtig. Sie drehte sich um und versuchte einen letzten Blick auf ihren Cousin zu werfen, doch er war bereits im Nebel verschwunden.

9

Der Metzger gab wieder durchdringende, schmatzende Schnarchlaute von sich, die Nathaniel aus einem unruhigen Halbschlaf rissen. Er hörte den dumpfen Aufprall, als der junge Schweinefarmer dem Metzger mit seinem Holzschuh einen Tritt versetzte. Deniers Schnarchen verstummte für einen Moment und ging dann in ein unwilliges Gemurmel über.

Nathaniels Magen knurrte laut. Er drehte sich auf der Holzpritsche, die er sich mit seinem Vater teilte, zur Seite. Der kärgliche Strohbelag raschelte. Hunger hält den Geist wach, rief er sich ins Gedächtnis zurück. Und an einem Dienstagmorgen, kurz vor der Dämmerung, wenn Thompson allein Dienst hatte, war das sehr wichtig. Sie waren jetzt alle wach und warteten. Nur Deniers Schnarchen schwoll wieder an wie das Meer bei der Flut.

Die Männer standen einer nach dem anderen auf, um den überfließenden Eimer in der Ecke zu benützen. Moncrieff schlurfte gähnend hinüber, Robbie stöhnte und Hawkeye wirkte angespannt und in sich gekehrt. Unter Pepins genagelten Holzschuhen sprühten blaue Funken auf den Pflastersteinen. Nathaniel ging als Letzter und versuchte, den beißenden Gestank zu ignorieren.

Die Tür schwang knarrend auf. Frische Luft und der Geruch nach verbrennendem Talg strömte herein. Thompson füllte beinahe den engen Türrahmen aus. Das Licht der Kerze fiel auf seinen breiten Unterkiefer, seine schlaffen Augenlider und seine gelbliche Haut, als er Hawkeyes Blick suchte.

»Fünfzehn Minuten«, formte er unhörbar mit den Lippen. Er stellte die Kerze auf das Regal neben der Tür und drehte sich um, als wären die hinter ihm wartenden Frauen unsichtbar. Nathaniel nahm an, dass das auch zutraf, denn einen Mann wie Thompson konnte eine Münze von genügendem Wert für beinahe alles blind machen. Glücklicherweise hatte Nathaniel den Großteil seines Silbers Iona überlassen, die wusste, wie sie es einsetzen musste.

Die Frauen kamen leise hereingeschlichen, ihre Arme gestreckt unter der Last der aus Eichenrinde geflochtenen Körbe. Pepins Mutter hatte ihr Gesicht in einer weiten Kapuze verborgen. Hinter ihr kam die Bedienung aus der Gaststätte. Nathaniel beobachtete, wie Adele ihren Blick rasch durch die dunkle Zelle schweifen ließ, Moncrieff kurz ansah und sich dann wieder abwandte.

Pepin umarmte seine Mutter. Sie zog seinen Kopf herunter zu den Falten ihres Umhangs, um sich mit ihm flüsternd in einem französischen Dialekt der Landbevölkerung zu unterhalten, den nur Denier verstanden hätte, wäre er wach gewesen. Adele begann das Essen auszupacken und auf das alte Brett zu stellen, das als Tisch diente. Es gab Fleischpasteten, Speck, Wurst, Käse, eingewickelt in ein mit Lake befeuchtetes Stück Stoff, zwei große Laib dunkles Brot und einen kleineren Maiskuchen, noch warm vom Ofen, einen Topf Bohnen und einen kleinen Krug mit Ale. Männern, die von Schleimsuppe und trockenem Brot lebten, mochte das wie ein Festmahl erscheinen, aber es würde mindestens eine Woche dauern, bis Nachschub kam. Falls sich bis dahin andere Pläne nicht in die Tat umsetzen ließen.

Adele war am Boden der Körbe angelangt: ein Stück Seife, ein wenig Tabak und ein halbes Dutzend dicker Talgkerzen. Sie streckte sich und fing Nathaniels Blick auf.

»Pik König«, wisperte sie und schob ihm ein kleines Päckchen zu. Ohne sich noch einmal umzusehen, verschwand sie in der dunklen Ecke, wo Moncrieff auf sie wartete. Nathaniel zerrte rasch das Papier von der Schachtel. Robbie und Hawkeye beugten sich vor, um besser sehen zu können. Ein Kartenspiel. Das runde, ausdruckslose Gesicht des Pik Königs war von einer sorgfältig mit der Hand geschriebenen Botschaft umgeben. Die schwarze Tinte schien in dem flackernden Kerzenlicht hin und her zu tanzen.

Robbie kniff die Augen zusammen. »Ionas Handschrift«, flüsterte er. Inzwischen fiel genügend Sonnenlicht durch das kleine, hohe Fenster, um ihn deutlich sehen zu können. Er war schmutzig, sein Haar war zerzaust und seine untere Gesichtshälfte mit einem verfilzten Bart bedeckt.

Nathaniels Herz machte einen Sprung. Wenn Ionas es riskierte, eine solche Nachricht zu schicken, spitzten sich die Dinge offensichtlich zu.

Hawkeye räusperte sich warnend und Nathaniel steckte die Karte unter sein Hemd. Thompson erschien wieder an der Tür. Er kaute an einem Stück Brot, dessen Krumen auf seine Jacke regneten, und deutete mit dem Kopf über die Schulter. Die Frauen murmelten noch ein paar Abschiedsworte, zogen sich die Kapuzen tief ins Gesicht und schlüpften, ebenso leise wie sie gekommen waren, wieder hinaus. Der Wächter stampfte hinter ihnen her und drehte den Schlüssel in dem knirschenden Schloss.

Denier wachte auf und schnüffelte an dem Berg Lebensmittel. Der Schnitt an seiner Wange hatte sich endlich geschlossen, doch die entzündete Wunde sonderte immer noch eine rötlichgelbe Flüssigkeit ab. Sein Appetit hatte jedoch nicht gelitten; er zog sich mit einer Fleischpastete und seinem Anteil der Wurst auf seine Pritsche zurück.

Sie aßen schweigend zuerst das Fleisch, dann den glänzenden Käse, und spülten beides mit dem Ale hinunter, das Adele mitgebracht hatte. Die Blechtasse wurde zweimal in der Runde herumgereicht. Wie jeden Tag sehnte Nathaniel sich nach Wasser. Sein

Leben lang hatte er jeden Tag, den er zu Hause verbrachte, damit begonnen, in den kalten See unter den Wasserfällen in Lake in the Clouds einzutauchen; jetzt träumte er davon, Wasser zu trinken, bis er keinen Tropfen mehr schlucken konnte.

»Nun?« Moncrieffs Stimme klang belegt. Seit über einer Woche hatte er Fieber und immer noch neigte er zu Hustenanfällen.

Sie warteten weitere fünf Minuten, bis sie hörten, wie Thompsons Stimme im Hof den üblichen Lärm in der Garnison übertönte. Nathaniel las Ionas Nachricht im Licht des kleinen Fensters vor und presste dann einen Moment lang seine Stirn gegen die kalte, feuchte Mauer. Als er wieder zu den anderen zurückging, bemerkte er einen vorsichtigen Hoffnungsschimmer auf dem Gesicht seines Vaters.

»Heute Nacht«, sagte er. Seine Stimme war heiser vor Anstrengung und Erleichterung. »Wenn die Glocke des Seminars zehn schlägt. Dann wird es in der Kaserne zu einem Aufruhr kommen, und wir sollten uns bereit halten, loszulaufen.« Es dauerte nicht lange, das Wenige zu berichten, das er von dem Plan wusste, den Pepins Brüder und Iona ausgeheckt hatten.

Nachdem Nathaniel geendet hatte, folgte ein angespanntes Schweigen. Jeder hing seinen eigenen Gedanken nach. Denier hatte aufgehört zu essen und zupfte sich nachdenklich an einem seiner riesigen Ohren. Er stellte Pepin eine gemurmelte Frage und bekam eine kurze Antwort. Der Fluchtplan schien einen vorsichtigen Waffenstillstand zwischen den beiden bewirkt zu haben, doch Nathaniel beschloss, den Metzger nicht aus den Augen zu lassen.

»Gibt es ein Zeichen von Runs-from-Bears?« fragte Robbie und sprach damit die Frage aus, die Nathaniel Nacht für Nacht wach hielt. Sie konnten nicht einmal sicher sein, ob es Otter gelungen war, Montreal zu verlassen.

»Noch nicht«, erwiderte er und reichte die Karte seinem Vater.

Hawkeye nahm sie und hielt sie in die flackernde Flamme der Kerze, bis nur noch Asche von ihr übrig blieb. Dann griff er nach dem Maisbrot. »Esst auf, Jungs«, sagte er, von neuer Energie beflügelt. »Es gibt keinen Grund, gutes Essen verderben zu lassen.«

Moncrieffs Blick wanderte zwischen Nathaniel und Pepin hin und her. »Und wie steht es mit Waffen?«

Obwohl der Farmer nur gebrochen Englisch sprach, hatte er den größten Teil der Unterhaltung verfolgen können. Er kaute an einem Stück Wurst und reichte Moncrieff eine der Kerzen von dem Stapel. »Von *ma mére*«, sagte er.

Moncrieff hob die Augenbrauen, als er das Gewicht der Kerze spürte. Dann prüfte er das schmale Ende mit seinem Daumen und zuckte überrascht zusammen. Ein Blutfaden hob sich hell gegen seine schmutzige Haut ab.

»Eine weise Frau weiß den Wert einer guten Kerze zu schätzen«, sagte Robbie grimmig und brach noch ein Stück von dem Brot ab. »Und sollte uns Pink George auf dem Weg aus diesem verdreckten Loch begegnen, werde ich ihm mit großem Vergnügen beweisen, wie wahr das ist.« Er wandte sich mit zusammengekniffenen Augen an Moncrieff. »Hatte Adele Neuigkeiten von Somerville?«

Nathaniel fing den Blick seines Vaters auf. Robbie war entschlossen, Pink George heimzuzahlen, dass dieser seinen Hund erschossen hatte. Sollte alles gut gehen, würde er dazu niemals Gelegenheit haben, aber es gab keinen Grund dafür, ihn darauf hinzuweisen.

»Ja«, antwortete Moncrieff und füllte die Blechtasse noch einmal. »Giselle soll verheiratet werden.«

Einen Moment lang schwiegen alle erstaunt.

Hawkeye brummte, den Blick auf das Essen vor ihm gerichtet: »Wer immer es auch sein mag – er hat ein tüchtiges Stück Arbeit vor sich.«

»Mag sein«, meinte Moncrieff. »Horace Pickering lässt jedoch keinen Narren aus sich machen.«

Robbie prustete und versprühte einen Schluck Ale. »Der fischgesichtige alte Seebär soll Giselle heiraten?«

Moncrieff neigte den Kopf. »Sie hätte es wesentlich schlechter treffen können. Jetzt kann sie sich von ihrem Vater befreien und von hier weggehen. Das wird ihr sicher gut tun.«

»Ja«, sagte Hawkeye geringschätzig. »Ein Ehemann, der neun von zwölf Monaten im Jahr auf See ist, kommt ihr bestimmt sehr gelegen.« Er starrte Nathaniel einen Moment lang an und grinste dann, als wisse er genau, was sein Sohn jetzt empfand: Überraschung, eine gewisse Neugier, weil sein Vater keine Fragen stellte, und Erleichterung. Jetzt musste er sich in Gedanken nicht mehr mit Giselle Somerville beschäftigen.

»Vielleicht bringt er sie in seine Heimat«, sagte Moncrieff nachdenklich. »Er besitzt ein Haus in der Nähe von Edinburgh. Habe ich euch schon von der Landschaft um Edinburgh erzählt?« Die anderen schnaubten verächtlich. Angus Moncrieff hatte um eine einzige Stunde gebeten, sein Anliegen vorzutragen und von Schottland und Carryck zu erzählen, und nun beanspruchte er seit einem guten Monat Tag und Nacht ihre Aufmerksamkeit. Für diese Gelegenheit hatte er einen hohen Preis bezahlt – mindestens einen Tag lang hatte Nathaniel sich gefragt, ob ihn die Lungenentzündung nicht umbringen würde –, aber er nützte sie gut. Und sein Talent, eine Geschichte gut zu erzählen, war in den langen, dunklen Märztagen willkommen gewesen, als Langeweile und Verzweiflung die Oberhand zu erlangen drohten.

Moncrieff erzählte seine Geschichten mit langen, unterhaltsamen Abschweifungen. Er sprach von entführten Königen, Landzuweisungen und Verträgen, von Verrat und entgangenen Gelegenheiten, von tapferen Männern mit schwachen Verbündeten und von verräterischen normannischen Adeligen. Es waren komplizierte Beschreibungen der englischen Heimtücke, der Rivalitäten zwischen den Clans; sie handelten von Grenzkriegen, katastrophalen Bankgeschäften, Hungersnot und Räumungen. Moncrieff schilderte sein Heimatland und sein Volk so lebendig und anschaulich, dass Nathaniel manchmal Tagträume von Orten hatte, die er nur vom Namen her kannte und niemals sehen würde: Stirling und Bannockburn, Falkirk, Holyrood.

Viele dieser Geschichten hatte Nathaniel schon von seiner Mutter gehört, aber Moncrieff erzählte sie mit der Stimme und der Vorstellungskraft der Männer, die diese Schlachten geschlagen hatten. Er war so geschickt im Geschichtenerzählen, dass es eine Weile dauerte, bis Nathaniel sich der Themen bewusst wurde, über die zu sprechen er sorgsam vermied. Über seine eigene Geschichte gab Moncrieff keine Einzelheiten preis; er erwähnte nur selten seine eigene Familie oder seine unerschütterliche Treue zu den Carrycks, und in all seinen Berichten über politische Wirren und gebrochene Treueschwüre sprach er Religion nur am Rande an. Noch seltsamer war, dass sie von jedem Kampf gegen England um die Unabhängigkeit seit Robert Bruce gehört hatten, Moncrieff jedoch nie von der jüngsten, verheerenden Schlacht während der Rebellion von 1745 erzählte. Allerdings sang er manchmal davon. Wenn er in der Stimmung dazu war, warf er den Kopf in den Nacken und stimmte ein Lied in einem tiefen, reinen Bariton an. Sogar die Wächter, die im Hof Karten spielten, verstummten dann und hörten ihm zu.

Das Volk mit den Plaids,
das Volk mit den scharlachroten Plaids,
und das Volk mit den grün gemusterten Plaids
ziehen dahin mit Charlie.

Wäre ich sechzehn Jahre alt,
wäre ich wie ich sein möchte,
wäre ich sechzehn Jahre alt,
würde ich selbst mit Charlie ziehen.

Nathaniel nahm an, Moncrieff erwähne möglicherweise aus Rücksichtnahme auf Robbie nicht den Aufstand von 1745, denn dieser hatte für den im Exil lebenden katholischen König gekämpft und war unter schwierigen Umständen in die Kolonien geflüchtet. Robbie schien sich damit zufrieden zu geben, Moncrieff seine Geschichten erzählen zu lassen, wie dieser wollte, und äußerte sich nicht weiter dazu. Nathaniel wünschte sich oft, er hätte die Möglichkeit, Robbie gezielte Fragen zu stellen, ohne dass Moncrieff sie zu Ohren bekam.

Hauptsächlich sprach Moncrieff von Carryck. Manchmal schlief Nathaniel nachts beim Zuhören ein und flüchtete sich in seinen Träumen in die entgegengesetzte Richtung, zu Elizabeth und Lake in the Clouds, zu ihren Kindern und zu den Kahnyen'kehàka, die viel mehr seine Familienmitglieder waren, als irgendein Earl in einem gemauerten Schloss es jemals sein konnte. Sie hatten keine Nachricht von Otter erhalten und wussten nicht, ob er es bis nach Hause geschafft hatte, aber in seinem tiefsten Inneren war sich Nathaniel dessen sicher. Er konnte Runs-from-Bears beinahe auf dem Weg hierher sehen. Entweder war er auf dem Weg zu ihnen oder er war tot.

Nathaniel war klar, dass Moncrieff vermutlich Recht hatte – er war durch und durch Schotte. Aber all die Farmen, Felder, Bergwerke oder Titel übten keinen Einfluss auf sein Herz oder seinen Verstand aus. Er würde nach Lake in the Clouds heimkehren und den Berg nie wieder verlassen. Nathaniel sah an der Miene seines Vaters, dass dieser im Augenblick das Gleiche dachte.

»Nun werden Sie bald nach Schottland zurückkehren«, sagte Hawkeye zu Moncrieff. »Ich nehme an, Sie sind froh, Kanada den Rücken kehren zu können. Sie haben eine weite Reise unternommen, sind lange geblieben und müssen nun doch mit leeren Händen heimkehren. Es tut mir leid, aber ich kann Ihnen nicht helfen.«

Moncrieff zuckte die schmalen Schultern. »Es war einen Versuch wert«, sagte er. »Ich hätte die doppelte Strecke in Kauf genommen, um Carryck zu retten. Es wird nie wieder so sein, wie es einmal war.«

»Nichts bleibt immer so wie es ist«, sagte Hawkeye freundlich. Er verstand, was es bedeutete, eigenes Land an eine einfallende Armee zu verlieren, die niemals zu weichen schien.

»Ich war noch ein kleiner Junge, als ich Carryck sah«, sagte Robbie, mehr zu sich selbst. »Ich war auf dem Weg nach Glasgow, in einer Sommernacht, und die Mücken fielen über mich her, aber den Anblick des Schlosses, das mit Fackeln beleuchtet war, habe ich nie vergessen. Es sah aus, als würden dort tausend feine Leute wohnen.«

»Der alte Earl war bekannt für seine Gastfreundschaft«, sagte Moncrieff. »Die Männer kamen selbst von Paris und London, um mit ihm auf die Jagd zu gehen – und er hieß sie alle willkommen. Sogar Pink George kam '44 nach Carryck. Ich erinnere mich noch gut daran.«

»Sie müssen damals selbst noch ein Junge gewesen sein«, sagte Nathaniel überrascht. »Das liegt fünfzig Jahre zurück.«

»Ich war dreizehn«, erklärte Moncrieff. »Mein Vater, der vor mir Gutsverwalter des Earl war, hatte mich in die Lehre genommen. Pink George war kaum älter als zwanzig. Ich kann mich noch sehr gut an das Fest nach der Jagd erinnern, denn es war mein erstes Bankett und das letzte meines Vaters. Ein Jahr später starb er.« Moncrieff räusperte sich und fuhr sich mit der Hand über das Gesicht. »Es war das Bankett, bei dem unser lieber Gast George Somerville, Lord Bainbridge, den Namen ›Pink George‹ bekam.«

Robbie hob mit einem Ruck den Kopf. »Sie sitzen wochenlang mit uns in diesem stinkenden Loch, Angus, und erzählen uns diese Geschichte nicht? Ich wundere mich schon seit langem über diesen Namen.«

»Ich habe mir die Geschichte für einen Regentag aufgespart.«

»Jetzt scheint zwar die Sonne«, bemerkte Hawkeye, »aber wenn wir Glück haben sollten, wird es morgen zu spät dafür sein.«

Nathaniel konnte nicht stillsitzen, nicht einmal bei einer gut erzählten Geschichte, also stand er auf und lief in der Zelle auf und ab. Er spürte die Wärme des Frühlingsmorgens wie eine zärtliche Berührung auf seinem Gesicht. Hätte er nicht fest daran geglaubt, morgen nicht mehr hier zu sein, wäre er verzweifelt. Niemals wollte er nach Schottland zurückkehren, und wenn die ganze Stadt in Flammen aufging. Das stand fest.

»…mehr als fünfzig Männer mit ihren Hunden ritten an diesem Tag aus. Bainbridge war einer von ihnen. Er kam mit leeren Händen zurück, leicht schwankend vom Alkohol und mit dem Verlangen nach einem amourösen Abenteuer. Küchenmädchen oder Herzogin – er war nicht wählerisch. Bainbridges Appetit auf Frauen war im ganzen Land bekannt.«

»So wie Ihr eigener.« Robbie zwinkerte ihm zu, aber Moncrieff zog nur würdevoll eine Augenbraue nach oben, Zeichen seiner Verweigerung, sich in eine Diskussion über seine eigenen Angewohnheiten einzulassen.

»Der Ärger fing an, als er die kleine Barbara Cameron entdeckte, eines der Dienstmädchen. Sie war erst fünfzehn, hatte lavendelfarbenen Augen und Haar wie das Mondlicht. Ein hübsches Mädchen, diese Barbara, rechtschaffen und fromm. An diesem Abend servierte sie die Getränke und hatte das Pech, an Bainbridge zu geraten, der glaubte, auf Höflichkeiten verzichten zu können, und einfach ihre Röcke hob. Durch den Whiskey war er jedoch langsam geworden und sie war schnell. Sie

schlüpfte davon und ihm blieb nur ihr Duft in seiner Nase und ein Band in der Hand, das er ihr aus dem Haar gezogen hatte.« Moncrieff legte eine Pause ein und trank einen großen Schluck. Das Geschichtenerzählen schien ihn durstig zu machen.
»Als junger Mann sah unser Bainbridge nicht schlecht aus. An diesem Abend waren noch viele hübsche Gesichter im Saal, die ihn Barbara hätten vergessen lassen können, doch sie hatte ihn vor allen Männern an seinem Tisch abgewiesen. ›Oho‹, sagte einer der dümmeren Drummonds – nur einen Monat später tat sein Pferd uns allen einen Gefallen, indem es ihn abwarf und er das Genick brach –, ›hast du deine Anziehungskraft verloren, Bainbridge, oder ist diese wilde schottische Rose zu dornig für eine weiche englische Hand?‹«

Robbie lachte schallend. Er beugte sich vor, legte seine verschränkten Hände zwischen die Knie und neigte den Kopf zur Seite. »Ihr kennt den Mann zwar nicht gut«, fuhr Moncrieff fort, »aber ihr könnt euch sicher denken, dass Pink George jemand ist, der es nicht ertragen kann, wenn man über ihn lacht. Also schloss er mit dem dümmlichen Geordie Drummond eine Wette ab. Er würde noch vor der Dämmerung mit Barbara Cameron im Bett liegen, das Feld pflügen und noch ein wenig mehr von England in Schottlands Boden pflanzen, damit es Wurzeln schlüge, wenn er wieder nach Hause fuhr.«

Moncrieff zuckte die Schultern, als wolle er die Verantwortung für das, was vor so langer Zeit geschehen war, von sich weisen.

»Das war sein Fehler. Er zog die Aufmerksamkeit des alten Earl auf sich, weil er den ganzen Abend hinter einem Dienstmädchen herlief. In seinem betrunkenen Zustand redete er sich ein, sie würde seinen Charme unwiderstehlich finden, wenn sie ihn erst besser kennen würde. Schließlich schickte unsere Lordschaft meinen Vater los, um der Sache auf den Grund zu gehen. Als er zurückkam und die ganze Geschichte erzählte, nahmen die Augen des Earls einen eigenartigen Ausdruck an.

Der alte Earl war ein gerissener, listiger Kerl mit einem feinen Sinn für Humor. Diese Gelegenheit konnte er sich nicht entgehen lassen. Also spricht er mit dem jungen Bainbridge – nicht um ihm zu sagen, er solle das Mädchen in Ruhe lassen. Wo wäre da der Spaß an der Sache geblieben? Nein, er fragt nach, ob der Viscount irgendetwas wünsche, was den Aufenthalt noch angenehmer für ihn gestalten könne.«

Pepin war ein Stück näher herangerückt und hörte aufmerksam zu, obwohl Nathaniel annahm, dass er wahrscheinlich nur die Hälfte der Geschichte verstand. Denier war wieder eingeschlafen.

»Bainbridge hat zu viel getrunken. Ihm kommt es also nicht merkwürdig vor, dass sich der Earl o' Carryck persönlich nach seinen Wünschen erkundigt, obwohl er noch ein so junger Kerl ist. Sein Blut ist in Wallung geraten – er hat Barbara beobachtet, wie sie mit schwingenden Röcken und geröteten Wangen durch den Saal gehüpft ist –, und er kapiert nicht, was allen anderen Männern ganz klar ist. Und auch den Damen. Schottinnen ebenso wie Engländerinnen lachen hinter vorgehaltener Hand. Ja, unser George ist blind und hat nur noch dieses Mädchen im Kopf. Er zwinkert und nickt, zwinkert noch einmal und drückt Barbaras Haarband in die breite Hand des Earls. ›Ein hübsches Rosa‹, sagt er und machte eine Geste in Barbaras Richtung. ›Gefällt mir wirklich sehr gut.‹«

In der düsteren Gefängniszelle grinsten alle breit, denn Moncrieff ahmte Pink George auf bissige Weise treffend nach.

»Der Earl hat Mühe, ernst zu bleiben, aber er nickt. ›Ja‹, sagt er. ›Natürlich.‹ Als handele es sich um eine gewichtige Sache zwischen bedeutenden Männern. Er schickt Bainbridge in dessen Zimmer. ›Wer ein wenig warten kann, wird Gutes erfahren‹, sagt der Earl.«

Robbie richtete sich auf. »Sagen Sie mir bloß, dass dieser Carryck das Mädchen nicht zu Somerville geschickt hat, sonst verliere ich den Verstand.«

Moncrieff hob den Finger. »Eines muss man über den alten Earl wissen: Er konnte jedem verrückten Zufall etwas abgewinnen und sich einen Spaß daraus machen, aber er ließ seine Leute niemals im Stich.

Also – Bainbridge stolpert in sein Bett und der Earl marschiert in die entgegengesetzte Richtung. Die meisten Gäste folgen ihm. Mein Vater und ich gehen ebenfalls mit und tragen die Fackeln. So lange ich lebe, werde ich diesen Anblick nicht vergessen – die Ladys und Gentlemen in ihren feinen Kleidern staksten durch Schlamm und Dung, rutschten im Mist aus und kicherten auf dem Weg zur Scheune wie verrückt. Einige von ihnen verschwanden in den Heuhaufen, denn es war Vollmond, und Bainbridge war nicht der einzige, der gern ein Auge auf die Damenwelt warf.«

Moncrieff unterbrach sich, kratzte sich seinen spärlichen Bart, zupfte eine Laus heraus und betrachtete sie gründlich, bevor er sie zerquetschte. Dann sah er sich im Kreis um und blickte jedem der Männer in die Augen.

»Während der Gutsherr sich um die Angelegenheiten in der Scheune kümmerte, wartete Bainbridge, während der Alkohol immer stärker wirkte. Schließlich schlief er ein. Als er am nächsten Morgen aufwachte, stellte er fest, dass der alte Earl Wort gehalten hatte – er lag nicht allein unter der Decke.«

»Aber nicht die kleine Barbara war bei ihm im Bett«, flüsterte Robbie.

»Nicht Barbara«, bestätigte Moncrieff. »Der Viscount hatte im Schlaf die Arme um eine prächtige schottische Sau geschlungen – ein Schwein, das einhundertdreißig Kilo wog. Man hatte dem Tier Grog eingeflößt, um es ruhigzustellen. Sie war wunderschön rosa und trug ein Haarband um den Hals, das farblich gut dazu passte. Bainbridges Flüche konnte man durch das ganze Schloss, auf dem Weg zur Solway Firth und noch darüber hinaus hören. Von diesem Tag an war er bekannt als Pink George. Natürlich sagte man ihm das nicht ins Gesicht.«

Als sie endlich aufhören konnten zu lachen, wischte Robbie sich die Augen. »Und was ist mit Barbara? Was wurde aus ihr?« wollte er wissen.

Moncrieff drehte sich um und nahm sich noch ein Stück Wurst. »In jenem Winter segelte sie nach Frankreich in den Diensten einer reichen Kaufmannsfrau. Ich glaube, sie heiratete dort und gründete eine Familie.«

»Mich überrascht die Geschichte nicht«, meinte Hawkeye. »Männer ändern sich ihr Leben lang nicht. Höchstens zum Nachteil.«

»Pink George.« Robbie sang diesen Namen vor sich hin. »Wie sehr würde ich es genießen, ihm ins Gesicht zu grunzen und zu schnauben.«

Im Gang wurden Schritte laut und Thompson tauchte hinter dem Gitter an der Tür auf. »Jones!« zischte er. Eilig wurde der

Rest der Lebensmittel unter der Pritsche in der entlegensten Ecke versteckt. Als Ronald Jones erschien, waren die Männer in ein Kartenspiel vertieft.

Der Sergeant verschränkte die Arme vor seinem dicken Bauch, blieb eine Weile stehen und beobachtete sie. Er zog geräuschvoll an seiner Pfeife, bis bläuliche Rauchwolken um sein feistes, gerötetes Gesicht schwebten. Eines seiner blauen Augen kniff er zusammen, ließ seinen geübten Blick durch die ganze Zelle schweifen und starrte schließlich auf den schnarchenden Denier.

Seine Miene verriet Abscheu, als er sich bückte und dem Metzger ins Ohr brüllte: »Wach auf, du fettes Schwein! Die Sonne ist schon lange aufgegangen, oder nicht? Wach auf!« Mit einem einzigen Stoß wurde Denier unsanft auf den Boden befördert, wo er keuchend zur Besinnung kam, während Jones gegen seine Beine trat. Er warf Pepin über die Schulter einen Blick zu, der die Szene misstrauisch über den Rand der Karten in seiner Hand beobachtete.

»Wenn es nach mir ginge, könntet ihr Franzosenungeziefer beide im Gefängnis verrotten. Aber er sagt, ich soll euch gehen lassen, also werde ich das tun.« Er spuckte aus und verfehlte Denier nur knapp.

Pepin sprang auf. »Gehen lassen?« Er warf Nathaniel und Hawkeye einen erstaunten Blick zu. »Gehen lassen?«

»Bist du nicht nur dumm, sondern auch noch taub?« bellte Jones und sein Gesicht rötete sich noch stärker. Er machte mit einem Arm eine ausladende Geste in Richtung Tür. »Entlassen! Frei! Ihr habt eure Zeit abgesessen! Verschwindet jetzt, bevor ich noch einen Grund finde, um euch hier festzuhalten!« Er versetzte dem jungen Bauern einen Schubs.

Denier stolperte hinaus, doch Pepin blieb an der Türschwelle stehen und ließ Jones' Fußtritte und Stöße über sich ergehen, ohne mit der Wimper zu zucken.

»Wir sehen uns wieder«, sagte er und ließ sich dann von Thompson hinausbringen.

Jones lehnte sich, mit einem Mal entspannt, an den Türrahmen und grinste. Seine Zähne schimmerten im Dämmerlicht grünlich-gelb. »Das stimmt schon. Er wird euch wieder sehen. Am Galgen, und das schon bald.«

Hawkeye stand auf. Jones trat einen Schritt zurück und legte seine teigige Hand auf den Schaft seines kurzen Säbels. Seine dicken Finger zitterten.

»Komm nur her«, sagte er. »Ich würde dem Henker gern ein wenig Arbeit ersparen. Was ist los? Ist das etwa eine Überraschung für euch? Ihr wollt mir doch nicht sagen, ihr hättet nicht gehört, wie dort draußen gehämmert wird.«

Im Hof ging etwas vor sich. Es wurde ständig gesägt und geklopft. Nathaniel hatte nicht darauf geachtet – jetzt hätte er sich am liebsten sofort am Fenstersims nach oben gezogen und hinausgespäht, doch er gönnte Jones diese Befriedigung nicht.

Schließlich fand Moncrieff seine Sprache wieder. »Selbst Pink George würde es nicht wagen, uns ohne Gerichtsverhandlung zu hängen.« Seine Stimme war heiser und er musste husten.

Jones grinste, ließ die Hand jedoch auf seiner Waffe liegen und richtete seinen Blick auf Hawkeye. »Das muss er nicht. Der Gouverneur wird morgen kommen. Ich nehme an, am Tag darauf werdet ihr am Galgen baumeln.«

»Das glaube ich nicht«, murmelte Moncrieff.

»Oh, nein, du nicht. Dich erwartet etwas anderes, Moncrieff. Wir haben heute Morgen mit der Post erfahren, dass du nach Québec gebracht wirst. Nichts Geringeres als eine Sache der Krone. Glück für dich, nicht wahr?«

Moncrieff stand auf. Etwas unsicher auf den Beinen, sah er zuerst Nathaniel und dann Hawkeye an, der jedoch keine Miene verzog. Nathaniel wollte etwas sagen, doch bevor er die Gelegenheit wahrnehmen konnte, wurde Moncrieff bereits zur Tür hinausgeschoben.

»Ich frage mich, was das alles zu bedeuten hat«, sagte Nathaniel nach einem langen Schweigen.

Hawkeye zuckte die Schultern. Seiner Miene war deutlich anzusehen, wie unbehaglich ihm zumute war. »Ich nehme an, man hat in Carryck davon gehört und der Earl hat bei Carleton Krach geschlagen.«

Robbie ging ans Fenster, zog sich, trotz seiner Größe, mühelos an den Gitterstäben nach oben und hielt sich einige bange Sekunden dort fest. »Heilige Maria«, flüsterte er dann und ließ sich mit einem dumpfen Aufschlag zurückfallen.

Nachdem drei Männer verschwunden waren, schien die Zelle plötzlich viel zu groß. Sie hätten jetzt jeder eine Pritsche für sich allein haben können, doch stattdessen gingen sie auf und ab, aneinander vorbei, vom Fenster zum Tisch, dann zur Tür und wieder zurück. Sie fühlten sich nicht sicher genug, über die kommende Nacht zu sprechen, denn Thompson hielt sich ständig in der Nähe auf. Zum Kartenspielen fehlte ihnen die Geduld und sie ertrugen es nicht, den Arbeitern im Hof lange zuzusehen. Nathaniel rief sich einige hundert Mal ins Gedächtnis zurück, dass Iona eine einfallsreiche Frau war. Auch ohne Pepin würde sie dafür sorgen, dass der Plan heute Nacht klappte.

Robbie schlief, als ein neuer Wärter ihnen wässrige Suppe und vertrocknetes Brot brachte. Er war noch nicht ganz erwachsen, hatte lange Arme, große Hände und einen dunkelblonden Flaum auf der Oberlippe. Üblicherweise waren die Wärter sehr gesprächig, aber dieser beobachtete sie nur neugierig einige Minuten lang mit scharfem Blick. Dann verschwand er, ohne ein Wort zu sagen.

Sie weckten Robbie und aßen schweigend, obwohl ihre Mägen sich protestierend zusammenzogen. Bei Sonnenuntergang schob Hawkeye einen Arm über sein Gesicht und legte sich schlafen. Robbie versuchte seinem Beispiel zu folgen, aber Nathaniel hörte an seinen Atemzügen, dass er wach und nervös war. Durch das schmale Fenster fielen die letzten Sonnenstrahlen und färbten den Himmel rotgold.

Verschwommen nahm er wahr, dass die Kirchenuhr des Seminars die volle Stunde einläutete. Um sieben war es im Hof eigentlich immer ruhig. Die Männer, die vorübergingen, sprachen über das Abendessen und das Wetter. Um acht Uhr war es dunkel und leichter Regen fiel. Gegen neun Uhr wachte Hawkeye wieder auf. Sein Gesichtsausdruck spiegelte eine Ruhe und Entschlossenheit wider, die Nathaniel in diesem Maß noch nie bei ihm gesehen hatte. In der dunklen, feuchten Frühlingsnacht hoben sie Pepins Kerzen hoch und prüften ihr Gewicht, um das richtige Gefühl für die dünnen Klingen zu bekommen, die sich in dem Wachs befanden.

Nathaniel saß auf der Kante seiner Pritsche und blickte zur Tür; Robbie stand neben dem Fenster. Hawkeye ging wieder auf und ab und konzentrierte sich auf die Geräusche der Nacht.

Die Kirchenuhr schlug zehn. Nathaniel hörte seinen eigenen Herzschlag, sein Puls pochte in jeder Fingerspitze. Der Wachposten am Tor des Hofes rief verschlafen etwas. Ein Fuhrwagen mit einer Wagenladung Heu. Bei dem Pferd hatte sich ein Hufeisen gelockert – es hinkte klappernd über das Kopfsteinpflaster. Eine Minute verstrich; eine weitere. Zehn Minuten. Der Fuhrmann erzählte dem Wachposten eine Geschichte in einer Mischung aus Englisch und Französisch in dem Dialekt der Bauern. Nathaniel hörte, wie die Stimmen leiser und wieder lauter wurden, aber die beiden hätten auch Lateinisch miteinander sprechen können – es ergab einfach keinen Sinn für ihn. Er achtete auf seinen Vater, so wie er es sein Leben lang getan hatte. In diesem Augenblick sah Hawkeye so aus, als wären sie einem Hirsch auf der Spur und eine falsche Bewegung könnte bedeuten, mit leeren Händen nach Hause gehen zu müssen.

Noch vor wenigen Minuten war es stockdunkel gewesen, doch jetzt bemerkte Nathaniel, dass flackernde Lichtstrahlen über Hawkeyes Gesicht huschten. Auf der anderen Seite des Gefängnishofs stand die Garnison in Flammen.

»Meine Güte«, flüsterte Robbie und sprang auf.

Als der Wachposten Alarm schlug, glich die Garnison einem Ameisenhaufen. Gleichzeitig begannen die Glocken des Seminars zu schlagen und in der ganzen Stadt stimmten die anderen mit ein. Ein Feuer in einer Stadt, die aus Holz erbaut worden war, konnte eine Katastrophe bedeuten. Schon bald würde die Hälfte von Montreals Bevölkerung sich hier einfinden.

Trotz des Lärms hörten sie Schritte und das Klirren von Waffen und Schlüsseln im Gang. Der neue Wärter erschien an der Tür. Sein Gesicht war so weiß wie sein Hemd. In einer Hand hielt er eine Muskete. Er war nicht älter als achtzehn, aber groß und muskulös. Sein Blick wanderte immer wieder zu dem kleinen Fenster. Draußen loderte das Feuer.

»Es wäre besser, du würdest die Waffe fallen lassen, Junge«, sagte Hawkeye ruhig. »Wir werden dir nichts tun.«

Leise fluchend warf der Junge die Muskete auf den Boden und drehte mit beiden Händen den Schlüssel im Schloss. Sein Adamsapfel wanderte an seinem Hals nach oben, während er den Männern einem nach dem anderen in die Augen sah.

»Iona schickt euch eine Nachricht. Ihr sollt mir folgen.«
»Luke«, sagte Robbie und sah den Jungen mit zusammen gekniffenen Augen an. »Ich hätte dich gleich erkennen sollen.« Er deutete eine Geste an, als wolle er ihm Nathaniel und Hawkeye vorstellen.

»Wer ist das, Robbie?« Nathaniel hatte noch nie von diesem jungen Mann gehört, aber Robbie setzte eine merkwürdige Miene auf.

»Iona ist meine Großmutter«, erklärte der Junge. Nathaniel sah, wie Robbie sein Gesicht verzog. Aber jetzt war keine Zeit, ungeduldig zu werden und Fragen zu stellen.

»Wir sind sehr froh, dich hier zu sehen, Junge«, sagte Hawkeye. »Aber wo ist der Rest der Garde?«

Der Junge zuckte die Schultern und hob erleichtert seine Muskete vom Boden auf. »Sie verspürten das dringende Bedürfnis, ein Nickerchen zu halten. Wir müssen uns jetzt auf den Weg machen. Es bleiben uns nur zehn Minuten.«

»Und dann?« fragte Nathaniel.

»Dann werden sie entweder das Feuer gelöscht haben oder es greift auf das Waffenarsenal über«, erwiderte Luke. »Sollte jemand Fragen stellen, werde ich sagen, ich bringe euch zum Vizegouverneur.« Er deutete mit seiner Muskete auf den düsteren Gang.

Sie rannten los. Der Junge lief hinter ihnen her und hielt die Muskete auf ihren Rücken gerichtet. In dem Treppengang nach unten hallten laute Stimmen. Beim Anblick der flackernden Flammen blieben sie am Eingang zögernd stehen und krochen dann am Nordflügel der Garnison wie blinde Tiere auf der Suche nach Nahrung vorwärts. Rauchschwaden zogen durch den Hof und die Männer rannten in ungeordneter Reihe mit Wassereimern hin und her und machten dabei einen großen Bogen um den Galgen, an dem die Schlinge im Wind baumelte. Thompson und Jones befanden sich auf der anderen Seite des Hofs. Sie hatten sich in die Schlange der Wachposten eingereiht, von denen einige nur mit einem Nachthemd bekleidet waren.

Höchste Zeit zu fliehen.

Es dauerte eine volle Minute, bis sie sich in dem Chaos zwischen den hin und her laufenden Männern zum Seitentor durchschlagen konnten. Auf der anderen Seite angelangt, übernahm der Junge die Führung, er lief in die Stadt und tauchte mit ihnen in dem Gewirr der engen Seitengassen unter. Ohne seinen Schritt zu verlangsamen, streifte er seine Uniformjacke und das weiße Hemd ab. Darunter trug er ein selbst gewebtes Hemd und eine Lederweste. Schließlich schlüpfte er in einen Scheunenhof und presste sich an einen im Schatten liegenden Schuppen.

Es roch nach verbrannter Holzkohle und geröstetem Fleisch, frischem Dung und Erde, die erst vor kurzem zum Anpflanzen umgegraben worden war. Das kleine Bauernhaus gegenüber lag im Dunkeln. An dem einzigen Fenster ohne Läden konnten sie eine Bewegung wahrnehmen. Eine Hand hob sich nur kurz zur Begrüßung. Pepin. Die Männer drängten sich aneinander und warteten.

Fünf Minuten. Keine Explosion.

»Sie haben es anscheinend geschafft«, sagte der Junge erleichtert und rieb sich den Schweiß von der Stirn.

Hawkeye legte ihm die Hand auf die Schulter. »Du hast einiges riskiert, Luke. Danke.«

»Ich war nicht allein«, antwortete der Junge mit gesenktem Blick. »Und ich habe es gern getan.«

»Richte auch Iona unseren Dank aus. Wir stehen in ihrer Schuld«, sagte Nathaniel.

»Das tun die meisten hier – auf die eine oder andere Weise. Aber Sie können es ihr selbst sagen«, erklärte der Junge.

Iona stand an dem offenen Scheunentor. Sie hatte sich in einen Umhang gehüllt und trug eine Laterne in der Hand. Schweigend bedeutete sie ihnen, in die Scheune zu kommen.

»Iona«, sagte Hawkeye, als sie sich alle um sie versammelt hatten.

»Hawkeye.« Ihre Stimme klang so kühl und gelassen wie immer. »Nathaniel. Robbie. Ich bin sehr froh, euch gesund wiederzusehen.«

Robbie atmete tief ein. »Wie dumm von dir. Du hättest dich in Sicherheit bringen sollen.« In dem schwachen Lichtschein der Laterne wirkte sein Gesicht abgespannt und spiegelte Empörung und Furcht wider.

Sie sah ihn an, als wäre er ein tobendes Kind – liebevoll, aber auch ungeduldig. »Ich habe Neuigkeiten, die nicht warten können.«

Sie folgten ihr in die Scheune. Die Luft war feucht und roch stark nach frischer Milch und Heu. Zwei Kühe bewegten sich im Schlaf. Am anderen Ende raschelte es im Schweinepferch. Nathaniel dachte an Pink George, der mittlerweile wahrscheinlich schon erfahren hatte, dass sie geflohen waren. »Wir wissen von Carleton«, sagte er.

»Natürlich.« Sie richtete ihre braunen Augen auf ihn. »Aber wisst ihr auch von William Spencer?«

Nathaniel glaubte, sich verhört zu haben, und betete, dass er sie missverstanden hatte. »Will Spencer? Hier?«

»Wer zum Teufel ist Will Spencer?« fragte Hawkeye und sah von einem zum anderen.

»Viscount Durbeyfield«, ergänzte Iona. »Ein Mann, der in England einen gewissen Einfluss hat, wenn ich das richtig verstanden habe.«

»Er ist mit Elizabeths Cousine Amanda verheiratet. Ein Rechtsanwalt.« Nathaniel sprach mit seinem Vater, konnte den Blick jedoch nicht von Iona abwenden. »Otter sollte Runs-from-Bears schicken, nicht Will Spencer. Was tut er hier?«

»Das weiß ich nicht genau«, erwiderte Iona. »Er kam nicht zu mir, sondern ging zu Somerville und zum Gericht, um dort euren Fall zu vertreten.«

»Der englische Adel steckt die Köpfe zusammen«, murmelte Robbie. »Gott sei uns gnädig.«

»Wenn wir nicht mehr da sind, gibt es auch keinen Fall zu verhandeln«, meinte Hawkeye.

»Hört mir zu.« Iona senkte ihre Stimme zu einem heiseren Flüstern und bannte alle mit ihrem Blick. »Der Führer, der diesen Will Spencer von Chambly nach Montreal gebracht hat, sagt, er sei auf einem Schoner über den Champlain hierher gekommen. Es gab noch andere Passagiere. Eine weiße Frau in Begleitung einer Schwarzen, von Kindern und einem Mohawk.«

Nathaniels Herz begann heftig zu klopfen. »Meine Güte. Elizabeth.«

»Und Runs-from-Bears«, flüsterte Robbie.

Hawkeye grinste. »Bei Gott, sie kommt tatsächlich mit Curiosity hierher, um uns aus dem Gefängnis zu befreien. Ich zweifle nicht daran, dass sie es geschafft hätte, wäre Iona ihnen nicht zuvorgekommen.«

»Ich hätte es wissen müssen«, sagte Nathaniel. »Ich hätte mir denken können, dass sie nicht zu Hause bleibt.« Und dann begriff er plötzlich, dass er schon seit Wochen mit einer solchen Nachricht gerechnet hatte. Schon einmal hatte sie die Endlosen Wälder für ihn durchquert.

»Sie sind noch nicht in Montreal«, sagte Iona. »Das weiß ich genau.«

»Sie werden auf dem Richelieu nach Sorel reisen«, meinte Nathaniel und sah auf den Hof hinaus, wo Luke Wache hielt. Er konnte den Jungen nicht sehen, aber seine Gegenwart im Schatten spüren. »Wenn Will erst heute eingetroffen ist, dann können sie sich noch nicht auf dem Hauptarm des Flusses befinden – nicht zu dieser Jahreszeit. Wir müssen sie abpassen.«

Iona nickte. »Ein Boot wartet bereits auf euch. Luke wird euch den Weg zeigen. Somerville weiß sicher bereits von eurer Flucht, also solltet ihr euch beeilen.«

»Wir stehen tief in deiner Schuld«, sagte Hawkeye und legte ihr die Hand auf die Schulter.

Sie lächelte im Licht der Laterne. »Das stimmt, Dan'l Bonner. Ich werde dich eines Tages daran erinnern.«

»Vor allem mache ich mir Sorgen, Somerville könnte hinter dir her sein.« Nathaniel blickte zur Tür und sah, wie Lukes Rücken sich versteifte. Robbies Gesicht nahm einen merkwürdigen Ausdruck an, aber Iona drückte nur Nathaniels Arm.

»Somerville bedeutet keine Gefahr für mich«, erklärte sie ruhig. »Keine Sorge. Ihr solltet euch jetzt umziehen und auf den Weg machen.«

»Ja«, stimmte Robbie ihr zu. »Aber in die falsche Richtung. Ich befürchte, wir werden das andere Ende Kanadas niemals zu sehen bekommen.«

Zu Nathaniels Überraschung trat Iona einen Schritt auf Robbie zu, und obwohl sie nur halb so groß war wie er, zuckte er zusammen. Sie hob die Arme und nahm sein Gesicht in die Hände. »Red nicht solchen Blödsinn, Rab MacLachlan.« Ihre Stimme klang mit einem Mal sanft und sie sprach in dem weichen gälischen Akzent. »Halte Augen und Ohren offen, *mo charaid*, oder Kanada wird dich von hinten sehen.«

Es tat gut, wieder laufen zu können. Luke fiel in einen gleichmäßigen Rhythmus und schlängelte sich durch die Schatten. Sie verließen die Stadt und hielten sich nördlich des Flusses, wobei sie die Docks mieden, wo die Wachen nach dem Feuer sicher in Alarmbereitschaft waren. Mittlerweile suchten wohl auch Patrouillen nach ihnen. Nathaniel legte immer wieder seine Hand auf die Waffen, die Iona ihnen besorgt hatte. Er prüfte das Gewicht des Gewehrs und betastete den abgegriffenen Knauf des scharf geschliffenen Messers.

Mit jedem Atemzug sog er die kühle Nachtluft ein und fühlte, wie seine Sinne mehr und mehr aus einem langen, unfreiwilligen Schlaf erwachten. Er würde die ganze Nacht und den folgenden Tag ohne Klage weiterlaufen; überall hin, wenn er nur Montreal verlassen und Elizabeth näher kommen konnte.

Der Mond verblasste und sein Schein wurde durch eine Wolkendecke noch mehr getrübt, aber Luke hielt seinen Kurs unbeirrt ein, bis ihnen der Geruch brackigen Wassers in die Nase stieg. Luke bedeutete ihnen zu warten, verschwand zwischen den Bäumen und lief zur Küste. Nathaniel zählte die Sekunden am Takt seines Herzschlags. Sollte es Iona gelungen sein, ein gutes Kanu anstelle eines schwerfälligen Flussbootes aufzutreiben, und wären ihnen die Gezeiten wohlgesonnen, dann könnten sie schon am nächsten Tag in Sorel sein. Nathaniel spähte in die Dunkelheit und hielt Ausschau nach einem Zeichen von Luke.

Dann ertönte ein Pfiff. Sie gingen, einer hinter dem anderen, zum Flussufer hinunter.

Der Junge stand neben einem kleinen Boot. Hinter ihm, in der Mitte des Flusses, zeichneten sich im Schatten die Umrisse eines vor Anker liegenden Schoners ab.

»Heiliger Himmel«, flüsterte Robbie.

»Und ich dachte, sie könnte uns bestenfalls ein Kanu beschaffen«, sagte Nathaniel.

Hawkeye stieß ein heiseres Lachen aus. »Ich würde gern wissen, wie sie das angestellt hat.«

Luke strich sich die Haare aus der Stirn. »Das ist die *Nancy*. Sie wartet auf euch.«

»Wem gehört sie?« fragte Nathaniel. Er verspürte zwar den dringlichen Wunsch, sofort loszufahren, konnte diesem unerwarteten Glück aber nicht recht trauen.

»Der Kapitän ist Horace Pickering.«

Alle drei fuhren ruckartig hoch. »Horace Pickering?« schnaubte Robbie. »Der Engländer, den Giselle heiraten soll?«

»Der ist es«, bestätigte Luke. »Ich glaube nicht, dass Somervilles Soldaten euch auf der *Nancy* suchen werden.«

Die drei Männer tauschten Blicke aus, dann sprang Hawkeye in das Skiff und nahm ein Ruder in die Hand. »Wir haben keine Wahl«, sagte er. »Ich wünschte jedoch, sie hätte uns gesagt, was sie plant.«

Ihr Gewicht drückte das kleine Boot tief in das eisige Wasser des Sankt-Lorenz-Stroms. Luke saß im Heck und lauschte mit abgewandtem Gesicht den Geräuschen des Flusses. Jeder Muskel seines Körpers war angespannt. Trotz seiner Jugend wirkte er jetzt sehr ruhig und selbstsicher – wie ein Mann, der wusste, was er tat. Während sie eine Weile warteten, dachte Nathaniel darüber nach: Iona hatte einen Enkel, aber nie über ihre Kinder gesprochen.

Als sie die *Nancy* erreicht hatten, schüttelte Nathaniel ihm die Hand. »Du weißt, wo du uns finden kannst, solltest du jemals unsere Hilfe brauchen.«

»Du bist jederzeit willkommen«, fügte Hawkeye hinzu.

Der Junge sah sie ausdruckslos an. »Ich werde daran denken.«

Robbie legte ihm die Hand auf die Schulter. »Pass auf dem Nachhauseweg auf dich auf, Junge.« Er wollte noch etwas sagen, doch an Deck erschienen zwei Personen und am Oberlauf des Flusses hörte man ein Ruderboot und Männerstimmen. Sie nickten Luke noch einmal zu und kletterten an Bord der *Nancy*.

10

Die Stadt, die die Franzosen Sorel und die Briten William Henry nannten, entpuppte sich als wenig anziehender Ort an der Mündung des Richelieu; nicht viel mehr als ein Durcheinander von Straßen, betriebsamen Kais und überfüllten Tavernen. Überall roch es nach verfaultem Fisch, verschimmelten Segeln, heißem Teer und gebrautem Ale. Der Anblick des Sankt-Lorenz-

Stroms war jedoch eine so große Erleichterung für Elizabeth, dass sie dem Zustand der kleinen Stadt kaum Beachtung schenkte.

Und es gab eine gute Nachricht: Captain Mudge und seine Mannschaft waren nur zwei Tage, nachdem das Eis aufgebrochen war, eingetroffen, und mittlerweile herrschte wieder reger Verkehr in beiden Richtungen auf dem Fluss. Aber sonst gab es nichts, worüber sie sich hätte freuen können. Der Captain war enttäuscht und Elizabeth verzweifelt, dass der Schoner, auf dem sie sich einschiffen sollten, wegen Reparaturarbeiten ins Dock gezogen worden war. Elizabeth hörte nur mit halbem Ohr zu, als der Mittelsmann des Captains eine komplizierte Geschichte über einen Zusammenstoß mit einem Walfänger erzählte, auf dem sich eine Menge betrunkener Passagiere befunden hatten; sie dachte bereits über einen anderen Weg nach, der sie ohne weitere Verzögerung nach Montreal bringen könnte.

Sie erklärte Curiosity, dass es in einem so kleinen Ort, in dem es vor Seeleuten und jeglicher Art von Schiffen nur so wimmelte, nicht schwer sein dürfte, ihr Problem zu lösen. Mit großer Wahrscheinlichkeit hätten sie eine sichere Überfahrt auf einem Schiff der Königlichen Marine bekommen können – sie hatte zwei Schaluppen und eine Brigg gesehen –, aber sie konnte nicht riskieren, dass ihr die britischen Offiziere womöglich Fragen stellten. Also konzentrierte sie ihre Aufmerksamkeit auf die *Nell*, von der gerade eine Fuhre Harz und Terpentin entladen wurde. Elizabeth schloss kurzerhand die Möglichkeit aus, dass die *Nell* in die andere Richtung, also nach Québec, segeln würde – sie hatten schon genügend Pech gehabt. Morgen wollte sie in Montreal eintreffen, auch wenn sie sich selbst ans Ruder setzen müsste.

Captain Mudge verabredete sich mit dem Besitzer der *Nell* in einem Lokal in der Nähe der Docks und bekam zu hören, dass dieser nicht gewillt wäre, mit Frauen oder Indianern zu verhandeln. Allerdings ließ er sich zu einem kurzen Gespräch mit Grievous Mudge herab. Runs-from-Bears zuckte bei dieser Kränkung nur die Schultern und machte sich auf den Weg, um alles herauszufinden, was er über die Verwandten in Montreal in Erfahrung bringen konnte. Elizabeth und Curiosity warteten mit den Kindern in der Zwischenzeit in einem überfüllten Aufenthaltsraum, in dem es nach gärender Hefe und Sprossenbier roch. In einem anderen Zimmer des Hauses verhandelten die Kapitäne miteinander – mit Sicherheit ging es dabei um größere Mengen von Whiskey.

Mit einer Silbermünze konnten sie sich einen Platz an einem Tisch neben dem Kamin besorgen. Die Frau des Lokalbesitzers, überarbeitet und ohne Interesse für die Nöte der Reisenden vor ihrer Tür, hatte ihnen damit zumindest einen Tisch zur Verfügung gestellt, der groß genug für die Tragegestelle war. Die Zwillinge gaben sich damit zufrieden, angeschnallt zu bleiben, solange sie in eine Lage gebracht wurden, aus der sie alles im Raum beobachten konnten. Dampfend heiße Rinderbrühe und ein Laib frisches Brot wurden serviert, dazu ein Gericht aus Lauch und Zwiebeln und eine Lammkeule, die selbst Curiosity als gelungen bezeichnete. So warteten sie also einigermaßen gut versorgt auf weitere Nachrichten.

Ein junger Matrose in der hellblauen Uniform der Königlichen Marine zog Elizabeths Aufmerksamkeit auf sich. Sein rötliches Haar glich dem Liams, und als er an ihrem Tisch vorbeischlenderte, blieb sein Blick kurz an Hannah hängen, bevor er sich rasch wieder abwandte. Elizabeth wurde klar, dass man hier zwar einige Indianer an den Docks und auf den Straßen sah, Hannah in dieser Taverne jedoch die einzige Vertreterin ihres Volks war. Plötzlich gewann der hohe Preis für diesen Tisch eine neue Bedeutung, die in ihr ein unangenehmes Gefühl und auch unbestimmte Wut auslösten.

»Ich mag Sorel nicht«, erklärte Hannah, während sie gelassen eine Zwiebel zerlegte. Sie sagte es einmal auf Englisch zu Curiosity und ein zweites Mal auf Kahnyen'kehàka zu sich selbst.

»Kluges Kind«, erwiderte Curiosity und schnitt sich ein Stück Fleisch ab.

»Ein weiterer Beweis ihres gesunden Menschenverstandes«, stimmte Elizabeth zu. »Aber wir sollten trotz allem das Beste daraus machen. Ich glaube, hier kann man auch Zimmer mieten, und möglicherweise gibt es auch eine Badewanne und heißes Wasser.«

Curiosity warf der Besitzerin der Taverne einen Blick zu. »Für den richtigen Preis vielleicht«, schnaubte sie verächtlich.

Hannah schob sich den Rest ihrer Zwiebel in den Mund und beugte sich vor, um Lily das Kinn sauber zu wischen. »Ich würde mich sehr gern waschen«, räumte sie ein. »Wenn wir Zeit dafür haben.«
»Das kann gut sein«, sagte Elizabeth. »Hier kommt Captain Mudge und ich befürchte, er bringt keine guten Neuigkeiten.« Damit sollte sie Recht behalten. Der Captain und Besitzer der *Nell* war selbst unter normalen Umständen nicht davon begeistert, Frauen und Kinder mitzunehmen, und keine Summe dieser Welt konnte ihn davon überzeugen, das auf seiner ersten Fahrt dieser Saison zu tun. Elizabeth schwieg eine Weile, um diesen Rückschlag zu verdauen. Mit einem Finger berührte sie die Goldmünze im Wert von fünf Guineen, die neben dem Zahn eines Panthers an einer langen Kette zwischen ihren Brüsten baumelte. Keine Summe dieser Welt? fragte sie sich. Da bin ich mir nicht so sicher.

Der Captain war froh, die schlechten Nachrichten losgeworden zu sein, zündete seine Pfeife an und lehnte sich in seinem Stuhl zurück.

»Es gibt da noch ein Schiff«, erklärte er. Sein Tonfall war schroff, aber gleichzeitig auch entschuldigend. »Ich kenne den Kapitän. Wenn der Preis stimmt, würde er Sie mitnehmen, aber ich kann nicht sagen, dass die Bedingungen an Bord für eine Lady geeignet sind, Mrs. Bonner.«

»Die Reise dauert ja nicht sehr lang«, meinte Elizabeth mit einem Blick auf die Zwillinge, die sie anblinzelten. »Wann segelt er ab?«

Captain Mudge kaute nachdenklich am Stiel seiner Pfeife. »Lieber früher als später.«

Elizabeth suchte Curiositys Blick.

»Mir scheint, wir haben keine große Auswahl«, meinte die ältere Frau.

»Hannah?«

Das Mädchen nickte. »Wir sollten uns auf den Weg machen.«

»Also gut«, sagte Elizabeth. »Vielleicht sprechen wir gleich mit diesem Kapitän …«

»Stoker. Ein Ire«, erklärte Grievous Mudge. Seufzend und stöhnend erhob er sich und griff nach seinem Dreispitz. »Sie warten besser hier. Wenn er nicht will, dass man ihn findet,

kann es eine Weile dauern, bis ich ihn ausfindig mache.« Er warf der Besitzerin der Taverne über die Schulter einen Blick zu und flüsterte: »Sie brauchen ein Zimmer. Oben gibt es eines. Sie wird es Ihnen bis zum Morgen für einen vernünftigen Preis überlassen. Es hat einen separaten Aufgang und eine eigene Tür, verstehen Sie?«
»Dieser Ire hat sich wohl nicht sehr beliebt gemacht«, meinte Curiosity, ohne sich zu bemühen, ihre Stimme zu senken.
Der Captain hob ob ihrer raschen Auffassungsgabe anerkennend eine seiner grauen Augenbrauen. »Er ist hier nicht gern gesehen«, stimmte er ihr zu.
»Und was ist mit Runs-from-Bears?« erkundigte sich Elizabeth.
Er zog die Mundwinkel nach unten. »Man verlangt hier keine Eintragung in eine Gästeliste.« Noch einmal warf er einen raschen Blick über die Schulter und sah dann wieder Elizabeth an. »Das ist nicht nötig.«

Sie hätte sich entspannen können, denn die breiten Betten mit den Daunendecken waren frisch bezogen und es hatte ausreichend heißes Wasser für alle gegeben. Die Babys waren gebadet und gefüttert und schliefen tief und fest, ebenso wie Hannah, die sich im Traum hin und wieder leicht bewegte. Curiosity hatte sich, mit einer Sorgenfalte auf der Stirn, schließlich auch dazu überreden lassen, schlafen zu gehen.
Elizabeth fand jedoch keine Ruhe, also setzte sie sich auf einen Stuhl ans Fenster, döste ab und zu ein, starrte aber meistens auf die Stadt und den Fluss. Im Sankt-Lorenz-Strom tauchten hier und da immer noch einige Eisbrocken auf – sie wirkten wie verfaulte Zähne. Eine Weile zählte sie die Segel und Wimpel, weiße, schmutzig graue, gelbe und rote, die sich gegen den bewölkten Himmel abhoben. Ein Flussboot mit etlichen Fässern an Deck fuhr flussaufwärts und suchte mit nur einem Segel die richtige Windströmung. Schließlich kamen einige Ruderboote, um es weiterzuziehen. Auf der Straße unterhalb fluchte ein Fuhrmann und schlug mit der Peitsche auf seinen Ochsen ein. Ein Junge kam mit einem Korb voller Fische aus einem der Läden gelaufen, sprang mit bloßen Füßen in eine schlammige Pfütze und besprizte dabei zwei Offiziere der

Königlichen Marine von deren Schuhen bis zum Rand ihrer riesigen, breitkrempigen Hüte. Sie schüttelten die Fäuste, aber er sah sich nicht einmal um. Elizabeth dachte an ihre Schüler in Paradise – viele der Jungen glichen diesem dort unten. Eine Weile kämpfte sie mit Tränen. Sie war frustriert, von Zweifeln und erdrückendem Heimweh geplagt, wenn sie an all die so vertrauten Dinge dachte.

Der Anblick von Runs-from-Bears war eine willkommene Ablenkung. Er kam mit Captain Mudge um die Ecke, der wild mit einem Arm durch die Luft fuhr. Mit der anderen Hand nahm er seine Pfeife aus dem Mund und deutete damit auf die Straße, die zum Hafen führte. Dann hob er den Kopf und zeigte auf das Fenster. Als er Elizabeth sah, winkte er, sichtlich aufgeregt. Elizabeths Aufmerksamkeit galt jedoch eher Bears Miene. Noch mehr Ärger. Sie dachte daran, Curiosity aufzuwecken, nahm dann jedoch ihren feuchten Umhang und schlüpfte leise aus dem Zimmer. Zumindest eine von ihnen sollte sich ausruhen können. Um welche Probleme es sich auch handeln mochte, sie würde sie selbst lösen.

»Galgen?« wiederholte sie, als hätte sie dieses Wort noch nie zuvor gehört und könne nichts damit anfangen.

Runs-from-Bears nickte. »Gestern Morgen aufgestellt.«

»Das bedeutet nicht viel«, meinte Captain Mudge. »Die Torys hängen gern hin und wieder einen Dieb.« Er vermied es jedoch, ihr in die Augen zu sehen.

»Bears«, sagte Elizabeth ruhig, »hat dieser Kahnyen'kehàka, den du getroffen hast, den Galgen selbst gesehen?«

»Hen'en. Ja.«

Sie suchte nach ihrem Taschentuch und tupfte sich damit die Stirn ab. Eine Weile starrte sie auf ihre Schuhspitzen; sie trug das festeste Paar Schuhe, das sie besaß. Es war schlammverschmiert und an den Spitzen so abgestoßen, dass sie es nie getragen hätte, als sie noch Miss Middleton aus Oakmere war. Das schien schon eine Ewigkeit her zu sein.

»Also«, begann sie und bemühte sich, ihre Stimme zuversichtlich klingen zu lassen. »Wir sollten uns so schnell wie möglich auf den Weg machen. Haben Sie Mr. Stoker ausfindig gemacht, Captain Mudge?«

»Ja.« Er betrachtete einen Augenblick lang die Taverne und wippte auf seinen Fersen. »Ich wollte ihn dazu überreden hierher zu kommen, aber dieser Mac Stoker ist ein schwieriger Mensch. Er wartet an Bord der *Jackdaw* auf Sie. Dort will er über die Geldangelegenheit sprechen.«

»Natürlich«, erwiderte Elizabeth. »Aber könnte ich vorher mit Runs-from-Bears unter vier Augen sprechen?«

Als der Captain beiseite getreten war und eine kastanienbraune Stute betrachtete, die vor der Schmiede angeleint war, sagte Elizabeth: »Curiosity wird sich Sorgen machen. Kannst du oben bei ihnen bleiben? Aber geh, wenn möglich, dem Besitzer der Taverne aus dem Weg.«

Er nickte. »Und du sei vorsichtig im Umgang mit diesem Iren. In Stone-Splitters Dorf nennt man ihn ›den Grapscher‹.«

»Das überrascht mich leider gar nicht«, murmelte Elizabeth. Sie wünschte, sie wäre mit Bears an einem ruhigen Ort, um sich ungestört mit ihm unterhalten zu können, doch dafür blieb keine Zeit. »Ich werde aufpassen«, versprach sie. »Aber ich muss mit ihm verhandeln. Wir müssen noch heute in Montreal sein.«

»Das werden wir schaffen – aber nicht um jeden Preis«, antwortete Bears.

Natürlich nicht, dachte sie, fuhr aber unwillkürlich mit der Hand an die Goldmünze, die unter ihrem Leibchen verborgen war. Hundert ähnliche Münzen hatte sie mit Will nach Montreal geschickt. Möglicherweise gab er sie heute alle aus. Curiosity trug weitere hundert in den Ledersäckchen an ihrem Körper. Für jeden einfachen Seemann war das eine beachtliche Summe; davon konnte man sich sogar ein kleines Schiff kaufen und die Mannschaft dazu anheuern. Für sie waren diese Münzen im Augenblick aber wertlos. Es gab keine Möglichkeit, sie einzuschmelzen und sie konnte keine einzige davon ausgeben. Nicht hier, wo sich die Hälfte der Marine des Königs im Hafen und auf dem Fluss befand und wo sich viele Rotröcke auf den Straßen und in den Tavernen aufhielten. Wenn einer der Königstreuen eine Goldmünze im Wert von fünf Guineen mit dem Bild Georges II. zu Gesicht bekam, würden sie möglicherweise den Boden Kanadas nie mehr verlassen können.

Bears betrachtete ihr Mienenspiel und las ihre Gedanken, als hätte sie laut gesprochen. »Bone-in-her-Back, ›Die mit dem

Rückgrat'«, sagte er und ergriff ihr Handgelenk. »Einem Iren Gold vor die Nase zu halten, würde die Sache nicht vereinfachen. Nimm das Silber – davon gibt es genug.«

Elizabeth blinzelte, beschämt von ihrer Verzweiflung. »Ja, du hast natürlich recht.«

»Verzeihung.« Ein junger Mann war stehen geblieben und starrte Runs-from-Bears unverhohlen an. Elizabeth vergaß manchmal, wie wild Bears auf andere wirken musste: die blitzenden dunklen Augen, das pockennarbige Gesicht, die Tätowierungen, die sich wie die Fußspuren eines Bären von einer Schläfe zur anderen erstreckten, die Bärenzähne, die er an einem Lederband befestigt um den Hals trug. An dem seitlich gebundenen Zopf baumelte eine Reiherfeder und an seinem Gürtel hing eine Sammlung verschiedener Waffen mit abgewetzten Griffen.

»Brauchen Sie Hilfe, Madam?« Der Mann zog die Augenbrauen hoch. In seinen grauen Augen lag ein wissender Ausdruck. Sie befand sich auf der Straße mit einer Rothaut in einem vertraulichen Gespräch; er war Engländer und sich sicher, dass er die Welt richtig sah und ein Recht hatte, sich einzumischen. Sie starrte ihn an, bis er verlegen wurde.

»Ihre Hilfe nicht, Sir«, erwiderte sie kühl.

Er wurde rot, machte eine steife Verbeugung und ging davon.

»Warum grinst du?« fragte sie Bears. Mit einem Mal war sie böse auf ihn, obwohl sie eigentlich nicht wusste, warum.

»Es ist schön, wenn du wieder so ähnlich klingst wie normalerweise.«

»Das ist die einzige Möglichkeit, sich gegen solche Vorurteile und Unverschämtheiten zur Wehr zu setzen«, erwiderte sie steif.

»Thayeri«, sagte Runs-from-Bears. »So ist es richtig.«

Mac Stoker war ein großer Mann im besten Alter. Er hatte breite Schultern, schwarzes Haar, blaugraue Augen und einen goldüberkronten Schneidezahn, der blinkte, wenn er lächelte. Eine breite Narbe verlief um seinen Hals und leuchtete auf seiner gebräunten Haut weiß und pinkfarben wie das Haarband einer Lady. Er gehörte zu der Art von Männern, die Frauen unwillkürlich anschauten, wenn sie ihm begneten – zu der Art, die nur mit dem Finger schnalzten und dann jede Gefälligkeit erwarteten. Von Halifax bis zum Huron kannte man ihn als den ›Süßen Mac Stoker‹, und früher hätte er Elizabeth sicher unruhig gemacht. Doch jetzt nicht mehr.

Sie stand neben Captain Mudge und beobachtete Stoker, während er mit seiner Mannschaft Ballen ungesponnener Wolle auf die *Jackdaw* lud. Man sah deutlich, dass er es genoss, Zuschauer zu haben. Während seine Männer schlichte Arbeitskleidung aus grobem Leinen trugen, arbeitete er nur in einer enganliegender Hose und stellte die vom Schweiß glänzenden Muskeln an seinem breiten Rücken und an seinen Armen zur Schau. Elizabeth war nicht empört – so wie ihre Tante Merriweather es von ihr erwartet hätte –, aber auch nicht fasziniert. Sie war einfach nur froh, die Gelegenheit zu haben, ihn aus der Ferne zu betrachten und sich ein Bild von ihm zu machen. Als Stoker schließlich über die Gangway schlenderte und sich dabei mit einem getragenen Hemd den Nacken abwischte, konnte sie ihn einschätzen und fühlte sich gefasst genug. Wenn er wirklich die einzige Möglichkeit schaffte, schnell nach Montreal zu kommen – und dabei hatte sie keine andere Wahl, als sich auf Captain Mudges Urteil zu verlassen –, musste sie mit diesem Mr. Stoker zurecht kommen, gleichgültig, was sie von ihm hielt oder wie er sich benahm.

Captain Mudge stellte die beiden einander vor und begann dann, ausschweifend über die Reise von Albany aus zu berichten. Elizabeth hielt ihren Blick auf das zerlumpte Band gerichtet, das Mac Stokers Zopf zusammenhielt. Er ließ den älteren Mann offensichtlich gern reden, um in der Zwischenzeit Elizabeth genau in Augenschein nehmen zu können.

Captain Mudge berichtete mittlerweile aufgeregt von der letzten Stromschnelle und davon, wie eines der Frachtschiffe gekentert war, als er durch Schreie und winkende Arme von der anderen Seite des Docks abgelenkt wurde.

»Das ist Mr. Little«, sagte Elizabeth. Sie war dem Ersten Maat des Captains nicht mehr begegnet, seit sie das Flussboot auf dem Richelieu verlassen hatten. Jetzt stand er zwischen aufgetürmten Kisten und zwei größeren Männern. Elizabeth konnte seine Stimme hören, die sehr empört klang.

»Jawohl. Und zwei Steuereintreiber«, sagte der Captain und zupfte stirnrunzelnd an seinem Backenbart.

Stoker murrte unwillig. »Das sind Wiggins und Montague, diese gierigen Bastarde. Sie haben wohl vor, Ihren Mr. Little zum Frühstück zu verspeisen.«

Als würde er Stoker Recht geben, stieß Little einen gequälten Schrei aus und verschwand aus ihrem Blickfeld.

»Vielleicht sollten Sie besser nachsehen, ob ihm etwas fehlt«, meinte Elizabeth. »Mr. Stoker und ich unterhalten uns inzwischen weiter.«

»Ist wohl die einzige Möglichkeit.« Captain Mudge sprang ruckartig auf, schien sich aber dann zu erinnern, warum er eigentlich hier war.

»Stoker«, sagte er und kniff ein Auge zusammen. »Wenn du mit dieser Lady unfair umgehst, werde ich dafür sorgen, dass du nie wieder irgendwelche Waren auf diesem Fluss nach Albany beförderst.«

Mac Stoker nickte und tippte sich mit einem ungepflegten, schmutzigen Finger an die Stirn. Als Captain Mudge verschwunden war, zwinkerte er Elizabeth zu und lächelte, so dass man seinen blinkenden Zahn sehen konnte. »Sie wollen also mit mir nach Montreal segeln?«

»So ist es«, erwiderte Elizabeth. »Wenn der Preis stimmt und die Unterkunft angemessen ist.«

Er brach in lautes Gelächter aus. »Engländerin, nicht wahr? Ihr seid doch alle gleich.«

Der Gedanke an den Galgen, der im Garnisonsgefängnis von Montreal errichtet worden war, gab ihr die Kraft, ihre Haltung nicht zu verlieren und sich gelassen zu geben. »Ich glaube nicht, dass meine Heimat bei unserer Verhandlung eine Rolle spielt, Mr. Stoker.«

Er kratzte sich mit dem Daumennagel an den Bartstoppeln auf seiner Wange. »Alles rein geschäftlich, was? Ich habe gehört, Sie haben Ihr Glück schon auf der *Nell* versucht. Nehmen Sie es nicht schwer, dass Sie von diesem Smythe eine Abfuhr bekommen haben. Er gehört zu der Sorte, die junge hübsche Männer bevorzugen.«

Elizabeth hob die Brauen und sah ihm in die blauen Augen. »Wir sprachen über den Preis für die Überfahrt nach Montreal.«

Offensichtlich amüsierte er sich über sie. »Sie kann man wohl nicht leicht schockieren. Das ist bei vielen Frauen so, die eine Grenze überqueren. Wie ich höre, kommen Sie von weither.«

Ein Mitglied seiner Besatzung ging mit einem Fass auf seiner Schulter vorbei und brachte den Geruch nach Tabak, verschwitzter Kleidung, Fisch, Öl und Rum mit sich – wie eben alle Seeleute überall auf der Welt. Elizabeth rief sich ins Gedächtnis, dass Mr. Stoker nur ein Mann war, der ein Schiff besaß, und nicht mehr. Es war nicht wichtig, welche Gerüchte er über sie gehört haben mochte.

»Der Preis, Mr. Stoker?«

Wieder grinste er sie aufreizend an und entblößte seinen Schneidezahn. »Sie haben es verdammt eilig, an Ihr Ziel zu kommen, und ich glaube, die *Jackdaw* wird Ihnen schon genügen, auch wenn es auf ihr nicht so komfortabel ist. Ich nehme auch an, dass Sie genügend Geld für den Reisepreis besitzen. Sollen wir uns an Bord darüber unterhalten?« Er lächelte herausfordernd und strich mit der Hand langsam über seine dunkle Brustbehaarung.

»Ich glaube, wir können unsere Verhandlung hier beenden«, erklärte Elizabeth.

Er ließ seinen Blick über ihren Umhang wandern. »Ich gehe jetzt an Bord. Sie können mit mir kommen oder hier bleiben. Ganz wie Sie wollen.«

Nicht zu jedem Preis, hatte Bears ihr gesagt, und das hatte er wohl damit gemeint.

»Ich zahle Ihnen fünfzig Silberdollar!« rief Elizabeth ihm nach und betrachtete dabei die Narben auf seinem Rücken: ein langer Schnitt zog sich quer über die linke Seite, an der Schulter war eine Schussverletzung zu sehen, und ganz offensichtlich hatte er einige Prügeleien hinter sich.

Als sie sich sicher war, dass er ihr zuhörte, wiederholte sie: »Fünfzig Dollar in Silber für drei Erwachsene und drei Kinder. Und wir müssen während der Überfahrt Ihre Kajüte benützen können.«

Er warf ihr über die Schulter einen Blick zu. »Fünfzig Guineen,« sagte er. »Gold.«

Sie brachte ein Lächeln zustande, obwohl ihr das Herz bis zum Hals klopfte. »Goldene Guineen? Sie haben sich wohl zu viele Geschichten von Piraten angehört, Mr. Stoker. Ich bin bereit, Ihnen sechzig Dollar in Silber zu geben, wenn Sie als Seemann gut genug sind, um uns bis morgen früh sicher nach Montreal zu bringen.«

Der Blick aus seinen stahlblauen Augen wirkte gereizt.

»Ich bin ein so guter Seemann, dass ich Sie und Ihre Gesellschaft bis nach China und noch weiter bringen könnte, Herzchen. Aber Großmama Stoker hat keine Idioten auf die Welt gebracht und ich werde mich nicht nur für ein freundliches Lächeln mit der Königlichen Marine anlegen.«

»Natürlich nicht«, stimmte Elizabeth ihm gelassen zu. »Deshalb habe ich Ihnen sechzig Dollar in Silber für Ihre Mühe angeboten.«

Er sah zu ihr herab. Seine Wangenmuskeln zuckten. »Sie wollen mir also erzählen, Sie hätten kein Gold? Wahrscheinlich wollen Sie mir auch weismachen, Sie seien nicht diese Engländerin, die Jack Lingo gegeben hat, was er schon seit Jahren verdiente.«

Elizabeth hörte in der Nähe einen Ochsen brüllen, über ihrem Kopf kreischten Möwen, irgendwo wurde gehämmert und Männer sangen vor sich hin. Sie hob das Kinn und sah ihm in die Augen.

»Fünfundsiebzig Dollar in Silber, Mr. Stoker«, sagte sie ruhig. »Nehmen Sie mein Angebot an oder lassen Sie es bleiben.«

»Jack schuldete mir Geld«, fuhr er nachdenklich fort. »Es ist nur gerecht, wenn Sie jetzt seine Schulden begleichen, nachdem Sie diesen Hurensohn in die Hölle geschickt haben, wo er auch hingehört.«

Sie wurde zornig und unterbrach ihn, indem sie eine Hand hob. »Dies ist nicht das einzige Schiff in Sorel, Mr. Stoker.«

»Das ist wohl wahr«, erwiderte er und warf einen Blick über Schulter auf die *Jackdaw* mit den oft geflickten Segeln. »Aber mein Schiff ist verdammt schnell und möglicherweise ist es das einzige, das Sie rechtzeitig nach Montreal bringen kann, um ein paar amerikanische Spione am Galgen baumeln zu sehen.«

Elizabeth trat einen Schritt zurück. Stoker wurde bewusst, dass er zu weit gegangen war. Sein wissendes Grinsen verschwand von seinem Gesicht und er runzelte die Stirn.

»Mrs. Bonner?«

Ein Fremder berührte ihren Ellbogen und verbeugte sich dabei tief. Sie drehte sich wütend um.

»Ja?« Ihr Tonfall war schärfer als beabsichtigt, aber der Mann verzog keine Miene.

»Verzeihen Sie, wenn ich mich einmische, Madam, aber ich habe gehört, dass Sie nach Montreal übersetzen wollen.«

Ein Gentleman mit respektvollem Verhalten, einem freundlichen Lächeln und einem Gesicht, bei dessen Anblick jeder erschreckt zurückzuckte. Elizabeth hatte noch nie einen Menschen gesehen, der von der Natur so unvorteilhaft gestaltet worden war. Das Gesicht das Mannes wies kein einziges normales oder anziehendes Merkmal auf. Aber sein Akzent zeigte, dass er aus gutem Hause kam. Die Silberknöpfe und seine Kleidung aus holländischem Leinen wiesen ihn als Kaufmann mit ausgezeichnetem Geschmack aus. In seinen Augen lag ein Ausdruck der Sanftmut und Intelligenz.

»Verschwinden Sie!« brüllte Stoker auf dem Fallreep. »Wer gibt Ihnen das Recht, Ihre hässliche Nase in meine Angelegenheiten zu stecken?«

Captain Stoker schien für den Fremden gar nicht vorhanden zu sein. Der respektvolle Ausdruck auf seinem Gesicht veränderte sich nicht; er verschränkte die Hände vor der Brust und senkte noch einmal seinen Kopf. Elizabeth folgte seinem Beispiel und deutete eine leichte Verbeugung an. »Ich befinde mich in einer ungünstigen Lage, Sir.«

»Ich bitte Sie einen Augenblick lang um Nachsicht, Madam, und hoffe, Sie entschuldigen, dass ich mich jetzt so formlos vorstellen muss: Horace Pickering, zu Ihren Diensten. Ich bringe Nachricht von Ihrem Cousin Viscount Durbeyfield.«

Elizabeth spürte, wie ihr vor Aufregung das Blut in den Kopf stieg. »Von Will! Sir, das ist wirklich erfreulich. Was berichtet mein Cousin?«

Er zog entschuldigend eine Schulter nach oben. »Er hat mich gebeten, hier Ausschau nach Ihnen zu halten und, falls ich Sie finden sollte, Sie und Ihre Begleitung zu bitten, zu ihm nach Montreal zu kommen. Wie er mir sagte, spielt die Zeit eine große Rolle. Darf ich Ihnen die *Nancy* zeigen? Wir haben an einer Stelle angelegt, die sich nur eine halbe Stunde von hier befindet.«

Ein Gefühl der Ruhe überströmte Elizabeth. Endlich hatte sich ihr Schicksal gewendet. »Die *Nancy* ist Ihr Schiff?« Stoker schnaubte verächtlich, doch Pickering verbeugte sich wieder. »Ich bin momentan der Kapitän.« Als Elizabeth ihre Augenbrauen hob und damit stillschweigend die Frage nach weiteren Einzelheiten stellte, neigte er den Kopf. »Die *Nancy* steht zu meiner Verfügung, solange ich gewisse Geschäfte für meinen Auftraggeber in Kanada erledige. Das Schiff, über das ich normalerweise das Kommando habe, liegt im Hafen von Québec.«

Säße Stoker ihr nicht im Nacken, hätte Elizabeth vielleicht die vielen Fragen stellen können, die ihr auf der Seele lagen – vor allem wollte sie wissen, woher dieser Mann Will kannte und warum er, der ganz offensichtlich der besseren Gesellschaft angehört, sich für eine solche Aufgabe zur Verfügung stellte. Will hatte ihm sicher nichts darüber erzählt, was sie in Montreal vorhatten, also konnte auch sie die Angelegenheit nicht ansprechen. Unter diesen Umständen konnte sie nicht einmal ein längeres Gespräch mit ihm führen. »Sie kamen genau zur rechten Zeit, Sir. Ich nehme Ihr freundliches Angebot dankend an.«

»Aber wir haben bereits eine Vereinbarung!« rief Stoker.

»Mr. Stoker, der Preis für die Überfahrt auf der *Jackdaw* ist zu hoch«, erwiderte Elizabeth.

Stoker verstummte für einen Augenblick. Sein Blick war ebenso eiskalt wie sein Tonfall. »Sie glauben also, die Überfahrt auf der *Nancy* kostet Sie weniger? Es gibt nicht nur einen Piraten auf dem Sankt-Lorenz-Strom, mein Herzchen.«

Captain Pickering räusperte sich laut, doch Elizabeth hob die Hand, um die Sache mit Mac Stoker auf ihre Weise zu klären.

»Piraten sind nicht mein größtes Problem, Mr. Stoker.« Sie brachte ein höfliches Kopfnicken zustande. »Captain Pickering, ich muss jetzt zu meinen Kindern zurückkehren ...«

Der Captain lächelte sie an und zeigte dabei eine Reihe kleiner weißer Zähne. »Kann ich Ihnen helfen?«

Elizabeth sah Stokers Blick auf ihr ruhen. Sie hätte ihn am liebsten einfach ignoriert, aber sein verächtlicher Gesichtsausdruck machte ihr das sehr schwer.

»Vielen Dank, Sir. Wir werden zur *Nancy* kommen, sobald es uns möglich ist.«

Er verbeugte sich und über seinen Rücken hinweg zwinkerte Mac Stoker ihr zu.

Elizabeth rannte die Treppen in dem Gasthaus mit gerafften Röcken nach oben, angespornt von dem Geschrei zweier hungriger Kinder.

»Gott sei Dank«, sagte Curiosity und hielt ihr Daniel entgegen. »Diese Babys schreien sich schon die Seele aus dem Leib.« Hannah zupfte leicht an ihrem Ärmel. »Ist alles in Ordnung?«

»Wir werden nach Montreal übersetzen«, sagte Elizabeth. »Auf einem schönen Schiff, das *Nancy* heißt. Ich glaube, ihr könnt von hier aus seine Flagge sehen. Aua!« Sie rückte Daniel auf ihrem Arm zurecht und nahm auch noch Lily von Curiosity entgegen. Als die Zwillinge es sich bequem gemacht hatten, sah sie auf. Curiosity schaute sie zweifelnd und besorgt an.

»Ich dachte, du wolltest mit diesem Stoker verhandeln.«

»Wir sind uns nicht einig geworden«, erklärte Elizabeth. »Auf der *Nancy* wird es uns besser ergehen. Mein Cousin Will hat Captain Pickering geschickt, um uns abzuholen.«

»Hmm.« Curiosity hob eine saubere, aber noch feuchte Windel auf und schüttelte sie mit einer heftigen Bewegung aus. »Ich frage mich, wie er dazu kommt.«

Elizabeth hätte ihr gern mehr erzählt, wollte das aber nicht vor Hannah tun. Sie konnte vor dem Kind nicht von dem Galgen in Montreal berichten, obwohl es ihr gut getan hätte, diese Neuigkeit loszuwerden. »Will hätte Captain Pickerings Dienste nicht in Anspruch genommen, wäre er sich nicht hinsichtlich seines guten Rufs sicher. Er ist ein Gentleman aus gutem Haus.«

»Das war Richard Todd auch«, erinnerte Curiosity sie. »Und er hat dir eine Menge Kummer bereitet.«

Hannah hatte die Unterhaltung mit ernster Miene verfolgt. »Runs-from-Bears ist bei uns«, meinte sie. »Also sind wir in Sicherheit.«

»Ja«, bestätigte Elizabeth. »Bears wartet unten. Sobald wir fertig sind, geht er mit euch zur *Nancy*.«

»Und wohin gehst du, Missy, während wir uns auf den Weg machen?« Curiosity starrte sie an, als wäre sie erst sechzehn und wollte von zu Hause weglaufen.

»Ich muss noch einige Erkundigungen einholen«, sagte Elizabeth. »Wir müssen noch einen Weg finden, wie wir Montreal wieder verlassen können, wenn wir unsere Aufgabe erledigt haben. Ich werde nicht länger als eine Stunde ausbleiben, das verspreche ich euch. Bei Sonnenuntergang segeln wir los.«

Als Hannah ihr ihre kühle Hand auf den Rücken legte, spürte Elizabeth, wie alle Sorgen von ihr abfielen. Sie wandte den Kopf und küsste die zarte, kupferfarbene Haut. »Es ist alles in Ordnung, Squirrel«, sagte sie auf Kahnyen'kehàka. »Das verspreche ich dir.«

Eine andere Stimme in ihr flüsterte: »Im Garnisonsgefängnis steht ein Galgen!« Elizabeth rieb ihre Wange an Hannahs Hand und verdrängte diesen Gedanken.

Sie stand nur etwa 30 Meter von der *Jackdaw* entfernt, als Runsfrom-Bears auf sie zukam. Elizabeth spürte seine Gegenwart noch bevor sie sich umdrehte.

»Ich dachte, du wolltest die anderen zur *Nancy* bringen«, sagte sie und bemühte sich, ihre Stimme ruhig klingen zu lassen. Sie verfluchte sich selbst dafür, dass ihre Wangen sich heftig röteten.

»Ein Offizier des Schiffs hat sie abgeholt«, erklärte er. »Ich war in großer Sorge um dich, ›Bone-in-her-Back‹.«

Elizabeth richtete sich auf. »Du solltest von allen Menschen am besten wissen, dass ich auf mich aufpassen kann, Bears.«

Er sah sie mit unbewegter Miene an und Elizabeth war klar, dass er bis zum Sonnenuntergang darauf warten würde, zu erfahren, was er wissen wollte. Seine Geduld war unerschöpflich – das wusste sie gut genug. Sie ließ die Schultern fallen. »Das ist etwas, was ich allein tun muss, Bears.«

»Der Ire bringt Ärger«, sagte er. »Wir brauchen ihn nicht.«

Elizabeth sah sich um und senkte die Stimme. »Doch. Wie sollen wir aus Montreal herauskommen, wenn die Männer befreit sind? Er hat ein Schiff, er kennt den Fluss, und wenn der Preis stimmt, wird er nicht so viele schwierige Fragen stellen wie Pickering es sicher tun würde.«

Bears verzog den Mund. »Das gefällt mir nicht«, sagte er schließlich.

»Mir auch nicht. All das gefällt mir nicht.«

Er sah sie aus zusammengekniffenen Augen an. »Dann lass uns jetzt mit ihm reden. Wir haben nicht viel Zeit.«

Elizabeth stieß einen tiefen Seufzer aus. »Na gut.« Sie wunderte sich, dass sie gleichzeitig Erleichterung und Unbehagen empfinden konnte. Nachdem sie sich übers Haar gestrichen hatte, blickte sie ihn offen an. »Mr. Stoker weiß über Jack Lingo Bescheid.«

Runs-from-Bears schnaubte leise. »Deshalb komme ich ja mit dir. Schau, er wartet schon.«

Der nette Mac Stoker stand an Deck seines Schiffs, stemmte die Hände in die Hüften und beobachtete sie. Elizabeth richtete sich zu ihrer vollen Größe auf und ging auf ihn zu.

»Mr. Stoker«, begann sie, »wir haben uns überlegt, ob wir Ihre Hilfe in einer anderen Sache in Anspruch nehmen könnten.«

Er grinste. »Wenn der Preis stimmt, Herzchen, warum nicht? Kommen Sie, wir unterhalten uns darüber.«

Elizabeth und Runs-from-Bears erreichten die *Nancy* kurz vor Sonnenuntergang. Über ihren Köpfen tauchten die ersten Sterne am Himmel auf, der sich langsam rosa färbte. Am Horizont zeichneten sich einige Weiden und Holzapfelbäume mit zartgrünen Blättern und weißen Blüten ab. Ein Schwarm Möwen kreiste kreischend über ihnen. Captain Pickering stand an der Reling und reichte Elizabeth seinen Arm, als sie das Deck aus glänzendem Eichenholz betrat. Sein Gesicht war immer noch so verunstaltet wie sie es in Erinnerung hatte, aber er und sein Schiff befanden sich in einem untadeligen Zustand. Zum ersten Mal seit Tagen wurde Elizabeth sich bewusst, wie schrecklich ihre Reisekleidung aussah. Captain Pickering beugte sich trotzdem auf eine Weise über ihre Hand, als sei sie für eine Vorstellung bei Hof hergerichtet. Falls er bemerkte, dass ihre Hände zitterten, ging er wortlos darüber hinweg.

»Es ist uns eine Ehre, Madam. Ich nehme an, Sie konnten Ihr Anliegen zu Ihrer Zufriedenheit klären?«

Wie seltsam und doch auch auf gewisse Weise angenehm, wieder Umgang mit Engländern zu haben, die für jeden geringfügigen Anlass so viele Worte brauchten. Aber sie war diesem Mann mit dem unvorteilhaften Gesicht und den freundlichen

Augen sehr dankbar, also nickte sie höflich. »So gut, wie ich erwarten konnte, danke.«

Elizabeth stellte Runs-from-Bears dem Captain vor und beobachtete dabei, wie Hannah ungeduldig auf ihren Zehenspitzen wippte, als wolle sie sich jeden Moment in den Himmel schwingen. Selbst Curiositys Zweifel schienen verflogen zu sein, wie man an ihrem Gesichtsausdruck sehen konnte.

Der Captain bewies immer noch hervorragende Manieren. »Ich werde Sie jetzt mit Ihrer Familie allein lassen.« Er verbeugte sich. »Es ist noch genug Zeit, die Offiziere und die anderen Passagiere kennen zu lernen. Ich hoffe, meine Kajüte ist zu Ihrer Zufriedenheit. Und falls Sie noch irgendetwas wünschen ...« Er lächelte geheimnisvoll, verbeugte sich wieder und zog sich dann zurück, ohne sich noch einmal nach Elizabeths Wünschen zu erkundigen.

»Nun, ich hoffe, damit ist uns geholfen«, sagte Elizabeth grimmig zu Curiosity, die sie anstrahlte. »Ansonsten werden wir ein Boot stehlen und damit nach Montreal rudern müssen. Hannah, du wirkst erhitzt. Hast du dir die Kajüte schon angesehen?«

»Ja, das haben wir«, erwiderte Curiosity an ihrer Stelle. »Und sie gefällt uns sehr gut, nicht wahr, Kindchen?«

»Oh, ja.« Hannah lachte. »Wir haben die Babys hingelegt. Vielleicht solltest du jetzt nach ihnen sehen.«

Elizabeth ließ ihren Blick zwischen den beiden hin und her schweifen. »Was ist denn mit euch los?«

»Es ist nur schön zu wissen, dass wir der Heimat näher kommen«, erwiderte Curiosity, legte einen Arm auf Elizabeths Schulter und schob sie zu der Treppe, die zu Pickerings Kajüte führte.

Elizabeth warf Hannah einen Blick über die Schulter zu und sah, dass sie immer noch seltsam grinste, Bears am Ärmel zupfte und auf Kahnyen'kehàka auf ihn einredete. Es war ein sehr langer Tag gewesen – zu lang, um jetzt herausfinden zu wollen, was diesem merkwürdigen Verhalten zugrunde lag. Die Überfahrt auf der *Nancy* war sicher ein Glücksfall, doch das änderte nichts an dem, was noch auf sie zukam. In Montreal hatte man bereits den Galgen aufgebaut. Der Gedanke daran ging ihr ständig durch den Kopf, so unausweichlich, als würden bei jeder ihrer Bewegungen dort lose Münzen klimpern.

Sie ging durch den engen, schwach beleuchteten Gang zu Pickerings Kajüte, geblendet von den letzten Sonnenstrahlen, die hier und da durch die Läden fielen. Elizabeth konnte ein schmales Bett erkennen, einen Tisch, der mit einem Tischtuch und Silberbesteck für das Abendessen gedeckt war, einen Schreibtisch aus glänzendem Mahagoni, aus dessen Schubladen Papiere quollen. Und auf der anderen Seite des Raums stand ein Mann in einem Hemd aus grobem weißem Leinen und dunklen Hosen, gebeugt über den Korb, in dem die Babys schliefen. Elizabeth lief vor Furcht ein Schauder über den Rücken. Sie sah sich nach einer Waffe um, doch der Fremde hatte sie bereits gehört.

Er hob den Kopf, richtete sich auf und drehte sich zu ihr um. Nathaniel! Elizabeth trat einen Schritt zurück und spürte die Tür hart an ihrer Schulter. Sie blinzelte, doch er verschwand nicht. Nathaniel! Er fasste an den Rand des Korbs, als suche er Halt, und sie erkannte seine Hand ganz genau: die Knöchel seines Handgelenks, seine langen, sehnigen Finger. An seinem Hals zuckten die Muskeln, als er zweimal hart schluckte.

»Willst du denn gar nichts zu mir sagen?« flüsterte er von der anderen Seite der Kajüte, nur drei Meter und doch eine Ewigkeit von ihr entfernt.

Ihre Hände zitterten so sehr, dass sie sie heftig aneinander presste, bis es schmerzte. »Bist du wirklich da?«

»Ohne Zweifel, Stiefelchen.« Plötzlich stand er vor ihr. Ihre Knie gaben nach, als er sie umarmte. Er roch stark nach Seife und nach sich selbst. Nathaniel. Er beugte sich über sie, sodass sein Haar ihre Wangen berührte.

»Ich bin wirklich da«, sagte er. »Und, meine Güte, du bist es auch.«

Sie wollte ihm antworten, doch er unterbrach sie. Sein Gesicht verschwamm vor ihren Augen, denn sie sah ihn weiter an, während ihre Lippen sich vor Verlangen öffneten. Dann wich Nathaniel zurück und wischte ihr, zärtlich murmelnd, ihre tränennassen Wangen mit den Fingern ab. Wieder küsste er sie und brachte damit ihren ganzen Körper zum Erbeben.

»Nathaniel!« rief sie schließlich und rang nach Luft. »Ich dachte, du seist im Gefängnis! Was tust du hier?«

Er zog sie neben sich auf die Koje. »Ich rette dich.«

»Du rettest mich?«

»Haben sie dir das an Deck nicht erzählt?«
»Nein«, erwiderte Elizabeth. »Das haben diese Schufte nicht getan. Ich hielt dich für einen Piraten. Weiß Captain Pickering, dass du auf dem Schiff bist?«
Er lachte laut auf. »Natürlich. Hast du geglaubt, wir hätten uns an Bord geschmuggelt?«
»Aber wie ...«
Wieder küsste ihr Ehemann sie und grinste dann wie ein Seeräuber. »Wir sind vorletzte Nacht ausgebrochen und haben uns sofort auf den Weg gemacht, um dich davon abzuhalten, stromaufwärts zu fahren. Mein Gott, Elizabeth, die Angst um dich hat mich fast um den Verstand gebracht.«
»Du hattest Angst!« Entrüstet packte sie seinen Unterarm, so fest sie nur konnte. »Runs-from-Bears hat mir heute Nachmittag berichtet, dass man im Garnisonsgefängnis bereits einen Galgen aufgestellt hat. Noch nie in meinem Leben habe ich mir solche Sorgen gemacht.«
»Es war sehr knapp, das ist wahr. Aber wir konnten fliehen, bevor sie versuchen konnten, uns zu ...«
Trotz ihrer Erleichterung überfiel sie wieder Furcht. Elizabeth verstärkte den Griff um seinen Arm. »Die gesamte Armee sucht wahrscheinlich nach euch. Und was ist aus Will geworden?«
»Er befindet sich auf dem Weg nach Québec. Wahrscheinlich ist er schon dort eingetroffen.«
»Ein schöner Schlamassel«, meinte Elizabeth. »Warum geht Will nach Québec? Das ergibt keinen Sinn.«
»Das scheint so, aber man muss daran denken, was er vorhatte. Er wollte uns durch Verhandlungen aus dem Gefängnis holen und erfuhr dann, dass wir geflüchtet sind. Somerville bat Will, Giselle auf dem ersten Teil ihrer Reise zu begleiten. Pickering denkt, er wollte ihn damit prüfen. Also ist Will aus dem Schneider, Stiefelchen. Du wirst ihn schon bald sehen.«
»Aber wie, wenn er doch in Québec ist?« Nathaniels Gesichtsausdruck machte sie mit einem Mal schwindlig. »Wir fahren nach Québec? Aber ich will nach Hause!« Sie ärgerte sich über ihren kindischen Tonfall und noch mehr über die Tränen, die ihr über die Wange rollten. Nathaniel wischte sie jedoch einfach fort und umarmte sie.

»Das wollen wir alle, Stiefelchen, aber Somervilles Truppen suchen überall nach uns.«
»Nathaniel, Québec liegt in der falschen Richtung!«
Er küsste ihre Handfläche. »Mit den Babys schaffen wir es auf dem Landweg nicht – nicht, wenn Somerville uns ständig auf den Fersen ist. Wir haben keine Wahl – wir müssen nach Norden und uns dort ein Schiff suchen, das uns von Halifax aus in Richtung Heimat bringt. Würden uns Moncrieff und Pickering nicht helfen, befänden wir uns in einer weitaus schlimmeren Lage.«
Elizabeth kämpfte darum, die unzähligen Fragen zu ordnen, die ihr durch den Kopf gingen. »Ich verstehe nicht, warum Pickering sich wegen uns so viel Mühe macht.«
»Er ist Moncrieffs Freund.«
»Moncrieff.« Elizabeth hatte den Schotten und seine Mission, ihren Stiefvater zu finden, beinahe vergessen. Im Moment erschien ihr das alles unwirklich und ganz und gar unwichtig. »Das ist sehr verwirrend, Nathaniel.«
Er nickte und strich ihr das Haar glatt. »Ich kann dir nicht genau erklären, wie das alles zustande kam. Auf alle Fälle lernte Iona durch Moncrieff Pickering kennen. Und ich möchte auch nicht behaupten, dass ich keine Sorgen habe. Lieber wäre mir, wir könnten uns allein auf den Weg machen, aber das ist nicht sicher für uns.«
Er sah ihr in die Augen und sein Blick verriet ihr, dass er ihr irgendetwas verschwieg. Die Idee, dass es den dreien nicht gelingen sollte, von hier zu verschwinden, war absurd. Hawkeye, Robbie und Nathaniel könnten sich in die Wälder schlagen – dort würde Somerville sie nie erwischen. Sie konnte die Wahrheit weder vor sich selbst noch vor ihm verleugnen, also sprach sie aus, was er nicht hatte sagen wollen: »Ich hätte nicht kommen dürfen.«
Nathaniel nahm ihr Gesicht in seine Hände. »Hör zu, Stiefelchen. Ich war in meinem ganzen Leben noch niemals so froh, jemanden zu sehen, wie dich heute an Deck.«
Elizabeth lachte, legte ihre Hände auf seine und berührte ihn mit ihrer Stirn. »Aber ich habe die Dinge viel schwieriger gemacht ...«
»Wir haben uns schon in schlimmeren Situationen befunden«, sagte er, die Lippen an ihrer Schläfe.

»Kaum«, murmelte sie.
»Ich wusste, du würdest kommen.«
»Tatsächlich?« Sie sah ihn stirnrunzelnd an.
»Stiefelchen«, sagte Nathaniel zärtlich. »Ich habe keinen Augenblick lang an dir gezweifelt.«
Sie ließ sich seufzend in seine Arme fallen und legte den Kopf an seine Schulter. Als er sie an sich drückte, spürte sie, wie die Angst, die sie während der vergangenen Wochen vorangetrieben hatte, langsam abebbte.
»Wir werden es schon schaffen«, flüsterte Nathaniel. »Du und ich – wir schaffen alles. Sieh dir nur einmal diese Babys an.«
Als hätte sie ihren Namen gehört, hob Lily ihr Lockenköpfchen über den Rand des Korbs. Sie blinzelte und verzog dann ihr kleines Gesicht. Tränen quollen aus ihren blauen Augen.
Nathaniel war bereits am anderen Ende der Kajüte, bevor Elizabeth sich bewegen konnte. Er nahm Lily auf den Arm und beruhigte sie in dem gleichen Tonfall, in dem er sie vorher getröstet hatte. Elizabeth konnte seinen Gesichtsausdruck nicht so recht deuten. Er schien erleichtert und besorgt zugleich zu sein. Ihr schnürte sich die Kehle zusammen, als ihr wieder die Tränen kamen, doch dann schluckte sie heftig, entschlossen, nicht zu weinen.
Ein empörter Schrei riss sie aus ihrem Trancezustand. Nathaniel reichte ihr Lily und hob Daniel hoch, der wild strampelte und sein Gesicht vor Zorn verzog, bis er diesen fremden Mann sah. Die beiden schauten sich eine Weile an und dann gurgelte Daniel einen Willkommensgruß für seinen Vater.
Es klopfte an der Tür und sie hörten vertraute Stimmen: Hannah, atemlos und glücklich, Runs-from-Bears, Robbie und Hawkeye. Elizabeth hatte Hawkeye zum letzten Mal in einer heißen Augustnacht gesehen, als er von Lake in the Clouds weggegangen war. Er hatte sein Heim und seine Verwandtschaft verlassen, weil es dort Gesetze gab, die er nicht verstand – Gesetze von Weißen, die nicht in die Welt passten, in der er lebte, eine Welt, die für ihn immer von seiner Einstellung als Indianer geprägt sein würde. Sie hatte befürchtet, ihn nie wieder zu sehen, und jetzt war er plötzlich da. Die langen Monate im Gefängnis in Montreal schienen ihn nicht verändert zu haben. Er stand aufrecht an der Türschwelle, seine Haarmähne, sein

sehniger Körper und sein klarer Blick wirkten wie immer. Einen Arm hatte er um Hannah gelegt, mit dem anderen zog er Elizabeth an sich und betrachtete sie genau.

»Wie ich sehe, hast du mir meine Enkel mitgebracht, Tochter.« Er küsste sie auf die Wange und beugte sich dann hinunter, um sich Lily anzuschauen.

»Hallo, kleines Mädchen«, sagte er.

Dann durchquerte Nathaniel die Kajüte und legte Daniel seinem Großvater in die Arme. Und Elizabeth beobachtete, wie Hawkeyes Gesichtsausdruck sich veränderte.

11

Es war jetzt ganz dunkel, nur der Mond leuchtete fahl. Elizabeth ging an Deck und konnte nur die Umrisse der Hauptsegel und der Männer an der Reling ausmachen. Hawkeye, Runsfrom-Bears und Robbie unterhielten sich angeregt im Flüsterton miteinander. Bevor sie sich zu ihnen gesellen konnte, tauchte Captain Pickering neben ihr auf.

»Madam. Darf ich mich erkundigen, ob alles zu Ihrer Zufriedenheit ist?«

Sie nickte. »Oh, ja, Captain. Sehr sogar.«

»Es ist ein kleines Schiff für so viele Passagiere, aber ich hoffe, Sie kommen einigermaßen zurecht.«

Selbst in dem milden Licht des Monds war es nicht leicht, ihm ins Gesicht zu sehen, doch seine Manieren waren untadelig. Er beugte sich vor. »Ich hoffe, Sie haben mir diese kleine Vorstellung im Hafen von Sorel verziehen. Ich konnte nicht offen über Ihren Ehemann sprechen, aber es tat mir sehr leid, Sie hinters Licht führen zu müssen. Ihr Cousin, der Viscount, schickt seine besten Wünsche für Ihre sichere Überfahrt.«

Elizabeth lächelte. »Bitte, Captain Pickering. Es besteht kein Grund, über Hintergehen oder Verzeihen zu sprechen. Ich gebe zu, dass ich noch nie in meinem Leben so überrascht war wie vorhin, als ich Nathaniel sah. Doch nichts hätte mir mehr Freude bereiten können. Ich weiß nicht, womit wir es verdient haben, dass Sie sich für uns solche Mühe machen ...«

Er winkte mit seiner behandschuhten Hand ab. »Haben Sie gehört, dass ich bald heiraten werde?«

Elizabeth wusste das; sie hatte von Hawkeye und Robbie die Geschichte von Giselle Somervilles Party und deren Folgen erfahren. Die Umstände waren außergewöhnlich, aber sie wünschte Pickering alles Glück, so als wäre nichts daran seltsam, wie er zu seiner Braut gekommen war – und unabhängig von den Partyspielen Giselles, die sie mit anderen Männern veranstaltet hatte, solange sie noch ungebunden gewesen war.

»Ich hoffe, wir verursachen keine Unannehmlichkeiten für Sie, was den Umgang mit Ihrem zukünftigen Schwiegervater betrifft«, meinte sie abschließend.

»Der Vizegouverneur spielt hier keine Rolle«, erklärte Pickering. »Ich habe meine Hilfe nicht angeboten, um ihm einen Strich durch die Rechnung zu machen, sondern der Gerechtigkeit halber und um seiner Tochter eine Freude zu bereiten.« Sein Tonfall war kühl. Elizabeth wurde bewusst, dass er zwar ein Gentleman aus gutem Hause war, aber auch ein erfolgreicher Geschäftsmann, der es verstand, sich durchzusetzen.

Elizabeth warf Hawkeye einen Blick zu, doch die Männer drehten ihr immer noch den Rücken zu und waren in ihr Gespräch vertieft. »Das überrascht mich, Sir. Ich dachte, Mr. Moncrieff hätte Sie gebeten, uns zu helfen.«

Er zögerte einen Augenblick lang. »Miss Somerville berichtete mir von Mr. Moncrieffs Schwierigkeiten und ein Bräutigam kann seiner Braut nur schlecht etwas abschlagen, vor allem wenn es sich um eine so bedeutende Angelegenheit handelt. Ich glaube nicht, dass diese Männer Spione sind, Mrs. Bonner, und es hätte mir sehr leid getan, sie hängen zu sehen.«

Bei seinen Worten lief Elizabeth ein Schauder über den Rücken. »Bestand diese Gefahr tatsächlich, Sir?«

Er blickte hinauf zur Takelage. »Ich befürchte es. Wäre es nach Somervilles Willen gegangen... Er ist ein sehr leidenschaftlicher Mensch ...« Wieder zögerte er. »Und er lässt sich nicht so leicht von seinem Vorhaben abbringen. Er gehört zu den Männern, die auch einen Krieg anzetteln würden, nur weil ihr Stolz verletzt wurde.«

Das klang sehr beunruhigend und bestätigte Elizabeths

schlimmste Befürchtungen.»Dann können wir wohl nie gutmachen, was Sie und Miss Somerville für uns getan haben.«

Pickering legte die Hand an seinen Hut und verbeugte sich. »Sprechen wir nicht darüber«, sagte er. »Ich bin sicher, Sie möchten jetzt einiges mit Ihrer Familie bereden. Darf ich Ihnen einen schönen Abend wünschen ...«Elizabeth blieb einen Moment lang stehen und sah ihm nach, bis er auf dem dunklen Achterdeck verschwunden war. Ihre Gedanken überschlugen sich und wanderten von Montreal zu dem Galgen, an dem niemand hängen würde, bis nach Québec, wo Giselle Somerville auf ihren Bräutigam und Will Spencer auf sie und ihre Familienmitglieder wartete. In Gedanken versunken ging sie zu den Männern an der Reling. Sie verstummten bei ihrem Anblick.

»Störe ich euch?«

Robbie legte ihr die Hand auf die Schulter und drückte sie leicht. »Dein hübsches Gesicht ist uns sehr willkommen, Mädchen. Aber bist du Nathaniels Gesellschaft schon überdrüssig geworden?«

»Hannah will eine Weile mit ihrem Vater allein sein.«

»Ja, Väter und Töchter«, meinte Robbie. »Nathaniel kann sich glücklich schätzen.«

Elizabeth spürte Hawkeyes Blick. Sie erkannte, wie sehr sie ihn vermisst hatte und wie angenehm sein beruhigendes Schweigen war.

»Ich habe auf dieser Reise etwas gelernt«, sagte sie und zupfte ihn am Ärmel.

Er lächelte. »Und was?«

»Dass ich eine vom Schicksal begünstigte Frau bin.« Sie wollte weitersprechen, allen dreien sagen, wie froh sie war, sie um sich zu haben, doch ihre englische Herkunft verbot ihr, ihre Gefühlsregungen der Öffentlichkeit preiszugeben. »Giselle Somerville und ihr Vater scheinen sich nicht im Guten getrennt zu haben«, sagte sie stattdessen. »Pickering hat mir erzählt, dass Giselle ihn beauftragt hat, euch aus Montreal herauszuschaffen.«

Runs-from-Bears hob seinen Kopf. »Ist das nicht die Frau, die Otter so lange festgehalten hat?«

»Ja, das ist diejenige«, bestätigte Hawkeye.

»Wir stehen in ihrer Schuld«, sagte Elizabeth. »Egal, was sie bisher in ihrem Leben getan hat.« Auch mit meinem Ehemann, fügte sie stillschweigend hinzu, hatte jedoch das Gefühl, dass alle ihren Gedanken gehört hatten.

»Geh nicht zu hart mit ihr ins Gericht, Mädchen«, meinte Robbie. Sein Tonfall klang beinahe entschuldigend.

Elizabeth sah ihn überrascht an. »Ich verurteile sie nicht, das kann ich dir versichern. Miss Somervilles Heirat und wie es dazu gekommen ist, geht mich nichts an. Ich bin ihr dankbar, dass sie mitgeholfen hat, euch drei aus Montreal herauszuholen. Nicht mehr und nicht weniger.« Sie war jedoch nicht ganz aufrichtig – mehr denn je war sie neugierig auf Giselle Somerville und es war ihr unangenehm, in ihrer Schuld zu stehen.

Eine Weile herrschte Schweigen. Die Takelage schlug im Wind klappernd hin und her. Vom Achterdeck waren leise Stimmen zu hören, die Flamme eines Dochtes zischte und der scharfe Geruch nach Tabak verbreitete sich. Sie hatten ein paar angenehme Stunden an Captain Pickerings Tisch verbracht, doch jetzt wurde die Freude über ihr Wiedersehen von Nachdenklichkeit abgelöst. Elizabeth suchte nach Hawkeyes Blick, doch er schaute auf das Wasser.

»Gibt es noch weitere Schwierigkeiten?« wollte sie wissen.

Hawkeye trat von einem Fuß auf den anderen. »Bears möchte auf dem Landweg nach Lake in the Clouds zurück. Er könnte es in zwei Wochen schaffen – vielleicht auch eher.«

Elizabeth sah zu Runs-from-Bears hinüber, konnte in der Dunkelheit aber seinen Gesichtsausdruck nicht erkennen. »Du machst dir Sorgen um sie zu Hause.«

Er nickte. »Wir sind schon lange weg.«

»Nun gut«, erwiderte Elizabeth ruhig. »Wann wirst du gehen?«

»Ich warte ab, bis ihr eine Überfahrtmöglichkeit in Québec gefunden habt.«

Sie richtete sich auf und fuhr mit einem Arm durch die Luft. »Überfahrt? Aber ich dachte, das wäre schon geregelt ..«

Robbie hielt sich die Hand vor den Mund und hüstelte. »Wir wollten das nicht vor den Kindern mit dir besprechen«, sagte er. »Pickering kann uns nicht nach Hause bringen. Die *Isis* wartet in Québec auf ihn und er muss ohne Verzögerung nach Schottland segeln.«

Elizabeth lehnte sich gegen die Reling. Sie war froh, dass es dunkel war, denn sie befürchtete, dass sie den Ausdruck der Angst auf ihrem Gesicht sonst nicht hätte verbergen können.

»Aber sie werden auch in Québec nach uns suchen.«

»Das mag stimmen«, warf Hawkeye ein. »Aber zu dieser Jahreszeit müssten ungefähr siebzig oder noch mehr Schiffe dort im Hafen liegen. Wenn der Preis stimmt, werden sie keine Fragen hinsichtlich der Passagiere stellen. Moncrieff befindet sich schon seit einem Tag dort und holt Erkundigungen für uns ein.«

»Schon wieder Moncrieff«, sagte Elizabeth und zog ihren Schal enger um ihre Schultern. »Gibt es denn kein Entrinnen vor diesem Mann?«

Robbie schnaubte leise. »Man kann ihm nicht leicht entkommen.«

»Es scheint, als wollte er mehr als nur einen Gefallen von euch«, meinte Runs-from-Bears.

»Das ist wahr.« Hawkeye nickte. »Und ich denke, dass uns da noch einiges bevorsteht, bevor er nach Hause reist.«

»Es überrascht mich, dass der Einfluss des Earls so weit reicht«, meinte Elizabeth nachdenklich.

»Du vertraust diesem Mann nicht, das spürt man.«

»Das tue ich wohl nicht«, stimmte Elizabeth zu. »Aber ich kenne ihn nicht so gut wie ihr – ihr habt viel Zeit auf engstem Raum mit ihm verbracht.« Sie zögerte. »Du überlegst dir doch wohl nicht, auf seinen Vorschlag einzugehen?« fragte sie Hawkeye.

Hawkeye schnaubte verächtlich. »Mein Interesse richtet sich nur darauf, diese Familie so schnell wie möglich nach Lake in the Clouds zurückzubringen.«

Elizabeth stieß einen Seufzer aus. »Gut zu wissen«, sagte sie. »Unsere nächste Aufgabe ist es, Will Spencer zu finden und ihn auf dem schnellsten Weg zu Amanda zurückzuschicken.«

Schritte wurden auf Deck hörbar. Nathaniel tauchte aus Pickerings Kajüte auf, winkte sie zu sich und verschwand dann wieder.

»Über diesen Will Spencer können wir uns noch morgen Gedanken machen«, meinte Hawkeye barsch. »Du musst jetzt dein Wiedersehen feiern.«

Elizabeth war froh, dass es dunkel war, denn sie spürte, wie sie vor Vorfreude und Scham errötete. »Aber wo werdet ihr schlafen?«

»Hier gibt es genügend Hängematten«, sagte Robbie.

»Und einen Sternenhimmel, unter dem man schlafen kann«, ergänzte Runs-from-Bears. Elizabeth hörte an seiner Stimme, dass er dabei grinste.

»Aber wenn es regnet ...«

Hawkeye schob sie sanft zu Nathaniel hinüber. »Dann legen wir uns zu Pickering und seiner Mannschaft. Geh jetzt. Er wartet auf dich.«

Sie mussten sich mit der Kajüte des Ersten Offiziers zufrieden geben, die neben dem Quartier des Captains lag, wo Curiosity mit den Kindern schlief. Es roch nach Rohrzucker und Kaffeebohnen und es war kaum genügend Platz, um neben Nathaniel zu stehen, ohne dass er sich den Kopf an der Hängelampe stieß. Aber es gab eine kleine Luke, durch die frische Luft hereinströmte, ein winziges Waschbecken und eine Koje. Sowie eine Tür, die man abschließen konnte.

Elizabeth hob ihm ihr Gesicht entgegen. Hätte er das Zittern ihrer Hände nicht gespürt, hätte er ihren Gesichtsausdruck als Ablehnung deuten können.

»Du bist nervös wie eine Katze, Stiefelchen.«

»Oder wie eine Braut.« Sie brachte endlich ein Lächeln zustande und errötete bis unter die Haarwurzeln. Sein Herz krampfte sich zusammen, als er das sah.

»An unserem Hochzeitstag waren wir getrennt.«

»Ja, das stimmt«, sagte er leise. »Aber jetzt sind wir beieinander.«

Über ihren Köpfen knarrte es. Männer liefen hin und her und der Bootsmann blies in seine Pfeife. Im Raum nebenan sprach Hannah im Schlaf.

»Das ist nicht Paradise«, meinte Nathaniel und zog sie auf die Koje. »Aber es wird uns schon genügen.«

»Ja, sicher.« Sie konnte ihm nicht in die Augen sehen. »Es ist schon sehr lange her«, stieß sie dann hervor.

»Das stimmt.« Er legte ihr einen Arm um die Schulter. »Du musst mir zeigen, was ich tun soll.« Sie lachte leise, ein wenig rau, so wie sie es nur bei ihm tat. Die Haut ihres Nackens fühlte sich kühl unter seinen Fingern an – und so zart, wie er sie in Erinnerung hatte. Er fuhr über ihr Ohr und ihr Kinn, hob dann ihr Gesicht an und küsste sie. Es war ein sanfter Kuss, der sich von den heftigen Liebkosungen unterschied, mit denen sie sich vor einigen Stunden begrüßt hatten. Sie schmeckte süß und herb zugleich. Ihr Geruch stieg ihm in den Kopf. Aber er spürte, dass sie nicht ganz bei ihm war – ihre Gedanken wanderten in eine andere Richtung.

Mit einer raschen Bewegung hob Nathaniel sie hoch und setzte sie auf seinen Schoß. Ihr Gewicht, ihre Rundungen und die Berührung ihrer Brüste an seiner Brust ließen ihn beinahe alles vergessen, doch dann legte er noch seine Stirn an ihre, so dass sie seinem Blick nicht mehr ausweichen konnte.

»Macht dich der enge Raum verlegen?«

Elizabeth wandte sich zur Tür um, als wollte sie nachschauen, wo die Kinder schliefen. Dann legte sie ihre Hand auf Nathaniels Wange. »Nein«, erwiderte sie. »Ich denke, wir können …leise sein. Wir haben uns schon früher mit beengten Räumlichkeiten zufrieden geben müssen.« Er bemerkte, dass sie nervös war und um Fassung rang und hätte beinahe laut aufgelacht. Aber zwischen ihren Brauen zeigte sich auch eine Sorgenfalte, die er sehr gut kannte.

»Dann sag mir, was dir durch den Kopf geht, Stiefelchen. Was ist los?«

Sie kniff die Augen zusammen. »Das meinst du doch wohl nicht ernst.«

Nathaniel küsste sie und presste seine Lippen hart auf ihre. »Ich kenne dich, Elizabeth. Besser als jeden anderen Menschen auf dieser Welt. Irgendetwas liegt noch in der Luft und es hat nichts damit zu tun, dass wir versuchen, heil aus Kanada herauszukommen.«

Sie zupfte an den Bändern seines Hemds, rutschte auf seinem Schoß hin und her und errötete wieder. »Willst du es jetzt wirklich wissen, Nathaniel Bonner?« Sie neigte den Kopf und küsste ihn, zart und doch so heftig, dass das Blut in seinen Ohren zu rauschen begann.

Er hätte sie am liebsten auf die Pritsche gezogen und sich auf sie geworfen, sich in ihr für immer vergraben. Aber noch viel mehr wollte er, dass der besorgte Ausdruck in ihren Augen verschwand.

Sie ließ sich jedoch nicht beirren, besänftigte ihn und zog dann nach und nach ihre Kleidungsstücke aus, bis sie in ihrem Leibchen und in Strümpfen vor ihm stand. Ihr Haar war jetzt offen und fiel ihr in wilden Locken um das Gesicht. Er packte ihr Hemd am Saum und zog es ihr über den Kopf, löste die Strumpfbänder und streifte die Strümpfe über ihre weißen Waden. Sie hob ein Bein, um ihm zu helfen, bekam eine Gänsehaut und stand dann nackt zwischen seinen Beinen. Die Geburt der Kinder hatte ihre Figur verändert, sie zu einer Mutter gemacht. Sie hob ihre Hände, als wolle sie die Streifen auf ihrer Haut verbergen, doch er hielt sie fest und zog sie weg.

»Du solltest mich besser kennen«, murmelte er.

Ihre Brüste waren jetzt schwerer, ihre Knospen dunkler, wie noch nicht ganz reife Beeren. Sie verbarg ihr Gesicht in seinem Haar. Als er sich vorbeugte, spürte er ihren heftigen Atem an seinem Ohr. Bei der Berührung seiner Zunge stöhnte sie auf, und ein Milchtropfen quoll hervor. Er hätte sich zurückziehen können, doch sie hielt ihn mit der Hand fest und bot ihm an, was er nicht gewagt hätte, sich zu nehmen. Nathaniel umfasste ihre Hüften und presste seine Finger in die weichen Rundungen, während er mit offenen Lippen an ihr saugte. Beide erbebten und sie zitterte so sehr, dass er befürchtete, sie könne fallen. Ihr versagten die Knie und sie setzte sich rasch wieder auf seinen Schoß.

»Das ist ziemlich ungerecht«, murmelte sie und zupfte an seinem Hemd. »Willst du dich nicht ausziehen?«

»Keine Eile.« Nathaniel lachte, die Lippen an ihre gepresst. Es war eine Lüge. Noch nie in seinem Leben hatte er es so eilig gehabt, aber er wollte nichts überstürzen.

»Es ist seltsam, dich in Hosen zu sehen.« Ihre kühlen Finger glitten leicht über seinen Schritt. »Leggings und ein Lendenschurz stehen dir besser.«

Er holte tief Atem, packte ihren Arm und biss ihr in den Handballen. Dann stand er auf und zog sich sein Hemd über den Kopf.

In der Koje war zu wenig Platz. Sie stießen mit Ellbogen und Knien aneinander, bis er ihren Mund wieder fand. Eine lange Zeit lagen sie nebeneinander und küssten sich so, als würden

sie nie wieder damit aufhören wollen. Nathaniel war schweißbedeckt und spürte die klebrige Milch auf seinem Körper. Er streichelte ihre bebenden Schenkel und suchte mit den Fingern nach ihrem geschwollenen, feuchten Fleisch.
»Bist du noch wund?«
»Ja ... Nein ... Es ist alles verheilt, aber ...«
»Möchtest du, dass ich aufhöre?«
»Nein!« Sie packte seine Hand und drückte sie. »Nicht aufhören«, flüsterte sie ihm dann ins Ohr. »Nathaniel?«
Seine Finger streichelten sie jetzt fester. »Was?« Sie nahm sein Gesicht in ihre Hände und zog es zu sich herab. Erst sanft und dann fordernder zeigte sie ihm, was sie wollte, indem sie mit ihrer Zunge nach seiner suchte. Er griff nach der warmen, fleischigen Stelle zwischen ihren Beinen und reagierte so stark darauf, dass er sich kaum mehr beherrschen konnte.
»Ich habe dich vermisst«, flüsterte sie endlich und presste wieder ihren Mund auf seinen. Sie weinte, bedeckte ihn mit ihrer Milch und ihren salzigen Tränen, als wollte sie ihn verschlingen wie das Meer. »Ich habe dich vermisst.«
»Mein Gott, ich dich auch, Stiefelchen. Nur der Gedanke an dich erhielt mich in all diesen Wochen aufrecht.«
Sie fuhr ihm durch das Haar und zog daran. »Komm jetzt zu mir. Komm zu mir. Ich will dich. Ich will dich jetzt.« Sie schlang ihre Beine wie eine Fessel um ihn. Eine Fessel, die er sich nur allzu gern gefallen ließ.

Elizabeth erwachte aus einem tiefen Schlaf und spürte zuerst das Gewicht von Nathaniels Bein über ihrem, dann die kühle Brise von der Luke her auf ihrer feuchten Haut. An Deck war gerade Wachwechsel, aber eigentlich hatte Curiositys Stimme sie aus dem Schlaf gerissen. Sie sprach beruhigend auf die Zwillinge ein. Elizabeths Körper sagte ihr, dass die Babys bald mehr brauchen würden als nur sanfte Worte.
Sie drehte sich um, danach verlangend, Nathaniel anzusehen. In dem schwachen Licht, das durch die Luke hereinfiel, betrachtete sie ihn im Schlaf und widerstand dem starken Drang, ihre Hände auf ihn zu legen und sich zu vergewissern, dass er lebte, dass es ihm gut ging und dass das Prickeln auf ihrer Haut nicht nur ein Traum war.

Er öffnete ein Auge und blinzelte sie an. »Ich kann deine Gedanken förmlich hören, Stiefelchen.«

Wieder hatte er sie erwischt. Sie wurde rot. »Das behauptest du immer.« Rasch schob sie seine suchende Hand beiseite und zog sich die Decke über die Schultern.

Nathaniel stützte sich auf einen Arm und umfasste ihr Handgelenk; seine starken, breiten Hände waren warm und seine Berührung war so zärtlich, dass ihr Blut wieder in Wallung geriet. Seine Augen leuchteten im schwachen Mondlicht goldfarben und sein Verlangen war so stark, dass sie am liebsten alles bis auf die Hitze ihres Körpers vergessen hätte.

»Hast du schon genug von mir?«

Aus der Kajüte nebenan ertönte ein hungriger Schrei. »Niemals«, erwiderte sie mit bebender Stimme. »Aber ich befürchte, du musst noch ein wenig warten. Das ist dein Sohn, der dort drüben schreit …und deine kleine Tochter ebenfalls.«

Er ließ sie los, griff nach seiner Hose und grinste sie über die Schulter an, als er sich anzog. Die weißen Zähne ihres unersättlichen Ehemanns glitzerten. »Warte hier.«

»Curiosity wird sie uns bringen«, protestierte Elizabeth, aber er ging schon zur Tür.

Als sie allein war, brachte sie die Koje in Ordnung, zog die zerknitterten Decken und feuchten Laken zurecht. Es war nicht vorherzusehen, was dieser Tag bringen würde. Sie war müde und ein wenig wund von Nathaniels Leidenschaft, hatte sich aber niemals glücklicher gefühlt. Tante Merriweather würde das nicht billigen oder verstehen, aber es war eigentlich ganz einfach: Sie war in ihren Mann verliebt und jetzt hatte sie ihn endlich wieder.

Nathaniel tauchte in der Tür auf. Er hielt die zwei strampelnden Babys fest im Arm. Elizabeth nahm sie entgegen und sprach beruhigend auf sie ein. Während Nathaniel die Lampen anzündete, lehnte sie sich an die Wandtäfelung und legte die Kinder an ihre Brust, um sie zu stillen. Er kniete sich im Schatten neben die Koje, stützte sein Kinn in die Hände und sah ihr zu.

»Du bekommst wohl nicht viel Schlaf.«

Elizabeth blickte überrascht auf. »Seit einer Woche sind sie viel ruhiger geworden. Lily schläft manchmal schon die ganze Nacht durch. Zumindest bis zur Morgendämmerung.«

Nathaniel berührte nacheinander die beiden Lockenköpfchen. »Ich habe mich schon gefragt, ob ich sie jemals wieder sehen werde.«

»Du bist nicht böse, dass ich sie auf eine so weite Reise mitgenommen habe?«

»Nein«, sagte er und rückte näher, um Daniels Hand zu betrachten, die die weiße Haut ihrer Brust knetete. »Ganz und gar nicht.«

»Nathaniel«, begann Elizabeth langsam, »es gibt da etwas, das ich mit dir besprechen muss.«

Er warf ihr einen Seitenblick zu. »Das habe ich mir schon gedacht. Raus mit der Sprache, Stiefelchen.«

Elizabeth zog die Decke um die Zwillinge, räusperte sich und sah ihm in die Augen.

»Bevor ich erfuhr, dass du an Bord der *Nancy* bist, traf ich Vorkehrungen, damit ein anderes Schiff uns heute Abend nördlich von Montreal aufnimmt. Ich dachte, wir sollten dafür sorgen, von hier wegzukommen, und ich fürchtete mich davor, mich Captain Pickering ganz anzuvertrauen.«

»Das ergibt Sinn«, meinte Nathaniel. »Aber wie wolltest du uns zuerst aus dem Gefängnis befreien?«

Sie hob die Schultern. »Mit Diplomatie und Wills Hilfe, hatte ich gehofft.« Daniel strampelte mit seinen Füssen gegen ihren Bauch. Sie zuckte zusammen und zog ihn nach oben. »Captain Pickering hat mir den Eindruck vermittelt, man hätte euch auf jeden Fall gehängt.«

»Nun ja, Pink George ist ein Narr. Carleton hätte vielleicht mehr Vernunft bewiesen, aber das konnten wir nicht genau vorhersagen.« Nathaniel strich ihr eine Locke aus der Stirn. »Du hast also ein Schiff mit einem Kapitän gefunden, der bereit gewesen wäre ...«

Sie nickte und starrte auf Lily, die bereits wieder einschlief. »Ja, und ich habe ihm die Hälfte im Voraus bezahlt. Damit ich sicher sein konnte, dass er mir hilft.«

»Auch das ergibt Sinn, Stiefelchen. Ich weiß nicht, worüber du dir Sorgen machst. Wir werden zwar nicht auftauchen, aber er hat sein Geld bekommen und damit fährt er gut. Selbst wenn er Somerville aufsuchen und seine Geschichte erzählen wollte, würde er nicht wissen, wo wir zu finden sind. Wie heißt er?«

»Stoker.«

Nathaniel sah sie plötzlich scharf an. »Stoker! Warum gerade Mac Stoker?«

»Captain Mudge hat uns miteinander bekannt gemacht.«

Nathaniel schnaubte. »Ich dachte, Grievous Mudge hätte mehr Verstand!«

Dieses Mal errötete sie vor Ärger und war froh, dass ihr das neue Kraft gab. »Bis Pickering mich ausfindig machte, war die *Jackdaw* meine einzige Hoffnung, noch heute nach Montreal zu gelangen. Zeit zu gewinnen war von größter Wichtigkeit. Ich habe das Beste getan, was ich konnte, Nathaniel.«

Seine Miene entspannte sich. »Das weiß ich, Stiefelchen. Meine Güte, das ist mir wirklich bewusst.« Dann sah er zur Seite. »Hat er versucht, dich anzufassen?«

»Nein!« Elizabeth hob ruckartig den Kopf. »Er war unverschämt, hat mir aber nichts getan. Ich traf mich mit ihm, kurz bevor wir ablegten. Er nahm das Geld und sagte mir, wo wir ihn heute Nacht finden könnten. Und das war alles.«

»Ich nehme an, er hat einen hohen Preis verlangt.«

Daniel verschluckte sich, hustete und spuckte Milch aus. Lily, die bereits geschlafen hatte, verzog bei dieser plötzlichen Störung verärgert das Gesicht. Nachdem die Babys sich wieder beruhigt hatten, sagte Nathaniel: »Mac Stoker ist kein Mensch, der daran denkt, Geld zurückzugeben, das er nicht verdient hat, und er wird diese Angelegenheit auch nicht melden. Er wird das Silber einfach ausgeben und die Sache vergessen.« Nathaniel wandte sich um und betrachtete das Gesicht der schlafenden Lily im Licht der baumelnden Laterne.

In der Dunkelheit der Nacht wirkte das Bullauge so rund wie eine Münze. Wie eine Silbermünze. Sie hatte eine Hand voll Silbermünzen für die Überfahrt gezahlt und die *Jackdaw* ganz stolz verlassen, weil es ihr geglückt war, so mit Mac Stoker zu verhandeln. Allerdings hatte sie nicht bemerkt, dass die Kette, die sie um den Hals trug, verschwunden war, und mit ihr die einzelne goldene Guinee und die tropfenförmige Perle, die Nathaniel ihr zur Hochzeit geschenkt hatte. Jemand hatte die Halskette so geschickt durchtrennt wie ein Londoner Taschendieb, und nicht einmal Runs-from-Bears hatte es gesehen.

Früher oder später würde es Nathaniel auffallen, dass sie die

Kette nicht mehr trug. Hätte sie nur auf Bears gehört und sich von Stoker fern gehalten. Ihre Furcht hatte ihr offensichtlich ihren gesunden Menschenverstand geraubt. Vielleicht hatten die Männer recht, wenn sie behaupteten, Frauen könnten nicht rational denken. Möglicherweise kannte sie sich selbst nicht. Und hoffentlich gab sich Mac Stoker mit dem Geld für eine nicht erfüllte Aufgabe und dieser einen Goldmünze zufrieden! Ein merkwürdiges Stoßgebet, das, wie sie befürchtete, wohl nicht erhört würde. Ein Mann wie Stoker gab wohl keine Ruhe, wenn er den Geruch von Gold in der Nase hatte.

»Elizabeth.« Curiosity stand an der Tür. Ihre langen Zöpfe hingen ihr wie dunkle, von Silber durchzogene Flüsse über die Schultern. »Ich werde die Babys wieder hinlegen«, flüsterte sie. »Dann könnt ihr beide ein wenig schlafen.« Dem scharfen Blick aus ihren braunen Augen entging nichts – weder der Zustand des Betts, noch die roten Flecken auf Elizabeths Brust oder die Bissspuren auf Nathaniels Schulter, aber sie nahm einfach die schlafenden Babys in den Arm und verschwand.

Als die Tür sich hinter Curiosity geschlossen hatte, löschte Nathaniel die Lampen und zog seine Hose wieder aus. Im Mondlicht sah sie die langen, sehnigen Muskeln seiner Oberschenkel und auch, wie groß sein Verlangen war. Es war dunkel genug, dass er die Röte, die ihr in Gesicht stieg, die ihr bei dem Gedanken an das, was sie getan hatte, als Zeichen ihrer Schamhaftigkeit und Leidenschaft auslegen konnte. Und in gewisser Weise stimmte das auch; tief in ihrem Inneren regte sich etwas, als sie seine Umrisse und den silbernen Ohrring sah, der sich schimmernd gegen die Kontur seines Halses abhob.

»So, Stiefelchen«, sagte er und fuhr mit einem Finger so über ihre Wade, dass sie unwillkürlich die Zehen nach oben bog.

»Jetzt hast du dein Geständnis abgelegt. Nun sag mir, ob du schlafen möchtest oder lieber noch nicht.«

Erst am späten Vormittag segelte die *Nancy* in die Enge des Sankt-Lorenz-Stroms, die zum Hafen von Québec führte. Selbst unter Deck konnte man die Stimme des Bootsmanns hören, als er die Mannschaft aufrief, die Segel einzuholen.

Da sie sich in einem Hafen, in dem es von Soldaten des Königs und Steuereintreibern nur so wimmelte, nicht zeigen konnten, standen die Bonners an den durch Sprossen geteilten Fenstern von Pickerings Kajüte und beobachteten den Verkehr auf dem Fluss. Sie sahen mehr Maste und Segel, als sie zählen konnten; Barken und Schoner, zwei Fregatten, Schaluppen und Kutter, Handelsschiffe und Walfänger, private Postschiffe, Flussboote und Kanus, einige groß genug für zwanzig Mann. Viele von den Schiffen gehörten der Königlichen Marine und Elizabeth war froh über die schweren Vorhänge, die sich zuziehen ließen. Sie konnte nicht lang auf den Hafen schauen, der wie ein Volksfest wirkte, das außer Kontrolle geraten war.

Curiosity rückte Lily auf ihrer Schulter zurecht und schüttelte bei diesem Anblick den Kopf. »Ich dachte immer, Seeleute müssten ordentlich sein.«

Hawkeye schnaubte leise. »Zu Beginn der Saison ist hier in Québec kaum etwas Ordentliches zu sehen. Die North West Company bereitet sich gerade auf den Treck nach Grand Portage vor – in einer Woche werden sie nach Lachine auslaufen und danach wird dieser Ort wirken wie ein Kloster. Aber das werden wir wohl nicht mehr erleben.«

»Schaut.« Hannah deutete auf das lange Dock, auf das sie offensichtlich zusteuerten. Bootsschuppen und Lagerhäuser für Ziegel, die alle der Firma Forbes & Son Enterprises gehörten. Am Kai lag ein Dreimaster, ein Handelsschiff mit ausladender Takelage, frisch gestrichen, mit Schnitzereien verziert und überall geschmückt. Ein so herrliches Handelsschiff hatte Elizabeth noch nie gesehen.

»Ist das Captain Pickerings Schiff?« fragte Hannah. »Seht ihr das? Das ist die Galionsfigur, von der er uns erzählt hat. Die *Lass in Green*, das Mädchen in Grün.«

»Richtig«, bestätigte Nathaniel. »Die *Isis*.« Elizabeth bemerkte, dass er Hawkeye über den Kopf des Kinds hinweg einen Blick zuwarf.

»Was bedeuten all diese kleinen Fenster mit den Klappen?« fuhr Hannah fort.

»Luken für die Kanonen«, erklärte Robbie. »Die *Isis* ist bis zu den Zähnen bewaffnet. Sie befördert kostbare Ladung, Mädchen, segelt aber nicht immer unter Geleitschutz, wie das die meisten Handelsschiffe tun. Sie ist breit für ein Frachtschiff und hat eine mächtige Takelage. Das bedeutet, sie segelt sehr schnell und muss sich schützen können. Es gibt heutzutage genügend Kaperschiffe auf See und ein neuer Krieg mit Frankreich könnte ausbrechen.«

Über ihren Köpfen hörten sie Schritte und Pickerings Stimme, der rasch einige Befehle erteilte; dann folgten das Knirschen der Ketten und ein Klatschen, als die Anker ins Wasser geworfen wurden. Rufe gingen vom Kai zum Hauptdeck hin und zurück.

»Schau, Elizabeth, dein Cousin Will.« Hannah zupfte sie am Ärmel.

»Ja.« Elizabeth seufzte tief auf. »Dem Himmel sei Dank.« Und dann sah sie, dass Will nicht allein war. Neben ihm wartete eine Dame auf dem Dock. Sie trug einen weiten Manteau aus apfelgrüner Seide mit einer langen smaragdgrünen Schärpe. Das darauf abgestimmte Cape blähte sich im Wind. Mit einer behandschuhten Hand hielt sie einen strohfarbenen, breitrandigen Hut fest, unter dem dunkelblonde Locken hervorlugten; er war unter ihrem Kinn mit einem Band in der gleichen Farbe wie ihre Schärpe befestigt. Die Kosten für die Seide allein hätten ausgereicht, um einem Seemann zwei Jahre lang die Heuer zu bezahlen. Elizabeth konnte das Gesicht der Frau nicht sehen, aber die Anspannung in Nathaniels Hand auf ihrer Schulter bestätigte ihr, was sie bereits vermutet hatte.

Hannah zupfte sie am Ärmel. »Wer ist das?«

»Das ist Miss Somerville«, antwortete Elizabeth ruhig. Sie lächelte Nathaniel an und wollte ihm damit zeigen, dass sie nicht beunruhigt oder neugierig war. Zumindest das erste stimmte, aber sie war nicht sicher, ob sie ihn davon überzeugen konnte. »Will hat sie nach Québec begleitet, weil ihr Vater ihn darum gebeten hat.«

»Zwischen all diesen Seeleuten wirkt sie sehr elegant«, meinte Hannah und nahm Miss Somerville genauer in Augenschein. Elizabeth fragte sich, was sie wohl von Giselles Lebensgeschichte gehört hatte.

Curiosity schnalzte leise mit der Zunge. »Du erinnerst dich doch, Kindchen. Mr. Pickering hat uns von Miss Somerville erzählt. Sie werden bald heiraten.« Sie warf Elizabeth von der Seite einen Blick zu und verzog ihre Mundwinkel. Im Gegensatz

zu Hannah wusste Curiosity Bescheid, aber sie verurteilte eine Frau nicht deshalb, weil einige Männer Geschichten über sie erzählten.
»Werden wir sie kennen lernen?« wollte Hannah wissen.
»Das bezweifle ich«, erwiderte Nathaniel. »Sie wird andere Dinge zu erledigen haben.«
Und wir auch, dachte Elizabeth, denn sie hatte gerade einen Schoner entdeckt, der sich rasch auf dem Wasser näherte. Kein so schönes Schiff wie die *Isis*. Es war viel kleiner und die Farbe bröckelte bereits ab. An Deck stand der Kapitän mit einem Fernglas in der Hand. Die *Jackdaw*.
Runs-from-Bears suchte Elizabeths Blick und hob fragend die Schultern. Sie konnte ihm jedoch keine Antwort geben.

12

Mein geliebter Mann Galileo Freeman,
Runs-from-Bears wird bald nach Hause zurückkehren und dir diesen Brief mitbringen. So Gott will, werden wir ihm schnell folgen. Wir hoffen, morgen abreisen zu können, wissen aber noch nicht auf welchem Schiff und zu welchem Hafen. Hawkeye und Nathaniel glauben jedoch fest daran, dass wir es schaffen werden. Bears wird dir die Geschichte erzählen, wie wir an diesen französischen Ort gelangt sind – es würde zu lange dauern und wäre zu mühsam, das alles aufs Papier zu bringen.

Sag dem Richter, seinen Enkelkindern geht es gut. Seine Tochter ist wieder in bester Verfassung, seit Nathaniel bei ihr ist. Die kleine Hannah lässt ausrichten, dass die Ledertasche, die du für sie gemacht hast, ihr gute Dienste erweist. Sie wünscht dir alles Gute – wie alle deine Freunde hier.

Liebe Grüße an meine Kinder. Ich hoffe, unsere Töchter haben das Fass mit der Lauge nicht vergessen, denn es wird höchste Zeit, die Seife zu machen. In diesem Jahr sollten wir mehr Kürbisse und gelbe Zwiebeln anbauen, denn im letzten Jahr sind sie uns ausgegangen. Lieber Mann, denke an deine langen Unterhosen, auch wenn sie jucken. Die feuchten Nächte werden dir sonst schaden und ich frage dich, was da schlimmer ist.

*Deine dich seit vielen Jahren liebende Frau
Curiosity Freeman,
eigenhändig geschrieben am fünften Mai 1794
in Bas-Québec, an Bord der* Nancy.

Liebste Many-Doves,
Nathaniel und Hawkeye sind wieder bei uns und bei guter Gesundheit. Ich kann mir gut vorstellen, wie sehr du dich freust, wenn dein Ehemann nach so langer Abwesenheit wieder nach Hause kommt. Runs-from-Bears wird dir alle Neuigkeiten erzählen, die ich vorsichtshalber nicht aufschreiben möchte. Lass dir jedoch versichern, dass wir, sobald es uns möglich ist, bei dir sein werden.

Die Kinder gedeihen prächtig. Wir danken der göttlichen Vorsehung dafür und hoffen, dass es auch Blue-Jay gut geht. Hannah bittet mich, dir und ihrer Großmutter auszurichten, dass sie jetzt einen verstauchten Knöchel verbinden kann und dass sie es sehr bedauert, das Ahornfest versäumt zu haben. Uns allen geht es ebenso. Ich befürchte, sie vermisst euch mehr als sie zugeben will, obwohl ihr die Zwillinge ein Trost sind und sie an allem interessiert ist, was sie sieht.

Ich möchte dich bitten, die Schulkinder zu besuchen oder ihnen eine Nachricht zu schicken. Die Sommerschulzeit wird sofort nach unserer Rückkehr beginnen. Liebe Grüße an Liam. Erinnere ihn bitte daran, dass er nicht vergessen soll, Lesen, Schreiben und Buchstabieren zu üben, solange wir noch unterwegs sind. Ich hoffe, dass ich dann den Beweis seines Fleißes und die Fortschritte sehen kann.

Hawkeye, Robbie und Nathaniel lassen dir, deiner Mutter und deinem Bruder herzliche Grüße ausrichten. Das gilt natürlich auch für Curiosity, Hannah und mich. Du bist immer in unseren Gedanken. In tiefer Zuneigung

Elizabeth Middleton Bonner
5. Mai 1794, Québec

Lieber Liam,
ich habe noch nie zuvor einen Brief geschrieben, aber Elizabeth hilft mir jetzt dabei, damit ich dir sagen kann, dass wir uns auf dem Heimweg befinden. Runs-from-Bears wird dir erzählen, dass mein Vater, mein Großvater und Robbie frei sind. Es ist eine tolle Geschichte.

Auf der langen Fahrt auf dem großen See sind wir an einer Sägemühle vorbeigefahren. Ein Mann hing an einer vertrockneten Eiche. Seine Hände waren abgeschlagen. Wir konnten allerdings niemanden fragen, was er verbrochen hatte. Robbies roter Hund Treenie ist tot. Jemand hat ihn erschossen. Elizabeth war sehr traurig, doch heute Morgen hat uns ihr Cousin Will Spencer gefunden. Ich glaube, das war eine große Erleichterung für sie.
Mein kleiner Bruder und meine kleine Schwester sind wohlauf, wie wir alle. Nur Curiosity hat sich erkältet. Sie sagt, das liegt an Kanada. Kein Ort auf dieser Welt sollte im Frühjahr ein so feuchtes Klima haben.
Ich frage mich, ob du den Bären schon geholt hast und ob du mit meinem Onkel Otter auf die Jagd gehst. Wenn dein Bein noch wehtut, lass dir von meiner Großmutter einen Umschlag machen. Wenn ich bei dir wäre, würde ich das für dich tun.
Wir haben einen Mann kennen gelernt, der sich Hakim nennt. Das bedeutet Doktor. Er hat mir seinen vollen Namen auf ein Stück Papier geschrieben: Hakim Ibrahim Dehlavi ibn Abdul Rahman Balkhi. Er kommt aus Indien, wo man anscheinend alles über Medizin weiß. Er ist Chirurg auf einem großen Schiff, der Isis, die morgen nach Schottland ausläuft. Seine Haut ist nicht so braun wie die Curiositys und nicht so rot wie meine. Ich glaube, meine Großmutter würde ihn gern kennen lernen. Ich wünschte, du könntest das auch.

Deine Freundin Hannah Bonner,
auch Squirrel genannt, vom Wolfs-Clan
der Kahnyen'kehàka, dem Volk meiner Mutter.

13

Auf der anderen Seite des Flusses, bei den Klippen, die eine natürliche Palisade für den oberen Stadtteil Québecs bildeten, hatten die Waldbewohner und Pelzhändler eine eigene kleine Siedlung aufgebaut und ein Teil davon war von Indianern bevölkert. Schon bevor Nathaniel, Hawkeye und Runs-from-Bears es geschafft hatten, trotz der Flut und der Eisbrocken ihr

Kanu ans Ufer zu manövrieren, schallte der Klang der Trommeln über das Wasser. Für Hannah war es beinahe so, als würde sie nach Hause kommen.

Sie zogen das geborgte Kanu auf einen grasbewachsenen Hügel, auf dem bereits fünfzig andere in der Nachmittagssonne trockneten. Hawkeye beauftragte einen Huronenjungen, es zu bewachen, und Hannah folgte an der Hand ihres Vaters den Männern in das Menschengewirr. Runs-from-Bears ging dicht hinter ihr. Es war so viel zu sehen, dass sie ihre Aufmerksamkeit ständig anderen Dingen zuwandte. Sie wollte sich alles merken, um später Elizabeth davon berichten zu können.

Die North West Company heuerte Leute aus den Wäldern für die Brigade Montreals an, die ihre mit Waren beladenen Kanus ins Landesinnere zu den großen Seen brachten. Dort würden sie Trappern begegnen, die mit Pelzen von Bibern, Nerzen und Fischmardern aus den nördlichen Wäldern kamen. Hannah fragte sich, ob sie eines Tages den großen weißen See im Norden sehen würde. Es würde ihr nichts ausmachen, selbst paddeln zu müssen, wenn sie nur an einen solchen Ort kommen könnte. Aber bei dem Mann, der die Leute anheuerte, befand sich keine einzige Frau. Er trug schmutzige Nankinghosen und ein rostfarbenes Lederwams und sprach laut zu einer Menge von Abenaki und Cree in einem Gemisch aus Englisch, Französisch und *Atirondaks*; was er sagte war auf das Wesentliche beschränkt – gerade ausreichend, um Geschäfte zu machen, also den Lohn und die zurückzulegenden Strecken, sowie die Rationen von Dörrfleisch und Erbsensuppe mit Schweinefleisch festzulegen. Hannah hatte zuvor noch nie einen Cree gesehen, aber schon einige Geschichten über dieses Volk gehört. Ihr Vater zog sie an der Hand weiter, bevor sie mehr sehen konnte als die großen, runden Ohrringe aus Silber.

Sie gingen an Männern und Frauen vorbei, die ihre Waren auf Decken ausgebreitet hatten: Hosen und Leggings, Hemden aus rotkariertem, grob gewebtem Baumwollstoff, buttergelbe Hirschfelle, Zwieback, gedörrtes Wildfleisch und Kuchen aus Ahornsirup; getrocknete Würste, so dick wie das Armgelenk eines Mannes, nur härter; gebündelter Tabak und kurze Pfeifen aus Ton, in denen man ihn rauchen konnte. Eine

Frau – ein Mischling – mit einem Auge so milchig weiß wie eine Muschelperle, kniete vor einigen Gefäßen mit getrockneten Preisel- und Brombeeren und fädelte die Früchte auf lange Schnüre auf.

Ab und zu rief ihnen jemand etwas zu wie: »Schon lange nicht mehr gesehen!« oder »Meine Güte, ihr seid aber weit von zu Hause entfernt!« Sie blieben jedoch nicht stehen, um sich zu unterhalten, und verlangsamten nicht einmal ihren Schritt. Hannah spürte an der Weise, wie ihr Vater ihre Hand hielt, dass er es sehr eilig hatte. Bisher waren sie nur einem der Rotröcke begegnet, aber er hatte gerade über den Preis einiger zweitklassiger Biberfelle verhandelt und keine Notiz von ihnen genommen. Sie verließen sich darauf, dass die Menschenmenge und die Abneigung der Waldbewohner vor den Engländern sie vor Ärger schützen würde.

Einmal kamen sie an einem Lager der Abenaki vorbei, in dem einige Jungen, nicht viel älter als Liam, einen Hund über einem knisternden, qualmenden Holzfeuer rösteten. Einer von ihnen sah sie aufmerksam an. Er trug einen Nasenring, der über seiner Oberlippe schimmerte, und eine Tätowierung auf der Stirn, die einen Panther darstellte. Obwohl sie sich rasch abwandte, spürte sie seinen Blick so stark, als würde der Junge sie mit einem Stock in die Rippen stoßen.

Dann legte Bears ihr die Hand auf die Schulter und deutete auf ein kleines Camp unter einer überhängenden Klippe. Da waren sie, die Verwandten ihrer Mutter. Zehn oder zwölf Händler, alle Jäger, aber auch Krieger. Ihre Köpfe waren kahl geschoren bis auf einen kleinen, von Bärenfett glänzendem Schopf. Sie kamen aus Kayen'tiho, dem Dorf südlich von Montreal, wo Stone Splitter Häuptling Sachem war. Viele von ihnen waren aus dem Wolfs-Clan und Blutsverwandte. Hannah fühlte sich zum ersten Mal, seit sie nach Sorel gekommen waren, vollkommen sicher. Sie wünschte nur, sie hätte die Frauen und Babys nicht in der Obhut von Robbie und Will Spencer zurückgelassen. Bestimmt wären sie hier besser aufgehoben als im Hafen. An diesem Morgen hatte Hannah von ihrem Sitz auf dem Schiff aus den Luken gespäht und gesehen, dass jeweils zwei von fünf Männern Rotröcke waren.

Man servierte ihnen Maissuppe in Kürbisschalen. Hannah

aß und hörte zu, wie die Männer von ihren Familien, der Jagdsaison und den Fallen sprachen und sich dann darüber unterhielten, wie viel die Felle jetzt einbrachten und ob der lange Weg nach Albany es wert war, dort höhere Preise zu erzielen. Als die Formalitäten abgeschlossen waren, steckten alle die Köpfe zusammen und tauschten Neuigkeiten aus, ohne ein Blatt vor den Mund zu nehmen. Die Männer versammelten sich im Kreis um ihren Großvater, während er sprach. Somerville, das Gefängnis, das Feuer, der junge Mann namens Luke, Metzger und Farmer. Die kleine Iona ... Hannah folgte den Geschichten und der beruhigende Rhythmus der Stimme ihres Großvaters umgab sie wie ein warmes Bett, in das sie sich fallen lassen wollte. Sie konnte nicht widerstehen und schlief schließlich ein. Ein paar Minuten später erwachte sie ruckartig, als der jüngste Sohn von Spotted Fox vor ihr stand.

Er kaute an einem Knochen, sein Gesicht glänzte vor Fett. Sein Bauch wies noch ein wenig Babyspeck auf und er sah sie aufmerksam an. Dann rümpfte er die Nase, als röche sie schlecht, und ließ seinen Blick über ihr fleckiges Baumwollkleid gleiten.

»Du siehst aus wie eine von uns, bist aber angezogen wie eine O'seronni«, sagte er auf Kahnyen'kehàka, als wolle er sie prüfen.

Sie antwortete ihm in der gleichen Sprache. »Meine Großmutter heißt Made-of-Bones, sie ist die *Kanistenha*, die Clanmutter des Wolf-Stammes und stammt aus dem Langhaus, in dem du geboren bist. Erinnerst du dich nicht an mich, Little Kettle? Ich bin Squirrel. Vor einigen Wintern habe ich dir ein Jahr lang die Nase geputzt.«

Er errötete. »Ah, ja. Du hast die scharfe Zunge deiner Großmutter.« Dann warf er einen Blick über die Schulter auf die Männer, die dort im Kreis saßen. »Komm mit«, sagte er. »Hier gibt es noch viel zu sehen.«

Hannah zögerte nur kurz. Nur so lange, wie er sie mit seinem Blick herausforderte – einem Blick, der sie fragte, ob sie eine der seinen oder eine O'seronni war.

Dann folgte sie Little Kettle in die Menschenmenge.

Niemand beachtete sie – sie waren nur zwei Indianerkinder unter vielen. Beide hatten kein Geld bei sich, also schlichen sie um die Feuerstellen herum, wo Stoppelfedern in der heißen Luft umher schwirrten und hungrige Männer sich Maisbrot, Kürbisbrei und dunkel geröstete Entenstücke an langen Fleischspießen kauften, die mit Pfeffer und Ahornsirup gewürzt waren. Für einen Schilling verkaufte eine Frau aus dem Stamm der Cree in einem merkwürdigen Cape mit Kapuze, das mit roten und schwarzen Zeichen bemalt war, Wildbret, auf einem Spieß geröstet und so heiß, dass die Fleischstücke rasch von Hand zu Hand gereicht wurden und sich die Männer trotzdem noch den Mund daran verbrannten.

Auf einem ausgetretenen Rasenstück unter drei dicht beieinander wachsenden Pflaumenbäumen hatten sich einige Leute versammelt und beobachteten einen Mann, der jedem Ankömmling seine blutigen Fäuste entgegenreckte. Little Kettle machte große Augen, aber die Luft roch stark nach Rum, also zog Hannah ihn angewidert weiter. Eine Weile beobachteten sie einen Huronen, der *Guskä'eh* spielte: Er ließ weiße und schwarze polierte Kieselsteine in einer hölzernen Schüssel rollen. Wenn vier zusammentrafen, wurden staubige Münzen von einem Stapel auf den anderen geschoben. Hier war der Geruch nach Schnaps jedoch noch stärker und Hannah dachte an ihren Vater und sah sich nach dem schnellsten Weg um, wieder in das Lager der Kahnyen'kehàka zu gelangen.

Little Kettle war zu einem Mann gegangen, der auf einer filzigen Decke saß.

»Mokassins!« rief der Mann jedem zu, der vorbei ging. »Schöne Mokassins aus Hirschleder! Selbst angefertigt!«

»Sieh ihn dir an«, flüsterte Little Kettle. »Das haben wohl die Huronen aus ihm gemacht.«

Hannah warf dem Mann einen Blick zu. Sein dichtes Haar war von weißen Strähnen durchzogen und in einem schiefen Knoten nach hinten gebunden. Man sah seine Ohren – oder das, was davon noch übrig war. Ein Teil von ihnen war abgeschnitten, nur noch ausgefranste Hautfetzen hingen herunter. Es stimmte, dass die Huronen, bevor die Priester zu ihnen gekommen waren, Ohren und Finger ihrer Kriegsgefangenen abgeschnitten hatten, doch dieser Mann wies ein Brandmal auf seiner Wange auf – ein krummes T, das sich rosafarben unter den grauen Bartstoppeln abzeichnete.

»Das waren nicht die Huronen«, sagte sie.

Er sah aus wie die Menschen, die umherzogen und nach dem Krieg niemals einen Heimatort gefunden hatten – in England ein Kolonist, in Kanada zu amerikanisch und weder von Yankees noch von Mitgliedern des Hauses York anerkannt. Sie hatte an der Feuerstelle in Annas Handelsposten Geschichten darüber gehört, wie Loyalisten ihres Besitzes beraubt wurden und sich dann aufmachten, um sich unter den Schutz der kanadischen Krone zu begeben, bevor sie verhungerten. Sie wurden geteert und gefedert, man brach ihnen die Nase, verstümmelte ihnen die Ohren und verpasste ihnen mit heißen Eisen Brandmale. Frauen geschahen noch schlimmere Sachen. Die Geschichten, die die Soldaten sich erzählten, waren nicht für die Ohren kleiner Mädchen bestimmt, doch Hannah hatte ein Talent dafür, sich zu verstecken und zuzuhören, und sie vergaß kaum etwas.

Aufmerksam betrachtete sie das vernarbte Gesicht des Mannes und seine Mokassins – schief, aus schlecht gegerbtem Leder gefertigt, fleckig gefärbt und so schlampig zusammengenäht, dass keine Frau eine solche Arbeit vorzeigen würde. Der Mann verursachte ihr ein unangenehmes Gefühl, aber seine Mokassins machten sie traurig.

»Er ist ein Tory«, erklärte sie Little Kettle, der sich bereits abwandte. Hannah benützte das Wort der Kahnyen'kehàka für Engländer: *Tyorhenhshàka*.

Der Mann drehte so ruckartig seinen Kopf, als hätte sie seinen Namen gerufen. Er blinzelte in das Sonnenlicht. Der Ausdruck in seinen glänzenden Augen war feurig und erinnerte sie an einen Fels, der immer wieder von der Sonne zum Glühen gebracht wurde.

»*Wahtahkwiyo*«, krächzte er. Gute Schuhe. Hannah spürte, wie sich ihre Haare im Nacken aufstellten und ihr ein Schauder über den Rücken lief. Sie wusste, sie sollte schnell weglaufen, brachte es aber nicht fertig. Er hatte in ihrer Sprache gesprochen und sie damit festgenagelt.

Als er lachte, fuhr seine pinkfarbene Zunge wie eine Schlange zwischen schwarz verfärbten Zahnstummeln hervor.

»Komm hierher, Missy«, zischte er auf Englisch. »Lauf nicht weg. Mokassins aus feinem Leder. Hab die Felle selbst von Barktown geholt. Deiner Sprache nach kommst du doch aus dieser Ecke. Es waren zwei Rothäute. Mohawks, jawohl. Vielleicht deine Verwandten? Einer von ihnen trug eine Tätowierung an der Wange – das Bild einer Schildkröte. Er sah dir auf gewisse Weise ähnlich, ja, das tat er.«

Little Kettle verstand kein Englisch. Er öffnete den Mund, um sie zu fragen, was ihr Gesichtsausdruck bedeutete. Hannah zupfte jedoch an seinem Hemd und zog ihn mit sich. Das Gelächter des Mannes verfolgte sie wie der Rauch eines schrecklichen Feuers.

Am späten Nachmittag machten sie sich auf den Rückweg zur *Nancy*. Hannah setzte sich zwischen ihren Vater und Bears in das Kanu, wickelte sich in die gestreifte raue Decke, die sie für sie gekauft hatten, und war froh über die Wärme, die sie spendete. Ein kalter Wind kam auf und fuhr durch die zartgrünen Blätter der Eichen, die das Lager der Cree umgaben. Die Decke war dicht gewebt, aber Hannah zitterte trotzdem noch. Sie wollte mit ihrem Vater sprechen, aber er war so weit von ihr entfernt und ihre Sorgen waren ihr sicher sofort anzumerken. Sie wusste nicht, ob sie die richtigen Worte finden würde. Waren Männer wirklich so grausam? Hannah wollte ihren Vater danach fragen, fürchtete sich aber vor der Antwort. Sie zog die Knie bis zum Kinn nach oben, schlang ihre Arme darum und starrte auf ihre Mokassins, die vorne mittlerweile stark abgewetzt waren. Im vergangen Herbst hatte sie ihrer Großmutter geholfen, das Fell zu gerben und es dann unter Many-Doves wachsamen Augen zugeschnitten und zusammengenäht. Sie waren mit dem Fell eines Hasen verziert, den sie selbst gefangen hatte. Die Perlstickerei war unregelmäßig, aber sie war sehr stolz gewesen, als sie damit fertig geworden war. Hannah zog ihre Beine noch näher an ihren Körper heran, biss sich auf die Unterlippe und versuchte das Zähneklappern zu unterdrücken.

Die *Nancy* und die *Isis* lagen am Kai so dicht nebeneinander wie eine Henne und ihr Küken. Hannah heftete ihren Blick auf die Bullaugen der *Nancy*, hinter denen sich bestimmt Elizabeth und Curiosity mit den Babys befanden, konnte jedoch nichts sehen. Sie wünschte sich, bei jemandem auf dem Schoß zu sitzen, der ruhig mit ihr sprach, ein offenes Ohr für sie hatte und sie nicht an ihr Alter oder ihre Hautfarbe erinnerte. Vielleicht würden ihr dann die richtigen Worte einfallen und sie könnte alles erzählen und ihren Kummer loswerden.

In der Mitte des Flusses kreuzte ein Boot – nein, ein Schiff, korrigierte Hannah sich selbst – ihren Weg. Es hatte zwei Masten, nur die kleineren Segeln waren gesetzt, und es fuhr langsam vorbei. Hannah konnte nun aus nächster Nähe einen Blick auf die Königliche Marine werfen. Sie war überrascht – Captain Pickerings Mannschaft hatte schöne Jacketts und Hosen getragen, aber diese Männer waren mit blauen Mänteln bekleidet, verziert mit scharlachroten und goldenen Litzen. Die vergoldeten Knöpfe glitzerten in den Strahlen der untergehenden Sonne. Selbst ein junger Matrose in der Takelage trug ein hellrotes Halstuch, eine blaue Jacke über einem gemusterten Hemd und eine weite, rot gestreifte Hose. Er erinnerte sie an den Jongleur, dem sie auf dem Jahrmarkt in Johnstown zugesehen hatte, wie er Bälle in der Luft kreisen ließ. Das hob ihre Stimmung, doch dann sah sie den Offizier – zumindest glaubte sie, dass es ein Offizier war, denn seine Uniform war noch auffallender als die der anderen. Seinen Hut schmückte eine Menge goldener Bänder und Spitzen. Er stand auf dem Achterdeck und starrte sie an.

Ihr Großvater schnalzte mit der Zunge und alle drei Männer zogen die Paddel aus dem Wasser und steuerten dann das schmale Kanu aus dem Kielwasser. Der kleine Offizier mit dem ulkigen Hut sah ihnen zu und drehte den Kopf, als das Schiff vorüberzog. Hannah spürte, wie die Spannung von ihrem Vater abfiel, nachdem der Mann sich schließlich mit ausdrucksloser Miene abwandte.

Einer von Hannahs Zöpfen hatte sich gelöst und der Wind blies ihr das Haar ins Gesicht. Sie blickte über ihre Schulter und sah den besorgten Gesichtsausdruck ihres Vaters. Nur wenige Meter hinter ihnen kam ein Walfänger mit Rotröcken auf sie zu.

Hannahs Kehle schnürte sich vor Angst zusammen. Sie drehte sich um, erhob sich und deutete mit einer Hand auf das, was ihr Vater bereits selbst gesehen hatte. Er sah sie überrascht an und öffnete den Mund, um ihr zu befehlen, sich zu setzen, doch sie befanden sich immer noch im Kielwasser des Schiffes. Das Kanu schaukelte hin und her, die Wellen wogten und Hannah fiel, ohne einen Laut von sich zu geben, seitlich über Bord.

Er packte sie, noch bevor sie aufgetaucht war, und zog sie in das immer noch schwankende Kanu, als wöge sie nicht mehr als eine Forelle. Bears sah sie finster an und ihr Vater war zornig. Oh, ja, sie kannte diesen Gesichtsausdruck, auch wenn sie ihn noch nicht oft gesehen hatte. Sie begann zu husten und zu zittern. Noch niemals hatte sie so gefroren. Verschwommen sah sie, dass ihre Fingernägel sich blau verfärbt hatten, und verstand sofort was das bedeutete. Ihr Vater legte ihr die Decke um die Schultern – sein Zorn verwandelte sich in Besorgnis. Sie vernahm die Stimme ihres Großvaters, konnte die Worte aber nicht verstehen.

Doch sie hörte die Rotröcke. Sie lachten und ihre roten Hüte wippten auf und ab, als sie vorbeiruderten.

»Hier kann man gut fischen, nicht wahr?« rief einer.

»Ein Leckerbissen!« schrie ein anderer und lachte laut.

Hannah legte den Kopf auf die Knie und verdrängte die aufsteigenden Tränen.

»Wenn ich dich richtig verstanden habe, Cousine«, sagte Will Spencer und betrachtete dabei das Gesicht des schlafenden Daniel, »dann gibt es zwei Möglichkeiten, Québec sofort zu verlassen. Die erste ist, ein Kanu der Mohawk zu nehmen, falls sich das einrichten lässt. Die zweite, auf der *Isis* nach Halifax zu segeln und dann nach einer Überfahrt Richtung Boston oder New York zu suchen.«

Elizabeth war mit Lily auf dem Arm auf und ab gelaufen; die Kleine beruhigte sich nach einem schwierigen Tag langsam wieder. Jetzt blieb sie stehen und sah ihren Cousin an. Will war intelligent, vernünftig und besaß ihr volles Vertrauen. Er war für sie weit gereist und hatte viel riskiert. Seinen guten Ruf und seine ausgezeichneten Fähigkeiten, Verhandlungen zu führen, hatte er nicht unter Beweis stellen müssen, aber seine Reise nach Montreal hatte doch zu etwas geführt. Somerville war im Hinblick auf seine politische Karriere zu schlau – oder vielleicht zu feige – gewesen, einen Standesgenossen der Beihilfe zum Ausbruch aus dem Gefängnis zu beschuldigen. Und selbst wenn Will bedauerlicherweise entfernt mit einem flüchtigen amerikanischen Hinterwäldler verwandt war, so war er ebenso der Sohn des Vorsitzenden der Ersten Kammer des obersten Gerichts. Somerville hatte Will nicht nur einfach seines Weges ziehen lassen, sondern ihn sogar beauftragt, seine Tochter auf der ersten Etappe ihrer Reise in ein neues Leben zu begleiten.

Das Beste an diesem Tag war gewesen, den Ehemann ihrer Cousine wohlauf zu sehen. Elizabeth wollte ihn nicht weiter mit ihren Schwierigkeiten belasten und hätte ihn am liebsten direkt zurück zu Amanda geschickt. Sie wusste jedoch, dass Will zuerst die ganze Wahrheit von ihr erfahren wollte.

»Es besteht die Möglichkeit, dass Mr. Moncrieff für uns die Überfahrt organisiert«, begann sie und erwähnte damit einen Namen, der noch nicht gefallen war. »Er ist ein Freund von Pickering, war mit den dreien in Haft und rettete uns an dem Morgen des Tages, an dem sie …Montreal verlassen konnten. Pickering sagt, Moncrieff bemühe sich weiterhin, aber wir konnten ihn noch nicht treffen.«

Will wandte seinen Blick von Daniel ab. »Aber ich habe mit Moncrieff gesprochen. Er kam mit mir auf der *Portsmouth* nach Québec.« Ein seltsamer Ausdruck huschte über sein Gesicht.

»Und natürlich mit Miss Somerville.«

»Oh, Will.« Elizabeth atmete tief aus. »Bitte sag mir nicht, dass auch du Miss Somervilles Zauber erlegen bist. Vielleicht ist sie gar kein menschliches Wesen.«

»Elizabeth!« rief Will überrascht aus.

»Schrei mich nicht an, Will. Jeder Mann, der sie trifft, scheint seinen gesunden Menschenverstand und sein Herz zu verlieren.«

»Tatsächlich?« Will zog eine Augenbraue nach oben. »Jeder Mann?«

Elizabeth sah ihn scharf an. »Hat dir Giselle Somerville den Kopf verdreht?«

»Natürlich nicht.« Will lachte. »Sie könnte niemals mein Interesse erregen, Elizabeth. So gut solltest du mich eigentlich kennen.«

Elizabeth seufzte erleichtert und begann wieder auf und ab zu gehen. »Nun, ich freue mich, das zu hören. Wichtiger als Giselle Somerville ist jedoch Mr. Moncrieff. Was denkst du über ihn? Kann man ihm trauen?«

Will zuckte die Schultern. »Er arbeitet für Carryck und hat daher sicher auch hier gute Beziehungen.«

Aus der Kajüte des Ersten Offiziers, wo Curiosity sich hingelegt hatte, ertönte Husten. Elizabeth lauschte, bis der Hustenanfall abklang und sie sicher war, dass Curiosity ihre Hilfe nicht benötigte. Dann lief sie wieder hin und her; Lily schien das gut zu tun. Das Baby gähnte mit weit geöffnetem Mund und Elizabeth hätte am liebsten gelacht, doch sie wollte die Kleine nicht in ihrer Ruhe stören.

»Ich habe nicht nach Carryck gefragt, Will. Ich wollte wissen, ob du Moncrieff vertraust.«

Er seufzte. »Du hast dich überhaupt nicht verändert, Elizabeth. Na gut, ich habe nur einen Tag mit diesem Mann verbracht. Er ist kein verschlossener Mensch.«

Lily war jetzt fest eingeschlafen und Elizabeth legte sie vorsichtig in den Korb und wandte sich dann wieder ihrem Cousin zu. »Aha. Ich nehme an, seine Gesprächigkeit hat dich misstrauisch gemacht. Er hat dir wohl auch über seine Theorien berichtet, was Hawkeyes Herkunft betrifft?«

Will brachte ihr Daniel, damit sie ihn neben seine Schwester legen konnte. »Ja, das hat er. Es war an dem Morgen, an dem er aus dem Gefängnis entlassen wurde. Er war sehr aufgeregt, weil er von dem Feuer und der Flucht gehört hatte – ebenso wie ich. Ich denke, unter anderen Umständen wäre er nicht so indiskret gewesen.« Will rieb sich mit einem Finger über die Narbe auf seinem Kinn, die von einem Bogenschützenturnier herrührte, als er knapp zwölf Jahre alt gewesen war. Elizabeth überfiel plötzlich ein starkes Gefühl des Heimwehs – sie sehnte sich nach einer Zeit, in der das Leben noch einfacher gewesen war. Als sie ihren Blick wieder auf Will richtete, wandte er sich ab, als hätte er noch mehr schlechte Nachrichten und wüsste nicht, womit er beginnen sollte.

»Es scheint dich kaum zu interessieren, dass du möglicherweise in eine der reichsten Familien Schottlands eingeheiratet hast«, begann er. »Carryck ist einer der Hauptaktionäre der East India Company. Allein seine Flotte bringt Jahr für Jahr ein Vermögen ein.«

Elizabeth lachte erleichtert auf. »Ist das alles? Ich dachte schon, du würdest mir sagen, Moncrieff sei ein Agent des Königs und befinde sich auf dem Weg zu uns, um uns alle zu verhaften.«

»Aha. Du glaubst also nicht, dass Hawkeye Carrycks Erbe ist?«

»Das habe ich nicht gesagt. Ich glaube schon, dass das möglich ist. Aber Hawkeye hat nicht das geringste Interesse an einer solchen Verbindung. Und Nathaniel denkt darüber genauso wie sein Vater.«

Der gelassene Blick, mit dem er sie nun musterte, war dazu gedacht, eventuelle Unstimmigkeiten ihrer Geschichte aufzudecken. »Aber was ist mit dir, Elizabeth? Es wäre ein viel einfacheres Leben für dich, wärest du die Frau eines Erben von Carryck. Und da ist auch noch das Geburtsrecht deines Sohnes – das kann man wohl kaum außer Acht lassen. Schau mich nicht so verwundert an. Dieser Gedanke muss dir doch bereits durch den Kopf gegangen sein.«

Elizabeth setzte sich. »Du überraschst mich, Will. Ich wünsche mir ein schlichtes Leben, strebe aber nicht nach einem Dasein, in dem ich untätig bin. Das solltest du eigentlich wissen. Und was meinen Sohn betrifft ...« Sie warf einen Blick auf die schlafenden Kinder. »Er braucht nichts von dem, was Carryck zu bieten hat. Wir Bonners legen keinen großen Wert auf weltliche Güter, falls du das noch nicht bemerkt hast.«

»Hmm.« Will starrte auf die Tasche, die er vorher Elizabeth und Nathaniel überreicht hatte. Sie stand neben dem Wirrwarr auf Pickerings Schreibtisch und könnte, so wenig Aufmerksamkeit sie ihr bisher geschenkt hatte, auch mit Kieselsteinen gefüllt sein. Jetzt griff Elizabeth danach und prüfte ihr Gewicht.

»Ich habe versprochen, dir alles über das Gold zu erzählen. Es ist aber eine lange und komplizierte Geschichte.«

»Wie die meisten deiner Erzählungen, seit du in Amerika lebst.«

Es klopfte an der Tür und Robbies heller Haarschopf tauchte auf. Vor ihm stand Angus Moncrieff, einen Kopf kleiner und nur halb so breit. Seine dunklen Augen leuchteten. Er neigte seinen schmalen Kopf und erinnerte Elizabeth sofort an eine Elster, die auf der Suche nach glitzernden Dingen für ihr Nest war.

Sie schob die Tasche mit dem Gold in den Korb unter die Füße der Babys und legte die Decke darüber.

»Madam.« Der Schotte verbeugte sich tief vor ihr und verursachte ihr damit beinahe ein schlechtes Gewissen wegen ihrer lieblosen Gedanken. »Es ist mir eine große Ehre. Schade, dass ich Ihren Ehemann und seinen Vater nicht bei Ihnen antreffe.«

Auf dem Deck waren laute Schritte zu hören.

»Ich denke, Sie kommen zur rechten Zeit, Mr. Moncrieff. Beide scheinen gerade einzutreffen«, sagte Elizabeth.

Es war jedoch Captain Pickering mit der Nachricht, dass sich ein Unfall mit dem Kanu ereignet hatte. Er hatte es vom Achterdeck aus während eines Gesprächs mit seinem Ersten Offizier beobachtet. In wenigen knappen Sätzen ließ er sie wissen, was passiert war. Sein Tonfall war ruhig, aber Elizabeth sah ihm an, wie beunruhigt er war.

»Der Kabinensteward holt noch mehr Decken«, erklärte er.

»Soll ich nach einem Arzt schicken?«

»Vielleicht nach einem Apotheker«, schlug Will vor.

»Ingwertee«, meinte Robbie. »Meine Mutter sagte immer, etwas Besseres gäbe es nicht bei Unterkühlung.«

»Oder einen heißen Grog«, schlug Moncrieff vor.

Curiosity klopfte an die vertäfelte Wand. »Männer«, erklärte sie mit heiserer Stimme. »Regen sich auf wegen ein bisschen kaltem Wasser. Das Kind braucht jetzt trockene Kleidung und ein warmes Bett. Mr. Spencer, Sie können sich draußen blicken lassen, also gehen Sie freundlicherweise zur *Isis* hinüber und fragen Sie diesen Hakim nach allen Weidenrinden, die er entbehren kann. Und nach Kamille, falls er welche hat.« Sie unterstrich ihre Befehle, indem sie keuchend in ihr Taschentuch hustete. »Bears, du solltest besser mit ihm gehen. Du erkennst doch Weidenrinde, nicht wahr?«

Bears nickte und verschwand mit Will. Moncrieff und Pickering zögerten, bis Curiosity ihnen einen scharfen Blick zuwarf.

»Solltet ihr zwei euch nicht mit jemand anderem unterhalten?«

Moncrieffs Gesicht rötete sich leicht, aber der Captain verbeugte sich nur höflich.

»Natürlich. Wir sind auf dem unteren Deck, falls uns jemand brauchen sollte, Mrs. Bonner.«

»Es gibt noch einige Neuigkeiten, die die Männer sicher interessieren werden«, fügte Moncrieff hinzu.

Dann waren Curiosity und Elizabeth mit den schlafenden Babys allein. Elizabeth seufzte erleichtert. »Glaubst du wirklich, dass es nicht so schlimm ist?«

Curiosity hob die Hände mit den Handflächen nach oben. »Sie ist jung und stark. Es war eben ein unglücklicher Zufall. Bitte räume die Sachen vom Bett, Elizabeth. Ich höre sie kommen.«

Schritte kündigten Nathaniel, Hawkeye und Runs-from-Bears an. Hannah lag in Nathaniels Armen und sah bemitleidenswert aus. Ihr nasses Haar hinterließ eine feuchte Spur auf dem polierten Boden.

»Sie ist völlig durchgefroren«, sagte Nathaniel und legte sie auf das Bett. Mit einem Mal wirkte sie klein und sehr jung.

»Es tut mir leid ...«, begann Hannah, doch bevor Elizabeth auch nur ein Wort sagen konnte, setzte sich Curiosity auf die Bettkante und legte dem Mädchen eine Hand auf die Stirn.

»Was soll dir denn leid tun, Kindchen? Bist du etwa absichtlich aus dem Kanu gesprungen?«

Hannah schüttelte den Kopf und eine Träne lief ihr über die Wange. »Ich war einfach zu ungeschickt.«

Elizabeth kniete sich neben die Koje. »Hannah«, sagte sie sanft. »Wenn du glaubst, ungeschickt zu sein, dann gibt's für uns alle keine Hoffnung mehr. Ich kenne kein Mädchen auf dieser Welt, das geschickter ist als du.« Der Blick aus den braunen Augen war jedoch so bekümmert, dass Elizabeth sich fragte, ob Hannah sie überhaupt gehört hatte.

»Ich bin müde«, sagte Hannah. »Und mir ist kalt.«

»Wir werden dich wärmen, Kindchen. Keine Angst.« Curiositys Stimme klang so beruhigend wie immer, wenn sie mit jemandem sprach, der verletzt war.

Hannah verzog ihr Gesicht – erleichtert oder peinlich berührt – und drehte sich zur Wand.

Hawkeye zog die Augenbrauen hoch, als wollte er Curiosity fragen, was er tun könne, doch sie hob die Hände und scheuchte sie alle beiseite. »Geht«, sagte sie leise. »Lasst uns allein.«

»Ja«, stimmte Elizabeth ihr zu. »Moncrieff ist hier.«

Alle drei Männer hoben so ruckartig den Kopf, als hätte sie

den Ausbruch eines neuen Kriegs verkündet. Robbie grinste breit. »Unser kleiner Angus. Jetzt gibt es endlich Bewegung.«

Nathaniel zögerte noch, nachdem Hawkeye und Robbie gegangen waren. »Gebt ihr mir Bescheid, wenn sie nach mir fragen sollte?«

»Selbstverständlich.« Elizabeth legte ihm beruhigend die Hand auf den Arm. »Hast du Neuigkeiten von den Kahnyen'kehàka?«

Er schüttelte den Kopf. »Wir können nicht mit ihnen reisen, Stiefelchen. Es ist zu gefährlich.«

Sie warf Curiosity und Hannah einen Blick über die Schulter zu und folgte dann Nathaniel hinaus auf den engen Korridor. Ihre leise Stimme verriet mehr von ihrer Furcht, als ihr recht war. »Es ist ebenso gefährlich, noch eine Nacht in diesem Hafen zu verbringen.«

»Spotted Fox glaubt das nicht. Hier geht es ruhiger zu als flussaufwärts.«

Sie zwang sich, ihm in die Augen zu schauen. »Nathaniel, ich dachte.... Vielleicht solltest du und Hawkeye mit den Kahnyen'kehàha nach Süden gehen und Curiosity und ich würden dann die Kinder nach Hause bringen, indem wir ...«

»Nein.«

»Aber ...«

»Nein. Ich werde dich nicht allein lassen.«

Sie drückte seinen Arm ganz fest. »Nathaniel, sie könnten jeden Moment hier auftauchen und dich festnehmen!«

»Hör zu, Elizabeth: Wir wollen doch nicht noch mehr Ärger bekommen. Morgen werden wir von hier verschwinden – auf dem einen oder anderen Weg. Moncrieff plant irgendetwas, sonst wäre er nicht hier.«

»Diese Verzögerung gefällt mir nicht, Nathaniel. Sie verursacht mir Unbehagen.«

Er fuhr ihr mit der Hand über das Haar. »Wir fühlen uns alle nicht wohl dabei. Kannst du mir noch eine Weile vertrauen?«

Sie entspannte sich plötzlich und ließ sich gegen seine Schulter fallen. »Ich vertraue dir bis zu dem Tag, an dem ich sterbe, Nathaniel. Aber ich habe immer noch das Gefühl, dass das alles meine Schuld ist.«

»Hör auf damit«, sagte er bestimmt und drückte seine Lip-

pen an ihr Ohr. »Das will ich nicht hören. Halte einfach noch eine Weile durch und wir werden es schaffen.«
Sie nickte, den Kopf an seine Schulter gepresst. Mit einem Mal war sie sehr müde. »Ich habe Heimweh.«
Er umarmte sie. »Ich bringe dich zurück, so schnell ich kann, Stiefelchen. Jetzt werde ich mit Moncrieff reden, okay? Und später werde ich versuchen einen Weg zu finden, dich von deinem Heimweh abzulenken.«
»Du bist unverbesserlich.« Sie wandte sich zur Tür, doch Nathaniel hielt sie fest.
»Nathaniel. Lass mich zu Hannah gehen.«
»Zuerst möchte ich wissen, was du damit meinst, ich sei unverbesserlich.«
Sein Blick war sehr verführerisch – er hatte die Augen halb geschlossen und zeigte ihr, wie sehr er sie begehrte. Trotz all der Sorgen brachte er ihr Blut in Wallung. »Ich meinte damit, dass du der dickköpfigste Mann auf dieser Erde bist.«
»Das fasse ich als Kompliment auf.«
»Das liebevollste«, fügte Elizabeth hinzu.
»Die Wahrheit beschämt den Teufel.« Nathaniel küsste sie und verließ sie dann.

Die *Nancy* glich einem Irrgarten, in dem Nathaniel sich erst einen Tag nach seiner Ankunft einigermaßen zurechtfand, aber nach mehreren Versuchen fand er wenigstens den Weg zur richtigen Luke und zu dem lang gestreckten Raum, wo die Mannschaft ihre Mahlzeiten einnahm. Dort saßen sein Vater und Robbie Moncrieff gegenüber, der sich über einen Teller mit Rindfleisch beugte.

»Wie geht's der Kleinen?« erkundigte sich Robbie.

Nathaniel zog sich einen Stuhl heran. »Sie ist eher verängstigt als verletzt. Moncrieff, ich freue mich, Sie heil hier zu sehen.«

»Angus hat uns gerade von seinen Eskapaden erzählt«, sagte Hawkeye und rieb sich die Augen.

»Ja, es gibt genügend zu berichten – auch von uns«, meinte Nathaniel. »Ich denke allerdings, ich habe die Geschichte versäumt, warum Sie uns in Montreal so plötzlich verlassen mussten.«

»Das ist kein Geheimnis.« Moncrieff stellte seinen Krug heftig auf dem Tisch ab. »Die *Pembroke* lief ein paar Tage später in dem Hafen ein. Der Gouverneur hatte einen Brief von Carryck erhalten. Die beiden sind gut befreundet.«

»Und Gouverneur Carleton und Pink George ließen Sie gehen?«

»So ist es«, bestätigte Moncrieff. »Und keine Minute zu früh.«

»Der Earl of Carryck hat einen mächtig großen Einfluss«, meinte Nathaniel.

»Nicht groß genug.« Robbie schnaubte in seinen Krug. »Der Herr hätte sonst auch ein Wort für uns einlegen können.«

Moncrieff kniff die Augen zusammen und beugte sich über den Tisch. »Jawohl, Rab. Und das hätte er auch getan. Aber er kennt euch nicht einmal, oder? Er wusste nur, dass ich in einem Garnisonsgefängnis saß, anstatt mich um seine Geschäfte zu kümmern. Und ich habe euch dort nicht im Stich gelassen, als man euch hängen wollte, nicht wahr?«

»Iona hat uns herausgeholt«, sagte Rob.

»Aber ich habe euch Pickering geschickt.«

Rab verzog nachdenklich das Gesicht. »Dafür stehen wir wohl in Ihrer Schuld, Angus.«

»Das ist richtig«, fügte Hawkeye hinzu.

»Nun gut.« Moncrieff grinste die Bonners über den Rand seines Krugs hinweg an. »Vielleicht ändert ihr noch eure Meinung und segelt mit mir nach Carryck.«

Hawkeye lachte. »Sie geben wohl niemals auf, das steht fest, Moncrieff. Jetzt allerdings haben Sie Ihre Aufgabe erfüllt und wir die unsere. Wir werden nach Lake in the Clouds zurückkehren, so schnell wir nur können.«

»Amen!« Robbie schlug mit der flachen Hand auf den Tisch. »Raus mit der Sprache, Angus. Haben Sie ein Schiff für uns oder nicht?«

Moncrieff zupfte an einem seiner großen Ohren. »Ja, das habe ich. Hört mir gut zu.«

Nathaniel entdeckte Elizabeth vor der Luke sitzend. Squirrels Kopf lag in ihrem Schoß. Seine Tochter schlief fest und sah aus wie das Kleinkind, das sie einmal gewesen war. Sie roch frisch gewaschen und nach bitteren Kräutern, die Nathaniel nicht kannte. Als er ihr Gesicht berührte, atmete sie im Schlaf tief ein und drehte ihren Kopf zur Seite. Nathaniel hob sie hoch, legte sie auf das Bett des Captains und zog die Decke über sie.

»Sie macht mir Sorgen«, sagte Elizabeth hinter ihm leise.

»Fieber?« Nathaniel legte seiner Tochter die Hand auf die Wange.

»Nein«, antwortete Elizabeth. »Darum geht es nicht.«

»Es waren wohl mehr Abenteuer, als sie verkraften konnte. Höchste Zeit, dass wir sie nach Hause bringen.« Nathaniel setzte sich seufzend neben Elizabeth und legte einen Arm um sie. »Wo ist Curiosity?«

»Sie schläft. Auch sie macht mir Sorgen.«

Er zog an einem der langen Zöpfe, die Elizabeth über die Schulter reichten. »Curiosity ist stark«, meinte er, aber sie nickte nur zögernd.

»Sollen wir Pickerings Arzt holen lassen?«

»Nein«, antwortete Elizabeth. »Noch nicht«, fügte sie dann nachdenklich hinzu.

»Bears könnte rasch zur *Isis* laufen und wäre innerhalb von zehn Minuten mit ihm hier.«

»Runs-from-Bears ist nicht an Bord. Er hält sich auf der anderen Seite des Flusses im Lager der Indianer auf.«

»Was?« Als Hannah sich rührte, senkte Nathaniel seine Stimme. »Warum denn?«

Elizabeth sah auf ihre Hände – das kannte Nathaniel nur zu gut. »Ich weiß nicht genau.«

»Aber du vermutest etwas, Stiefelchen. Ich kann es dir ansehen, auch wenn du es mir nicht sagst.«

Sie sah ihn an. »Hannah hat ihn gebeten, dorthin zu gehen.«

Er starrte sie an und sie hielt seinem Blick stand.

»Ich weiß nicht, was genau sie wollte, Nathaniel. Ich würde es dir sonst sagen. Will begleitet ihn – das ist alles, was mir bekannt ist.«

Nathaniel stand auf und sah auf den Fluss hinaus. Die Sonne war beinahe gesunken und warf rote und gelbe Strahlen auf das Wasser. An der gegenüberliegenden Küste flackerten die Lagerfeuer. Runs-from-Bears war ohne ein Wort verschwunden. Nathaniel beschlich ein Gefühl, das er nicht benennen konnte – aber zweifellos kündigte es weiteren Ärger an.

»Vielleicht sollte ich ihm nachgehen.«

»Er sagte, du sollst dir keine Sorgen machen.«

In dem Korb bewegten sich die Babys. Nathaniel ging hinüber und beobachtete, wie die Zwillinge aufwachten. Lily war sofort wach, Daniel brauchte etwas länger. Sie strömten einen tröstlichen Geruch aus: nach süßem Schweiß, milchigem Atem und feuchter Kleidung. Solange er lebte, würden sie seine Fürsorge und Führung brauchen, und er würde sein Bestes geben. Er nahm Lily auf den Arm und sie streckte sich und wandte sich ihm zu. Hannah war auch einmal ein Baby gewesen, mit einfachen und vorhersehbaren Bedürfnissen; sie war immer zu ihm gekommen, wenn sie etwas gebraucht hatte.

»Das Beste, was du jetzt für Hannah tun kannst, ist, uns die Passage auf einem Schiff zu besorgen, das uns nach Hause bringt.«

Überrascht drehte er sich zu Elizabeth um. »Und du behauptest immer, *ich* könne deine Gedanken lesen.«

Sie hob die Schultern und lächelte verhalten. »Vielleicht ist das eine Fähigkeit, die man erlernen kann.«

»Morgen legt ein Postschiff nach Boston ab«, sagte er.

Der Ausdruck der Erleichterung und Freude auf ihrem Gesicht war die Kosten für die Überfahrt wert – egal, wie hoch sie auch sein mochten.

»Freust du dich?« Er setzte sich neben sie.

»Oh, ja.« Elizabeth streckte die Arme nach Lily aus. »Sehr sogar. Ein amerikanisches Schiff?«

Nathaniel reichte ihr das Baby und erzählte ihr das Wenige, das er über die *Providence* und deren Kapitän wusste.

»Gut«, erklärte sie und lächelte zum ersten Mal so, wie er es das von Kanada her gewohnt war. »Das sind gute Nachrichten.«

»Stiefelchen.« Nathaniel sah sie aufmerksam an. »Die *Jackdaw* liegt hier im Hafen und ich frage mich, ob du dir denken kannst, warum.«

Ihr Lächeln verschwand so schnell wie es gekommen war. Sie beschäftigte sich einen Augenblick lang mit Lily und blickte dann auf. Ihre Miene drückte Kummer und Ärger zugleich aus.

»Hat er dich angesprochen?«

»Mac Stoker? Nein. Wird er das tun?«

»Ich befürchte es.«

Nathaniel dachte einen Moment lang nach. »Ich kann dir nicht helfen, wenn du mir nicht sagst, was hier vor sich geht, Stiefelchen.«

Daniel stieß einen Schrei aus, den Elizabeth jedoch ignorierte. Nathaniel beobachtete, wie ihre Lippen zu zittern begannen und sich ihre Augen verengten. Ihr Hals und ihre Wangen röteten sich. »Also gut, dann sage ich es dir. Stoker weiß über das Tory-Gold Bescheid«, erklärte sie. »Zumindest glaubt er, alles zu wissen. Er ist im Besitz einer der Fünf-Guineen-Goldstücke.«

Ihm war nicht klar, was er erwartet hatte, doch damit überraschte sie ihn vollkommen. »Du hast Stoker mit einer Goldmünze bezahlt?«

»Ich bin keine Närrin, Nathaniel.« Sie versuchte, die Fassung zu bewahren, konnte ihm aber nicht in die Augen sehen. »Ich gab ihm Silber. Aber als wir die *Jackdaw* verließen, hat einer seiner Männer ein Fass fallen lassen. Es herrschte große Aufregung …Irgendjemand hat mich gestoßen. Ich habe erst später gemerkt, dass meine Kette verschwunden war.« Sie griff sich an die Kehle, als wolle sie sich versichern, dass die lange Silberkette, die sie unter ihrem Leibchen getragen hatte, wirklich nicht mehr da war. Drei Dinge waren an ihr befestigt gewesen: ein Anhänger aus Silber mit einer Perle, der Nathaniels Mutter gehört hatte, ein Pantherzahn und die Guinee.

»Du brauchst mir nichts zu sagen. Ich weiß sehr wohl, dass ich mich nicht mit ihm hätte treffen sollen – selbst nicht in Bears Begleitung. Das war schon schlimm genug, aber dass Mac Stoker nun auch noch die Goldmünze in die Hände gefallen ist …«

Sie sprang abrupt auf und presste Lily an ihre Brust. Nathaniel packte sie am Rockzipfel und hielt sie fest. Daniel begann zu weinen und Lily stimmte mit ein. Elizabeth drehte sich wütend zu Nathaniel um. »Lass mich gehen!«

Er zog sie jedoch neben sich auf die Koje – sicher war ihr Lilys Wohlergehen wichtiger als ihr eigener Kummer. Nathaniel nahm Daniel in den Arm, bis Elizabeth sich wieder um beide Kinder kümmern konnte. Wortlos versuchte sie, ihrer Gefühle Herr zu werden.

Als die Babys sich beruhigt hatten, fragte sie: »Willst du denn nichts dazu sagen?«

»Du hast mich gebeten, das nicht zu tun.«

Ihr Mundwinkel zuckte. »So nachgiebig kenne ich dich gar nicht.«

»Ich warte nur den rechten Augenblick ab«, sagte Nathaniel.

»Bis ich wieder zur Vernunft komme.« Sie war so angespannt, dass die Muskeln an ihrem Kinn, an allen ihren Gliedern zuckten.

»Bis du deinen verletzten Stolz überwunden hast.«

Ein Schauder lief ihr über den Rücken und der Zorn in ihrem Gesicht verwandelte sich so rasch in Kummer, dass Nathaniel einen Augenblick lang erkennen konnte, wie sie wohl als alte Frau aussehen würde – widerspenstig und mit einem sehr starken Willen, aber mit einem warmen Herzen wie immer.

»Natürlich ist mein Stolz verletzt. Ich habe etwas getan, was verdammt dumm war.« Ihre Augen funkelten und forderten ihn heraus, ihr zu widersprechen. Elizabeth drückte die Babys fester an ihre Brust und sah ihn erwartungsvoll an.

Sie hatte Recht. Es war ein Fehler gewesen. Den sie nicht mit Absicht begangen, der Mac Stoker aber eine gewisse Macht über sie verliehen hatte. Er wusste jetzt, dass sie zumindest einen Teil des Tory-Golds besaßen und sich auf der Flucht befanden. Und er kannte ihren Aufenthaltsort.

»Es war eben Pech«, sagte er leise.

Sie lachte heiser, richtete sich dann plötzlich auf, zwinkerte und drehte ihr Gesicht zur Seite. »Du bist viel netter zu mir, als ich es verdiene.«

»Meine Güte, Stiefelchen. Du gehst schon selbst hart genug mit dir ins Gericht – das kann ich doch wohl nicht übertreffen.«

Sie atmete tief ein. »Ich habe den ganzen Tag auf Nachricht von Stoker gewartet und mich gefragt, wie ich mit ihm verhandeln soll.«

»Er wird sicher bald auftauchen – das steht fest. Aber er kann uns nichts antun.«

Elizabeth hob ruckartig den Kopf. Ihre Miene hellte sich auf. »Sollen wir sofort auf die *Providence* gehen?«

Er sah hinaus auf die Umrisse der *Isis* in der Dämmerung, auf das schimmernde Deck des ›Mädchens in Grün‹, der Galionsfigur gefertigt aus Elfenbein, Gold und Ebenholz. Kerzenlicht strahlte aus der Kajüte des Kapitäns und er konnte Bewegungen dort wahrnehmen.

»Was hältst du von Pickerings Arzt?«

Elizabeth hob die Augenbrauen. »Er schien sehr kompetent und offensichtlich ist er ein Gentleman. Mit Hannah sprach er sehr freundlich und auch mit Curiosity hat er sich nett unterhalten. Aber er war nur kurz hier, also kann ich nicht mehr über ihn sagen, Nathaniel. Warum ist das wichtig?«

»Wir müssen uns nicht nur wegen Stoker Sorgen machen, Stiefelchen.«

Sie wartete mit gerunzelter Stirn.

»Kommt es dir nicht seltsam vor, dass Somerville jeden Rotrock, den er auftreiben konnte, flussaufwärts nach uns suchen lässt, während hier alles ganz ruhig verläuft?«

Elizabeth lachte laut auf. »Du suchst doch wohl nicht nach noch mehr Ärger?«

»Das kann man so nicht sagen. Aber ich habe das Gefühl, dass uns noch einiges erwartet. Auf dem Fluss begegneten wir einem Walfänger mit einer Menge Soldaten – dieses Boot hat Hannah so erschreckt, dass sie aus dem Kanu gefallen ist –, und sie haben uns nicht einmal einen Blick geschenkt.«

Elizabeth sah nachdenklich drein. »Nun, ihr seid mit einem Kind unterwegs gewesen. Und du trägst andere Kleidung, seit du Montreal verlassen hast.«

»Glaubst du, andere Kleidung könnte Robbie MacLachlan selbst in einer Menschenmenge unkenntlich machen? Oder meinen Vater oder mich? Wenn sie nach uns suchen, tun sie das offensichtlich nicht sehr gründlich. Das kommt mir seltsam vor.«

Elizabeth hatte sich wieder gefasst; er konnte beinahe sehen, wie ihr die Gedanken durch den Kopf gingen. »Hätten Pickering oder Moncrieff es nicht erfahren, wenn die Suche abgeblasen worden wäre?«

»Das weiß ich nicht. Wir können ja nicht in das Garnisonsgefängnis marschieren und fragen, ob man noch nach uns fahndet.«

»Aber Will könnte sich erkundigen«, meinte Elizabeth und warf einen Blick aus dem Fenster. »Wenn er nur endlich zurückkommen würde.«

»Ja. Inzwischen sollte sich Pickerings Arzt Curiosity ansehen«, sagte Nathaniel. »Man muss etwas gegen ihren Husten unternehmen. Wir werden alle zusammen zu ihm gehen.«

»Wäre es auf der *Providence* nicht sicherer für uns? Vielleicht können wir den Kapitän dazu überreden, noch heute Abend auszulaufen ...«

Nathaniel schüttelte den Kopf. »Bevor wir uns das Schiff nicht genau angeschaut haben, ist es nicht gut für dich, dort hinzugehen. Es scheint, als wäre die *Isis* unsere einzige Möglichkeit für diese Nacht.«

Elizabeth schloss kurz ihre Augen und nickte dann. »Ich werde mit Curiosity sprechen und die Kinder vorbereiten. Sprichst du mit Pickering?«

Er nickte. »Wir dürfen keine Zeit verlieren, Stiefelchen.«

»Wie immer.« Sie warf ihm einen Seitenblick zu und errötete wieder. »An Bord der *Isis* befindet sich eine alte Bekannte von dir. Wir sahen sie heute, wie sie mit all ihrem Gepäck eintraf.«

Nathaniel hob eine Augenbraue. »Auf der *Isis* ist niemand, der mich interessiert, Stiefelchen. Das Schiff ist nur ein Ort, an dem ich die Nacht verbringen will. Mit dir.«

»Gut«, erwiderte Elizabeth. Sie lächelte ihn an, aber ihre Augen blitzten warnend. »Ich bin sehr froh, das zu hören.«

14

Hawkeye trug Hannah zur *Isis* und Robbie bot Curiosity an, für sie das Gleiche zu tun. Sie lachte jedoch nur heiser und scheuchte ihn weg.

»Meine Beine funktionieren ausgezeichnet«, sagte sie. »Nur meine Brust macht mir Schwierigkeiten.« Sie hielt ihren Rücken gerade, als sie die Gangway hinunterging, ihren Korb in einem Arm und ihr Taschentuch fest an den Mund gepresst. Moncrieff tauchte neben ihr auf und wollte ihr seine Hilfe anbieten, doch sie warf ihm nur einen scharfen, abweisenden Blick zu.

Auf jeder Straße in Québec hätten sie sicher Aufsehen erregt, als sie so hintereinander her marschierten. Die Anlegestellen für die Schiffe von Forbes & Sons Enterprises waren der Öffentlichkeit jedoch nicht zugänglich, also gab es außer dem gelben Mondschein und dem märchenhaften Licht der schaukelnden Laternen der Nachtwächter vor dem Lagerhaus nichts, was sie stören konnte. Trotzdem erschien ihnen der kurze Weg sehr lang. Lilys Gewicht auf Elizabeths Schultern schien sich plötzlich zu verdoppeln.

Die *Isis* lag ganz im Dunkeln. Elizabeth ging hinter Nathaniel als Letzte an Bord. Pickering begrüßte sie mit einigen leisen Worten und noch bevor sie sich auf dem Schiff umsehen konnte, wurden sie schon eilig die Kajüttreppe hinuntergeführt. Elizabeth bemerkte, dass es sich dabei auf der *Isis* nicht um eine einfache Leiter handelte, sondern um eine schön geschwungene Treppe. Das Geländer fühlte sich so glatt und kühl wie Marmor an. Das dunkle Holz war auf Hochglanz poliert und kunstvoll mit einem verschlungenen geometrischem Muster aus Elfenbein verziert.

Es stellte sich heraus, dass sie nicht in der großen Kajüte logieren würden, da Miss Somerville sich dort befand. Pickering erklärte ihnen im Flüsterton, dass sie sich bereits zurückgezogen habe. Elizabeth versuchte, sich ihre Erleichterung darüber nicht anmerken zu lassen, und versicherte dem Kapitän, dass ihr das nichts ausmache. Ein Steward wartete im Kerzenlicht auf sie. Er trug eine Kappe, auf deren Rand der Name *Isis* in roten Buchstaben eingestickt war. Mit einer angedeuteten Verbeugung öffnete er ihnen die Tür.

Elizabeth konnte es zuerst kaum glauben, dass dieser Raum nur die zweitbeste Unterkunft auf der *Isis* war. Selbst Nathaniel zog überrascht den Atem ein und Robbie stieß einen leisen Pfiff aus.

»Das Privatabteil«, erklärte Pickering. »Es dient normalerweise als Aufenthaltsraum. Wie Sie sehen, befinden sich in jeder Ecke Türen zu Kajüten.«

Curiosity drehte sich um und betrachtete die seidenen Kissen auf den eingebauten Sofas, das Spinett aus Rosenholz, den Esstisch und das Büfett aus Kirschholz. Der Schein, den ein Dutzend Kerzen in silbernen Haltern spendete, spiegelte sich in der Wandverkleidung aus Mahagoni und in den breiten Flügelfenstern wieder, die auf den Gang hinaus führten. Curiosity befühlte die Vorhänge aus Damast und Brokat und ließ ihre Finger über die darauf abgestimmten Polster und Kissen auf den Sesseln am Fenster gleiten. »Diese Seeleute haben wirklich ein schweres Leben«, murmelte sie.

Pickering schien das nicht zu beleidigen. »Auf der *Isis* reisen oft Personen von großer Bedeutung, und das über einen langen Zeitraum hinweg«, erklärte er. »Wir sind verpflichtet, für ihr Wohlbefinden zu sorgen. Als wir die Ehre hatten, die Herzogin Dalyrimple zu dem Grafen von Bengal zu bringen, bekam sie selbstverständlich die große Kajüte. Diese Räume wurden von ihren Töchtern bewohnt.«

»Dann sind sie wohl auch gut genug für meine Enkel«, meinte Hawkeye trocken. »Ich nehme nicht an, dass die Mädchen dieser Dalypimple auf dem Boden geschlafen haben, oder?«

Robbie lachte laut und Hannah begann sich auf Hawkeyes Arm zu bewegen. Rasch brachten sie die Kinder in die anliegenden Kajüten. Hannah verschwand unter einem Federbett, über das noch Decken gelegt wurden, und für die Zwillinge fand sich eine reich verzierte Wiege mit Bettwäsche, die zart nach Lavendel duftete.

Als Elizabeth das große Zimmer betrat, fand sie Curiosity in einem mit geschwungener Lehne und gestreiftem Seidenstoff bezogenen Stuhl sitzend. Sie sah sich in dem Raum um und beobachtete die Stewards, die Brot und kaltes Fleisch hereinbrachten. Elizabeth war besorgt, weil sie nur wenig sprach und ständig keuchend hustete. Moncrieff und Robbie hatten vor dem Bild einer Meute von Jagdhunden die Köpfe zusammengesteckt, aber sie konnte Captain Pickerings Aufmerksamkeit auf sich und auf Curiosity lenken.

Er räusperte sich. »Mrs. Freeman«, begann er, »mein Arzt bedauert, dass er sie nicht persönlich begrüßen kann. Ein schwieriger Fall hält ihn fest.«

Curiosity beäugte ihn misstrauisch. »Ich verstehe.« Sie hob die dunklen Hände, um anzudeuten, dass sie gerne mehr darüber erfahren würde.

»Einer unserer Offiziersanwärter bekam einen Splitter in den Arm. Er hat sich erst einige Tage später untersuchen lassen und ich befürchte, er hat sich eine schlimme Infektion zugezogen. Hakim Ibrahim wäre Ihnen sehr dankbar, wenn Sie sich die Wunde anschauen könnten – falls es Ihnen nichts ausmacht.«

»Ich glaube, er wollte heute eine Drainage machen«, sagte Moncrieff und richtete seinen Blick auf einen Punkt an der Wand oberhalb Curiositys Kopf.

Sie musterte einen nach dem anderen. »Also, ich weiß nicht... Sehe ich wirklich so dumm aus? Jeder versucht verzweifelt, mich zu diesem Hakim zu schicken, und erfindet deshalb Geschichten, die ich glauben soll.«

Pickering wurde rot, aber Hawkeye lachte.

»Meine Güte, wir könnten dich auch einfach festbinden und den Arzt holen, damit er dich untersucht. Allerdings hätten wir wohl einige Schwierigkeiten mit dir.«

Zu Elizabeths Erleichterung lächelte Curiosity zögernd. »Mit dir lässt es sich schwer verhandeln, Dan'l Bonner. Ich erinnere mich noch gut daran, wie Cora dir des öfteren Prügel angedroht hat, wenn du Fieber hattest.«

»Meine Güte«, sagte Robbie und ließ seinen Blick zwischen den beiden hin und her wandern. »Ihr seid beide sehr dickköpfig. Wenn ihr wieder zu Hause seid, solltet ihr vielleicht eine Schule für Maulesel aufmachen. Aber jetzt hast du Fieber, meine liebe Curiosity. Warum willst du keine Hilfe und Trost von deinen Freunden annehmen?«

»Ich wünsche mir das auch«, sagte Elizabeth leise. »Ich mache mir Sorgen um dich.«

Curiosity atmete keuchend aus, zuckte die Schultern und gab sich geschlagen. »Na gut. Wenn es euch beruhigt... Ich nehme an, es wird mir nicht schaden, ein paar Tassen Tee gegen das Fieber zu trinken, obwohl ich noch keinen Arzt kennen gelernt habe, der etwas von Kräutern versteht ... Gott weiß, dass ich mich gern überraschen lasse. Captain, zeigen Sie mir den Weg zu diesem Hakim. Elizabeth, ich gehe davon aus, dass du ohne mich zurechtkommst.«

»Ich werde mein Bestes tun«, erwiderte Elizabeth. Sie spürte plötzlich Nathaniels Atem in ihrem Nacken.

»Haben Sie etwas dagegen, wenn wir mitkommen?« fragte Robbie, an Pickering gewandt. »Das ist wirklich ein schönes Schiff – wer weiß, wann man so etwas wieder einmal zu Gesicht bekommt.«

Elizabeth stellte erstaunt fest, dass offensichtlich auch Hawkeye und Nathaniel daran interessiert waren, sich das Schiff anzusehen. Sie packte Nathaniel am Ärmel. »Du willst doch nicht mit der *Providence* verschwinden, bevor ...?

»Nicht, bevor Bears zurückkommt«, versprach er. Der Aus-

druck in seinen Augen war so warm wie seine Umarmung.
»Geh nicht ohne mich zu Bett«, flüsterte er ihr zu. Und dann gingen sie und ließen sie allein in der prächtigen Kajüte zurück.

Eine Weile blieb sie erschöpft sitzen. In ihrem früheren Leben hätte sie jetzt wohl die Violine in die Hand genommen, die in einem Futteral auf dem Spinett lag, oder hätte sich die Waffen und die Portraits angesehen, die an der Wand hingen. Ein junger Mann in einem braunen Samtwams mit einer kunstvoll gelockten Perücke schien sie im flackernden Schein der Kerzen ungnädig anzustarren. Und warum auch nicht? Was hatte sie hier verloren?

Elizabeth stand auf und ging durch den Raum. Ihre Füße versanken in dem dichten türkischen Teppich. An einer Wand befand sich ein Bücherregal mit den zu erwartenden wissenschaftlichen Werken über Wetterbedingungen und Navigation. Aber es gab auch Romane mit abgewetzten Buchrücken: *The History of Tom Jones, a Foundling; Pamele, or Virtue Rewarded; The History and Adventures of Joseph Andrews; Castle of Otranto*. Auch die Tragödien von Shakespeare und die anscheinend komplette Sammlung von Molières Werken in Französisch waren abgegriffen. Elizabeth entdeckte außerdem Bücher von Aristoteles, Dante, Cervantes, Machiavelli, Newton, Bacon und Galileo. Sie war unwillkürlich fasziniert. Der Captain begann sie zu interessieren.

Seufzend wandte sie sich wieder den praktischen Dingen zu. Sie aß einige getrocknete Früchte, die auf einem Tablett auf dem Esstisch angerichtet waren, sah hin und wieder nach den Zwillingen, setzte sich eine Weile neben das Bett, in dem Hannah schlief, sortierte die Sachen in den Körben, faltete Kleidungsstücke zusammen und bereitete alles für eine rasche Abreise vor, falls das nötig sein sollte. Nachdem sie einen Moment gezögert hatte, rief sie den Steward und bat ihn um heißes Wasser. Er brachte es ihr unverzüglich und übermittelte ihr außerdem eine Nachricht.

»Madam. Hakim Ibrahim lässt ausrichten, dass Mrs. Freeman jetzt schläft. Er möchte wissen, ob Sie ihn morgen früh aufsuchen könnten«, stieß er rasch hervor.

»Bitte richten Sie dem Hakim meinen Dank aus«, erwiderte Elizabeth. »Ich werde ihn gerne morgen aufsuchen.«

Es tat ihr beinahe leid, den Steward gehen zu lassen, doch nun hatte sie das heiße Wasser und es wurde allmählich spät. Elizabeth stellte fest, dass ihr die Kraft fehlte, sich um die Wäsche zu kümmern. Das würde warten müssen, bis sie an Bord der *Providence* waren. Stattdessen wusch sie sich rasch, zog ihr Nachthemd an und bürstete ihr Haar. An der Uhr neben dem Fensterflügel sah sie, dass bereits vierzig Minuten vergangen waren. Es war ihr ein Rätsel, warum vernünftige Männer Kanonen an Deck eines Schiffes so interessant fanden. Ein tiefes Sofa mit etlichen Kissen darauf sah sehr einladend aus, doch sie war zu nervös und konnte sich nicht entspannen. Runs-from-Bears und Will waren nun schon seit drei Stunden verschwunden.

Elizabeth legte sich einen Schal um die Schultern und ging zu den Fenstern hinüber, vor denen lange Vorhänge hingen. Sie erinnerten sie an Tante Merriweathers Empfangszimmer in Oakmere. Beinahe hatte sie das Gefühl, wenn sie sie aufzog, würde sie den sanft abfallenden Rasen und den anschließenden Rosengarten sehen, dahinter ein Meer von Immergrün in den verschiedensten Schattierungen. Doch als sie sich an das Paneel stellte, konnte sie nur den Fluss im Schein des Mondlichts entdecken. Gegen den Nachthimmel hoben sich hunderte von Masten ab, ein Netz von knochigen Fingern, die nach dem Mond griffen, der über ihnen dahinzog. Durch die Vorhänge schimmerte das Kerzenlicht und sie sah verschwommen ihr eigenes Spiegelbild im Fenster – sie war blass und ihr fülliges Haar wirkte zerzaust. Unsere Medusa, hatte Tante Merriweather sie oft genannt, überzeugt davon, dass Elizabeths widerspenstige Mähne ein Zeichen ihrer ausgeprägten Halsstarrigkeit sei. Aber Nathaniel gefiel ihr Haar so, also veränderte sie ihre Frisur nicht.

Unter den Fenstern war eine lange Bank mit Samtkissen eingebaut, die im Dämmerlicht elfenbeinfarben und indigoblau schimmerte. Ein bequemer Platz, um sich mit einer Decke um die Schultern ein wenig auszuruhen, bis Nathaniel zurückkam. Er hatte noch etwas mit ihr vor – und sie mit ihm. Sie beschenkten sich gegenseitig. Ihr eigenes Verlangen überraschte und verwirrte sie immer noch, obwohl sie nun bereits seit über einem Jahr zusammen waren.

Das Geräusch von Ruderschlägen riss sie aus ihrem Halbschlaf. Ihr Herz klopfte heftig. Es musste sich um ein Flussboot oder das Boot eines Walfängers handeln, denn ein Kanu wäre leiser. Sie hörte Männerstimmen, konnte jedoch die Sprache nicht erkennen, also presste sie ihr Gesicht an die Fensterscheibe. Das Boot war bereits wieder außer Sichtweite. Auf der anderen Seite des Flusses flackerten hier und da die Flammen der Kochstellen wie erlöschende Kohlen in einem Herd auf.

Hinter ihr öffnete sich die Tür und Stimmengemurmel ertönte. Moncrieff und Nathaniel. Elizabeth zog die Knie an und verhielt sich ganz still – sie wollte Angus Moncrieff nicht im Nachthemd empfangen. Nach einer Weile wurde die Tür ganz geöffnet und dann wieder geschlossen.

Sie wartete und als sie nichts hörte, traute sie sich, aufzustehen. Nathaniels Stimme war nur zehn Zentimeter von ihr entfernt.

»Stiefelchen«, sagte er. »Du würdest einen verdammt schlechten Spion abgeben.«

Elizabeth stöhnte überrascht auf und versuchte die Decke abzustreifen. Ihre Füße hatten sich jedoch verfangen und bevor sie es sich versah, war Nathaniel schon bei ihr. Sie fand das leichte Zucken um seine Mundwinkel keineswegs erheiternd.

»Warum wäre ich ein schlechter Spion?« fragte sie schroff.

»Weil dein Schal herunterhing und jeder ihn sehen konnte. Deshalb ist Moncrieff auch so schnell verschwunden.«

Sie schlang das Ende des verräterischen Kleidungsstücks fest um die Schultern. »Das ist auch besser, Nathaniel. Ich bin nicht angemessen gekleidet, um Besucher zu empfangen.«

»Das sehe ich.« Er senkte die Stimme, beugte sich zu ihr vor, als wolle er ihr ein Geheimnis verraten, und sprach in schottischem Dialekt. »Ich glaube nicht, dass es ihn gestört hätte. Unser Angus wirft ganz gern ein Auge auf die Damenwelt. Und du siehst heute Abend wirklich entzückend aus, Mrs. Bonner, mit deinen weichen Locken, die dir ins Gesicht fallen.«

Elizabeth lachte laut auf. »Ich wusste nicht, dass du ein so guter Imitator bist.«

Er hob eine Augenbraue. »Ich habe schon auf dem Schoß meiner Mutter schottisch gelernt, Mädchen. Das solltest du nicht vergessen.«

Sie unterdrückte ein Lächeln. »Tatsächlich? Und welche anderen Talente hast du bisher vor mir verborgen?«

Er sah sie nachdenklich an und fuhr mit einem Finger am Ausschnitt ihres Nachthemds entlang. »Talente?« Seine Stimme klang jetzt entschlossen und mit einer zielstrebigen Bewegung öffnete er den obersten Knopf und dann den nächsten. »Auf die Schnelle fällt mir da nichts ein. Außer dass ich ein Geschick dafür habe, dich zum Erröten zu bringen.« Weitere drei Knöpfe und das weiße Leinengewand war bis zur Taille offen.

»Siehst du?«

Er zog an ihrem Schal. Sie wich zurück – vergeblich. »Nathaniel, vielleicht sollten wir mit diesem praktischen Beispiel noch warten ...«

Doch er unterbrach sie, indem er sie an sich zog. Er schlang seinen Arm so fest um ihre Taille, dass sie seinen ganzen Körper vom Knie bis zur Schulter spüren konnte. Ihr Magen zog sich zusammen und dieses seltsame Gefühl überkam sie. O ja, das beherrschte er wirklich. Wenn sie es zuließ, dass er damit begann, gab es für sie keine Möglichkeit mehr, ihn aufzuhalten.

Sie drehte ihren Kopf so, dass sein Mund ihre Wange berührte. »Es tut mir leid, das sagen zu müssen, Nathaniel, aber das ist weder der richtige Ort noch der geeignete Zeitpunkt.«

»Und warum nicht?« Er fuhr mit den Fingern durch ihre Haarsträhnen im Nacken, sodass sie beinahe schmerzhaft jeden Nerv in ihrem Körper spürte.

»Dein Vater und Robbie ...«

»Sie sehen sich begeistert Pickerings Waffensammlung an und werden noch nicht zurückkommen, Stiefelchen. Ich hole sie ab, sobald Bears wieder hier ist.«

»Richtig. Runs-from-Bears und Will müssten jeden Moment eintreffen.«

»Darüber solltest du dir keine Sorgen machen«, sagte Nathaniel mit heiserer Stimme. »Wir werden das Kanu von hier aus sehen.«

Sie versuchte sich loszureißen. »Ja, und sie werden uns sehen. Alle auf dem Fluss können uns beobachten.« Rasch löste sie sich aus seiner Umarmung, drehte sich um und stützte sich an der Wandverkleidung ab. »Schau nur!«

Der Fluss war leer bis auf die Schiffe, die an den Docks sanft hin und her schaukelten. Auf keinem brannte noch Licht.

»Ja, Stiefelchen, ich sehe schon.«

Seine Hände wanderten über ihren ganzen Körper. Sie versuchte, sich zu ihm umzudrehen, doch er hielt sie fest und legte seine Lippen an ihr Ohr. »Sag mir, dass du mich nicht willst.«

»Ich will dich nicht.«

»Lügnerin.« Er fuhr mit der Hand unter ihr Nachthemd und streichelte sie.

»Ja, also gut, ich bin eine Lügnerin.« Sie kämpfte vergeblich gegen ihn an. »Aber, Nathaniel, die Fenster ...«

»Vergiss doch die Fenster«, murmelte er. Mit einer einzigen Bewegung zog er ihr das aufgeknöpfte Nachthemd von den Schultern und presste sie nach vorne, bis ihre Brüste das kalte Glas berührten. Sie zuckte erschreckt zusammen. Dann ließ er sie los und hatte sich ausgezogen, noch bevor sie ihre Gedanken sammeln konnte. Meine Güte, wollte sie das? Hier, an den Fenstern? Und schon war er wieder bei ihr.

Er umarmte sie von hinten und legte seinen Mund auf ihren Nacken. Während er sie streichelte und ihr Nachthemd bis zur Taille herunterzog, flüsterte er ihr leise verführerische Zärtlichkeiten ins Ohr. Seine Worte waren so ungewöhnlich und kraftvoll, dass Elizabeth sich beinahe in Trance befand. Mit dieser Stimme hätte er selbst einen Stein erweichen können, doch sie war nicht aus Stein – ganz und gar nicht. Sein Glied, das er an ihren Po presste, war Beweis genug dafür. Als er seine Finger über ihre Schenkel gleiten ließ, war sie verloren.

»Die Fenster«, flüsterte sie noch einmal. Ihr Herz sprach jedoch eine andere Sprache als ihr Verstand. Und ebenso ihre Augen – in den Fensterscheiben konnte sie verschwommen sehen, wie sie sich aneinander schmiegten.

»Das dürfen wir nicht tun...«

Er hielt inne und küsste ihre Schulter. »Willst du mich denn nicht, Elizabeth?«

»Doch, ich will dich, ja«, wisperte sie. Aber sie konnte weder ihn noch sich selbst belügen. »Aber ich kann nicht. Ich kann es nicht.«

»Oh, doch, Liebling.« Und er zeigte es ihr, bis sie seinem und auch ihrem Willen nachgab. Er war auf ihr und in ihr, seine Lippen auf ihrem Nacken, ein Arm wie ein Pfeiler, um sie zu stützen. Den anderen Arm legte er um ihre Taille und zog sie zu sich

heran, um noch tiefer in sie einzudringen. Und alles um sie herum verschwand – es gab nur noch Nathaniel, die sehnigen, angespannten Muskeln seiner Schenkel hinter ihr, sein Körper eng an sie gepresst. Beide kämpften darum, einander noch näher sein zu können.
In der Fensterscheibe konnte sie alles beobachten. Sie sah ihre Gesichter, auf denen sich bei jedem Stoß heftiges Verlangen abzeichnete. Nathaniel presste seine Wange gegen ihre Schläfe, und seine Augen blitzen im Rhythmus ihres rasenden Herzschlages. Sie nahm das alles an in sich auf und wusste, dass sie daran denken würde, solange sie lebte.

Kurz nach zehn weckte Nathaniel Elizabeth mit der Nachricht, dass der Erste Maat Runs-from-Bears und Will vom Achterdeck aus erspäht hatte. Ihr blieb kaum genügend Zeit, um sich anzuziehen und ihr Haar zu einem Zopf zu flechten, bevor sie an Bord kamen. Alle, außer Curiosity, versammelten sich um den Tisch aus Kirschbaumholz, der mit silbernen Platten, Porzellangeschirr und Kristallgläsern gedeckt war – feine Gegenstände, nicht für grobe Hände gedacht. Bears legte ein Bündel dazu, das in Hirschfell gewickelt und mit Bast verschnürt war.
»Ein recht kleines Paket für eine so lange Reise«, meinte Nathaniel. Er sprach englisch, weil Will und Moncrieff noch bei ihnen waren.
Bears zuckte die Schultern und griff nach dem kalten Braten. »Wollt ihr jetzt die ganze Geschichte hören?«
Hawkeye warf Moncrieff einen Seitenblick zu. »Wir sind natürlich alle neugierig, aber das wird noch warten müssen. Während du fort warst, hat sich einiges ereignet.«
Will, der sich neben Elizabeth gesetzt hatte, stellte sein Glas auf den Tisch. »Das kann man wohl sagen. Ich bin erschrocken, als ich die *Nancy* so dunkel und verlassen sah.«
»Im Augenblick sind wir hier besser aufgehoben«, sagte Nathaniel.
Elizabeth war erleichtert, dass er die Angelegenheit mit Mac Stoker nicht ansprach. Ihr Stolz war immer noch verletzt und Moncrieff war ihr zu fremd, um ihm einzugestehen, dass sie einen Fehler gemacht hatte.
Hawkeye erklärte in wenigen Sätzen, was es über die *Pro-*

vidence zu wissen gab. Wills Miene hellte sich auf, noch bevor Hawkeye geendet hatte.

»Dann wollt ihr sicher mit dem Kapitän reden. Kann ich dabei helfen?«

»Das halte ich nicht für klug«, meinte Moncrieff. »Der Mann hat in Lexington ein Bein verloren und ist seither auf Engländer nicht gut zu sprechen. Auch von mir war er nicht sehr begeistert, also sollte ich mich von Henry Parker besser fern halten.«

Robbie hob ruckartig den Kopf. »Doch wohl nicht Henry Parker von Boston?«

Moncrieff kratzte sich nachdenklich am Kinn. »Ich glaube, er stammt aus Boston. Ein kleiner Mann mit einem strohfarbenen Haarkranz und einem Blick so scharf wie ein neu geschliffenes Bajonett.«

»Das könnte er sein.« Robbie grinste. »Ich habe mit einem Henry Parker fünf Jahre unter Isaac Putnam gedient. Hawkeye, erinnerst du dich noch an ihn? Er schnitzte ständig Vögel.«

Hawkeye streckte sich und schob seinen Stuhl zurück. »Ja, ich erinnere mich an ihn. Wir sollten uns auf den Weg machen, um herauszufinden, ob es sich um diesen Mann handelt. Nathaniel, vergiss die Münzen nicht – soviel ich weiß, verhandelt er wie ein Yankee.«

Wenig später wussten Nathaniel, Hawkeye und Robbie, wo sie die *Providence* flussabwärts im Hafen finden würden. Sie suchten ihre Waffen zusammen und bereiteten sich auf den Weg vor. Elizabeth wünschte, sie könnte noch einen Augenblick mit Nathaniel allein sein, aber sie musste sich damit zufrieden geben, ihm den Riemen seiner Tasche über die Schulter zu ziehen und bei dieser Gelegenheit rasch seine Wange zu berühren.

»Bleib nicht zu lange«, bat sie leise. Er nahm ihre Hand und drückte ihr einen Kuss auf die Innenseite.

»Du solltest darauf vorbereitet sein, schnell abreisen zu können«, meinte Hawkeye und drückte beim Vorübergehen ihre Schulter. »Es kann alles sehr plötzlich geschehen.«

Moncrieff ging an Deck, um sicher zu sein, dass die Männer den richtigen Weg einschlugen. Sie nickten und verschwanden mit einem Lächeln.

»Es wird Zeit, dass ich meine Unterkunft aufsuche«, sagte Will.

»Oh, nein«, protestierte Elizabeth und zog ihn neben sich auf das Sofa. »Du und Runs-from-Bears seid mir noch eine Erklärung schuldig. Ihr habt mir große Sorgen bereitet.«
Bears hob das Bündel vom Tisch und reichte es Elizabeth wortlos. Darin befanden sich einige große Stücke getrockneten Rehfells, ein kleineres Stück dickeres Hirschfell, eine feine Nadel aus einem Knochen, ein Briefchen mit drei Nadeln aus Stahl, lose Wollfäden in einer Schale mit passendem Deckel und ein kleiner Korb mit aufgespulten Fäden.
Elizabeth fuhr mit der Hand über das Rehfell. »Hat Hannah sich diese Dinge gewünscht?«
Er schüttelte den Kopf. »Sie wollte Kleidung von den Kahnyen'kehàka, aber wir konnten nichts finden. Das war das Beste, was sich auftreiben ließ.«
»Aber ich verstehe nicht, warum ihr einen solchen Botengang gemacht habt.«
Bears blinzelte. »Squirrel hat mich darum gebeten.« Er sprach englisch, was Elizabeth überraschte. Dann sah sie Wills Miene und zwei Dinge wurden ihr klar: Was immer auch auf der anderen Seite des Flusses geschehen sein mochte – sie hatten zusammengearbeitet und waren sich einig gewesen. Und keiner von beiden wollte, dass sie alles darüber erfuhr. Noch mehr Ärger. Wahrscheinlich wäre es ihr gelungen, ihnen ihr Geheimnis zu entlocken, aber ihre Gedanken richteten sich in erster Linie auf die bevorstehende Nacht.
Will räusperte sich leise. »Es tut mir leid, dass wir dir Sorgen bereitet haben, Cousine.«
»Du bist so undurchschaubar, wie du schon immer warst.« Elizabeth stand auf und legte das Bündel wieder auf den Tisch. »Doch jetzt ist es zu spät, um dir weitere Fragen zu stellen. Morgen müsst ihr eine Überfahrtmöglichkeit finden. Meine Tante und Amanda warten schon auf euch.«
Wills sonst so gelassene Miene verhärtete sich einen Moment lang. Dann wandte er den Blick von ihr ab.
»Es wäre besser, meine Tante mit Einzelheiten zu verschonen«, fügte Elizabeth hinzu. »Ich gehe davon aus, dass sie euch sonst einige Steine in den Weg legen würde.«
Er lachte leise. »Du kannst doch Amanda und mir das kleine Drama und Abenteuer nicht missgönnen, das Lady Crofton in

unser beschauliches Leben bringt. Überlass meine Schwiegermutter beruhigt mir, in Ordnung?«

»Ich habe wohl kaum eine Wahl«, stimmte Elizabeth zu. »Ich werde dich vermissen, Will«, sagte sie dann ernst.

Abrupt wandte er sich ihr wieder zu. »Du bist nicht die einzige, die ein Geständnis machen muss, Elizabeth. Seit wir Albany verlassen haben, musste ich es vermeiden, ein …sehr schwieriges Thema anzusprechen, doch nun ist die Zeit dafür gekommen.«

Elizabeth lachte verlegen. »So dramatisch, Cousin? Du machst mir Angst.«

Er schüttelte den Kopf. »Um mich brauchst du dir keine Sorgen zu machen – zumindest nicht, solange ich mich außerhalb Englands befinde. Du hast vielleicht schon von der Korrespondierenden Gesellschaft London gehört.«

Elizabeth traute ihrer Stimme nicht, also nickte sie nur. »Willst du damit sagen, dass du einer der Gentlemen bist, die die Revolution nach dem französischen Muster befürworten?«

Seine Wangen röteten sich. »Revolution? Aber natürlich nicht, Elizabeth. Die Gesellschaft bevorzugt den Begriff ›Reform‹.« Er strich sich über die Stirn und lächelte zögernd. Für einen kurzen Augenblick wirkte er so, wie er ihr vertraut war. »Es sollte mich wohl nicht überraschen, dass du über all das Bescheid weißt.«

»Warum auch nicht? In jeder Zeitung kann man etwas über Lord Braxton und seine Anhänger lesen.« Elizabeth fühlte sich ein wenig schwindlig und zwickte sich in die Haut zwischen Daumen und Zeigefinger, bis sie sich wieder gefasst hatte.

»Dann solltest du dich wohl besser von England fern halten«, fügte sie an.

Er lachte. »Du und deine Tante seid euch da einig. Hast du dir keine Gedanken darüber gemacht, warum sie so schnell nach New York kam?«

»Ist es so schlimm?«

Will zog eine Schulter nach oben. »Das Schlimmste, was bis jetzt passiert ist, war ein unerwarteter Wechsel des Wohnsitzes. Mein Freund Hardy ist schlechter dran – er wurde soeben verhaftet. Ich nehme an, sie werden ihn nach Australien schicken.«

Elizabeth wurde blass. »Deportiert!« Sie dachte an Amanda

und begriff, warum Tante Merriweather Will so eilig zu Hilfe gekommen war.

»Unglücklicherweise hat sich die Situation noch verschärft und ich kann nicht nach Hause zurückkehren. Ich hatte gehofft, mich in Kanada niederlassen zu können, aber nach den letzten Ereignissen scheint auch das unwahrscheinlich. Wir werden uns wahrscheinlich in Albany oder New York City ein Heim suchen müssen.«

»Oh, Will.« Elizabeth ließ sich auf das Sofa fallen. »Du hast das alles vor Amanda geheim gehalten.« Es war keine Frage, trotzdem konnte sie die Antwort von seiner Miene ablesen.

»Wir sahen keinen Grund, sie zu beunruhigen, bevor wir genau über die Lage Bescheid wussten«, erklärte er.

Nach einer Weile hob Elizabeth den Kopf. »Ich halte es für grausam, ihr so etwas nicht mitzuteilen, Will. Und für unnötig. Sie wird die Wahrheit schon verkraften. Aber wohin willst du jetzt gehen? Zurück nach Albany? Hast du mir nur vorgemacht, dass wir uns in Halifax treffen können?«

»Nein«, erwiderte Will ruhig. »Wir werden uns dort sehen. Aber deine Tante wird nach Hause segeln und Amanda und ich werden nach New York zurückkehren. Ich dachte daran, den Kapitän der *Providence* um einen Platz auf seinem Schiff zu bitten. Es sei denn, du bist jetzt so entsetzt von mir, dass du nicht auf dem gleichen Schiff mit mir fahren willst.«

»Will«, sagte Elizabeth zornig. »Red nicht solchen Unsinn.« Sie stand auf und fuhr ihm mit der Hand über die Schulter. »Ich kann nicht leugnen, dass ich sehr überrascht bin. Die Korrespondierende Gesellschaft! Aber ich bewundere dich dafür – das ist die Wahrheit. Und es macht mir sicher nichts aus, meine Familie in meiner Nähe zu haben. Du musst auf jeden Fall mit uns auf der *Providence* reisen. Sprich mit dem Kapitän. Und dann möchte ich alle Einzelheiten hinsichtlich dieser Angelegenheit erfahren.«

»Wenn du mir die Geschichte über das Tory-Gold erzählst, berichte ich dir Genaueres von der Korrespondierenden Gesellschaft London. Ich frage mich, welche Geschichte wohl interessanter ist.« Er lächelte schwach. »Es ist eine Erleichterung, das losgeworden zu sein, Cousine. Aber jetzt muss ich ins Bett.«

»Sehen wir dich dann morgen auf der *Providence*?«

»Darauf kannst du zählen«, antwortete Will. »Ich möchte sie um nichts auf der Welt verpassen.«

Elizabeth spürte ihre Müdigkeit tief in jedem Knochen ihres Körpers, aber ihr war klar, dass sie erst zur Ruhe kommen würde, wenn sie sich an Bord der *Providence* und außerhalb Kanadas befanden. Sie hätte sich über Runs-from-Bears Gesellschaft gefreut, während sie auf die Rückkehr der Männer wartete, doch er verzog sich gähnend in eine der anliegenden Kajüten. Ein wenig gereizt begab auch Elizabeth sich zur Ruhe. Sie legte sich auf das Federbett, um es auszuprobieren, und schlief ohne Schwierigkeiten prompt ein.

Träume quälten sie. Ein roter Hund lief auf einem Waldpfad entlang und verschwand dann in einem großen Hain mit abgestorbenen Bäumen, von deren Ästen Moos wie zerrissene Brautschleier hingen. Elizabeth rief immer wieder: »Treenie, Treenie!« Der Hund war jedoch schon außer Hörweite. Und dann, ohne Warnung, musste sie ein Floß mit dem Paddel steuern, das schwankend den Richelieu hinuntertrieb. Eine Menge Leute erschienen: Tim Card, der eine Kette aus Steinen trug, Hannah, in eine gestreifte Decke gewickelt, die so aussah wie ihre zu Hause auf dem Bett, Miss Thompson, die ihr vor so langer Zeit in der Schule in Oakmere Lesen gelehrt hatte. Das Floß schaukelte heftig hin und her und das Holz begann wie Eis unter ihren Füßen zu schmelzen.

Elizabeth wachte kurz auf, als die Uhr um Mitternacht zu schlagen begann. Bei dem zwölften Schlag fiel sie wieder in einen unruhigen Schlummer.

Regen, heftiger Regen. Sie zog sich das Kissen über das Gesicht, aber er war trotzdem noch da. Der Regen, ja, und auch der Fluss. Aber da war noch etwas anderes. Schritte von Männern in schweren Stiefeln, das Klirren von Waffen. Und Moncrieffs Stimme an der Tür. Das war kein Traum.

In der Achterhütte auf dem erhöhten Achterdeck der *Isis* hatte man einen guten Ausblick über die Bootsanlegestellen und die Docks. Während Elizabeth Moncrieff dorthin folgte, knöpfte sie ihr Leibchen zu. Der feuchte Wind blies ihr das Haar ins Gesicht. Runs-from-Bears ging hinter ihr her. Seine Miene war verschlossen und wachsam. Pickering und seine Offiziere traten zur Seite. Bei dem Bild, das sich ihnen bot, gab es keine Zeit für Höflichkeiten.

Rotröcke überall. Forbes & Sons war umzingelt. Von dem Aussichtspunkt auf der *Isis* konnten sie alles genau sehen: das Dock um die *Isis* war umstellt und auch an Bord der *Nancy* wimmelte es von Soldaten. Elizabeth kam nicht umhin, sie zu zählen. Zwölf Männer bildeten an den Toren eine Kette. Sechsunddreißig befanden sich auf dem Kai, außerdem zwei berittene Offiziere und ein weiterer zu Fuß, der mit fliegendem Mantel hin und her patrouillierte. Fußsoldaten trugen Laternen an langen Stangen; ihr Licht spiegelte sich in den Läufen ihrer Waffen, den Messingknöpfen und den silbernen Sporen.

»Die Truppen des Königs«, sagte Pickering hinter ihr. »Und zwar das sechzigste Regiment. Meine Güte.«

Elizabeth drehte sich zu ihm um. »Und Sie waren nicht gewarnt?«

»Natürlich nicht«, sagte er mit heiserer Stimme. »Ganz und gar nicht.«

Moncrieff berührte sie am Ellbogen. »Vielleicht sollten Sie nach unten gehen, Mrs. Bonner.«

Ein Teil der Soldaten hatte sich formiert und marschierte in ihre Richtung. Der Mann in dem Mantel führte sie an. Sie sah jetzt, dass es sich nicht um eine Uniform handelte. »Wer ist das?«

»Sir Guy«, erwiderte Pickering und hob seinen Hut auf. »Der Gouverneur persönlich. Ich muss hinuntergehen und ihn begrüßen.« Es gefiel Elizabeth gar nicht, dass seine Hand so zitterte.

»Er will das Schiff durchsuchen lassen«, sagte sie mehr zu sich selbst als zu ihm.

»Das würde er nicht wagen!« Moncrieffs Tonfall ließ Elizabeth erstaunt herumfahren.

»Lasst ihn nur.« Runs-from-Bears betrachtete gelassen die Männer, die auf sie zukamen.

»Was?« rief Moncrieff. »Sind Sie verrückt, Mann?«

Elizabeth legte ihm die Hand auf den Arm und spürte Moncrieffs Anspannung.

»Runs-from-Bears hat recht«, sagte sie rasch. »Wenn wir uns

weigern, wird der Gouverneur seine Vermutungen bestätigt sehen.«
»Seid ihr in der Lage, den Mann anzulügen? Wisst ihr denn nicht, was für ein Bastard er sein kann?«
Elizabeth spürte, wie sich ihre gesamte Konzentration auf einen Punkt richtete. Sie lächelte.
»Ich habe mich in meinem Leben schon einige Male mit Schurken herumschlagen müssen«, sagte sie und wandte sich an Bears. »Du musst Nathaniel und Hawkeye Bescheid geben.«
Er schüttelte den Kopf. »Sie würden herkommen wollen.«
»Lord Dorchester bittet um Erlaubnis, an Bord kommen zu dürfen!« rief einer der Offiziersanwärter.
Elizabeth raffte ihre Röcke und lief los, dicht gefolgt von Runs-from-Bears.

Hannah stand in der Mitte der Kajüte. Im flackernden Licht der Kerzen wirkten ihre Augen riesig.
»Kommen sie uns holen?«
Elizabeth zog das Mädchen an sich und umarmte sie fest. Dann hob sie Hannahs Kinn und sah ihr in die Augen. »Hör mir zu, Squirrel. Dein Vater, dein Großvater und Robbie sind auf einem anderen Schiff in Sicherheit. Es kommen einige Soldaten an Bord der *Isis*, um nach ihnen zu suchen. Wir dürfen nicht ängstlich oder schuldbewusst aussehen. Hast du das verstanden?«
Hannahs ausdruckslose Miene veränderte sich und sie nickte. Dann ging sie zu Runs-from-Bears hinüber und er legte ihr eine Hand auf den Kopf.
»Zieh dich rasch an«, sagte Elizabeth, während sie nach ihren Schuhen suchte. Doch es war schon zu spät. An der Tür wurde laut geklopft und dann öffnete sie sich, ohne dass sie ihre Zustimmung gegeben hatte. Der Captain, gefolgt von einigen Männern. Elizabeth atmete tief ein, wickelte sich in ihren Schal, zog dann Hannah zu sich heran und legte ihr den Arm um die Schultern. Mit einem Mal war sie ganz ruhig. Sie legte ihre Lippen an Hannahs Ohr. »Das sind nur Männer«, flüsterte sie.
Hannah nickte schweigend.
»Captain Pickering«, sagte Elizabeth mit fester Stimme. »Was ist der Grund für diese Störung?«
Captain Pickering räusperte sich und sah kummervoll drein.

»Lord Dorchester, darf ich Ihnen Mrs. Bonner vorstellen. Und Mr. Runs-from-Bears.«
Der Gouverneur war um die sechzig oder älter, groß, hatte eine hohe, gewölbte Stirn und einen verkniffenen Mund. Mit kühlem Blick musterte er jedes Detail an ihr – von ihren bloßen Füßen bis zu dem verknitterten Rock und ihrer wilden Mähne. An seinen zusammengepressten Lippen sah sie, dass er auf einen Knicks wartete.
Elizabeth nickte. »Sir?«
»Mrs. Bonner. Guten Abend.« Durch seine Stimme konnte sie ihn einschätzen: volltönend, in der Gesellschaft von einflussreichen Männern aufpoliert. Er kam jedoch nicht aus besten Kreisen. Sie konnte einen leichten irischen Akzent aus Ulster heraushören, den er verbergen wollte. Er war ein typischer drittgeborener Sohn, der zur Armee gekommen war und dort nur so rasch Karriere gemacht hatte, wie seine Talente, sein Glück und seine Beziehungen es erlaubten. Vielleicht täuschte sie sich jedoch auch – sie würde sich mit ihrem Urteil noch ein wenig zurückhalten.
Den Kopf hebend blickte sie ihm in die Augen, während er sie musterte. Es dauerte nicht lange. Alles, was er sah, war eine Engländerin aus gutem Haus, die ein wenig vernachlässigt wirkte. Eine Frau, die davongelaufen war, um einen amerikanischen Hinterwäldler zu heiraten. Für ihn war sie bestenfalls ein Einfaltspinsel, schlimmstenfalls eine Hure, aber Elizabeth hatte sich schon öfter mit Männern gemessen, die sie verachteten, obwohl sie es nicht mit ihr aufnehmen konnten. Sie lächelte, weil er das von ihr erwartete. Das würde ihn besänftigen und so blieb sie im Vorteil.
»Womit kann ich Ihnen zu so später Stunde dienen, Sir?«
Hinter ihm erschien ein kleiner Mann mit einem Gesicht wie ein Wackelpudding und räusperte sich.
»Sie werden Lord Dorchester mit seinem Titel ansprechen«, piepste er.
Elizabeth neigte den Kopf. »Selbstverständlich. Ich bin schon zu lange von zu Hause fort. Wie kann ich Ihnen behilflich sein, Mylord?«
»Wir suchen die Männer«, erwiderte Sir Guy. »Sagen Sie mir, wo sie sich aufhalten.«

Elizabeth hob eine Hand mit der Innenfläche nach oben. »Ich wollte Ihnen die gleiche Frage stellen, Sir. Ich bin nach Kanada gekommen, um ihren Fall zu vertreten, und musste feststellen, dass sie geflohen sind.«

»Sie sind nicht an Bord dieses Schiffs?«

»Nein, Sir. Ich hoffe, sie befinden sich auf dem Heimweg.«

»Dann haben Sie sicher nichts dagegen, wenn ich diese Kajüten durchsuchen lasse.«

Wieder senkte Elizabeth den Kopf. »Ganz wie Sie wünschen, Mylord.«

Mit hochrotem Gesicht lief er durch den Empfangsraum. Hannah schien für ihn unsichtbar zu sein, Runs-from-Bears jedoch nicht.

»Du«, er winkte ihn heran. »Bist du ein Mohawk?«

Bears nickte.

»Heute Abend hat man einen ermordeten Weißen in der Indianersiedlung gefunden. Ein Händler, aber immerhin ein Untertan der Krone. Man hat ihm die Kehle durchgeschnitten. Major Johnson wird sich dein Messer anschauen.«

Elizabeth lief es kalt den Rücken hinunter und sie musste all ihre Willenskraft zusammennehmen, um sich nichts anmerken zu lassen. Runs-from-Bears schien jedoch weder beunruhigt noch eingeschüchtert zu sein. Er zog gelassen sein Messer aus der mit Perlen verzierten Scheide an seinem Gürtel und streckte die Hand aus. Der Gouverneur schnippte mit den Fingern und Johnson eilte rasch herbei, um das Messer zu untersuchen.

»Kein Blut, Mylord.«

»Aha.« Carleton tippte sich nachdenklich mit dem Finger an seine vorstehenden Schneidezähne. »Na gut. Ich möchte dich morgen in meinem Büro sprechen. Morgen früh um zehn Uhr. Komm nicht zu spät.«

»Ich werde nicht zu spät kommen«, sagte Runs-from-Bears. »Ich werde gar nicht mehr hier sein.«

Der Gouverneur presste die Lippen aufeinander, bis nur noch ein Strich zu sehen war.

»Er kann Ihrer Aufforderung leider nicht nachkommen, Mylord, denn er muss uns begleiten. Wir segeln morgen nach Hause zurück.« Sie bemühte sich, ihre Stimme kühl klingen zu lassen und ihren Ärger zu unterdrücken.

Er drehte ruckartig den Kopf und starrte sie an. »Tatsächlich? Nach England?«

Sie erwiderte seinen Blick, ohne mit der Wimper zu zucken. »Meine Heimat ist im Staat New York.« Und dann wurde sie dieses Spiels leid und fragte offen: »Sir, haben Sie die Absicht, mich zu verhaften?«

Hannah verkrampfte sich und Elizabeth drückte sanft ihre Schulter.

»Ich hatte es nicht vor«, antwortete der Gouverneur. »Aber andererseits waren Sie nicht sehr hilfsbereit. Ich weiß aus sicherer Quelle, dass sich die entflohenen Sträflinge tatsächlich in Québec aufhalten, Madam.«

»Sir«, sagte Elizabeth, »wie Sie sehen, sind sie nicht hier. Aber wenn Ihnen mein Wort nicht genügt, sollten wir vielleicht nach meinem Cousin, Viscount Durbeyfield, schicken. Runs-from-Bears könnte ihn innerhalb weniger Minuten hierher bringen.«

»Nein. Runs-from-Bears wird an Bord der *Isis* bleiben«, sagte Sir Guy. »Wir brauchen Ihren Cousin, den Viscount, nicht, Mrs. Bonner.«

Ihr stieg die Zornesröte ins Gesicht und sie war sich bewusst, dass er es bemerkte. »Sind Ihre Untersuchungen dann abgeschlossen, Sir?«

Der Gouverneur schüttelte den Kopf. »Wir haben noch gar nicht damit begonnen, Mrs. Bonner. Aber solche … Gespräche führe ich normalerweise im Chateau St. Louis. Sie müssen nicht um Ihren Ruf fürchten. Es ist nicht das Gefängnis, sondern meine Residenz, und meine Ehefrau ist zu Hause.«

Hinter dem Gouverneur erblasste Captain Pickering sichtlich, doch diesen Luxus konnte Elizabeth sich nicht leisten. Wenn sie diesem Mann Panik oder auch nur einen leisen Anflug von Furcht zeigen würde, hätte sie verloren.

»Mylord, Sie werden doch sicher nicht zwei Säuglinge und ein kleines Mädchen bei diesem Wetter mitten in der Nacht mitnehmen wollen.«

»Natürlich nicht«, erwiderte der Gouverneur, ohne Pickering anzusehen. »Sie sollten mich besser kennen, Pickering. Mit schreienden Babys kann ich nichts anfangen. Sie werden hier in der Obhut des Mohawk bleiben. Ich werde Mrs. Bonner nicht lange aufhalten.«

Elizabeth setzte eine gelassene, ausdruckslose Miene auf, doch ihre Gedanken rasten. Dieser Mensch wollte sie offensichtlich zu einem Geständnis zwingen, indem er ihr Angst um ihre Kinder einjagte, und dann so die Männer an den Galgen bringen. Er konnte sie nicht lange festhalten – dafür würde Will sorgen.

Sie straffte die Schultern und sprach in Kahnyen'kehàka mit Bears. »Ich werde bei Sonnenaufgang zurück sein. Versuche, Will zu verständigen.«

Hannah gab keinen Ton von sich, aber eine einzige, heiße Träne fiel auf Elizabeths Hand.

Elizabeth blickte in die zusammengekniffenen Augen des Gouverneurs. »Sie gestatten mir, mich anzukleiden, Mylord?«

Er beugte den Kopf, großzügig, jetzt wo er dachte, sie würde nachgeben.

In der Kajüte, wo die Babys friedlich schliefen, packte Elizabeth Hannah an den Schultern. »Ich werde mit ihnen verhandeln und dann zurückkommen. Nichts kann mich von hier fern halten.«

Hannah nickte und fuhr sich mit dem Handrücken über das Gesicht. »Ich werde gut auf die Babys aufpassen, bis du wieder hier bist.«

Elizabeth strich ihr über das dunkle Haar. »Das weiß ich.«

Aus der großen Kajüte hörte sie Schritte, Männerstimmen und dann ein paar Klänge des Spinetts. Wieder rötete sich ihr Gesicht vor Zorn. Nach kurzem Zögern ging sie zu dem Korb, in dem die Zwillinge lagen, und kramte am Fußende unter der Decke, bis sie den Sack mit den Goldmünzen fand, den Will ihr an diesem Morgen zurückgegeben hatte. Eine Muskete oder ein Messer wären ihr lieber gewesen, aber Geld war die einzige Waffe, die ihr zur Verfügung stand.

Québec war im Nebel versunken. Elizabeth konnte nichts von der Stadt erkennen, nur dass sie sich am Rand einiger Klippen befand. Die Kutsche rumpelte durch Schlammlöcher die Serpentinen hinauf und schwankte im Wind hin und her. Sie war allein in dem Gefährt und hatte die schweren Ledervorhänge zugezogen, um die berittene Eskorte nicht so nah bei sich sehen zu müssen. Als sie dann das Chateau St. Louis erreichten, hatte sie so heftig an ihren Handschuhen gezerrt, dass sie überall zerrissen waren, doch ihre Miene wirkte gelassen.

Der Gouverneur war mit seinem Pferd bereits angekommen. Eine große Anzahl Soldaten wartete im Hof und fühlte sich in dem kalten Regen sichtlich unwohl. Auch Elizabeth drang die Kälte bis in die Knochen, aber sie konnte kein Mitleid für die Männer aufbringen. Sollten die Dinge hier schlecht laufen, würde die Truppe in Marsch gesetzt werden, um Nathaniel, Hawkeye und Robbie festzunehmen. Dieser Gedanke war so unerträglich, dass sie ihn rasch verdrängte.

Elizabeth wartete in der zugigen Eingangshalle auf den Gouverneur. Die Decke war niedrig und der Steinboden strahlte selbst durch den dicken Teppich Eiseskälte aus. Im Kamin brannte nur ein schwaches Feuer und kein Dienstbote war zu sehen. Major Johnson von der Königlichen Armee stand an einer Seite, legte die Hände auf den Rücken und wippte auf seinen Absätzen hin und her. Er roch nach Zwiebeln und gebratener Leber und seine gelblichen Zähne hätten die eines Tiers sein können. Auf seinen Wangen wuchsen dunkle Bartstoppeln. Man sah ihm deutlich an, wie zuwider ihm dieser Wachdienst war.

Elizabeth zog ihren schlammbefleckten Umhang enger um ihren Körper und erwiderte seinen aufdringlichen Blick. »Sie sind impertinent, Sir.«

»Und Sie sind eine Verräterin, Mrs. Bonner.«

»Verzeihung, Major Johnson, ich hielt Sie versehentlich für einen Gentleman.«

Er besaß wenigstens den Anstand, rot zu werden, doch bevor er seiner Verachtung Ausdruck geben konnte, öffneten sich die Flügeltüren am anderen Ende der Halle und eine zierliche Lady mit silbergrauem Haar schwebte herein, dicht gefolgt von Sir Guy. Die Uhr auf dem Kamin zeigte vier Uhr morgens, doch sie war perfekt gekleidet und gepflegt. Elizabeth vermutete, dass sie zu jeder Tages- und Nachtzeit auf dramatische Ereignisse eingestellt war.

»Mrs. Bonner, meine Liebe.« Ihre Stimme klang beherrscht, sorgfältig moduliert und ein wenig atemlos., wie bei all jenen Frauen, denen es niemals gelang, bei Hof vorgestellt zu werden. Eine Schönheit war sie nie gewesen – ihr Gesicht war zu rundlich und ihr Teint nicht zart genug dafür, doch ihre Augen spiegelten Neugier und Intelligenz wieder. Das konnte Gutes, aber auch Schlechtes für Elizabeth bedeuten. Sollte Lady Maria die Befragung übernehmen, so würde sie es schwerer haben als mit dem Gouverneur.

Ihre ersten Worte beruhigten Elizabeth ein wenig. »Mrs. Bonner – willkommen im Chateau St. Louis. Darf ich Sie für das scheußliche Verhalten meines Mannes Ihnen gegenüber um Verzeihung bitten. Ich bin Lady Maria. Was für eine schreckliche Geschichte. Ich finde keine Worte dafür. Wie unangenehm. Ich weiß kaum, was ich dazu sagen soll.«

»Meine Liebe ...«, begann der Gouverneur, aber sie wandte sich ihm sofort zornig zu. »Das ist Mrs. Elizabeth Middleton Bonner, Lord Dorchester. Hörst du? Aus Oakmere. Lady Croftons Nichte, diejenige über die sie mit mir sprach, als wir uns im vergangenen Frühjahr in Montreal trafen. Und du hast sie aus dem Bett gezerrt und von ihren Kindern weggeholt. So war es doch, mein Lieber? Und zu welchem Zweck?«

»Wir suchen nach ihrem Mann und dessen Vater«, erwiderte Sir Guy und versuchte vergeblich, seine Würde zu bewahren. »Du weißt sehr wohl, dass es üblich ist, Verdächtige allein zu befragen.«

Lady Maria schnaubte wenig damenhaft. »Sie ist eine Verdächtige?«

»Ihr Ehemann wird verdächtigt.«

Elizabeth war so erleichtert über diese unerwartete Verbündete, dass sie am liebsten laut gelacht hätte, weil die Pläne des Gouverneurs gründlich vereitelt wurden.

»Richtig!« Lady Maria trat einen Schritt auf den Gouverneur zu. »Ihr Mann! Aber sie hat kein Verbrechen begangen.« Ihr Blick warnte ihn, ihr zu widersprechen. Dann nahm sie Elizabeths Arm. »Meine Liebe, wir müssen Geduld mit ihnen haben – schließlich sind sie nur Männer. Ausgezeichnete Männer, das ist wahr, aber trotzdem eben nur Männer. Wir schicken Sie zurück zur *Isis*, aber zuerst brauchen Sie trockene Stiefel. Und dieser Umhang – Sie müssen völlig durchgefroren sein.«

»Lady Maria«, begann Elizabeth, »es stört mich nicht, wenn meine Kleidung ein wenig feucht ist. Ich mache mir nur Sorgen um meine Kinder.«

Die zierliche Frau sah sie überrascht an. »Selbstverständlich tun Sie das, aber bei diesem nassen Wetter dürfen Sie nicht unvorsichtig sein. Es würde Ihnen nicht gut tun, so zur *Isis* zurückzufahren. Sie könnten sich eine Erkältung holen und wie sollte ich das Lady Crofton erklären? Nein, Sie brauchen trockene Sachen. Sie haben etwa die Größe meiner älteren Tochter. Ich bin sicher, wir können das schnell regeln.« Aus glänzenden Augen richtete sie den Blick auf ihr Gesicht. »Sie haben Zwillinge, soviel ich gehört habe? Wann werden sie voraussichtlich Ihre Zuwendung brauchen? Eine Stunde Zeit wird Ihnen sicher noch bleiben.«

Elizabeth betrachtete Lady Marias resolute Miene und seufzte. Sie wunderte sich nicht, dass sie so rasch Freundschaft mit Tante Merriweather geschlossen hatte; beide waren sehr starke Frauen.

»Eine Stunde, Lady Maria. Aber nicht länger.«

Der Gouverneur gab einige gequälte Laute von sich, kurze Piepser, die aus seinem Magen zu kommen schienen.

»Sprich dich aus, wenn du etwas zu sagen hast, Sir Guy.« Lady Marias Ton war jetzt etwas freundlicher, da Elizabeth zugestimmt hatte.

Er runzelte die Stirn. »Ich hatte noch keine Möglichkeit, diese Lady zu befragen! Es geht um eine ernste Angelegenheit. Du hast kein Verständnis für meine Pflichten, Madam!«

Sie hob ihre blassen Finger und winkte ab. »Ganz im Gegenteil. Ich kenne dein Pflichtbewusstsein sehr gut, Sir Guy. Seit vielen Jahren habe ich mich damit abgefunden. Nun gut, dann stell deine Fragen, wenn es sein muss. Ich werde gleich zurück sein.« Sie verschwand zum Ende der Halle und rief in abgehacktem Französisch so laut nach den Dienstboten, dass ihre Worte durch das ganze Haus schallten.

Dann war Elizabeth mit dem Gouverneur und Major Johnson allein. Sie hatte befürchtet, Sir Guy wäre nun wütend – immerhin war sein Plan gescheitert, sie zu einem Geständnis zu zwingen, indem er ihr Angst einjagte. Er sah sie jedoch nachdenklich an, als wolle er herausfinden, welche Möglichkeiten ihm jetzt noch blieben.

»Mrs. Bonner, ich hätte Sie nicht hierher gebracht, hätten Sie mit mir kooperiert.«

Das war wohl die beste Entschuldigung, die er ihr anbieten

konnte. Elizabeth erwiderte: »Ich werde Ihnen gern sagen, was Sie wissen möchten, Sir. Diese Männer, nach denen Sie suchen, sind keine Spione. Sie interessieren sich in keinster Weise für Politik.«

Major Johnson sah sie mit zusammengekniffenen Augen an. »Und was hat es mit ihren Aktivitäten während des Kriegs auf sich?«

Elizabeth brachte ein kühles Lächeln zustande. »Wir sind nicht im Krieg, Sir, und sie dienen keiner Armee irgendeiner Nation.«

»Es stimmt, dass wir uns nicht im Krieg befinden. Im Augenblick«, gab Sir Guy zu. »Meiner Erfahrung nach wissen Ladys jedoch nicht immer über die Geschäfte ihrer Männer Bescheid, Madam.«

»Das mag in einigen Fällen so sein«, sagte Elizabeth. »Auf mich trifft das nicht zu. Darf ich Ihnen eine Frage stellen, Mylord?«

»Wenn ich Sie zuerst etwas fragen kann und eine ehrliche Antwort bekomme.«

Jetzt hatte sie sich selbst eine Falle gestellt – es blieb ihr nichts anderes übrig, als zuzustimmen.

»Sie haben niemals etwas davon gehört, dass Ihr Ehemann, Ihr Schwiegervater und dieser Robert MacLachlan ein Komplott schmieden und sich an einem neuen Versuch, Kanada einzunehmen, beteiligen wollen?«

Elizabeth unterdrückte ein Lächeln und dankte dem Himmel, dass seine Vermutungen in eine Richtung gingen, die es ihr ermöglichten, aufrichtig zu antworten. »Mylord, ich kann beschwören, dass sie nie eine solche Invasion erwähnt haben, geschweige denn, daran teilnehmen zu wollen.«

»Ich habe Grund zu der Annahme, dass sie die Mohawk ermutigen, nach New York zurückzukehren und die neue Regierung gegen die Krone zu unterstützen.«

Elizabeth hätte darauf hinweisen können, dass das bereits die zweite Frage war. Stattdessen sagte sie: »Daran erkenne ich, dass Sie sehr wenig über die Mohawk wissen und nichts über meinen Ehemann und seinen Vater.«

Major Johnson grunzte, aber der Gouverneur sah sie weiter nachdenklich an.

»Sind Sie Expertin, was die Mohawk betrifft, Madam?«
Sie schüttelte den Kopf. »Es wäre vermessen, das zu behaupten. Nein, das bin ich nicht.«
»Aber Sie verstehen sie. Sie sprechen ihre Sprache.«
Sie zuckte die Schultern. »Nicht perfekt.«
»Sie sind eine englische Lady aus guter Familie. Wollen Sie sich nicht hier in British Canada niederlassen? Sollte Ihr Mann, wie Sie behaupten, wirklich nicht an Politik interessiert sein, dann könnte er sich ebenso auf dieser Seite der Grenze aufhalten und sich der Sache des Heimatlands seiner Frau annehmen«, sagte der Gouverneur. »Ich würde mich über seine Hilfe im Umgang mit den Indianern freuen.«

Elizabeth war sehr erleichtert über Lady Marias Einschreiten in diesem Dilemma gewesen, doch jetzt wurde ihr klar, dass sie nicht genügend auf der Hut gewesen war.

»Sir Guy, in eine solche Vereinbarung kann ich nicht einwilligen – Lady Maria würde ebenso wenig Vorkehrung für Ihre Versetzung aus Kanada treffen, ohne Sie vorher zu konsultieren.«

Seine Augen blitzten auf. »Sie irren sich, Mrs. Bonner. Ich wäre jedem dankbar, der für meine Versetzung in meine Heimat sorgen würde. Der Tag, an dem man mich zurückbeordert, kann nicht schnell genug kommen.«

In seiner Stimme schwang ein Ton mit, den sie nicht recht deuten konnte – Widerwillen, große Enttäuschung und auch ein gewisses Maß an Überdruss.

Lady Maria kam mit raschen Schritten näher.
»Sie haben mir eine Frage zugesagt, Mylord.«
Er streckte eine Hand aus, mit der Innenfläche nach oben.
»Woher wussten Sie, dass ich auf der *Nancy* hierher gekommen bin?«

Über seine glatte Miene huschte ein vager Ausdruck des Unbehagens. Dann zog er ein gefaltetes Blatt Papier aus seiner Brusttasche, zögerte einen Augenblick und reichte es schließlich Elizabeth.

Das zarte Papier duftete nach Moschus. Die Handschrift einer Frau, elegant, aber bestimmt. Schwarze Tinte, dicke Federstriche.

*Sir,
Es interessiert Sie vielleicht, dass Mrs. Elizabeth Bonner an Bord der Nancy nach Québec gekommen ist. Sie reist nicht allein.*
Giselle Somerville

Elizabeth war noch nie in Ohnmacht gefallen, doch jetzt hatte sie das Gefühl, es könnte ihr jeden Moment passieren. Verwirrung und Furcht ließen ihre Knie zittern. Rasch setzte sie sich auf die Bank in der Halle. Ihr ganzer Körper war von einem feinen Schweißfilm bedeckt. Warum sollte Giselle Somerville so etwas tun?

»Fühlen Sie sich nicht wohl, Madam?«

Sie schüttelte den Kopf, schloss die Augen und fasste sich, das Stück Papier fest umklammernd. Vor sich sah sie die geschlossene Tür der Kapitänskajüte und hörte wieder, wie Pickering ihnen mitteilte, Miss Somerville habe sich bereits zurückgezogen. Giselle Somerville hatte diesen Brief an den Gouverneur geschickt und war dann zu Bett gegangen. Sie wollte, dass Elizabeth verhaftet wurde. Aber warum? Aus reiner Bösartigkeit? Hatte sie von dem Plan gehört, Elizabeth an Bord der *Isis* zu bringen, und wollte das verhindern? Giselle – oder jemand, der ihr nahe stand –, wollte Elizabeth von der *Isis* fern halten. Warum? Was konnte durch ihre Abwesenheit gewonnen werden?

Was hatte sie auf der *Isis* zurückgelassen? Was wollte Giselle haben?

Furcht beschlich Elizabeth und ein Schauder lief ihr über den Rücken. Sie sprang auf und fuhr sich mit der Hand an die Kehle, um nicht laut aufzuschreien. In diesem Augenblick erschien Lady Maria mit einem Arm voll Kleider.

»Es tut mir leid, Lady Maria, aber ich muss zurück zum Schiff. Sofort! Bitte, bitte, können Sie mir ein Pferd leihen?«

Die kleine Frau sah überrascht von Elizabeth zu Sir Guy. »Aber Ihre Kleider ...«

Elizabeth packte Lady Maria an den Schultern; sie war so klein und zerbrechlich wie ein Vogel. Wie ein Kind. »Verstehen Sie, ich darf nicht mehr zögern. Meine Kinder. Sie ... jemand wollte mich vom Schiff weglocken, deshalb wurde dieser Brief geschickt.«

Sir Guy gab einige ungläubige Laute von sich. »Sie glauben doch nicht wirklich ...«

»Sir!« unterbrach Elizabeth ihn. »Meine Kinder sind in Gefahr, das kann ich mit jeder Faser meines Körpers spüren! Wenn Sie ein wenig Gnade mit mir haben, dann dürfen Sie mich keinen Augenblick länger aufhalten.«

Lady Maria klopfte mit dem Fuß auf den Boden. »Major Johnson, ein Pferd für Mrs. Bonner. Sofort! Hören Sich mich, Mann? Ohne weitere Verzögerung. Und Sie reiten mit ihr.«

Elizabeth nahm sich noch einen kostbaren Augenblick Zeit, um ihr einen dankbaren Blick zuzuwerfen, dann stürmte sie hinaus.

Die *Isis* war verschwunden.

Elizabeth stand am Kai, presste die Hände auf den Mund und starrte aufs Wasser. Major Johnson stellte ihr Fragen, doch sie verstand den Sinn nicht. Ihre Kinder waren verschwunden. Sie schluchzte laut auf und biss sich auf die Lippen, bis sie bluteten.

Ein Nachtwächter tauchte hinter ihr auf. »Verzeihung, sind Sie Mrs. Bonner?«

Sie drehte sich abrupt zu ihm um und packte ihn an seinem schmutzigen Umhang. Die Pferde scheuten und sprangen erschrocken zurück. Auf dem Kopfsteinpflaster sprühten Funken unter ihren Hufen.

Allerdings, dachte sie. »Die *Isis*!« Er versuchte, sich loszureißen, aber sie krallte sich an ihm fest. »Wo ist sie?«

Er zuckte zusammen und sah sie verängstigt an. »Sie hat abgelegt, Madam. Vor einer Stunde ist sie in Richtung Heimat ausgelaufen.«

»Wohin? Was heißt das? Sagen Sie mir sofort, wohin das Schiff fährt.«

Er stieß einen Schmerzensschrei aus und riss sich los. »Nach Schottland. Sie segelt nach Solway Firth.«

Solway Firth. An der Südküste von Dumfrieshire. Dort, wo Carryck lag.

»Sagen Sie mir, wem gehört die *Isis*?« Ihre Stimme klang dumpf. »Vielleicht dem Earl of Carryck?«

Major Johnson brummte zustimmend und nickte. »Diese An-

legestellen gehören alle Carryck. Ich dachte, Sie wüssten das.«
Die *Isis* gehörte also dem Earl of Carryck. Dann war das Moncrieffs Plan – vielleicht schon von Anfang an gewesen.

Elizabeths Hände wurden plötzlich taub und sie glaubte, ohnmächtig zu werden. Doch der Nachtwächter sprach weiter und sie zwang sich, ihm zuzuhören.

»Da ist ein Mann, der Sie sprechen will«, sagte er und rieb sich den Arm.

»Ein Mann? Wo? Welcher Mann?«

Er deutete mit dem Kinn auf den Lagerschuppen. »Wir haben ihn dorthin getragen. Ein großer Indianer mit einer Beule auf dem Kopf.«

Elizabeth war bereits losgerannt, rutschte auf dem nassen Holz des Kais aus, war aber wieder den Beinen, noch bevor ihr jemand helfen konnte.

Sie hatten Runs-from-Bears gegen die Wand gelehnt. Über seine Schläfe liefen Blutfäden, aber er blinzelte zu ihr nach oben. Er war am Leben; er lebte.

Sie kniete sich neben ihn. »Erzähl!«

Er hob seine Faust, in der er einen mit Schmutz und seinem Blut verschmierten Brief hielt. Elizabeths Hände zitterten so sehr, dass es ihr kaum gelang, das Siegel zu brechen. Im Licht der einzigen Laterne tanzten die Buchstaben vor ihren Augen.

Meine liebe Mrs. Bonner,
lassen Sie mich Ihnen versichern, dass Mrs. Freeman und Ihre Kinder wohlauf sind und jeglichen Komfort und Schutz genießen, den die Isis *zu bieten hat. Ich hatte nicht geplant, ohne Sie zu segeln, aber der Gouverneur hielt es für nötig, Sie in einem gänzlich ungeeigneten Augenblick festzuhalten. Glücklicherweise befindet sich die Frau des Ersten Offiziers an Bord – sie ist eine ausgezeichnete Amme.*

Alle drei Kinder werden außer Ihrer Gegenwart nichts vermissen und dieser Missstand wird schon bald behoben sein. Ich habe mit Captain Morris für Sie, Ihren Mann und Ihren Schwiegervater die Überfahrt auf der Osiris *vereinbart. Sie legt morgen nach Schottland ab. Mit ein wenig Glück werden Sie in weniger als dreißig Tagen in Solway Firth eintreffen.*

Ich bedauere die Notwendigkeit eines so drastischen Schritts, doch ihr Stiefvater ließ mir keine andere vernünftige Alternative.

In Vorfreude auf den Tag, an dem Sie wieder nicht nur mit einer, sondern mit zwei Familien vereint sein werden, verbleibe ich

*Ihr gehorsamer Diener
Angus Moncrieff*

Major Johnson kam näher. Neugier kroch wie ein Schwarm Läuse über sein Gesicht. »Was steht darin?«

Elizabeth drückte den Brief an ihr Kleid. »Er hat meine Kinder gestohlen«, sagte sie tonlos. »Meine Kinder sind weg.«

Runs-from-Bears legte ihr eine blutige Hand auf den Arm. »Du musst Wolf-Running-Fast finden«, sagte er auf Kahnyen'kehàka.

»Ihr Mann«, sagte Johnson, ohne zu wissen, dass er Bears Worte wiederholte. »Wo ist er? Sie brauchen ihn jetzt doch.« Er versuchte ein Grinsen zu unterdrücken. Im Schein der Laterne wirkte seine Miene wachsam und gespannt.

Sie spürte Verachtung und Bitterkeit in sich aufsteigen. Er dachte, der Zorn würde sie lähmen und die Verzweiflung sie von ihrem Ziel abbringen. Wie wenig Männer von Frauen wussten – wie wenig dieser Mann überhaupt wusste.

»Ich werde sie finden«, antwortete sie Bears auf Kahnyen'kehàka. »Sag Will, was geschehen ist. Und dann geh heim. Geh nach Hause und sag ihnen, wir werden kommen, sobald ich meine Kinder wieder habe.«

Er blinzelte. »Bring Moncrieffs Skalp mit.«

»Mit Vergnügen«, erwiderte Elizabeth. Sie nahm sein Gesicht in beide Hände und dann tat sie etwas, was sie noch nie getan hatte; sie beugte sich vor und küsste Runs-from-Bears auf die Wange. Seine Haut fühlte sich warm an, aber sein Arm, den er um sie legte, war stark.

»Leb wohl, mein Freund«, sagte sie. Sie stand auf, hob das Kinn und hielt Major Johnsons gierigem Blick stand. »Major Johnson...«

»Ja, Mrs. Bonner?«

»Ich fühle mich ein wenig schwach ...« Mit einer unbestimmten Bewegung deutete sie auf einige Kisten, die an der anderen Wand des Lagerhauses gestapelt waren. »Mein Cousin, der Viscount, logiert in der Rue St. Gabriel. Würden Sie ihn holen?«

Johnson trat in Aktion, marschierte los und rief den Soldaten, die immer noch bei der *Nancy* standen, einige Befehle zu. Es freute ihn, dass sie sich plötzlich in das verwandelt hatte, was er wollte und von ihr erwartete: in eine Frau, die Hilfe brauchte. Bears streckte den Arm aus und drückte ihre Hand. Elizabeth erwiderte den Händedruck mit aller Kraft und verschwand dann im Schatten.

Sie schlich leise vorwärts und nahm die Umgebung im Dunkeln mit ihren Sinnen wahr. Wie oft hatte Nathaniel davon gesprochen – von der Fähigkeit, sich im Dunkeln fortzubewegen. »Du fühlst die Umrisse, auch wenn du sie nicht sehen kannst«, hatte er zu ihr gesagt. Im Englischen klang das seltsam, aber auf Kahnyen'kehàka ergab das durchaus Sinn. Sie ging schneller, alle Sinne angespannt. Ihr Atem kam lautlos und ihr Herzschlag klang ihr hohl in den Ohren. Als sie um die Ecke des Lagerschuppens bog, ging ein Wachmann mit einer an einer langen Stange baumelnden Laterne vorüber. Sie zog sich zurück, bis er verschwunden war. Dann das Geklapper von Hufen auf dem Kopfsteinpflaster und die fragende Stimme eines Mannes. Sie hielt den Atem an und lief los.

Es war schon beinahe Morgen und der Himmel erhellte sich. Sie wusste nur, dass die *Providence* weiter flussabwärts lag, also ging sie in Richtung Norden, quer über die Fahrrinnen, die von den Docks wegführten. Von einem Fenster über ihr ertönte der Schrei eines Babys. In ihren Ohren klang es wie das Schallen einer Trompete. Ihr Brustkorb zog sich zusammen. Ungeduldig wischte sie die Tränen mit der Hand vom Gesicht und konzentrierte sich auf den Fluss.

Einige Männer befanden sich auf den schmalen Pfaden, die meisten Handwerker und Arbeiter mit Werkzeug über den Schultern, auf dem Weg zu einer großen Werft. Irgendjemand musste wissen, wo die *Providence* lag. Elizabeth raffte ihren Umhang enger um sich und zog sich die Kapuze tief ins Gesicht. Auf Französisch fragte sie immer wieder nach, aber zu dieser Jahreszeit gab es so viele Schiffe im Hafen. Sie erntete nur neugierige Blicke, Schulterzucken und Grinsen. Einer der Männer bot ihr etwas von seinem Frühstück an, ein anderer stellte ihr eine unverschämte Frage, die sie jedoch nicht ganz verstand. Aber was bedeuteten ihr das Gelächter dieser Männer oder ihre

Meinung über sie. Ihre Kinder waren verschwunden und sie musste sie zurückholen.

Als das Ufer von Arbeitern und Seeleuten wimmelte, zeigte sie ganz offen ihr Gesicht. Ein Kaufmann in einem feinen Leinenmantel, der wohl aus Paris oder London stammte, wandte sich von ihr ab, als sie versuchte, ihn auf Englisch und Französisch anzusprechen.

Der Junge hinter ihr fiel ihr erst nach einer Weile auf. Sie blieb stehen und drehte sich zu ihm um. Er starrte sie an.

»Kennst du ein Schiff namens *Providence*?«

Er blinzelte.

Elizabeth unterdrückte ihre Verzweiflung. »Ein amerikanischer Kapitän, der aus Holz Vögel schnitzt?«

Bildete sie sich nur ein, in seinen Augen einen Funken des Verstehens aufleuchten zu sehen? Sie wiederholte ihre Frage auf Französisch.

»*Oui*«, sagte der Junge und streckte die Hand aus.

Sie holte eine Münze aus dem Säckchen, das sie immer noch um ihre Taille gebunden trug, und drückte sie ihm in die Hand. Gold – aber welchen Unterschied machte das jetzt?

Er rannte so schnell wie der Fluss dahinrauschte. Es kostete sie ihre letzte Kraft, mit ihm Schritt zu halten. Er lief kreuz und quer über Lagergelände, durch Gassen, in denen Schweine im Schmutz wühlten, an Reihenhäusern vorbei, vor denen Frauen dampfende Wäsche aufhängten. »Ist es noch weit?« fragte sie ihn immer wieder. Entweder hörte er sie nicht oder er wollte nicht antworten. Auf seiner Wange trug er ein Mal, er hatte dünnes blondes Haar und ihre Kinder würden ihm nie gleichen. Dennoch hätte sie bei dem Anblick seines schmutzigen Nackens über dem abgescheuerten Kragen seiner Jacke am liebsten geschrien.

Eine weitere Gasse, jetzt wieder näher am Ufer. Es stank nach Teer und verfaultem Fisch.

Sie sah die Masten eines einzigen Schiffs am Kai und der Anblick ließ ihr Herz schneller schlagen.

Erst in letzter Sekunde entdeckte sie aus dem Augenwinkel den Mann. Seine Umrisse zeichneten sich an einem Torweg ab. Sie duckte sich, aber zu spät. Er packte sie an ihrem Umhang und drehte sie zu sich herum. Sie verfing sich in ihren Röcken, stolperte und fiel. Schmerzen schossen ihr durch den Arm und die Hüfte, und entsetzt sah sie den Mann an. Mac Stoker. Natürlich, dachte sie, während sie fast das Bewusstsein verlor. Wer sonst?

»Wenn Sie jetzt versuchen, mich aufzuhalten, bringe ich Sie um«, keuchte sie.

Er zog eine seiner schwarzen Augenbrauen nach oben. »So? Sie befinden sich nicht in der Lage, mir zu drohen, Mrs. Bonner.«

Sie wand sich, doch er hielt sie mühelos fest. Ihr war bewusst, dass sie keine Waffen außer Geld und ihrem Verstand besaß – sie würde es zuerst mit Letzterem versuchen.

»Lassen Sich mich gehen, Stoker. Ich habe keine Zeit für Ihre Spielchen.«

Ohne sie zu beachten, sprach er den Jungen an, der sich gegen die Wand gepresst hatte und aufgeregt zusah. »Verschwinde, Junge, du hast deinen Job erledigt.«

Elizabeth wurde übel; sie spürte, wie ihr die Galle heiß in die Kehle stieg. Sie hatte sich gedankenlos in dieses Unternehmen gestürzt. Ich bin mit Sicherheit die dümmste Kreatur, die durch die göttliche Vorsehung jemals auf die Erde gekommen ist, dachte sie.

Stoker packte sie fester und zog sie hoch. »Ich habe Sie gewarnt, dass es nicht nur einen Piraten auf dem Sankt-Lorenz gibt, nicht wahr? Und jetzt sind Ihre Babys verschwunden. Keine Sorge, ich bin weder hinter Ihrer Unschuld noch hinter Ihrem Geld her. Ich mache mehr Profit, wenn ich Sie sicher abliefere.«

Elizabeth fuhr herum. »Mich abliefern? Wo? Beim Gouverneur?«

Stoker lachte rau. »Sie sollten bemerkt haben, dass ich mich nicht darum reiße, mit der Krone Geschäfte zu machen. Sonst hätte ich Sie gegen eine Belohnung schon vor zwei Tagen ausgeliefert. Nein, wir gehen zur *Jackdaw*, Liebchen. Mein Schiff scheint doch noch von Nutzen zu sein. Zumindest denken das Ihre Männer.«

TEIL II

Das Mädchen in Grün

*Liebe ist schnell zu Fuß,
Liebe ist kriegerisch,
Liebe kann schießen
– und von weitem treffen*

GEORG HERBERT, 1633

1

Kurz nach Sonnenaufgang kam Moncrieff zu Hannah, um ihr zu sagen, was sie bereits selbst herausgefunden hatte. Durch seinen Tonfall versuchte er sie zu beschwichtigen und zu täuschen. Er sprach von Truppen, die jedes Schiff durchsuchten, von heillosem Durcheinander auf den Docks und einem Wiedersehen in Schottland. Das Wort ›Gefangene‹ erwähnte er nicht, aber das war nicht nötig. Hannah kannte ihre Eltern. Eher würden sie Blut vergießen, als ihre Kinder allein in ein fremdes Land reisen zu lassen. Vielleicht war das sogar geschehen.

Moncrieff blieb in der Mitte des Aufenthaltsraums stehen und sah ihr in die Augen. Er hob seine Stimme, um das Geschrei der Zwillinge zu übertönen, es entnervte ihn und Hannah freute sich darüber. Das konnte sie sich allerdings nicht anmerken lassen. Auch ihren Zorn und die vielen Fragen, die sie hatte, hielt sie zurück, denn sie wollte ihm keinen Vorteil verschaffen. Moncrieff redete und redete, aber Hannah hörte ihm kaum zu, so beschäftigt war sie mit ihrer nackten, tiefsitzenden Furcht. Doch sie hielt sie in Schach, wie sie es mit einem wilden Tier tun würde; sie legte sie in Ketten, aus Angst, sie könnte sich losreißen und ihr Schaden zufügen.

Als Moncrieff keine weiteren Versprechungen mehr einfielen, hob sie einfach ihre Geschwister hoch, setzte sie sich auf die Hüften und wartete, bis er zur Seite trat, damit sie zur Tür hinausgehen konnte.

»Du musst nicht gehen«, sagte er. »Du kannst in einer dieser Kajüten bleiben. Ich schicke auch nach Mrs. Freeman.«

Sie starrte ihn nur an und entlarvte ihn mit ihrem Schweigen als den Lügner, der er war.

Er wurde rot, gab nach und ließ sie durch. Sehr weit kam sie sowieso nicht.

Von Hakim Ibrahim war nichts zu sehen, aber Hannah fand Curiosity, die gerade in der schmalen Kajüte neben dem Quartier des Arztes aufwachte, wo sie die Nacht verbracht hatte. Ihre Augen waren klar und sie schien kein Fieber mehr zu haben. Hannah musste ihr jedoch die Geschichte dreimal erzählen, bis sie sie begriff. Sie waren auf See, allein – und nicht auf dem Heimweg.

Während sie die wenigen Informationen zusammenfügten, die sie hatten, schaukelte Curiosity die Babys. Sie weinten wieder, aber nun leiser. Hannah sah beiseite, aus Furcht, ihr Kummer und ihre Verzweiflung könnten auf sie überspringen.

»Ist das nicht ein schrecklicher Schlamassel.« Curiositys Stimme klang noch ein wenig heiser und sie räusperte sich immer wieder. »Elizabeth wird vor Sorge krank sein. Ganz abgesehen von unseren Leuten zu Hause.« Ihre Stimme brach.

Hannah beschloss die Frage zu stellen, die sie zu ersticken drohte. »Glaubst du, sie sind tot?«

»Nein.« Curiosity richtete ihre dunklen Augen auf sie und sah sie offen an. »Moncrieff will Hawkeye und deinen Daddy. Du und diese Babys sind nur ein Mittel, um sie zu bekommen. Deine Verwandten sind am Leben und wohlauf und nur eine Tagesreise hinter uns – dafür würde ich meine rechte Hand verwetten. Hast du mich verstanden?«

Hannah nickte. »Moncrieff sagt, hier gibt es eine Amme.«

»Das dachte ich mir. Er würde diese Kinder wohl kaum seinem Earl halb tot bringen wollen. Dieser Teufel ist nicht so dumm.«

»Glaubst du, *sie* hat etwas damit zu tun?«

Curiosity drehte sich um, als könne sie durch das ganze Schiff hindurch das Bett sehen, wo Giselle Somerville sicher noch fest schlief.

»Würde mich nicht überraschen«, erwiderte sie und schaukelte weiter die Babys.

Ein Scharren an der Tür – und dann kam eine Reihe Kabinenstewards herein, die ihre Sachen, Körbe, Tabletts mit Essen, Wasser und eine Notiz des Kapitäns brachten. Curiosity warf den Zettel in den Nachttopf, ohne ihn zu entfalten. Dem überraschten Kabinensteward erklärte sie: »Sagen Sie ihm, wir brauchen keine Entschuldigungen, sondern diese Amme.«

Der Kapitän selbst brachte die Frau an die Tür. Curiosity warf ihm einen so düsteren, feindseligen Blick zu, dass Hannahs Nackenhaare sich aufrichteten. Pickering senkte die Augen und zog sich zurück.

Die Amme hieß Margreit MacKay. Sie war die Frau des Ersten Offiziers und hatte in Québec eine Totgeburt erlitten. Ihr Gesicht war so bitter wie Pfeilwurz, ihr Haar graubraun und ihre Augen glichen einer Schneckenspur.

Lily und Daniel wehrten sich mit allem Zorn, den sie aufbringen konnten, gegen die ihnen angebotenen Brüste. Schließlich gab Lily nach, als der Hunger stärker wurde als ihr Ärger, und schlief nach einer Viertelstunde ein, noch bevor sie genügend getrunken hatte. Daniel hielt länger durch. Schließlich begann er wie rasend zu saugen, wehrte sich dabei aber heftig mit seinen Fäusten und Beinen gegen das bleiche, schlaffe Fleisch und zerrte mit seinen Fingern an einer losen Haarsträhne, bis der Frau Tränen in die Augen traten. Als er sich alles genommen hatte, was Margreit MacKay zu bieten hatte, legte Hannah ihn an ihre Schulter. Empört schlief er ein und bebte bei jedem Atemzug.

Mrs. MacKay rieb sich die Kopfhaut und sagte: »Dickköpfe, alle beide. So verwöhnt, dass sie unbedingt ihren Willen durchsetzen wollen.«

Curiosity hielt Lily im Arm, bewegte sich aber so schnell, dass Hannah ihr kaum mit dem Blick folgen konnte. Sie packte Margreit MacKay trotz ihrer noch entblößten Brüste am Ellbogen und schob sie zur Tür.

»Drei Stunden«, sagte Curiosity. »Und kommen Sie nicht zu spät oder ich werde Ihnen etwas zeigen, was Sie niemals vergessen werden.« Dann schloss sie die Tür, noch bevor die überraschte Mrs. MacKay protestieren konnte.

Doch als Curiosity sich umdrehte, war ihr Zorn bereits verraucht und ihre Hände zitterten. Das gefiel Hannah gar nicht.

Curiosity legte sich mit den Babys ins Bett, in dem Glauben, dass ihr vertrauter Geruch und ihre Nähe ihnen helfen würde, ruhiger zu schlafen. Hannah war aufgeregt und fühlte sich unwohl, also wanderte sie in die mittlere Kajüte des Quartiers des Arztes, wo Hakim Ibrahim die Kranken und Verletzten untersuchte und behandelte.

Immer noch war keine Spur von ihm zu sehen. Hannah war

enttäuscht, denn sie wollte unbedingt mit ihm sprechen und herausbekommen, welche Rolle er dabei spielte. Andererseits war sie aber auch erleichtert, eine Weile allein in dieser Kajüte zu sein, in der sie sich so wohl fühlte. Hier gab es keine Teppiche oder Samtkissen, nur das Durcheinander, das sie mit Heilern verband. Gerollte Bandagen, Körbe mit Wurzeln, einen riesigen Medizinschrank, der die eine Wand der Kajüte ganz einnahm. Über ihrem Kopf hingen getrocknete, gebündelte Kräuter wie zu Hause, nur schwangen sie hier im Rhythmus der Wellen, die gegen den Schiffsrumpf schlugen, hin und her.

Hannah atmete langsam ein und aus und sog die fremden und doch vertrauten Gerüche ein: Zimt, Koriander, Thymian, Wurzeln, Minze, Essig, Zedern- und Sandelholz, Kampfer und Rosenöl. Bei ihrem ersten Besuch – sie konnte es kaum glauben, dass das erst vorgestern gewesen war –, hatte der Hakim Gläser und Flaschen geöffnet und ihr die Namen der Pulver und Öle zuerst auf Englisch und dann in seiner eigenen Sprache genannt, deren Töne melodisch und lang gezogen klangen, kehlig und weich zugleich. Sie hatte befürchtet, er würde ihre Neugier ungehörig finden, doch er verhielt sich weder verärgert noch ungeduldig.

Gestern war ihr dieser Medizinschrank wie ein Wunderwerk vorgekommen, mit all diesen Fächern, die die Gefäße vor dem Schaukeln des Schiffes schützten; mit den dunklen Glasflaschen mit Korkverschlüssen, den kleinen Schubladen, die mit einer seltsamen, geschwungenen Schrift gekennzeichnet waren, die sie nicht entziffern konnte. Als sie mit Runs-from-Bears zum ersten Mal hierher gekommen war, hatte sich Hannah nichts mehr gewünscht, als Zeit zu haben, um diesen kleinen Raum mit all seinen Schätzen zu erforschen. Sie hatte sich danach gesehnt – vielleicht hatte sie mit diesem Wunsch das ausgelöst, was ihnen nun zugestoßen war.

Sie hörte ein leises Geräusch und Hakim Ibrahim kam durch die Tür; im Arm hielt er einen großen, flachen Korb, der mit Brot und etwas anderem gefüllt war, das wie Früchte aussah. Er war nicht so groß wie die Männer ihrer Familie, aber größer als Moncrieff oder der Kapitän, und die Art, wie er seinen Kopf hielt, erinnerte sie an einen der Älteren der Kahnyen'kehàka. Allerdings hatte er nicht das Alter eines Sachem – sie hielt ihn

für wenig älter als ihren Vater –, aber sein Blick war scharf und doch nicht grausam, schneidend aber nicht verletzend. Auf diese Art sah er sie nun an und das Lächeln, mit dem er sie begrüßt hatte, verschwand aus seinem Gesicht.
»Fühlst du dich nicht wohl?« fragte er.
Hannah wusste, dass sie herausfinden musste, ob dieser Mann Freund oder Feind war. War er ein Feind, so hatten sie niemanden auf diesem Schiff, dem sie trauen konnten. Es war ihr unmöglich, zu verhindern, dass ihre Stimme zitterte. »Hakim, haben Sie davon gewusst?« Sie deutete mit einer Hand auf das Bullauge und das Meer dahinter.
Seine Verwunderung zeigte sich an der Falte, die sich zwischen seinen Augenbrauen bildete. »Ob ich wusste, dass wir auslaufen? Ja.«
»Wussten Sie auch, dass wir ohne meine Eltern und meinen Großvater segeln würden?«
Seine ebenmäßigen Gesichtszüge verzogen sich überrascht und beunruhigt. »Nein«, erwiderte er. »Vielleicht möchtest du mir erzählen, was geschehen ist?«
Hannah begann zögernd und sprach dann schneller, bis alles aus ihr heraussprudelte, was sie wusste und was sie nur vermuten konnte. Er blieb stehen und hörte ihr zu, die Stirn unter seinem ordentlich gewickelten roten Turban in Falten gelegt.
»Deine Stiefmutter sollte mit uns nach Schottland segeln, soviel ich weiß«, sagte Hakim Ibrahim.
Hannah hob ruckartig den Kopf. »Wir haben uns niemals einverstanden erklärt, nach Schottland zu segeln! Wir wollten nach Hause, nach New York.«
Einen Augenblick lang starrte der Hakim auf seinen Korb.
»Vielleicht gibt es dafür eine vernünftige Erklärung. Ich werde mich erkundigen. Aber zuerst möchte ich mit dir darüber sprechen, wie du am besten für deinen Bruder und deine Schwester sorgen kannst, bis deine Mutter wieder bei ihnen ist. Möchtest du mit mir frühstücken, während wir darüber reden?«
Möglicherweise lag es an seinen ruhigen Händen und dem gelassenen Ausdruck in seinen Augen oder nur daran, dass er ihr eine Aufgabe gestellt hatte, die sie zu erfüllen hatte – Hannah fühlte sich ein wenig erleichtert. Der Knoten in ihrem Magen löste sich. Sie nickte.

In dem Korb lagen kleine dunkle Früchte, die er Datteln nannte, Nüsse mit glatter Haut und glänzende Kugeln mit rauer Schale, deren Farbe – orange – Hannah an fallende Blätter erinnerte. Der Hakim reichte ihr eine davon – eine kleine Sonne. Hannah nahm sie entgegen und formte ihre Hände darum. Sie war schwer und fest und fühlte sich glatt und warm an. Hannah setzte sich hin und widerstand dem Drang, die Frucht an ihrem Gesicht zu reiben. Er wartete, bis sie anfing zu reden.

»Sie haben uns eine Frau geschickt, die die Zwillinge stillen soll«, sagte sie. »Mrs. MacKay.« Sie wollte Moncrieffs Namen nie wieder laut aussprechen und war froh, festzustellen, dass das nicht nötig war.

»Aha.« Er schob seinen Daumen in eine der orangefarbenen Früchte und ihr Duft zog durch den Raum, süß und doch ein wenig scharf. »Sie hat sich noch nicht von ihrem Verlust erholt – weder körperlich noch gefühlsmäßig.«

»Meine Geschwister mögen sie nicht«, sagte Hannah. Sie wollte nichts von den Problemen dieser Schottin hören. Und dann brach es aus ihr hervor: »Ich glaube, ihre Milch ist genauso bitter und übel wie sie selbst.«

Ihre Großmutter hätte sie wegen ihrer mangelnden Nachsicht gescholten, aber der Hakim blinzelte nur. Mit einer raschen Handbewegung zog er die goldene Kugel auseinander und reichte ihr eine Hälfte. Saft tropfte hervor und lief ihm über die starken braunen Handgelenke. »Dann müssen wir eine bessere Lösung finden. Aber zuerst muss ich nach Mrs. Freeman sehen und du musst etwas essen.«

Hannah war überrascht, als sie erfuhr, dass sich Tiere an Bord befanden, einige in Ställen an Deck und andere im Frachtraum. Sie konnte sie nicht anschauen, denn sie weigerte sich, Curiosity und die Babys allein zu lassen, aber der Hakim schickte den Kabinensteward los, und als er zurückkam, brachte er Eier, noch warm vom Nest, und einen Krug mit warmer Ziegenmilch. Auf dem kleinen Herd, auf dem Hakim Ibrahim seine Tees und seine eigenen Mahlzeiten zubereitete, kochte er zwei Eier, bis das Weiße hart war, mischte sie mit einigen groben Salzkörnern und etwas weichem Käse und reichte sie Curiosity zusammen mit seinem seltsamen flachen Brot. Während sie aß, bereitete er frischen Tee zu, dieses Mal aus bitterer Minze, Lorbeer, Baldrian und Wurzeln. Hannah bekam eine Tasse Ziegenmilch und eine Scheibe Brot dazu.

»Ich hätte nie gedacht, dass ich mich einmal so über eine Ziege freuen könnte«, sagte Curiosity. Sie hatte Lily auf dem Schoß – das Baby wollte sie nicht loslassen. Daniel klammerte sich an Hannah, berührte ihr Gesicht mit beiden Händen und patschte ihr auf die Wangen, als könne er sie so festhalten. Beide waren aufgeregt und so unruhig wie Neugeborene, obwohl sie, wie Hannah wusste, bereits sechzehn Wochen alt sein mussten.

Hakim Ibrahim verrührte die Ziegenmilch mit fein zerdrücktem gekochtem Reis zu einem glatten Brei. Er sah Lily an und sie erwiderte seinen Blick mit weit geöffneten Augen.

»Sie ist nicht zu Freundlichkeiten aufgelegt«, bemerkte Curiosity.

»Aber sie hat Hunger«, erwiderte der Hakim. Er murmelte ihr leise in seiner Sprache etwas zu und die Kleine runzelte die Stirn. Ob das ein Zeichen ihrer Angst oder Interesse an dem Ungewohnten war, konnte man nicht feststellen. Auf Hannahs Schoß begann Daniel zu zappeln und an ihren Zöpfen zu ziehen.

»Lass es uns versuchen«, sagte Curiosity. Sie tauchte einen Finger in den warmen Brei und strich damit über Lilys volle Unterlippe. Nach einem Augenblick packte Lily den Finger, saugte einmal daran und verzog angewidert das Gesicht. Dann stieß sie einen Schrei aus.

»Versuch es noch einmal«, bat Hannah und rückte Daniel zurecht. Er hatte sich eine Faust in den Mund gesteckt und betrachtete interessiert das Unterfangen.

Dieses Mal zögerte Lily nur kurz, bevor sie Curiositys Finger ergriff und der Ausdruck in ihrem Gesicht verwandelte sich von Abscheu in vorsichtiges Interesse.

»Ich habe ein wenig gekochten Honig und schwaches Fenchelwasser dazu getan«, erklärte der Hakim. »Zur Beruhigung und für die Verdauung.«

»Meine Großmutter hätte ihnen ein wenig Tee aus Pastinakwurzel und vielleicht Blaubeeren gegeben.« Hannah beobachtete ihn aus dem Augenwinkel.

Hakim Ibrahim lächelte. »Ich hoffe, du wirst mir noch mehr von der Medizin deiner Großmutter erzählen.«

»Jetzt kommen Sie ihr nicht mehr aus«, murmelte Curiosity, aber sie lächelte verstohlen, als sie sich zu Lily hinunterbeugte.

Mit einem kleinen, flachen Löffel begann Curiosity Lily zu füttern, und zu Hannahs Überraschung schluckte das Baby das meiste von dem, was in ihren Mund gelangte.

Als ob er sie alle daran erinnern wollte, dass auch er Hunger habe, hämmerte Daniel gegen Hannahs Brust und verzog unwillig seinen Mund. Sie blies ihm sanft ins Gesicht und er sah sie hoffnungsvoll, aber auch verwirrt an. Elizabeth tat das, um seine Aufmerksamkeit zu erregen, wenn er abgelenkt wurde.

»Versuch das, kleiner Bruder«, sagte Hannah auf Kahnyen'kehàka zu ihm und tauchte ihren Finger in den Brei. Er saugte so fest daran, dass sie zusammenzuckte. Dann öffnete er den Mund und verlangte nach mehr.

»Seht nur!« Hannah war erleichtert und erfreut.

»Hunger ist der beste Koch, sagt man.« Curiosity schniefte leise. »Gott sei Dank.«

Es klopfte an der Tür.

»Das wird Mrs. MacKay sein«, meinte Hakim Ibrahim.

»Ich glaube nicht, dass wir sie noch brauchen. Nicht solange diese Ziegen sich nicht entschließen, schwimmen zu gehen«, sagte Curiosity.

Hannah wollte Mrs. MacKay nicht unbedingt noch einmal sehen, also konzentrierte sie ihre Aufmerksamkeit auf Daniel, der ihr Handgelenk mit beiden Händen so fest umklammerte, als wolle er den Löffel an den Mund führen. Sie hörte jedoch das Auf und Ab von Hakim Ibrahims Stimme und Mrs. MacKays Antwort: sanft, zögernd, trotzig und gleichzeitig traurig. Hannah warf Curiosity einen Blick zu, die nur überrascht eine Augenbraue hob.

Der Hakim kam zurück, ging zu seinem Medizinschrank und holte eine kleine Flasche aus einer kunstvoll verzierten Schatulle. Hannah beobachtete, wie er aus einem Gefäß ein Stück weichen Stoff nahm und dann kurz mit Mrs. MacKay sprach.

Sie schloss die Tür hinter sich, schaute aber über sie hinweg, als wären sie nicht da. Ihre Augen waren rotgerändert und ihr Teint sah selbst für eine weiße Frau sehr blass aus.

Auf ihrem Leibchen zeichneten sich Flecken ab und zum ersten Mal wurde Hannah bewusst, dass Elizabeth sich beinahe in der gleichen Situation befand – nur würde sie ihre Kinder zurückbekommen. Das war Hannah tief in ihrem Inneren klar. Diese Frau konnte jedoch nicht auf eine Wiedervereinigung hoffen. Hannah hätte etwas zu Mrs. MacKay sagen, sich bedanken oder sogar entschuldigen können, doch die Schottin weigerte sich, sie anzuschauen.

»Neigen Sie den Kopf nach links, bitte«, sagte der Hakim. Er presste den Stoff auf die Öffnung der Flasche und kippte sie mit einer Drehung des Handgelenks. Ein weiterer Geruch durchzog den Raum – scharf, aber nicht unangenehm. Dann legte Hakim Ibrahim das durchtränkte Tuch auf Mrs. MacKays Ohrmuschel und hielt es dort einen Augenblick lang fest. Dabei murmelte er leise etwas, das Hannah nicht so recht verstehen konnte. Schließlich trat er zurück und verbeugte sich leicht.

Mrs. MacKay sagte: »Ich habe ein paar Schilling«, schien jedoch erleichtert zu sein, als der Hakim ihr Geld nicht annehmen wollte. Ohne ihnen einen Blick zuzuwerfen, schlüpfte sie aus dem Raum.

»Was haben Sie ihr gegeben?« wollte Hannah wissen.

»Gegen Trauer gibt es keine Medizin«, sagte Hakim Ibrahim und nahm wieder Mörser und Stößel in die Hand. »Aber Sandelholzöl wird ihren Unterleib ein wenig beruhigen.«

Curiosity seufzte. »Es gibt Frauen, die nie über eine Totgeburt hinwegkommen.«

Das hatte Hannah auch schon gehört. Ein Mädchen kam gar nicht umhin, sich Geschichten über Geburten anzuhören: beim Spinnen, Waschen und bei der Gartenarbeit. Sie dachte sehr oft daran, dass auch sie eines Tages im Wochenbett liegen würde und kämpfen müsste, um mit dem Leben davonzukommen. Wenn man diesen Weg einmal beschritten hatte, gab es keine Möglichkeit mehr, seinem Schicksal zu entgehen – ebenso wie sie dieses Schiff nicht zu Fuß verlassen konnten.

Ihre Mutter hatte den Kampf verloren. Hannah sah sie immer noch vor sich. Als sie starb, hatte sie einen Mundwinkel leicht nach unten gezogen, so wie sie es oft tat, wenn sie verärgert war. Sie verließ die Welt zornig – aber zornig auf wen? Auf die Frauen, denen es nicht gelungen war, die Blutungen zu stillen? Oder vielleicht auf das Kind mit dem wächsernen Gesicht,

das sie ihr liebevoll in die kalten Arme gelegt hatten? Möglicherweise war sie aber auch wütend auf sich selbst und ihr Versagen gewesen. Hannah hatte sich das schon oft gefragt. Daniel zog heftig an ihrem Zopf und Hannah riss sich aus ihrem Tagtraum, um ihm mehr Brei in den Mund zu löffeln. »Ich wünschte, ich wäre freundlicher zu ihr gewesen«, sagte sie. Curiosity gab einen besänftigen Laut von sich. »Du trägst schon genug auf deinen Schultern, Kindchen. Du kannst dir nicht das Leid der ganzen Welt aufladen.«
Der Hakim schwieg und sah sie nachdenklich an.

Gegen Mittag konnte Hannah ihren Wunsch, auf das Achterdeck zu gehen, kaum mehr unterdrücken. Von dort könnte sie den Horizont nach Segeln absuchen, die vielleicht eine rasche Rettung bedeuten würden. Curiosity weigerte sich jedoch, irgendwo hinzugehen, wo sie Moncrieff begegnen könnte, und Hannah war noch nicht so verzweifelt, dass sie sie mit den Babys im Stich gelassen hätte. Arbeit wäre geeignet gewesen, sie abzulenken, aber es gab nur wenig zu tun. Man kümmerte sich um alles, was nötig war. Der Kabinensteward hatte sogar drei Körbe voll schmutziger Windeln zum Waschen abgeholt.

»Schau nicht überrascht drein«, meinte Curiosity. »Ich wette, schmutzige Windeln sind nicht das Schlimmste, womit diese Jungs sich abfinden müssen.« Sie hatte das Bündel gefunden, das Runs-from-Bears von dem Lager der Händler mitgebracht hatte. Jetzt stand sie über Hakims Tisch gebeugt, auf dem das Rehfell ausgebreitet lag. Eine Näharbeit wäre eine Ablenkung gewesen, hätte Hannah sich nur darauf konzentrieren können.

Sie dachte über den Kabinensteward nach. Sein Name war Charlie und er kam ihr vor wie ein ganz gewöhnlicher Junge, ein wenig jünger als Liam, aber älter als sie. Sie wusste nur, dass er aus Schottland kam, bereits seit drei Jahren zur See fuhr und dass seine Hände – mit von der schweren Arbeit geröteten Knöcheln – sauberer waren als ihre. Als er frisches Wasser brachte, fragte sie ihn danach.

»Der Hakim sagt, der Teufel versteckt sich unter den Fingernägeln, Miss.« Hannah bemerkte, dass er versuchte, seinen schottischen Dialekt zu verbergen und zu sprechen wie der Doktor. Das machte sie neugierig, obwohl ihr klar war, dass es keine gute Idee war, allzu freundlich zu ihm zu sein; er könnte alles Moncrieff oder dem Kapitän berichten. Und trotzdem neigte sie dazu, ihn zu mögen – wegen seiner Fähigkeiten, seiner Schnelligkeit und vielleicht auch, weil sie zu wenig Verbündete an Bord der *Isis* hatten.

»Ich halte es sowieso nicht für klug, wenn du dich an Deck aufhältst«, sagte Curiosity, furchte konzentriert die Stirn und schnitt mit der geborgten Schere das Rehfell der Länge nach durch. »Was du brauchst, ist Schlaf.«

Hannah nickte, weil sie nicht genügend Kraft aufbrachte, um zu widersprechen.

Schläfrig und verwirrt wachte Hannah in einem warmen, schwach beleuchteten Raum auf. Ihr Kopf schmerzte. Einen Augenblick lang blieb sie liegen und lauschte, wie sich das ruhige Atmen der Babys mit Frauenstimmen vermischte. Curiosity und Elizabeth saßen gemeinsam am Herd und warteten darauf, dass sie zu ihnen kam, ihren Teil der Arbeit übernahm und sich an der Unterhaltung beteiligte. Doch dann begannen die Holzwände um sie herum zu knarren und zu schaukeln. Das war ein Schiff und jetzt wusste sie wieder, wo sie war. Hannah setzte sich mit einem unterdrücktem Schrei auf, rollte sich aus ihrer Hängematte und war mit zwei Schritten bei der Tür.

Aber es war nicht Elizabeth, die sich nach ihr umdrehte. Es war auch nicht Mrs. MacKay, die vielleicht zurückgekommen war, um die Gesellschaft einer Frau zu suchen. Curiosity gegenüber saß Miss Giselle Somerville.

In den erdigen Farbtönen des Arztzimmers wirkte sie wie eine bunte Pflanze. Ihr Kleid schimmerte blassgrün wie frisches Gras, hier und da mit einem Muster besetzt, das rankenden Rosen glich; im Sonnenlicht leuchtete ihr Haar goldfarben wie die Fäden reifer Maiskolben. Aus dieser Nähe sah Hannah, dass ihr leicht erschlafftes Kinn und ein Netz aus feinen Linien in den Augenwinkeln ihr Alter verrieten, aber ihr Auftreten war das einer viel jüngeren Frau. Eine Zeit lang starrte Hannah Giselle Somerville an und diese erwiderte ihren Blick, weder lächelnd noch stirnrunzelnd. Als wäre es die normalste Sache der Welt, dass sie hier bei ihnen saß; als wäre sie vorbeigekommen, um einen langen Nachmittag mit alten Freundinnen zu verbringen.

Hannah spürte, wie sich ihr Gesicht vor Überraschung rötete, und aus irgendeinem Grund begannen ihre Finger zu zucken.

»Komm her und sag guten Tag«, forderte Curiosity sie auf. Ihre Stimme klang ungewohnt: zurückhaltend und ein wenig krächzend vor Anstrengung. Hannah hätte in die andere Kabine zurückkehren und dort, wo ihre Geschwister schliefen, in der warmen Dunkelheit bleiben können. Curiositys Miene drückte jedoch aus, dass sie Hannah hier haben wollte, und Hannah konnte nicht ungehorsam sein; sie würde Curiosity nicht vor dieser Frau bloßstellen.

»Ich nehme an, du hast von deinem Vater von mir gehört«, sagte Giselle Somerville. »Er und ich waren einmal gute Freunde.« Ihr Tonfall war nicht herzlich, aber in ihrem Blick lag ein gewisser Eifer.

Sie will mich für sich gewinnen, dachte Hannah. Ich bin nichts weiter als ein guter Fang für sie.

Hannah schluckte. »Ich kann mir nicht vorstellen, dass Sie jemals mit meinem Vater befreundet waren.«

Curiosity blinzelte, aber Miss Somerville lächelte.

»Das ist schon lange her. Wir waren beide noch sehr jung.«

In gewisser Weise war das ein Friedensangebot, doch dafür war Hannah nicht in der Stimmung. »Sie haben meinen Onkel Otter in Montreal festgehalten, damit mein Großvater ihm folgen musste«, sagte sie. »Wären Sie nicht gewesen, hätte das alles nicht passieren können, und wir wären jetzt zu Hause, wo wir hingehören.« Es kostete sie Kraft, dieser weißen Frau die Wahrheit zu sagen. Sie errötete und sah aus dem Augenwinkel, wie Curiosity ihren Rücken straffte – ob aus Stolz oder Besorgnis konnte sie nicht erkennen.

Giselle Somerville hob jedoch nur überrascht eine ihrer dünnen Augenbrauen.

»Vom Gesicht her ähnelst du deinem Vater kaum, aber sonst gleichst du ihm sehr.«

»Sie mag keine Spielchen, das ist wahr«, sagte Curiosity.

»Vielleicht sollten Sie uns besser sagen, was Sie vorhaben.«

»Nun gut.« Giselle betrachtete eine aufgestickte Rose an ihrem Ärmel. Als sie den Kopf hob, wirkte sie wieder kühl und bestimmt. »Ich habe vor, zu fliehen. Wenn Sie wollen, können Sie mit mir kommen.«

Hannah warf Curiosity einen überraschten Blick zu, aber die ältere Frau konzentrierte ihre Aufmerksamkeit auf Giselle Somerville.

»Sollten Sie Nathaniel Bonner wirklich so gut kennen, wie Sie sagen, dann ist ihnen bestimmt klar, dass er nicht mehr weit von uns entfernt sein kann – und sein Vater und seine Frau sind bei ihm. Wir haben also keinen Grund, jetzt davonzulaufen.«

Ein leichtes Lächeln glitt über ihre ebenmäßigen Gesichtszüge und war sofort wieder verschwunden. »Nathaniel und sein Vater ... Ja, ich nehme an, sie werden versuchen, uns zu folgen. Und seine Frau natürlich auch. Wie lautet der Name, den Otter für sie hatte? Bone-in-her-Back, die mit dem Rückgrat, glaube ich. Soweit ich das feststellen konnte, ist sie eine recht entschlossene Frau, wenn auch nicht sehr hübsch.«

Curiosity legte eine kühle Hand auf Hannahs Handgelenk, als wolle sie ihr Halt geben oder sie beruhigen. Hannah nahm sich zusammen und zwang sich, ruhig zu bleiben.

Giselle lächelte. »Aber sie haben kaum eine Chance – sie haben kein Schiff und die Aussichten, eines für eine so lange Reise zu finden, stehen schlecht.«

Hannah konnte sich nicht mehr zurückhalten. »Moncrieff sagt, sie seien schon unterwegs.«

Giselles Art zu zwinkern erinnerte Hannah an die weiße Eule, die auf den Dachbalken der Scheune in Lake in the Clouds saß und immer Ausschau nach den kleinen Kreaturen hielt, die aus Hunger oder Neugier nicht vorsichtig genug waren.

»Moncrieff ist verschlagen, nicht wahr? Er scheut keine Lügen, um sein Ziel zu erreichen. Aber Sie wissen sicher, dass seine einzige Aufgabe darin besteht, Carryck einen Erben zu bringen – damit der Titel und der Besitz vor den Campbells und der Krone sicher sind. Das ist alles, was sie interessiert – sie sind Schotten und man kann sich nicht darauf verlassen, dass sie vernünftig handeln. Sollten die Bonners noch am Leben sein, befinden sie sich sicher nicht auf der *Osiris*.«

Curiositys Hand schloss sich wie ein Schraubstock um Hannahs Arm. Sie lächelte breit. »Es hat niemand ein Wort über die *Osiris* gesagt.«

Giselles Muskeln um ihre Lippen spannten sich leicht an.

Hannah fiel es leichter zu atmen, als sie das bemerkte – das erste Zeichen, dass sie es nicht mit Curiosity aufnehmen konnte. Das konnten allerdings nur wenige Frauen, aber einen Augenblick lang war Hannah besorgt gewesen, diese Frau mit ihren Juwelen, Seidenstoffen und dem messerscharfen Lächeln könnte tatsächlich so gefährlich sein, wie sie sich gab.
»Es ergibt durchaus Sinn, dass Moncrieff so etwas verspricht.« Giselle war jetzt wieder ganz ruhig. »Was sollte er sonst sagen, damit ihr ihm keinen Ärger macht? Ihr seid für ihn nur dazu da, die Kinder – vor allem den Jungen – bei guter Gesundheit zu erhalten, bis er ihn dem Earl übergeben kann. Und natürlich hält Moncrieff sich für sehr schlau.«
»Da ist er nicht der einzige, nicht wahr?« entgegnete Curiosity.
Giselle erhob sich abrupt; ihre Armbänder klingelten. »Ich habe euch nur eine Möglichkeit geboten, diese Kinder davor zu bewahren, in Carryck abgeliefert zu werden. Wie ich sehe, sind meine Bemühungen aber nicht erwünscht. Also – einen guten Tag denn.«
Curiosity streckte die Hand aus und winkte einladend. »Warten Sie. Sie haben doch keine Angst vor einem offenen Gespräch, oder?«
Giselle kniff die Augen zusammen, setzte sich aber wieder. Ihr Rücken war so gerade wie der Lauf eines Gewehrs und sie neigte den Kopf zur Seite.
Eine Weile sahen sie sich an, dann beugte Curiosity sich vor, als hätte sie ein Geheimnis zu verraten. »Sie unterhalten sich nicht oft mit Frauen, nicht wahr? Wenn Sie es vermeiden können, geben Sie sich lieber nicht mit den Vertretern Ihres eigenen Geschlechts ab. Keine Sorge, wir werden Sie nicht lange aufhalten. Nun, ich sehe die Sache folgendermaßen. Ihr Vater will Sie mit dem Captain verheiraten, um Ihrem Tun einen Riegel vorzuschieben. Sie sind froh, von ihm wegzukommen, also gehen Sie nach Schottland. Daran ist nichts Ungewöhnliches – seit wir Frauen Kinder in diese Welt setzen, haben wir auch schon mal einen Mann gegen einen anderen ausgetauscht. Aber der Captain gefällt Ihnen nicht. Vielleicht ist er Ihnen nicht attraktiv genug oder zu zahm für Sie, oder Sie wollen sich einfach diese Schikane nicht gefallen lassen. Also wollen Sie ihm davonlau-

fen, bevor er Sie gesetzmäßig sein Eigen nennen kann. Ich habe so etwas schon erlebt und das ist noch gar nicht so lange her. Schließlich müssen Frauen manchmal ihr Schicksal in die eigene Hand nehmen. Mir ist klar, dass Sie nicht dumm sind, also gehe ich davon aus, dass Sie einen Plan haben.«

Sie hielt inne, und da die jüngere Frau keine Einwände erhob, fuhr sie fort:

»Ich nehme an, Sie haben ein paar Männer bestochen, die Augen zu schließen, wenn der Zeitpunkt gekommen ist. Ein Boot oder ein Pferd oder irgendeine Möglichkeit, Abstand zwischen Ihnen und dem Captain zu schaffen. Für Ihre Wertgegenstände reicht ein Beutel, also sind Sie jederzeit bereit, abzuhauen. Den Rest lassen Sie zurück und reisen mit leichtem Gepäck. Warum sollten Sie da eine zänkische alte Frau und drei Kinder mitschleifen, wenn Sie sich auf der Flucht befinden und so viel auf dem Spiel steht? Wir können nicht schnell reisen, und wenn Sie daran interessiert sind, unauffällig voranzukommen ... Nun, wir würden auffallen wie bunte Hunde. Also frage ich mich: Bieten Sie uns etwas an oder wollen Sie etwas von uns?«

»Sehr klug von Ihnen«, sagte Giselle Somerville mit eisiger Stimme. »Und zu welchem Entschluss sind Sie gekommen?«

Curiosity zuckte die Schultern. »Zuerst dachte ich an Geld. Hier ist irgendwo Gold versteckt und davon haben Sie gehört. Gold könnte nützlich für Sie sein, auch wenn wir vier es nicht sind.«

Giselle setzte ein dünnes Lächeln auf. »So scharfsichtig wie Sie sind, sollten Sie bereits erkannt haben, dass Geld kein Problem für mich darstellt.«

Curiosity zuckte wieder die Schultern. »Sie haben auch nie Hunger gelitten. Aber der Tag könnte kommen und Sie sind nicht der Typ, der sich unvorbereitet auf etwas einlässt. Aber möglicherweise ist Ihnen Gold nicht so wichtig wie Ihr Vergnügen daran, ihren Willen bei Männern durchzusetzen. Sie als die Dummköpfe hinzustellen, die sie sind. Ist das nicht so?«

Giselles Augen blitzen auf – ein Ausdruck der Befriedigung oder Verachtung. Couriosity nickte, als hätte sie laut gesprochen.

»Das weiß ich ganz sicher. Ich frage mich allerdings, ob noch etwas anderes dahinter steckt. Vielleicht haben Sie ein Auge auf

Nathaniel geworfen – bereit, ihm zurückzuzahlen, was sich vor all diesen Jahren ereignet hat. Möglicherweise war Otter ein Teil dieses Plans und vielleicht ist dies ein weiterer. Rache ist ja bekanntlich süß.

Wie auch immer, Miss Somerville, sagen Sie mir, ob ich nur eine dumme alte Frau bin, die sich davor fürchtet, zu viel nachzudenken, oder ob Sie uns noch nicht die ganze Geschichte erzählt haben.«

Giselles Blick wanderte zwischen Hannah und Curiosity hin und her, dann stand sie mit einem eleganten Schwung ihres Rocks auf. »Ich muss über einige Dinge nachdenken, bevor wir unsere Unterhaltung fortsetzen«, sagte sie. »Ich wünsche einen guten Tag.«

Als sie die Tür hinter sich geschlossen hatte, wandte sich Curiosity Hannah zu und packte mit festem Griff ihre beiden Hände. »Ist die *Osiris* das Schiff, über das Moncrieff mit dir gesprochen hat?«

Hannah zuckte überrascht zusammen. »Ja, da bin ich ganz sicher.«

Curiosity lächelte grimmig. »Und hat Elizabeth das Gold mitgenommen, als der Gouverneur sie abgeholt hat?«

»Eines der Säckchen, ja. Sie holte es in letzter Minute aus dem Tragekorb.«

»Und der andere Beutel? Wann hast du den zum letzten Mal gesehen?«

Curiositys Gesichtsausdruck erschreckte Hannah beinahe mehr als Giselle Somervilles Behauptungen, aber sie versuchte, ihre Gedanken zu ordnen.

»Mein Großvater hatte ihn. Warum?«

Curiosity stand auf und lief in der Kajüte hin und her, die Arme fest unter der Brust verschränkt und das Kinn nach unten gedrückt, während sie sich konzentrierte. Dann blieb sie stehen und sah Hannah in die Augen. »Wir haben also nur ein wenig Silber. Aber hör mir zu, Kindchen, wir müssen sie glauben machen, wir hätten das Gold bei uns. Verstehst du mich?«

Hannah nickte, verwirrt und beunruhigt. »Du glaubst ihr wohl nicht, oder? Du denkst nicht, dass Moncrieff ...« Sie zögerte, weil sie sich davor fürchtete, laut auszusprechen, was wahr sein könnte – dass sie jetzt ganz allein auf weiter See waren, und dass ihr Vater, ihr Großvater und Elizabeth sich weiß Gott wo aufhielten.

Curiosity schüttelte heftig den Kopf. »Nein, ich glaube ihr nicht. Dieser alte Earl wollte Hawkeye und Moncrieff wird ihn ihm bringen, wenn er kann. Aber sie ist hinter etwas anderem her und ich bin mir noch nicht sicher, was es ist. Immerhin hat sie uns einiges verraten, indem sie uns gesagt hat, dass sie flüchten will, verstehst du?«

»Vielleicht wird sie das gar nicht tun«, meinte Hannah. »Fliehen, meine ich. Vielleicht wollte sie nur sehen, wie wir reagieren.«

»Um Moncrieff zu helfen? Meinst du, sie spioniert für ihn?«

Hannah schüttelte verwirrt den Kopf. »Nein, das nehme ich nicht an. Sie mag ihn nicht besonders, oder?«

»Sie ist nicht leicht zu durchschauen«, stellte Curiosity fest. »Eines ist jedoch sicher – was Pickering ihr zu bieten hat, ist nicht das, was sie will.«

»Wegen seines Gesichts?«

»Nein, Kindchen. Wegen seines Herzens.«

Aus dem anderen Raum kamen die summenden Geräusche, die bedeuteten, dass Lily langsam wach wurde. Gleich würde sie feststellen, dass die einzige Person auf dieser Welt, die sie brauchte, nicht bei ihr war. In ihrer Verzweiflung würde sie Daniel aufwecken und dann würden beide wieder mit einer langen Prozedur beruhigt werden.

»Sie will Elizabeth schaden«, sagte Hannah. Irgendwie spürte sie, dass das die Wahrheit war.

Curiosity stieß einen Seufzer aus, zog Hannah an sich und drückte sie an sich. Wie immer roch sie nach Laugenseife, Lavendel und nach sich selbst. Curiosity – ihr Wille war so stark, und ihr Herz so weich. Hannah wollte sie gar nicht mehr loslassen und Curiosity schien das zu wissen. Sie legte Hannah eine Hand auf die Wange und wiegte ihren Kopf sanft hin und her. »Verlier jetzt nicht den Glauben, hörst du?«

»Was meinst du, wird Miss Somerville zurückkommen?« fragte Hannah.

»Noch vor Sonnenuntergang«, behauptete Curiosity. »Darauf kannst du wetten.«

Sie warteten den ganzen Nachmittag. Während sie Reis zubereiteten und mit Ziegenmilch mischten und die Zwillinge fütterten, warteten sie. Der Hakim kam und ging und erledigte seine täglichen Aufgaben. In unausgesprochener Übereinkunft erwähnten sie Giselle Somerville nicht; sie wussten nicht, inwieweit er loyal war, und beide wollten ihn nicht prüfen. Er bereitete Curiosity noch etwas von ihrer Medizin zu und ging dann wieder, um mit dem Captain Tee zu trinken.

Curiosity hielt es nicht aus, sich hinzusetzen ohne ihre Hände zu beschäftigen, also nahmen sie die Näharbeiten wieder auf und lauschten dabei auf leise Schritte vor der Tür. Hannah nähte Leggings zusammen und versuchte sich daran zu erinnern, warum es ihr, nur einen Tag zuvor, so wichtig gewesen war, Materialien für Kahnyen'kehàka-Kleidung zu bekommen. Der alte Tory mit den ausgefransten Ohren erschien ihr wie ein Traum oder eine Geschichte, die sie am Kamin gehört hatte, als die Älteren von den Tagen erzählten, bevor die O'seronni gekommen waren.

Charlie brachte Tee und richtete höfliche Nachfragen des Captains aus. Sie fütterten gerade die Babys mit Ziegenmilch aus einer Schale und er blieb stehen, um Lilys klebrige Wange mit einem Finger leicht zu berühren. Als sie nach seiner schwieligen Hand griff, lächelte er erfreut.

»Sag mir«, begann Curiosity in einem so unbekümmerten Tonfall, dass Hannah die Ohren spitzte. »Ist die *Isis* das einzige Schiff, das dem Earl gehört?«

Charlie richtete sich überrascht und empört auf und fing an aufzuzählen, was auf der langen Bestandsliste des Earl of Carryck stand. Er sprach von Handelsschiffen, Schaluppen und Kuttern, als würden sie ihm selbst gehören. Hannah begriff, dass das in gewisser Weise auch so war – die Handelsgesellschaft war die einzige Familie, die er hatte, und dieses Schiff würde vielleicht für den Rest seines Lebens sein Heim bleiben. Das machte sie ein wenig traurig, aber auch neugierig.

Curiosity schien wenig beeindruckt zu sein.

»Aha.« Sie unterbrach ihn gleichgültig und widmete ihre Aufmerksamkeit ganz der Aufgabe, den Löffel aus Daniels Faust zu ziehen. »Ich mag Geschichten auch sehr gern. Aber ich nehme an, du hast noch nie eines dieser Schiffe wirklich gesehen, oder?«

Er starrte sie an. »Doch, das habe ich, und das erst vor knapp zwei Tagen. Die *Osiris* kam nach Québec, gerade als wir Segel setzten.« Je aufgeregter er wurde, umso mehr verschwand die bemühte Nachahmung von Hakims Englisch und sein schottischer Akzent wurde immer stärker.

»Die *Osiris*?« Curiosity schnaubte leise. »Dieser große Ostindien-Dampfer, von dem du uns erzählt hast? Was sollte dieses Schiff wohl in Kanada verloren haben?«

Charlies Gesicht wurde dunkelrot und Hannah empfand beinahe Mitleid mit ihm – eine arme, verwirrte Maus, mit der Curiositys Katze spielte.

»Aber es war die *Osiris*! Ich würde sie überall erkennen. Der Earl schickt immer Schiffe mit bestimmten Aufträgen los. Sind wir nicht nach Martinique gesegelt, weil er diese verdammten Ti-nain-Pflanzen haben wollte? Und hat sich der Hakim seither nicht jede Menge Mühe machen müssen, damit die Dinger wachsen? Er wird die *Osiris* wohl nach Québec geschickt haben, um irgendeinen Vogel mitzubringen, den er haben will, oder das Fell eines seltenen Tiers, das man in Schottland nicht züchten kann, oder sonst irgendetwas Unnötiges. Ist es nicht das, was reiche Männer tun?«

»Ja, mag sein.« Curiosity verfügte über ein gewisses Lächeln, das sie sich für Männer aufsparte, die ihr eine Freude gemacht hatten. Hannah war Zeuge gewesen, wie dabei selbst Richter Middleton seinen Kopf erfreut gesenkt hatte – ebenso wie Charlie es nun tat. Seine Ohren leuchteten hellrot.

»Es war die *Osiris*, Mrs. Freeman, und sie ist ebenfalls auf dem Heimweg nach Firth. Sie werden sie dort sehen.«

»Du hast wohl recht«, meinte Curiosity und schob Daniel auf ihrem Schoß in eine bequemere Position. »Ich weiß sowieso nicht viel über Schiffe – das kann ich wirklich nicht behaupten.«

Hannah konnte ihre Überraschung und ihre Bewunderung für Curiosity kaum verbergen. Mit so wenig Mühe war es ihr gelungen, herauszufinden, was sie wissen wollte. Und Charlie hatte dadurch keinen Schaden erlitten, sondern freute sich sogar, ihr einen Dienst erwiesen zu haben. Die *Osiris* war auf dem gleichen Weg und wahrscheinlich nicht weit hinter ihnen. Ein Schauer der Erleichterung lief ihr über den Rücken. Hannah vergrub ihre Nase in Lilys Nacken und atmete tief durch.

Charlie war bereits an der Tür, als Curiosity ihm eine weitere

Frage hinterher rief:»Oh, mein Lieber, sag mir noch etwas. Wer sind diese Campbells, von denen ich hin und wieder höre? Kennst du sie?«
Er blickte überrascht drein und seine Miene verfinsterte sich.»Aber ja. Wer kennt die Campbells nicht?«
»Freunde vom Earl?«
Die Frage entrüstete den Jungen und er errötete wieder bis unter die Haarwurzeln.»Die Campbells Freunde von Carryck? Sie sind nichts als verräterische Hunde, die ehrliche Menschen vernichten wollen.«
Als die Tür hinter ihm ins Schloss gefallen war, drehte sich Curiosity zu Hannah um.»Ich nehme an, das war nicht gerade ein Kompliment.«
Hannah musste lächeln.»Granny Cora erzählte oft Geschichten von den Kriegen zwischen den Clans. Die Häuptlinge nannte ihre Männer ›Hunde‹.« Sie schloss die Augen und versuchte, sich an den vertrauten Rhythmus der Stimme ihrer Großmutter zu erinnern.»›Söhne der Hunde, kommt und fresst Fleisch‹ – so wurden sie in die Schlacht gerufen.«
»Und dein Volk nennen sie Barbaren.« Curiosity brummte leise.»Und nun frage ich mich, was Miss Priss damit meinte, als sie sagte, die Campbells würden Carryck Ärger machen.« Sie stand auf, setzte Daniel auf ihre Hüfte und sah durch das Fenster auf die wogende See hinaus.

Die sinkende Sonne und das Meer ließen das Tageslicht langsam verblassen. Mit der schlafenden Lily in den Armen, lehnte Hannah sich gegen die Wand und beobachtete die kreisenden Seevögel, die sich weiß gegen den tiefblauen und scharlachroten Himmel abhoben. Durch die Wand des Arztzimmers hörte sie Hakim seine Gebete singen: Er hatte eine heisere Stimme und kein sehr feines Gehör, trotzdem hüllte sie sein Gesang so sanft ein wie ein Seidenschal. Hannah verstand nichts von dieser Sprache oder von seinem Gott, außer dass beides ihm, so weit weg von der Heimat, Trost spendete. Sie presste sich fester gegen die Wand. Das Gewicht der schlafenden Lily hielt sie fest, ihr Atem war feucht und süß. Hinter den Lidern zuckten die muschelfarbenen Augen des Babys – selbst im Schlaf suchte es nach seiner Mutter.

Curiosity hörte plötzlich auf zu summen und Hannah richtete sich auf. Aufmerksam legte sie die Stirn in Falten und spähte über den Kopf des schlafenden Daniels hinweg. »Horch«, flüsterte sie.

Hannah legte den Kopf zur Seite und schloss die Augen, konnte aber nur das Meer und das Knarren des Schiffs ringsumher hören. Nichts von Giselle Somerville. Noch nicht, verbesserte sie sich selbst.

»Was ist?«

Curiosity fuchtelte aufgeregt mit ihrer Hand. »Hör doch!«

Hannah schloss wieder die Augen. An Deck liefen Männer hin und her wie so oft: Sie wechselten sich bei der Wache ab, setzten Segel oder holten sie ein, schrubbten das Deck, zerrten an Tauen oder erledigten eine der anderen hundert Aufgaben, die den Tag in verschiedene Abschnitte einteilten. Doch das Schiff hatte seine eigene Stimme – und dann nahm auch Hannah es ganz schwach wahr – ein leichtes Erzittern, gefolgt von einem Seufzen, wie von einer Frau am Ende eines langen Tags.

»Werden wir langsamer?«

Curiosity hob eine Hand mit der Handfläche nach oben, als wolle sie die Frage abwägen.

An der Tür sagte Hakim Ibrahim: »Wir machen weniger Fahrt.«

»Stoppen wir?« Curiosity sog zischend den Atem ein.

Die glatten Augenbrauen unter Hakims Turban zogen sich zusammen. »Nicht ganz, aber beinahe. Vielleicht ist mit der Takelage etwas nicht in Ordnung.« Als er Curiositys ungläubige Miene sah, fügte er hinzu: »Das ist nichts Ungewöhnliches, Mrs. Freeman.«

Hannah zupfte ihn am Ärmel. »Sind wir in der Nähe einer Küste?«

Der Hakim holte eine Pergamentrolle aus einer Schublade seines Schreibtischs und breitete sie aus. Hannah schob Lily auf die andere Seite ihrer Brust, strich dem Baby die Locken aus der Stirn und beugte sich vor, um besser sehen zu können.

»Wir sind nicht in Sichtweite eines Hafens, falls das deine Frage war.« Mit einem seiner braunen Finger zeichnete er einen Bogen über die Karte. »Dieses Gebiet nennt sich Grand Banks – seichte Stellen mit Riffen. Fischer kommen sogar bis von Portu-

gal hierher.« Aus einer anderen Schublade seines Schreibtischs nahm er einige Steine, um das Pergamentpapier zu beschweren. Dann studierte er die Karte eine Weile und zog einen Mundwinkel nach unten. »Ich werde zum Captain gehen und sehen, was ich herausfinden kann. Entschuldigt mich bitte.«
Als er gegangen war, lächelte Curiosity Hannah über Daniels Kopf hinweg an.
»Was ist?« fragte Hannah. »Was denkst du?«
»Takelage – von wegen«, sagte Curiosity. »Seit wir Kanada verlassen haben, segelten wir sehr schnell und jetzt plötzlich nicht mehr. Weniger Fahrt, sagt er. Vielleicht warten wir darauf, dass uns jemand einholt.«
Hannahs Herz klopfte heftig und in einer perfekten Nachahmung dieses Rhythmus' klopfte es leise an der Tür. Sie zuckte zusammen und Lily verzog im Schlaf das Gesicht.
Curiosity deutete mit dem Kinn auf die Schlafkabine. »Lass dich nicht sehen«, flüsterte sie.
»Gib mir Daniel.«
»Nein«, erwiderte Curiosity. »Den brauche ich hier.«

»Ich sehe, Sie haben doch noch etwas mit uns zu besprechen«, sagte Curiosity. »Kommen Sie herein und setzen Sie sich. Ich kann nicht aufstehen – das Kind schläft fest.«
In der abgedunkelten Schlafkabine legte Hannah Lily in die Wiege und deckte sie sorgfältig zu. Dann trat sie einen Schritt zurück und stellte sich in den Schatten bei der Tür – sie hatte sie einen Spalt offen gelassen und von diesem Winkel aus konnte sie einen Teil von Curiositys Rücken und die Hälfte von Giselle Somerville sehen.
»Ich habe gewartet, bis der Doktor an Deck kam«, sagte Giselle.
»Dann trauen Sie ihm also nicht.«
Ein überraschtes Lachen. »Sie etwa?«
Hannah hätte gern Curiositys Gesicht gesehen, aber ihr langes Schweigen verriet bereits eine Menge. Giselles Tonfall war ebenfalls gelassen, so als würden sie sich nur darüber unterhalten, wann der Sommer endlich käme. Als sie zu sprechen begann, klang ihre Stimme sehr kühl.
»Sie müssen meine Verwirrung entschuldigen«, sagte sie.

»Ich war der Meinung, Sie würden diese Reise gegen Ihren Willen unternehmen.«

Curiosity lachte, aber es klang freudlos. »Oh, das haben Sie schon richtig verstanden. Ich hatte niemals vor, dieses Meer zu überqueren. Ich wollte es nicht einmal sehen. Meine Mama überquerte es in Ketten, als sie nicht viel älter als Nathaniels Hannah war. Sie haben eine Sklavin aus ihr gemacht und als Sklavin ist sie auch gestorben.«

Hannah schlang die Arme enger um ihren Körper. Sie hatte Angst zu atmen, um ja kein Wort zu versäumen. Giselle Somerville sagte keinen Ton, aber Curiosity schien das nicht zu bemerken.

»Jetzt bin ich seit ungefähr dreißig Jahren frei«, fuhr sie fort. »Auch meine Kinder sind frei geboren. Aber ich glaube, irgendwo in meinem Inneren habe ich ›frei‹ mit ›sicher‹ verwechselt. Vor allem für eine Frau ist das nicht dasselbe, nicht wahr?«

Giselles Nacken rötete sich. »Nein«, sagte sie. »Das ist es nicht.« Sie senkte den Blick und hob ihn dann wieder. Curiosity bemerkte mit einem Mal, wie seltsam die Farbe ihrer Augen war: beinahe violett in einem sehr weißen Gesicht. »Ich biete Ihnen eine Möglichkeit, zu fliehen«, erklärte sie.

Curiosity beugte sich ohne Vorwarnung vor und drückte Giselle einfach den schlafenden Daniel in die Arme. Giselle gab erschrocken einen Laut von sich und zum ersten Mal zeigte sich echte Überraschung auf ihrem Gesicht.

»Sehen Sie sich dieses Kind an. Hübsch, nicht wahr? Aber er ist aus Fleisch und Blut. Schauen Sie gut hin und denken Sie darüber nach. Sollte einem dieser Kinder etwas zustoßen, so werde ich Nathaniel und Elizabeth Rede und Antwort stehen müssen – ebenso sicher, wie ich es einmal bei meinem Gott tun muss.«

»Nehmen Sie ihn wieder.« Giselles Stimme zitterte vor Empörung. »Nehmen Sie ihn zurück!«

Als Curiosity Daniel wieder auf dem Schloss hatte, sagte Giselle: »Es war dumm, das zu tun.« Ihre Augen sprühten Funken, ihre gelassene Gleichgültigkeit war verflogen. Flüchtig glitt ihr Blick über Daniel und ihre Röte vertiefte sich. »Bin ich denn ein junges Mädchen, das wegen eines kleinen Kindes den Verstand verliert? Haben Sie geglaubt, mit einem Baby im Arm würde ich ein großes Geheimnis verraten?«

»Ja«, sagte Curiosity leise. »So ein Wirbel um ein kleines Baby. Als ob Sie noch nie eines in den Armen gehalten hätten.«
Giselle erstarrte und ihre Miene wurde plötzlich starr. »Was meinen Sie damit?«
»Nun, eigentlich gar nichts«, erwiderte Curiosity. »Was haben Sie denn geglaubt, was ich damit meine?«
Nach einem Augenblick lächelte Giselle. »Ich verstehe, dass die Sicherheit der Kinder für Sie an erster Stelle steht. Hören Sie mir jetzt zu. Ich werde Ihnen sagen, welche Möglichkeit ich Ihnen anbieten kann, und Sie können mein Angebot annehmen oder auch nicht – ganz wie Sie möchten. Es kann noch einen Tag lang dauern, aber früher oder später wird ein kleines Schiff in der Nähe ankern und eine besondere Signalflagge hissen. Wenn dieses Schiff in Sichtweite ist, werde ich hier an Bord für Aufregung sorgen und mich dann davonschleichen. Es wird alles sehr schnell gehen müssen, denn wenn dieses Schiff auftaucht, wird die *Osiris* schon in nächster Nähe sein.«
Curiosity lachte kurz auf. »Dann sind wir also doch langsamer geworden, um auf die *Osiris* zu warten.«
»Ja, natürlich.« Giselle sagte das ganz selbstverständlich.
»Nun, Missy, dann sagen Sie mir, warum wir mit Ihnen fliehen sollten, wenn unsere Leute kurz davor sind, uns abzuholen?«
Giselle seufzte. »Sie dürfen nicht vergessen, was Sie über Moncrieff wissen. Er wird natürlich auf die *Osiris* warten, aber er ist nicht so dumm, Nathaniel in Schussweite kommen zu lassen. Nein, sobald sich die *Osiris* in angemessener Entfernung zeigt, werden wir wieder Kurs auf Schottland nehmen.«
Curiosity wollte etwas sagen, doch Giselle hob die Hand. »Wenn Sie die *Isis* mit mir verlassen, können wir der *Osiris* signalisieren, anzuhalten und euch an Bord zu nehmen. Vorausgesetzt, dieser Carryck will das Kind, dann werden sie das auch zweifellos tun.«
»Und wir befinden uns immer noch auf dem Weg nach Schottland«, stellte Curiosity fest.
Giselle breitete die Hände auf ihrem Schoß aus. »Ja«, sagte sie einfach. »Aber wenn Nathaniel und Hawkeye euch beschützen, wird Moncrieff es nicht wagen, euch von der *Osiris* zurückzuholen, und so wärt ihr alle zusammen. Und das scheint mir

doch euer größter Wunsch zu sein.« Sie sagte das, als wäre ihr das ein Rätsel und als käme es ihr ein wenig belustigend vor. Dann blickte sie wieder auf Daniel.
»Sein Haar ist sehr dunkel, nicht wahr?«
Curiosity zuckte die Schultern. »Kein Wunder, wenn man seine Verwandten ansieht.«
Giselle wandte rasch ihren Blick ab. »Sollten Sie nicht mit mir kommen wollen, dann möchte ich Sie warnen.«
»Wir können Sie für Ihren Ratschlag nicht bezahlen, Miss Somerville.«
Die jüngere Frau sah bei dieser Unterbrechung eher verärgert als enttäuscht drein. Eine Falte bildete sich zwischen ihren blassen Augenbrauen. »Carryck will diesen Jungen unbedingt haben«, sagte sie. »Und es gibt noch andere, die ihn auch haben wollen.«
»Diese Campbells, nehme ich an«, meinte Curiosity.
»Der Mann, der Sie unterschätzt, tut mir leid.« Giselle lachte. »Ja, die Campbells. Ihnen liegt viel daran, dass Carryck keinen männlichen Erben hat, und sie werden alles tun, was in ihrer Macht steht, um das zu verhindern. Habe ich mich klar ausgedrückt?«
»Ja, das haben Sie«, erwiderte Curiosity. »Und nun lassen Sie mich ganz offen sprechen.«
»Ich glaube nicht, dass ich Sie davon abhalten könnte.« Giselle lächelte entwaffnend.
»Ich mache mir Gedanken darüber, wie verzweifelt Sie wohl sein mögen. Wer dieser Mann ist, mit dem Sie davonlaufen, und was er mit diesen Kindern vorhat. Schließlich sind sie Carryck einiges wert – oder diesen Campbells.«
Giselle erhob sich langsam. Sie ging zum Fenster und betrachte eine Weile den Himmel. Mit dem Rücken zu Curiosity sagte sie: »Ich könnte Ihnen jetzt einige Geschichten erzählen, die sie zufrieden stellen würden. Vielleicht sollte ich Sie ihnen alle erzählen und es Ihnen überlassen, die Wahrheit selbst herauszufinden. Aber eigentlich zählt nur eine Sache: Sie können das Schiff mit diesen Kindern verlassen und Moncrieff entkommen, wenn Sie wollen.«
»Ist das wirklich so? Und ich nehme an, Sie haben noch nie von Leuten gehört, die vom Regen in die Traufe geraten?« Cu-

riosity schaukelte ruhig hin und her und streichelte Daniels Rücken mit kreisförmigen Bewegungen.

Giselle wandte sich vom Fenster ab. »Sie haben keinen Grund, mir zu trauen. Ganz im Gegenteil. Aber lassen Sie mich Ihnen etwas über mich erzählen. Vielleicht werden Sie dann Ihre Meinung ändern.« Sie kreuzte die Arme unter der Brust und starrte auf den Boden. Als sie den Kopf wieder hob, glitzerten ihre Augen. »Meine Mutter war Französin aus guter Familie, allerdings mit bescheidenen Mitteln. Mein Vater bedauerte diese Verbindung. Er bezeichnete sie als unglückselig, unpassend, eine Unbedachtheit. Er ließ sich nach englischem Gesetz von meiner Mutter scheiden und schickte sie nach Frankreich zurück. Seit damals habe ich sie nicht mehr gesehen. Ich weiß nicht einmal ihren richtigen Namen und ob sie noch lebt. Vielleicht ist sie bei den Unruhen in Frankreich umgekommen. Aber ich habe vor, das herauszufinden, und der Mann, mit dem ich mich treffen werde, wird mich dorthin bringen. Das war meine einzige Bedingung.«

Curiosity setzte zum Sprechen an, doch Giselle hielt sie mit erhobener Hand zurück.

»Bitte, Schweigen ist mir lieber als eine Mitleidsbekundung von Ihnen. Nun kennen Sie die Geschichte – denken Sie darüber, was Sie wollen. Wenn es soweit ist, werde ich Ihnen ein Zeichen geben. Es kann schon bald sein, aber auch erst morgen Nacht. Sie werden dann sicher die richtige Entscheidung treffen.«

Nachdem sie gegangen war, sagte Curiosity: »Komm her, Kindchen, und sprich mit mir. Was hältst du von ihrer kleinen Geschichte?«

»Sie hat dich dabei kein einziges Mal angesehen«, erwiderte Hannah. »Ich glaube, sie hat gelogen.«

Curiosity brummte leise. »Vielleicht. Selbst wenn nicht, stimmt hier irgendetwas nicht.«

»Ich finde, wir sollten nicht mit ihr gehen«, sagte Hannah. »Zumindest nicht, bevor wir uns das Schiff gründlich angesehen haben.«

Curiosity stand stöhnend auf und legte Daniel an ihre Schulter. »Genau das werden wir tun«, stimmte sie zu. »Aber, für alle Fälle, pack den Korb.«

Bei Einbruch der Dunkelheit konnte Hannah es nicht mehr länger aushalten und ging hinauf an Deck. Sie fand einen Platz an der Reling, wo sie niemanden zu stören glaubte. Die Matrosen nahmen keine Notiz von ihr. Nach einer Weile begann sie, sich zu entspannen und genoss die frische Luft und den Wind. In einiger Entfernung befanden sich einige Fischerboote und sie fragte sich, wie es wohl sein mochte, auf dem Wasser zu leben – zu lernen, das Meer zu deuten, so wie ihr Volk den Himmel und die Berge deuten konnte.

»Die Indianer kommen, um die untergehende Sonne anzubeten, was?« sagte eine Männerstimme.

Hinter ihr stand der Erste Offizier, die Hände hinter dem Rücken verschränkt und das Kinn auf die Brust gepresst. Mr. MacKay war ein großer Mann, kräftig gebaut, hatte den Blick eines Seemanns, ein breites Kinn, eine hohe, schräg abfallende Stirn und eine Nase, die so kurz und flach war, dass es aussah, als würde sie versuchen, sich in seinem Schädel zu verkriechen. Doch am meisten beunruhigten sie seine Augen. Sie drückten eine launenhafte Neugier aus und jetzt bereute sie es, an Deck gekommen zu sein.

Außer ihm war niemand zu sehen. Es gab keine Möglichkeit, an ihm vorbeizukommen, solange er sie nicht gehen ließ.

»Sir?«

»Bist du getauft worden und Christin?« Er sprach so leise, dass sie sich anstrengen musste, ihn zu verstehen.

Es war eine einfache Frage, aber sie wollte sie nicht beantworten. An seiner Miene sah sie jedoch, dass ihr keine andere Wahl blieb. »Ich wurde getauft, Sir.«

Er kniff die Augen zusammen. »Tatsächlich? Und welcher gute Mann hat sich unter die Wilden begeben, um dich vor der ewigen Verdammnis zu retten?«

Hannah presste ihren Rücken an die Reling. »Ich kann mich nicht daran erinnern, Sir. Ich war noch sehr klein. Ein Jesuit, denke ich.«

Das lange Gesicht wurde so schnell puterrot, dass Hannahs Unbehagen dem Gedanken wich, er könne vor ihren Augen einen Schlaganfall erleiden.

Sein Mund verzog sich angewidert. »Papisten unter den Wilden. Ja, ich habe schon von solch lächerlichen Figuren gehört.

Und die armen kleinen Babys – sind sie mit dir verdammt worden?«

Hannah sah sich um in der Hoffnung, ein freundliches Gesicht zu entdecken, aber der Matrose am Ruder betrachtete nur den Horizont. Mr. MacKay wartete auf ihre Antwort, also schüttelte sie den Kopf.

»Sie sind noch nicht getauft, von keiner Glaubensgemeinschaft.«

»Ach. Dann gibt es ja noch Hoffnung. Nun hör mir gut zu«, begann Mrs. MacKay in freundlicherem Ton. »Engel werden herabsteigen, um die Bösen von den Guten zu trennen und die Bösen ins Feuer zu werfen; sie werden weinen und mit den Zähnen knirschen.« Er schob sein Gesicht vor, bis es nur noch wenige Zentimeter von ihrem entfernt war. »Es liegt nicht in deiner Natur, die Heilige Schrift zu verstehen – als Wilde und Frau –, aber es ist meine Pflicht, dir die Wahrheit zu sagen und den Teufel zu beschämen. Mädchen, du wirst im Höllenfeuer landen, wenn du nicht einsiehst, dass dein Weg falsch ist.«

»Ich möchte jetzt gehen«, sagte Hannah mit brüchiger Stimme. »Ich möchte zurück zu dem Hakim.«

»Der Hakim. Noch ein Ungläubiger.« Mr. MacKay schüttelte den Kopf. »Unschuldige Babys unter Heiden. Kann ein guter Christ da einfach zusehen?«

Das Blut rauschte in ihren Ohren, aber Hannah zwang sich dazu, laut und deutlich zu sprechen. »Bleiben Sie uns fern«, sagte sie. »Lassen Sie uns alle in Ruhe oder ich sage es Captain Pickering.«

Mr. MacKay saugte an seiner Unterlippe. »Und – spielt das eine Rolle, was du sagst? Der Allmächtige weiß alles und sieht alles und du kannst nicht vor ihm davonlaufen, wenn du zu Captain Pickering rennst. Er wird seinen Zorn wie Feuer verbreiten und am Ende wirst du verbrennen.«

Auf seinen Hacken auf und ab wippend verzog er nachdenklich den Mund. »Nun sag mir, Mädchen. Wirst du von den frevelhaften Wegen abweichen, und mit dir die Kleinen?«

»Mr. MacKay, Sir!« rief der Bootsmann. »Der Steuermann will mit Ihnen sprechen, Sir!«

»Hör mir zu«, sagte er und sah sie scharf an. »Es liegt an dir, ob die Babys in der Hölle schmoren werden. Wir sprechen noch einmal darüber.«

Hannah zwang sich, tief ein- und auszuatmen, als er verschwand. Nachdem sie ihre Beine wieder unter Kontrolle hatte, ging sie nach unten und fragte sich, ob sie jemals wieder das Deck betreten würde.

2

Die *Jackdaw* war zweiundzwanzig Meter lang und aus mittlerweile stark strapaziertem Eichenholz gebaut, an dem überall die schwarze Farbe abblätterte. Als der Sankt-Lorenz-Strom breiter wurde und es auf die offene See hinausging, wurde Nathaniel jedoch klar, dass der Schoner zwar schon bessere Tage gesehen hatte, aber den Wind liebte – und der Wind liebte das Schiff. Sie befanden sich zwar zwölf Stunden hinter der *Isis*, das war richtig, es gab jedoch noch andere Fakten, wie Nathaniel erkannte. Sie hatten einen fähigen Captain, der, um sein Ziel zu erreichen, kein Risiko scheuen würde. Und während sich die *Isis* schwerfällig wie eine fette Katze auf dem Weg nach Hause befand, glich die *Jackdaw* eher einem Puma, schnell und schlank. Außer den Vorräten für die kleine Crew von dreißig Männern hatte sie nur Schießpulver geladen – und die gewaltige Kraft des geballten Zorns der Bonners.

Nathaniel konnte das ganze Ausmaß der Verzweiflung jetzt an Elizabeths Gesicht sehen, als sie mit verschränkten Armen auf dem Deck auf und ab lief. Schon einmal hatte er sie kurz vor einem Zusammenbruch erlebt, doch jener Kampf hatte Wunden hinterlassen, die heilten. Dieses Mal gab es keine Heilung, weder für ihn noch für sie, solange sie ihre Kinder und Curiosity nicht wieder bei sich hatten.

Die *Jackdaw* war nur fünfeinhalb Meter breit; hätte Nathaniel den Arm ausgestreckt, hätte er seine Frau beinahe berühren können, als sie vorbeimarschierte. Sie suchte allerdings Trost im Anblick des Horizonts und schien keine Notiz von ihm zu nehmen. Seit sie an Bord gekommen und die ganze Geschichte aus ihr herausgesprudelt war, hatte sie kaum mehr ein Wort gesprochen.

»Es ist nicht ihre Schuld«, sagte Hawkeye, als sie wieder einmal an ihnen vorbeigegangen war. »Das musst du ihr klar machen.«

»Wenn man jemandem die Schuld geben kann, dann mir«, warf Robbie mit heiserer Stimme ein. »Ich habe schon versucht, ihr das zu sagen, aber sie will mir nicht zuhören.«

»Es bedarf mehr als Worte, um sie zu beruhigen«, meinte Nathaniel.

Hawkeye brummte zustimmend. Das war die Wahrheit. Aber Robbie wandte sich mit bekümmerter Miene an Nathaniel.

»Ja, aber miteinander reden ist zumindest ein Anfang. Lass sie nicht allein trauern.« Robbie legte Nathaniel eine Hand auf die Schulter, und der Gedanke an Elizabeths Kummer ließ Nathaniel schließlich keine Ruhe mehr. Er stand auf und suchte das Schiff der Länge nach ab, vom Vorderdeck, wo Stoker sich angeregt mit seinem Ersten Maat unterhielt, bis zum Heck.

»Sie ist nach unten gegangen«, sagte Hawkeye. Sein Unbehagen war ihm deutlich anzusehen. Er war von willensstarken Frauen erzogen worden und war selbst mit einer solchen verheiratet gewesen. Seine Schwiegertochter war aus dem gleichen Holz geschnitzt, und er mochte und bewunderte sie. Es würde ihm nicht in den Sinn kommen, Elizabeth vorzuschreiben, wohin sie gehen durfte und wohin nicht, doch Stokers Mannschaft war eine raue Bande – Amerikaner und Iren sowie eine Hand voll Männer, die keine Heimat hatten und auch keine haben wollten. Nathaniel sah die Besorgnis in Hawkeyes Gesicht und dachte, seine eigene Miene würde wohl das Gleiche verraten. Er musste sie finden.

Am Fuß der Kajüttreppe blieb Nathaniel stehen, bis das Rauschen des Meeres in seinen Ohren nachließ. Was er dann hörte, überraschte ihn: die Stimme einer alten Frau und Elizabeths leise gesprochene Antworten. Er fühlte sich fremd auf diesem Schiff, auf dem es kaum Platz für Privatsphäre gab und auf dem der Gang für ihn zu niedrig war, um aufrecht zu stehen. Nathaniel ging in die Hocke und lauschte. Sein Kopf schmerzte, er war müde und fragte sich, ob er jemals wieder würde schlafen können. Selbst im Schlaf konnte er nicht vergessen, dass man ihm seine Kinder kampflos weggenommen hatte und dass dafür ein Mann verantwortlich war, dem er sein Vertrauen geschenkt hatte. *Ich bedauere die Notwendigkeit eines solchen drastischen Schritts, doch Hawkeye ließ mir keine andere vernünftige Alternative.* Dieser einzige Satz hallte in seinem Kopf, war tief in jeden Schädelknochen eingebrannt. Sollte dieses Schiff untergehen und er dabei sterben, dann würde er am Grund des Meeres weiterlaufen, um zu ihnen zu gelangen. Und zu Angus Moncrieff, dem er beibringen wollte, wie die Begriffe Anstand und Moral auszulegen waren.

Der Klang kehligen Gelächters aus der Kajüte riss ihn aus seinem Tagtraum. Wieder Elizabeths Stimme als Antwort. Er dachte daran, zu ihnen zu gehen, doch er hatte einen großen Teil seines Lebens in der Gesellschaft von Frauen verbracht und kannte den Ton einer Unterhaltung, bei der Männer nicht erwünscht waren. Außerdem konnte er kaum Trost spenden.

Also ging er wieder an Deck, um sich nach ihrer Fahrtgeschwindigkeit zu erkundigen und sich eine Arbeit zu suchen. Im Augenblick war schwere körperliche Arbeit das einzige Mittel, um ihn davon abzuhalten, verrückt zu werden.

Sie war alt – so alt, dass die Zeit sich scheinbar rückwärts bewegt hatte. Das Haar unter dem mit einem festen Knoten befestigten Kopftuch war so fein wie das eines Babys und in ihrem breiten, schmallippigen Mund waren nur noch zwei Zähne übrig geblieben. Die befanden sich auf der rechten Seite und dienten als Stütze für eine Pfeife, die über einer eingesunkenen, mit Unmengen von Ketten und Tand bedeckten Brust hin und her wackelte. Der Verstand der Frau hatte jedoch nichts mit dem eines Kindes zu tun. Sie sah Elizabeth mit klaren Augen neugierig durch den dichten Nebel des Tabakqualms an. Dann nahm sie die Pfeife aus dem Mund und deutete damit auf eine Truhe. »Setz dich!«

Elizabeth zögerte, doch die Pfeife wurde hart auf die Stuhllehne geklopft und sie schien keine anderer Wahl zu haben, als sich zu fügen.

»Ich wollte Sie nicht stören«, sagte Elizabeth und ließ sich auf dem unbequemen Rand der Truhe nieder. Sie versuchte, sich nicht allzu auffällig in der vollgestopften Kajüte umzusehen und den Geruch von schalem Rauch, schmutziger Kleidung und Fischöl nicht zu tief einzuatmen. »Ich habe nur nach einem ruhigen Ort gesucht.«

Die alte Frau brach in johlendes Gelächter aus. »Ein ruhiger Ort auf der *Jackdaw!* Das ist eine verrückte Idee.«

Die schrille, schwankende Stimme beinhaltete einen Londoner Akzent mit einem Anflug aus Irland und anderen Orten, die Elizabeth nicht so recht einordnen konnte. Hier gab es ein Geheimnis, das Elizabeth zu jeder anderen Zeit interessiert hätte, doch sie war so müde, dass sie nicht in der Lage war, sich auf solche Dinge zu konzentrieren. Sie konnte sich auch nicht zu dem aufraffen, was sie am liebsten getan hätte – ihrer gedrückten Stimmung nachzugeben und einfach wieder zu gehen.

»Erlauben Sie mir, dass ich mich vorstelle ...«

»Ich weiß, wer du bist«, erwiderte die alte Frau. »Hab dich beobachtet, als du mit diesem verdammt großen Indianer hierher gekommen bist, weil du mit Mac reden wolltest. Du hast mich wahrscheinlich nicht gesehen. Annie ist mein Name, aber die meisten nennen mich Granny Stoker. Mac ist der jüngste Sohn meines jüngsten Sohns.«

»Ah«, sagte Elizabeth. »Ich erinnere mich, dass er Sie erwähnte, als wir zum ersten Mal miteinander sprachen.«

»So? Und was hat er gesagt?«

»Er hat mir nicht erzählt, dass Sie mit ihm segeln. Abgesehen davon bin ich froh, dass ich nicht die einzige Frau auf diesem Schiff bin, aber es überrascht mich, Sie hier zu sehen.«

Die Lippen der alten Frau bewegten sich um den Pfeifenstiel. »Das solltest du nicht sein. Frauen gibt es auf dem Wasser, seit das erste Floß abgelegt hat, auch wenn einige das nicht zugeben wollen. Ich gehe nur an Land, wenn man mich gewaltsam vom Schiff zerrt. Als ich zum ersten Mal zur See fuhr, war ich erst fünfzehn. Das war vor siebenundsiebzig Jahren. Ich wette, du hast schon von mir gehört. Ich nannte mich damals Anne Bonney und war mit Calico Jack unterwegs.«

Elizabeth hielt es nicht für klug, zuzugeben, dass sie keine der beiden Namen je gehört hatte. Erleichtert stellte sie fest, dass die alte Frau ihre Aufmerksamkeit jedoch schon etwas anderem zugewandt hatte. Sie tastete nach einem Stock neben ihrem Knie und stieß damit gegen Elizabeths Röcke.

»Du brauchst Hosen.« Ihr Tonfall gestattete keine Widerrede,

wie es oft bei sehr alten Menschen der Fall war, wenn sie eine persönliche Entscheidung für einen jüngeren gefällt hatten. »Röcke behindern dich an Bord. In Hosen kannst du dich viel freier bewegen und besser kämpfen, wenn es nötig wird. Aber ich nehme an, du sagst mir jetzt, das sei nichts für dich. So ein Typ bist du.«
Elizabeth spürte Zorn in sich aufsteigen. »Ich bin mir nicht sicher, welchen Typ Sie meinen, aber ich habe bereits Leggings getragen. Den ganzen letzten Sommer über, als ich ...« Sie zögerte. »Ich hielt mich da an der Grenze zu New York auf.«
Die Alte zog ihre Augenbrauen zusammen und heftete den Blick ihrer braunen Augen auf sie. »Man hat mir davon erzählt. Jack Lingo war ein harter Brocken, nicht wahr?«
Elizabeth rieb sich über die Stirn. »Ich nehme an, Ihr Enkel hat Ihnen das gesagt.«
»Ich halte Ohren und Augen offen«, erklärte Annie Stoker.
»Und was sehen Sie?« fragte Elizabeth matt.
Die knotigen Hände umklammerten die Stuhllehnen, als die alte Frau sich vorbeugte. Ihre Perlen und Ketten klingelten leise. »Ich sehe eine Frau, die sich vor Zorn verzehrt und nicht weiß, wohin damit. Du wirst nicht weinen – nicht vor mir. Vielleicht vor niemandem. Dieser Schotte hat keine Ahnung, welchen Ärger er sich mit dir eingehandelt hat. Hat deine Babys genommen und dich mit mehr als nur einem Schmerz zurückgelassen. Ich nehme an, wenn ich mit einem Finger deine Brust antippe, fühlt es sich an, als würde sie sofort explodieren.«
»So schlimm ist es nicht.« Elizabeth setzte eine gelassene Miene auf.
Die alte Lady stieß ein freudloses Lachen aus. »Vielleicht kannst du das deine Männer glauben machen – aber schau mich noch einmal an, Mädchen, und sieh gut hin. Zehn Kinder hab' ich auf die Welt gebracht, das erste als ich erst sechzehn war. Das letzte war Macs Dad – da war ich fünfundvierzig. Aber wenn ich dich so ansehe, denke ich an mein zweites. Mein einziges Mädchen. Sie haben sie mir weggenommen, noch bevor ich ihr einen Namen geben konnte.« Sie hob wieder ihren Stock und stieß in zweimal vor Elizabeths Gesicht in die Luft. »So etwas schmerzt wie faule Zähne. Stimmt das etwa nicht?«
Elizabeth legte die Arme um ihren Oberkörper und versuch-

te, nicht zusammenzuzucken, als dabei ihre steinharten Brüste pochten und Milch absonderten. Aber die alte Lady hatte sich bereits abgewandt und begann eine offene Truhe neben ihrem Stuhl zu durchsuchen. Ihre Pfeife tanzte wild auf und ab, während sie in einem Stapel alter Kleider wühlte: altmodische Westen und lange Mäntel aus verblichenem Brokat, Petticoats und Röcke mit zerrissenen Volants.

»Hier«, sagte sie, angelte etwas Graubraunes heraus und legte es auf Elizabeths Schoß. »Und dies. Nimm das Zeug nur.« Es waren Hosen und ein weit geschnittenes Hemd. »Das ist sehr freundlich von Ihnen«, sagte Elizabeth und widerstand dem Drang, die Sachen vor der alten Lady nach Läusen abzusuchen.

Annie Stoker winkte ab und deutete mit ihrem Stock auf eine weitere Truhe. »In dieser Kiste findest du Leinen zum Abbinden. Du wickelst deine Brust damit so fest ein, wie du es aushalten kannst. Das wird ein wenig helfen. Wenn die Schmerzen trotzdem unerträglich werden, muss dein Mann dir Erleichterung verschaffen.«

»Erleichterung«, wiederholte Elizabeth. *Welches Recht habe ich auf Erleichterung?* Überrascht sah sie, wie ihre Tränen heruntertropften und dunkle Flecken auf dem grob gewebten Stoff der Hose hinterließen. Ihr Leibchen war jetzt durchtränkt, doch sie hatte nicht die Kraft, das vor der alten Frau zu verbergen.

»Warum haben sie Ihnen Ihre Tochter weggenommen?« fragte sie.

Die alte Frau zuckte die knochigen Schultern. »Ich sollte damals an den Galgen. Jetzt, wo du mich als respektable alte Frau siehst, wirst du es kaum glauben, aber ich war seinerzeit eine schreckliche Person, und deswegen hätten sie mich beinahe gehängt. Bis Paddy Stoker eine bessere Idee hatte und mich mit nach Irland nahm. Wir ließen das Mädchen zurück. Ich habe nie erfahren, was aus ihr geworden ist.« Die alte Frau beugte sich vor und packte Elizabeth an den Handgelenken. Ihre Haut fühlte sich trocken und warm an, ihr Griff war unbarmherzig. »Eine große Wut im Bauch ist im Augenblick nicht das Schlimmste«, sagte sie.

Die letzten warmen Strahlen der Abendsonne wanderten vom Fenster zu Anne Stokers Gesicht. Elizabeth hatte einen

Kloß in der Kehle und Tränen stiegen ihr in die Augen. Sie zwinkerte heftig, als sie die alte Lady doppelt sah. Die verschwommenen Farben um ihren Hals leuchteten und wurden plötzlich ganz klar: ein blaugetönter Diamant von der Größe eines Fingernagels, eine Kette aus quadratisch geschnittenen Saphiren und ein Anhänger aus Bernstein mit einer Silberfassung. Münzen in allen Größen aus den verschiedensten Ländern. Und, halb verborgen in den Falten ihrer Kalikobluse, eine weitere Münze, größer und schwerer, an einer eigenen Kette. Ein Fünf-Guineen Goldstück, das den alten King George im Profil zeigte.

Elizabeth berührte die Stelle zwischen ihren Brüsten, wo genau diese Münze beinahe ein Jahr lang gehangen hatte, und dann ließ sie ihren Blick die Kette entlang nach oben zu Anne Stokers Gesicht wandern.

Die alte Lady zeigte ihren zahnlosen roten Gaumen und zwei Grübchen zeichneten weitere Furchen auf die faltigen Wangen. Dann fasste sie in eine Tasche aus Crewelgarn, die an ihrer Taille über der Lederhose befestigt war, und zog einen Anhänger heraus: eine einzelne Perle in einer Fassung aus silbernen Blüten und aufgerollten Blumenblättern. Sie hielt ihn hoch, so dass sich die Perle in dem diffusen Licht drehte. Dann warf sie ihr den Anhänger zu.

»Danach suchst du, nicht wahr?«

Elizabeth fing ihn mit einer Hand auf. Das Metall fühlte sich kalt an, aber die Perle strahlte Wärme aus. Das war ihr zum ersten Mal aufgefallen, als Nathaniel ihr die Kette als Hochzeitsgeschenk um den Hals gelegt hatte. Wie sehr hatte es ihren Stolz verletzt, dass sie ihr abhanden gekommen war. Nun schien sie nur noch ein kleines, unbedeutendes Ding zu sein.

Sie warf Anne Stoker einen flüchtigen Blick zu. »Ich muss sie fallen gelassen haben, als ich in Sorel an Bord kam.«

»Muss so gewesen sein.« Der unschuldige Ton stand im Gegensatz zu dem Ausdruck der Zufriedenheit in den glänzenden Augen. Eine respektable alte Lady, zweifellos. Elizabeth war sich bewusst, dass sie errötete und sich damit verriet. »Da war auch noch ein Pantherzahn«, sagte sie.

»Tatsächlich? Und wie bist du an so ein Ding gekommen?«

»Das ist eine sehr lange Geschichte.«

»Und gibt es etwas Besseres als eine gute, lange Geschichte, um sich die Zeit zu vertreiben?«

Elizabeth dachte einen Augenblick lang nach. »Ich nehme nicht an, dass Sie eine Zahnbürste in Ihrer Truhe haben? Und eine Haarbürste?«

»Könnte schon sein.« Die alte Lady ließ ihre Finger über die Silberketten gleiten. »Warum fragst du?«

»Geschichten sind nicht billig«, entgegnete Elizabeth.

Das Gesicht der alten Frau leuchtete auf. »Ooh«, sagte sie. »Willst wohl mit mir handeln?«

Elizabeth kam nicht mehr dazu, Anne Stoker zu antworten, denn sie wurde von raschen Schritten auf Deck und einem Ruf aus dem Ausguck unterbrochen: »*Schiff ahoi!*« Sie sprang auf, doch die alte Dame rührte sich nicht.

»Nicht das, worauf du wartest«, sagte sie ruhig. »Noch nicht.«

»Glauben Sie denn, wir werden die *Isis* einholen?« Es war die wichtigste Frage im Augenblick und Elizabeth fürchtete sich so sehr vor der Antwort, dass sie es bisher nicht gewagt hatte, sie den Männern zu stellen.

Granny Stoker lachte und fuhr mit ihren nikotinbefleckten Fingern durch den Tand eines ganzen Lebens an ihrem Hals. »Hast du schon einmal Kinder beobachtet, wenn sie Fangen spielen, meine Liebe?«

Elizabeth nickte. »Ja.« *Ich war einmal Lehrerin*, hätte sie sagen können, aber das war schon so lange her und sie wollte nicht an zu Hause denken. Nicht jetzt.

»Nun, dann wirst du dich sicher daran erinnern, dass die kleinen Jungs die Jagd lieben, aber für kleine Mädchen besteht der Spaß daran, sich fangen zu lassen. Und sie ist in ihrem Herzen nicht anders. Nur ein kleines Mädchen, das davonläuft, um gefangen zu werden.«

»Wer ist nicht anders?« fragte Elizabeth, ein wenig verwirrt.

»Das Mädchen in Grün natürlich«, erwiderte Annie Stoker.

Obwohl die *Jackdaw* kein großes Schiff war, gelang es Mac Stoker, Elizabeth aus dem Weg zu gehen. Sie nahm an, seine plötzliche Rücksichtnahme habe mehr mit einer tiefsitzenden Furcht vor den Bonner-Männern zu tun, als mit einer Änderung seiner Einstellung. Doch war es ihr nur recht, dass sie Stoker nicht sah.

Er ließ ihr durch die Crew Botschaften übermitteln. Jaques, der Junge, der sie zum Schiff gelockt hatte, richtete ihr aus, Granny Stoker habe nichts dagegen, wenn Elizabeth im Quartier des Captains schlafe. Es war ein freundliches Angebot und Elizabeth war erleichtert, sich tagsüber in die Kajüte zurückzuziehen und sich in Ruhe um ihre Bedürfnisse kümmern zu können. Die Vorstellung, viele Stunden ohne Nathaniel verbringen zu müssen, war jedoch unerträglich. Sie war auch nicht bereit, wie Hawkeye und Robbie in den Kojen der Crew zu übernachten, also blieben nur die Hängematten auf Deck. Das war nicht die schlechteste Lösung.

Über dem Besanmast drehten sich die Sterne in endlosen Kreisen und wenn Elizabeth den Kopf hob, konnte sie Ausschau nach schimmernden Segeln am Horizont halten. Sie tat das häufig, denn obwohl sie ihre Brüste fest eingebunden hatte, war das Pochen darin so stark, dass sie nicht richtig schlafen konnte. Nathaniel ging es auch nicht anders; sie hörte, wie er sich ständig hin und her warf.

Die Hängematten waren schmal und hätten ihrer beider Gewicht nicht ausgehalten, aber sie wünschte sich so sehr, sie könne neben ihm schlafen, an seine Seite geschmiegt, in seinen Armen. Wenn sie Nathaniels Herzschlag hören würde, könnte sie vielleicht für einige wenige Stunden Frieden finden. Aber Elizabeth stellte fest, dass ihr außer ihren Kindern noch etwas genommen worden war: Sie wusste nicht mehr, wie sie mit ihrem Ehemann sprechen sollte. Wie konnte sie von ihren eigenen Beschwerden reden, wo doch alles ihre Schuld war? Und wenn sie ihm das sagen, die ganze Wahrheit in Worte fassen und eines nach dem anderen aussprechen würde, was würde er dann tun? Sie schmeckte Salz auf ihrer Haut und wusste nicht, ob es Gischt oder ihre Tränen waren.

»Stiefelchen«, rief er leise.

»Ja?«

Mit einem dumpfen Schlag stellte er seine Füße auf das Deck und im nächsten Moment schon beugte er sich über sie. Sie konnte seinen Gesichtsausdruck in der Dunkelheit nicht erkennen, aber sie spürte seine süße Wärme.

»Wenn du keinen Schlaf bekommst, wirst du krank werden.«

»Du schläfst ja auch nicht, Nathaniel.«

»Ich würde schlafen, könnte ich dich in den Armen halten.«
Sie wusste sich nicht mehr zu helfen. In ihrem Inneren brach langsam etwas auseinander und ihr Kummer zerrte an dem letzten Rest ihrer Selbstbeherrschung. Die Hängematte schwankte hin und her, als sie von Schluchzern so geschüttelt wurde, dass sie kaum mehr atmen konnte. Nur undeutlich nahm sie wahr, dass jetzt, wo sie weinte, die Milch aus ihren Brüsten floss. Und dann zog Nathaniel einfach das Segeltuch zu sich heran und sie rutschte in seine offenen Arme.

Ohne zu protestieren nahm er sich ihres Schmerzes an, obwohl er selbst innerlich bebte. Sie presste ihr Gesicht an seinen Nacken und weinte, bis sie ruhiger wurde. Nathaniel drehte sich um und trug sie zu dem Beiboot, das die Mitte des Hauptdecks einnahm. Er setzte sie ab, um die Plane zurückzuklappen, stieg in das Boot und hob sie an der Seite hinein.

Sie zogen die Plane über ihre Köpfe und verwandelten das Boot in eine Höhle. Im Inneren war es feucht und stickig und es roch nach Schimmel und verschüttetem Ale, aber die Plane hielt den Wind ab. Die Persenning diente als behelfsmäßige Matratze und Decke gleichzeitig. Zwischen den zwei Bänken war gerade genügend Platz, so dass sie sich halb sitzend niederlassen konnten. Elizabeth schmiegte sich vorsichtig an ihn. Ihr gesamter Körper fühlte sich leer und unwirklich an, ein armes, zitterndes Ding, doch Nathaniel war warm und kräftig und spendete ihr sofort Trost. Im vergangen Sommer auf der Flucht in den Endlosen Wäldern hatten sie manchmal unter vorhängenden Klippen so geschlafen.

»Vor einem Jahr...«, sagte sie laut.

»Ich habe auch gerade daran gedacht«, erklärte Nathaniel. »Festen Boden unter unseren Füßen und Richard Todd auf unseren Fersen. Und der Tag, an dem Joe starb.« Er zog mit einem Finger die Konturen ihres Gesichts nach. »Auf der Insel. Weißt du noch?«

Elizabeth rieb ihr Gesicht an dem groben Leinen seines Hemds. »An diese Insel werde ich noch denken, wenn ich hundert Jahre alt bin.«

»Ich nehme an, eine Frau denkt gern an den Tag zurück, an dem sie zum ersten Mal ein Kind empfangen hat.«

Elizabeth zuckte vor Überraschung leicht zusammen.

»Das kannst du doch nicht wissen. Es hätte bei jedem Mal passiert sein können, als wir …uns miteinander beschäftigten.« Nathaniel presste seinen Mund auf ihren Scheitel; sie spürte, dass er versuchte zu lächeln. »Du hast die Worte dafür vergessen«, sagte er. »Und ich habe mir solche Mühe gemacht, sie dir beizubringen.« Elizabeth schüttelte ihn leicht. »Wechsle nicht das Thema. Du weißt, dass ich mich nicht so schnell ablenken lasse. Warum bist du so sicher, dass ich genau bei diesem Mal schwanger wurde?« Er zuckte die Schultern. »Weil ich es eben weiß. Weil ich spürte, wie es passierte. Und du tust das ebenso, wenn du darüber nachdenkst und dem Gefühl in deinem Bauch vertraust.«

»Es ist seltsam, dass solche Gespräche immer wieder bei den Vorgängen im Inneren meines Körpers enden«, entgegnete Elizabeth und bedauerte sofort den Ton ihrer Stimme. Sie glitt mit der Hand unter Nathaniels Hemd und drückte seinen Arm, so fest sie konnte. »Ich vertraue dir, das genügt mir. Im Augenblick ist das alles, was ich habe.«

Er flüsterte in ihr Haar, sein Stimme klang ernst und ohne jede Spur von Neckerei. »Die Welt wird wieder in Ordnung kommen, Stiefelchen. Morgen oder übermorgen werden wir die *Isis* einholen, aber jetzt müssen wir schlafen. Schlaf ist wichtig.« Als er sie an sich zog, schoss ein brennender Schmerz durch ihre gespannten Brüste und sie erstickte einen Aufschrei.

Nathaniel fuhr hoch und hielt sie so, dass er ihr ins Gesicht sehen konnte. »Du hast Schmerzen«, murmelte er. Seine kühlen Hände fuhren unter das geborgte Hemd aus grobem Leinen – es war nass von Tränen und hervorquellender Milch. »Ich wusste nicht, dass es so schlimm ist. Kann ich dir helfen?«

»Nein«, erwiderte sie und drehte sich in dem engen Boot von ihm weg, gedemütigt und erschöpft. »Es gibt einige Schmerzen, die nicht einmal du lindern kannst, Nathaniel.«

»Aber bei einigen ist es mir möglich. Lass mich dir helfen…« Ihm versagte die Stimme, und sie gab nach und ließ ihn sich das nehmen, was für ihre Kinder bestimmt war – ihre gemeinsamen Kinder –, wobei sie versuchte, nicht an ihre süßen Gesichtchen an der Brust einer fremden Frau zu denken. Sie fuhr Nathaniel mit den Fingern so heftig durchs Haar, dass er aufstöhnte. Danach fand er einen Platz für sie, an dem sie ihm im Gegenzug ein wenig Trost schenken konnte. Schließlich ließ sie sich zurücksinken. Ihr Köper bebte – nicht nur wegen seiner Berührungen, sondern auch wegen der Erleichterung.

Beim Klang lauter Stimmen wachte sie auf. Die Backbordwache kam an Deck und die ersten Sonnenstrahlen fanden ihren Weg durch die Nähte der Plane. Elizabeth blinzelte, rieb sich die Augen und hörte dann ein Flüstern: Robbie stand an der Seite des Beiboots.

»Seid ihr wach?«

Nathaniel streckte sich und schob das Segeltuch zurück.

»Sind wir.«

Elizabeth erhob sich, ein wenig wacklig auf den Beinen und desorientiert. Robbie warf ihr einen Seitenblick zu und sie wunderte sich, dass dieser Mann, mit dem sie schon so viel Zeit verbracht hatte, bei ihrem Anblick immer noch rot wurde, unabhängig davon, ob sie ihr elegantestes oder ältestes Kleid trug. Jetzt war ihr Haar eine zerzauste Mähne und ihr Gesicht vom Weinen immer noch geschwollen. Das von Granny Stoker geliehene Hemd und die Hose waren zu groß und hingen ihr am Körper. Um die Taille hatte sie sich ein Seil geschlungen, das als Gürtel diente. Und sie verspürte eine so starken Juckreiz, dass es sie Mühe kostete, sich nicht überall zu kratzen.

Robbie streckte seinen Arm aus und sie ergriff seine Hand und landete mit einem Plumps auf dem Deck. Mit beiden Händen wischte sie sich ab und versuchte, den Sand aus dem Beiboot abzuklopfen, während ihr Blick dabei auf das Meer hinausschweifte. Es war ein herrlicher Morgen und sie hatte tief und fest geschlafen. Nichts konnte den Schmerz und den Zorn auf dieser Reise lindern und sie war immer noch – und aufs Neue – beunruhigt, aber die Sonne und das Rauschen des Windes in den Segeln gaben ihr neuen Mut. Ihr Kummer war immer noch genauso groß, aber der eiserne Griff der Verzweiflung hatte sich gelockert.

»Heute«, sagte sie zu Robbie. Und dann bemerkte sie, was sie übersehen hatte: Auch er benötigte ein freundliches Wort.

Er nickte. »Kann nicht früh genug sein.«

Nathaniel schlug Robbie auf den Rücken. »Ich wette, du warst schon unten in der Messe.«

Robbie verzog das Gesicht. »Ja, war ich. Aber ich würde den Aufenthalt dort Elizabeth nicht empfehlen – es geht da recht rau zu. Ich bringe euch, was es zu essen gibt, aber zuerst muss ich euch etwas sagen.«
Elizabeth und Nathaniel wandten sich ihm gleichzeitig zu. »Hawkeye und Stoker warten auf euch beide auf dem Achterdeck.«
Elizabeth wollte sofort in diese Richtung loslaufen, doch Nathaniel hielt sie am Arm fest. »Was ist los, Rab?«
»Die *Osiris*.«
»Was ist mit der *Osiris*?« fragte Elizabeth und sah, wie Nathaniels Miene sich verfinsterte. Er schien über Moncrieffs Vorkehrungen, sie auf der *Osiris* nach Schottland bringen zu lassen, ebenso verärgert zu sein, wie über die Entführung selbst.
»Sie ist fünf Meilen hinter uns gesichtet worden«, erklärte Robbie. Er blickte Richtung Westen, wo Elizabeth nur einen Nebelstreifen am Horizont entdecken konnte. Sie spielte mit dem Gedanken, in die Takelage zu klettern, doch dazu war sie zu benommen.
»Die *Osiris* folgt uns?«
Nathaniel knurrte leise. »Ihrem Captain gefällt die Vorstellung wohl nicht, Carryck erklären zu müssen, warum wir nicht an Bord sind.«
Elizabeths Unruhe wurde immer größer. »Die *Osiris* ist besser bewaffnet als wir.«
»Das stimmt«, sagte Robbie. »Ich habe sie in Québec gesehen. Zweiunddreißig Kanonen und an die zweihundert Mann. Das Gegenstück zur *Isis*, würde ich sagen.«
Elizabeth nahm diese Information schweigend auf. Während ihrer Jugendzeit hatte sie schon zum Frühstück regelmäßig Fakten über die Royal Navy zu hören bekommen – ihr Onkel Merriweather hatte immer zur See gehen wollen und nahm am Seemannsleben mit Hilfe von Zeitungsartikeln wortreich teil. Sie wusste sehr gut, was es für die *Osiris* bedeutete, mit zweiunddreißig Kanonen bestückt zu sein. Die *Jackdaw* war mit vier Zwölf-Pfund-Geschützen an jeder Breitseite besser bewaffnet als die meisten Schoner ihrer Größe, aber die Mannschaft war zu klein, und in einem Kampf würde sie niemals die Oberhand gewinnen können. Sie war nicht gebaut um zu kämpfen, son-

dern um schnell voranzukommen – das war für Schmuggler das Wichtigste.
Elizabeth straffte ihre Schultern und sah Nathaniel in die Augen. »Moncrieff will dich und Hawkeye. Die *Osiris* würde also kaum das Risiko eingehen, auf uns zu feuern.
»Ich nehme an, du hast Recht, Stiefelchen«, erwiderte Nathaniel ruhig.
»Wovor habt ihr dann Angst? Glaubt ihr, sie werden versuchen, an Bord zu kommen?«
Die Männer tauschten über ihrem Kopf Blicke aus.
»Es wäre nicht einfach für sie, längsseits an einen Schoner heranzukommen«, sagte Rob. »Aber ich glaube, man wird es versuchen, und dann werden sie uns an Bord holen – notfalls halten sie uns eine Gewehrmündung vor die Nase.«
Elizabeth sah sich rasch um, ob niemand lauschte, und sagte dann: »Kommt es euch nicht seltsam vor, dass der Earl of Carryck zwei wertvolle Ostindienfahrer in dieser Verfolgungsjagd aufs Spiel setzt? Dass er sie ohne Konvoi quer über den Atlantik schickt? Ich finde das äußerst merkwürdig und ich glaube, dass wir etwas übersehen, was von großer Wichtigkeit sein könnte.
»Carryck ist nichts als ein verdammt dickköpfiger Mann, dem es nur darum geht, seinen Willen durchzusetzen, und wenn er dabei mit dem Kopf durch die Wand muss«, sagte Robbie verächtlich.
»Nein«, widersprach Elizabeth, ihren Blick immer noch auf Nathaniel gerichtet. »Das ist mehr als nur Hartnäckigkeit – das ist Verzweiflung.«

Den ganzen Tag segelten sie vor dem Wind, mit der *Osiris* hinter sich wie ein Knoten im Schwanz eines Drachen. Elizabeth borgte sich ein Fernrohr, durch das sie hin und wieder einen Blick warf. Sie konnte jedoch nur erkennen, dass das Schiff offensichtlich eine Menge Segel gesetzt hatte. Zu viele laut Connor, Stokers Erstem Maat, der am Ruder stand und laut vor sich hin murrte. »Und uns nennen sie rücksichtslos. Wenn ein Mast bricht, werden wir laut lachen, nicht wahr?«
»Nicht, wenn sie uns vorher eingeholt haben«, entgegnete Elizabeth. Das war ein Fehler, denn er weigerte sich, ihr das Fernrohr noch einmal zu geben.

Mit jeder verstreichenden Stunde stieg die Spannung an Deck. Stoker kletterte immer wieder für geraume Zeit in die Takelage, beriet sich dann mit Connor über Geschwindigkeit und Segel und marschierte zwischendurch auf dem Deck auf und ab. Mit den Passagieren ließ er sich auf keine Unterhaltung ein, obwohl Robbie es mehr als einmal versuchte.

Schließlich gab Robbie auf und setzte sich in die Nähe des Beiboots zu den Bonners, die sich in einer Ecke niedergelassen hatten, wo sie der Crew nicht im Weg waren. Eine Weile beobachteten sie die Herde Wale, die neben dem Schiff hohe Sprünge machte und wieder ins Wasser tauchte, so geschmeidig, schnell und geheimnisvoll wie Blitze am dunklen Himmel. Aber keiner von ihnen konnte sich lang auf dieses Schauspiel konzentrieren, so schön es auch sein mochte.

Die Männer besaßen zu wenig Erfahrung auf einem Schiff dieser Größe, um wirklich helfen zu können, also suchten sie sich andere Aufgaben. Nathaniel reinigte die Musketen und das Gewehr, während Hawkeye ihre Messer mit einem aus der Kombüse geborgten Schleifstein wetzte. Robbie hatte in der Seemannsausrüstung Nähzeug gefunden und flickte einen Riss in seinem Hemd. Elizabeth sortierte die wenigen Sachen, die die Männer mitgebracht hatten, als sie so unerwartet an Bord gekommen waren.

Sie dachte an ihre Tante Merriweather, die niemals mit weniger als sechs Schrankkoffern reiste, egal wie kurz die Reise auch war. Sie waren zu viert und teilten sich einen einzigen Sack, in dem sich das Kleid und der Umhang befanden, den sie gestern getragen hatte, zwei Ersatzhemden und eine Hose, ein Pulverhorn, Gewehrkugeln in einem Stoffbeutel, das Säckchen mit den Silbermünzen, die sie von der *Isis* mitgebracht hatten (Hawkeye trug beide Taschen mit dem Gold an Lederbändern über seine Brust geschlungen), ein Rasiermesser und – seltsamerweise – ein Kartenspiel. Außerdem einige dicke Talgkerzen, eingewickelt in ein grobes Tuch.

Sie hob eine hoch und war überrascht über ihr Gewicht, obwohl sie wusste, dass sich in der Mitte eine Klinge verbarg. »Von eurem Freund, dem Schweinezüchter in Montreal?«

Hawkeye neigte den Kopf. »Man weiß nie, wann man ein wenig Licht brauchen kann.« Sein Blick wanderte wieder über den Horizont. Elizabeth wusste, wonach er suchte.

»Hawkeye«, begann sie. »Hast du vor, Moncrieff zu töten?«
Sie spürte Nathaniels Blick, sah jedoch weiter ihren Schwiegervater an. Sie hatte Hawkeye noch nicht oft zornig gesehen und auch jetzt spiegelte sein Gesichtsausdruck eher Kummer als Wut wider.

»Ich beabsichtige, meine Enkelkinder gesund und sicher zurückzuholen«, antwortete er. »Wenn ihnen nichts geschehen ist und sich mir niemand in den Weg stellt, wird auch niemand verletzt werden. Außer du willst diesen Mann tot sehen. Ich könnte ohne große Probleme einen Weg finden, dir diesen Gefallen zu tun.«

Elizabeth zog ihre Beine an, presste ihre Stirn auf die Knie und schaukelte leicht hin und her. Diese extreme Seite ihres Wesens gefiel ihr nicht – nur Gefühle und keine Vernunft. Sie würde Moncrieff gerne tot sehen; allein der Gedanke an seinen Namen erfüllte ihren Mund mit einer Bitterkeit, die sie kaum schlucken konnte. Und diese drei Männer neben ihr würden sogar ein Leben auslöschen, um das Brennen in ihrem Inneren zu lindern. Sie waren fähig dazu, so freundlich und liebevoll sie auch waren. Und ihr ging es im Augenblick ebenso. *Ein Mann, der Rache übt, verschließt seine eigenen Wunden.* Sie hätte es am liebsten laut gesagt und befürchtete sogar, sie könnte es tun, da spürte sie Nathaniels Hand auf ihrem Rücken.

»Ich will meine Kinder zurückhaben.« Es gelang ihr, den Kopf zu heben und ihm in die Augen zu sehen. »Egal zu welchem Preis.«

»Christus am Kreuz, du nutzlose Kielratte!« Stokers Stimme dröhnte durch das ganze Schiff. Als sie sich umdrehten sahen sie, wie der junge Jaques gerade noch der Faust des Captains entging. Elizabeth atmete scharf ein, aber Stoker hatte die Jagd bereits aufgegeben und der Junge war in Sicherheit.

»Da hat wohl jemand schlechte Laune«, meinte Robbie.

Hawkeye nickte. »Sein Ruf hat ihn eingeholt. Er hat nicht damit gerechnet, dass sie uns verfolgen, und jetzt muss er uns zeigen, was er wert ist.« Er sah Elizabeth mit zusammengekniffenen Augen nachdenklich an. »Die *Osiris* holt auf, das kann jeder sehen. Wenn es hart auf hart kommen sollte, gehst du unter Deck und verhältst dich ruhig.«

»Aber wir können uns nicht mit einem Schiff von der Größe

der *Osiris* anlegen. Das wäre Wahnsinn.« Elizabeth sah von einem zum anderen und erntete nur finstere Blicke.

»Das liegt nicht in unserer Hand«, sagte Nathaniel und wischte über den Lauf einer Muskete. »Das ist Stokers Schiff.«

»Vielleicht auch nicht.« Hawkeye deutete mit seinem Kinn zum Ersten Maat.

Er war mit Granny Stoker auf den Armen an Deck erschienen. Im hellen Sonnenlicht des Nachmittags wirkte die Haut der alten Lady wie gelbliches Papier und sie schien so zerbrechlich wie getrocknetes Gras. Ihre Stimme war jedoch gut vernehmbar.

»Ihr nutzlosen Hurensöhne!« kreischte sie. »Steht herum mit euren Daumen in euren kümmerlichen Ärschen! Connor, du verdammter Idiot, lass mich runter oder ich ziehe dir die Haut von deinem hässlichen Rücken, und zwar mit einem stumpfen Messer.«

Der Erste Maat tat, wie ihm befohlen. Mit steinerner Miene setzte er sie in eine Schaukel, die an einer Rahe des Fockmastes baumelte.

Stoker kam das Deck entlangmarschiert. Seine Miene veranlasste Elizabeth dazu, sich schnell in den Kreis ihrer Männer zu flüchten.

»Mac, bist du jetzt blind und taub?« Seine Großmutter wedelte mit ihrem Stock in Stokers Richtung, als würde sie ihm damit gern eins über die Ohren ziehen. »Mehr Segel, Junge, mehr Segel! Sie braucht mehr Kraft!«

Stoker beugte den Kopf zu ihr hinunter und bellte: »Ich bin der Kapitän dieses Schiffes, du stinkende alte Forelle, und ich segle es so, wie ich es für richtig halte!«

»Alte Forelle, ha! Hast du in letzter Zeit mal an deinem Luxuskörper gerochen?« Sie fuhr mit ihrem Stock durch die Luft und er wich zur Seite aus. »Verschwinde wieder in dein Versteck, Granny. Ich kann dich hier nicht brauchen!«

»Ach ja? Und habe ich dir dieses schöne Schiff überschrieben, damit du so falsch damit umgehst? Sie braucht mehr Segel, um ihre Arbeit tun zu können, außer du bist scharf darauf, dass ein so großes verdammtes Handelsschiff dir deinen mageren Arsch aufreißt.«

Elizabeth verschluckte sich vor Überraschung und die Männer grinsten hinter vorgehaltenen Händen.

»Wäre ich ein Spieler, würde ich ein paar Münzen auf die alte Lady setzen«, sagte Hawkeye.

»Solche Ausdrücke habe ich nicht mehr gehört, seit ich die Armee verlassen habe«, erklärte Robbie. Bei jedem Schlagabtausch zwischen Stoker und seiner Großmutter vertiefte sich die Röte in seinem Gesicht.

Elizabeth wusste, sie sollte schockiert sein, doch im Augenblick war sie viel mehr daran interessiert, was der Streit im Hinblick auf ihr Schicksal ergeben würde.

»Anne Bonney.« Hawkeye kniff gegen die Sonne blinzelnd ein Auge zu und musterte die alte Frau mit dem anderen. »Das hätte ich nicht gedacht.«

Elizabeth sagte: »Es wundert mich, dass ich noch nie etwas von ihr gehört habe. Ihr scheint sie ja alle zu kennen.«

Robbie warf ihr von der Seite einen Blick zu. »Ich denke, diese Geschichten können in vornehmer Gesellschaft nicht erzählt werden. Die meisten Leute glauben, man hätte sie vor langer Zeit in Jamaika gehängt. Ein hübsches Mädchen mit einem Herz wie eine Löwin und den Angewohnheiten einer Elster – sie schnappte sich alles, was glänzte. Und wenn die Dinge in einem Kampf schlecht standen und die Männer flohen, um ihre Haut zu retten, beschimpfte sie sie als Feiglinge und kämpfte weiter. Das erzählt man sich von der Piratin Anne Bonney.«

»Piratin?« Elizabeth hob erstaunt den Kopf.

»Oh, ja«, bestätigte Robbie. »Ein weiblicher Plünderer erster Güte, diese Anne Bonney. So etwas wie sie wird es nie mehr geben.«

»Hoffentlich nicht«, brummte Hawkeye.

Um sie herum hissten die Matrosen auf Stokers laute Befehle hin weitere Segel.

»Seht ihr«, sagte Robbie. »Sie ist nicht der Typ, der nachgibt.«

Als hätte sie gehörte, dass sie sich über sie unterhielten, drehte die alte Lady mit dem Kopftuch sich um und starrte Elizabeth an. Die vielen Juwelen und Münzen an den Ketten um ihren Hals funkelten im Sonnenlicht.

Mit einem zögernden Blick auf Nathaniel verließ Elizabeth die Männer und ging zu ihr hinüber.

»Da bist du ja. Ich dachte, du und ich wollten einen Handel abschließen.«

Elizabeth war sich nur allzu deutlich bewusst, dass der Captain neben ihr stand. Er schien aufmerksam die Segel der *Osiris* am Horizont zu betrachten, aber sie wusste, dass er zuhörte.

»Ich würde gern mit Ihnen über diese Zahnbürste sprechen ...«, sagte sie und hörte, wie er verächtlich schnaubte.

Annie stieß ihm ihren Stock in die Rippen. Er machte einen Satz, drehte sich um und starrte sie wütend an.

»Verdammt, Granny! Wofür war das denn?«

»Für dein Geglotze. Connor muss mit dir reden und du stehst hier und bist hinter einem Weiberrock her.«

Stoker sah sie finster an. »Und warum sollte ich mich wohl für jemanden wie sie interessieren? Hör auf zu nörgeln, alte Frau. Ich lasse euch allein bei eurem Damenkränzchen.« Durch Erfahrung geübt, wich er geschickt dem Stock aus und verschwand.

»Kümmere du dich um deine eigenen Angelegenheiten, Jungchen!« rief Anne Stoker hinter ihm her. »Und misch dich nicht in unsere ein.«

»Sie erinnern mich an eine Bekannte«, meinte Elizabeth. »Auch sie geht nicht zimperlich mit den Menschen um, die sie am meisten liebt.«

»Du glaubst also, du hast mich durchschaut und mein weiches Herz entdeckt?« Die alte Lady schlug sich mit ihrer knotigen Faust auf die Brust. »Glaub mir, Liebchen, sollte ich jemals eines gehabt haben, schägt es schon seit langem in einem anderen Takt. Also, du hast ein oder zwei Geschichten für mich, nicht wahr?«

»Sagen Sie mir erst etwas über das Schiff, das uns folgt«, forderte Elizabeth.

Die alte Lady kniff ein Auge zu. »Was willst du darüber wissen?«

»Ich nehme an, es ist besser bewaffnet als wir – aber ist es auch schneller? Es ist jetzt wohl nur noch ein paar Meilen von uns entfernt.«

»Die *Osiris* versucht alles, was sie kann. Aber es ist noch nicht soweit, das Schießpulver herauszuholen.« Die alte Lady ließ ihren Blick über das Deck schweifen, wo Nathaniel und Hawkeye gerade eines der Geschütze überprüften. »Das muss wohl dein Mann sein.« Sie deutete mit dem Kinn hinüber und zog mit einem leichten Lächeln einen Mundwinkel nach oben. »Beleidigt nicht gerade das Auge. Ihr kommt gut miteinander aus?«

»Ja«, erwiderte Elizabeth. »Sehr gut.«

»Erhebt er die Hand gegen dich, wenn du dich ihm widersetzt?«

Elizabeth zuckte entrüstet zusammen, aber es gelang ihr, in ruhigem Ton zu antworten. »Würde ich mich ihm widersetzen, würde er das nicht tun.«

Wieder zeigten sich die ungleichen Grübchen. »Scheint ein flotter Typ zu sein. Einer, der eine Frau in der Nacht wärmen kann. Lange Glieder, große Hände und harte Muskeln. Er erinnert mich an einen meiner Liebsten in Monterey Bay. Sobald wir angelegt hatten, kam er schon das Fallreep heraufgeschlendert und rief so laut, dass ihn die ganze Welt hören konnte: ›Anne Bonney! Sieh dir die Planken noch einmal gut an, Mädchen, denn jetzt wirst du eine Weile nur die Decke über meinem Bett zu Gesicht bekommen!‹ Ja, das waren herrliche Tage. Er war Schotte – wie dein Mann.«

»Nathaniel ist in Amerika geboren und aufgewachsen.«

Die alte Frau zuckte die Schultern. »Aber er ist keine Rothaut, oder? Seine Familie ist nicht von hier und er ist ein Schotte, wie er im Buch steht. Genau der Typ, der oft in Schwierigkeiten steckt und gern ein Auge auf Frauen wirft. Nun sag du mir über deinen Mann ...«

Elizabeth hielt den Atem an.

»Hat er dir beigebracht, mit einem Gewehr umzugehen?«

Mit Mühe unterdrückte Elizabeth ein Lächeln und nickte. »Ja. Sowohl mit einer Muskete wie mit einer Büchse.«

»Und hast du jemals einen Mann erschossen?«

Sie hatte die Frage so leichthin einfließen lassen, als würden sie sich nur über einen verflossenen Liebhaber unterhalten. Elizabeth blickte auf das Meer hinaus. »Ich glaube nicht, dass die *Osiris* angreifen wird.«

Ein heiseres Lachen. »Ach ja? Aber danach habe ich nicht gefragt.«

Elizabeth seufzte. »Ich habe Jack Lingo nicht erschossen, falls es das ist, was Sie wissen wollen. Waren Sie der Meinung, Sie bekommen diese Geschichte so billig?« Sie spürte, wie ihr die

Röte ins Gesicht stieg und wusste, dass das Anne Stoker nicht entging.

»Dann gibt es also nicht nur eine Geschichte zu erzählen. Zunächst die, die du mit dem Bastard Lingo fertig geworden bist und wen du erschossen hast.«

»Für die erste Geschichte brauche ich zumindest diese Zahnbürste und noch ein paar andere Dinge. Sie sagten etwas von einer Haarbürste und einem Kamm.«

Die alte Lady griff in ihr Hemd und zog ihre Pfeife heraus. »Habe ich das?«

»Ja, da bin ich mir sicher«, erklärte Elizabeth bestimmt. »Und dazu ein Stück Seife, falls es so etwas an Bord gibt.«

Die weichen weißen Haare an Anne Stokers Kinn bewegten sich heftig auf und ab, als sie an ihrer kalten Pfeife sog. Sie ließ Elizabeth nicht aus den Augen.

»Ist Jack Lingo all das wert?«

»Sie sollten sich die Geschichte anhören und das dann selbst beurteilen«, erwiderte Elizabeth.

Von oben ertönte ein Schrei, so laut und grell wie der einer Möwe. »Fregatte an Steuerbord voraus! Französische Flagge!«

Die alte Lady drehte ruckartig den Kopf. »Na, so ein Glück!« Stoker rief zum Mastkorp hinauf: »Kannst du sie ausmachen, Tommy?«

»Aye, Captain! Ich glaube, das ist die *Avignon*.«

»Hat sie uns gesehen?«

»Ja, und sie fährt ihre Geschütze aus!«

»Geschütze?« fragte Elizabeth, eher überrascht als erschrocken. »Aber Frankreich ist nicht im Krieg mit den Vereinigten Staaten. Wir fahren unter amerikanischer Flagge.«

»Nicht wegen uns, Stiefelchen.« Nathaniel trat hinter sie. »Sie behält die *Osiris* im Auge. Stimmt das?« Die Frage war an Granny Stoker gerichtet.

»O ja.« Die alte Lady zog ein Fernrohr aus ihrer Tasche. »Die französische Flotte durchstreift die großen Schifffahrtswege, seit die Blockade der Torys sie aus ihren Heimathäfen vertrieben hat. Diese Fregatte ist sicher nicht in bester Stimmung. Die *Osiris* kommt ihr gerade recht.«

Connors Pfeife schrillte und der Rest der Mannschaft kam aus den Quartieren. Die Männer arbeiteten routiniert Hand in

Hand, als würden sie auf einem Fest auf dem Land eine Quadrille tanzen.

»Steuer nach Lee!« brüllte Stoker vom Vorderdeck.

»Sieh dir nur sein Grinsen an«, sagte Nathaniel. »Man könnte glauben, er hat den Schatz schon in der Tasche.«

Robbie und Hawkeye kamen an Deck, bahnten sich ihren Weg durch die Matrosen und stellten sich im Kreis um Granny Stoker auf, deren Schaukel durch die Schiffsbewegung heftig hin und her schwang. Sie deutete mit ihrem Stock auf Robbie.

»Du, Schotte! Halt mich fest!«

Als er die Seile gepackt hatte, richtete sie das Fernrohr auf den Horizont. »Ja, da ist sie! Meine Güte, ist das nicht ein schöner Anblick?«

»Außenklüver setzen!« brüllte Stoker. »Nicht so lahm, Jungs!«

Die *Jackdaw* lavierte auf die *Avignon* zu; Elizabeths Puls passte sich dem Schlag der Wellen gegen den Bug an. Nathaniel musste das gespürt haben, denn er schlang einen Arm um ihre Taille und hielt sie fest. Das Deck neigte sich so stark wie ein Hausdach.

»Wir sind hinter der Fregatte her wie eine Katze, der ein wilder Hund auf den Fersen ist«, meinte Hawkeye mit starrem Blick.

»Aye«, stimmte Granny Stoker ihm zu. »Man flüchtet sich am besten in die Arme eines Franzosen, wenn ein riesiger Ostindienfahrer einen in den Schwanz beißen will.«

Tatsächlich schien die *Avignon* nicht im Geringsten an der *Jackdaw* interessiert zu sein. Sie glitt in einem Winkel nach vorne, den man auch ohne Quadranten und Kompass vorhersehen konnte. Eine Konfrontation mit der *Osiris* schien innerhalb der kommenden Stunde stattzufinden, falls der Ostindienfahrer seinen Kurs nicht sofort änderte.

Elizabeth wandte sich Nathaniel zu. »Aber die *Osiris* wird doch sicher Fahrt aufnehmen?«

Über das Meer hallte ein Warnschuss und Elizabeths Magen hob sich.

»Zu spät«, flüsterte Nathaniel. »Jetzt können sie nicht mehr zurück.«

Einer der Männer der Crew rief von der Takelage: »Captain – die *Osiris* signalisiert! Einen Moment ...«

Elizabeth verschränkte die Arme vor der Brust, senkte den Kopf und wartete.

»Was ist los, Tommy?« schrie Stoker.

»Eines dieser Bibel-Signale, Sir! Warten Sie einen Augenblick!«

»Ein Bibel-Signal?« rief Granny Stoker verächtlich. »Verdammt. Einfaches Englisch ist ihnen wohl nicht gut genug.« »Hier ist es, Captain! Die Offenbarung 3.11, heißt es.«

Hawkeye und Nathaniel drehten sich gleichzeitig zu Elizabeth um.

»Ich habe nicht die gesamte Bibel im Kopf«, sagte sie gereizt.

»Keine Sorge, Mädchen«, beruhigte Robbie sie. Er hob seine Stimme, damit Stoker ihn hören konnte. »Das heißt: Ich komme schnell; halte fest, was du hast, so dass niemand deine Krone stehlen kann.‹«

Anne Stoker brach in trockenes Gelächter aus. »Das ist wirklich köstlich. Die *Osiris* warnt *uns* vor den Franzosen, während alle ihre Männer in diesem Augenblick Gebete sprechen. Arme Teufel.«

Elizabeth wurde bleich und Hawkeye legte ihr eine Hand auf die Schulter. »Die Fregatte ist nicht in der Lage, die *Osiris* zu versenken.«

»Ein Handelsschiff versenken?« Granny Stokers Kopftuch wippte, als sie lachte. »Sie mag aus Frankreich und gereizt sein, aber sie ist doch nicht verrückt. Einen solchen Schatz wie diesen zu versenken! Hört ihr diese Warnschüsse? Wollte sie die *'Siris* versenken, würde sie beidrehen und mit ihrer Breitseite hinlangen.«

»Die *Osiris* ist gut bewaffnet.« Elizabeths Stimme klang heiser.

Die alte Lady heftete ihren Blick auf sie. »Denk an meine Worte«, sagte sie. »Sie werden sich blutigkratzen und am Ende wird die *Avignon* sie in Rauchschwaden gehüllt entern.«

»Gott sei uns gnädig«, flüsterte Elizabeth.

Granny Stoker drehte abrupt den Kopf und richtete rasch den Blick aus ihren glänzenden schwarzen Augen von den Segeln auf ihren Enkel. »Mac!« Die dünne Stimme hob sich und knallte wie ein Peitschenhieb durch die Luft. »Sie fällt zu schnell zurück!«

Stoker sprang vorwärts; das schwarze Haar wehte um seine Schultern.

»Aufbrassen!« bellte er und rannte das Deck entlang, so dicht an ihnen vorüber, dass sie seine Schweißtropfen zu spüren bekamen. »Verdammt! Ruder nach Lee! Bewegt euch!«

Einige Minuten herrschte Schweigen, bis die *Jackdaw* an Geschwindigkeit gewann, dann wandte sich Granny Stoker wieder Elizabeth zu.

»Im Herzen immer noch eine Tory, nicht wahr? Gefällt dir wohl nicht, wenn die Franzosen die Oberhand haben. Vergiss die Zahnbürste, Liebchen – willst du hundert Pfund auf deine Landsleute setzen?«

»Ich muss keine Engländerin sein, um Bedauern am Verlust von Menschenleben zu empfinden«, erwiderte Elizabeth barsch. Das Deck neigte sich und ihr Magen hob sich wie eine Faust bis hinauf in ihre Kehle. Sie löste sich abrupt von Nathaniel, drängte sich an Hawkeye und Robbie vorbei und taumelte zur Reling. Mit beiden Händen Halt suchend, beugte sie sich weit vor, um die Kälte und den beißenden Schmerz in ihrer Kehle zu spüren. Sie hörte Nathaniel hinter sich, aber noch lauter dröhnte in ihren Ohren die Erinnerung an den alten Tim Card und seine Erzählungen von den Kaperschiffen.

Die meisten sind nur Kaufleute, Missus. Nur an ihrem Profit interessiert, das ist alles. Was nichts einbringt, geht über Bord.

Vor ihren Augen steuerte die *Avignon* auf einen seltenen Schatz zu, aber sie konnte nur die *Isis* vor sich sehen. Was würde ein französisches Kaperschiff mit drei Kindern anfangen? Zwischen ihnen und allem, was kommen mochte, stand nur Curiosity. Elizabeths Magen hob sich wieder und krampfte sich zusammen.

»Bleib ruhig, Stiefelchen.« Nathaniels Hände waren kühl. Er hielt ihre Stirn und ihren Hals fest, während sie immer wieder würgte, bis nur noch Galle hochkam. Als sie wieder durchatmen konnte, presste sie ihr Gesicht an seine Brust und sprach laut die Worte aus, die ihr ungebeten in den Sinn kamen:

»Was nützt es, wenn die See ruhig ist? Vertraue nur der Küste; Schiffe sind schon dort versunken, wo sie eben noch über die Wellen tanzten.«

Vor ihnen befand sich die *Osiris* in tödlicher Gefahr und das

Gleiche könnte auch für die *Isis* gelten. Jetzt, morgen oder übermorgen.

In diesem Augenblick feuerte die Fregatte einen weiteren Schuss ab und machte alle beruhigenden Worte zunichte, die Nathaniel vielleicht zu ihr gesagt hätte.

3

Hannah schlief schlecht, fuhr immer wieder aus zusammenhanglosen Träumen hoch und lauschte nach einem Klopfen an der Tür, das eine Nachricht von einem sich nähernden Schiff bedeuten konnte – oder Mr. MacKays Ankunft, der sie vor der Hölle der Christen retten wollte. In der Morgendämmerung war sie schließlich vollends wach, mit einem Schweißfilm bedeckt und von dem Geruch ihrer Angst umgeben. Sie war aufgewühlt und erschöpft und sehnte sich nach der Stimme ihrer Großmutter, dem Lächeln ihres Vaters und der Pinie mit der verkrüppelten Krone, die in Lake in the Clouds vor ihrem Fenster stand. Hannah wünschte, sie wäre nicht aufgewacht. Sie hatte Angst vor dem, was der Tag bringen und was er nicht bringen würde.

Leise stand sie auf, um die Babys nicht zu stören, zog sich das fleckige Kaliko-Kleid über den Kopf und stolperte hinaus in die andere Kajüte.

Curiosity war am Arbeitstisch eingeschlafen. In ihrem Schoß lagen noch die Näharbeiten und ihr Atem ging als Folge der Erkältung immer noch ein wenig keuchend. Das Tuch um ihren Kopf war heruntergerutscht; ein dicker Zopf in der Farbe von mattem Silber und fettem Lehm fiel ihr auf die Schulter. In seiner eigenen Kajüte sang der Hakim wieder seine Gebete. Das Schiff rollte sanft über die Wellen, ein Vogel mit gestutzten Federn, der zwischen vertrauten und fremden Welten auf diesem Fleck des Wassers ausgesetzt worden war.

Curiosity wachte leise murmelnd auf und rieb sich mit dem Fingerknöchel ein Auge. Dann sah sie Hannah und schloss die Augen wieder. »Squirrel«, sagte sie lächelnd. »Was für ein hübscher Anblick beim Erwachen. Könntest du mir etwas von dem

Sprossenbier bringen? Dann sollten wir besser nach den Babys sehen. Ich höre, dass sie sich schon bewegen.«

Hannah hätte vor Frustration und Enttäuschung am liebsten geweint. »Ich dachte, es gäbe eine Nachricht von der *Osiris*«, sagte sie stattdessen.

Curiosity streckte ihr eine ihrer langen Hände entgegen. »Noch nicht.«

»Ich denke, wir sollten aus Miss Somerville anschließen«, stieß Hannah hervor. »Wir sollten von diesem Schiff verschwinden.«

Curiosity warf ihr einen scharfen Blick zu, zog sie dann an sich und strich ihr über das Haar. »Ich weiß, Kindchen, ich weiß. Und vielleicht tun wir das auch. Aber wir müssen noch warten. Du darfst dich jetzt nicht aufregen – schon bald wirst du einen klaren Kopf brauchen.«

Aber sie konnte sich nicht beruhigen. Bei jedem Knarren der Planken zuckte sie zusammen und als Charlie den Tee und die Ziegenmilch brachte, fiel es ihr schwer, ein paar freundliche Worte zu ihm zu sagen. Sein scheues Lächeln tat ihr weh, denn sie konnte es nicht erwidern. Einige Dinge fielen ihr aus der Hand, rollten über den Boden und verschwanden in dunklen Ecken; sie rutschte aus, stieß mit der Hüfte an den Schreibtisch und brachte dort Papiere und Federn durcheinander. Curiosity bemerkte ihren Zustand und ließ sie in Ruhe.

Der Hakim kam, um sein Frühstück aus Brot, Früchten und Käse mit ihnen zu teilen. Er beobachtete sie schweigend, bis Lily in Hannahs Armen zu strampeln begann.

»Erlaubst du«, sagte er freundlich. »Ich habe so selten die Gelegenheit, ein kleines Kind zu halten. Darf ich sie füttern?«

Hannah war peinlich berührt und wurde rot. Sie presste Lily fester an sich und das Baby schrie auf, die runden blauen Augen vor Überraschung und Schmerz geweitet. Dann schlug es Hannah mit ihrer Faust auf die Wange und plötzlich flossen heiße Tränen. Hannah reichte dem Hakim das Baby und wischte sich heftig mit dem Handrücken über die Wangen.

Ohne den Blick von Daniel abzuwenden, sagte Curiosity: »Möchtest du diese Sachen nicht anprobieren? Die Näharbeiten sind erledigt, bis auf die Perlen. Die Mokassins habe ich auch fertig gemacht.«

Hannah schreckte auf. Curiosity musste die ganze Nacht hindurch genäht haben, während sie nichts ahnend geschlafen hatte. Hannah verbarg ihr Gesicht in dem Bündel und ging in die kleine Schlafkajüte. Wenige Minuten später kam sie langsam zurück; sie war sehr beschämt.

»So ist es besser.« Curiosity lächelte. »Jetzt siehst du wieder aus wie unsere Squirrel.«

Hannah bemühte sich, nicht in Tränen auszubrechen, nickte nur und spielte mit den Fransen am Ärmel. Das weiche Rehleder raschelte leise, als sie sich hinunterbeugte und ihre Wange an die Curiositys legte.

»Geh an Deck«, sagte die ältere Frau sanft und klopfte ihr auf den Rücken. »Du brauchst frische Luft.«

»Nein«, erwiderte Hannah bestimmt. »Nein.«

Curiosity legte überrascht den Kopf zur Seite. »Gefällt es dir an Deck in der frischen Luft nicht?«

»Lass mich hierbleiben«, bat Hannah, wieder den Tränen nahe.

»Hat dir an Deck irgendetwas Angst eingejagt?« fragte der Hakim.

Sie sah ihn an. »Nein«, antwortete sie und wusste nicht, warum sie log. »Nichts, Sir. Ich bin dankbar für Ihre Besorgnis.« Es war weniger, als sie eigentlich sagen wollte, und das schien er zu bemerken.

»Und wenn ich dich bitte, mich zu begleiten? Ich muss mich um die Ti-Nain-Bäume kümmern und ich würde mich freuen, wenn du mir Gesellschaft leistest.«

Hannah zögerte. Sie spürte Curiositys neugierigen Blick auf sich gerichtet, und der Hakim wartete.

»Ja«, sagte sie schließlich. »Ich werde mit Ihnen an Deck gehen.«

»Sehr freundlich von dir, Miss Hannah.« Er lächelte. »Das erinnert mich an etwas, was einmal ein guter Mann zu mir gesagt hat. ›Es ist auch morgen nicht zu spät, um tapfer zu sein.‹«

»Das ist der richtige Ratschlag für Squirrel«, meinte Curiosity grinsend. »Wild entschlossen, uns und die ganze Welt sofort zu retten. Stammt das aus Ihrem Heiligen Buch?«

Der Hakim schüttelte den Kopf. »Nein. Ein Chirurg hat es geschrieben, den ich einmal kennen gelernt habe. Er war nur ein

mittelmäßiger Poet, aber ein guter Arzt und ein weiser Mensch.«
»Sicher aus Indien«, sagte Hannah.
»Aus Schottland«, erwiderte der Hakim. »Überrascht dich das? Das sollte es nicht. Unser Prophet lehrt uns, Weisheit überall zu suchen, wo wir sie finden können.«
Curiosity schnaubte. »Ich nehme an, deshalb sind Sie auch bei Pickering gelandet, wie?«
Hannah hätte es nie gewagt, eine so persönliche Frage zu stellen, aber den Hakim schien weder die Frage noch die Kritik an seinem Captain zu stören.
Er senkte den Kopf. »Ich wünschte, ich könnte behaupten, meine Beweggründe wären so einfach und nobel, aber es ging um etwas anderes.«
Sie warteten, während er Lily, die Brei von seinem Löffel schlürfte, ermutigende Worte zusprach. Sie wendete keinen Blick von seinem Gesicht ab. Als er den Kopf wieder hob, huschte ein Lächeln über sein Gesicht, das ihn verjüngte. Er wirkte ein wenig peinlich berührt – möglicherweise wegen des Geständnisses, das er ihnen machen wollte.
»Hast du jemals von einem Mikroskop gehört, Miss Hannah?«
»Meine Stiefmutter hat mir davon erzählt«, sagte sie. »Ein Ding aus Metall und Glas, das dem Auge hilft, besser zu sehen.«
Curiosity schniefte verächtlich. »Du meinst eine Brille.«
»Nein.« Hannah schüttelte den Kopf. »Das wird nicht im Gesicht getragen. Ein Instrument, in das man hineinschaut. Stimmt das?«
Der Hakim wischte Lilys Wange mit seinem Daumen ab. »Ja. Die Linse eines Mikroskops ist ein Wunderwerk. Sie ist der Schlüssel zu allem, was wir noch über Krankheiten lernen müssen.«
»Sie sind also den langen Weg von Indien hierher gekommen, um sich eine dieser Maschinen zu besorgen.« Curiosity hob Daniel hoch, roch an seinem Hinterteil und rümpfte die Nase.
»Deswegen habe ich vor fünfzehn Jahren Captain Pickering kennen gelernt«, erklärte er. »Die besten Instrumente gab es in Europa, verstehen Sie? Ich würde mich freuen, dir so ein Mikro-

skop zu zeigen, wenn du möchtest. Ich habe einige Instrumente, die dich sicher interessieren würden.«

Hannah konnte ihre Überraschung kaum verbergen. Das war ein großzügiges Angebot, das der Hakim, wie sie glaubte, nicht vielen Menschen machte. Aber Hannah dachte auch an die *Osiris*, die vielleicht schon in Sichtweite war, und an Giselle Somerville. Möglicherweise waren sie in einigen Stunden schon von diesem Schiff verschwunden – sie hoffte es, wenn es nur bedeutete, dass sie Mr. MacKay nie wieder sehen musste. Das Mikroskop war jedoch eine große Versuchung.

Curiosity räusperte sich. »Zuerst braucht das Kind ein wenig Sonne«, bestimmte sie. »Danach ist immer noch Zeit für Ihre Mikroskop-Maschine.«

Doch ein feiner Nieselregen und ein bleifarbener Himmel erwarteten sie. Hannah half Hakim Ibrahim mit den Bäumen, die mit dem Wasser aus den Regentonnen an Deck gegossen wurden. Und die ganze Zeit über hielt sie nach MacKay Ausschau und suchte den Horizont ab.

Von einem anderen Schiff ähnlich der *Isis* war nichts zu sehen. Nach dieser Enttäuschung wurde ihr etwas bewusst. Sie stand an der Reling und erkannte, dass sie das Meer lieben würde, wäre sie aus eigenem Willen hierher gekommen. In der rauen, salzigen Luft öffnete sich irgendetwas tief in ihr und flatterte wie die Fähnchen und Flaggen über ihrem Kopf. Hannah sog so viel Luft in ihre Lungen wie nur möglich und genoss das angenehme Prickeln auf ihrer Haut.

Der Wind hatte sich gelegt und die *Isis* trieb ruhig auf dem rauchgrauen und grünen Wasser dahin. Der Himmel war übersät mit Vögeln: Möwen mit schwarzem Rücken und Raubmöwen, die sich mit krächzenden Stimmen zuriefen: »Ha! Ha! Ha!« Einige andere erkannte der Hakim nicht. Alle segelten mit ausgebreiteten Flügeln im schwachen Wind. Hannah beneidete die Vögel, die die Topsegel der *Osiris* als erste sehen konnten, noch vor der Wache im Ausguck hoch über ihren Köpfen. Sie wäre gern selbst in die Takelage gestiegen. Bestimmt wäre das nicht sehr schwierig für sie – die Klippen auf der Nordseite des Hidden Wolf waren höher und es gab dort weniger Halt.

Der Captain beobachtete sie jedoch vom Achterdeck, also

richtete Hannah ihre Aufmerksamkeit wieder auf das Meer und blickte nach Norden, wo kleine Schiffe und ringsherum Boote lagen.

»Kabeljaufischer«, erklärte der Hakim. Die vier kleinen Boote waren schmal gebaut und an beiden Enden spitz zulaufend, gerade groß genug für zwei Fischer und ihren Fang. Über das Wasser erklang verschwommen Gesang aus dem Boot, das der *Isis* am nächsten war. Hannah konnte die Sprache am Rhythmus nicht erkennen. Sie beobachtete, wie zwei Männer aufstanden und das Boot sich zur Seite legte, sodass man seine rotangemalte Unterseite sehen konnte. Sie standen hintereinander und begannen eine Leine einzuholen. Einer der beiden warf Fische mit einer ruckartigen Bewegung seiner Hand auf den wachsenden Berg, während der andere die Leine in einem großen runden Behälter verfrachtete. Hannah dachte an die Gewässer in ihrer Heimat, wo erwachsene Männer mit Stören kämpften und manchmal den Fang verloren, an Flüsse mit listigen Forellen und Welse mit Flossen, die einen Finger bis auf den Knochen durchschneiden konnten. Diese Salzwasserfische hatten keinen Kampfgeist; sie reihten sich an den Haken an der Leine auf wie Schulkinder, die geduldig warteten, bis sie ihren Schlag mit der Handkante verpasst bekamen.

Hinter ihnen ertönte eine Stimme und Hannah zuckte erschrocken zusammen. Doch dieses Mal war es Captain Pickering und seine Miene spiegelte aufrichtige Besorgnis wider.

»In der Achterhütte wäre es bequemer«, sagte er. »Geschützt vor dem Regen.« Er hatte die Position aller Offiziere eingenommen, die Hände auf dem Rücken verschränkt und sein missgestaltetes Gesicht leicht zur Seite geneigt. Und er versuchte, nicht auf ihre Kleidung zu starren – auf den Überwurf mit den Fransen, die eng anliegenden Leggings und die neuen Mokassins –, die sich jetzt im Regen dunkel färbte. Der Hakim ging an Deck entlang und vergewisserte sich, dass jeder Baum sicher verankert war. Hannah wünschte, er würde zurückkommen.

»Ich mag den Regen«, sagte sie.

Der Captain war ein seltsamer O'seronni, einer von jenen, die vorgaben nicht zu sehen, was nicht zu übersehen war. Es war, als könnten sie beide spurlos verschwinden, würde er sie ansehen. Elizabeth hatte oft versucht, ihr zu erklären, dass das die Art mancher Menschen war – Distanz zu schaffen in einer Welt, in der es zu viele Menschen gab. Man sah und sah doch nicht.

Er räusperte sich und gleich darauf noch einmal. Sie wusste sehr gut, dass er nach einem Weg suchte, um sich zu entschuldigen.

»Was glauben Sie – wie lange wird es noch dauern, bis die *Osiris* uns eingeholt hat?« Hannah wollte prüfen, ob er sie anlügen konnte, wenn sie ihm direkt in die Augen sah.

Der Captain zog seine breite Unterlippe nach innen und ließ sie dann wieder los. »Ich erwarte sie jeden Moment. Spätestens bis Mittag.«

Außer es ist etwas schiefgelaufen. Er sprach es nicht aus, aber sie konnte es an seiner Miene sehen. Hannah betrachtete aufmerksam sein verunstaltetes Gesicht. Natürlich war es schwer für ihn, der Welt ins Auge zu sehen, denn die Welt sah ihn nicht gern an. Sie fragte sich, ob er überrascht sein würde, wenn Giselle ihn verließ. Gegen ihren Willen legte sich ihr Zorn ein wenig.

»Miss Somerville glaubt, Moncrieff würde meinen Leuten nicht erlauben, an Bord der *Isis* zu kommen.«

»Das ist merkwürdig.« Er zwinkerte verblüfft. »Schließlich bin ich der Captain dieses Schiffs.«

Er besaß also doch Rückgrat. »Das heißt, Sie werden es Ihnen erlauben.«

Er verlagerte sein Gewicht auf die Fersen und wippte dann wieder nach vorne. »Wir werden sehen.«

Doch kein Rückgrat, verbesserte Hannah sich. »Ich frage mich, was Miss Somerville damit meinte.«

Der Captain wurde rot. »Ich befürchte, da wirst du sie selbst fragen müssen, aber du musst noch Geduld haben. Sie steht nicht vor elf Uhr auf und jetzt ist es noch nicht einmal acht.«

Hannah hätte ihn noch weiter bedrängen können, aber in der Ferne tauchte ein Schiff auf. Eine Weile beobachtete sie über die Schulter des Captains hinweg, wie es sich hob und senkte, aus dem Blickfeld verschwand und dann wieder am Horizont auftauchte. Vielleicht ein Fischer – oder etwas Größeres? Sie wusste, sie sollte wegschauen, aber es gelang ihr nicht, und der Captain drehte sich um und folgte ihrem Blick.

»Mr. Smythe, Sir!« rief er donnernd in Richtung Achterdeck. »Was ist das hinter unserem Heck? Ein Schoner, wenn ich das richtig sehe.«

»Aye, Captain. Ich erkenne ihn nicht, aber er fährt unter amerikanischer Flagge und ist sehr schnell. Vielleicht ein Postschiff aus Boston. Sie haben gerade die weiße Flagge gehisst, Sir!«

Ein Schauer überlief Hannah und wanderte von ihrem Rücken ihre Arme hinunter bis in die Fingerspitzen. Sie warf dem Captain einen Seitenblick zu.

»Na dann«, sagte er leichthin. »Kein Grund zur Aufregung.« Trotzdem bildete sich eine Sorgenfalte zwischen seinen Augenbrauen. Hannah bemerkte nicht nur das, sondern sie entdeckte hinter seinem Rücken auch Giselle Somerville. Gekleidet in leuchtendem Grün kam sie an Deck, in der Hand einen Sonnenschirm, den sie schräg über ihr dunkelblondes Haar hielt.

Der Nieselregen war stärker geworden und Hannah lief zurück in die Kajüte des Arztes, um sich einen Schal zu holen und Curiosity das Wenige zu erzählen, was sie wusste: Ein Schiff näherte sich, aber es war nicht die *Osiris*. Ob es das Schiff war, auf das Giselle wartete, blieb unklar.

»Vielleicht sollte ich auch an Deck gehen«, meinte Curiosity. Hannah schüttelte den Kopf. »Der Regen ist kalt.«

Curiosity schnippte mit den Fingern. »Ich habe nicht umsonst vierzig Winter in den Wäldern im Norden verbracht. Ein wenig Nässe macht mir nichts aus.« Damit scheuchte sie Hannah zur Seite.

Während der wenigen Minuten, die Hannah unter Deck gewesen war, hatten sich die Wolken weiter gesenkt, und jetzt prasselte der Regen auf die gelben Planken und durchweichte ihre neuen Mokassins. Auch sonst hatte sich einiges geändert. Mr. MacKay und Moncrieff standen mit dem Captain auf der Brücke. Hannahs Magen zog sich bei ihrem Anblick zusammen und zum ersten Mal verstand sie wirklich, was sie ihre Großmutter Falling-Day so oft hatte sagen hören – dass großer Zorn nicht im Kopf oder im Herzen, sondern im Bauch wohne. Sie fragte sich, ob Runs-from-Bears und Robbie bei ihrem Vater und Großvater waren. Hannah stellte sich vor, sie stünden um sie herum wie Bäume, wie ein magischer Kreis, ein

Feuerreifen, und MacKay würde an ihnen vorbeikommen müssen.

Er und der Captain standen Seite an Seite und richteten ihre Fernrohre auf den sich nähernden Schoner, der jetzt nur noch einige Meilen entfernt war.

Hannah stellte verächtlich fest, dass sie wohl schwache Augen haben mussten. Sie war stolz auf ihre Sehkraft, die ebenso gut war wie die ihres Vaters oder Großvaters. Selbst jetzt, wo ihr der Regen ins Gesicht schlug, konnte sie den Schoner, der die Aufmerksamkeit aller erregte, sehr gut erkennen. Er hatte dreieckige Segel, im Gegensatz zu den viereckigen der *Isis*, was, wie sich herausstellte, nicht nur ein Zufall war.

Hakim Ibrahim stand neben ihr an der Reling und erklärte es ihr: Um viereckige Segel zu setzen oder zu brassen, mussten die Matrosen in die Takelage steigen. Die dreieckigen Segel auf dem Schoner konnten jedoch von Deck aus bedient werden und man brauchte weniger Männer dazu. Hannah schien es, als ob der Schoner von allem weniger hätte – weniger Segel, Geschütze und Decks. Es gab keine verschnörkelten Malereien und vergoldeten, glänzenden Verzierungen, wie sie auf der *Isis* überall zu sehen waren. Am Bug zeigte sich keine Galionsfigur und der Name auf dem Rumpf war so verblasst, dass nicht einmal Hannah ihn lesen konnte. Das Auffälligste war jedoch, dass der Schoner trotz des flauen Windes mit vollen Segeln so schnell fuhr. Er kam geradewegs auf sie zugeschossen wie eine Gewehrkugel auf ihr Ziel. Dieser Gedanke beunruhigte Hannah ein wenig.

Am anderen Ende der *Isis* verbreitete eine Laterne in der Achterhütte warmes gelbes Licht – der kleine Raum wirkte auf dem Achterdeck wie ein lächerlicher Hut. Durch das Fenster in der Tür schimmerte Giselles grünes Kleid gleich den Federn eines Pfaus. Sie stand da und beobachtete die Szene. Vielleicht war dieser Schoner doch das Schiff, auf das sie wartete?

Hannah zog sich den Schal enger um Kopf und Schultern, aber die feuchte Kälte drang durch den Stoff und sie begann zu zittern.

»Vielleicht solltest du lieber nach unten gehen«, meinte Hakim Ibrahim.

Aber dann klapperte der Lukendeckel und Curiosity tauchte

auf und blinzelte in den Regen. Aus ihrem weiten wollenen Umhang lugten zwei Augenpaare hervor – seegrün und blau.

Daniel stieß bei ihrem Anblick einen Schrei aus, befreite eine Hand aus dem eng gewickelten Tuch und ruderte aufgeregt damit durch die Luft. Er freute sich, an Deck zu sein, während Lily erst einmal finster diese Welt betrachtete.

Curiosity wirkte auch nicht sehr glücklich. Mit äußerster Konzentration starrte sie auf den Schoner. »Was ist das für ein Schiff? Kannst du den Namen lesen?«

»Das ist sicher nur ein Postschiff«, erwiderte Hannah, obwohl sie wusste, dass das nicht die ganze Wahrheit war. Vor dem Hakim wollte sie jedoch nicht mehr verraten.

»Dann kannst du ja wieder nach unten gehen, wo es trocken ist.«

Ein gedämpfter Knall übertönte ihre letzten Worte. Und bevor sie fortfahren konnte, hörten sie wieder das Krachen von Schüssen. *Bum, bum, bum.*

»Nur ein Postschiff«, sagte Curiosity trocken. »Sonst nichts, wie?«

Die schläfrige *Isis* erwachte schlagartig zum Leben wie ein Ameisenhügel, gegen den jemand versehentlich getreten hatte. Die Seeleute rannten jedoch nicht zu den Geschützen, wie Hannah vermutet hatte.

»Signalschüsse«, sagte der Hakim. »Sie hat eine Botschaft für uns.«

»Bei Gott!« donnerte Pickering plötzlich. »Das ist Mac Stoker! Dieser unverschämte Kerl. Ich werde ihm zeigen, was es heißt, mich so zu überfallen!«

Doch Mr. Smythe unterbrach seinen Captain. »Sir! Die *Jackdaw* signalisiert, sie bringe Nachrichten von der *Osiris* – und einen verwundeten Überlebenden.«

Hannah spürte, wie Curiosity zusammenzuckte, als das Wort ›Überlebender‹ über das Deck hallte. Ihr Magen krampfte sich zusammen und ihre Kehle war wie zugeschnürt. Sie sah sich nach Moncrieff um, doch er drehte ihnen den Rücken zu.

»Was soll ich antworten, Sir?«

»Sie soll längsseits kommen«, befahl der Captain. Und dann rief er: »Mr. MacKay! Fender, aber schnell!«

In diesem Augenblick kam Giselle aus der Achterhütte. Sie

hatte ihre Kapuze so tief ins Gesicht gezogen, dass Hannah ihre Miene nicht sehen konnte. Mit einer behandschuhten Hand zog sie die Kapuze zurück, drehte sich um und sah sie an. Ihr Hals war schlank und weiß und ihr Gesicht gerötet, als hätte sie Fieber.

Giselle blickte Hannah in die Augen und neigte leicht den Kopf, als wollte sie sagen: Nun siehst du, wie leicht man Männer springen lassen kann. Hannah wäre zu ihr gegangen, aber mittlerweile war die ganze Crew auf den Beinen und beschäftigt. Einige der Männer hievten große Sandsäcke über die Reling, die mit einem dumpfen Knall gegen die Bordwand schlugen.

Curiosity runzelte die Stirn. »Dieser Narr wird uns doch wohl nicht rammen, oder?«

Der Hakim beobachtete mit zusammengekniffenen Augen den Schoner. »Das würden nicht viele versuchen und noch wenigeren würde es gelingen. Wir wollen hoffen, dass Mr. Stoker der Seemann ist, für den er sich hält. Halten Sie sich fest.«

Hannahs Herz schlug schneller als sie denken konnte. Sie presste sich an Curiosity und sah zu, wie der Schoner auf sie zukam. Auf dem Deck stand ein groß gewachsener Mann, breitbeinig und die Hände in die Hüften gestützt.

»Stoker!« brüllte der Captain und beugte sich über die Reling. »Was soll das?«

Der große Mann tippte mit der Hand an die Mütze. »Ich habe Neuigkeiten von der *Osiris* und einen verwundeten Jungen, der zu euch gehört!«

»Bei Gott, und deshalb wollen Sie längsseits bei uns anlegen? Das ist eine Ungeheuerlichkeit!«

Als hätte er den Captain nicht gehört, drehte Stoker sich um und gab eine Reihe von Befehlen. Auf der *Isis* wurden Stimmen laut – Mr. Smythes Gesicht lief dunkelrot an und Mr. MacKay beugte sich so weit über die Reling, dass Hannah damit rechnete, ihn jeden Moment hinunterfallen zu sehen. Das andere Schiff kam jedoch unbeirrt näher und einige Männer kletterten mit Hilfe von Enterhaken, die wie lange, gebogene Finger aussahen, zur Reling hinauf.

Als die *Jackdaw* so nahe war, dass Hannah einen Zusammenstoß befürchtete, fielen plötzlich alle Segel, als hätte jemand eine

Schnur durchgeschnitten. Der Schoner änderte leicht seine Richtung und stieß dann einige Male sanft gegen die *Isis*. Hakim Ibrahim hielt Curiosity fest, als das Schiff zu schwanken begann. Stoker kam auf sie zu. Er hatte etwas über seine Schulter geworfen – einen Jungen, der sich mit schwachen Bewegungen wehrte. Von ihrem Platz aus konnten sie sehen, dass er blond war und ein grobes Gesicht hatte. Um seinen Kopf war ein schmutziges Tuch geschlungen, dessen Ende über Stokers Rücken fiel.
Hakim Ibrahims Gesichtszüge erschlafften vor Überraschung und er holte tief Atem.
»Was ist los?« fragte Curiosity in scharfem Ton. »Kennen Sie diesen Jungen?«
»Sein Name ist Mungo«, sagte der Hakim. »Charlies Bruder.«
Hannah schreckte auf. »Unser Charlie? Was würde Charlies Bruder auf diesem Schiff tun?«
Der Hakim wischte sich den Regen aus den Augen. »Er ist der Kabinensteward des Captains der *Osiris*«, erklärte er. »Ich befürchte, irgendetwas ist schiefgelaufen.«

Elizabeth kauerte unter der offenen Luke im Schatten und fragte sich, ob ein Mensch es spürte, wenn er verrückt wurde. Ob es eine Warnung gab, ein leises Geräusch des Herzens, ein Seufzen, das den Grund dafür in sich bewahrte, das verschwand und nie wieder zurückkam.

Vielleicht hatte sie dieses Geräusch, das sie sich dabei vorstellte, laut von sich gegeben, denn Nathaniel presste ihre Hand so fest, dass ihre Fingerknochen schmerzten. Sie konnte spüren, wie jeder Nerv in seinem Körper vibrierte. Elizabeth zwang sich, die Augen zu öffnen.

»Bald«, flüsterte er. Er kniete vor ihr und balancierte auf seinen Fußballen. Sie spürte seinen Atem auf ihrem Gesicht. Nur zehn Zentimeter davon entfernt lag sein Gewehr und schien sie mit seinem einen Auge anzustarren.

Direkt hinter Elizabeth kauerte Robbie, ganz ruhig, zwei Musketen auf seiner Brust verkreuzt. Er hatte den ganzen Morgen damit verbracht, sie immer wieder zu reinigen und zu prüfen. Als sie sich umdrehte sah sie, dass er sein Gesicht dem Nieselregen entgegenhielt, der durch die Luke hereinfiel. In diesem weichen Licht wirkte Robbie mit einem Mal älter als er war. Unter seinen Augen zeichneten sich tiefe Ringe ab und sein Kinn wirkte schlaff. Es schmerzte Elizabeth, diesen Beweis seiner Fehlbarkeit und Müdigkeit zu sehen.

Über ihren Köpfen bewegten sich die Männer in einem Tanz, der den Schoner zum Stillstand bringen würde. Mac Stokers Stimmer dröhnte wie ein Kanonenschuss durch das Schiff und verursachte Elizabeth eine Gänsehaut.

»Ich habe Neuigkeiten von der *Osiris* und einen verwundeten Jungen, der zu euch gehört!«

Von weiter Ferne hörten sie Männerstimmen, die antworteten. Nathaniel zwinkerte ihr zu. Ja, so war es richtig. Das war gut. Stoker musste den richtigen Ton treffen und den Captain in Sicherheit wiegen. Pickering mochte schwach sein und sich unter Moncrieffs Kontrolle befinden, aber er war kein Dummkopf und erinnerte sich bestimmt an Stoker, den er am Kai in Sorel gesehen hatte.

Stimmen hier und dort. Elizabeth spitzte die Ohren, konnte aber nichts verstehen. Das Meer und der Wind trug sie zu schnell mit sich fort. Nur Stokers Stimme war so gewaltig, dass sie gut zu hören war.

Segel knallten und flatterten und fielen dann in sich zusammen. Sie stießen einige Male gegen die *Isis* und Elizabeth stützte sich mit der Hand an der Wand ab. Die Rufe über ihnen waren zu undeutlich, um sie deuten zu können.

»Der Junge ist in schlechter Verfassung! Wo ist Ihr Arzt?«

Der Junge. Sein Name war Mungo. Er hatte einen Schlag auf den Kopf bekommen und war immer noch verwirrt. Elizabeth hatte den ganzen Morgen mit ihm verbracht. Er schien nicht zu begreifen, was mit ihm oder seinem Schiff geschehen war. Man konnte es ihm noch so oft erzählen, er erinnerte sich einfach nicht daran, dass die *Osiris* gesunken war. Es war auch schwer zu begreifen, doch Elizabeth hatte es mit eigenen Augen gesehen. Mac Stoker hatte diese letzte und falsch kalkulierte Salve aus den Geschützen als ›Glückstreffer‹ bezeichnet und damit genau das Gegenteil gemeint. Die Franzosen hatten besser gezielt als geplant und damit zerstört, was sie eigentlich hatten rauben wollen. Dieses Ereignis hatte Granny Stoker in schlechte Stimmung versetzt; sie konnte es nicht leiden, wenn ihre Vorhersagen nicht eintrafen, also hatte sie sich in ihre Kajüte zurückgezogen wie eine Spinne in ihr staubiges Netz. Dort saß sie immer noch, kaute an ihrem Pfeifenstiel und blickte finster in die Schatten.

Die *Isis* dagegen war unbeschadet. Nathaniel hatte Elizabeth bei Tagesanbruch geweckt und ihr das Fernrohr gegeben. Da war sie, heil und unberührt. Sie trieb friedlich auf den Wellen, als wäre das der sicherste Ort der Welt und nicht eine der befahrensten Schiffsstraßen, bevölkert von gewinnsüchtigen Seeleuten, Piraten und der französischen Flotte, die aus ihrem Gebiet vertrieben worden war. Ihr Anblick hatte in Elizabeth unbeschreibliche Freude hervorgerufen, aber auch ihren Zorn erneut entflammt. Dieser Moncrieff setzte ihre Kinder solchen Gefahren aus – das war eine weitere Sünde, für die er sich würde verantworten müssen.

Aus dem Augenwinkel sah Elizabeth, dass Nathaniel sein Gewehr fest in der Hand hielt. Die Spannung in seinem Arm und seiner Schulter war so groß, dass sein ganzer Körper vibrierte. Sie befürchtete, er könnte zerspringen, wenn sie ihn berührte. Und sie wusste, bei ihr verhielt es sich ebenso.

Von oben ertönte ein gequälter Schrei und Elizabeth presste die Arme an ihre pochenden Brüste. Nathaniel umfasste sie mit seinem freien Arm. »Eine Möwe«, flüsterte er ihr ins Ohr. »Nur eine Möwe.«

Nein! Als ob sie diesen Klang nicht überall auf der Erde oder sogar in der Hölle erkennen würde – ihre Kinder befanden sich auf diesem Deck und sie riefen nach ihr.

Mac Stokers Kopf mit dem dunklen Haar tauchte an der Reling auf, so glänzend und nass wie der eines Neugeborenen. Hannah beobachtete diese seltsame Erscheinung und hielt den Atem an. Das taten sie alle: die Matrosen, Moncrieff, der Captain und sogar Miss Somerville, die bewegungslos dastand und eine Hand an die Kehle gelegt hatte, als wollte sie sich selbst vom Sprechen abhalten. Giselles Miene wirkte wie aus Stein gemeißelt, doch der Mann, der jetzt an Bord kletterte, hatte ein Gesicht, das Bände sprach. Der Blick aus seinen schwarzen Augen schweifte über die Längsseite des Schiffs, wanderte über Hannah und Curiosity und zurück zu Mr. Smythe, der mit einer auf ihn gerichteten Muskete neben dem Captain stand.

»Kein netter Empfang, Pickering.«

Er war groß, über einen Kopf größer als die Männer auf der *Isis*. Auf einer seiner breiten Schultern trug er den Jungen wie einen Sack. Als Stoker ihn auf die Beine stellte, schwankte der Junge hin und her und sah sich verwirrt um.

»Ihr Ruf eilt Ihnen voraus, Mr. Stoker. Was tun Sie in diesen Gewässern und wie kommen Sie zu diesem Jungen?«

Stoker schnalzte mit der Zunge. »Was sollte ich hier wohl tun, außer meiner Arbeit nachzugehen? Ich bin aus reiner Herzensgüte zu Ihnen gekommen, um Ihnen Nachrichten zu überbringen, die wichtig für Sie sind. Und den Jungen natürlich. Sein Name ist Mungo.«

Hannah konnte kaum dem Drang wiederstehen, zu dem Jungen hinüberzulaufen, der dastand und in die Sonne blinzelte. Sie wollte ihn schütteln und ihn an seinem blonden Haar packen, das ihm bis über die Augenbrauen fiel, um ihn zum Reden zu bringen. An einem Ohr sah sie getrocknetes Blut.

»Mungo«, begann Captain Pickering, »was ist geschehen?« Der Junge zupfte an seinem Schopf. Seine Lippen bewegten sich, aber es kam kein Wort aus seinem Mund.

Moncrieff drängte sich vor den Captain. »Sag uns, was los ist, Junge! Was ist mit unserem Schiff passiert?«

Mungo zuckte zurück und hielt sich einen Arm vor das Gesicht.

»Völlig verwirrt«, meinte Stoker. »Heute wird er nicht mehr viel sagen können.«

Hakim Ibrahim mischte sich ein: »Er hat einen Schlag auf den Kopf bekommen. Ich muss ihn untersuchen.« Ohne auf die Zustimmung des Captains zu warten, nahm er Mungo am Arm und führte ihn weg.

»Nur keine Aufregung«, sagte Stoker. »Ich kann euch sagen, was mit der *Osiris* geschehen ist.«

Moncrieff wirbelte herum. »Sprechen Sie endlich!«

Stoker zog seine Wangen ein und musterte den kleineren Mann. »Und wer sind Sie?«

»Angus Moncrieff. Gutsverwalter und Sekretär des Earl of Carryck, des Besitzers der *Osiris*.«

»Aha.« Stoker kratzte sich nachdenklich am Mundwinkel.
»Nun, dann befürchte ich, schlechte Nachrichten zu überbringen. Die *Osiris* liegt auf dem Meeresgrund.«
Hannahs Magen hob sich bis zu ihrer Kehle und drückte ihr die Luft ab. Verschwommen nahm sie wahr, dass Curiosity ihren Arm ergriff, sie stützte und zur Reling führte, damit sie sich dort anlehnen konnte. Sie presste ihre Wange an das kalte, nasse Eichenholz und schloss ihre Augen.
»...die Fregatte *Avignon*. Deren Kommandant wollte sie entern und sich die Ladung holen, doch die Schützen waren zu eifrig bei der Arbeit. Sie ging schnell unter.«
»Wie schnell?« Captain Pickerings Stimme klang heiser.
»Bevor sie viel von der Ladung oder der Crew retten konnten, das steht fest.«
Hannah öffnete die Augen. Unter ihr lag die *Jackdaw*, schaukelte auf den Wellen, stieß gegen das Schiff und rieb sich an ihm wie ein Hund, der gestreichelt werden wollte. Abblätternde Farbe und Teerklumpen, die wie Blut aus den Fugen quollen. Ein schmutziges Bullauge. Sie zwinkerte die Regentropfen aus ihren Augen und sah genau hin. Ein Gesicht am Fenster. Das Gesicht einer sehr alten Frau, die sie angrinste. Ihre Urgroßmutter Made-of-Bones hatte genauso breit gelächelt.
»Sir.« Das war Giselles Stimme. Hannah drehte sich erstaunt um.
»Die amerikanischen Passagiere interessieren uns. Was ist mit ihnen geschehen?«
Er grinste unverschämt. »Sprechen Sie mit mir, Süße?«
»Benehmen Sie sich, Stoker.« Der Captain runzelte die Stirn.
»Ich soll mich benehmen? Die Dame hat doch mich angesprochen, oder nicht? Oh, sehen Sie nur, jetzt ist sie verärgert.«
Giselle hob zornig eine Augenbraue. »Dieser Mensch will offensichtlich für seine Informationen bezahlt werden.«
»Und scharfsinnig ist sie auch noch. Natürlich, ich hatte einige Mühen und habe dafür ein oder zwei Münzen verdient. Aber sagen Sie mir, Liebchen, sind die Gerüchte wahr? Sie sollen heiraten, so sagt man. Die Garnison in Montreal wird ein Jahr lang trauern, wenn Sie Ihre Tradition der Samstag-Abend-Feste nicht mehr aufrechterhalten.«
Hannah konnte kaum dem folgen, was plötzlich scheinbar

gleichzeitig geschah. Der Captain riss Mr. Smythe die Muskete aus der Hand, während die anderen vorwärtsstürmten. Stoker schob Moncrieff mit einer lässigen Bewegung seines Arms zur Seite und ebenso die beiden Matrosen, die Moncrieff zu Hilfe eilten. Es herrschte ein wildes Durcheinander und dann fiel ein Schuss. Auf dem Achterdeck schrie ein Matrose auf und griff an sein Bein.

In der plötzlich entstandenen Stille begannen beide Babys zu schreien. Curiosity packte Hannah mit eisernem Griff an der Schulter, um sie dort festzuhalten, wo sie war. Als die schwarze Rauchwolke des Pulvers verflogen war, stand Mac Stoker mit dem Rücken an der Reling. Er presste Giselle Somerville an seine Brust und hielt ihr ein langes Messer an die Kehle. Seine riesige Faust wirkte sehr dunkel gegen die weiße Haut ihres Kinns und Halses. Hannah dachte schon, Giselle sei in Ohnmacht gefallen, doch dann sah sie, dass die Lider ihrer blauen Augen flatterten.

Moncrieff und Captain Pickering verharrten mit leeren Händen vor ihnen. Der Captain hatte seinen Hut und seine Perücke verloren; sein kurzes graues Haar stand ihm zu Berge. Seine Brust hob und senkte sich krampfartig.

»Spielen Sie nicht verrückt, Mann.« Seine Stimme überschlug sich bei dem Versuch, sie unter Kontrolle zu halten. »Sie können uns nicht entkommen und wir werden Sie vernichten.«

»Und lassen damit Ihre entzückende Braut zur Hölle fahren – nur mit mir als Begleitung?« Stoker ließ seine Hand über Giselles Oberkörper gleiten und zog sie noch fester an sich. Sie sagte kein Wort, aber ihre Augen weiteten sich.

Aus Pickerings Gesicht wich alles Blut. »Lassen Sie sie sofort los, hören Sie mich? Lassen Sie sie los!«

Stoker schürzte die Lippen. »Es ist traurig für einen Mann, sich in der Gewalt einer Frau zu befinden, nicht wahr? Wenn Sie uns jetzt entschuldigen wollen – wir möchten gehen.«

»Warten Sie!« rief Moncrieff. »Was ist mit den Passagieren von der *Osiris* geschehen? Haben Sie sie an Bord der *Avignon* gesehen?«

Pickering drehte sich abrupt zu ihm um. »Welche Rolle spielt das jetzt?« brüllte er.

»Das ist das Einzige, was zählt!« Moncrieff versuchte, sich an ihm vorbeizudrängen. In diesem Augenblick beugte sich Stoker über die Reling und zog Giselle mit sich, so dass ihre Beine in der Luft baumelten.

»Meine Güte«, flüsterte Curiosity.

»Habe ich jetzt wieder eure Aufmerksamkeit, Jungs?« fragte Stoker im Plauderton.

»Du sollst verdammt sein, Stoker! Lass sie gehen!«

»Genau das habe ich vor, Horace, mein Freund.« Er lachte und zog Giselle noch näher an sich. »Wenn ich dich jetzt loslasse, Mädchen, solltest du versuchen, auf dem Deck meines Schiffes zu landen, denn das Wasser ist ziemlich kalt.«

»Nein!« Pickering stürzte nach vorn, doch es war bereits zu spät. Giselle flog durch die Luft wie ein seltsamer Schmetterling mit Flügeln aus grüner Seide. Stoker schwang sich mit einer blitzschnellen Bewegung auf die Reling und folgte ihr. Das Messer in seiner Hand blitzte im Licht kurz auf. Sie fielen nur viereinhalb Meter, aber es schien eine Ewigkeit zu währen. Die gesamte Crew der *Isis* rannte zur Reling. Sie hörten einen dumpfen Aufprall und dann einen weiteren.

Die Babys weinten immer noch und hinter ihnen stöhnte der verletzte Matrose, aber Hannah nahm das alles kaum wahr. Sie starrte Mac Stoker an, der Giselle Somerville wieder an sich gerissen hatte. Er grinste zu ihnen hinauf; sein Gesicht war vom Regen überströmt. Giselles Augen waren geschlossen und ihr Körper hing schlaff in seinen Armen. Kein Mann an Bord hätte es gewagt, auf Stoker zu schießen, aus Angst, Giselle zu treffen.

»Stoker!« brüllte Pickering. Sein Gesicht war dunkelrot angelaufen. »Stoker, ich werde dich bis ans Ende der Welt verfolgen!«

»Machen Sie sich darüber keine Sorgen«, erwiderte Stoker laut. »Ich werde nirgendwo hingehen, solange wir nicht das haben, weswegen wir gekommen sind. Und sollten Sie schon einen Blick auf meine Masten werfen, darf ich Sie daran erinnern, dass meine Messer immer scharf sind.« Um das zu beweisen, bewegte er ruckartig sein Handgelenk und aus Giselles Kinn traten einige Blutstropfen.

»Nennen Sie Ihren Preis«, forderte Pickering mit brüchiger Stimme.

Stoker betrachtete Giselle nachdenklich und blinzelte dann

nach oben zu Pickering.»Nicht so schnell. Ich habe die Ware noch nicht geprüft, oder?« Die Laute aus Pickerings Mund klangen nicht menschlich, doch Stoker lachte nur.»Also gut. Mein Preis ist angemessen. Dieser Leckerbissen in meinen Armen für diese beiden und die Zwillinge...« Er drehte sich um und deutete mit seinem Messer auf Hannah und Curiosity.

Entsetzt trat Hannah von der Reling zurück. Curiosity zog scharf den Atem durch die Zähne ein.

»Meine Güte, Pickering. Sie sehen aus, als hätten Sie Ihre Zunge verschluckt. Es ist doch ganz einfach. Ich will die schwarze Frau und die drei Kinder. Geben Sie sie mir und Sie können diese Frau zurückhaben.«

Giselle stöhnte in seinen Armen und bewegte sich leicht. Moncrieff lachte erstickt.»Das werden wir nicht tun!«

»Nein?« Stoker zuckte die Schultern.»Ich werde dem Vater der Lady berichten, wie gut Sie auf sie aufgepasst und sie beschützt haben.«

»Ich kann Ihnen Geld geben!« schrie Pickering.»Was nützen Ihnen denn diese Kinder?«

»Nichts.« Hinter dem Beiboot, das den Großteil des Hauptdecks einnahm, ertönte eine vertraute Stimme. Hannah versetzte sie einen Schock, noch bevor sie den langen Arm ihres Großvaters sah. Hawkeye stand aufrecht da, sein Haar flatterte im Regen und sein Gewehr war auf Moncrieff gerichtet.»Zumindest ihm nicht. Aber mir liegen sie am Herzen. Überrascht, mich zu sehen, Angus?«

Moncrieff trat, vollkommen verblüfft, zwei Schritte von der Reling zurück. Dann lachte er heiser.»Verdammt, ja. Aber sei vernünftig, Mann. Nicht einmal du könntest von einem schaukelnden Schiff einen gezielten Schuss abgeben.«

»Mag sein«, erwiderte Hawkeye.»Aber ich nehme an, einer von uns wird Glück haben.«

Und dann öffnete sich die Luke und Hannah erlebte die nächste Überraschung: Ihr Vater kletterte heraus und direkt hinter ihm Elizabeth.

Elizabeth zitterte. Sie war durchgefroren, verängstigt und gleichzeitig außer sich vor Freude. Vom Deck der *Jackdaw* aus sah sie nach oben. Hannah... Curiosity... Und die Babys, beide. Curiosity öffnete ihren Umhang, so dass sie sie sehen konnte. Sie blinzelten im Regen, ihre Locken flatterten. Ihre Gesichter waren von der kühlen Luft rosig angehaucht. Vor Elizabeths Augen verschwamm alles. Sie wischte sich den Regen und die Tränen aus dem Gesicht. Nur undeutlich nahm sie die anderen wahr: Giselle Somerville, die sich schwach in Stokers Armen wand, Hawkeye, der sein Gewehr auf Moncrieff gerichtet hatte, und Pickering neben ihm. Sie stritten laut miteinander.

Nathaniel rief: »Lassen Sie sie jetzt herunter, dann wird Miss Somerville nichts geschehen!«

Pickering wollte den entsprechenden Befehl geben, doch Moncrieff hielt ihn mit einer Handbewegung zurück. »Halt! Die Anweisungen des Earls sind ganz klar.«

»Angus, das ist die Tochter des Vizegouverneurs, die er in seiner Gewalt hat! Wie willst du das erklären, wenn wir ohne sie in Schottland ankommen?«

Moncrieff stützte sich mit beiden Armen auf die Reling. Seine Stimme wurde vom Wind getragen und klang glasklar. »Glaubst du denn, Carryck interessiert sich für sie oder für irgendeinen von uns? Er will nur seinen Erben haben. Denk doch nach, Mann! Wenn wir jetzt losfahren, wird uns die *Jackdaw* trotzdem überallhin folgen.«

»Vielleicht«, unterbrach Hawkeye ihn. »Aber du wirst diese Küste nicht mehr zu sehen bekommen, Moncrieff. Ich habe dich im Visier, und ich werde dich nicht noch einmal mit meinen Enkelkindern entwischen lassen.«

Moncrieffs Gesicht war zu einer Maske erstarrt, sein Ton war so kalt wie der Regen auf ihren Gesichtern. »Erschieß mich, wenn du nicht anders kannst. Die *Isis* wird trotzdem mit den Kindern nach Schottland segeln und ihr werdet ihr folgen. Und das ist alles, was zählt.«

»Oh, da bin ich mir nicht so sicher«, entgegnete Hawkeye. »Ich nehme an, Pickering wird die Kinder gegen die Frau herausgeben. Natürlich erst, wenn du tot bist.«

Moncrieff zog einen Mundwinkel nach unten. »Ein vortrefflicher Plan, Hawkeye. Und er könnte funktionieren, ohne Zweifel. Allerdings kennst du Pickerings Situation nicht. Er kann es sich nicht erlauben, den Zorn des Earls auf sich zu ziehen. Frag ihn selbst. Horace, würdest du ihnen die Kinder übergeben, selbst wenn ich tot wäre? Denk gut nach, bevor du antwortest.«

Die Miene des Captains wurde plötzlich starr. Er sah Giselle an, dann Curiosity mit den Babys und schließlich Moncrieff. Er setzte zum Sprechen an und verstummte wieder.

»Siehst du? Erschieß mich, wenn du musst, aber die *Isis* fährt nach Solway Firth, und die Kinder mit ihr«, sagte Moncrieff.

Robbie war bisher unter Deck geblieben, doch jetzt riss er wütend die Luke auf und stieg heraus. »Angus Moncrieff, du verdammter Hund! Wenn ich dich in die Finger bekomme, wirst du darum betteln, sterben zu dürfen!«

Elizabeth sah einen merkwürdigen Ausdruck über Moncrieffs langes Gesicht huschen. Bedauern? Zweifel? Aber er war so schnell verflogen, wie er gekommen war, und Moncrieff zuckte nur die Schultern. »Gerade du solltest verstehen, was auf dem Spiel steht, MacLachlan.«

»Ich verstehe das sehr gut. Ich weiß jetzt, dass wir wochenlang in diesem verdammten Loch saßen, weil du das eingefädelt hast! Du hast unser Vertrauen und unsere Freundschaft missbraucht, Moncrieff. Du bist ein Kindesentführer, ein gemeiner Dieb und ein verdammter Lügner.« Robbie spuckte voll Verachtung über die Reling.

Elizabeth holte tief Luft und stieß dann den Atem aus. »Geben Sie mir meine Kinder zurück!«

Er drehte seinen Kopf in ihre Richtung. »Mrs. Bonner, Sie können zu Ihren Kindern kommen«, sagte er. »Sie allein. Segeln Sie mit uns, in aller Bequemlichkeit.«

Nathaniel wandte sich ihr zu und sah ihr in die Augen. Sein Gesichtsausdruck spiegelte ein Gefühl des Versagens und Bedauerns und tiefsitzenden Zorn wider. Sie hatten alles riskiert – und verloren. Giselle war nicht genug, um Moncrieff umzustimmen; selbst sein eigenes Leben war ihm nicht so wichtig wie Carrycks Auftrag.

Er berührte ihr Gesicht und schluckte so heftig, dass seine Halsmuskeln hervortraten. »Geh.«

Sie packte seine Hand. »Ich gehe nicht ohne dich!« Und dann wandte sie sich wieder Moncrieff zu. »Wir alle! Alle vier müssen an Bord!«

Moncrieff schüttelte den Kopf. »Ich bin nicht so dumm, drei

Männer an Bord zu holen, die sich nichts mehr wünschen, als mir die Kehle aufzuschlitzen, Mrs. Bonner. Kommen Sie und kümmern Sie sich um Ihre Kinder. Ihre Männer werden Sie in Schottland wiedersehen.«

Hannah schmiegte sich an Curiosity, die alle drei Kinder an sich presste.

»Ich gebe dir mein Wort, dass ich die Hand nicht gegen dich erheben werde!« rief Nathaniel.

Moncrieffs Miene war wie versteinert. Pickering sprach ihm leise ins Ohr, doch Moncrieff richtete seinen Blick auf eine unbestimmte Stelle am Horizont, die für die anderen nicht auszumachen war. Elizabeth stieg Zornesröte ins Gesicht. Ihre Kinder waren für ihn nichts als ein Problem, das gelöst werden musste. Sie spürte, wie die Wut sie vorantrieb.

»Feigling!« schrie sie ihn an. Das Wort stieg zu ihm nach oben und traf ihn mit voller Wucht ins Gesicht. Er zuckte zusammen, als hätte sie ihn geschlagen. Elizabeth hatte die richtige Waffe gefunden – sie hatte ihn beschämt, indem sie seinen Mut in Frage stellte.

Er blinzelte. »Ihr Ehemann kann auch an Bord kommen, wenn er unbewaffnet ist.«

»Gemacht.« Nathaniels Stimme klang heiser.

»Der Wind frischt auf!« rief Pickering. »Wir dürfen keine Zeit verlieren!«

Elizabeth nahm Abschied von Robbie und Hawkeye, die mit grimmigen Gesichtern immer noch ihre Waffen bereithielten. Sie legte ihre Wange an ihre bärtigen Gesichter. Gesprochen wurde nur wenig. Was gab es auch zu sagen? Sie würden nach Schottland fahren; Moncrieff hatte seinen Willen durchgesetzt. Elizabeth hätte versuchen können, sie zu überreden, nach Hause zu gehen, aber sie wusste, das hatte keinen Sinn. Sie würden ihnen folgen, selbst wenn Moncrieff sie nach China schaffen sollte. Hawkeye konnte seinen Sohn und dessen Familie nicht im Stich lassen. Und Moncrieff wusste das. Die Entschlossenheit auf seinem Gesicht sprach Bände: Er würde Nathaniel und Daniel in seiner Nähe behalten und Hawkeye musste ihnen folgen.

Elizabeth verließ die *Jackdaw*, ohne sich noch einmal umzusehen. Nathaniel folgte ihr, den Reisesack über die Schulter geworfen, die Strickleiter hinauf. Auf halber Höhe zwischen den beiden Decks drehte sie sich noch einmal zu Hawkeye und Robbie um.

Nathaniel konnte, wie so oft, ihre Gedanken lesen. »Wir sind noch nicht geschlagen«, sagte er leise. »Gib die Hoffnung nicht auf.«

Nathaniels Magen krampfte sich zusammen – er verspürte rasende Wut, aber auch Erleichterung. Ein Grund dafür war der Anblick seiner gesunden, wohlbehaltenen Kinder, der andere Moncrieff. Er hatte sein Wort gegeben und musste es halten, doch es würde ihm nicht leichtfallen, solange der Mann sich nicht in einiger Entfernung aufhielt.

Die Babys brüllten – ob vor Verwirrung oder Freude konnte er nicht sagen. Sogar Squirrel weinte ganz offen. »Wir können Großvater und Robbie nicht zurücklassen«, schluchzte sie auf Kahnyen'kehàka. Und dann sagte sie es noch einmal, rief es über die Reling hinunter. Hawkeye hob eine Hand und legte die Finger auf die Lippen.

Nathaniel wischte ihr die Tränen nicht ab – nach all dem hatte sie es verdient, ihnen freien Lauf zu lassen. Aber er legte einen Arm um sie, drückte sie an sich und spürte ihre Anspannung ebenso stark wie seine eigene.

»Wir werden das schon schaffen – wir alle.« Mehr konnte er ihr nicht anbieten.

Elizabeth und Curiosity umarmten sich, zwischen ihnen die strampelnden Babys. »Ich möchte die Kinder aus dem Regen bringen«, sagte sie mit heiserer Stimme. Tränen liefen ihr über das Gesicht.

»Warte.« Curiosity drehte sich um und blickte auf das Deck der *Jackdaw* hinunter.

»Miss Somerville interessiert mich nicht im Geringsten«, sagte Elizabeth scharf und reckte ihr Kinn auf eine Weise nach oben, wie sie es immer tat, wenn sie sehr wütend war. Nathaniel kannte diese Geste sehr gut. »Meinetwegen kann sie zur Hölle fahren. Ich wünschte, sie würde es tun, wenn das bedeutet, dass sie sich dann nicht mehr in unsere Angelegenheiten einmischen kann.«

»Dieser Wunsch könnte dir sogar erfüllt werden«, erwiderte Curiosity trocken.

»Beeilt euch mit den Tauen!« bellte Pickering.
»Vergessen Sie Ihre Taue!« rief Stoker, stellte Giselle auf die Beine und klopfte ihr vertraulich auf den Po. »Wir legen ab. »Los Jungs! Klüver setzen!«
»Stocker!« brüllte Pickering. »Was soll das?«
Doch die Antwort kam von Giselle. Sie lächelte seltsam, aber ihr Ton war bestimmt. »Es tut mir sehr leid, Horace, aber ich wäre eine schlechte Ehefrau geworden. So ist es besser für uns beide!«
Pickering schwankte leicht, wie ein Mann, der eine Kugel abbekommen hat, sich aber nicht fallen lassen will. Unter ihm streckte Giselle ihre Hände in einer Geste aus, die möglicherweise Bedauern ausdrückte.

Alle Männer an Deck blieben wie angewurzelt dort stehen, wo sie sich gerade befanden; ihre Mienen zeigten Überraschung und Empörung. Nur Moncrieff musterte den Captain aufmerksam.

»Captain!« Mr. MacKays Stimme kippte wie die eines Jungen. »Sir, geben Sie den Befehl, und wir blasen ihr mit einer Salve die Segel weg!«

Pickering sah so verwirrt drein, als würde sein Erster Offizier eine Sprache sprechen, die er noch nie gehört hatte. Dann fuhr er sich mit der Hand über die Augen, drehte sich schließlich um, verschwand in der Achterhütte und schloss die Tür hinter sich.

»Sie hat also doch die Wahrheit gesagt«, flüsterte Hannah. »Die *Jackdaw* war das Schiff, auf das sie gewartet hat.«

Elizabeth gab überrascht einen Laut von sich. »Miss Somerville brennt mit Mac Stoker durch?« Dann suchte sie Nathaniels Blick, als könnte er mehr darüber wissen als sie. Doch die Antwort auf ihre Frage kam von Curiosity.

»Sie hat es schon lange geplant. Allerdings rechnete sie nicht damit, dass ihr bei ihm seid. Das hat sie wirklich überrascht. Und uns auch.« Curiositys Blick aus den dunklen Augen folgten dem kleineren Schiff, als es sich langsam entfernte, doch Nathaniels Aufmerksamkeit galt Moncrieff, der mit großen Schritten das Deck überquerte.

»Mr. MacKay!« Die tiefe Stimme dröhnte von einem Ende des Schiffs zum anderen. »Übernehmen Sie das Kommando, solange der Captain sich unwohl fühlt. Und vergessen Sie nicht – es wird nichts gegen die *Jackdaw* unternommen. Nicht jetzt und nicht später.« Er fuhr sich mit der Hand über das Gesicht. »Volle Fahrt voraus. Es wird Zeit, dass wir nach Hause kommen.«

4

Nathaniels Mutter war als junge Frau von Schottland nach New York zu ihrem Vater gesegelt. Als Nathaniel sie nach der Reise fragte, hatte sie nachdenklich den Kopf gehoben, ihren Blick über die Berge schweifen lassen und die Eschen und Buchen betrachtet, die Birken und Ahornbäume, die endlosen Haine von weißen und roten Pinien, Blautannen und Schierlingstannen – zu viele Grüntöne, um sie zählen zu können.

»Stell dir eine Welt ohne Bäume vor oder ohne irgendetwas, was wächst«, hatte sie geantwortet. »Und wenn du den höchsten Punkt auf dem höchsten Mast erklimmst, siehst du nur Wasser und Himmel, die sich berühren.«

Selbst als Junge hatte ihn eine Welt ohne Bäume nicht interessiert, obwohl er lebhaft und neugierig gewesen war. Und jetzt, drei Wochen nach der Abreise aus Québec, verblüffte sie ihn immer noch. Als Nathaniel bei Sonnenuntergang erwachte, nahm er zuerst das schwache Licht wahr, das die Farbe verdorbenen Fleisches hatte.

Eine Weile blieb er ganz still liegen. Der Bootsmann blies in seine Pfeife und die erste Wache kam aus den unteren Decks nach oben. Das Schiff würde keine Ruhe mehr haben, bis der letzte Matrose unten in den Hängematten verschwunden war. Es stöhnte und knarrte, zitterte und pfiff, keuchte und murmelte wie immer – wie eine Frau, die ihre Aufgaben kannte und sie gut erledigte, der es jedoch unmöglich war, dabei still zu sein. Nathaniel kannte diese Geräusche inzwischen sehr gut, bei Sturm und bei Windstille, und im Augenblick gab es nichts, was ihn beunruhigte.

Auch die Klänge von nebenan waren unverkennbar. Elizabeth und Curiosity sprachen leise miteinander. Die Zwillinge summten, gurgelten und krähten. Lily gähnte und Daniel lachte, als würde er etwas sehen, was ihm völlig fremd war. Kein Zeichen von Hannah – sie würde wahrscheinlich bei dem Doktor sein, wie immer am Abend um diese Zeit.

In der Offiziersmesse direkt darunter schwollen die Stimmen der Offiziere an und ebbten wieder ab, unterbrochen von dem Klappern der Würfel und einem gelegentlichen Fluch oder erfreuten Aufschrei. Moncrieff war bei ihnen. Nathaniel war den Mann nicht mehr begegnet, seit er die *Jackdaw* verlassen hatte, aber er hörte jeden Tag seine Stimme.

Schritte im anderen Raum. Er setzte sich auf, als Elizabeth die Tür öffnete. Sie lehnte sich gegen den Türrahmen, während sie sich das Haar zu einem Zopf flocht. Nathaniel beobachtete, wie sich ihre Handgelenke streckten, biegsam und stark. Ihre erhobenen Arme pressten den Stoff ihres Nachthemds gegen ihre Brüste.

»Du bist wach.« Sie kam zu ihm und setzte sich auf die Bettkante. »Dann komm an den Tisch. Das Essen steht bereit.«

Nathaniel fuhr mit seinem Daumen über ihr Kinn. »Du hast Ringe unter den Augen. Vielleicht solltest du stattdessen zurück ins Bett kommen.«

Sie nahm seine Hand, drückte ihm einen Kuss auf die Fingerknöchel und stand dann auf. »Ich muss zugeben, dass ich mich noch nicht sehr gut daran gewöhnt habe, tagsüber zu schlafen und nachts wach zu bleiben, aber ich freue mich darauf, an Deck zu gehen. Also komm essen, Nathaniel.«

Curiosity hatte bereits den Rinderbraten aufgeschnitten. Aus den Schüsseln mit Kohl und Rüben stieg Dampf. Elizabeth hatte dem Captain eine unmissverständliche Nachricht zukommen lassen, dass sie einfaches Essen den bisher aufgetischten Eiern in Aspik und dem gefüllten Fasan mit Sauce vorzogen.

Nathaniel setzte Lily auf seine linke Seite und schenkte sich Ale aus dem Krug ein. Wieder einmal behielt er es für sich, wie sehr er sich nach Wildbret, roter Maissuppe und Wasser aus der Quelle in Lake in the Clouds sehnte.

»Hannah?«

»Ich habe Charlie nach ihr geschickt«, sagte Curiosity. »Dieses Kind verliert jegliches Zeitgefühl, wenn es sich mit diesen Mikroskop-Maschinen beschäftigt.« Ihr Ton war eine Mischung aus Ärger und etwas anderem, das Nathaniel nicht recht deuten konnte, das aber beinahe einer Beleidigung gleichkam.

Er sah, dass Elizabeth das ebenso empfand. »Wir können uns glücklich schätzen, die Unterstützung und Freundschaft des Hakim zu genießen«, sagte sie.

Curiosity legte das Messer mit einer heftigen Bewegung auf den Tisch. »Habe ich etwas anderes behauptet?«

»Nein, natürlich nicht ...«

»Dann leg mir nicht irgendwelche Worte in den Mund.«

Es folgte ein plötzliches Schweigen. Elizabeth errötete und hob das Kinn. Beide Babys reckten den Hals und sahen von Elizabeth zu Curiosity – diese Stille beunruhigte sie mehr als erhobene Stimmen. Nathaniel legte seine freie Hand unter dem Tisch auf Elizabeths Knie.

Curiosity sah ihm in die Augen. »Hast du mir etwas zu sagen, Nathaniel?«

»Ich denke schon«, erwiderte er. »Vielleicht solltest du uns erzählen, was dir wegen Hannah durch den Kopf geht.«

»Das ist auch mein Wunsch«, stimmte Elizabeth ihm zu.

In Curiositys Wange zuckte ein Muskel. Sie schlug zweimal leicht mit dem Löffel auf den Teller und legte ihn dann beiseite.

»Das alles hier ist nicht richtig. Ihr beide könnt mir einen Gefallen tun und mir nicht wieder erzählen, in welcher Klemme wir stecken. Ich denke, das weiß ich selbst am besten. Das bedeutet jedoch nicht, dass es mir gefallen muss, das Kind zum Spionieren loszuschicken.«

»Das ist ein hartes Wort«, sagte Elizabeth gereizt. »Ich würde es nicht als ›spionieren‹ bezeichnen, was Hannah tut. Sie hört einfach nur zu und erzählt uns dann, was sie erfahren hat.«

Curiosity schnaubte leise. »Du kannst es nennen wie du willst. Aber ich sage dir eines: Ich weiß nicht, ob sie auf diesem Schiff sicher ist, wenn sie hier immer allein herumläuft. Doch ihr scheint euch damit zufrieden zu geben und einfach wegzuschauen. Ich hoffe, das Kind wird dafür nicht bezahlen müssen.«

Elizabeth wurde so blass, dass nur noch die dunklen Ringe unter ihren Augen zu sehen waren.

»Hat jemand sie belästigt?« fragte sie. »Oder bedroht?«

Curiosity runzelte die Stirn. »Das kann ich nicht sagen, aber ich weiß, dass etwas nicht stimmt. Sie kann nicht gut schlafen. Und habt ihr bemerkt, dass sie nie ohne Begleitung an Deck geht? Charlie, Mungo oder der Hakim oder einer von uns muss immer bei ihr sein.«

»Sie hat mir gegenüber nichts von irgendwelchen Schwierigkeiten erwähnt«, meinte Nathaniel.

»Natürlich nicht. Sie ist noch ein Kind. Es muss nicht viel passieren, damit sie sich Gedanken macht – jemand kann ihr einen bösen Blick zugeworfen oder eine Bemerkung über ihre Hautfarbe gemacht haben. Das kann schlechte Träume zur Folge haben. Sie würde allerdings nicht zu dir gelaufen kommen, Nathaniel Bonner. Schließlich hat sie ihren Stolz.«

»Ich werde mit ihr sprechen«, erklärte Nathaniel.

»Da kommt sie«, sagte Curiosity, als sich die Tür öffnete. »Es wäre schön, wenn du etwas aus ihr herausbekämst.«

Hannah kam hereingestürmt. Ein Zopf hing halb aufgelöst über ihre Schulter. In den Armen hielt sie einen Stapel Bücher, einen Korb mit Deckel und einen Vogel. Als sie stehen blieb, konnte er sich befreien und flatterte durch den Raum. Neben dem offenen Fenster ließ er sich schließlich nieder, zeigte seine weiße Brust und legte die dunklen Flügel an. Über seinen Kopf verlief ein breites weißes Band, die Augen wirkten beinahe menschlich und der große dreieckige Schnabel war gelb, rot und blau geringelt.

»Herr im Himmel«, murmelte Curiosity. »Soll diese Kreatur etwa ein Vogel sein?«

»Das ist ein Lund«, erklärte Elizabeth und hob Daniel hoch, damit er ihn besser sehen konnte.

»Wirkt ziemlich aufgeblasen.« Curiosity grinste.

Der Vogel starrte sie alle gekränkt an und drehte dann den Kopf. Als er das offene Fenster entdeckte, spreizte er die Flügel.

»Oh, nein!« schrie Hannah, stürzte sich auf den Vogel und ließ dabei ihren Korb fallen. Er rollte über den Boden und Papiere segelten durch die Luft. Eine Ansammlung verkorkter Fläschchen fiel heraus.

Die Zwillinge brachen in gurgelndes Lachen aus, als Curiosity den Vogel zu fassen bekam. Lily wand sich hilflos in Nathaniels Arm und öffnete lachend den Mund so weit, dass man ihren zahnlosen Gaumen sehen konnte.

»Hannah, woher um alles in der Welt hast du einen Lund?« fragte Elizabeth.

»Mr. Brown hat ihn mir für eine Weile überlassen«, erklärte Hannah und sammelte ihre Sachen auf. »Er hat ihn von einem Huhn aufziehen lassen. Sein Name – ihr Name ist Sally.« Daniels Lachen hatte jenen Ton angenommen, der bedeutete, dass sich seine Laune bald verschlechtern würde. Elizabeth stand auf und hob ihn hoch. »Sallys Geschichte werde ich mir erst später anhören können.« Sie nahm Lily aus Nathaniels Armen. »Ich befürchte, es wird eine Weile dauern, diese beiden zur Ruhe zu bringen.«

»Du hast noch nicht aufgegessen!« rief Curiosity ihr hinterher, aber Elizabeth schloss beinahe energisch die Tür.

»Niemand isst hier genügend«, murrte Curiosity und beäugte den Vogel, der es sich auf ihrem Arm gemütlich gemacht hatte. »Vielleicht kommt diese Sally uns gerade recht. Schön knusprig gebraten.«

Hannah runzelte die Stirn. »Das würde sicher Mr. Browns Gefühle verletzen.«

Nathaniel zupfte eine Feder aus Hannahs Haar. »Wer ist dieser Mr. Brown? Du hast uns noch nichts von ihm erzählt.«

Lächeln breitete sich auf dem Gesicht des Mädchens aus. »Er ist in Carryck aufgewachsen. Sein Vater hat die Farm des Earls geführt und jetzt ist sein älterer Bruder der Aufseher der Gärtner.«

»Aha«, sagte Nathaniel. »Das sind gute Nachrichten.« Jede Informationsquelle über Carryck war ihm willkommen.

Curiosity schien weniger beeindruckt. »Zumindest ist er nicht noch einer von diesen ›Macs‹. Haben diese Schotten denn gar keine Phantasie? MacIver, MacIntosh, MacLeash, MacKenzie, MacLachlan. Sag mir, redet er auch so viel wie Mungo, oder ist er eher wie Jake MacGregor bei uns zu Hause? So einer, der erst ein Wort herausbringt, wenn sein Haar in Flammen steht und du der einzige bist, der einen Wassereimer in der Hand hält?«

Nathaniel lachte, aber Hannah dachte sorgfältig nach. »Als er herausfand, dass ich schottisch spreche, wurde er neugierig und wollte alles über Granny Cora wissen. Ich denke, er ist schon gesprächig.«

Curiosity schob den Vogel zu Hannah hinüber. »Binde ihn im Gang fest, Kindchen. Den Gestank können wir hier nicht gebrauchen. Uns allen ist der Appetit sowieso schon vergangen.«

Für Nathaniel waren die wenigen Stunden nach Sonnenuntergang die schönsten des Tages. Dann setzten sie sich zusammen, bis Hannah und Curiosity zu Bett gingen und er und Elizabeth die Nachtwache übernahmen.

Jeden Tag auf See konnten sie mit großen Gefahren konfrontiert werden – mit Stürmen, Piraten, Kaperschiffen und der gierigen französischen Flotte. Viel mehr beunruhigte ihn jedoch Carryck. Der Gedanke daran hielt ihn wach. Er hatte in verschiedenen Arten von Kriegen gekämpft, war aber niemals blind und mit Frauen und Kindern im Schlepptau in einen Kampf gezogen. Der Mangel an Waffen war das geringere Übel – das Schiff war voll davon und er hätte sich jederzeit ohne größere Schwierigkeiten welche besorgen können.

Was er jedoch am dringendsten benötigte und was am schwersten zu beschaffen war, waren Informationen.

Nathaniel stand an dem durch Sprossen geteilten Fenster. Irgendwo hinter ihnen befand sich die *Jackdaw*. Er suchte das dunkle Wasser nach einem Zeichen von ihr ab.

Curiosity stellte sich neben ihn. Nathaniel war wie immer überrascht, wie schmächtig sie aus der Nähe wirkte, beinahe so, als würde ihr das Meer das Knochenmark entziehen.

»Ich habe sie heute schon dreimal gesehen«, sagte sie. »Einige Meilen entfernt. Kein Anzeichen von Schwierigkeiten.«

Die *Jackdaw* war tatsächlich immer in der Nähe, aber sie konnte jederzeit ohne Warnung oder Erklärung verschwinden und niemals wieder auftauchen. Und was Moncrieff dann tun würde – umdrehen, um sie zu suchen, oder einfach weiterzufahren –, war die Frage, auf die Nathaniel keine Antwort haben wollte. Auch Curiosity war sich dessen bewusst, also behielt er seine Sorgen für sich.

»Dreimal?« Elizabeth schlug das kleine Heft auf, das sie sich aus dem Papier gemacht hatte, das der Hakim ihr besorgt hatte. Es war mit farbigen Fäden in mehrere Sektionen eingeteilt. Sie suchte die Seite mit der Überschrift ›*Jackdaw*‹.

In den verschiedenen Abschnitten wurde das Schiff beschrieben, die Crew und die Waffen. Eingefügt waren Nathaniels Zeichnungen und eine Spalte, in der notiert wurde, wann sie gesichtet worden war. Elizabeth schrieb das Datum auf und trug Curiositys Beobachtungen ein. Dann blätterte sie weiter. Nathaniel beugte sich über ihre Schulter und las die letzten beiden Einträge.

Brown, Peter. 45 – 50 Jahre alt. Aus Dumfries. Steuermann. Verbrachte sein ganzes Leben im Dienst. Mehrere Male in Ost- und Westindien. Ehefrau und zwei Kinder zu Hause. Mag Pippinäpfel. Von seinen Kameraden als bester Navigationsoffizier der Gesellschaft bezeichnet.

Hamilton, Alex. Aus Dumfries. Kabinensteward des Captains. Auf diesem Schiff im Dienst seit seinem 10. Lebensjahr. Vater: Textilkaufmann.

Jones, Ron. Aus Cardiff. Leichtmatrose. Ausgepeitscht wegen wiederholter Trunkenheit und eines Angriffs auf den Kabinensteward des Captains. Seine Wunden wurden von Hakim Ibrahim verarztet.

»Nun zu Mr. Brown«, sagte Elizabeth.

Hannah runzelte die Stirn. »Ich kenne seinen Vornamen nicht. Er ist ungefähr so alt wie Curiosity.«

»Das kann man bei diesen Seeleuten nie wissen«, warf Curiosity ein. »Seinem Gesicht nach könnte er bereits hundert sein.«

Elizabeth trug Carryck als seinen Geburtsort ein. Dann hielt sie die Feder zögernd fest. »Seine Aufgaben?«

»Er hält Hühner und so etwas. Sie nennen ihn den Entenficker.«

Nathaniel hätte laut losgelacht, hätte Curiosity nicht erstickt gehustet und wäre Elizabeth nicht die Röte in die Wangen gestiegen.

Hannah sah Nathaniel in die Augen und zuckte verwirrt die Schultern. »So nennen die Männer ihn«, wiederholte sie.

Elizabeth schluckte laut. »Dieses Wort habe ich noch nie gehört und ich nehme an, du hättest es auch nicht hören sollen.«

»Oh.« Hannah zuckte lässig die Schultern. »Die Matrosen sprechen vor mir ganz frei.«

»Scheint so.« Curiosity warf Nathaniel einen bedeutsamen Blick zu.

»Wir nennen ihn einfach den Geflügelhalter«, sagte Nathaniel. »Was weißt du noch über ihn?«

Sie wusste sehr viel und Elizabeths Feder kratzte über das Papier, als Hannah über seine Arbeit, seinen Charakter, seine Vorlieben und Abneigungen berichtete. Und am Wichtigsten war, dass sie etwas über seinen Bruder, Carrycks Aufseher über die Gärten, erfahren hatte.

»Lasst uns hoffen, dass Brown gern über sein Zuhause spricht«, sagte Nathaniel, nachdem Elizabeth die Feder beiseite gelegt hatte.

Hannah gähnte. »Ich werde morgen wieder bei ihm vorbeischauen. Er schlachtet einige Kapaune und meinte, ich könne ihm dabei helfen.«

Elizabeth suchte den Augenkontakt zu Nathaniel, sprach aber zu Hannah. »Ich habe keine Kapaune an Deck gesehen.«

»Er hält sie unter Deck. In den Verschlägen.« Als sie den zweifelnden Gesichtsausdruck ihres Vaters sah, fügte sie rasch hinzu: »Der Hakim sagte, Charlie könnte mich begleiten.«

Nathaniel legte eine Hand auf ihre Schulter. »Pass gut auf dich auf. Geh mit niemandem allein in das untere Deck. Hast du mich verstanden?«

Sie betrachtete ihren Daumennagel. »Außer mit Hakim Ibrahim«, sagte sie. »Und mit Charlie und Mungo.«

»Selbst mit Charlie und Mungo nicht«, befahl Curiosity. »Ich bin mir nicht sicher, ob einer der beiden sich gegen die raueren Gesellen zur Wehr setzen könnte, die ich hier schon gesehen habe.«

Hannah senkte den Blick und errötete. Das passte nicht zu ihr und verursachte Nathaniel Unbehagen.

»Wir spielen ein gefährliches Spiel und es gibt hier an Bord zu viele Männer, um alle im Auge behalten zu können«, sagte er.

Als Hannah den Kopf hob, sah Nathaniel, dass Curiosity Recht hatte. Das Mädchen war ängstlich und versuchte es zu verbergen.

»Komm mit mir an Deck«, sagte er.
Hannah widersprach nicht. Sie sagte kein Wort, bis sie an der Reling standen. Er wartete, denn er hatte keine andere Wahl. Sollte sie ihm erzählen wollen, was los war, würde sie es auf ihre Weise tun. Manchmal glaubte er, Züge seiner Mutter in dem Gesicht seiner Tochter zu sehen, und genau das war jetzt der Fall: eine gewisse Zurückhaltung, die sie jedoch an den Rand eines Geständnisses brachte.
»Weißt du etwas über die Hölle?« fragte sie.
Er verbarg seine Überraschung, so gut er konnte. »Ich weiß, was die O'seronni über den Ort denken, den sie Hölle nennen. Ich habe genug von diesem Kirchengeschwätz gehört – genau wie du.«
Sie zögerte. »Granny Cora glaubte an die Hölle der O'seronni.«
Auf dem kurzen Weg zum Deck hatte er sich alles Mögliche ausgemalt – Männer, die zudringlich geworden waren oder versucht hatten, sie wegen ihrer Hautfarbe zu beleidigen –, aber dieses Gespräch über die Verdammnis brachte ihn aus dem Gleichgewicht. »Glaubst du, dass du in die Hölle kommen wirst?« fragte er.
Sie seufzte laut. »Ich nicht. Ich bin keine echte O'seronni.«
»Machst du dir Sorgen, ich könnte in die Hölle kommen?«
Sie versuchte zu lächeln. »Deine Haut ist weiß, aber du bist auch kein O'seronni. Aber es gibt Leute, die sagen ...« Sie sah sich rasch um. »Sie sagen, dass die Babys vielleicht ...«
Nathaniel holte tief Luft und wartete.
Hannah sah entschlossen auf das Meer hinaus. »Sie könnten verdammt sein, wenn sie nicht getauft werden. Oder wenn sie von einem Papisten getauft werden.«
In Nathaniels Brust ballte sich vor Zorn etwas zusammen und stieg langsam nach oben. Es fiel ihm schwer, normal zu atmen, doch er bemühte sich, seine Stimme ruhig klingen zu lassen. Er legte Hannah eine Hand auf den Arm und drehte sie zu sich herum, so dass er ihr in die Augen schauen konnte.
»Sollte es eine christliche Hölle geben, dann ist sie für die Menschen bestimmt, die dir solche Lügen in den Kopf setzen. Verstehst du mich?«
Hannah verzog das Gesicht, ließ sich nach vorne fallen und

vergrub ihren Kopf an seiner Brust. Sie murmelte etwas, und Nathaniel musste sich vorbeugen, um sie zu verstehen.

»...ich fürchtete, er würde versuchen, sie uns wegzunehmen, um sie vor der Hölle zu retten. Aber dann bist du zurückgekommen und ich dachte, jetzt wären sie sicher.«

»Sie sind sicher, Squirrel, und du bist es auch. Er wird nie mehr in eure Nähe kommen, das schwöre ich dir.«

Sie rieb ihre nassen Wangen mit dem Handrücken ab und Nathaniel dachte, es würde ihm das Herz brechen. Er teilte ihren Kummer und empfand blinden Zorn auf diesen Mann, der sie zum Weinen gebracht hatte. Hannah stieß einen zittrigen Seufzer aus.

»Aber sie beobachtet uns.«

»Wer?«

»Mrs. MacKay. Sie beobachtet die Babys, immer wenn wir sie an Deck bringen, und in ihren Augen liegt der Ausdruck einer verwundeten Katze, die niemanden an sich heranlässt, um ihre Verletzungen behandeln zu lassen. Vielleicht denkt sie, die Babys würden alles wieder in Ordnung bringen, was sie in ihrem Inneren quält. Ich kann ihre Gedanken beinahe sehen. Ich glaube ... ich glaube, ihr Mann hat ihr die Babys versprochen.«

»Der Erste Maat?« fragte Nathaniel. Seine Stimme klang unnatürlich hoch und weit entfernt. »Adam MacKay?«

Sie nickte. »Mrs. MacKay beobachtet uns ständig und ich habe Angst, er könnte versuchen, uns die Babys wegzunehmen, um ihre Seelen zu retten. Und um sie zu retten.«

Später, als Hannah zu Bett gegangen war, sprach Curiosity aus, was alle sich dachten.

»Sie hat einen starken Willen, aber sie stammt ja auch von starken Frauen ab. Das wird ihr letztendlich nur von Nutzen sein.« Sie lächelte müde und sah dabei Elizabeth an. »Es gibt Schlimmeres bei einer Frau.«

»Curiosity«, begann Nathaniel. »Mach jetzt keinen Rückzieher. Du hattest Recht.«

Elizabeth richtete sich auf und legte ihr Buch aus der Hand. »Womit, Nathaniel? Hat jemand Hannah belästigt?«

Er berichtete ihnen davon und sah, wie sich der Ausdruck in ihren Gesichtern von Überraschung in Zorn verwandelte.

»Dieser gemeine Bastard«, schimpfte Curiosity. »Benützt Gott, um ein Kind einzuschüchtern. Etwas Schlimmeres gibt es kaum.«

Elizabeth war blass geworden. »Ich hätte es bemerken müssen.«

Curiosity winkte ab. »Mach dir darüber jetzt keine Gedanken. Überlegt euch besser, was man tun kann, um die Sache zu bereinigen.«

Am Himmel über der *Isis* waren die Sternbilder so deutlich zu erkennen, wie Elizabeth sie noch nie zuvor gesehen hatte: der Drache und der Große Bär und im Osten der Schwan, die Leier und der Skorpion. Genau dieselben Sterne, unter denen sie in heißen Sommernächten in Lake in the Clouds schliefen. Wie seltsam, so weit weg von zu Hause zu sein und doch dieselben Sterne auf- und untergehen zu sehen, Nacht für Nacht. Aber sie spendeten nur wenig Trost.

Nathaniel legte einen Arm um sie. »Was suchst du denn da oben?«

»Ich nehme an, eine gewisse Ordnung. Etwas, was Adam MacKays Verhalten erklären könnte.«

Der Zorn vibrierte in ihm – sie konnte es an seinem Arm, an seinem ganzen Körper spüren.

»Überlässt du es mir, mich darum zu kümmern?«

In Wahrheit war es ihr eigentlich gleichgültig, wie Adam MacKays Schicksal in Nathaniels Händen aussehen würde.

»Ich befürchte, ich bin nicht mehr so verständig und vernünftig, wie ich es einmal war«, sagte sie. »Tu, was du tun musst.«

»Und das gilt wohl auch für dich?«

»Natürlich.«

Sie dachte, er wäre verärgert, weil sie sich weigerte, sich aus seinen Angelegenheiten herauszuhalten, doch er umarmte sie von hinten und küsste ihren Hals. Sein Atem an ihrem Ohr war warm und tief in ihrem Inneren regte sich sofort etwas. Sie wandte sich in seinen Armen um und er zog sie an sich.

»Womit habe ich das so plötzlich verdient?«

Er legte seine Lippen auf ihr Ohr und sie spürte, wie sie eine Gänsehaut am Rücken bekam.

»Ich mag es, wenn du deine Zähne zeigst, bereit zum Kampf«, sagte er. »Und du duftest so herrlich – das wirkt immer.«

Er erstickte ihr Lachen mit einem stürmischen, leidenschaftlichen Kuss. Seine Zunge streichelte ihre. Als er sich von ihr löste, legte sie ihre Hände auf seine Schultern.

»Ich kann mir vorstellen, dass die Matrosen das sehr erheiternd finden, aber ...«

Nathaniel zog sie in den Schatten und küsste sie wieder. Ihr Widerstand erlahmte, als er ihre Brust streichelte. Dann hörte er plötzlich auf. Seine Augen wirkten unnatürlich groß und seine Gesichtszüge waren angespannt.

»Die Wache.«

Elizabeth hatte seine Schritte nicht gehört, doch der Matrose war bereits neben ihnen. Er ging weiter, als wären sie unsichtbar. Genügend Zeit für Elizabeth, um wieder zur Vernunft zu kommen. Sie ging zurück zur Reling. Nathaniel folgte ihr.

»Trotz dieser Ungewissheit und der vielen Sorgen schaffst du es immer wieder, dass ich meinen Kopf verliere. Unter diesen Umständen ist das sehr unvernünftig von mir.« Sie sprach dieses Geständnis laut aus und es klang dumm in ihren Ohren.

Nathaniels Lachen hörte sich trocken und wenig überzeugt an. »Nur du bringst es fertig, dich schuldig zu fühlen, weil du nicht am Boden zerstört bist, Stiefelchen.«

Es stimmte – sie war nicht unglücklich. Sie hatte ihre Kinder wieder, ihren Ehemann und Curiosity, und alle waren bei guter Gesundheit. Jetzt, wo sie wussten, was mit Hannah los war, würde es auch dafür eine Lösung geben. Sie konnten auch annehmen, dass es Hawkeye und Robbie gut ging, auch wenn sie es auf der *Jackdaw* in der Gesellschaft von Giselle Somerville und Granny Stoker nicht ganz so bequem hatten.

Sie fühlte sich nicht elend, denn sie wusste mit großer Sicherheit, dass Nathaniel einen Weg finden würde, sie nach Hause zu bringen. Allerdings konnte sie ihm das nicht sagen, das war ihr klar. Ihr gelang es, ein wenig Frieden im Hier und Jetzt zu erreichen, doch für Nathaniel gab es keine Ruhe, bis er endlich handeln konnte.

Elizabeth legte ihre Wange an seine Schulter. »Erinnerst du dich noch an dieses Buch, ›Der Sturm‹? Wir haben es uns im

Winter vorgelesen. An eine Zeile denke ich in diesen Tagen sehr oft: ›Nun würde ich tausend Achtelmeilen See für einen Acker Ödland geben.‹«

»Ah«, sagte er. »Wenn du anfängst zu zitieren, bist du wieder du selbst.« Sie versetzte ihm spielerisch einen Stoß. »Früher wusstest du meine Zitate zu schätzen.«

»Das tue ich immer noch, Stiefelchen.« In seiner Stimme lag der vertraute neckende Unterton und eine gewisse willkommene Schärfe. Sie wusste, er würde gerne da weitermachen, wo sie vor wenigen Minuten aufgehört hatten, doch die Luke öffnete sich und er trat einen Schritt zurück.

Ein Kopf mit struppigem blondem Haar über knochigen Schultern tauchte auf.

»Mungo«, sagte Elizabeth und atmete erleichtert auf. »Warum bist du so spät noch auf?«

Der Junge zögerte und sah sich um, als erwartete er, dass der Quartiermeister auftauchen und ihm eine Ohrfeige verpassen würde. Als er sich versichert hatte, dass keine Gefahr drohte, suchte er Nathaniels Blick, als wolle er um Erlaubnis bitten, näher herankommen zu dürfen.

»Möchtest du uns etwas sagen?« fragte Nathaniel.

Der Junge nickte und ging auf sie zu, seinen Blick auf seine Füße geheftet. Mungo würde einiges tun, um in Elizabeths Nähe zu sein – es war nicht das erste Mal, dass er so spät nachts ihre Gesellschaft suchte. Er war ihr zugetan, seit man ihn an Bord der *Jackdaw* genommen hatte.

»Ich habe eine Kleinigkeit für Sie«, sagte er und zog die Hand hinter seinem Rücken hervor. Elizabeth wich überrascht zurück, denn er hielt ihr eine Art Klinge entgegen, dunkel, lang und schmal. »Die Nase eines Schwertfischs.« Er drückte mit dem Finger seine eigene Nase zur Erklärung nach oben. »Sie ist verdammt scharf, Missus. Sie töten damit Tintenfische und Ähnliches.«

Elizabeth warf Nathaniel einen Blick zu. Er hob unbekümmert eine Augenbraue und schien interessiert zu sein.

»Es ist sehr nett von dir, an uns zu denken, Mungo.« Der Junge hatte das breite Ende in ein Stück Rohleder eingewickelt und Elizabeth nahm es vorsichtig mit zwei Fingern entgegen.

Von der Spitze bis zum Ende hatte das Schwert die Länge ihres Arms.

»Hast du den Fisch selbst gefangen?«

»Oh, nein. Der Schwertfisch ist ein richtiges Monster. Das Fleisch schmeckt sehr gut, aber sie kämpfen wie die Teufel.« Nathaniel beugte sich über das Schwert, um es genauer zu betrachten. »Woher hast du das?«

»Einer der Seesoldaten hat den Fisch harpuniert und das Schwert meinem Bruder Charlie geschenkt. Und Charlie hat es mir gegeben.«

Elizabeth reichte das Schwert Nathaniel und widerstand dem Drang, sich die Hände an ihrem Taschentuch abzuwischen. »Bist du sicher, dass du dich von einem solchen Schatz trennen willst?«

Selbst in der Dunkelheit war zu sehen, wie der Junge errötete. Er warf ihr einen Seitenblick zu. »Sie waren sehr freundlich zu mir, als ich verletzt war, Missus. Das werde ich nie vergessen.«

»Was macht die Beule an deinem Kopf?« erkundigte sich Nathaniel.

Der Junge fasste sich an die Stirn. »Nicht mehr so schlimm.« Er rückte ein wenig näher, den Blick wieder auf seine Füße gerichtet. Elizabeth hatte das Gefühl, er würde sich wie ein junger Hund auf den Rücken rollen, wenn sie ihm den Kopf streichelte.

»Was ist das?« Nathaniel drehte sich rasch nach Westen, wo ein Brausen über der dunklen See zu hören war.

»Meine Güte«, sagte Mungo atemlos. »Eine Sternschnuppe.«

Der Meteor fiel in einem Bogen vom Himmel, sein wellenförmiger Schweif leuchtete weiß und gelb. Das ganze Gebilde zischte, als stünde die Luft ringsumher in Flammen. In Elizabeths Augen schien es so groß wie der Himmel und so strahlend wie die Sonne zu sein.

»Ein weißer Panther am Himmel.« Nathaniels Stimme klang heiser vor Aufregung.

»Aye«, flüsterte Mungo. »Er brüllt.«

Das Brüllen wurde leiser, als der Stern nach Osten driftete. Alle drei konnten ihren Blick nicht abwenden, bis das grelle Licht im Meer erlosch.

»Glaubst du, noch jemand hat das beobachtet?« fragte Elizabeth.
»Nein«, erwiderte Nathaniel. Er starrte immer noch auf die Stelle, an der das Licht verschwunden war. »Dieses Zeichen war für uns bestimmt.«
Er sah zu ihr hinunter und zum ersten Mal seit vielen Wochen lächelte er, ein echtes Lächeln, bei dem seine Zähne in der Dunkelheit weiß aufblitzten.
»Ein Zeichen«, wiederholte Elizabeth. Nach über einem Jahr mit Nathaniel war sie manchmal immer noch verblüfft von seinem Glauben an Dinge, die sie kurzerhand abgetan hätte: unbekannte Welten, Träume, in denen sich Wahrheiten abzeichneten, die nicht mit dem Verstand erklärt werden konnten, ein Himmel, der sich öffnete, um Glauben und Hoffnung herabzuschicken.
»Ist es ein gutes Zeichen?«
»Das beste vor einem Kampf«, erklärte Nathaniel. Er legte seine Hand auf ihre und drückte sie fest.
Mungo sah zwischen ihnen hin und her. »Ein Kampf? Sie werden doch wohl nicht mit Carryck kämpfen wollen?«
Nathaniel nickte. »Wenn es nötig sein sollte – um nach Hause zu kommen...«
Der Junge fuhr sich nervös mit der Zunge über die Lippen, sah zum Himmel hinauf und dann wieder zu Nathaniel hinüber. Er setzte zum Sprechen an, verstummte jedoch wieder.
»Mungo?« Elizabeth versuchte vergeblich, seinen Blick festzuhalten. »Was ist los?«
»Ich habe Angst um Sie.« Er runzelte die Stirn und rieb sich mit den Fingerknöcheln ein Auge. »Ich habe Angst um Sie, wenn Sie bleiben, und ich habe Angst um Sie, wenn sie fliehen und nach Hause gehen wollen.«
Nathaniels Gesichtszüge wurden hart. »Sag, was du zu sagen hast, Mungo.«
Der Junge verzog das Gesicht. »Carryck wird Sie verfolgen und er wird nicht allein sein. Der Earl will Sie lebend – aber John Campbell o' Breadalbane will Sie tot sehen.«
Nathaniel wirkte beinahe erleichtert, als er endlich hörte, was er vermutet hatte. »Erzähl mir, was du von dieser Sache weißt.«

Mungos Gesicht wurde so blass, dass es wirkte, als hätte es das Mondlicht aufgesogen.

Elizabeth hatte Mühe zu atmen. »Mungo, bitte. Denk an die Kinder. Bitte hilf uns.«

»Ich verdanke Ihnen mein Leben, Missus, das weiß ich sehr gut.« Er seufzte pfeifend und richtete seinen Blick auf Nathaniel. »Ich kann Ihnen nur sagen, was alle Männer hier an Bord bereits wissen. Vor einigen Jahren ist Isabel, die Tochter des Earl, mit Walter Campbell o' Loundoun durchgebrannt und hat ihn geheiratet.«

Nathaniel wich überrascht zurück. »Carryck hat eine Tochter, die noch am Leben ist?«

Mungos Stimme zitterte. »Er hat sie enterbt, als sie mit einem Campbell der Breadalbane-Linie davongelaufen ist. Aber ohne einen männlichen Erben fällt Carryck John Campbell in die Hände. Das darf nicht geschehen, verstehen Sie? Und es wird auch nicht geschehen, solange es auch nur einen Mann gibt, der für Carryck kämpft.«

Nathaniel presste die Finger auf seinen Nasenrücken. »Willst du damit sagen, dass all das – die Entführung von Frauen und Kindern, der Verlust eines Schiffs mit zweihundert Mann an Bord und der Teufel weiß was noch alles – nur passiert ist, weil er sein Geld nicht seiner Tochter geben will, die in diesen Breadalbane Clan eingeheiratet hat?«

»Nein!« Mungos Stimme schwankte und wurde brüchig. »Es hat nichts mit dem Geld zu tun – es geht um das Land. Können Sie das nicht verstehen? Carryck und jeder Mann, der ihm einen Eid geschworen hat, würde sterben, um die schottischen Gebiete von den Campbells freizuhalten.«

Nathaniel zog die Augenbrauen zusammen. »Was interessiert es die Männer, die auf Carrycks Feldern schuften, wem das Land gehört?«

»Nathaniel«, sagte Elizabeth so ruhig und bestimmt, wie sie nur konnte. »Sicher weißt du über Blutfehden Bescheid. Du hast mir ähnliche Geschichten von den Hodenosaunee erzählt.«

»Nein.« Nathaniel schob das Kinn vor. »Hier geht es um etwas anderes, das kann ich förmlich riechen, und ich nehme an, Mungo kann uns sagen, was das ist.«

Der Junge ließ die Schultern sinken und starrte in die Schatten. Als er sie wieder ansah, wirkte er ganz ruhig. »Gäbe es etwas zu erzählen, was zu Ihrer Sicherheit beitragen könnte, würde ich es nicht für mich behalten. Das ist die Wahrheit.«
Die Stimme des Bootsmanns war plötzlich zu hören – er unterhielt sich mit einem Seesoldaten auf Wache. Mungo warf ihnen einen flehenden Blick zu und machte sich leise davon.
Als die Wache vorbeigegangen war, legte Nathaniel wieder den Arm um Elizabeth und zog sie an sich. »Stiefelchen«, sagte er befriedigt. »Unser Schicksal wendet sich.«
»Ich glaube, du hast recht. Zumindest beginnt alles einen gewissen Sinn zu ergeben.«
Er brummte tief – ein tröstliches Geräusch. »Du kannst mich nicht täuschen. Du glaubst vielleicht an mich, aber nicht an ein Zeichen vom Himmel.«
Sie zupfte an seinem Ärmel. »Was bedeutet das ›vielleicht‹, Nathaniel Bonner? Natürlich glaube ich an dich. Ich habe noch keinen Augenblick lang an dir gezweifelt.«
Lachend hob Nathaniel ihr Gesicht an. »Geschickt ausgedrückt wie immer. Hör zu, Stiefelchen. Es wird Zeit für dich, nach unten zu gehen.«
Sie wandte ihren Kopf ab. »Ich soll nach unten gehen? Und was machst du?«
»Ich habe noch etwas mit MacKay zu erledigen«, erwiderte er und küsste sie hart auf den Mund. Seine Bartstoppeln kratzten an ihrer Wange. Dann legte er seine Lippen an ihr Ohr und knabberte daran, bis ihr ein Schauer über den Rücken lief. »Bei Sonnenaufgang bin ich bei dir, das verspreche ich dir.«

Elizabeth zündete jede Kerze in der Kajüte an, setzte sich dann und trommelte mit den Fingern auf den Tisch. Direkt vor ihr stand die Uhr aus Rosenholz in einer Nische und überbrachte ihr schlechte Nachrichten: erst ein Uhr morgens, also noch Stunden bis zum Sonnenaufgang. Stunden, in denen Zorn und Sorgen miteinander um die Oberhand kämpfen würden.
Auf dem Tisch vor ihr lag ein kleiner Stapel Bücher, Hannahs Korb mit ihren Siebensachen, Papieren und Notizen, Mungos Schwert, Briefpapier, Feder und Tinte und eine halb gegessene Orange. Unter anderen Umständen hätten diese Dinge ausge-

reicht, um sich die Zeit bis zum Sonnenaufgang zu vertreiben, aber in dieser Nacht suchte Nathaniel das Schiff nach Adam MacKay ab.

Das ist eine Sache zwischen Hannah und ihrem Vater, sagte sich Elizabeth bestimmt. *Und zwischen Nathaniel und Adam MacKay.* Sie hob die Orange auf und löste einen Schnitz ab. Er war vertrocknet und sauer, aber sie schluckte ihn unbeirrt. Sie würde das Nathaniel überlassen, so wie sie ihm damals auch Billy Kirby überlassen hatte.

Hannahs Tagebuch lag vor ihr; die aufgeschlagene Seite wurde durch eine kleine Flasche blassgelber Flüssigkeit festgehalten. Zwischen den Seiten steckten Papierfetzen, einige vom Hakim beschrieben, bei anderen erkannte sie die Handschrift nicht. Auf einer Seite hatte Hannah begonnen, einen Brief abzuschreiben, der an Hakim Ibrahim adressiert war und von einem Doktor Jenner aus Barkeley kam.

Die meisten Seiten des Tagebuchs waren mit Hannahs Zeichnungen bedeckt – kreisförmige Gebilde, die sie unter dem Mikroskop des Hakims entdeckt hatte. Alle waren sorgfältig bezeichnet: die Haut einer Zwiebel, eine menschliche Wimper, eine Hühnerfeder, die Schuppe eines Kabeljaus. Und viele Seiten waren Blut gewidmet – dem Blut jeden Tieres an Bord, aber auch menschlichem Blut. Elizabeth studierte die Aufzeichnungen eine Weile, konnte aber außer den Notizen, die Hannah sich in ihrer kleinen, ordentlichen Handschrift gemacht hatte, nichts entziffern. Für sie war es ein Meer von kleinen ovalen Formen, unter denen sich hin und wieder ein rundes Gebilde befand. Seltsam, dass die unfreiwillige Reise Hannah eine Möglichkeit bot, die sie sonst nicht gehabt hätte. Dafür mussten sie dankbar sein – trotz Adam MacKay.

Aber das reichte Elizabeth nicht, also stand sie auf und schob das Tagebuch beiseite. Sie durfte nicht hier sitzen bleiben; sie wollte nicht. Wenn Nathaniel mitten in der Nacht auf dem Schiff umherstreifte, dann konnte sie das auch tun.

5

Die Kahnyen'kehàka wussten, dass man ein O'seronni-Dorf am besten in der Nacht angriff. Als Nathaniel als junger Mann unter Sky-Wound-Round geübt hatte, waren ihm Geschichten von solchen Überfällen zu Ohren gekommen – dass man reiche Kaufleute, die schnell Licht machen wollten, mit offenen Zunderbüchsen in der Faust erstochen aufgefunden hatte. Die Krieger der Kahnyen'kehàka waren beim Volk der Hode'nosaunee und weit darüber hinaus wegen ihrer Wildheit und ihres Mutes gefürchtet und sie schüttelten die Köpfe über die weißen Männer, die sich vor der Dunkelheit fürchteten. Nathaniel war zwischen weißen und roten Welten aufgewachsen und erkannte die Stärken und Schwächen auf beiden Seiten. Er wusste, dass viele weiße Männer die Dunkelheit nicht fürchteten, doch die meisten hatten verlernt, nach Sonnenuntergang ihr Gehör zu gebrauchen.

Jetzt ging er durch das dunkle Schiff und orientierte sich nach seiner Erinnerung, nach seinem Geruchs- und Tastsinn und am meisten dadurch, dass er seine Fähigkeit, angestrengt lauschen zu können, nützte. In den Endlosen Wäldern erkannte er die Größe eines Rehs allein an dessen Schritten durch das Unterholz; auf der *Isis* hatte er gelernt, ein Dutzend Männer und Jungen daran zu erkennen, auf welche Weise die Planken unter ihren Füßen nachgaben. Im Augenblick befand sich über ihm auf dem Mitteldeck der Erste Offizier auf dem Weg zu seinem Quartier. Er ging im Zickzack den Gang entlang wie schon tausend Mal und machte dabei so viel Lärm wie ein Kind beim Spielen. Nathaniel hielt Schritt mit Adam MacKay und bewegte sich dabei im Dunkeln völlig geräuschlos.

Vorher war der Mann in der Achterhütte gewesen. Nathaniel wusste über ihn nur, dass er seine Frau ignorierte oder sie schlug, wenn ihm Ersteres nicht gelang; dass die Matrosen seine Fähigkeiten als Seemann schätzten, ihn aber ablehnten wegen seiner Humorlosigkeit, der strengen Hand bei Rumrationen und dem großzügigen Umgang mit der Peitsche; und dass er Vergnügen dabei empfand, kleinen Mädchen Albträume zu bereiten.

Nathaniel schlich geduckt um den dicken Pfeiler des Gangspills, legte die Arme eng an den Körper und kletterte die schmale Leiter zum Mitteldeck hinauf. MacKay war nur ein kleines Stück hinter ihm. Nathaniel kauerte sich in den Schatten der Ankerwinde, deren lange hölzerne Speichen von Generationen schwieliger Hände glatt poliert waren. Das Holz roch nach Salz und Schweiß und das große Rad brummte leise wie ein altes Pferd auf der Weide. Keine drei Meter entfernt sang MacKay rau und monoton:

*»Ein Herz aus Eiche haben unsere Schiffe,
ein Herz aus Eiche haben unsere Männer.
Wir sind immer bereit.
Ruhig Blut, Jungs, ruhig Blut,
wir werden kämpfen, wir werden gewinnen,
immer wieder, immer wieder.«*

Nathaniel atmete die stickige Luft ein, die nach Schießpulver, Schmiere und Salz roch. Ruhe überkam ihn; er spürte, wie das Blut durch seine Arme und Beine floss und sich in seinen Händen sammelte. Seine Finger zuckten leicht. Das war das Gefühl, das einen Mann überkam, wenn ein Bär sich näherte. Ein Bär bedeutete Fleisch für einen Monat oder länger, Fett zum Kochen und ein gutes Fell. Aber ein Bär war immer ein Wagnis. Die meisten erhielten eine Kugel ins Gehirn und fielen ohne weiteren Kampf zu Boden, aber hin und wieder geriet man an einen, der entweder zu dumm oder zu störrisch war, einfach aufzugeben, und bei diesen musste man sehr vorsichtig sein. Sie schluckten alles Blei, das man ihnen verpasste, und kamen brüllend angerannt, um sich noch mehr zu holen. Die Kunst bestand darin, schnell und hart zuzuschlagen.

Mit einer einzigen Bewegung trat Nathaniel aus dem Schatten. Mit einer Hand packte er MacKay am Kragen und grub seine Faust in das weiße Leinen, um ihn nach vorne zu ziehen. Mit der anderen Hand packte er die Laterne, bevor sie auf den Boden fallen konnte. Dann hob er den Mann von den Füßen, warf ihn auf den Rücken, hielt ihn fest und setzte sich rittlings auf ihn, ein Knie in seinem weichen Bauch und seine Hände nach hinten gedreht. Die Laterne stellte Nathaniel außer Reichweite neben ihn und grinste.

»Sie sind noch spät auf, Ochse MacKay.« So nannten ihn die Matrosen hinter seinem Rücken wegen seiner Statur und seines Blicks – so dumm wie der einer Kuh. Die Beleidigung tat seine Wirkung: In MacKays Gesicht wichen Verwirrung und Überraschung einer gewaltigen Wut. Wenn Nathaniel ihn nicht zur Ruhe kommen ließ, hatte er die beste Chance, den Mann dazu zu bringen, mehr zu sagen als er wollte.

»Ich lasse Sie jetzt los, aber wenn Sie Krach schlagen, packe ich Sie sofort wieder. Ist das klar?«

MacKay nickte. »Ja.«

Nathaniel wischte sich die Hände an der Hose ab. »Wissen Sie, was ich will?«

MacKays Gesicht wurde weiß unter den Bartstoppeln. Seine Miene drückte aus, dass er einfaches Englisch nicht verstand oder nicht verstehen wollte.

»Allmächtiger«, keuchte er. »Es ist zu spät für Spielchen.«

Nathaniel drückte mit seinem Knie ein wenig fester zu. »Nun, das überrascht mich. Nach allem, was ich gehört habe, mögen Sie Spiele.«

In dem langen Gesicht zuckte es. »Ich verstehe nicht, was Sie meinen.«

Er ächzte, als Nathaniel ein Messer aus seinem Gürtel zog.

»Denken Sie gut nach«, sagte Nathaniel. »Es wird Ihnen schon einfallen.«

Der Blick aus den schmalen braunen Augen flog zwischen dem Messer und Nathaniels Gesicht hin und her. »Moncrieff wird es nicht gefallen, wenn Sie mich verletzen.«

»Was sollte er denn tun? Mich ohne Abendessen ins Bett schicken?«

»Warum fragen Sie ihn nicht und lassen mich in Ruhe!«

Nathaniel betrachtete die Spitze seines Messers. Mit einer lässigen Bewegung trennte er einen Knopf von MacKays Hemd ab. Der breite Mund begann zu zucken.

»Nun, ich stehe vor einem Rätsel.« Nathaniel starrte auf die Brust des Mannes, die sich heftig hob und senkte. »Warum verängstigen Sie ein Mädchen, das Ihnen nichts getan hat?«

Er wandte den Blick ab. »Ich verstehe nicht, was Sie meinen.«

Das Messer blitzte wieder auf und MacKays Gesicht wurde

noch einen Ton blasser, als Nathaniel mit ausdrucksloser Miene einen weiteren Knopf abschnitt.

»Ich habe diese kleine Wilde nicht angerührt.«

Das Messer war scharf und schlitzte geräuschlos einen Winkel des blassen Mundes auf. MacKay stöhnte auf und sein Körper schien zusammenzusinken, als hätte Nathaniel etwas tief in ihm durchbohrt.

»Verletzen Sie mich ruhig«, flüsterte MacKay. Seine Augen glänzten erwartungsvoll. »Tun Sie es. Es wird nichts ändern. Sie werden für Ihre Sünden in der Hölle schmoren, dafür, dass sie unter Ungläubigen leben und weitere der gleichen Art in die Welt setzen. Und ihre Brut wird neben Ihnen verbrennen.«

Es war gefährlich, während eines Kampfes Zorn oder Furcht die Oberhand gewinnen zu lassen. Ein Mann machte Fehler, wenn er sich gehenließ. Und Nathaniel wollte hier keinen Fehler machen. Er atmete tief ein und zwang sich zur Ruhe. Mit dem Messer in der Hand wusste er genau, wie es wäre, dem Mann die Kehle aufzuschlitzen und zuzusehen, wie er an seinem eigenen Blut erstickte.

MacKay legte seine Ruhe als Furcht aus. Er grinste und entblößte dabei blutige Zähne. Dann begann er zu zischen und spuckte Speichel, Blut und Gift: »›Weil ich zwar rief, doch ihr nicht wolltet; so will auch ich bei eurem Unglück lachen, will spotten, wenn euch Schrecken überfällt, wenn wie ein Ungewitter euch der Schrecken naht und wie ein Sturmwind euer Unglück kommt, wenn über euch Not und Bedrängnis stürzt. Dann werden sie mich rufen, und ich schweige, sie werden dann mich suchen und nicht finden.‹«

»Das Buch der Sprüche, Mr. MacKay. Ich schlage vor, Sie konzentrieren sich auf das Neue Testament.« Elizabeths Stimme ertönte kühl und ruhig über ihnen. Ihr Kopf erschien in der Luke und dann kam sie mit raschelnden Röcken näher.

»Stiefelchen«, sagte Nathaniel. »Ich hätte mir denken können, dass du nicht stillsitzen kannst. Ich hatte gerade eine Unterhaltung mit Mr. MacKay.«

»Ja, das habe ich gehört. Nun, Mr. MacKay, sind Sie vertraut mit dem Evangelium nach Markus?«

Der irre Ausdruck in MacKays Augen verschwand und

plötzlich schien ihm die Situation peinlich zu sein, in der er sich befand.

»Natürlich. Lassen Sie mich los, Mann.«

»Auch mit Kapitel zehn, Vers vierzehn?« fuhr Elizabeth fort. Er wurde rot und presste seine blutigen Lippen aufeinander. »Lassen Sie mich zitieren: ›Als Jesus das sah, wurde er unwillig und sprach zu ihnen: Lasset die Kinder zu mir kommen und wehrt es ihnen nicht; denn für solche ist das Reich Gottes.‹«

MacKay knurrte heiser, sagte aber nichts darauf.

»Ich verstehe«, sagte Elizabeth. »Sie gehören zu den Gläubigen, die sich nur die Stellen aus der Heiligen Schrift aussuchen, die ihrem Zweck dienen. Und Sie hatten vor, einem kleinen Mädchen damit so viele Qualen wie nur möglich zu bereiten.«

MacKay wand sich und Nathaniel drückte sein Knie fester nach unten, bis er aufhörte. »Sie werden doch wohl nicht unhöflich sein wollen«, sagte er und wischte sein Messer am Hemd des Mannes ab. »Die Dame hat mit Ihnen gesprochen.«

»Lasst die Frau sich unterwerfen und Schweigen lernen«, erwiderte MacKay.

Nathaniel beugte sich tiefer über ihn, aber Elizabeth hielt ihn mit einer Hand an der Schulter zurück.

»Ich werde ganz offen mit Ihnen sprechen, Mr. MacKay.« Sie kauerte sich neben ihn und blickte ihm direkt ins Gesicht.

»Wenn Sie noch einmal einem meiner Kinder zu nahe kommen, wenn Sie auch nur ein Wort in Hörweite meiner Stieftochter sprechen, wenn Sie sie auch nur ansehen, werde ich mich nicht mehr einmischen, wenn mein Mann Sie das nächste Mal aufsucht. Und darüber hinaus werde ich dafür sorgen, dass Sie die Offiziersstelle auf diesem Schiff verlieren und auch nie mehr eine andere bekommen. Haben wir uns verstanden?«

Mr. MacKay verzog den Mund. »Ich verstehe Sie sehr gut. Papistische Wilde und Huren... Ihr passt gut nach Carryck, ihr alle zusammen.«

Seine Nase brach mit einem Knacken, das Elizabeth zusammenzucken ließ. Nathaniel riss MacKay an seinem Kragen nach vorne – der Mann rang nach Luft, Blut lief über sein Gesicht.

Als er zu husten aufgehört hatte, sagte Nathaniel: »Ich frage mich wirklich, wie dumm Sie eigentlich sind. Entweder geben Sie mir jetzt Ihr Wort, dass Sie mich und die Meinen in Ruhe lassen, oder wir beide werden diese Unterhaltung unter vier Augen zu Ende führen.«

Elizabeth war blass geworden, aber sie sagte kein Wort. Auch MacKay schwieg. Er hing schlaff an Nathaniels Faust.

»Ich gehe jetzt«, verkündete Elizabeth. »Und überlasse das dir.«

MacKay hob den Kopf und verdrehte mit schmerzverzerrtem Gesicht die Augen. »Sie haben mein Wort.« Er hustete und bedeckte sein Gesicht mit den Händen. Ein Feigling. Nathaniel ließ ihn auf den Boden fallen.

»Ich werde dem Hakim ausrichten, dass Sie seine Hilfe brauchen«, sagte Elizabeth mit einem Blick über die Schulter. »Oder würden Sie sich lieber von Ihrer Frau helfen lassen?«

»Eine schöne Auswahl.« MacKays Schultern zuckten – entweder vor Schmerz oder vor Lachen. »Entweder ein Ungläubiger oder eine Hexe. Lieber verblute ich hier.«

»Ihrer Frau zuliebe können wir nur hoffen, dass Sie es tun«, sagte Nathaniel.

MacKay fuhr sich mit dem Ärmel über den Mund. »Sie gleichen dem Earl auf mehr als nur eine Art. Hat Ihnen das schon einmal jemand gesagt?«

»Man hat es erwähnt«, erwiderte Nathaniel. »Aber das bedeutet mir nichts.«

»Das wird es noch.« MacKays Lippen zuckten. »Schon bald.«

6

Robbie MacLachlan saß mit dem Rücken an das Beiboot der *Jackdaw* gelehnt und starrte trübsinnig in die Schüssel in seiner Hand. »Der Tag kann nicht früh genug kommen, an dem ich kein gepökeltes Rindfleisch mehr essen muss.«

Hawkeye nickte zustimmend. Über den Rand seiner Schüssel beobachtete er Stoker und Giselle, die an der Reling standen.

Am Heck wurden zornige Stimmen laut, ein Schmerzensschrei und dann Stille, doch Stoker schien es nicht zu hören oder sich darum kümmern zu wollen, wenn seine Männer miteinander kämpften. Giselle verursachte ihm schon genug Ärger. Jetzt knirschte er mit den Zähnen, seine Wangenmuskeln waren so angespannt wie die Saiten einer Fiedel.

»Junge Liebe«, bemerkte Robbie und folgte Hawkeyes Blick. »Das ist wohl eine der Bezeichnungen dafür.«

»Das Mädchen beweist Mut, so wie sie sich gegen den süßen Mac Stoker durchsetzt, das musst du ihr lassen.«

Hawkeye bog seine Finger durch, einen nach dem anderen. »Ich bin nicht sicher, ob ich ihr überhaupt etwas zugestehen kann, Rab. Aber eines sage ich dir: Wenn ich sie so mit Mac zanken sehe, weiß ich die Erleichterungen, die das Alter mit sich bringt, zu schätzen.«

»Ja«, Robbie seufzte. »Besser schmerzende Glieder als steife.«

Keiner von beiden lachte. Die Wahrheit war bittersüß und sie waren in sich in der Beurteilung Giselle Somervilles bis zu einem gewissen Punkt einig geworden.

Hawkeye beobachtete sie genau, wie immer, wenn er sich sicher sein konnte, dass ihre Aufmerksamkeit abgelenkt war. Die Haut auf ihrem Nasenrücken und ihren Wangen schälte sich und der lange Zopf über ihrer Schulter war von der Sonne gebleicht. Ihre Bluse hing ihr lose um die Schultern und zeigte ihren Hals und ihr Dekolleté, rosa und glänzend vor Schweiß. Giselle sah jetzt beinahe aus wie ein Mädchen und nicht mehr wie die feine Dame, die von der *Isis* in Stokers Arme geflogen war. Eigentlich sah sie aus wie mit siebzehn, als er ihr zum erstenmal begegnet war.

Schwer zu glauben, dass das schon so lange her war. Er war in den Norden gereist, weil Cora ihren Sohn vermisst und sich vage Sorgen um ihn gemacht hatte. Er war so weit weg, an einem Ort, den sie nicht kannte, und hatte sich mit der Tochter eines englischen Adligen und einer mysteriösen französischen Dame eingelassen. Cora schickte ihn los, um Nathaniel heim nach Lake in the Clouds zu bringen – wenn es nicht anders ging, dann eben mit einer reichen Frau.

So viele Jahre später wusste Hawkeye immer noch nicht genau, was damals geschehen war, außer dass Nathaniel sich, ohne Widerstand zu leisten, bereit erklärt hatte, Montréal ohne Giselle zu verlassen. War er des Mädchens überdrüssig geworden oder hatte sie sich geweigert, das vornehme Haus ihres Vaters gegen eine bescheidene Hütte in den Endlosen Wäldern einzutauschen? Auf dem Weg nach Süden, froh, Montréal den Rücken gekehrt zu haben, hatte Hawkeye Nathaniel nicht nach einer Erklärung gefragt. Er hatte nicht gewusst, wie er das tun sollte, und es für das Beste gehalten, den Jungen in Ruhe zu lassen.

Hawkeye wusste jedoch, dass er Giselle Somerville damals nicht verstanden hatte, und er tat es auch heute noch nicht. Dieses seltsame, starke Mädchen, das ihn in Montréal bereits verwirrt hatte, war zu einer ernstzunehmenden Frau herangewachsen. Sie war schlau genug, ihren Kern aus Eisenholz hinter ihrem Lächeln und den spitzenbesetzten Fächern zu verbergen, und zielbewusst genug, um Mac Stoker in ihr Bett zu locken, wenn es ihrem Zweck diente.

Hawkeye suchte den Horizont nach der *Isis* ab und wurde enttäuscht. Sie war immer wieder kurz aus ihrer Sicht verschwunden, doch jetzt waren schon zwölf Stunden vergangen, seit er ihre Segel zum letzten Mal gesichtet hatte. Was ihm großes Unbehagen verursachte.

»Da kommt der alte Jemmy mit seinen Ängsten«, sagte Robbie und riss Hawkeye aus seinen Tagträumen.

Der kleine Mann, der auf sie zuhinkte und einen Eimer Teer in der Hand schwenkte, war einer der wenigen Matrosen, die bereit waren, sich mit ihnen zu unterhalten. Jetzt nickte er ihnen kurz zu, blieb stehen und kratzte sich mit einem schwarzen Fingernagel an einem Muttermal auf seiner Nase.

»Der Wind frischt auf«, erklärte er, hob sein Gesicht in die Brise und atmete tief ein. Die Wangen mit dem Backenbart zuckten.» Bei Sonnenuntergang werden wir kentern, wenn uns vorher nicht die Torys erwischen. Torys oder Haie, Jungs, das ist unser Schicksal.«

»Du hast schon einige Stürme erlebt«, sagte Robbie.»Und hier stehst du, gesund und munter.«

»Ja, aber vielleicht nicht mehr lange.« Jemmy blinzelte in Stokers Richtung, bereit Reißaus zu nehmen, wenn der Captain auf ihn aufmerksam werden sollte.

Ohne seinen Kopf zu drehen, spuckte er Tabaksaft in einem hohen Bogen über die Reling.

Dann beugte er sich vor, als wollte er ihnen ein Geheimnis verraten. »Zweimal bin ich hier schon mit Torys zusammengestoßen. Einmal auf der *Little Bess* aus Plymouth – die *Casterbridge* hat uns in null Komma nichts versenkt und die Männer, die noch schwimmen konnten, vom Wasser abgeschöpft wie Rahm von der Milch.«

Robbie warf Hawkeye einen unbehaglichen Blick zu. »Ja, das war in den Tagen vor dem Krieg. Wir segeln unter amerikanischer Flagge, Mann.«

Jemmy lachte keuchend. »Als ob sie das aufhalten würde. Als die *Little Bess* unterging, schrieben wir das Jahr '82. Wir alle waren gebürtige Amerikaner und trotzdem haben sie uns zum Kriegsdienst gezwungen. Damals hatten wir noch keine nennenswerte eigene Flotte, um etwas dagegen zu unternehmen. Und das hat sich nicht geändert – noch nicht.«

Er schob nachdenklich seinen Unterkiefer hin und her. »Erst nach über einem Jahr konnte ich von der *Casterbridge* türmen. Niederträchtige Kerle, diese Torys. Haben mich vier Hauer gekostet.« Um zu beweisen, dass er nicht übertrieb, zeigte er ihnen, was von seinen Zähnen übrig geblieben war.

»Jemmy, du fauler Bastard!« Stokers Gebrüll ließ den kleinen Mann zusammenzucken. »Mach dich an die Arbeit oder ich hetze dir Granny Stoker auf den Hals. Du weißt, wie sehr es ihr gefällt, deinen pickeligen Arsch mit einem rostigen Löffel zu verdreschen.«

»Aye, Captain.« Der alte Seemann zuckte die Schultern. »Bin schon unterwegs.« Er schlurfte davon, schlau genug, keine Ausflüchte zu machen.

Stoker kam näher, kauerte sich neben sie und ließ seine Hände zwischen den Knien baumeln.

»Du hast Ringe unter den Augen«, sagte Hawkeye. »Bekommst du nicht genügend Schlaf?« Es gab niemanden an Bord, der nicht genau wusste, wann Stoker schlief und wann nicht. Wenn Stoker sich nicht herumstritt, hörte man seine Stimme wie das Röhren eines brünstigen Hirsches.

Die Narbe an Stokers Hals färbte sich flammend rot. »Du hast ein loses Mundwerk, Bonner.«

»Captain!«

Stoker hob ruckartig den Kopf. »Was zum Teufel ist los?«

Micah, einer der jüngeren Matrose, ein guter Arbeiter mit scharfen Augen, deutete nach achtern. »Segel, Sir!«

Stokers Miene veränderte sich rasch. Er stand auf und zog das lange Fernrohr aus der Schlaufe an seinem Gürtel. Als er es wieder sinken ließ, bildeten sich Sorgenfalten links und rechts neben seinem Mund.

»Ärger?« fragte Robbie.

Er zuckte die Schultern. »Weiß ich noch nicht. Micah! Behalte sie im Auge und gib mir Bescheid, wenn sie die Flagge hisst.«

Der Junge grinste. »Aye, Captain.«

Giselle stand immer noch allein an der Reling, aber Stoker kauerte sich wieder neben die Männer.

Robbie warf ihm einen Blick von der Seite zu. »Man sagt, wahre Liebe wandelt nicht auf ebenen Pfaden. Nur Mut, alter Junge.«

»Ich hab' allmählich genug von deinen Sprüchen«, erwiderte Stoker barsch.

Hawkeye sah blinzelnd zu den Segeln hinauf. »Wir hatten einmal eine Katze, die ihren Schwanz beim Zuschlagen einer Tür verlor«, sagte er. »Sie war danach recht schreckhaft, aber du bist noch schlimmer, Stoker.«

»Schreckhaft? Ich? Warum auch nicht, wenn die Soldaten der Torys wie ein Schwarm Fliegen diese Gewässer belagern und zwei alte Männer mir die Zeit stehlen.«

»Für deine Zeit wirst du gut bezahlt«, sagte Hawkeye gelassen. »Ich nehme an, du wirst unsere Gesellschaft noch eine Woche ertragen können, um das Gold zu bekommen, hinter dem du her bist.«

»Gold«, sagte Stoker verächtlich. »Ihr redet gern davon, aber eure Taschen scheinen leer zu sein.«

Robbie setzte eine finstere Miene auf, aber Hawkeye lachte nur leise. »Da hast du recht. Nathaniel hat die Münzen und du solltest mit der *Isis* Schritt halten, wenn du deinen Anteil haben willst.«

Stoker runzelte die Stirn, ließ seinen Blick zur Reling schweifen und wandte sich rasch wieder ab, als er bemerkte, dass Giselle ihn beobachtete. Schon wenn sie ihn nur anschaute, konnte er sich ihren Wünschen nicht entziehen. Cora hätte sie als hellseherisch bezeichnet, eine Frau, die die Männer besser verstand als diese sich selbst. Als er an seine Frau dachte, die dieses Meer überquert hatte, um auf der anderen Seite ein besseres Leben zu beginnen, kam Hawkeye ein Gedanke.

»Sie ist nicht davon begeistert, nach Schottland zu segeln, nicht wahr? Und ich wette, sie will auch nicht nach Kanada zurück. Wohin will sie also? Irland? Frankreich?«

Ein Schuss ins Blaue, doch er traf. Stoker zuckte zusammen, als hätte Hawkeye ihn angefasst.

»Frankreich!« Robbie hob ruckartig den Kopf. »Warum sollte Giselle nach Frankreich gehen wollen?«

»Ich habe nicht gesagt, dass sie das will!« brüllte Stoker.

Alle drei erhoben sich und stellten sich in einem Dreieck auf.

»Die *Isis* fährt nach Schottland«, sagte Hawkeye. »Das war unsere Vereinbarung, und du wirst dich daran halten.«

»Verdammt soll ich sein, wenn ich mich auf meinem eigenen Deck herumkommandieren lasse wie ein lausiger Matrose!«

Robbie schnalzte mit der Zunge. »Es ist eine Schande. Du lässt dich von dem Mädchen an deinem Schwanz herumführen.«

Stoker errötete bis unter die Haarwurzeln und griff mit beiden Händen nach Robbies Hemdkragen. Robbie trat geschickt zur Seite und wehrte ihn mit einem stahlharten Arm ab.

»Ich hoffe, dieses kindische Verhalten ist nur auf Übermut zurückzuführen, Gentlemen«, sagte Giselle hinter ihnen.

Stoker wandte sich rasch zu ihr um. »Da bist du ja, Süße. Diese beiden möchten wissen, warum du nach Frankreich willst. Und mich würde interessieren, wovon du dort leben könntest.«

Giselle presste ihre Lippen aufeinander und wandte sich Hawkeye zu.

Stoker lachte. »Glaubst du denn, er hat noch nicht herausgefunden, dass du ohne einen Penny dastehst?«

Auf ihrer gebräunten Haut bildeten sich rote Flecken. »Und wessen Schuld ist das? Wer hat Nathaniel Bonner mit dem Gold von diesem Schiff verschwinden lassen und keinen Finger gerührt, um ihn aufzuhalten?«

Stoker beugte sich ihr hinüber. »Glaubst du, ich hätte es nicht gewusst, wäre das Gold auf meinem Schiff gewesen? Nein, Süße, das hast allein du zu verantworten. Du hast es zugelassen, dass sich eine schwarze Frau und ein kleines Mädchen zwischen dich und das Gold gestellt haben.«

»Das kannst du nicht beweisen!« fauchte Giselle.

»Und was zum Teufel spielt das für eine Rolle?« brüllte Stoker. »Auf diesem Schiff gibt es kein Gold, und ohne das kannst du nicht nach Frankreich gehen. Also halt deine verdammte Klappe, Mädchen, und geh uns aus dem Weg, damit wir Männerarbeit erledigen können.«

Giselle schürzte ihre Lippen. »Oh, ich werde dir aus dem Weg gehen, *Captain*. Solange wir in Richtung Schottland segeln, werde ich dafür sorgen. Darauf gebe ich dir mein Wort.«

»Ach ja?« Auf Stokers Gesicht breitete sich ein furchterregendes Grinsen aus. »Auf der *Jackdaw* gibt es nicht viele Verstecke, mein Liebling, und ich kenne sie alle. Darauf gebe *ich* dir mein Wort.«

»Captain!« rief Micah wieder, dieses Mal in einem Tonfall, der Stokers Aufmerksamkeit sofort erregte. »Das ist eine Fregatte der Torys! Sie kommt sehr schnell auf uns zu!«

»Verdammt!« Stoker wirbelte herum und hatte Giselle sofort vergessen. »Alle Mann an Deck! Jemmy, sag Connor, er soll Granny heraufbringen!« Er marschierte davon und schrie Befehle zum Segelsetzen.

Robbie sah Giselle mit zusammengekniffenen Augen an. »Giselle, meine Liebe, Sie wissen genau, warum wir nach Schottland fahren.«

Hawkeye betrachtete Giselles Gesicht und sah, was Stoker niemals begreifen würde: ihr Verstand war zehnmal schärfer als seiner und sie würde auf Biegen oder Brechen immer zuerst an ihren eigenen Gewinn denken.

»Das interessiert mich nicht«, sagte sie. »Ich habe mit Captain Stoker die Überfahrt nach Frankreich vereinbart und nichts liegt mir ferner, als nach Schottland zu segeln.«

Sie sprach Hawkeye direkt an und sah ihm dabei in die Augen wie ein Mann, der Streit sucht. Als sie sich zum letzten Mal unterhalten hatten, war er widerstrebend als Gast an ihrem Tisch gesessen. Zuerst Partyspiele und gezuckerte Früchte und nun trug sie ein Messer an ihrem Gürtel.

Er wandte den Blick ab, antwortete ihr aber. »Frankreich also? Zur Zeit ein ungeeigneter Ort für Leute vornehmer Herkunft. Sicher haben Sie auch die Blockade nicht vergessen.«

Um sie herum rannten die Matrosen auf Stokers Kommando

über das Deck, aber Giselle nahm keine Notiz davon. Sie starrte immer noch Hawkeye an, einen Mundwinkel nach unten und die gegenüberliegende Augenbraue nach oben gezogen.

»Sie versuchen immer noch, sich in meine Angelegenheiten einzumischen, wie ich sehe.«

Hawkeye lachte. »Das sagen ausgerechnet Sie. Oder wollen Sie etwa abstreiten, dass Sie von Anfang an eine Rolle in Moncrieffs Komplott gespielt haben, Missy?«

Einer einfachen Frau stand ein Lächeln immer gut zu Gesicht, aber wenn Giselle ihre Zähne entblößte, war daran nichts Schönes zu entdecken.

»Natürlich war ich daran beteiligt«, sagte sie. »Glauben Sie etwa, er hätte das allein geschafft? Es war an der Zeit, alte Schulden zu begleichen. Moncrieff sorgte dafür, dass Sie drei den Captain der *Providence* aufsuchten, und ich kümmerte mich darum, dass der Gouverneur wusste, wo Elizabeth sich während Ihrer Abwesenheit aufhielt. Die einzige Frage war, ob er sie zur Befragung in das Chateau bringen würde, doch das Glück war auf unserer Seite.«

»Sie sind stolz auf sich«, stellte Hawkeye trocken fest. »Aber sagen Sie mir doch, um welche alte Schulden es sich Ihrer Meinung nach handelte?«

»Das geht nur Ihren Sohn und mich etwas an«, fuhr Giselle ihn an.

Robbie schwankte, als würde er das Gleichgewicht verlieren.

»Sie haben tatsächlich Ihre Hand im Spiel gehabt, Mädchen? Haben Babys ihrer Mutter weggenommen, nur weil Sie sich in Ihrem Stolz gekränkt fühlten?«

Giselle richtete sich auf. »Sollten Sie nach Reue oder Gefühlen des Bedauerns suchen, strengen Sie sich vergeblich an, Sir.«

Robbie verzog das Gesicht, als hätte sie ihn angespuckt. »Das hätte ich nicht gedacht.«

Giselle hob verärgert die Augenbrauen. »Sie haben doch schließlich erlebt, wozu Pink George fähig ist. Haben Sie etwa von seiner Tochter etwas anderes erwartet?«

»Es ist nur, weil ...« Robbies Stimme klang heiser und er zitterte. »Weil ich Ihre Mutter kenne. Und es ist eine Schande, dass Sie ihr so gar nicht ähneln.«

Hawkeye fragte sich, ob er richtig gehört hatte. Robbie Mac-

Lachlan hatte den nordamerikanischen Kontinent seit fünfzig Jahren nicht verlassen. Wie konnte er eine Französin kennen, die ihrer Heimat nie den Rücken gekehrt hatte? Doch er sah an der Miene des Mannes, dass er die Wahrheit sagte. Das Geheimnis, das er so lange gehütet und jetzt verraten hatte, schien ihn zu zerbrechen. Robbie atmete so schwer, als hätte er gerade in einer Schlacht gekämpft und verloren.
Giselle hatte sich nicht gerührt. Ihrem Gesicht war nicht anzusehen, dass sie ihn verstanden hatte, aber ihre Mundwinkel zuckten leicht.
»Sie lügen«, sagte sie mit fester Stimme. »Sie können meine Mutter nicht kennen.«
Robbie fuhr sich mit der Hand über das Gesicht. »Wenn Sie das glauben wollen, soll es mir recht sein. Ich hätte meinen Mund halten sollen.«
Granny stieß einen Warnruf aus, lauter als jede Matrosenpfeife.
»Jack Twist, du stinkender, einfältiger Scheißkerl! Dafür wirst du büßen!« brüllte Stoker.
»Meine Güte«, murmelte Robbie. »Er hat die Windenkurbel abgebrochen.«
Hawkeye wusste zwar nicht, was eine Windenkurbel war, aber er sah, dass das Tau nachgab, mit dem die Segel gehisst wurden. Der Klüver rutschte das Fockstag hinunter, schlug wild hin und her und flatterte im Wind. Alle Segel achtern waren davon in Mitleidenschaft gezogen und sie verloren rasch an Geschwindigkeit. In ihrer Schaukel am Mittelmast kreischte Granny Stoker so laut, als könnte Lärm die schlaffen Segel blähen.
Giselle zupfte Hawkeye am Ärmel. »Wenn Sie glauben, solch traurige Lügen würden meine Entscheidung wegen Frankreich ändern, haben Sie sich getäuscht. Was mich angeht, können Sie auch nach Schottland schwimmen, Mr. Bonner.«
»An Ihrer Stelle würde ich mich im Augenblick nicht darauf verlassen, nach Frankreich zu kommen.« Hawkeye musste seine Stimme heben, um Connors Alarmglocke zu übertönen. Er wandte sich an Robbie: »Was kann man da tun?«
»Sie holen den Klüver ein und versuchen die Winde zu richten. Ich werde mal sehen, ob ich helfen kann.« Ohne Giselle einen weiteren Blick zu schenken, lief er los.

Giselle packte Hawkeyes Unterarm, bevor er Robbie folgen konnte.

Er schüttelte ihre Hand ab. »Meine Güte, Lady! Sehen Sie denn nicht, dass wir in Schwierigkeiten sind?«

»Sagen Sie mir, was er damit gemeint hat. Das sind Sie mir schuldig!«

Der Ausdruck auf ihrem Gesicht ließ ihn zögern. »Schon wieder alte Schulden, nicht wahr?« Hawkeye musterte ihr hübsches Gesicht, die feinen Linien um ihren Mund und ihre Augen, die dunkler wurden, wenn sie zornig war. Und da war noch etwas anderes zu sehen – eine tief in ihrem Inneren verwurzelte Furcht. »Irgendwann müssen Sie mir erklären, was genau man Ihnen Ihrer Meinung nach noch schuldet.«

»Sagen Sie es mir.«

»Ich weiß nicht, was er damit meinte.«

»Sie lügen!« Ihre Stimme schwankte und klang brüchig.

»So? Und was könnten Sie dagegen tun, wenn es so wäre?«

Das Schiff schlingerte und Giselle wurde gegen ihn geworfen. Hawkeye legte ihr beide Hände auf die Schultern und schob sie von sich, als er die Hitze ihres Körpers spürte, zu deutlich spürte.

»Mac sieht nicht zu Ihnen her, Mädchen«, sagte er barsch. »Sich an mich heranzumachen, wird Ihnen nicht helfen, von ihm das zu bekommen, was Sie haben wollen.«

Sie fuhr mit einer Hand unter sein Hemd und presste ihre Fingerknöchel gegen seine Brust. »Haben Sie denn geglaubt, ich will etwas von Mac Stoker?« Sie lachte. »Ihre berühmte Scharfsichtigkeit hat Sie wohl im Stich gelassen.«

Hawkeye schob sie wieder zurück. Zorn stieg in ihm auf und er hatte das Gefühl, der Damm in seinem Inneren, der ihn noch zurückhielt, würde jeden Moment brechen. »Ich weiß nichts über Ihre Mutter, aber täte ich es, würde ich es Ihnen nicht sagen. Ich bin kein junger Kerl, der sich benützen und dann wegwerfen lässt.«

Um sie herum herrschte hektische Betriebsamkeit, als die Fregatte der Torys näher kam. Stoker tobte, Granny kreischte und die Männer brüllten, während sie mit dem Klüver kämpften. Aber Giselle war für all das taub. Das Blut war aus Ihrem Gesicht gewichen und Hawkeye erkannte, dass er sie zu hart zurückgestoßen hatte, dass sie mit dem Rücken gegen die Wand geprallt war.

»Daniel Bonner…« Einen Augenblick lang bewegten sich ihre Lippen stumm. »Seit all diesen Jahren besitze ich etwas von Ihrem Sohn und keiner von euch hat es gewusst.« Sie senkte ihre Stimme, doch Hawkeye hörte jedes Wort deutlicher als ihm lieb war.

Nun kommt es. Endlich. Der erste Schuss in diesem Kampf oder der letzte?

»Und was soll das sein?«

Wieder bewegten sich ihre Lippen bei dem Versuch, loszuwerden, was ihr so lange und so schwer im Magen gelegen hatte. »Ihr erstgeborener Enkel… Er wurde in der gleichen Woche sechzehn, in der dieser englische Blaustrumpf ihre Kinder zur Welt brachte.«

Er schwieg. Alles, was er jetzt sagen könnte, würde ihr mehr nützen als ihm.

»Es ist die Wahrheit. Ich sehe, Sie glauben mir nicht, doch es ist wahr. Ich habe ein Kind von ihrem Sohn.«

Hawkeye stützte sich mit einem Arm auf das Beiboot und starrte an Deck. Es war möglich, dass Giselle log – das war ihr noch nie schwer gefallen. Er schüttelte den Kopf, um ihn frei zu bekommen.

»Dann sind Sie also auf dieser Reise, um Ihren Jungen zu finden?«

Sie stieß einen Seufzer aus. »Ja. Er wurde mir nach der Geburt weggenommen und zu meiner Mutter geschickt.«

»Nach Frankreich?«

Sie nickte ungeduldig. »Meine Mutter lebt in Frankreich. Ja.«

Hawkeye blickte auf seine Hände. Die Haut glich abgewetztem Leder, aber die Tätowierungen um seine Handgelenke waren immer noch so tief indigoblau wie zu der Zeit, als sie gemacht worden waren. Damals hatte er sich selbst noch nicht als Weißen betrachtet.

Giselle beobachtete ihn aufmerksam. Hinter ihren Augen gingen wohl Dinge vor, die er nicht verstand. Sie hatte Nathaniel einen Sohn geboren und ihm diesen Jungen all die Jahre vorenthalten. Ein Teil von ihm wollte ihr ins Gesicht lachen, der andere wagte es nicht.

»Hat er einen Namen?«

Ihre Halsmuskeln zuckten. »Luc«, sagte sie. »Die Frau, die sich um mich kümmerte, taufte ihn Luc.«

Getauft. Kaum greifbar flackerte ein Gedanke auf, und Hawkeye versuchte eine Verbindung herzustellen. Eine Hebamme, eine Katholikin ...

»Das könnte Iona gewesen sein«, sagte er.

»Sie kennen sie?«

Das war ihr offensichtlich unangenehm. *Iona ist eine gute Freundin von Robbie*, hätte er jetzt sagen können, aber das behielt er für sich. *Ein Enkel, der niemals einen Fuß auf den Hidden Wolf gesetzt hatte und nichts von seinen Vorfahren wusste.* «Sieht der Junge Nathaniel ähnlich?« fragte Hawkeye.

Sie runzelte misstrauisch die Stirn. Zwischen ihren Augenbrauen bildete sich eine tiefe Falte. »Er hatte bei der Geburt meine Haarfarbe und lange Gliedmaßen.«

»Blond, helle Augen, ungefähr achtzehn.« Hawkeye sprach diese Worte laut aus, und jedes davon schien sie näher heranzuziehen, bis ihr Gesicht nur noch wenige Zentimeter von seinem entfernt war. Doch Hawkeye war in Gedanken weit weg. Er erinnerte sich an die Nacht, als im Garnisonsgefängnis in Montreal das Feuer ausgebrochen war, und ein Junge sie zum Fluss gebracht hatte. Luke, hatte Robbie ihn genannt. Er selbst hatte sich als Ionas Enkel bezeichnet. Hawkeye schloss die Augen und versuchte, das Bild des Jungen heraufzubeschwören.

»Gut gebaut. Starke Knochen, aber geschmeidige Bewegungen. Wie Nathaniel in diesem Alter.«

Giselle verzog den Mund. »Wovon sprechen Sie? Von wem?«

»Ich bin mir nicht sicher«, erwiderte Hawkeye. »Aber mir scheint, als müsste mir Rab MacLachlan einiges erklären.«

Sie deutete auf die Männer, die hektisch an dem Klüver arbeiteten. »Da ist er. Rufen Sie ihn her.«

»Du, Bonner!« schrie Granny Stoker und winkte ihm mit ihrem Stock. Hawkeye wusste nicht, wie lange sie seinen Namen schon rief.

»Bist du taub, Mann? Komm her!«

Das gefiel Giselle gar nicht, und vielleicht ging er deshalb einfach los – von einer wütenden Frau zur nächsten, die ihm wegen seines Ungehorsams prompt zwei Schläge mit ihrem Stock versetzte. »Wach auf, Mann!« Sie deutete mit ihrem Kinn auf das Heck. »Schau.« Die Fregatte der Torys kam schnell näher und war nur noch knappe fünfzig Meter von ihnen entfernt. Dann fiel sie leicht ab, um sich breitseitig zu nähern. Über ihren Köpfen flatterten und knallten die Segel der *Jackdaw* immer noch im Wind, ohne sich zu blähen.

Sie klopfte Hawkeye auf die Schulter. »Heb mich hoch, damit ich besser sehen kann!«

Hawkeye tat, wie ihm befohlen. Er hob die zappelnde Frau wie ein Bündel aus der Schaukel und atmete dabei gezwungenermaßen ihren Geruch ein: trockene Fäulnis des hohen Alters, bitterer Tabak und Schweiß. Ihre Ketten rutschten auf ihrer Brust hin und her; ihre Beine hingen wie Stöcke herunter.

»Captain!« In dem Durcheinander hinter ihnen schrie Jemmy mit einer Stimme so schrill wie eine Pfeife. »Schiffe am Horizont!«

Granny schob Hawkeye an der Schulter herum und hob dabei ihr Fernrohr. Ihre Hand zitterte, die Haut wirkte in der Sonne fleckig und gelblich.

»Jesus, Maria und Josef«, stöhnte die alte Frau.

Ein Meer von Masten war im Nordosten aufgetaucht, ein Schwarm von Segeln. Hundert Schiffe oder mehr in etwa fünf Meilen Entfernung. Hawkeye spürte, wie sich die Haut in seinem Nacken zusammenzog.

»Micah!« Stoker packte den junge Matrosen und schob ihn unsanft vorwärts. »Rauf auf den Mast, Junge. Sag uns, was du siehst. Beeil dich! Connor, setzen Sie den Klüver!«

»Ich kann keine verdammte Windenkurbel herbeizaubern!« brüllte der Erste Maat. Sein ganzer Körper bebte, als er um seinen Captain herumlief. Dann veränderte sich plötzlich seine Miene. Statt Zorn lag nun ein Ausdruck der Überraschung auf seinem Gesicht. Er hob einen Arm. »Die Fregatte fährt ihre Geschütze aus!«

Hawkeye fuhr herum, dieses Mal ohne Grannys Druck.

Die Fregatte lag dreißig Meter vor ihnen. An ihrer bedrohlichen schwarzen Breitseite waren alle Schießscharten geöffnet. Drei Offiziere standen mit auf dem Rücken verschränkten Händen auf dem Achterdeck. Sie waren sich ihrer Beute sicher und hatten keine Eile.

Giselle schob sich vor Hawkeye, ihr Kinn so trotzig vorgeschoben wie das eines Kindes, das nicht ignoriert werden will, doch Granny streckte den Arm aus und packte sie an ihrem Hemd, bevor sie auch nur ein Wort sagen konnte.

»An die Waffen!« kreischte Granny. »Steh nicht mit offenem Mund da, Mädchen! An die Waffen!«

Giselle schüttelte die alte Frau ab; ihre Aufmerksamkeit galt allein Hawkeye, und so wurde sie von der ersten Salve vollkommen überrascht. Sie stürzte, als die Kugel des Zwanzigpfünders den Großmast traf, wo Micah saß und immer noch die Schiffe am Horizont zählte.

Das Eichenholz knackte wie ein morscher Knochen und der Mast kam herunter, die Taue und Segel knarrten und der Junge schrie. Er schlug auf der Reling auf und sein Rückgrat brach. Der Ausdruck der Überraschung auf seinem Gesicht war das Letzte, was Hawkeye sah, bevor sich das Deck mit Rauch füllte und das schreckliche Schrillen und Zischen von Schrapnellgeschossen zu hören war.

Granny schlang ihre Arme fester um Hawkeyes Nacken und schrie heiser in sein Ohr. Das Schiff schaukelte heftig und Giselle griff nach Hawkeyes Füßen, um sich hochzuziehen.. Doch dann traf eine Zwölfpfünderkugel genau den zweiten Mast über ihnen und sie gingen alle drei zu Boden. Hawkeye warf sich über die Frauen, als Teile der zersplitterten Takelage herunterprasselten. Der Hagel dauerte einige Minuten an und dann herrschte Schweigen. Giselle begann zu husten.

»Haben Sie uns versenkt?« Ihre Stimme klang ruhig, fast gleichgültig.

Granny lachte krächzend und schob Hawkeye von sich herunter. »Du würdest schon im Wasser paddeln, wenn diese verdammten Bastarde das vorgehabt hätten.«

»Was wollen sie denn?« fragte sie, als würden sie über den Preis eines neuen Hutes sprechen.

Hawkeye stand mühsam auf. Er spürte die Prellungen auf seinem Rücken und einen Riss an seiner Schulter. »Wahrscheinlich brauchen sie eine neue Crew. Sie werden uns entern.«

Grannys Augen glänzten wie die einer Krähe. »Ja, und du

solltest dich schnell bewaffnen, Mädchen, sonst werden diese Seesoldaten nicht nur die arme alte *Jackdaw* besteigen.«

Vom Achterdeck ertönte Connors Stimme. Er blickte nicht auf die Fregatte, die sie mit einer weiteren Salve erledigen konnte, sondern in die entgegengesetzte Richtung. »Ich werd verrückt – wenn das nicht die ganze Atlantik-Flotte ist. Und sie haben zwei Kanonenboote in unsere Richtung geschickt!«

Stoker erhob sich, befreite sich mühsam von den zerfetzten Segeln und bahnte sich seinen Weg durch den Wirrwarr.

Neben Hawkeye stieß Giselle einen leisen Seufzer aus, doch Granny Stoker grinste.

»Da bist du ja, Jungchen«, sagte sie zu dem Captain. »Lad mir ganz schnell meine Muskete. Anne Bonney wird nicht kampflos untergehen.«

»Für eine Hand voll Matrosen machen sie sich eine Menge Mühe«, sagte Robbie grimmig, während sie beobachteten, wie das Beiboot der *Leopard* zu ihnen herüberruderte. »Das ergibt keinen Sinn.«

»Sie sehen recht gesund aus«, stimmte Hawkeye ihm zu. Sollte eine Krankheit die Crew so weit dezimiert haben, dass sie sich verzweifelt nach Ersatz umsahen, war das zumindest den muskulösen Soldaten im Beiboot nicht anzumerken.

Unter ihnen befand sich nur ein Offizier. Sein Sprachrohr aus Messing fing die Sonnenstrahlen ein.

»*Jackdaw*! Ich bin Captain Fane von der Königlichen Marine Ihrer Majestät. Sie werden jetzt Ihre Waffen weglegen und uns gestatten, an Bord zu kommen, sonst werden meine Geschütze Sie versenken.« Mit der freien Hand hob er seinen kurzen Säbel und daraufhin feuerte die *Leopard* einen Schuss quer über den Bug der *Jackdaw*.

Die Matrosen flüsterten miteinander, aber Granny Stoker ließ sich nicht einschüchtern.

»Ihr pockennarbigen Söhne billiger Huren!« schrie sie und beugte sich in Hawkeyes Armen so weit vor, als wolle sie sich über Bord stürzen und die Königliche Marine mit bloßen Fäusten angreifen.

»Captain?« Connor stellte sich neben Mac Stoker und trat von einem Bein auf das andere.

Stoker hielt den Blick auf die *Leopard* gerichtet, auf die Reihe Kanonen und die Schützen. Er wirkte wie ein Mann, der wusste, dass man ihn ausmanövriert hatte und dass er nicht mehr in der Lage war, die Seinen zu beschützen. Auf seinem Gesicht lag noch ein Ausdruck des Zorns, der gerade stark genug war, um das Gefühl der Schande in Zaum zu halten.

Resigniert schüttelte er schließlich den Kopf und gab den Befehl, die Soldaten an Bord zu lassen.

Der Captain der *Leopard* behielt Stoker neben sich, während die Seesoldaten das Schiff durchsuchten, Waffen einsammelten und die missmutige Crew auf dem Achterdeck zusammentrieben.

»Verdammte Tory-Arschkriecher! Ihr könnt mich mal am Arsch lecken, ihr verdammten Feiglinge!« Granny hatte ihre Muskete und ihr Messer einem Soldaten aushändigen müssen, der dreimal so groß war wie sie, aber ihr Mundwerk gehörte immer noch ihr.

Sie thronte nun auf einem Wasserfass, da es keinen Mast mehr gab, an den man ihre Schaukel hätte hängen können. »Gib mir meine Muskete zurück! Verdammt, hörst du mich, Junge? Ich will meine Muskete zurück, damit ich sie deinem Captain in den Arsch schieben kann! Zumindest wird er mit einem Lächeln auf seiner hässlichen Visage sterben!«

Hawkeye hörte, wie Giselle tief Luft holte – ob aus Abscheu oder Verzweiflung, konnte er nicht sagen. Der Captain der *Leopard* war noch recht jung, aber im Gegensatz zu Granny unterschätzte Hawkeye einen Mann nicht, der so viele Kanonen hinter sich hatte.

Der Wind hatte aufgefrischt und es gab keine Möglichkeit, die Unterhaltung zu verfolgen – zumindest nicht, solange Granny weiterhin fluchte und die Soldaten mit ihrem Speichel benetzte.

»Gottverdammte beschissene Kerle!«

Giselle packte die alte Lady an der Schulter. »Annie«, sagte sie streng. »Genug. Wir verstehen nichts, wenn Sie so schreien.«

Granny Stoker sah Giselle ängstlich an. »Ah, da bist du ja, meine Süße.«

Robbie erstarrte verwundert und die Matrosen hielten sich die teerbeschmierten Hände vor den Mund, um ihr unbehagliches Grinsen zu verbergen.

»O Gott«, murmelte Connor und wischte sich mit seiner Kappe über die schweißbedeckten Augenbrauen. »Sie ist mal wieder weggetreten.«
Die alte Lady grinste freundlich, als hätte sie das nicht gehört. »Du bringst mir meine Muskete, nicht wahr, Mary, mein Liebling?«
»Später«, antwortete Giselle ruhig. »Wenn die Zeit dafür gekommen ist.«
Die alte Dame sackte in Robbies Armen zusammen. Sie hing dort und starrte niedergeschlagen auf die Soldaten und auf die versammelte Crew. Die Männer waren nervös, am liebsten wären sie vom Schiff gesprungen und nach Frankreich geschwommen, um der *Leopard* entkommen zu können. Jetzt, wo das Feuergefecht vorüber war, schien sich beim Hauptteil der Flotte niemand mehr für sie zu interessieren. Die Königliche Marine war auf dem Weg nach Frankreich und diese Crew möglicherweise auch, sobald die Nacht hereinbrach.
»Feiglinge«, murmelte Granny undeutlich. »Kein echter Mann in diesem ganzen Haufen.«
Der Captain der *Leopard* drehte sich um und deutete in Richtung der Männer.
»Jetzt ist es soweit, Jungs«, seufzte Jemmy. »Torys oder Haie.«

Der Captain war nur mittelgroß, wirkte aber kräftig, trug Narben von etlichen Kämpfen und war tief gebräunt. Er ließ seinen Blick über die Crew schweifen, zögerte kurz bei Giselle und wandte sich dann Hawkeye und Robbie zu. Als er schließlich Granny musterte, richtete sie sich auf und grinste ihn an.
»Hallo, Süßer. Komm näher und gib mir ein Küsschen.«
»Connor«, sagte Stoker scharf. »Bring sie nach unten.«
Sie spitzte ihren zahnlosen Mund. »Oh, das ist aber nicht sehr nett. Alle diese hübschen großen Soldaten. Sieh dir nur den Dudelsack von dem da drüben an. Ein Format wie ein Eisenspeer.«
»Connor!« bellte Stoker.
»Gehen Sie mit ihnen, Quint«, befahl Captain Fane. »Wir wollen keine Überraschungen.«
Connor führte, mit einem Soldat als Begleitung, den Befehl aus, während Fane den Rest der Crew musterte.

Er hob seinen kurzen Säbel, so dass sich sein Ärmel nach oben schob. Quer über seinen Handrücken lief eine Narbe, die sich bis unter seine Manschette schlängelte. Mit einer schwungvollen Geste deutete er auf einen Mann, von dem Hawkeye nur wusste, dass man ihn Penny Whistle nannte.

»Sie da. Haben Sie jemals an Bord eines Schiffs der Königlichen Marine gedient?«

Penny sah ihn finster an. »Ich bin in Massachusetts geboren und aufgewachsen. Was würde ich wohl auf einem dieser verdammten Scheißkübel der Torys machen?«

Er wollte den Mann provozieren, aber Fane ließ sich nicht so leicht reizen. Als er lächelte, hob sich nur ein Mundwinkel – die andere Seite schien durch eine geschwungene Narbe unbeweglich.

»Da haben Sie etwas verpasst. Captain Stoker, wer ist sonst noch an Bord?«

Mac zuckte die Schultern. »Das ist meine gesamte Crew.«

»Sicher wollen Sie mir sagen, dass alle Amerikaner sind.«

»Jeder Mann«, erwiderte Stoker ruhig. Sein irischer Akzent war unüberhörbar. »Sie haben trotzdem auf uns geschossen, falls Sie sich daran erinnern.«

»Ach ja, diese kleine Kabbelei«, sagte Fane nachdenklich. Er drehte sich um und sah Hawkeye an. In seinen Augen flackerte etwas auf – eine gewisse Neugier. Er stieß den Säbel zweimal in die Luft und deutete damit auf Robbie und Hawkeye.

»Diese beiden.«

Einen Augenblick lang herrschte Schweigen, dann begann Stoker zu zischen wie nasses Schießpulver.

»Diese beiden! Diese beiden? Sind Sie verrückt, Mann?« Er ging auf Fane zu, doch als die Soldaten die Waffen hoben, wich er rasch zurück. »Sie haben mein Schiff halb zerstört wegen zwei Männern?«

»Ich kann auch alle mitnehmen, wenn Ihnen das lieber ist.« Fanes Ton war eisig. »Und dann Ihr Schiff anzünden.«

Stokers Wut wich Misstrauen. »Warum gerade diese beiden? Sie sind keine Seeleute und außerdem viel zu alt. Beide.«

Fane musterte Robbie. »Keine Seeleute? Ich nehme an , dieser hier ist der König von Siam.«

Stoker wirbelte zu Hawkeye herum.

»Sag etwas! Sag dem Mann, dass du Amerikaner bist.«
»Ich bin kein Amerikaner.«
»Natürlich bist du Amerikaner. Du bist geboren und aufgewachsen an der Grenze von New York!«
Hawkeye sah Stoker in die Augen. »Das macht aus mir noch keinen Amerikaner, wenn ich das nicht will. Ich wurde als Mahican erzogen und ein Mahican werde ich bleiben, bis ich sterbe.«
Stoker sog zischend den Atem ein. »Für einen Mann, der gerade zum Kriegsdienst auf einer Tory-Fregatte gepresst wird, gibst du dich verdammt locker.«
Dafür gibt es einen guten Grund, hätte Hawkeye sagen können. Er zwang sich, nicht auf das Deck der *Leopard* zu schauen, wo eine vertraute Gestalt mit einem Fernrohr in der Hand an der Reling aufgetaucht war. Ein Mann mittlerer Größe. Kein Seemann, kein Offizier.

Hawkeye sagte: »Ich wurde in meinem Leben schon mehr als einmal gefangen genommen – von schlimmeren Schurken als diesen«, sagte Hawkeye. »Und Rab wurde hier ein ganzes Jahr von den Mingo festgehalten.«

Robbie knurrte und zog die Augenbrauen zusammen. Er hatte den Mann nicht bemerkt, der sie vom Achterdeck der *Leopard* aus beobachtete, und wusste nicht, worauf Hawkeye hinauswollte. Doch sie hatten fünfzig Jahre miteinander gejagt und gekämpft und Robbie erkannte sofort, wenn Dan'l Bonner einen Plan hatte.

»Wir sind noch am Leben, um unsere Geschichten zu erzählen, also nehme ich an, wir werden auch eine Tory-Fregatte überstehen.«

»Captain.« Giselle hatte sich hinter der versammelten Mannschaft aufgehalten, doch jetzt trat sie vor und sprach mit ihrer vornehmsten Stimme, die feiner Gesellschaft vorbehalten war. »Ich werde mich Ihnen anschließen. Auf diesem Schiff habe ich nichts mehr zu suchen.«

Stoker vergaß Hawkeye und drehte abrupt den Kopf. »Du gieriges Luder!« Er machte einen Satz vorwärts, doch der Soldat neben Giselle schwang gelassen seine Muskete und schlug ihm mit dem Kolben auf den Kopf. Stöhnend ging Stoker in die Knie und presste eine Faust auf seine blutige Stirn.

»Captain Stoker, beherrschen Sie sich«, sagte Fane. »Ich werde Ihre ...Lady nicht an Bord der *Leopard* nehmen.«

»Sir.« Giselle presste ihre Lippen zusammen. »Sie lehnen meine Bitte um Unterstützung ab, ohne meinen Namen oder den meines Vaters zu kennen?«

Fane zuckte die Schultern. »Sie sind aus eigenem Willen auf dieses Schiff gegangen, nicht wahr, Madam?«

»Das stimmt. Und jetzt möchte ich es wieder verlassen.«

»Aber nicht mit Hilfe der *Leopard*«, erklärte Fane bestimmt.

Giselle warf dem Mann einen gekränkten Blick zu. »Captain, vielleicht kennen Sie meinen Vater Lord Bainbridge. Er ist der Vizegouverneur von Lower Canada.«

Fane verkniff sich ein Lächeln. »Captain Stoker, ich bin beeindruckt. Der König von Siam, ein Indianerhäuptling und nun noch die Tochter des Vizegouverneurs ... Ayres! Wir fahren ab. Holen Sie Quint und nehmen Sie diese beiden Männer in Gewahrsam.«

Fane stellte sich neben Hawkeye an die Reling. »Ihr Sohn und seine Familie sind nicht an Bord?« fragte er leise.

Hawkeye schüttelte den Kopf.

Fane brummte, offensichtlich nicht überrascht, aber auch nicht erfreut.

»Rob MacLachlan!« rief Giselle vom Achterdeck. »Wir haben noch etwas zu klären!«

Aber Robbie stieg bereits die Strickleiter zum Beiboot hinunter, ohne auch nur in ihre Richtung zu schauen.

»Captain Stoker«, sagte Fane und tippte an den Rand seines Dreispitzes. »Bis zum nächsten Wiedersehen.«

»Ja«, sagte Stoker mit düsterer Miene. »Und dieser Tag wird schneller kommen, als Sie denken.«

Die Soldaten ruderten das Beiboot bei hohem Wellengang zur *Leopard*. Auf der *Jackdaw* hatte die Crew bereits damit begonnen, die Masten und die Takelage zu reparieren. Nur Giselle stand mit geballten Fäusten an der Reling und beobachtete ihre Abfahrt.

»Ich hätte es schon längst bemerken müssen«, sagte Hawkeye. »Sie hat Ionas Augen.«

Der Wind trug seine Worte rasch fort, doch Robbie hatte ihn verstanden. Er wischte sich die Gischt vom Gesicht.

»Ich habe mein Wort gegeben, niemals darüber zu sprechen.«

Hawkeye versuchte sich zu erinnern. Die kleine Iona, wie er sie beim letzten Mal gesehen hatte, im Schatten der Scheune des Schweinezüchters außerhalb von Montreal. Doch auch ein anderes Bild erschien vor seinen Augen. Eine junge Schottin von den Highlands, die er nach der Schlacht von Québec kennen gelernt hatte. Sie hatte den Schleier abgelegt und unter Männern der rauesten Sorte gelebt. Es war so schlüssig, dass er keinen Zweifel hegte.

»Ich nehme an, Pink George ist ihr Vater, sonst hätte er sie nicht aufgenommen. Aber warum hat Iona sie ihm überlassen?«

Robbie zog die Schultern hoch. »Das ist eine komplizierte Geschichte, Dan'l. Ich kann sie dir nicht guten Gewissens erzählen.«

Hawkeye stellte die Frage trotzdem – er konnte nicht anders. »Und der Junge? Ist es wahr?«

Robbie fuhr sich mit der Hand über das Gesicht. »Ja«, antwortete er heiser.« Aber, Dan'l, du musst mir glauben. Ich habe nichts von dem Jungen gewusst, bis ich Moncrieff kurz nach Neujahr nach Montréal gebracht habe. Mir war einfach nicht klar, wie ich es dir sagen sollte.«

Ein Schwarm kleiner Seemöwen landete neben dem Beiboot. Die Männer nannten sie ›Little Peters‹, die kleinen Petrusvögel – die Seelen verlorener Seeleute, die auf dem Kamm der Wellen tanzten, auf See sowie im Leben zum Tod verdammt. Unter der Wasseroberfläche formierten sich lange schlanke Leiber zu silbernen Strömen, schneller als jedes Pferd bewegten sie sich einem anderen Ziel zu. Hawkeye atmete tief ein; Salz und Wind, die endlose See. Ein Enkel, auf den er keinen Anspruch hatte, und die anderen weit weg, auf dem Weg zu einer unbekannten Küste. Er wünschte, Cora wäre bei ihm und würde ihm mit ihrer ruhigen Stimme einfach Ratschläge geben.

»Dan'l, glaubst du, wir werden unsere Heimat jemals wieder sehen?«

Sie waren jetzt nahe genug an der *Leopard*, um die Stimmen der Männer zu hören, die sie von der Reling aus beobachteten. Weitere Offiziere und neugierige Matrosen. Die Crew an den Geschützen, immer noch in Alarmbereitschaft, und die Scharfschützen in der Takelage. Und noch jemand.

»Schau, Rob. Da ist ein alter Freund«, beantwortete Hawkeye seine Frage.
Robbie hob den Kopf. »Jesus Christus«, sagte er leise. »Der junge Will Spencer. Was um Himmels willen macht er auf der *Leopard*?«
»Sieht aus, als käme er zu Elizabeths Rettung«, meinte Hawkeye. »Jetzt müssen wir sie nur noch aufspüren.«

7

Die *Isis* hatte vor beinahe zwei Jahren ihren Heimathafen verlassen und quoll nun, zum Beweis ihrer erfolgreichen Tätigkeit, fast über von den verschiedensten Gütern. Der Laderaum war so groß wie ein Langhaus und bis zum Bersten gefüllt mit Fässchen mit Zimt und Muskat, Kardamom und Safran; mit endlosen Ballen indischer Seide, Kaschmir- und Baumwolle und hundert Töpfen Indigo. Auf dem letzten Teil der Reise, die östliche Küste entlang nach Halifax, hatte die *Isis* mehr Virginia-Tabak geladen, als – nach Hannahs Meinung – das gesamte Volk der Hode'nosaunee jemals angebaut hatte oder verbrauchen könnte. Die Seeleute erzählten sich jedoch Geschichten darüber, dass die echten Schätze in einem verschlossenen Raum auf dem unteren Deck aufbewahrt wurden. Keiner von ihnen war jemals in dem Raum gewesen, doch Hannah ging eines Morgens mit Hakim Ibrahim dorthin, als Charlies Bruder Mungo im Sterben lag.

Es war nicht der Schlag auf den Kopf, sondern ein mysteriöser Schmerz in seinem Unterbauch, der ihn gegen seinen Willen immer schwächer werden ließ. Der Schmerz war eine Woche lang gekommen und gegangen. Während dieser Zeit hatte der Hakim Mungo in einen abgedunkelten Raum gelegt. Er durfte sich nicht anstrengen und bekam nur abgekochtes Wasser und Tee aus Leinsamen und aufgebrühter wilder Yamswurzel zu trinken. Curiosity und Elizabeth saßen abwechselnd bei ihm und wechselten die kalten Kompressen auf seinem Bauch. Eine Weile schien es Hannah, als würde er wieder gesund werden.

Dann, an dem Tag, als man von der *Isis* aus zum ersten Mal

Schottland sehen konnte, begann er sich wieder zu erbrechen und der Schmerz ließ nicht mehr nach. Curiosity nannte das einen zornigen Bauch, denn er war heiß und hart und brachte Elend. Der Hakim bezeichnete es als *veriform appendix* und zeigte ihnen Zeichnungen eines kleinen Fingers am Darm, der Gift in das Blut ausschüttete. Mungo krümmte sich vor Schmerzen – ihm war es egal, wie sie die Krankheit nannten.

Nach einer besonders schweren Nacht kam Charlie zu dem Hakim. Seine Augen waren vom Weinen gerötet, aber seine Stimme klang fest.»Können wir ihm nicht etwas Laudanum geben, um ihm das Sterben zu erleichtern?«

Hannah hielt den Atem an. Sie wusste genau, dass Hakim Ibrahim kein Laudanum mehr besaß. Er hatte den letzten Rest verbraucht, als ein Matrose namens Jonathan Pike seine Hand in einer Winde zerfetzt hatte.

Hakim Ibrahim drückte Charlies knochige Schulter.»Ich werde sehen, was ich für ihn tun kann.«

Also nahm er Hannah mit zu dem verschlossenen Lagerraum und öffnete die Tür mit einem Schlüssel, den er an einer Kordel um den Hals trug. Ein schwerer, süßlicher, warmer Geruch schlug ihnen entgegen. Der Hakim nahm eine Laterne von einem Haken und hängte sie an die Decke. Jetzt konnte sie in dem Raum etwas erkennen.

In der Mitte stand ein Thron. Er war aus einem dunklen Holz geschnitzt, das Hannah nicht kannte, und so groß, dass die geschwungene Lehne die Balken der Decke berührten. Überall schimmerten Intarsien aus Perlmutt, Silber und Gold, die eine Jagdszene darstellten. Männer mit Augen wie die des Doktors hielten lange Lanzen in den Händen. Ein Tiger lief mit gestrecktem Schwanz durch hohes Gras.

»Du kannst dich hinaufsetzen«, sagte der Hakim, also kletterte Hannah auf den Thron.

Er war sehr unbequem, aber sie blieb sitzen und betrachtete von dort aus den Raum, damit sie später alles darüber berichten konnte. Unzählige Stoßzähne aus Elfenbein, höher als ein Mensch, waren in dunklen Ecken gestapelt. Eine ganze Armee von Statuen aller Größen hatte man hier zusammengepfercht, verpackt und mit Sackleinen geschützt, so dass nur die Gesichter hervorlugten. Einige waren aus glänzendem weißem Stein, andere so alt, das Nasen und Ohren beinahe ganz verschwunden waren. Tiere, Drachen, Kriegerinnen mit wilden, harten Gesichtern. Stapel von Pelzen, die sie noch nie zuvor gesehen hatte, quollen aus Truhen hervor: einige gestreift, einige getupft, einige tiefschwarz und andere glänzend braun. Über einer Truhe mit gewölbtem Deckel war ein Löwenfell ausgebreitet. Hannah erkannte es an der Mähne und an den Pfoten, dem Schwanz und dem Kopf, die man nicht abgetrennt hatte. Das Maul wurde von einem Kästchen aus Elfenbein offen gehalten und das Licht der Laterne fiel auf die großen gelben Zähne. Staubige Glasaugen starrten in die Schatten, wo hölzerne Fässchen mit Gewürzen an den Wänden aufgereiht standen.

Hakim Ibrahim öffnete eines davon und eine weitere Welle des süßlichen Geruchs durchströmte den Raum. Hannah ging zu ihm hinüber. Hier gab es noch einen Stuhl und einen kleinen Tisch. Das verknitterte Tischtuch war mit Tabakkrümeln übersät. Eine Schachtel mit durchlöchertem Deckel für Feuersteine stand neben einigen Zinntellern, einer halb vollen Flasche Portwein, einer geschnitzten Elfenbeindose und einer Waage. Die Hornpfeife war stark abgenützt, der Stiel beinahe durchgebissen. Hannah fragte sich, wie oft der Captain hier wohl alleine saß und rauchte.

Der Hakim holte eine Art Kuchen aus dem offenen Fässchen und legte ihn auf einen sauberen Teller. Er war flach, dunkelbraun und mit einigen kleinen Blättern bedeckt.

»Laudanum wäre einfacher«, sagte er. »Aber Rohopium wird es auch tun, wenn er es bei sich behalten kann.«

Er öffnete die Elfenbeindose. Auf grünem Samt lagen eine Reihe Metallgewichte, das kleinste nicht größer als Hannahs Fingernagel und wie eine Spinne geformt. Sie erkannte einen Hirsch, einen Fisch, eine Schildkröte, ein Pferd, eine Kuh, einen Tiger. Dem größten Gewicht – so groß wie ein Hühnerei –, hatte man die Form eines Elefanten mit erhobenem Rüssel gegeben.

Der Hakim nahm die Schildkröte heraus und legte sie auf die Waage. Das Messer blitzte auf, als er den braunen Kuchen anschnitt. Als er drei Stück Opium abgeschnitten hatte, die dem Gewicht der Schildkröte entsprachen, legte er den Kuchen rasch wieder in das Fässchen zurück und schloss den Deckel.

»Ich werde deine Hilfe in der Praxis vermissen«, sagte er. »Du warst eine sehr gute Schülerin.«

Hannah war so überrascht, dass ihr die Worte fehlten. Sie nickte nur.

»Ich brauche dich nicht dazu ermutigen, weiter zu lernen, aber ich möchte dich bitten, in Schottland auf der Hut zu sein. Deine natürliche Neugier ist etwas Großartiges, aber sie kann dich in Gefahr bringen.«

»Mein Vater wird mich beschützen.«

Unter dem roten Turban zogen sich die Augenbrauen des Hakims zusammen. »Dein Vater ist ein tapferer Mann mit ausgezeichnetem Verstand«, sagte er nachdenklich. »Aber er kommt in ein fremdes Land und wird jegliche Unterstützung brauchen, die du ihm geben kannst. In Schottland gibt es Männer ...« Er hielt einen Moment lang inne und fuhr dann fort. »Es gibt böse Männer in Schottland, die dir etwas antun könnten.«

»Böse Männer gibt es überall«, entgegnete Hannah. Gegen ihren Willen entstanden einige Bilder vor ihren Augen: Mr. MacKay und sein scharfes Gesicht; ein Mann mit abgehackten Händen an einer verdorrten Eiche; der alte Tory mit den zerschnittenen Ohren und zerfetzten Mokassins, der sie in ihrer eigenen Sprache angezischt hatte. Und Liam, als er zum ersten Mal bei ihnen gewesen war, verprügelt von seinem einzigen Bruder. Plötzlich überfiel sie Heimweh, doch als sie den Mund öffnete, um dem Hakim das zu sagen und über ihr Zuhause zu sprechen, kam etwas ganz anderes heraus.

»Gibt es in Schottland viele Männer wie Mr. MacKay?« fragte sie.

»Welche Art von Mann ist Mr. MacKay denn?« wollte der Hakim wissen. Er sah sie nachdenklich an und wartete, während Hannah ihre Gedanken ordnete.

»Einer von der Art, die sich am Schmerz anderer erfreuen«, sagte sie schließlich. Sie dachte an Margreit MacKay, die vor Kummer ganz dünn geworden war und den Bezug zur Welt verloren hatte.

»Männer wie Mr. MacKay gibt es überall«, sagte der Hakim. »Aber es gibt auch Männer wie deinen Vater und Frauen wie Mrs. Freeman und deine Stiefmutter. Frauen, wie du eines Tages auch eine sein wirst.«

Er versuchte, sie zu trösten, doch die Wahrheit war ganz einfach.

»Ich habe Angst vor Schottland«, erklärte sie.

Hakim Ibrahim hob den Teller mit dem Opium auf und bedeckte ihn mit einem Tuch. Dann gingen sie zurück in das Krankenzimmer, wo Mungo wartete.

Liebste Many-Doves,
ich schreibe diesen Brief in der Hoffnung, dass wir in den nächsten Tagen einem Postschiff begegnen, das sich auf dem Weg nach Boston oder New York befindet. Meiner Berechnung nach haben wir jetzt die zweite Juniwoche. So Gott will, wird der Brief dich im September erreichen. Ich wünsche mir nichts mehr, als ihn dir persönlich überbringen zu können, aber ich befürchte, es wird noch viele Monate dauern, bis wir wieder zu Hause sind.

Von Runs-from-Bears wirst du erfahren haben, dass man uns in Québec die Kinder weggenommen hat. Deshalb möchte ich dir zuerst versichern, dass wir innerhalb weniger Tage alle wieder vereint waren und dass die Kinder keinen dauerhaften Schaden erlitten haben. Nathaniel, Squirrel, Daniel, Lily, Curiosity und ich sind nun gemeinsam auf der Isis. Es bereitet uns große Sorgen, dass wir euch nichts über Hawkeye und Robbie berichten können. Sie folgen uns auf der Jackdaw, doch wir haben dieses Schiff schon seit über einer Woche nicht mehr gesehen.

Heute Abend sind wir in Sichtweite der Isle of Man gelangt; ich nehme an, wir werden morgen früh in Schottland eintreffen. Wir wissen nicht genau, was dann passieren wird, außer dass wir schon bald den Earl of Carryck kennen lernen werden, der uns dazu gebracht hat, gegen unseren Willen so weit zu reisen. Ich bete, dass der Earl ein vernünftigerer und ehrlicherer Mann ist als seine Abgesandten Mr. Moncrieff und Captain Pickering. Nathaniel hofft immer noch auf eine Gelegenheit, sofort umdrehen und nach Hause segeln zu können. Wie wir das allerdings bewerkstelligen könnten, ist unklar.

Daniel und Lily entwickeln sich prächtig, ebenso Squirrel, die sich ihre Zeit damit vertreibt, bei dem Schiffsarzt Unterricht zu nehmen. Nathaniel schläft kaum noch, seit wir Land sehen können; Curiosity hingegen scheint kaum etwas anderes zu tun. Wir denken jeden Tag an euch und hoffen, dass ihr alle wohlauf seid und dass Blue-Jay sich

gut entwickelt. Nathaniel bittet mich, euch allen zu sagen, dass er den Panther am Himmel gesehen hat und dass er in Richtung Heimat lief. Ein gutes Omen.
Bitte lass diesen Brief meinen Vater lesen und alle Freunde, die nach uns fragen.
Elizabeth Middleton Bonner
10. Juni im Jahr 1794
An Bord der Isis.

Mein liebster Ehemann Galileo Freeman,
dieses Schiff wird bald zur Ruhe kommen. Ich frage den Herrn, was er in einem so unfreundlichen, nassen Land wie Schottland mit uns vorhat. Ich schaue aus dem Fenster, aber er spricht zur Zeit nicht sehr viel mit mir.
Wenn du dir Sorgen um mich machst, dann denk daran: Nathaniel Bonner ist derselbe gute Mensch, der er immer war, und wenn es auf dieser Welt einen Weg gibt, mich nach Hause zu bringen, wird er ihn finden. Andernfalls danke ich dem Herrn für den guten Ehemann, den er mir vor all den Jahren geschickt hat, und für die wunderbaren Kinder, die er in meine Obhut gegeben hat.
Deine dich liebende Frau
Curiosity Freeman
Geschrieben von ihrer eigenen armen Hand am 11. Juni 1794
An Bord der Isis.

Meine Großmutter Falling-Day,
Elizabeth sagt, ich könne dir in unserer eigenen Sprache schreiben, aber wir haben einfach nicht genügend Zeit, um herauszufinden, wie man die Laute zu Papier bringt. Diese Briefe müssen auf das Postschiff Marianne. *Es läuft am Abend mit der Flut nach New York aus. Ein Kurier wird sie dann auf dem Großen Fluss nach Paradise bringen und Runs-from-Bears oder Otter tragen sie dann nach Lake in the Clouds. Many-Doves wird euch diese Worte laut vorlesen und ihr werdet alle zusammen sein, wenn ihr sie hört.*
Körperlich geht es uns gut. Mein Bruder und meine Schwester sind stark und gesund. Aber ich mache mir Sorgen um Curiosity, die sehr niedergeschlagen ist, und um meinen Vater, der auf dem Schiff auf und ab läuft und auf die Küste starrt, und um Bone-in-her-Back, die so zerstreut ist, dass sie vergisst zu essen, und am meisten um mei-

nen Großvater Hawkeye und um Robbie, die auf einem anderen Schiff hinter uns sind, das sich im Nebel verbirgt.

Ich habe von dieser Reise viele Geschichten zu erzählen. Ich habe sehr viel gelernt. Gestern ist ein Junge mit dem Namen Mungo an einer Schwellung gestorben, die seinen Bauch so hart gemacht hat wie einen Stein. Er ist ganz ruhig in das Land der Schatten gegangen. Ich habe gesehen, wie andere von seltsamen Krankheiten und Wunden geheilt wurden. Der Doktor, genannt Hakim, ist mit einem dünnen Metallstift in den Körper eines Matrosen gefahren und hat einen Stein zertrümmert, der sein Wasser blockiert hat. Er hat so laut geschrien, dass ihm die Stimme wegblieb, aber er ist am Leben und wird sich erholen. Der Hakim hat mir Medizin aus seiner Heimat gegeben, damit ich sie dir mitbringe.

Schottland ist nass und braun und grün und gelb, aber es gibt keine Bäume, sondern nur Hügel, die mit rauem Gras und Gestrüpp bewachsen sind, das man Heidekraut nennt. Die Seeleute lachen und weinen, wenn sie es sehen. Sie waren länger von ihrer Heimat entfernt, als ich es bin, aber ich weiß, was in ihren Herzen vorgeht. Ich würde sehr gern die Tanne mit der abgebrochenen Spitze sehen, die vor meinem Fenster steht. Bone-in-her-Back sagt, dass es Bäume gibt, aber nur wenige. Sie haben die meisten vor langer Zeit abgebrannt, und nun verbrennen sie schwarze Steine, die sie aus dem Boden graben, oder den Boden selbst, in Vierecke geschnitten. Es wundert mich nicht, dass die Mutter meines Vaters dieses Land verlassen hat.

Gestern Nacht ist eine Frau namens Mrs. MacKay verschwunden. Die Matrosen haben jeden Winkel des Schiffs viele Male abgesucht, aber man kann sie unter den Lebenden nicht finden. Sie hat sehr um ihr Kind getrauert, das sie verloren hat, und ich glaube, sie ist gegangen, um es zu finden.

Mein Vater sagt, wir werden hier unsere Angelegenheiten erledigen und schon bald nach Hause segeln. Ich weiß, er wünscht sich, dass das wahr wird, und ich tue das auch.

Deine Enkelin, genannt Squirrel

Lieber Liam,
dieses Schiff liegt jetzt in einem breiten Gewässer, einem Meeresarm, den man Firth nennt. Auf der einen Seite befindet sich England und auf der anderen Schottland. Schottland ist das Land, in dem meine Großmutter Cora geboren wurde, und vielleicht auch die Familie mei-

nes Großvaters, aber es ist ein sehr seltsamer und abgelegener Ort. Wir wurden gegen unseren Willen hierher gebracht und werden nur so lange bleiben, bis wir ein anderes Schiff finden, das uns nach Hause bringt.

Im Maisfeld meiner Großmutter werden sich jetzt die Bohnenpflanzen an den jungen Stielen nach oben ranken, der Sonne entgegen.

Ich denke an diese Jahreszeit vor einem Jahr, als wir bei Vollmond in dem Erdbeerfeld Beeren gegessen haben und dann den Bären begegnet sind. Weißt du das noch? Sie haben uns davongescheucht und wir sind gelaufen, bis wir hinfielen, und dann lachten wir.

Elizabeth bittet mich, dir ihre besten Grüße auszurichten und dir zu sagen, sie hofft, du machst deine Schularbeiten. Mein Vater sagt, er weiß, du bist stark und geduldig. Curiosity bittet dich, Galileo zu besuchen. Sie macht sich Sorgen, er könnte melancholisch werden. Sie sagt auch, sie hofft, dass du dir nie in den Kopf setzt, zur See zu gehen.

Wir wollten nicht so lange wegbleiben, aber ich werde eine Menge Geschichten mitbringen, und du wirst mir dann auch deine erzählen.

Deine treue Freundin Hannah Bonner
auch genannt Squirrel
von den Kahnyen'kehàka vom Wolf-
Langhaus, dem Volk ihrer Mutter.

Elizabeth zerriss ihr Taschentuch in Streifen als sie zusah, wie das Postschiff *Marianne* Solway Firth verließ und sich auf den ersten Teil seiner Reise nach New York begab.

Nun konnten sie nichts tun als warten. Sie warteten auf die Flut, die die Steuereintreiber bringen würde. Am Morgen sollten sie die Papiere und die Ladung des Captains untersuchen und die Steuern kassieren. Solange die breiten Sandbänke überflutet waren, würden Lastkähne mit quälender Langsamkeit zwischen dem Schiff und der Küste hin und her fahren. Wenn dann der letzte Ballen Tabak und das letzte Fass mit Gewürzen entladen war, würden sie an der Reihe sein und an Land gehen. Dort angelangt, mussten sie sich ein Quartier suchen und warten, bis Hawkeye und Robbie auf der *Jackdaw* ankamen.

Falls die *Jackdaw* überhaupt eintreffen würde.

Sie ging zur anderen Seite des Raums, wo die Babys in ihren Körben saßen. Lily, die Faust im Mund, sah auf und lächelte, und als Elizabeth sich neben ihren Kindern auf den Boden setzte und Lily auf ihren Schoß zog, fühlte sie sich nicht mehr so elend. Das Baby griff nach ihrem Haar und Daniel ruderte wild mit den Händen in der Luft und verlangte lautstark seinen Anteil an diesem Zeitvertreib.

»Diese Kinder werden dir jedes Haar vom Kopf gerissen haben, bevor sie entwöhnt sind«, sagte Curiosity an der Tür.

»Haare wachsen nach.« Elizabeth löste dennoch Lilys Finger aus ihrem Haar und blies ihr rasch auf die Handfläche, um sie abzulenken.

Curiosity ließ sich auf die Bank am Fenster fallen und starrte hinaus. In dem diffusen Licht und den Schatten wirkte ihr Gesicht unwirklich, wie aus einem dunklen, harten Stein. Ihre Schultern sahen sehr schmal aus, selbst unter dem schweren Schal, den sie sich umgeschlungen hatte.

»Sieht nicht besonders aus.«

Elizabeth stand auf, setzte sich Lily auf die Hüfte und betrachtete eine Weile die verschwommenen Umrisse des Southerness-Leuchtturms, ein Lichtpunkt im strömenden Regen. »Es ist recht düster. Aber Schottland besitzt einen eigenen Charme, wenn das Wetter schön ist.«

Curiosity schien mit ihren Gedanken so weit entfernt zu sein, dass Elizabeth sich fragte, ob sie überhaupt zugehört hatte. Besorgt ging sie zu dem Sofa hinüber und setzte sich. Lily beugte sich zu Curiosity hinüber und streckte ihre Arme aus.

»Wir dürfen nicht trübsinnig sein – der Kinder zuliebe.« Curiosity holte Lily auf ihren Schoß. »Diese arme Mrs. MacKay geht mir nicht aus dem Kopf«, sagte sie dann.

Daniel krähte laut und Elizabeth war froh, einen Grund zu haben, wieder aufzustehen. Sie mochte nicht an Margreit MacKay denken, die so leise ins Wasser gegangen war, dass niemand es bemerkt hatte – nicht einmal ihr Ehemann, der auf Wache gewesen war. »Sie muss sehr verzweifelt gewesen sein«, sagte sie schließlich.

»Vielleicht, wenn wir alle nicht so besorgt um Mungo gewesen wären ...« Curiosity räusperte sich. »Es sind traurige Zeiten, wenn eine Frau keinen sicheren Ort findet als den dort drüben – auf der anderen Seite.«

Elizabeth vergrub ihr Gesicht in Daniels Nacken. Als sie ihre Stimme wieder fand, sagte sie: »Du hast mir so oft gepredigt, den Glauben nicht zu verlieren. Jetzt sage ich das Gleiche zu dir. In meinem Herzen weiß ich, dass wir wieder heimkommen werden.«

Curiosity lächelte geistesabwesend, aber bevor sie antworten konnte, kam Nathaniel herein.

Unter seinen Augen lagen Schatten, aber seine Miene wirkte lebhaft und munter.

Er ließ seinen Blick zwischen Elizabeth und Curiosity hin und her wandern.

»Was ist los?« fragte Elizabeth mit schwankender Stimme.

»Es gibt da ein Schiff, von dem ihr wissen solltet.« Nathaniel schloss die Tür hinter sich.

Sie setzten sich an den Tisch und lauschten Nathaniels Geschichte. Die ganze Küste wimmelte anscheinend von Schmugglerschiffen, darunter ein ganz besonderes, wie ein gesprächiger Matrose verraten hatte. Das Schiff hieß *Black Prince*. Könnten sie sich an der Küste davonschleichen und sich für einen Tag versteckt halten, wäre es vielleicht möglich, Kontakt zu dem Captain aufzunehmen. Nathaniel sah Elizabeth in die Augen.

»Gewehrkugeln tragen weit«, sagte er. »Möglicherweise kommen wir nicht dorthin.«

Curiosity knurrte ungeduldig. »Wenn wir es nicht versuchen, können wir auch nichts gewinnen. Und wenn sie uns erwischen ...«

Sie brach ab und betrachtete stirnrunzelnd Lily. Dann presste sie die Lippen aufeinander. »Ich sage, wir sollten es versuchen.«

Elizabeth hörte sich selbst seufzen. Nathaniel nahm ihr Daniel ab und setzte das Baby auf seinen Schoß. »Sag mir, was dir durch den Kopf geht, Stiefelchen.«

Aber das konnte sie nicht. Wenn sie sein Gesicht ansah, so lebendig und voll neuer Hoffnung, konnte sie nicht all die Fragen stellen, die ihr einfielen, oder ihm ihre Ängste schildern, die nicht nachlassen wollten, gleichgültig mit welcher Art von Logik sie versuchte, sie zu bekämpfen.

Curiosity stand plötzlich auf. »Gib mir den Jungen. Ich glaube, die Kinder könnten ein wenig frische Luft vertragen. Wir gehen und schauen nach, wie eure große Schwester mit diesem Hakim zurechtkommt.«

»Das muss nicht sein«, wandte Elizabeth ein, doch Curiosity warf ihr einen strengen Blick zu. »Du lehnst es ab, ein wenig ungestört zu sein, wenn man es dir anbietet? Mir scheint, ihr beide habt etwas zu besprechen.« Elizabeth spürte, dass Nathaniel wartete. Sie nickte. »Danke.«
»Redet miteinander«, sagte Curiosity schroff. »Das ist alles, was ich zum Dank dafür haben will.«
Nachdem sie die Tür hinter sich geschlossen hatte, stand Elizabeth auf und ging zum Fenster hinüber. Der Wind drehte sich und ließ das verblassende Abendlicht durch die Wolken schimmern, die unbearbeiteten Goldbarren über den scharfen Konturen der Küste ähnelten. Ein Zweimaster hielt sich nahe des Ufers und schaukelte wie ein Spielzeug auf und ab. Wenn sie an Deck ging und sich in die andere Richtung drehte, würde sie England sehen. Allein der Gedanke daran machte sie müde.

»Jetzt bin ich wieder da, wo ich hergekommen bin«, sagte sie und konnte das Zittern in ihrer Stimme nicht verbergen.

Nathaniel umarmte sie von hinten, beugte sich über sie und legte sein Kinn auf ihre Schulter.

»Sieht es hier etwa so aus wie in Oakmere?« Er sprach ruhig und gelassen und dafür war sie ihm dankbar.

»Nein, das hier gleicht der Landschaft in Devon ganz und gar nicht. Aber ich kann England riechen.«
Sie spürte, dass er lächelte.
»Du glaubst mir nicht?«
»Ich glaube dir, Stiefelchen. Ich habe gerade an den Grünen Mann gedacht.«

Elizabeth drehte sich in seinen Armen, bis sie ihm ins Gesicht sehen konnte. »An den Grünen Mann? Was bringt dich auf diese alte Sage?«

Er deutete mit dem Kinn auf die Küste. »Meine Mutter hat mir viel über Schottland erzählt, auch wie es aussieht, aber ich konnte mir nie ein richtiges Bild davon machen. Jetzt, wo ich das hier sehe, frage ich mich, ob der Grüne Mann, der an den Fenstern kratzt, alles ist, was von den Bäumen übrig geblieben ist.«

Elizabeth zuckte überrascht zusammen. »Du meinst den Geist der verlorenen Wälder?« Sie legte den Kopf auf seine Schulter. »Natürlich«, sagte sie leise. »Genau das muss er sein.«

»Stiefelchen«, sagte Nathaniel und verstärkte seine Umarmung. »Hör mir zu.«
Sie wartete.
»Ich weiß, dir gefällt die Idee nicht, auf einem Schmugglerschiff zu segeln – warte, lass mich aussprechen. Du kannst nicht abstreiten, dass dich das ängstigt. Aber wir haben bisher alles überlebt, nicht wahr?«
»Das stimmt.«
»Was ist es dann?«
Sie löste sich sanft aus seinen Armen und ging zu der gegenüberliegenden Wand. Vor Carrycks aufwendig geschnitztem Wappen blieb sie stehen. Ein weißer Elch, ein Löwe, Schild und Krone. *In tenebris lux*: Licht im Dunkel.
»Ich befürchte, du wirst böse, wenn ich dir sage, was ich denke.«
Sie hatte ihn bestürzt, das spürte sie an seiner Hand, die er ihr nun auf die Schulter legte. Mit plötzlicher Entschlossenheit begann sie zu sprechen.
»Nathaniel, sollte es uns – uns allen – gelingen zu entkommen, glaubst du, sie würden uns in Ruhe lassen? Der Earl wird sich nicht zufrieden geben, bis er mit deinem Vater oder mit dir gesprochen hat.« Sie geriet ins Wanken, als sie bemerkte, dass seine Miene sich verfinsterte.
»Ich denke, wir sollten das erledigen. Siehst du, ich wusste, du würdest böse sein.«
Nathaniel neigte den Kopf. »Ich bin nur überrascht, das ist alles.«
»Aber verstehst du denn nicht? Wenn wir mit ihm sprechen würden ...«
»Hoffst du, er ändert seine Meinung? Oder ich die meine?«
Sie hob beide Hände und zeigte mit dieser Geste, dass sie sich geschlagen gab. »Ich wusste, dass wir nicht darüber reden können.«
Nathaniel stieß einen lang gezogenen Seufzer aus. »Du denkst also, wir sollten noch ein oder zwei Wochen – oder wie lange es dauern mag – warten, den Mann aufsuchen und uns sein Anliegen anhören. Ist es das? Und was veranlasst dich zu der Annahme, er würde dann nicht versuchen, uns festzuhalten?«
Elizabeth zuckte die Schultern. »Er kann doch seine Augen

nicht ganz vor gewissen Anstandsregeln verschließen. Eine ganze Familie auf unbestimmte Zeit gefangen zu halten ...«
»Das würde ich ihm zutrauen.«
Sie verschränkte die Arme. »Selbst wenn du Recht haben solltest, darfst du meine Tante Merriweather nicht vergessen. Sie weiß mittlerweile, wo wir sind. Will hat ihr sicher von Carryck erzählt, als sie nach Québec kam. Vielleicht ist sie schon in Oakmere und wartet auf eine Nachricht. Wenn sie nicht bald von mir hört, wird sie die Dinge in die Hand nehmen. Sie hat eine ganze Armee von Rechtsanwälten zu ihrer Verfügung.«
Er grinste säuerlich. »Das bezweifle ich nicht.«
Elizabeth ließ ihren Finger über das Wappen gleiten und fuhr die aufwendig vergoldeten Locken am Schwanz des Löwen nach. »Es gibt noch einen anderen Grund, den Earl zumindest anzuhören.«
Nathaniel versteifte sich, aber sie sprach weiter.
»Es steht noch etwas anderes auf dem Spiel, etwas, was großen Ärger verursachen könnte ...«
Er sah sie ungläubig an. »Du machst dir doch wohl keine Sorgen um den Earl? Gleichgültig welche Schwierigkeiten dieser Mann haben mag – eines ist sicher: Er wird kein Nein als Antwort akzeptieren. Wir hören uns also seine Geschichte an, wünschen ihm dann alles Gute und fahren nach Hause. Glaubst du, damit wird er zufrieden sein?«
Elizabeth schüttelte den Kopf. »Nein«, erwiderte sie. »Natürlich wird er nicht zufrieden sein. Du aber auch nicht, wenn du einfach gehst und niemals erfahren wirst, was er zu sagen hat. In fünf oder zehn Jahren, wenn wir immer noch in jedem Fremden, der nach Paradise kommt, eine Gefahr für unsere Kinder sehen, wirst du es dann nicht bedauern, die Sache nicht zu Ende gebracht zu haben?«
Der Regen war wieder stärker geworden und schlug in langen Schauern gegen das Fenster. Nathaniel wirkte so konzentriert, als würde er die Regentropfen zählen.
»Eine Frage, Stiefelchen: Käme jetzt, in dieser Minute, ein Schiff nah heran, und man würde uns anbieten, uns alle nach Hause zu bringen, was würdest du dann tun?«
Elizabeth starrte auf ihre Hände. Sie könnte ihm die einfachste und logischste Antwort geben: *Ich würde nach Hause mitfahren.*

Und es wäre die Wahrheit. Sie wünschte sich so sehr, ihre Kinder von hier wegzubringen, dass sie manchmal aus einem tiefen Schlaf erwachte und halb angezogen vor dem Bett stand. Sie wusste dann nicht einmal, wohin sie wollte – einfach nur weg. Weg von Moncrieff und Carryck, weg von den gesichtslosen Campbells.
»Wenn wir gehen, Nathaniel, dann möchte ich, dass wir all das hinter uns lassen. Für immer und ewig. Ich habe Angst, dass wir alles mit uns nach Hause tragen, wenn wir jetzt verschwinden, und dass wir dann nie wirklich frei von Carryck sein werden.«
Nathaniel wich zurück und kniff die Augen zusammen. Dann drehte er sich um und fuhr sich mit der Hand durch das Haar. Seine angespannten Schultern zeichneten sich deutlich unter dem Stoff seines Hemds ab. Er wandte ihr immer noch den Rücken zu und sagte: »Ich gehe für eine Weile an Deck. Besser ich denke über einige Dinge nach.«

Wenn die Zwillinge abends schlafen gelegt wurden, machte Hannah immer ein Spiel mit ihnen. Sie lehnte sich über das Bettchen, legte den Babys dann abwechselnd die Hand auf die Brust und sang ihnen leise auf Kahnyen'kehàka etwas vor.
»Du bist Two-Sparrows, Tochter von Bone-in-her-Back, die Wolf-Running-Fast zu ihrem Mann genommen hat. Deine Schwester Squirrel ist die Tochter von Sings-from-Books, Tochter von Falling-Day, Tochter von Made-from-Bones, der Clan-Mutter des Wolf-Langhauses des Volks der Kahnyen'kehàka, die in Good Pasture leben. Schlaf gut, meine kleine Schwester.«
Hatte sie dann geendet, flatterten Lilys Augenlider und schlossen sich. Selbst Daniel, der selbstverständlich gegen den Schlaf ankämpfte, beruhigte sich, wenn Hannah begann, ihm etwas vorzusingen. Sie nannte ihn Little Fox, kleinen Fuchs. Falling-Day hatte ihm den Namen gegeben, als sie während des Schneesturms zu ihnen gekommen war. Das Baby lauschte und zog dabei seine Augenbrauen auf eine so komische Art zusammen, dass Elizabeth beinahe laut gelacht hätte.
Elizabeth fragte sich, wo sie am nächsten Tag sein würden, wenn sie die Kinder ins Bett brachten. Sie warf wieder einen Blick über ihre Schulter in die große Kajüte, wo Curiosity aus-

drucklos auf das Buch in ihrem Schoß starrte, während Charlie die Reste ihres Abendessens vertilgte. Seine Augen waren immer noch gerötet und sein Blick war leer. Elizabeth hätte gern mit ihm gesprochen und versucht, ihn ein wenig zu trösten, aber so aufgeregt wie sie im Augenblick war, würde ihm das wohl kaum guttun.

Nathaniel war von seinem Spaziergang auf Deck immer noch nicht zurückgekehrt; die kleine Uhr aus Rosenholz tickte unbarmherzig dem Morgen entgegen.

Elizabeth hatte nicht geglaubt, einschlafen zu können, doch sie versank sofort in einen Traum von Margreit MacKay. Mrs. MacKay lief in der Kajüte auf und ab, schaukelte das verlorene Kind an ihrer Brust und murmelte immer wieder dieselben Worte: *Sancte Michael Archangele, defende nos in praelio.*

Vor welcher Gefahr? fragte sich Elizabeth. Welchem Kampf? Aber darauf gab es keine Antwort. Immer wieder wurde das Gebet über dem leblosen Körper des Kindes gesprochen: *Erzengel Michael, beschütze uns.*

Elizabeth fuhr aus dem Traum hoch. Schweißtropfen liefen ihr über das Gesicht.

»Stiefelchen.« Nathaniels Stimme kam aus der Dunkelheit. »Du hast im Schlaf geweint.«

Sie berührte ihr nasses Gesicht.

»Nur ein Traum«, sagte sie und wischte sich mit den Fingern die Wangen ab. »Nur ein Traum. Warum kommst du nicht ins Bett?«

Sie konnte kaum seine Umrisse erkennen, als er auf sie zukam und sich neben sie setzte. Er roch nach Salz und nach sich selbst.

»Dein Nacken ist schon wieder verkrampft.«

Elizabeth musste lächeln. »Ich weiß nicht, ob es mir gefällt, dass du im Dunkeln so gut siehst.«

Seine Finger waren stark und kalt an ihrer Schulter, sein Atem ruhig und gleichmäßig an ihrem Ohr. Sie zuckte leicht zusammen, als er die verspannten Muskeln ertastete und sie zu kneten begann.

»Ich hätte nicht im Zorn weggehen sollen«, sagte er. »Es tut mir leid.«

Elizabeth lehnte sich gegen ihn und senkte den Kopf, damit er den Knoten an ihrem Nacken massieren konnte.

»Wir sind alle nervös«, sagte sie leise.

Er war immer noch verärgert. Sie spürte es an seinen Händen und hörte es an der Art, wie er die Worte hervorstieß.

»Ich nehme an, du hast recht, was Carryck betrifft, aber ich wünschte bei Gott, das wäre nicht so.«

Sie atmete tief ein und wieder aus. »Ich auch.«

Nathaniels Finger gruben sich hart in ihre schmerzenden Schultern und sie versuchte unwillkürlich, seinem Griff zu entkommen.

»Halt still, Stiefelchen«, befahl er barsch. »Lass mich dir helfen.«

Das Nachthemd war ihr über die Schultern gerutscht und sie spürte die kalte Nachtluft auf der Haut. Von ihrem Haaransatz rollte ein Schweißtropfen über ihr Gesicht. Nathaniels Hände zupften an ihren Muskeln und strichen darüber, bis sich die Knoten nach und nach lösten.

»Du bist gespannt wie ein Flitzebogen.«

»Ach ja? Wer im Glashaus sitzt, sollte nicht mit Steinen werfen.«

Er schnaubte leise durch die Nase und grub seine Daumen tiefer in die Muskeln zwischen Nacken und Schultern.

Elizabeth schrie leise auf. »Schlag mich und bring es hinter dich.«

Er lachte. Sie fasste nach hinten und versetzte ihm, halb im Scherz einen leichten Schlag. Nathaniel packte ihr Handgelenk und drehte sie mit einer einzigen Bewegung so, dass sie unter ihm lag. Er atmete heftig.

»Schlagen ist nicht das, was ich mit dir vorhabe, Stiefelchen.«

Er presste seinen Mund unter ihrem Ohr auf ihren Hals und ließ seine Zunge spielen. Elizabeth holte tief Luft, vergrub ihre Finger in seinem Haar und hielt seinen Kopf, als sein Mund nach unten wanderte. Er grub seine Zähne in ihre Schulter, und sie schrie auf – vor Schmerz und wegen eines anderen Gefühls.

Plötzlich hielt Nathaniel inne und presste das Gesicht auf ihre Haut. »Gott möge uns helfen«, flüsterte er. Angsterfüllt wie nie zuvor packte Elizabeth ihn an den Schultern.

»Nathaniel ...«

»Sie könnten mich ebenso gut in Ketten legen, so wenig wie ich für dich tun kann.«

Ihre Kehle zog sich zusammen. Es gab so viel, was sie ihm sagen wollte, aber nicht konnte, nicht durfte. Stattdessen wiegte sie ihn in ihren Armen, während seine Tränen ihr Nachthemd benetzten, heiß genug, um Haut und Knochen zu verbrennen. Er hatte sie einmal zu weichherzig genannt und er hatte Recht. Als das Schlimmste vorüber war, stieß er einen kummervollen Seufzer aus. »Ich schwöre, ich werde uns aus dieser Sache herausbringen.«

»Das weiß ich, Nathaniel. Ich weiß es ebenso gut, wie ich zu atmen weiß.«

Er nickte abwesend und rieb sich die Augen. »Es gibt immer noch kein Zeichen von der *Jackdaw*.«

»Vielleicht morgen«, sagte sie. »Ich nehme an, Mr. Moncrieff ist äußerst schlecht gelaunt.«

Nathaniel knurrte und klang wieder mehr wie er selbst. »Er verbringt seine ganze Zeit in der Achterhütte und starrt auf das Meer. Sie haben eine bewaffnete Wache an Deck postiert.«

»Möglicherweise haben sie Angst vor Dieben«, murmelte Elizabeth. *Eine weitere Gefahr*, dachte sie, behielt das aber für sich.

Nathaniel zog sie an sich. »Oder vor den Campbells.«

»Oder vor den Campbells«, wiederholte sie. »Ich muss allerdings zugeben, dass diese Campbells im Augenblick für mich ebenso unwirklich sind wie der Grüne Mann.«

»Lass uns hoffen, dass das so bleibt.« Er zog sie an den Haaren. »Sag mir, Stiefelchen, wirst du es nie müde, immer logisch zu denken?«

Sie lachte. »Jetzt, wo du es erwähnst ...Manchmal ist es eine Erleichterung, einfach nicht nachzudenken.«

»Ah«, sagte er. »Dabei kann ich dir helfen.«

Seine Stimme hatte sich verändert. Sie klang nicht mehr wütend, verärgert oder kummervoll, sondern hatte einen anderen Tonfall angenommen, den sie sehr gut kannte. Die Luft war kühl und die Decke und ihr Nachthemd waren heruntergerutscht, aber sie spürte, wie ihr heiß wurde.

Seine Lippen lagen auf ihrem Ohr und er neckte sie mit den bekannten Worten: »Es ist spät, Stiefelchen. Die Logik muss jetzt schlafen.«

»Du hast wohl Recht«, stimmte sie ihm zu. »Du musst sehr müde sein.«
Er lächelte. Seine Finger fuhren zärtlich über ihren Hals und brachten jeden Nerv zum Vibrieren. »Und wenn ich es wäre, würde das keine Rolle spielen. Dein Duft würde einen Toten zum Leben erwecken.«
Elizabeth fuhr ihm mit den Fingern ins Haar und zog sein Gesicht heran, um seinen Mund zu küssen. Dann flüsterte sie:

»Ich träumte, meine Lady kam und fand mich tot ...
Und sie hauchte mir mit ihren Küssen auf meine Lippen Leben ein,
so dass ich erwachte und ein Kaiser war.«

Er lachte und streifte ihr das Nachthemd vom Körper, damit sie sich aneinanderschmiegen konnten, Beine und Arme ineinander verschlungen, Mund an Mund, Brust an Brust. Sein Körper war wie eine Landkarte, die sie auch im Dunkeln lesen konnte: die kleine gebogene Narbe unter seinem linken Auge, die Vertiefung an seinem Kinn, die faltige Schusswunde an seiner Schulter und eine weitere unterhalb seiner rechten Brust; dann eine Erhebung, die sich wie ein Bergkamm über die harten Muskeln seines Oberschenkels zog und ihre neugierigen Finger immer weiter nach oben führte.

Er hielt den Atem an und stieß ihn dann wieder aus. Sie küssten sich zärtlich, immer weiter, bis jede Pore durchtränkt war. Dann kam er mit einem einzigen Stoß zu ihr – die tiefste Berührung an einem Ort, den niemand außer ihm kannte. Nicht einmal sie selbst.

Nathaniel beugte sich über sie, ganz mit ihr vereint, aber vollkommen reglos. Sie berührte sein Gesicht, schlang ihre Beine um ihn und flüsterte ihm etwas zu. Eine Frage, die eigentlich keine war.

Er hielt sie zurück. »Warte«, sagte er heiser. »Hör zu.«
Und dann nahm sie wahr, worauf er sie aufmerksam machen wollte: sein Blut und ihr eigenes wogte wie das Meer in einem endlosen Kreislauf zwischen ihnen.

Margreit MacKay fand keine Ruhe im Reich der Toten oder vielleicht war sie auch nur einsam. Sie kam wieder zu Elizabeth und lief in der Kajüte auf und ab. Dieses Mal waren ihre Arme leer und Elizabeth begann in ihrem Traum das verlorene Kind in jedem Winkel zu suchen. Mrs. MacKay nahm keine Notiz von ihrem Verlust. Sie widmete ihre Aufmerksamkeit allein Elizabeth. »Nimm dich in Acht vor der feuchten Kälte«, sang sie mit ihrer klaren, tiefen Altstimme. »Nimm dich in Acht vor dem Nebel. Nimm dich in Acht vor der Nachtluft. Nimm dich in Acht vor den Straßen und den Brücken und den Bächen. Nimm dich in Acht vor Männern und Frauen und Kindern. Nimm dich in Acht vor dem, was du sehen kannst.« Ihr Stimme wurde immer leiser. »Und vor dem, was du nicht sehen kannst.«

8

Kurz nach der Morgendämmerung hatte es aufgehört zu regnen und Elizabeth setzte sich auf, um nach den Babys zu sehen. Hinter ihr fiel klares Sommerlicht durch die Fensterläden in die Kajüte. Der letzte Tag, den sie auf dem ›Mädchen in Grün‹ verbringen würden.

Sie sah aus wie eine Fee oder wie eine der Elfen, von denen Nathaniels Mutter Geschichten erzählt hatte. Ihr Haar – so dicht und dunkel wie der Schlaf lag auf der weißen Haut ihrer Schultern. Es fiel ihr in zerzausten Locken bis zur Taille und er konnte kaum den Drang unterdrücken, seine Hände darin zu vergraben, es um sich zu schlingen und ihren Duft einzuatmen. Am liebsten hätte er den ganzen Tag mit ihr im Bett verbracht, ihren Kopf an sein Kinn geschmiegt. Doch in der Kajüte nebenan plapperte Daniel und er würde nicht mehr lange so zufrieden bleiben.

Sie hob die Arme so weit über den Kopf, bis ihre Ellbogen zur Decke zeigten, um sich einen Zopf zu flechten.

»Lass mich das machen«, sagte er.

Elizabeth warf ihm einen Blick über die Schulter zu. Ihre Augen hatten die Farbe des Himmels kurz vor einem Regenschauer. »Du solltest noch schlafen.«

»Sollte ich? Komm schon, lass mich das für dich tun.«
In dem sanften Morgenlicht wirkte ihre Miene streng, aber gleichzeitig auch noch müde. Sie hielt sich gerade, während er sich an die Arbeit machte.
Als er fertig war, legte er ihr den Zopf über die Schulter. »Ich habe dich zu lange wach gehalten.«
»Das ist doch Unsinn«, murmelte sie mit gedämpfter Stimme, während sie sich das Nachthemd über den Kopf zog. Dann beugte sie sich vor und küsste ihn, eine rasche, kräftige Berührung ihrer Lippen, auf denen eine widerspenstige Locke klebte. »Es hat nicht viel Mühe gekostet, mich zu überreden. Oder weißt du das etwa nicht mehr?«
»Oh, das weiß ich noch sehr gut«, erwiderte er ernst und fuhr mit dem Finger über ihr Schlüsselbein zu der Stelle, wo ihre Haut immer noch fleckig war. Frische Röte überzog ihren Hals und ihre Brust und sie griff rasch nach seiner Hand und hielt sie fest. »Es macht dir Spaß, mich in Verlegenheit zu bringen.«
»Das stimmt«, gab er zu. »Versprich mir, dass du auch noch so erröten wirst, wenn du siebzig bist.«
Sie schlüpfte aus dem Bett, bevor er sie zurückhalten konnte. An der Tür blieb sie stehen und lächelte ihn über die Schulter hinweg an.
»Wenn du mir einen Grund dafür gibst, verspreche ich, dir diesen Wunsch zu erfüllen, Sir.«

Charlie brachte das Frühstück herein. Unter den Arm geklemmt trug er den Lund wie ein zahmes Küken.
»Mr. Brown wünscht Hannah einen guten Morgen«, berichtete er pflichtbewusst. »Und sie möchte bitte so gut sein und sich um Sally kümmern. Das Durcheinander auf Deck bekommt ihr nicht.«
»Hannah verabschiedet sich gerade von dem Hakim«, sagte Curiosity und nahm ihm das Tablett mit Brot und Fleisch ab, um es auf den Tisch zu stellen. »Aber Sally kann eine Weile auf dem Gang bleiben. Nun, hast du Neuigkeiten für uns?«
Charlie hatte einiges zu berichten und brannte darauf, seine Nachrichten loszuwerden. Vier Steuereintreiber waren an Bord gekommen. Die ersten Lastkähne waren bereits beladen und

man berichtete von dem Krieg zwischen Frankreich und Amerika, über eine große Seeschlacht und einen weiteren Sieg für die Flotte der Königlichen Marine.
»Amerika?« Nathaniels Ton war schärfer als beabsichtigt und der Junge zuckte zusammen.
»Sicher nicht, Charlie.« Elizabeth sah von dem Baby in ihren Armen auf. »England befindet sich nicht im Krieg mit Amerika.«
Charlie nickte so heftig, dass ihm das Haar über die Augen fiel. »Die Amerikaner haben versucht, die britische Blockade zu durchbrechen, Missus, wegen der Hungersnot. Ein ganzer Konvoi mit Mais. Aber die Engländer schickten sie nach Hause und machten kurzen Prozess mit der französischen Navy, die sie hätte beschützen sollen.«
»Also kein richtiger Krieg«, sagte Elizabeth.
»Noch nicht«, meinte Curiosity. »Aber das klingt nicht gut. Je schneller wir nach Hause kommen, um so besser.«
Nathaniel fing Elizabeths Blick auf und schüttelte leicht den Kopf. Er war noch nicht bereit, über die Situation zu sprechen – und ganz sicher nicht vor den Kindern.
Charlie bemerkte nichts davon; aufgeregt erzählte er den Rest seiner Neuigkeiten. Ein Schmugglerschiff der Manx, also der Bewohner der Insel Man, war südlich des Southerness-Leuchtturms auf Grund gelaufen und hatte starke Schlagseite. »Die Crew ist an Bord gefangen und bewaffnet. Die Steuereintreiber lassen die Dragoner aus Dumfries kommen«, endete er. »Sie werfen den ganzen Haufen ins Gefängnis und warten ab.«
Curiosity hob den Blick von ihrem Teller und sah grimmig in Nathaniels Richtung.

Der Morgen zog sich dahin und Nathaniel lief in der Kajüte auf und ab, bis selbst Elizabeths Geduld erschöpft war.
»Um Himmels willen, geh an Deck«, sagte sie schließlich. »Nimm deinen Sohn mit. Vielleicht wird das bei euch beiden die Laune heben.« Sie schob ihm Daniel in den Arm.
Das Baby hatte den ganzen Morgen über gequengelt, doch jetzt hörte es plötzlich auf und schenkte seinem Vater ein breites Grinsen.
»Siehst du?« sagte sie.

»Das hat nichts mit schlechter Laune zu tun«, protestierte Nathaniel. »Ich bin nur nervös und das ist der Junge auch.« Hannah sah von dem Korb auf, den sie gerade packte. »Er ist angespannt, weil du es bist, Dad. Er übernimmt deine Stimmung.«

Als wollte er seiner Schwester Recht geben, schmiegte Daniel sich mit einem zufriedenen Grunzen an Nathaniels Schulter, endlich dort gelandet, wo er sein wollte. Nathaniel betrachtete das Baby oft sehr genau und versuchte, eine Spur von sich selbst zu entdecken – in den Augen, am Kinn oder an der Form seiner Stirn. Ebenso forschte er in Lilys Gesicht nach Elizabeths Zügen. Jetzt fragte er sich, ob er sich auf die falschen Dinge konzentriert hatte.

»Er wird sich beruhigen, wenn du mit ihm spazieren gehst«, sagte Curiosity.

»An der frischen Luft«, fügte Elizabeth hinzu.

Nathaniel lachte. »Gegen drei komme ich nicht an.« Er erwähnte nicht, dass er froh war, eine Entschuldigung für einen Spaziergang an Deck zu haben. Er musste über vieles nachdenken, und das konnte er am besten, wenn er auf und ab lief.

Als er die Tür öffnete, sah er sich zwei Rotröcken gegenüber, die mit Musketen auf der anderen Seite warteten. Kräftig gebaute Männer, Berufssoldaten, die ihre Waffen mit der gleichen Zuneigung in den Armen hielten wie er seinen Sohn.

»Sir«, sagte der Größere barsch. Die Augen unter dem Rand seines Huts wirkten hart, die Lippen waren zusammengepresst. Geschwollene rote Finger umklammerten den Lauf der Muskete. Der zweite Mann war einen Kopf kleiner, aber von der gleichen Art – von der Sorte, die auf Konfrontationen aus war und immer nach einem Vorwand suchte, das Bajonett aus der Scheide zu ziehen. Daniel zog seinen Daumen aus dem Mund und starrte ihn eher neugierig als ängstlich an.

»Wer ist das, Nathaniel?« Elizabeth kam mit Lily auf dem Arm zur Tür.

Nathaniel antwortete ihr, ohne den Blick von den Soldaten abzuwenden. »Rotröcke. Sieht so aus, als hätte Moncrieff etwas dagegen, wenn wir an Deck gehen. Stimmt das?«

»Unser Befehl lautet, dafür zu sorgen, dass niemand diese Kajüte verlässt.«

Der kleinere Soldat hatte einen eiförmigen Kopf, der auf einem stämmigen Nacken saß. Beide Männer hatten sich breitbeinig aufgestellt, um das Schwanken des Schiffs abzufangen, und Nathaniel war klar, dass er nur eine geringe Chance hätte, an ihnen vorbeizukommen, selbst wenn sie nicht bewaffnet wären. Auf keinen Fall konnte er etwas unternehmen, solange er Daniel auf dem Arm hatte.

»Ich möchte Captain Pickering sprechen«, sagte er.

Der größere Rotrock schob sein Kinn nachdenklich vor. »Wir werden es ihm ausrichten lassen, Sir.«

»Ich möchte ihn jetzt sehen.«

»Kein Zweifel, Sir. Aber die Gentlemen sind beschäftigt.«

Nathaniel schloss die Tür vor ihren grinsenden Gesichtern.

»Das habe ich befürchtet«, sagte Curiosity.

Elizabeth schwieg, aber ihre Miene wirkte angespannt und verkrampft. Er berührte ihre Schulter.

»Was wirst du jetzt tun?« fragte Hannah und nahm ihm Daniel aus dem Arm. Das Baby begann zu protestieren und sie schaukelte ihn auf ihrer Hüfte.

»Ich werde zu Pickering gehen.«

Nathaniel öffnete die Tür zum Laufgang und frische Seeluft strömte herein, sogar im Juni noch sehr kühl. Er legte seine Hände auf die geschnitzte Balustrade, beugte sich vor und reckte den Hals, um die Entfernung zur nächsten Galerie oberhalb abzuschätzen. Sie lag vor der Kajüte, die Giselle Somerville bewohnt hatte. Hinter ihm sagte Elizabeth: »Das kann doch wohl nicht dein Ernst sein.«

»Das ist kein Problem für mich, Stiefelchen. Ich bin schon in Hannahs Alter auf höhere Bäume geklettert. Und du auch, wenn man deiner Tante Merriweather glauben darf.«

Sie lachte rau. »Versuch nicht, mich zu beschwichtigen, Nathaniel. Bäume bocken nicht wie Pferde, wenn man sie besteigt.«

Aber er hatte bereits Halt an den geschnitzten Stützpfeilern gefunden und zog sich nach oben.

Sonnenstrahlen spiegelten sich im vom Wind gepeitschten Wasser. Auf jeder Seite befand sich Land, das hinter der Küste mit Gras bewachsen war – Gras von einem Grün, wie Nathaniel es noch nie bei einer Pflanze gesehen hatte, so leuchtend, dass er die Augen zusammenkneifen musste. Der Wind fuhr unter sein Hemd, blähte es wie ein Segel und peitschte ihm das Haar ins Gesicht. Er wünschte, er hätte sich Zeit genommen, es zusammenzubinden.

»Nathaniel Bonner«, sagte Elizabeth so entschlossen und ernst wie sie nur konnte. »Du wirst im Wasser landen.« Er musterte ihr ihm zugewandtes Gesicht fast eine Minute lang und versuchte abzuschätzen, wie besorgt sie war. Zwischen ihren Augenbrauen hatte sich eine Falte gebildet, wie so oft, wenn sie mit unartigen Schülern sprach. »Und wenn, dann fischen sie mich heraus, Stiefelchen, und ich lande bei Pickering. Genau das will ich ja.«

Er holte tief Atem, stützte sich mit Händen und Füßen ab und bereitete sich auf den Sprung vor.

»Bist du völlig verrückt geworden, Nathaniel?«

Curiosity stand an der Tür, die Hände in die Hüften gestützt. Elizabeth mochte besorgt und aufgebracht sein, aber Curiosity war zornig.

»Ich kann es doch nicht zulassen, dass er uns einsperrt«, sagte er.

Sie marschierte zu ihm hinüber und zog an seinem Hemdzipfel. »Natürlich nicht. Aber es gibt auch noch andere Möglichkeiten, dem Kerl die Haut abzuziehen, oder etwa nicht? Dein Blut kocht anscheinend so stark, dass es dein Gehirn aufgeweicht hat. Komm runter und lass mich dir zeigen, wie das geht. Wo ist denn jetzt dieser Vogel?«

Sie spähte in die schmale Ecke der Galerie, bückte sich und schnalzte mit der Zunge. Als sie sich wieder aufrichtete, hatte sie Mr. Browns Lund auf dem Arm.

»Was tust du da?« rief Elizabeth.

Curiosity drehte nur ungeduldig den Kopf zur Seite und ging in die Kajüte zurück.

»Was kann sie nur mit Sally vorhaben?« fragte Elizabeth ihn.

»Zum Teufel, woher soll ich das wissen?« Er schwang sich zurück auf den Laufgang.

Curiosity wartete an der Tür der Kajüte auf sie und hielt den verwunderten Vogel in beiden Händen.

Hannah sah von Curiosity zu ihrem Vater und dann zu Elizabeth. Daniel legte den Kopf in den Nacken und stieß einen lauten Schrei aus und Lily stimmte wütend mit ein. Entnervt von

Curiositys festem Griff und dem Geschrei der Babys öffnete Sally ihren gestreiften Schnabel und begann ebenfalls, protestierend zu kreischen.

»Curiosity!« Nathaniel hob die Stimme. »Diese Dragoner sind bewaffnet.«

Sie sah ihn gekränkt an und riss die Tür so heftig auf, dass sie gegen die Wand krachte. Im gleichen Moment stieß sie einen so schrillen Ruf aus, dass selbst Nathaniel eine Gänsehaut über den Rücken lief.

Curiosity stürmte mit dem erbost kreischenden, flügelschlagenden Vogel in der Hand auf die Dragoner zu.

Nathaniels Beine bewegten sich wie von selbst. Er passierte blitzschnell Elizabeth, Hannah und die weinenden Babys, drängte sich hinter Curiosity durch die Tür und raste an zwei erstaunten Gesichtern vorbei. Der größere Rotrock versuchte ihn festzuhalten, doch Curiosity schwang den Vogel, ihn an den Füßen haltend, wie eine Streitaxt in sein Gesicht. Ihr Kahnyen'kehàka-Kampfschrei klang in dem engen Gang noch lauter.

Hinter sich hörte er einen dumpfen Schlag und einen heiseren Ausruf; rasch lief er die Treppe hinauf zum Deck und stieß dort mit einer Reihe Matrosen zusammen, die Fässer auf ihren Schultern trugen. Die ganze Schlange ging zu Boden – ein Mann nach dem anderen. Ein Fass schlug so hart auf dem Deck auf, dass der Deckel absprang. Eine Fontäne Whiskey spritzte in hohem Bogen heraus. Aus dem Augenwinkel sah Nathaniel, dass zwei Fässer auf Adam MacKay zurollten. Ein Knochen splitterte hörbar und dann stürzte der Mann mit wild zuckenden Beinen über die Reling.

»Was ist hier los?« Der Bootsmann hob eine Pistole, doch Nathaniel stieß ihn beiseite und rannte zur Achterhütte. Die Hälfte der Mannschaft war hinter ihm her, die andere versuchte, MacKay aus dem Wasser zu fischen.

Nathaniel stieß die Tür mit dem Fuß auf und stürzte hinein, wobei er eine Tropfspur auf Pickerings poliertem Boden hinterließ.

Pickering und Moncrieff sprangen auf.

»Überrascht, mich zu sehen, Angus?«

»Also wirklich, Mr. Bonner ...«, stotterte Pickering. »Was soll das bedeuten?«

»Ich mag es nicht, wenn man mich einsperrt«, sagte Nathaniel, rieb sich mit dem Ärmel das nasse Gesicht ab und runzelte bei dem Geruch die Stirn. »Das weiß Moncrieff sehr gut. Und darum bin ich hier.«

»Es war nur zu Ihrem eigenen Schutz«, sagte Moncrieff müde und fuhr sich mit der Hand über das Kinn. »Aber jetzt, wo Sie hier sind, ist der Schaden schon angerichtet. Mr. Bonner – das ist Mr. Burns von der Steuerbehörde.«

Der Mann, der am Tisch des Captains vor einem Stapel Papieren saß, stand auf und zog mit geblähten Nasenflügeln die Luft ein.

»Mr. ...Bonner?« Er verbeugte sich, ohne den Blick von Nathaniels Gesicht abzuwenden.

»Nathaniel Bonner aus New York. Und?«

Der Mann blinzelte überrascht. »Zu Ihren Diensten, Sir.« Dann wandte er sich an Pickering und zog einen Mundwinkel nach oben. »Ich nehme an, dass Sie jetzt neunzehn statt der zwanzig hier aufgeführten Fässer mit doppelt destilliertem indischem Arrak besitzen.«

Pickering nickte ungeduldig.

An Deck ertönte Geschrei. Die zwei Dragoner, die er abgehängt hatte, bahnten sich ihren Weg in den Raum und drängten ihn weiter in die Kajüte hinein. Der Größere hatte eine blutige Nase und einen langen Kratzer auf der Wange; der Arm des Kleineren blutete. Er hatte seinen Hut verloren, aber dafür klebten eine Menge Federn an ihm. Eine ragte aus seiner linken Augenbraue.

Der Kleinere stürzte sich auf ihn. Nathaniel sprang zur Seite, ließ das Messer an seinem Handgelenk in die Handfläche gleiten und stach dem Mann damit in den Handrücken. Er schrie auf, taumelte zurück und griff nach seiner Muskete.

»Genug!« Pickerings Stimme übertönte schneidend und kalt das Chaos.

»Captain«, keuchte der Größere und deutete mit einem zitternden Finger auf Nathaniel. »Er hat uns eine verrückte Negerin auf den Hals gehetzt und ist geflohen, während wir sie abwehrten! Sinclair hatte das Weib beinahe überwältigt, als eine Rothaut kam und ihn mit einer Kerze angriff.«

»Negerin? Rothaut?« Der Steuereinnehmer sah sich um, als

könnten sie aus einer dunklen Ecke hervorspringen.«Mit einer Kerze angegriffen?« Nathaniel schnaubte. »Eine alte Frau und ein Kind.«
»Alt oder jung, sie waren bewaffnet!«
»Ja, mit einem Vogel und ein wenig Bienenwachs. Es ist ein Wunder, dass diese beiden mit dem Leben davongekommen sind.«
Burns drehte den Kopf zur Seite und brach in keuchendes Gelächter aus. Moncrieff und der Captain starrten für eine Weile auf ihre Schuhe. Der große Dragoner wurde puterrot bis unter die Haarwurzeln. Der Kleinere war bleich geworden.
»Sir!«
»Schon gut«, bellte Moncrieff. »Gehen Sie und erstatten Sie Ihrem Sergeant Bericht darüber, welchen Pfusch Sie bei der Bewachung von Frauen und Kindern gemacht haben!«
Der Kleinere starrte Nathaniel an. »Wir haben uns nicht zum letzten Mal gesehen.«
»Kommen Sie mich jederzeit besuchen«, erwiderte Nathaniel leichthin.
»Genug!« Pickering marschierte zur Tür. »Männer, geht wieder an eure Arbeit!«
»Frauen und Kinder?« wiederholte Burns nachdenklich, während er beobachtete, wie sich die Menge zögernd zerstreute. Er wandte sich Pickering zu und hob eine Augenbraue. »Dann haben Sie wohl noch weitere Passagiere an Bord außer dem französischen Kaufmann und Mr. Bonner, Captain.«
»Kommt darauf an, was Sie unter Passagieren verstehen«, warf Nathaniel mit einem Blick auf Moncrieff ein.
»Mr. Bonner reist mit seiner Familie«, erklärte Pickering und ignorierte Nathaniels Bemerkung.
»Dann muss ich sein Gepäck untersuchen.«
Der Captain blies die Backen auf und zog sie dann nach innen. »Ist das wirklich nötig, Sir? Ich kann Ihnen versichern, dass sie nichts bei sich haben, was für die Krone von Interesse wäre, Sir.«
Burns nahm seinen Hut vom Tisch und lächelte höflich. »Diese Entscheidung muss ich selbst treffen, Captain.«
Moncrieff räusperte sich. »Kann ich zuerst mit Ihnen sprechen, Mr. Bonner?«

Instinktiv wollte Nathaniel gehen, aber Moncrieff hatte einen Ton angeschlagen, der ihn überraschte: zögernd und respektvoll. Ohne Zweifel war das wieder ein Trick, aber Nathaniel war so neugierig geworden, dass er mit ihm auf das Achterdeck hinausging.

Elizabeth gelang es, die Babys zu beruhigen, indem sie beide stillte. Sie selbst war jedoch keineswegs ruhig. Immer wenn sie Curiosity oder Hannah ansah, musste sie wieder lachen. Es war ein Lachen ohne logische Gründe, das nicht aufhörte, bis ihr Magen schmerzte. Vergeblich mühte sie sich ab, wieder normal zu atmen.

Hannahs Gesicht war gerötet. Sie beugte sich über Sally und sprach leise mit dem Vogel, so wie Elizabeth Falling-Day zu einem verletzten Hund hatte sprechen hören. Sie ließ ihre Finger über die Flügel, Beine und Gelenke gleiten und suchte ihn nach Wunden ab. Elizabeth hätte geschworen, dass der Vogel Hannah einen entrüsteten Blick zuwarf, als sie ihn auf den Boden setzte.

»Sie hat ein paar Federn verloren, aber sonst kann ich nichts feststellen«, verkündete Hannah.

»Joshua hatte seine Trompete«, sagte Curiosity mit einem zufriedenen Grinsen. »Und wir hatten unsere Sally. Meine Güte, sie hat einen hervorragenden Rammbock abgegeben.«

Sie legte einen Arm um Hannah und drückte sie an sich. »Und du hast auch wild ausgesehen, Missy. Du hast den kleinen Mann das Fürchten gelehrt. Selbst wenn ich hundert Jahre werde, könnte ich den Blick auf seinem Gesicht nicht vergessen, als du mit der Kerze auf ihn eingestochen hast.«

In Curiositys Stimme lag ein vertrauter Ton, ein Optimismus, der in diesen langen Wochen gefehlt hatte. Elizabeth äußerte sich nicht darüber, wagte es nicht einmal, sie direkt anzusehen, aus Angst, die gehobene Stimmung könnte so schnell wieder verfliegen wie sie gekommen war. Sie wollte auch Hannah nicht schelten. Der Impuls, Curiosity zu verteidigen, war verständlich, doch immerhin hatte sie Daniel Elizabeth in die Arme gedrückt und sich mit zwei bewaffneten Soldaten angelegt, ohne sich Gedanken über die Gefahr zu machen. Es war beängstigend gewesen – doch konnte Elizabeth nicht aufhören zu lachen, wenn sie daran dachte.

Hannah war immer noch aufgeregt und machte sich Sorgen um den Lund. »Vielleicht sollte der Hakim sich Sally ansehen«, meinte sie.

Elizabeth schüttelte den Kopf. »Wir wissen nicht, was an Deck vor sich geht. Du solltest besser auf deinen Vater warten.« Curiosity richtete sich auf. »Ich höre ihn. Und er ist nicht allein.«

An Elizabeth Brust hatte Daniel einzunicken begonnen; bald würde er Lilys Beispiel folgen und einschlafen. Sittsam zog sie einen Schal über die beiden, streckte den Rücken und setzte eine gelassene Miene auf, bereit für weitere Rotröcke oder sogar für Angus Moncrieff.

Hannah stellte sich hinter sie, aber Curiosity blieb, wo sie war. Sally verschwand in den Schatten unter dem Tisch, als ob sie noch mehr Ärger befürchtete.

Der Mann, der mit Nathaniel hereinkam, war weder ein Seemann noch ein Soldat und allen fremd. Elizabeth fiel an ihm zuerst der Unterschied auf zwischen der Art und Weise, wie er sich gab – ganz Gentleman –, und seinen schwieligen Händen mit den dicken Fingern. Es waren die Hände eines Arbeiters oder Farmers. Sein Blick aus dunklen Augen wanderte durch den Raum, von Person zu Person, blieb kurz an Curiosity hängen und konzentrierte sich dann auf Hannah. Er schien erfreut von dem zu sein, was er sah. Sein Gesicht war so offen und intelligent, dass Elizabeths Befürchtungen schwanden und einer gewissen Neugier wichen.

»Ah«, sagte er. »Jetzt verstehe ich, was Sie meinten, Mr. Bonner. Ich werde dafür sorgen, dass diese Männer für ihr Verhalten gerügt werden. Anmaßende Kerle!«

Nathaniel sah Hannah an. »Bist du in Ordnung, Squirrel?« fragte er auf Kahnyen'kehàka.

Sie nickte.

»Curiosity?«

»Mir fehlt nichts.« Sie schnupperte. »Aber du scheinst in Schwierigkeiten geraten zu sein.«

»Ich hatte ein Problem mit einigen Fässern«, erklärte Nathaniel.

Er durchquerte den Raum und legte eine Hand auf Elizabeths Schulter. Ein so starker Geruch nach Alkohol ging von ihm aus, dass es ihr Tränen in die Augen trieb, aber sie drängte sie zwinkernd zurück.

»Das ist der Steuereinnehmer. Er kommt, um nachzuschauen, welche Reichtümer wir nach Schottland schmuggeln.« Elizabeth zog die Babys unter dem Schal näher an sich. »Ich befürchte, Sic werden bitter enttäuscht sein, Mr. ...«

Der Steuereinnehmer verbeugte sich tief. Sein dunkles Haar fiel ihm in die Stirn. »Robert Burns. Zu Ihren Diensten, Madam.« Er hielt inne und warf einen Seitenblick auf Curiosity.

»Diese Lady ist Mrs. Freeman«, sagte Elizabeth deutlich. Das war ihre einzige Möglichkeit, klarzumachen, dass Curiosity keine Dienstbotin oder Sklavin war. »Und dies hier meine Stieftochter, Miss Bonner.«

Falls Mr. Burns von dieser Vorstellung überrascht war, ließ er es sich nicht anmerken.

»Mrs. Freeman«, murmelte er, aber sein Blick ließ Hannah nicht los. Er musterte sie wie ein Stück vom Mond oder eine chinesische Vase – mit großem Interesse und ohne jegliche Bösartigkeit. »Miss Bonner – es ist mir eine Ehre.«

Elizabeth überlegte, ob sie ihn scharf darauf hinweisen sollte, Hannah nicht so anzustarren, aber sie wusste, dass das Mädchen überall in Schottland solches Interesse erregen würde. Vielleicht war es besser, sie allein damit fertig werden zu lassen.

Hannah betrachtete ihn von oben bis unten und sagte dann: »Ist ein Steuereinnehmer eine Art Pirat?«

Mr. Burns hatte ein tiefes Lachen. Sogar Curiosity musste bei diesem Klang grinsen.

»Tochter ...«, sagte Nathaniel.

»Ach, schimpfen Sie das Mädchen doch nicht wegen ihrer Offenheit, Mr. Bonner. Diejenigen, die ihren Tee lieber trinken würden, ohne den König dafür bezahlen zu müssen, nennen uns Piraten und geben uns noch schlimmere Namen. Es vergeht kein Tag, an dem mich nicht jemand zum Teufel wünscht.«

»Oh«, sagte Hannah enttäuscht. »Sie kassieren Steuern.«

»Das kann man so sagen«, gab Mr. Burns zu.

»Wir haben keinen Tee hier«, sagte Curiosity ungeduldig. »Keinen Brandy oder Tabak. Nur Kinder, wie Sie selbst sehen können. Nichts, was für Sie von Interesse wäre.«

»Ich verlasse mich auf Ihr Wort, Madam. Aber wenn ich fragen darf ...« Er wandte sich an Nathaniel. »Was bringt Sie nach Schottland, Sir? Besuchen Sie vielleicht Verwandte in dieser Gegend?«

Elizabeth spürte, wie Nathaniel sich versteifte. »Wir haben keine Familie hier«, erwiderte er.

Die dunklen Augen blitzen überrascht auf. »Verzeihen Sie meine Mutmaßung, Sir. Ich bin Ihnen zu nahegetreten. Das tut mir sehr leid.«

Elizabeth setzte zum Sprechen an, doch Nathaniels Griff an ihrer Schulter verstärkte sich. »Warum sind Sie an uns interessiert?« fragte Nathaniel.

Der Mann errötete, antwortete aber würdevoll. »Wir haben nicht sehr oft Besucher aus Amerika in dieser entlegenen Ecke Schottlands, verstehen Sie? Ich werde Sie jetzt nicht mehr belästigen. Guten Tag und gute Reise.«

Er hatte bereits die Hand an der Tür, als Nathaniel ihn aufhielt. »Eine Frage, bevor Sie gehen.«

»Sir?«

»Haben Sie etwas von einem Schoner namens *Jackdaw* gehört, der unter amerikanischer Flagge fährt?«

Er drehte sich um. »Der Captain hat mir vor knapp einer Stunde die gleiche Frage gestellt.«

Curiosity stieß einen knurrenden Laut aus, der genau besagte, was sie von Captain Pickering und seinen Fragen hielt.

»Und?«

»Ich wäre sehr überrascht, wenn die *Jackdaw* in diese Gewässer segeln würde.«

»Und warum?« wollte Elizabeth wissen.

»Nun, Schmuggler kommen normalerweise nicht hierher und stellen sich einem Repräsentanten der Krone vor«, sagte er mit einem leichten Lächeln. »Sollte Mac Stoker in der Firth etwas zu erledigen haben, würde er ein Versteck für den Schoner finden und sich nachts hierher schleichen.«

»Dann könnte er also hier sein?« fragte Hannah mit neu erwachtem Interesse an dem Steuereintreiber.

»Bei Männern wie Mac Stoker ist alles möglich«, sagte Mr. Burns. »Er ist ein listiger Kerl. Sie scheinen ihn ja selbst zu kennen.«

Elizabeth sah, dass er eine Frage hinunterschluckte, die er gern gestellt hätte.
»Haben Sie eine Ahnung, wo wir etwas über ihn erfahren könnten?« erkundigte sich Nathaniel.
Der Steuereinnehmer fuhr sich mit der Hand über das Kinn. »Sie könnten im Mump's Hall in der Dumfries Road nachfragen.«
»Ich nehme an, das ist eine Taverne?«
»Ja. Dort treffen sich Schmuggler und Freibeuter recht gern. Kein Ort, an dem man sich nach Einbruch der Dunkelheit aufhalten sollte, wenn Sie wissen, was ich meine, Sir.«
»Ich verstehe«, sagte Nathaniel. »Und ich bin Ihnen sehr dankbar.«
An der Tür blieb er noch einmal stehen. »Erlauben Sie mir einen Vorschlag?«
Nathaniel nickte.
»Sollten Sie sich auf die Suche nach Mac Stoker machen, dann tragen Sie einen Hut.«
»Sie meinen, ich sollte mein Gesicht verstecken?«
»Ja«, bestätigte der Steuereinnehmer. »Das wäre das Beste für Sie.«

»Was stimmt mit deinem Gesicht nicht? Warum wollte er, dass du es versteckst?« fragte Hannah, sobald sie allein waren.
Nathaniel zog sich das nasse Hemd aus der Hose und antwortete ihr. »Moncrieff hat behauptet, ich hätte eine große Ähnlichkeit mit Carryck. Ich glaube, das war die einzige Sache, bei der er nicht gelogen hat.«
»Er hat uns also hier eingesperrt, damit der Steuereintreiber dein Gesicht nicht zu sehen bekommt?« Curiosity schüttelte den Kopf. »Ich verstehe diesen Mann nicht. Ist er einfach dumm oder nur furchtbar nervös?«
»Beides«, erwiderte Nathaniel. »Und außerdem dickköpfig.«
»Was macht es schon, wenn du aussiehst wie der alte Earl?« murrte Hannah. »Wen geht das etwas an?«
Elizabeth schob die Babys zurecht, und hob sie dann hoch. »Ich nehme an, Mr. Moncrieff befürchtet, es könnte das Interesse der Campbells wecken, wenn sich das herumspricht. Ist es nicht so?«

Nathaniel knurrte. »So erzählt er es uns, Stiefelchen. Anscheinend gehört die Hälfte der Dragoner in Dumfries zur Familie der Campbells und die andere Hälfte ist durch Heirat mit ihnen verwandt. Moncrieff nahm mich an Deck beiseite und warnte mich. Er meinte, ich solle meinen Kopf gesenkt halten.«
Curiosity wedelte mit der Hand durch die Luft. »Während du deinen Kopf gesenkt hältst, solltest du dich umziehen. Ich habe noch nie erlebt, dass jemand so stinkt, nicht einmal Axel Metzler, wenn er seinen Destillierapparat laufen lässt.«
»Bin schon auf dem Weg«, sagte Nathaniel.

Elizabeth folgte ihm in die Seitenkajüte und legte die Zwillinge in die Mitte des Betts, während Nathaniel das Hemd über den Kopf zog und die Hose abstreifte.

»Was würde ich nicht alles für ein Bad geben! Sie hat recht – ich stinke.«

Elizabeth krauste die Nase. »Wenn du Widerspruch von mir erwartest, muss ich dich leider enttäuschen.«

Er lachte nicht und schien sie kaum zu hören. Aufmerksam beobachtete er durch das Fenster den Verkehr auf dem Wasser und rieb sich dabei den Oberkörper mit einem Handtuch ab. Das Licht wanderte über seinen Körper, hob seine breiten Schultern und die Kontur seines Rückens hervor und glitt über seinen Po hinunter zu den Oberschenkeln. Wie immer fühlte er sich nackt ganz unbefangen, zeigte keine Hemmungen oder Eitelkeit und sah doch so gut aus, dass Elizabeth der Atem stockte und sie sich fragte, ob sie jemals wieder würde Luft holen können.

Sein Gesicht war von ihr abgewandt und sie war froh darüber. Im Augenblick fühlte sie sich nackter als er und unbeschreiblich glücklich. Nacheinander berührte sie ihre Babys, um sie atmen zu spüren. *Nur in kleinen Maßen sehen wir Schönheit.*

»Ich höre dich denken, Stiefelchen«, sagte er schließlich.

»Das bezweifle ich nicht. Dein Gehör ist einfach zu scharf.«

Er erstarrte plötzlich.

»Was ist los?«

»Der Hakim«, sagte er. »Auf einem Kahn in Richtung Küste.«

»Der Hakim?« wiederholte Elizabeth. »Wohin sollte er denn gehen?«

Nathaniel brummte. »Das ist die Frage.«

»Vielleicht hat er Freunde in dieser Gegend, die er besuchen will«, sagte Elizabeth, mehr zu sich selbst als zu ihm.

»Oder Carryck hat nach ihm geschickt«, entgegnete Nathaniel. »Möglicherweise braucht er einen Arzt.« Er zog sein einziges sauberes Hemd an und griff nach seiner Hose. »Ich nehme an, das werden wir noch früh genug herausfinden.«

Elizabeth stieß einen zittrigen Seufzer aus.

Er kam zu ihr, setzte sich neben sie und legte ihr seine Arme um die Taille. »Du hast Angst davor, das Schiff zu verlassen.«

»Sicher kennst du den alten Spruch, dass es besser ist zu wissen, wo sich der Teufel.«

»Ohne Frage treiben sich in Schottland genügend Teufel herum.« Er stand auf und zog sie mit sich. »Und Drachen, Riesen, Feen und auch der Grüne Mann. Aber du und ich, wir sind schon durch die Endlosen Wälder gegangen, Elizabeth.«

»Das stimmt«, sagte sie. »Ich nehme an, wir werden auch in Schottland zurechtkommen.«

TEIL III

Carryckcastle

1

Die lange Straße nach Dumfries war schmutzig und in einem erbärmlichen Zustand. Die Pferde stolperten und die Säuglinge wimmerten und dennoch gelang es Hannah nicht, eine finstere Miene aufzusetzen oder auch nur die Gleichgültigkeit zu zeigen, die dieser Ort ihrer Meinung nach eigentlich verdiente. Als der hölzerne Kasten, den man hier Kutsche nannte, in die Stadt einfuhr, war die Haut an ihren Ellbogen vom Herauslehnen aus dem kleinen Fenster bereits wund gescheuert.

Daniel regte sich heftig in Curiositys Armen, aber sie benutzte für einen Augenblick eine Hand, um den ledernen Vorhang zurückzuziehen.

»Scheint irgendeine Festivität im Gange zu sein, so wie die Leute alle in die gleiche Richtung laufen.«

»Ich würde gerne aussteigen und mit ihnen gehen«, sagte Elizabeth, auf ihrem Sitz hin und her rutschend. »Ich hatte völlig vergessen, wie unbequem es ist, in einer Kutsche zu reisen.«

Lily lehnte ihren Kopf an Elizabeths Schulter und runzelte im Schlaf die Stirn.

Nathaniel schwieg, aber um sein Kinn zeigte sich ein harter Zug. Er hatte um ein Pferd gebeten, Moncrieff hatte dies jedoch ohne Begründung abgelehnt. Hannah fragte sich, wie lange es noch dauern würde, bis ihr Vater und Moncrieff ernsthaft in Streit gerieten.

Die Straße war bevölkert von herumstreunenden Hunden, von Kindern, Händlern, Dienstpersonal und von Damen mit Hüten, aus denen lange Federn, rosa, gelb und grün gefärbt, emporragten. Sie hatten ihre Röcke gerafft, damit sie nicht über das Kopfsteinpflaster schleiften, und gaben so den Blick auf ihre Spitzenunterkleider und auf ihre mit Bändern verzierten Schuhe frei. In New York erkannte man einen reichen Mann an seinem Zylinder und auch hier sah man sie im Strom der Mützen und alten Dreispitze auf und ab hüpfen.

»Hier ist es fast wie in Albany«, sagte Hannah, überrascht und ein wenig enttäuscht zugleich.

Curiosity räusperte sich. »Sieh genauer hin, Kind. Diese Stadt war schon alt und müde, als Albany noch nicht mehr als eine Lichtung entlang des Pfads am großen Fluss war.«

Es stimmte: Sogar die Steine, die als Türeinfassung dienten, schienen durchzuhängen. Die Fenster neigten sich einander zu und die Holzbalken bogen sich. Unter ihren Strohdächern wirkten die kleinen Steinhäuser, die die Straße säumten, auf Hannah wie eine Reihe wissender alter Gesichter mit eingefallenen Augen. An einer Stelle verengte sich die Straße so sehr, dass sie die Hand hätte ausstrecken und eine Katze streicheln können, die auf einer Fensterbank im frühen Abendlicht lag.

Hannah reckte den Hals, um die Schornsteine zu betrachten. »Schau, wie schwarz der Rauch ist.« Der Gestank veranlasste sie, die Nase kraus zu ziehen.

»Kohle«, sagte Elizabeth. »Der Kohlestaub legt sich auf alles.«

Ein Junge, der eine nicht angezündete Fackel trug, die fast so groß war wie er selbst, schoss heran. Er warf einen verstohlenen Blick in die Kutsche und blieb unvermittelt stehen. Mit aufgerissenem Mund starrte er Hannah an.

»He, Junge!« rief sie, die Gelegenheit beim Schopf packend. »Wohin wollen alle diese Leute?«

Er lief neben ihnen her. Sein noch immer offen stehender Mund gab den Blick auf eine merkwürdige Sammlung bräunlicher Zähne frei.

»Er kann kein Englisch,« sagte ihr Vater. »Sprich Schottisch mit ihm.«

Sie war geneigt, es zu versuchen, nur, um sein erstauntes Gesicht zu sehen, aber Moncrieffs Pferd tauchte neben der Kutsche auf und drängte ihn ab. Hannah ließ sich zurücksinken und verschränkte die Arme. Sie war entschlossen, den Mann so lange zu ignorieren, bis er wieder verschwand. Doch Moncrieff hatte ihre Frage gehört und rief ihnen durch das Fenster zu.

»Die Stadt bereitet sich darauf vor, den Sieg der Armee über die Franzosen zu feiern. Es wird Ansprachen und ein Freudenfeuer geben. Sie werden es vom Gasthaus aus sehen können. Schauen Sie, hier ist sie schon: Ihre Herberge, *The King's Arms*.«

Niemand antwortete, aber das schien ihm nichts auszumachen.

»Ein warmes Essen und ein geruhsamer Nachtschlaf, bevor unsere Reise weitergeht,« fuhr Moncrieff fort.

»Badewasser,« sagte Curiosity. »Jede Menge. Und heiß muss es sein.«

Hannah meinte sich zu erinnern, dass dies die ersten Worte waren, die Curiosity mit Moncrieff wechselte, seit sie Québec verlassen hatten. Er verzog den Mund. »Selbstverständlich. Was immer Sie wünschen.«

Nathaniel betrachtete den Hut, den er von Moncrieff erhalten hatte: Er war schmutzig, schwarz und wies eine breite, runde Krempe auf. Ein Hut, wie ihn Prediger trugen oder diese Stümper, die am Rande der Wildnis umherzogen und aus Leinenbeuteln Haarbänder und Stiefelknöpfer verkauften und für ein karges Mahl Bibelverse rezitierten. Als er nun aus der Kutsche stieg, zog er den Hut tief in die Augen. Nach der langen Seereise war sein Gang immer noch unsicher. Er fand es lächerlich und ärgerlich zugleich, dass er sein Gesicht verbergen sollte.

Das Gasthaus befand sich an einem mit Kopfstein gepflasterten Platz, auf dem die Menschen immer noch zusammenströmten. Auf dem kurzen Weg zur Tür schirmte Nathaniel die Frauen ab, indem er sich hinter ihnen hielt, bis sie sicher im Haus verschwunden waren. Dass er unbewaffnet war, machte ihm hier mehr zu schaffen als auf der *Isis*.

Der Wirt, ein Mann so lang und dünn wie ein Birkenschößling, mit einem Haarkranz von Ohr zu Ohr und der Angewohnheit, beim Sprechen stets auf seine Füße zu schauen, zeigte ihnen ihre Zimmer. Elizabeth streifte sofort ihre Schuhe ab und verschwand mit den Kleinen hinter den Bettvorhängen, während Curiosity das Dienstpersonal dirigierte, das mit Truhen und Körben, mit Tabletts voller Speisen und Tee und mit den ersten mit heißem Wasser gefüllten Eimern erschien. Squirrel ging geradewegs zum Fenster, um die Menschenmenge unten auf dem Platz zu beobachten.

Nathaniel trat neben sie. Obwohl die alte Uhr in der Eingangshalle bereits nach acht angezeigt hatte, war es immer noch taghell.

»Bald kommen die längsten Tage des Jahres,« sagte er.

Sie sah zu ihm auf. Wie so oft überraschte es ihn, zu sehen, wie sie sich entwickelt hatte: Sie war ein hübsches Mädchen geworden, groß und aufrecht. Nur fünf Jahre jünger, als ihre Mutter gewesen war, als er sie damals kennen gelernt hatte.

»Du willst noch einmal fortgehen, nicht wahr? In dieses Wirtshaus, von dem dir der Steuereintreiber erzählt hat. Wir sind auf dem Weg hierher daran vorbeigekommen«, sagte sie. Er nickte. »Hier im Norden wird es noch eine gute Stunde dauern, bis es dunkel wird, aber dann könnte ich gehen. Es gibt dort eine Stallung, bei der ich ein Pferd mieten oder kaufen kann.«

Sie ließ erneut den Blick durch das Fenster über den Platz schweifen.» Ich weiß, dass du nach der *Jackdaw* fragen musst, aber es beunruhigt mich.« Sie sagte es zu ihm in der Sprache der Kahnyen'kehàka, um es wahrhaftiger erscheinen zu lassen, um ihn dazu zu bringen, ihr zuzuhören.

Nathaniel antwortete ihr in derselben Sprache: »Vielleicht ist dein Großvater in der Nähe. Vielleicht sucht er nach uns.«

Unter ihnen hatten fünf Damen in Begleitung von rotberockten Offizieren den Platz erreicht. Die Menge teilte sich, um sie durchzulassen, und Nathaniel konnte sie nun besser sehen. Die jungen Frauen waren vornehm gekleidet; jede von ihnen trug ein breites blaues Band quer über der Brust, auf dem in weißer Schrift *Gott schütze den König* geschrieben stand.

Er war in Schottland und er war es doch nicht: Nathaniel fühlte sich plötzlich wieder wie sechzehn, wie in jenen ersten Jahren des Krieges, als die Torys New York noch fest in ihrer Hand hatten. Dort hatte er diese Bänder schon einmal gesehen: Loyalisten, die mit seidenen Bannern für den alten George paradierten, entschlossen, aus der ganzen Welt ein großes England zu machen, auch auf die Gefahr hin, dafür sterben zu müssen. Er hätte nie gedacht, diesen Anblick noch einmal geboten zu bekommen, und in Schottland schon gar nicht. Nicht im Schottland seiner Mutter, jenem Schottland, für das Robbie auf dem Schlachtfeld von Culloden gekämpft hatte. Und noch nicht einmal in dem Schottland, von dem Angus Moncrieff im Zuchthaus von Montréal Stunde um Stunde erzählt hatte. Und doch war es so; Beweis genug, dass alle diese Erzählungen nur einen Teil der Geschichte wiedergegeben hatten.

Es geht uns nichts an, versuchte er sich selbst zu ermahnen. *Lass dich nicht in ihre Angelegenheiten hineinziehen.*

Hannah ließ ihre Hand in die seine gleiten. Er drückte sie fest. Gleich neben dem wachsenden Haufen Abfall, der später in den Flammen des Freudenfeuers aufgehen würde, hatten Arbeiter begonnen, etwas aufzubauen, das für Nathaniel aussah wie ein provisorischer Galgen.

»Schau mal, Dad!« rief Hannah. »Der Mann mit dem hohen Hut – dort, gleich neben dem Brunnen. Er hat eine große Puppe, die wie ein Mann gekleidet ist. Was werden sie damit tun?«

Es war eine Puppe, die aus zusammengebundenem Stroh und Lumpen gemacht war. Man hatte eine verfilzte alte Perücke an ihrem Kopf befestigt und ihr Kniehosen und ein loses Hemd angezogen. Um den Hals trug die Puppe ein Schild, auf dem in großen Lettern »Th. Paine« zu lesen war. Der Mann schwenkte die Puppe wie eine Trophäe über dem Kopf und dann sprang er auf die Bühne, um sie der Menge zu präsentieren. Schwungvoll drehte er sie um, damit jeder auch das Schild auf dem Rücken lesen konnte: »Die Menschenrechte« stand dort. Schrille Beifallspfiffe und Gelächter waren die Folge; die Frauen applaudierten mit ihren behandschuhten Händen.

»Dad?« Hannah sah ihn an.

»Sie kriegen Tom Paine nicht zu fassen, deshalb wollen sie ihn symbolisch hängen«, erklärte Nathaniel. »Und danach werden sie ihn verbrennen. Um den Sieg der Engländer über die Franzosen zu feiern.«

»Stiefelchen!« rief Nathaniel. »Die Diener sind weg. Du kannst herauskommen.«

Elizabeth schlug die Vorhänge zurück und kletterte aus dem Bett. Sie ließ die Zwillinge, wo sie waren, fürs Erste satt und zufrieden damit, vor sich hin zu brabbeln. Sie brauchten frische Windeln und – genauso wie Elizabeth selbst – ein Bad. Doch erst einmal musste sie etwas essen.

Sie hielt einen Moment inne, um das Zimmer zu mustern. Es war gut geschnitten und mit Mahagonimöbeln und einem feinen Teppich ordentlich eingerichtet. Mit ziemlicher Sicherheit war dies die beste Unterkunft, die in Dumfries zu haben war, aber dennoch musste Nathaniel jedes Mal den Kopf einziehen, wenn er durch die Tür ging, um nicht anzustoßen.

»Wo ist Curiosity?«

Hannah wies mit dem Kinn zu der geschlossenen Verbindungstür zum Nebenzimmer. »Sie genießt das heiße Wasser.«
»Natürlich.« Auf dem Weg zum Tisch schlängelte sich Elizabeth zwischen Truhen und anderen Gepäckstücken hindurch. Nathaniel hielt ihr eine Deckelkanne hin. Sie umfasste den Zinnkrug mit ihren Händen und roch daran. Es war Dünnbier, scharf und hefig. Mehr als alles andere sagte ihr dieser Geruch, dass sie wieder in England war.
»Setz dich.« Nathaniel zog sie sanft am Ellbogen.
»Ich habe mehr als den halben Tag gesessen«, entgegnete sie. »Jetzt möchte ich mich erst ein wenig strecken. Sag du mir lieber, was das hier alles ist.« Im Zimmer standen neben dem eigenen Gepäck sechs Truhen, die sie nie zuvor gesehen hatte.
»Es ist Giselle Somervilles Gepäck«, erklärte Hannah. »Moncrieff sagt, dass Captain Pickering es nicht haben wollte. Er hat es deshalb uns gegeben.«
»Das ist aber sehr merkwürdig. Ohne uns vorher zu fragen, ob wir etwas damit anfangen können?«
Hannah zuckte mit den Schultern, während ihr Blick über Elizabeths graues Reisekleid glitt. Es war eines von den dreien, mit denen sie Paradise verlassen hatte, und wie an den anderen beiden auch ließen sich an dem Kleid die Strapazen der Reise ablesen.
Elizabeth griff nach der Platte mit kaltem Rindfleisch. »Ich werde ihre feinen Sachen nicht tragen. Selbst wenn wir vor dem Earl in Lumpen erscheinen müssen – er hat es sich selbst zuzuschreiben. Und ich wage zu behaupten, dass er uns so oder so empfangen wird.«
»Andernfalls machen wir einfach kehrt und reisen nach Hause«, sagte Nathaniel trocken und spähte misstrauisch in eine Schüssel mit eingelegten Zwiebeln.
Es klopfte an die Tür und der Wirt erschien. Er verbeugte sich hastig, wobei seine Halbglatze rund und weiß wie ein Zifferblatt aufblitzte. »Darf ich mir erlauben zu fragen, ob alles in Ordnung ist? Benötigen Sie noch irgendetwas, Sir?«
»Mr. Thornburn.« Elizabeth wandte sich direkt an ihn, in einem Tonfall, von dem sie wusste, dass er ihn nicht missverstehen konnte. »Bitte sehen Sie zu, dass diese Truhen verschwinden. Bringen Sie sie zu Mr. Moncrieff. Sie gehören uns nicht.«

Der Wirt nickte eifrig. »Mr. Moncrieff ist auf dem Weg ins *Globe*, Ma'am. Er will dort ein Gläschen mit dem Dichter trinken. Aber ich werde mich sofort darum kümmern.«

Hannah zog eine Augenbraue nach oben. »Der Dichter? Hat Dumfries etwa einen eigenen Dichter?«

»Den haben wir in der Tat, Miss. Wir betrachten Rab Burns als einen der unseren. Haben Sie an Bord der *Isis* nicht seine Bekanntschaft gemacht?«

»Robert Burns?« Nathaniel richtete sich auf. »Der Steuereintreiber?«

»Jawohl, genau der«, erwiderte Mr. Thornburn, sich nachdenklich über seinen Backenbart steichend. »Ein Steuereintreiber und Schottlands großartigster Dichter obendrein. Ist seine Dichtkunst also auch im fernen Amerika bekannt?«

Hannah legte ihre Hände flach auf den Tisch und sang ohne zu zögern mit fester Stimme, die aufgrund mangelnder Übung lediglich ein wenig rau klang:

»Ye flowery banks o'bonnie Doon,
How can ye blume sae fair;
how can ye chant, ye little birds,
and I sae fu' o' care!«

Thornburns Kinnlade fiel nach unten, dann klappte er den Mund ruckartig wieder zu. »Eine Indianerin, die Rab Burns' Gedichte kennt! Dann ist es also wahr, dass man den Rothäuten etwas beibringen kann.«

Bevor Hannah darauf reagieren konnte, trat Nathaniel zwischen sie und den Wirt und sagte: »Vielen Dank, dass Sie sich um die Truhen kümmern. Sonst brauchen wir vorerst nichts.«

»Jawohl, Sir, ganz wie Sie wünschen.« Thornburn verneigte sich erneut. An der Tür hielt er kurz inne und warf einen letzten inquisitorischen Blick auf Hannah, die ihm ihr Kinn entgegen streckte und ungehalten zurückstarrte.

Für einen Augenblick trat Ruhe ein und sie lauschten der Menge auf dem Marktplatz. Dann streckte Elizabeth die Hand aus und legte sie auf Hannahs Arm.

»Ich fürchte, du wirst, solange wir hier sind, noch häufiger solche entsetzlich ignoranten und unhöflichen Aussprüche zu

hören bekommen. Gerade die Menschen, die sich einbilden, zivilisiert zu sein, sind nicht notwendigerweise auch besonders intelligent und verständig.«
Hannah nickte stumm, doch ihre Gesichtsmuskeln arbeiteten. »Ich hätte auf dich hören sollen«, sagte sie schließlich. »Besser, ich wäre in Lake in the Clouds geblieben.«
Elizabeth sah den angespannten Ausdruck in Nathaniels Gesicht. »Aber du gehörst zu uns! Und deshalb bin ich froh, dass du bist, wo du bist.«

Elizabeth wünschte sich nichts mehr auf der Welt, als alleine zu baden, anschließend ins Bett zu kriechen und an ihren Ehemann geschmiegt einzuschlafen. Es waren Monate vergangen, seit sie das letzte Mal ein so großes und gemütliches Bett miteinander geteilt hatten. Außerdem war diese Halbtagesreise von der Mündung bis hierher anstregender gewesen als die letzten Wochen auf der *Isis*.

Es war jedoch ein vergeblicher Wunsch. Die Zwillinge mussten noch dringender gebadet werden als sie selbst; die Dienstleute erschienen erneut, um die Truhen hinauszutragen, die Tische abzuräumen, neue Scheite ins Feuer zu legen, das kalt gewordene Badewasser auszuleeren und frisches, heißes Wasser zu bringen. Curiosity bestand darauf, ihre gesamte Kleidung durchzusehen und die Teile auszusortieren, die dringend gewaschen werden mussten. Hannah stellte fest, dass eines der Dienstmädchen ein entzündetes Auge hatte, das mit einem bestimmten Kraut, das der Hakim ihr gegeben hatte, behandelt werden könnte, was zur Folge hatte, dass sie ausgiebig jedes ihrer Gepäckstücke danach durchforstete.

Nathaniel hielt sich von all dem fern und sah stattdessen weiter aus dem Fenster. Dumfries feierte seine Freude über die königliche Kriegsmarine; momentan stieg jeder Mann, der über ein gewisses Ansehen verfügte, auf die Bühne und hielt eine Rede. Nathaniel erstattete gelegentlich Bericht, wenn ihm wieder einmal eine Äußerung dort unten besonders lächerlich und dumm erschien, was nicht selten vorkam. Irgendwann sprang ein sehr betrunkener alter Mann zu den anderen auf die Bühne und begann so laut zu singen, dass alle plötzlich verstummten.

»Mick Schiell! Du kannst kein bisschen singen!« Der Ausruf wurde vom gezielten Wurf eines Apfels begleitet. Der alte Mann beugte sie sich dem Wunsch der Menge und kletterte wieder von der Bühne, so dass die Reden fortgesetzt werden konnten.

Hannah hörte aufmerksam zu. Plötzlich sah sie verwirrt von ihrem Kräuterkorb auf. »Wie kann ein Frosch Papist sein?«

»Frosch ist eine respektlose Bezeichnung für einen Franzosen«, erklärte Elizabeth. »Die meisten Franzosen sind Katholiken.«

Curiosity gab jenen für sie so typischen verächtlichen Laut von sich. »Ich weiß nicht, warum die Leute immer Unfrieden stiften müssen. Scheinen ständig danach zu suchen, wie sie sich eine blutige Nase holen können.«

Hannah verzog nachdenklich den Mund. »Es ist kaum anders als zu Hause.«

»Wie wahr. Wir haben selbst genug Ärger und haben es deshalb eigentlich nicht nötig, nach neuen Dummheiten Ausschau zu halten.«

Doch während sie dies sagte, kreuzte ihr Blick den von Elizabeth und sie entdeckte darin den Hauch eines Lächelns, eine Art müder Zustimmung. Sie stand auf und srich ihren Rock mit den Händen glatt. »Ich bin müde«, verkündete sie. »Und ich kann es nicht leugnen: Dieses Bett sieht mehr als einladend aus. Ich wünsche allen eine angenehme Ruhe.«

Doch selbst als die Zwillinge versorgt waren und Curiosity und Hannah im Zimmer nebenan lagen, wurde Elizabeth nicht Nathaniels ganze Aufmerksamkeit zuteil. Er ließ sich zunächst in die Wanne mit heißem Wasser sinken, das mit Seifenschaum bedeckt war, also nahm nun sie den Platz am Fenster ein und schenkte ihre Aufmerksamkeit einmal Nathaniel, einmal der Szene unten auf dem Platz. Thomas Paine, oder was noch von ihm übrig war, wirbelte an einem Seil herum, während einige Burschen die Reste der Puppe mit Steinen und Dung bewarfen.

»Dumfries ist wohl nichts für dich, Stiefelchen.«

Sie lachte. »Hast du etwas anderes erwartet?«

Bei einem vergeblichen Versuch, sowohl seine Schultern als auch seine Knie zugleich unter Wasser zu halten, rutschte Nathaniel noch tiefer in die Wanne hinein. »Ich bin nicht sicher, ob es Schottland oder die Menge auf dem Platz ist, die dir dieses Unbehagen verursacht.«

»Beides«, sagte sie und lehnte sich mit verschränkten Armen gegen die Wand. »Und ich mache mir Sorgen wegen dieses Ausflugs, den du planst.«

Er sah ihr fest in die Augen. »Wenn du nicht möchtest, dass ich gehe, dann sagst du es am besten gleich.«

Elizabeth dachte nach. Sie konnte ihn in einer Weise bitten, zu bleiben, dass er seinen Plan, einen nächtlichen Ritt zu einem ihm unbekannten Wirtshaus, in dem ein derbes Volk verkehrte, vielleicht aufgeben würde. Doch damit hätte sie nur sehr wenig erreicht: Sie würde ihre eigene Besorgtheit gegen seine Schlaflosigkeit eintauschen, und das konnte sie vor sich selbst nicht verantworten.

Nathaniel senkte seinen Kopf und goss eine Kelle Wasser über sein eingeseiftes Haar. Die Dämmerung nahm zu und die letzten Sonnenstrahlen vergoldeten seinen nassen Rücken. Ein Rücken wie jeder andere. Er war aus Fleisch und Blut; er war stark und klug und schnell. Er würde hinausgehen in dieses merkwürdige schottische Dämmerlicht mit einem Himmel, der die Farbe von vergoldeten Rosen, von Asche und Ocker annahm, und wenn er getan haben würde, was er tun musste, dann würde er den Weg zu ihr zurück finden. Sie musste ihm vertrauen, so wie er ihr immer vertraut hatte.

»Sie werden bald das Freudenfeuer anzünden. Es wird eine gute Ablenkung sein. Ich denke, das ist die beste Zeit für dich zu gehen«, sagte sie.

Er zwinkerte, weil er Wasser in die Augen bekommen hatte. »Das ist es nicht, wonach ich dich gefragt habe, Stiefelchen.«

»Ich weiß, was du mich gefragt hast.« Sie ging zu dem kupfernen Trog, kniete sich daneben und nahm ihm die Schöpfkelle aus der Hand. Während sie sein Haar ausspülte, sagte sie: »Letzte Nacht hast du etwas zu mir gesagt, das mir nicht aus dem Kopf gehen will. Du sagtest, du seist mir so wenig von Nutzen, dass du genauso gut in Ketten liegen könntest.«

Er hob an, etwas zu antworten, aber sie brachte ihn zum Schweigen.

»Ich möchte dich nicht in Ketten sehen. Noch nicht einmal

ich selbst möchte dir welche anlegen. Aber versprich mir, dass du vorsichtig bist und im Morgengrauen zurück sein wirst.« Nathaniel ergriff ihr Handgelenk und drückte seine Lippen auf ihre Handfläche. Sie fühlte seine Bartstoppeln an ihrer Haut. »Ich verspreche es. Vielleicht werde ich am Fenster kratzen, wie der Grüne Mann in der Morgendämmerung.«

»Wahrscheinlicher ist, dass du kommst, um mich mit deinen kalten Füßen zu wecken«, sagte sie, überrascht und beunruhigt durch den Schauer, der ihr plötzlich in Erinnerung an den Waldgeist über den Rücken lief. *Aberglaube*, dachte sie, *nicht mehr und nicht weniger.*

Das Freudenfeuer loderte vor dem sich verdunkelnden Himmel auf. Sein Tosen übertönte die Menschenmenge. Nathaniel sah aus einer Gasse neben dem Gasthaus zu, während er überlegte, welchen Weg zur Pferdevermietstation er am besten durch diese Menschenmassen nehmen sollte. Alles war voller Menschen. Er sah Alte und Junge; ihre Gesichter glänzten vor Erregung, und ihre Stimmen waren rau vom Alkohol. Mr. Thornburn hüpfte mit den anderen um das Feuer herum und Nathaniel fragte sich, ob er auch nur die geringste Ahnung hatte, wie sehr Dumfries jetzt jedem beliebigen Dorf der Kahnyen'kehàka nach einem gewonnenen Kampf glich.

Sich den Hut tief in die Augen ziehend lief er außen um den Marktplatz herum, den Widerschein des Feuers meidend. Schon bald sah er, dass es noch ein anderes Dumfries gab: eines, das schweigend im Schutze der Dunkelheit zusah.

Gleich hinter dem Ziegeldach des Gasthauses und dem Versammlungshaus aus rötlichem Sandstein befand sich eine Ansammlung kleiner Hütten. Auf jedem ihrer Strohdächer hockte in angespannter Haltung ein Mann oder ein Junge, einen Eimer zwischen den Knien und einen tropfnassen Besen in der Hand; mit wachsamen Augen verfolgten sie jeden Funken, der in den Nachthimmel flog. In den Türrahmen standen Mütter, ihre Kinder seitlich auf die Hüfte gestemmt, und hinter ihnen die Ehemänner. Ein alter Mann mit kurzem grauem Haar saß mit durchgedrücktem Kreuz und versteinertem, abwesendem Gesicht auf einem Maulesel. Das Feuer spiegelte sich rot in seinen Augen. In der inzwischen fast vollständigen Dunkelheit erinnerte er Nathaniel an Sky-Wound-Round, den Großvater seiner ersten Frau, an jenen Mann, der ihn als Erster zum Kämpfen verleitet hatte. Ein Gefühl von Heimweh stieg in ihm auf, doch er verdrängte es wieder.

Ich träumte, meine Liebste käme und fände mich tot ...
doch mit ihren Küssen hauchte sie mir so viel Leben ein,
dass ich wieder zum Leben erwachte,
und plötzlich König war ich.

Nathaniel warf einen Blick zurück über den Marktplatz und entdeckte eine einzelne Kerzenflamme im Fenster. Elizabeth sah immer noch hinaus. Ihr blasses, herzförmiges Gesicht schien in der Dämmerung zu schweben. Sie wartete schon jetzt auf seine Rückkehr, obwohl er noch gar nicht richtig fort war.

Im Mietstall brannte Licht und man hörte, wie ein Hammer auf Metall schlug. Er ging hinein, einen Beutel mit Fünfguineenstücken in der Faust. Das Gold der Torys hatte, seit Chingachgook es vor fast vierzig Jahren aus dem Busch mitgebracht hatte, nichts als Ärger verursacht, doch nun würde er eine sinnvolle Verwendung dafür finden.

Er verzichtete darauf, seinen Namen zu nennen, aber es war auch nicht notwendig: der Anblick der Münzen im Schein des Feuers genügte. Der Schmied legte seinen Hammer beiseite und ging das beste Pferd holen, das er besaß.

Es war eine Schmiede wie jede andere, in der es nach heißem Eisen und Dung und Schweiß roch. Auf einem grob gezimmerten Tisch stand neben den Überresten eines Haferkuchens und einem Stückchen trockenen Käses ein Trinkkrug. An einem Nagel neben der Tür hing ein wollener Umhang, darunter befand sich ein Paar abgetragener Stiefel, die der Größe nach zu urteilen dem Schmied selbst gehörten.

Er führte eine fertig gesattelte Rotschimmelstute heran. Ein schönes Tier, nicht mehr jung, aber mit kräftigen Beinen und einem klugen Blick. Nathaniel bot ihm das Doppelte von dem, was sie in New York erbracht hätte, und der Schmied verkaufte sie ohne zu zögern.

»Die Stiefel und der Umhang. Was willst du dafür haben?«
Der Schmied beobachtete ihn aus dem Augenwinkel. »Ich

hab' diese Stiefel seit gut zehn Jahren. Sind grad' richtig eingelaufen, die Dinger.«

Nathaniel legte ein weiteres Goldstück auf den Tisch. Der Mann gab ein überraschtes Grunzen von sich. Die Münze verschwand in seiner Hand.

»Brauchen Sie noch 'was, Prediger?«

Prediger. Innerhalb der nächsten Stunde würde die ganze Stadt von einem Geistlichen erfahren, der die Taschen voller Goldmünzen hatte und dumm genug war, fünf Guineen für ein Paar alte Stiefel und einen abgetragenen Umhang auszugeben. Ein Fremder, dessen Schottisch sich merkwürdig anhörte, ganz so, als hätte er es aus zweiter Hand gelernt. Es würde nicht lange dauern, bis Moncrieff sich einen Reim darauf gemacht hätte, und Nathaniel wollte Moncrieff bei seinem Vorhaben auf keinen Fall dabei haben.

»Jawohl«, entgegnete er und legte fünf weitere Münzen auf ein Fass. »Waffen. Und dein Schweigen.«

Der dunkle Schopf flog herum und der Schmied sah ihn zum ersten Mal direkt an. Verschwitztes Haar klebte an seinen Schläfen; seine linke Gesichtshälfte wirkte schlaff, der Mundwinkel hing nach unten, sein rechtes Auge schielte. Nathaniel war dankbar für die schummrige Beleuchtung und für seine breite Hutkrempe.

Vom Wirtshaus nebenan hörte man einen Mann mit lauter, klarer Stimme singen.

»Die Gallier droh'n mit Invasion?
Das soll uns Angst einjagen?
Uns're Front aus Schiffen, die steht fest,
so werden wir sie schlagen.
Eher wird die Criffel vor Solway untergeh'n
und in Corsincon läuten die Glocken,
als dass wir es dem Feind gestatten,
sich auf britisches Land zu hocken.

Oh, lasst uns nicht uns selbst zerfleischen,
wie's wilde Hunde tun.
den Knüttel erhoben gegen den Feind,
der Zwist unter uns soll ruh'n.

*Britannien soll stets britisch sein
und ewiglich vereinigt,
und wenn es was zu richten gibt,
wird's von uns selbst bereinigt.*

Der Mund des Schmieds verzog sich, als er auf das Gold starrte. So viel Geld, wie er sonst in zwei Jahren mit dem Beschlagen von Pferden verdiente! Ohne ein Wort zu sagen ging er auf einen Schrank in der Ecke des Raumes zu und nahm einen Schlüssel vom Haken an seinem Gürtel, um ihn aufzuschließen. Was Nathaniel wollte, war ein Gewehr; sicher würde er nur eine einfache Flinte bekommen. Doch als der Schmied ein Bündel auf das Fass legte und öffnete, sah er mehr, als er erhofft hatte: zwei Pistolen mit Halfter, die gut, aber leicht in der Hand lagen, die Läufe aus Stahl, die Griffe aus Walnussholz und mit verzierten Silberplatten besetzt. Es waren Waffen, die einem Reichen gehört hatten und aus denen bislang kaum geschossen worden war.

Draußen ebbte der Lärm der Menschenmenge wie ein garstiger Wind auf und ab.

»Wie bist du denn an die gekommen?« Er wollte die Pistolen haben, aber er wollte auf keinen Fall auch nur eine Stunde wegen Diebstahls im Gefängnis von Dumfries zubringen.

Der Mann zuckte die Schultern. »Sind jedenfalls nicht gestohlen.« Er ließ einen Beutel mit Schießpulver und einen weiteren mit Kugeln auf das Fass fallen und stopfte die Münzen in seine Schürzentasche. Dann berührte er seine Schläfe mit zwei Fingern, ein freundlicher Gruß, der Nathaniel oder seinen Münzen galt, und wandte sich wieder dem Schmiedefeuer zu.

Nathaniel schnallte sich die Halfter kreuzweise über die Brust und warf sich den Umhang um. Er roch nach billigem Tabak und nasser Schafwolle, aber er war dick und der hohe Kragen reichte ihm fast bis zur Hutkrempe. Er würde ihn wärmen und mit etwas Glück würde er ihn vor neugierigen Blicken schützen.

Er ließ Dumfries im Trab hinter sich, froh über den Nachtwind, der ihm ins Gesicht wehte. Die Straße war menschenleer und die Rotschimmelstute bewegte sich willig und sicher. Nathaniel ließ die Zügel locker und sie wich Schlaglöchern aus, die er in der Dunkelheit gar nicht gesehen hätte.

Nach seiner Berechnung lag *Mump's Hall* sechs Meilen südlich an der Straße in Richtung Meer. Er hielt Ausschau nach den prägnanten Stellen, die er sich während der langen Kutschfahrt eingeprägt hatte: eine zusammengefallene Mauer, eine hölzerne schmale Brücke, die an einen Katzenbuckel erinnerte. Im Mondlicht schienen die Hütten der Kleinpächter direkt aus dem Boden zu wachsen: Haufen von Steinen, die ohne Mörtel aufeinander geschichtet worden waren und die eher Höhlen glichen als Häusern, wie Menschen sie für sich schaffen würden. Getreidefelder – ein Morgen Weizen und ein Morgen Hafer. Nach Westen hin ein Hügel mit Kühen, struppig wie Hunde, die im Mondschein grasten. Schafe, die dicht an einem Zaun kauerten, Heuschober und weitere Haferfelder. Einige armselige Bäume standen entlang eines Flusses, der geräuschvoll nach Osten in Richtung Meer floss. Ihm stieg der Geruch von Salz, Sand und Morast in die Nase. Er überquerte eine weitere Brücke und an einer Wegbiegung entdeckte er endlich das Wirtshaus. Eine Laterne brannte neben der Eingangstür.

Nathaniel band das Pferd an den Pfosten vor dem Haus und hielt inne, um sich zu orientieren. Vom Haus her wehte ein Geruch von verschüttetem Bier und gegrilltem Hammelfleisch. Bei jedem Schritt gab der morastige Boden ein schmatzendes Geräusch von sich; der Gestank von verrottendem Laub war überall.

Er stieß die Tür auf.

Im gedämpften Licht eines rauchenden Feuers steckten Männer über ihren Trinkkrügen die Köpfe zusammen. Einige sahen aus wie Bauern, doch die meisten hatten teerige Hände und das wettergegerbte Gesicht von Seeleuten. In der hintersten Ecke spielten einige von ihnen Karten, aber Nathaniel konnte kein bekanntes Gesicht unter ihnen ausmachen.

Ein Mann, der mit bloßen Füßen auf den Kaminplatten saß, spie einen dicken Strahl Kautabak ins Feuer. »Mump!« schrie er über seine Schulter hinweg. »Kundschaft für dich, Mann!«

Der Schankwirt betrat durch eine seitliche niedrige Tür im hinteren Teil den Gastraum. Er war nicht größer als ein zehnjähriger Junge, dafür aber rund wie ein Fass – ein übergewichtiger

Gnom, der auf Füßen herumhüpfte, die zu klein schienen, um sein Gewicht zu tragen. Sein Haar war zu einem Knoten zusammengebunden, aber sein grauschwarzer Bart wallte ihm bis zur Taille. Unter dem Arm trug er eine Flasche. Er wischte sich am Ärmel seines Wams den Mund ab. »Was darf's sein?«

Nathaniel erhob seine Stimme, obwohl es im Raum bereits totenstill geworden war. »Eine Auskunft.«

»Oha«, sagte der kleine Mann, während sich seine runden Wangen röteten. »Habt ihr das gehört, Jungs? Eine Auskunft will er. Eine Auskunft.« Er reckte sich zu seiner vollen Größe auf, als er auf Nathaniel zuging. »In *Mump's Hall* kriegst du Starkbier, so lange du dafür zahlen kannst. Auf der Staße runter nach Dumfries gibt's 'ne Bücherei, da kannst du deine Auskunft kriegen.«

Es war wenig klug, in einem Raum voller Männer, die ihren Lebensunterhalt mit Schmuggel verdienten, Goldguineen zu zücken, und er hatte bloß ein paar Pfund in Silbermünzen in der Tasche, die er nur ungern ausgeben wollte. Doch es half nichts: Nathaniel wusste, dass diese Männer nicht reden würden, wenn er nicht mit ihnen trank.

»Dann einen Whisky.«

Die Miene des kleinen Mannes hellte sich auf. »Gut, Whisky. Es gibt keinen besseren Weg, 'ne Unterhaltung anzufangen.«

Er hüpfte auf einen Stuhl und bedeutete Nathaniel mit einem Wink, auf einem der Stühle neben ihm Platz zu nehmen. Nachdem die lange, schmale Flasche unter seinem Arm entkorkt und der Whisky eingeschenkt worden war, kippte Nathaniel ihn in einem brennenden Zug hinunter. Der Schankwirt kletterte zufrieden wieder von seinem Stuhl und stand dann da, nachdenklich an einer gezwirbelten Strähne seines langen Barts kauend.

»Dandie Mump heiß' ich. Und wer bist du?«

Nathaniel überlegte. Er würde sich hier nicht lange als Schotte ausgeben können, aber er war auch nicht so dumm, Moncrieffs Warnungen in Bezug auf die Campbells in den Wind zu schlagen. »Ich bin Amerikaner. Bin heute Morgen mit der *Isis* angekommen.«

»Mit der *Isis*!«

Er hätte genauso gut ankündigen können, ihre Kehlen durchschneiden zu wollen, so wie die Reaktion ausfiel. Stuhlbeine quietschten über den Fußboden, als die Männer sich erhoben.

Mump sah ihn mit zusammengekniffenen Augen an. »Du kommst von diesem großen Handelsschiff, das oben in der Flussmündung liegt?«

Nathaniel gefiel es gar nicht, wie der Raum um ihn herum immer enger zu werden schien, aber er behielt seinen gelassenen Gesichtsausdruck bei. »Ja, genau.«

Ein großer Mann aus dem hinteren Teil der Menge, der einen Klumpen Kautabak in der Backentasche hatte, fragte: »Ist es wahr, dass an Bord Typhus herrscht?«

Mump schüttete erneut Whisky in Nathaniels Becher, um ihn dann selbst zu trinken. »Der Kapitän erlaubt der Mannschaft wegen dem Typhus nicht, an Land zu gehen. So haben wir das jedenfalls gehört.«

»Ma Nans Bruder Charlie ist auf der *Isis*«, sagte ein Mann, der Ellbogen an Ellbogen mit Nathaniel stand. Er war von mittlerem Alter, hager und hatte ein wettergegerbtes Gesicht. Er roch nach Fisch und Teer und Überdruss und seine Hände zitterten ein wenig. »Sie macht sich wirklich Sorgen um ihn. Kennst du den Burschen?«

»Ein Kabinensteward?« fragte Nathaniel. »Ungefähr zwölf und mit blonden Haaren?«

»Jawohl, das ist unser Charlie Grieve. Hast du ihn heut' Morgen gesehen?«

»Ja«, antwortete Nathaniel. »Und er war gesund und munter und freute sich darauf, seine Leute wiederzusehen.«

Unter den Männern brach heftiges Gemurmel aus. Es wurden Fragen gestellt, auf die es keine Antworten gab. Nathaniel konnte ihnen nicht weiterhelfen: Auf den ersten Blick machte es keinen Sinn, dass Pickering die Mannschaft an Bord zurückhielt; doch es gab ja noch Moncrieff, der bereits unter Beweis gestellt hatte, dass er zu Schlimmerem in der Lage war. Er sah die Seemänner an, die um ihn herumstanden. Sie schauten zurück, einige von ihnen mit verschlossenen, andere mit neugierigen Gesichtern. Sie alle warteten, das Schlimmste befürchtend, auf ein Wort über ihre Söhne oder Brüder oder Neffen.

»Sam Lun, du läufst am besten heim zu Nancy«, sagte Mump. »Das arme Mädchen könnte 'ne gute Nachricht dringend gebrauchen. Ihr habt Mungo verloren, aber Charlie wird bald zu Hause sein.«

Nathaniels Kopf schnellte nach oben. »Was weißt du über Mungo?«

Mump warf seinen Kopf in den Nacken, um Nathaniel an seiner Nase vorbei von unten her anzustarren. »Die *Osiris* ist in der Nähe der großen Sandbänke gesunken«, sagte er heiser. »Mungo Grieve gehörte zur Mannschaft.«

Aber er starb nicht mit den anderen, dachte Nathaniel.

»Wie kommt's, dass du Mungo kennst?« fragte Sam Lun mit einem deutlichen Ausdruck von Misstrauen im Gesicht.

»Er wurde an Bord gebracht, nachdem die Franzosen die *Osiris* versenkt hatten«, sagte Nathaniel und fügte schnell, noch bevor Hoffnung in dem schmalen Gesicht des Mannes aufkeimen konnte, hinzu: »Mungo starb an einem Fieber, nachdem man ihn an Bord gebracht hatte. Aber sein Bruder war bei ihm und er ist ruhig eingeschlafen.«

Sam Lun blinzelte zweimal. Seine Augen waren plötzlich rot gerändert. »Ist das wahr? Das wär' ein Trost für meine Nancy, wenn sie wüsste, dass der Junge nicht leiden musste.«

»Es ist wahr«, sagte Nathaniel. »Ich schwöre es.«

Für einen Augenblick herrschte Stille im Raum, nur unterbrochen durch das Prasseln des Feuers im Kamin. Schließlich seufzte Mump tief.

»Nun denn... Und was führt dich außer deinen schlechten Nachrichten zu mir?«

»Ich bin auf der Suche nach Mac Stoker oder irgendjemandem, der zu seiner Mannschaft gehört.«

Der freundliche Ausdruck auf Dandie Mumps Gesicht verschwand. »Mac Stoker sagst du? Und warum glaubst du, dass du den alten Hurensohn hier findest?«

»Weil nur jemand, der auf der *Jackdaw* war, euch sagen kann, was der *Osiris* zugestoßen ist.« Nathaniel ließ seinen Blick durch den Raum schweifen, während er mit Mump sprach. Überall um ihn herum tauschten die Männer Blicke, die ihm nicht gefielen, aber er wusste nicht recht, wie er sie deuten sollte.

»Ich will Stoker nichts Böses«, sagte er.

Zum ersten Mal ergriff einer der Kartenspieler in der Ecke das Wort. »Das ist zu schade«, sagte er und erhob sich vom

Tisch. »Ich für meinen Teil würde nichts lieber sehen, als dass der Mann tot wär'.«

Mump runzelte die Stirn. »Hüte deine Zunge, Jock Bleek.«

»Und warum sollte ich meine Zunge hüten, Dandie? Ist es etwa nicht wahr, dass Stoker seine Mannschaft den Dragonern überlassen hat, um einer Frau hinterher steigen zu können?«

Sam Lun schüttelte so heftig den Kopf, dass sein Unterkiefer bebte. »Und erst seine Granny! Vergiss nicht seine Granny, Jock. Wurde ins Gefängnis geschleppt wie'n Sack Hafer!«

Nathaniel stockte der Atem. »Sie sind alle im Gefängnis?«

»Jawohl. Jeder von ihnen sitzt im Zuchthaus von Dumfries«, entgegnete Mump. »Ich versteh' das nicht. Mac Stoker war nie einer, der wegen 'ner Frau den Kopf verliert.«

»Habt ihr gesehen, wie es passiert ist?« fragte Nathaniel und ließ seine Augen vom einen zum anderen wandern. »Hat irgendwer gesehen, wie die Mannschaft gefangen genommen wurde?«

»George hier hat's gesehen, stimmt's nicht, Georgie? Komm schon, erzähl dem Amerikaner, was passiert ist.«

Ein junger Mann drängte sich durch die Menge nach vorne und stellte sich neben Mump. Er hatte einen roten Haarschopf; außerdem wuchsen rote Haare aus seinen Ohren, den Nacken hinunter und auf seinen Handrücken. Bei seinem Anblick begann Nathaniels Haut zu kribbeln.

»Jawohl, ich hab's gesehen«, sagte Georgie. »Gestern Abend.«

»Gestern Abend?« Nathaniel zog die Stirn kraus. »Noch heute Morgen hat mir einer der Steuereintreiber gesagt, er hätte die *Jackdaw* nicht gesehen.«

Mump brach in lautes Gelächter aus, und sein Bart hüpfte auf seiner Brust. »Und du hast dem Steuereintreiber geglaubt? Sind alle Amerikaner so dämlich?«

Sam Lun gab Georgie einen Stups. »Erzähl den Rest der Geschichte.«

Georgie nickte und räusperte sich. »Es war auf der Straße von Corbelly, abends, in der Dämmerung war das. Ein ganzer Haufen Rotröcke mit Bajonneten trieb die Besatzung der *Jackdaw* die Straße nach Dumfries hoch. Einer von diesen Rotröcken schleppte Granny Stoker auf dem Rücken, mit gefesselten Händen, wie ein Tier. Ein schlechter gelauntes altes Mädchen als die hast du noch

nie gesehen. Hörte gar nicht auf zu fluchen, zu schreien und zu kreischen. War unglaublich, das mitanzusehen!«
»Sind dir unter ihnen zwei Fremde aufgefallen?« fragte Nathaniel.
»Ältere Männer, beide groß und gut gebaut?« Die Stirn des Jungen legte sich in tiefe Falten. »Kann ich nich' sagen. Granny Stoker hat so laut geschrien, dass sie Mac zum Teufel wünscht und so, dass ich kaum auf die anderen geachtet hab'.«
»Und das alles nur wegen so 'nem verwahrlosten Weibsstück!« jammerte Mump, während er auf seinen Fersen vor und zurück wippte, seine Flasche fest im Arm.
»Was ist mit dieser Frau? Was wisst ihr über sie?«
Jock Bleek schnaubte verächtlich. »Was spielt das für eine Rolle, wer sie ist? Stoker ist abgehauen, um sie zu finden, und er wird dafür bis an sein Ende bitter bezahlen.«

Das wird er in der Tat, dachte Nathaniel. Doch zuvor wird Giselle noch gehörig Katz und Maus mit ihm spielen.

Er stand auf und warf seine letzte Silbermünze auf den Tisch.
»Ein Glas für jeden von euch« rief er. »Und meinen Dank.«
»Wo willst du hin, Mann? Wirst du Stoker finden und herbringen?«
Nathaniel schüttelte den Kopf. »Ich will zurück nach Dumfries und dem Gefängnis einen Besuch abstatten.«

Als von dem Freudenfeuer nicht mehr als eine schwache Glut geblieben war und Tom Paines Asche bereits von der nächtlichen Brise davongetragen wurde, konnte Elizabeth nicht länger gegen ihre Müdigkeit ankämpfen. Sie kletterte in das riesige Bett, das mit seinen wie Segel zusammengerafften Vorhängen wie ein Schiff dahinzudümpeln zu schien. Trotz aller Befürchtungen, die sie hegte, fiel sie sofort in einen tiefen, traumlosen Schlaf.

Als sie plötzlich erwachte, war der Mond schon fast verblasst und Lily wimmerte leise im Schlaf. Nathaniel war noch nicht zurückgekehrt.

Elizabeth wickelte sich in einen Schal und ging hinüber zu den Körben, in denen die Kleinen ruhten. Daniel schlief, geräuschvoll und rhythmisch an seiner Faust saugend, aber Lily schaute sie mit runden Augen an und streckte ihr die Ärmchen entgegen.

Elizabeth war dankbar für die Zerstreuung. Es war weitaus angenehmer, im Zimmer auf und ab zu gehen und dabei Lilys Wärme durch den Schal zu spüren, als wach zu liegen, auf Nathaniels Schritte zu lauschen und sich zugleich zu überlegen, warum er so lange fort blieb: schlechte Straßenverhältnisse, eine mangelhafte Wegbeschreibung, ein lahmendes Pferd oder andere Widrigkeiten, die sie sich gar nicht auszumalen wagte.

Der Wind hatte aufgefrischt. Er pfiff durch den Kamin und rüttelte an den Fenstern. »Wie in der Nacht, als ihr geboren wurdet«, flüsterte sie ihrer Tochter ins Ohr. Lily war inzwischen wieder eingenickt, gab ihrer Mutter jedoch mit einem brummenden Laut Antwort.

Aus dem Augenwinkel nahm Elizabeth eine Bewegung auf dem Platz vor dem Fenster wahr, aber als sie hinlief, um genauer hinzuschauen, konnte sie nichts als die Überreste des Freudenfeuers entdecken, die der Wind auf dem Kopfsteinpflaster hin und her trieb. Trotzdem sah sie noch einmal genauer hin, denn wenn sie während ihrer Zeit in den Endlosen Wäldern eines gelernt hatte, dann war es, ihren Sinnen zu trauen.

Und da, ein Wolf!

Ihre Nackenhaare sträubten sich und sie erschauderte, obwohl ihr Verstand sie in einem strengen Ton ermahnte: *In den letzten hundert Jahren oder länger hat es in Schottland keinen einzigen Wolf mehr gegeben.*

Die Kreatur trottete aus einer dunklen Ecke mitten auf den Platz, silbrig grau im Mondlicht glänzend, langbeinig und mit einem nach oben gebogenen Schwanz. Elizabeth atmete auf. Es war kein Wolf, sondern ein Wolfshund – und da kam auch schon ein weiterer aus dem Schatten getrottet.

Plötzlich erschien ein Mann auf dem Marktplatz. Elizabeth hielt erneut den Atem an.

Hawkeye. Sie machte die Augen zu und wieder auf, doch er war noch immer da und lief mit gleichmäßigen Schritten direkt auf das Gasthaus zu. Sein Kopf war unbedeckt und sein weißes Haar flatterte im Wind. Er blieb stehen und hob sein Gesicht dem Nachthimmel entgegen. Für einen kurzen Moment glaubte Elizabeth, dass ihr Schwiegervater den Mond anheulen wollte.

Dann blickte er zu ihrem Fenster hoch; ganz so, als wüsste er genau, wo er sie finden könnte, und berührte mit der Hand die Schläfe.

Nicht Hawkeye, sondern der Earl of Carryck war gekommen, um Anspruch auf sein Eigentum anzumelden.

Was blieb ihr anderes übrig, als ihm die Tür zu öffnen, nachdem er geklopfte hatte? Der Geruch von Pferden und frischer Nachtluft kam mit ihm ins Zimmer. Er war schlicht gekleidet, groß, mit aufrechter Haltung und einem Gesicht, in das sich tiefe Falten gegraben hatten; außerdem schien er über eine Energie zu verfügen, die sein Alter Lügen strafte. Im Widerschein der hastig angezündeten Kerze hatten seine Augen einen intensiven Bronzeton, der sich deutlich von Hawkeyes haselnussfarbenen Augen unterschied.

»Madam.« Er verbeugte sich leicht.

Elizabeth zog den Schal fester um sich. Ein Teil ihres Gehirns staunte über die Ruhe, die sie unter diesen merkwürdigen Umständen bewahrte. Sie stand barfuß in ihrem Nachtgewand vor Alasdair Scott, dem vierten Earl von Carryck. Dieser Mann hatte veranlasst, dass man ihr die Kinder weggenommen hatte, und nun sah sie ihn von Angesicht zu Angesicht, während die Zwillinge hinter ihr ruhig und ahnungslos schliefen.

»Sie wissen, wer ich bin?« Seine Stimme klang vertraut und fremd zugleich: tief und wohlklingend und mit einigen für das Schottische typischen harten Lauten.

»Ja, das weiß ich.«

Elizabeth und der Earl musterten sich gegenseitig. Er war vielleicht fünf Zentimeter kleiner und im Schulterbereich etwas breiter als Hawkeye. Seine Nase war nicht ganz gerade, so als wäre sie bereits mehr als einmal gebrochen worden. Die Ähnlichkeit war ziemlich groß, aber dennoch würde sie diesen Mann von nun an nie mehr mit ihrem Schwiegervater verwechseln. Diese Erkenntis beruhigte sie zusätzlich.

»Es tut mir leid, Mylord. Mein Mann ist nicht hier.«

Er neigte den Kopf. »Das sehe ich wohl.«

»Dann möchten Sie vielleicht lieber am Morgen noch einmal wiederkommen?«

Der Earl wandte sich zum Fenster und sah auf den Platz hinunter. »Ich nehme an, er ist unterwegs, um nach seinem Vater Ausschau zu halten. Richtig?«

Elizabeth zog es vor, nicht zu antworten.

»Wie lange ist er schon weg?«

Sie schwieg.

Carryck drehte sich um. Sie konnte sein Gesicht nicht mehr ausmachen, denn es lag nun im Schatten.

»Sie verstehen doch Schottisch, oder?«

»Ich verstehe Sie sehr wohl, Mylord.«

Ein tiefer Laut kam aus seiner Kehle, von dem man nicht sagen konnte, ob er amüsiert oder spöttisch klang.

»Er wird weder seinen Vater noch MacLachlan finden. Die *Jackdaw* hat gestern in der Flussmündung festgemacht, aber sie waren beide nicht an Bord.«

Er beobachtete sie immer noch, ganz so, als hätte er sie einer Prüfung unterzogen und wäre nun neugierig, wie sie mit dieser Herausforderung umging. In dem kühlsten Ton, den sie aufbringen konnte, sagte sie: »Dann hat der Steuereintreiber gelogen. Ich denke, darüber sollte ich nicht weiter erstaunt sein. Ich vermute, Mr. Pickering und Mr. Moncrieff wussten von der *Jackdaw*, zogen es jedoch vor, uns diese Information vorzuenthalten.«

»Mag sein. Manchmal ist er übervorsichtg, unser Angus.«

Sie konnte ein kurzes, hartes Auflachen nicht unterdrücken. »Seine Vorsicht, wie Sie es nennen, hat meinen Mann auf eine vergebliche Suche geschickt. Wir wollen hoffen, dass Mr. Moncrieff nichts Schlimmeres angerichtet hat, als seine Zeit zu vergeuden.«

Falls Carryck besorgt um Nathaniels Wohlergehen war, verstand er es gut zu verbergen.

Ihr Ärger schnürte Elizabeth fast die Luft ab. »Wissen Sie, wo mein Schwiegervater und sein Freund sich aufhalten, wenn sie nicht in Mac Stokers Begleitung sind?«

Er nickte. »Vor zehn Tagen hat eine Fregatte der Kriegsmarine die *Jackdaw* geentert.«

Sie presste ihre Fingernägel in ihre Handflächen und zwang sich, sich auf die Kerzenfamme zu konzentrieren. *In den Dienst der königlichen Kriegsmarine gezwungen.* Als sie ihre Stimme wieder unter Kontrolle hatte, fragte sie: »Wurde die komplette Besatzung an Bord genommen?«

Der Earl of Carryck blickte erneut aus dem Fenster. »Nur Bonner und MacLachlan. Der Rest von Stokers Mannschaft sitzt wegen Schmuggelei hier im Zuchthaus.«

Elizabeths Gedanken rasten derart, dass sie den Kopf abwenden musste, damit Carryck ihre Not nicht sah. Nathaniel hatte sich auf den Weg gemacht, um eine Auskunft über Stoker und sein Schiff zu einzuholen. Er hatte genügend Geld mitgenommen, um sich diese und weitere Informationen zu erkaufen. Wenn er herausgefunden hatte, dass die Dragoner die gesamte Besatzung der Jackdaw eingesperrt hatten, glaubte er womöglich, dass Hawkeye und Robbie im Gefängnis saßen. Wieder einmal.

In seinem momentanen Gemütszustand würde er alles riskieren, um sie zu befreien. Unwillkürlich seufzte sie laut und presste sofort die Hand auf den Mund.

Der Earl beobachtete sie. Elizabeth hob den Kopf und schluckte.

»Und das Schiff?« Ihre Stimme klang rau.

»Ich habe Erkundigungen einziehen lassen, aber bislang gibt es keine Informationen darüber.« Carryck stand mit verschränkten Armen da und schien sich wohl zu fühlen.

Wenn sie tot sind, dann ist es Ihre Schuld. Sie sprach den Satz nicht aus, konnte nicht laut sagen, was sie am meisten fürchtete, noch nicht einmal um diesem Mann klar zu machen, was er eigentlich wissen und gefälligst eingestehen sollte.

Mühsam versuchte sie Haltung zu bewahren. »Sir, ich muss Sie noch einmal bitten zu gehen und am Morgen wiederzukommen.«

»Das kann ich nicht, auch wenn Sie mir das noch hundert Mal nahelegen. Wir müssen nach Carryckcastle, denn hier sind Sie in Gefahr.«

»Das ist nichts Neues«, erwiderte Elizabeth. »In Gefahr waren wir in den vielen vergangenen Wochen weiß Gott mehr als einmal.«

»Dann um der Kinder willen.«

Elizabeth schloss die Augen, um ihre Wut zu zügeln. »Wenn Sie sich ernsthaft Sorgen um meine Kinder machen würden, Mylord, dann wären sie jetzt noch sicher in New York.«

Er rieb sich mit dem Daumen über den Mund, während er nachdachte. »Sie vertrauen mir nicht.«

»Überrascht Sie das?«

»Nein, nicht im Geringsten«, entgegnete Carryck. »Eine kluge Frau würde niemals sich selbst und ihre Kinder einem Fremden anvertrauen.«

»Ich verstehe. Sie dringen hier mitten in der Nacht ein und stellen nicht nur meine Geduld, sondern auch meinen Charakter auf die Probe.«

»Ich bin gekommen, um Sie sicher nach Hause zu geleiten«, verbesserte er sie. »Moncrieff hat in der letzten Nacht kräftig gefeiert, deshalb wollte ich nicht ihm diese Aufgabe überlassen. Meine Männer warten mit ausgeruhten Pferden hinten auf der Wiese.«

Elizabeth verschränkte die Arme. »Und wenn dort tausend Männer mit tausend Pferden warteten, würde das für mich nichts ändern. Ich sage es Ihnen noch einmal, Mylord: Ich werde diesen Ort ohne meinen Mann nicht verlassen. Habe ich mich klar und deutlich ausgedrückt?«

»Ich denke schon, meine Liebe.« Carryck wandte sich vom Fenster ab. »Sie sprechen trotz Ihres seltsamen Englisch deutlich genug, aber dafür können Sie nicht hören«, sagte er und wies mit dem Kinn in Richtung Treppenhaus.

Elizabeth wirbelte herum. Die Tür flog auf und Nathaniel betrat mit gespannter Pistole das Zimmer und zielte auf den Earl.

»Nathaniel!« Elizabeth ging mit erhobenen Händen auf ihn zu. »Ich bin nicht in Gefahr. Das ist Lord Carryck.«

Seine Stirn glänzte vor Schweiß. Etwas in seinem Gesicht löste in ihr eine solche Angst aus, dass ihre Stimme brach, als sie zu sprechen versuchte. »Nathaniel ... hast du nicht gehört, was ich gesagt habe? Es ist der Earl!«

Er sah an ihr vorbei. »Ich habe dich schon verstanden. Mein Vater und Robbie wurden zum Dienst auf einer Fregatte gezwungen, Stiefelchen. Ich würde sagen, der gute Earl hier hat genug Ärger angerichtet.« Er taumelte auf sie zu. »Aber du wirst den Mann selbst erschießen müssen.«

Hastig fasste er nach ihrem Arm. Sein Griff war so fest, dass sie aufschrie, als er ihr die Pistole in die Hand drückte. Sie spürte seinen Atem warm in ihrem Gesicht.

»Die Dragoner ...«, flüsterte er und brach zu ihren Füßen zusammen.

Carryck vergessend, fiel Elizabeth neben ihrem Ehemann auf die Knie und legte die Pistole zur Seite. Sein Gesicht war im Kerzenschein weiß wie Milch und sein Atem ging flach und schnell. Sie hatte ihn schon einmal so gesehen und, bei Gott, an jenem Tag hatte sie sich gewünscht, so etwas nie wieder erleben zu müssen.

»Er ist angeschossen worden.« Carryck hockte sich neben sie, aber seine gesamte Aufmerksamkeit galt Nathaniels Gesicht.

»Ja, hier ins linke Bein.« Sie riss ihm den Umhang vom Leib, um besser sehen zu können, ließ ihre Hände über ihn gleiten und hielt schließlich inne, als ihre Finger sich rot färbten. »Die Schulter ist ebenfalls getroffen.«

Eine Welle von Zorn durchflutete sie. Ihre Hände begannen zu zittern, obwohl sie sie mit aller Kraft auf die Wunde drückte, um die Blutung zu stoppen. Als sie den Kopf hob, war das Gesicht des Earls nur wenige Zentimeter von ihrem entfernt. Ein Ausdruck von Besorgtheit trat in seine Augen.

»Er wird verbluten«, sagte er schroff. »Meine Erschießung wird noch etwas warten müssen.«

»Ich hoffe nicht lange«, fauchte Elizabeth.

Von der Verbindungstür zum Nebenzimmer her kam ein entsetzter Schrei. Dort stand Hannah und presste ihre Fäuste an die Brust.

»Er lebt«, sagte Elizabeth so ruhig und deutlich, wie sie konnte. »Hol Curiosity, so schnell es geht. Bitte!«

»Nicht nötig.« Curiosity trat mit wehendem Nachtgewand aus dem Dunkel. »Versucht, etwas leiser zu sprechen. Sonst fangen die Kleinen auch noch an zu schreien.«

Blut sickerte durch Elizabeths Finger. Die Muskeln in ihren Unterarmen zitterten und zuckten, als sie den Druck auf die Wunde weiter erhöhte. Nathaniel stöhnte und seine Augenlider flatterten schwach.

»Siehst du, er lebt«, sagte Elizabeth leidenschaftlich, Hannahs Blick suchend.

»Und er sprudelt wie ein Geysir.« Curiosity schaute bedeutungsvoll auf Elizabeths Nachthemd, das inzwischen blutbespritzt war. Sie kniete sich auf die andere Seite neben Nathaniel und legte ihm eine Hand in den Nacken.

»Wie schlimm ist es?« fragte Hannah, während sie einen Schritt näher kam.

Curiosity gab einen kehligen Laut von sich. »Der Mann hat ein Herz wie ein Pferd, das hält einiges aus.«

Hannah atmete hörbar durch ihre zusammengebissenen Zähne aus. Curiosity sah sie streng an. »Wir haben deinen Daddy schon einmal wieder hingekriegt und wir werden es auch diesmal schaffen.«

Carryck hatte die Szene schweigend verfolgt, doch nun sah Elizabeth ihn plötzlich überrascht zusammenzucken. Sein Blick wanderte erst zu Curiosity und dann zu Hannah. Im Kerzenlicht bildeten ihre bronzefarbenen Hände und ihr Gesicht einen deutlichen Kontrast zu ihrem blütenweißen Nachthemd. In ihren Augen, die dunkel waren wie Obsidian, funkelten Tränen. Als er seinen Blick wieder abwandte, flog ein wissender Ausdruck über sein Gesicht.

Moncrieff hat ihm nichts von Hannah erzählt. Elizabeth durchströmte ein Gefühl bitterer Genugtuung. Wenn der Earl nicht gewusst hatte, dass in den Adern von Hawkeyes ältestem Enkelkind zur Hälfte Mohawk-Blut floss, was war ihm dann noch alles vorenthalten worden?

Curiosity riss Nathaniels Hose bis zum Knie auf, um sich die Wunde an seinem Bein genauer ansehen zu können.

»Die Verletzung ist nicht so schlimm. Ein glatter Durchschuss, der Knochen ist heil. Lass mich mal die Schulter sehen, Elizabeth.«

»Wir brauchen Leintücher, um ihn verbinden zu können«, sagte Hannah.

»Er braucht einen Chirurgen«, sagte der Earl zu Elizabeth. »Pickerings Schiffsarzt Hakim Ibrahim ist noch in Carryckcastle.«

Seine Äußerung versetzte Hannah kurzzeitig in Aufregung, doch Curiositys Mund wurde schmal. »Ich nehme an, wir haben es hier mit dem Earl zu tun«, sagte sie, ohne sich die Mühe zu machen, ihn anzusehen. »Und er begreift nicht, dass wir uns selbst helfen müssen.«

»Aber Curiosity«, hob Hannah an, doch die schüttelte energisch den Kopf.

»Ich wäre hocherfreut, diesen Hakim zu sehen, aber er ist

nun einmal nicht hier und diese Blutung muss jetzt sofort gestillt werden. Lauf und hol deinen Korb mit der Medizin, Kind.

Elizabeth, ich brauche mehr Licht, und vor allem möchte ich, dass wir Nathaniel aufs Bett legen, damit ich einen besseren Überblick habe. Falls unser Earl sich die Mühe machen will, sich ein bisschen nützlich zu erweisen, kann er beim Tragen helfen. Los, macht Platz, ihr beiden, damit ich etwas für ihn tun kann.«

Elizabeth fragte sich, wann der Earl wohl zum letzten Mal von jemandem einen Befehl erhalten hatte, und das auch noch von einer Frau. Doch er wirkte eher gedankenverloren als gekränkt, als er nun beiseite trat.

»Wir haben im Augenblick keine Zeit für Höflichkeiten«, sagte sie. Carryck atmete hörbar durch die Nase aus. »Um Höflichkeit geht es mir auch nicht. Ich frage mich vielmehr, ob Sie dieser Frau vertrauen.«

»Ich vertraue ihr so sehr, dass ich Nathaniels Leben in ihre Hände lege – und mein eigenes gleich mit.«

Er durchquerte mit wenigen schnellen Schritten das Zimmer, riss das Fenster auf und pfiff: ein durchdringender hoher Ton gefolgt von einem abfallenden. Der Pfiff war noch nicht ganz verklungen, da waren bereits schnelle Schritte auf der Treppe zu hören.

In der offenen Tür erschienen drei Männer. Sie waren jung, gut gebaut und alle bewaffnet. Der Größte von ihnen hatte schwarze Haare, die beiden anderen waren blond mit ersten Anzeichen einer beginnenden Glatze und glichen einander wie ein Ei dem anderen. Einer der Zwillingsbrüder hielt eine Laterne, die den Raum mit hin und her tanzendem Licht erfüllte und den immer größer werdenden roten Fleck unterhalb von Nathaniels Schulter erhellte.

»Dugald! Ewen!« rief Carryck knapp. »Tragt ihn rüber zum Bett.«

»Das hört sich schon besser an. He, du! Komm hier herüber und fass ihn an den Beinen«, befahl Curiosity.

»O Gott«, schnaufte der dritte, während er Nathaniel anstarrte und die Zwillinge ihre Arbeit taten. »Das ist ja wohl nicht wahr. Seht ihn euch an!«

»Lucas!« bellte Carryck.

Der vor Erstaunen herunterhängende Kiefer des jungen

Mannes klappte wieder zu, Er sammelte sich.»Jawohl, Mylord.«
»Walters Männer stecken hinter dieser Sache. Schick Davie zusammen mit fünf Leuten los. Er soll sich darum kümmern.«
Lucas verließ erleichtert den Raum, jedoch nicht ohne zuvor noch einen langen Blick über seine Schulter zu werfen.
Nathaniel stöhnte, als die Zwillinge ihn auf das Bett legten, dann schlug er die Augen auf.»Ich kann auf einem Pferd sitzen.«
»Und gleich bis vor die Himmelspforte reiten, schätze ich«, schnaubte Curiosity, während sie versuchte, die Blutung mit einem Zipfel des Bettlakens zu stillen.»Diese Schulter bietet einen bemitleidenswerten Anblick.«
»Nathaniel«, sagte Elizabeth, sich über ihn beugend.»Du hast sehr viel Blut verloren. Glaub mir, Carryckcastle kann noch einen Tag warten.«
Seine Hände suchten nach den ihren und umklammerten sie.»Verbinde mich ordentlich und fessle mich an den Sattel, wenn es sein muss. Aber lass uns aus Dumfries verschwinden!«
»Da hören Sie es.« Carryck streckte den Frauen die Arme entgegen, als wollte er sie für diesen Wunsch gewinnen.»Wenn Sie auch nicht auf mich hören wollen, so bin ich doch ganz zuversichtlich, dass Sie ihm folgen.«
»Ich verstehe«, sagte Curiosity, runzelte die Stirn und wandte sich wieder Nathaniel zu, um seine Wunde weiter zu versorgen.»Also gut. Ich sehe hier zerfetztes Fleisch und einen zerschmetterten Knochen. Und ich sehe einen Mann, der stur wie ein Fels ist.«
»Jawohl«, sagte Carryck und lächelte zum ersten Mal, seit er das Zimmer betreten hatte,»ganz genau.«

2

Es war weniger die Vorstellung, per Pferd reisen zu müssen, als die Tatsache, dass sie den Sattel mit einem der Männer des Earls teilen musste, die Hannah mehr als beunruhigte. Der Mann hieß Thomas Ballentyne. Er war groß und dunkel und behaart wie ein Bär; in einem seiner Stiefel steckte eine Pistole und in dem anderen ein Messer. Mit einem resignierten Schulterzucken hob er sie vor sich auf den Sattel.

»Das ist Meg«, erklärte er und wies mit einer Kopfbewegung, die der eines Pferdes ähnelte, auf seine Stute. »Sie ist nich' sehr gesprächig, genau wie ich.«

Also würde er ihr immerhin keine Fragen stellen, auf die sie keine Lust hatte zu antworten. Und er war, wie jeder von Carrycks Männern, ein guter Reiter. Hannah zählte über zwanzig von ihnen, während sie in scharfem Tempo die kurvenreiche Straße entlang ritten, die Familie schützend in ihrer Mitte.

Hannah war müde, aber sie erlaubte es sich nicht, sich von Megs gleichmäßigem Galopp oder der Wärme, die von Thomas Ballentyne wie von einem gut geschürten Feuer ausging, einlullen zu lassen. Einer musste sich schließlich merken, welchen Weg sie auf diesen gleichförmig aussehenden Straßen nahmen: Curiosity war mit Lily beschäftigt, Elizabeth mit Daniel und ihr Vater hatte zu viel Blut verloren, um darauf achten zu können. Er würde seine gesamte Kraft benötigen, um sich aufrecht im Sattel halten zu können.

Sie hatten Dumfries kaum verlassen, als das erste, sich schnell verändernde Licht der Morgendämmerung zu sehen war. Bald wandte sie ihre Aufmerksamkeit der schottischen Landschaft zu, unter Anstrengungen zwar, doch dank der einsetzenden Helligkeit konnte sie sich immer noch wach halten. Am Wegesrand standen nun vereinzelte Bäume: hier eine Birke, dort eine Ulme, von Krähen bevölkert; sie sah ein paar Kiefern an einer Biegung des Flusses stehen und lange Nebelbänke zwischen den sanft ansteigenden Hügeln. Falls man von Hügeln sprechen konnte. Sie erinnerten Hannah eher an Kinder, die unter vom ständigen Gebrauch dünn gewordenen Decken schliefen und sich, um sich gegenseitig zu wärmen, dicht aneinander drängten und deren runde Schultern, Hüften und Ellbogen nach oben ragten. Ganz anders als die Berge in den Endlosen Wäldern.

Hannah hätte gerne kurz nach ihrem Vater gesehen, aber er befand sich außerhalb ihres Blickfeldes. Eine Stunde verging und dann noch eine.

Als sie um eine Kurve kamen, entdeckte sie auf einem weit entfernt liegenden Hügel eine verstreute Herde von Tieren.

»Wilde Ziegen.« Sie merkte erst, dass sie es laut ausgesprochen hatte, als Thomas Bellentyne grunzte.

»Jo«, murmelte er und fügte dann widerstrebend hinzu: »Du hast gute Augen.«

Danach begann er über ihren Kopf hinweg Dinge zu benennen und überließ es ihr, darauf einzugehen oder nicht. Threewater Foot zum Beispiel war eine Stelle, an der ein Fluss sich vorbeischlängelte. Dort hielten sie an, um, die Pferde trinken zu lassen, während sie im Sattel blieben. Es war ein schönes Fleckchen: Unter den Ulmen wuchsen Schneeballsträucher und Weiden hingen über den Bach, der voller vermooster Steine war.

Der dunkelhaarige junge Mann, der auf das Pfeifen des Earls hin im Gasthaus erschienen war, starrte sie von der anderen Seite des Baches aus an. Hannah stellte zu ihrer Überraschung fest, dass Thomas Ballentyne ihn im Gegensatz zu ihr selbst nicht zu ignorieren vermochte.

»Lucas! Hör auf, dem Mädchen schöne Augen zu machen, oder ich sag's Mary!«

Von allen Seiten hörte man Gelächter. Der junge Mann errötete heftig und wendete abrupt sein Pferd.

»Sie haben ihn in Verlegenheit gebracht«, sagte Hannah.

Er zuckte die Schultern. »Ich kann nicht hinnehmen, dass sich mein eigener Sohn so unverschämt benimmt.«

Hannah reckte den Hals, um noch einmal einen Blick auf Lucas zu werfen und festzustellen, ob er seinem Vater ähnelte. Doch stattdessen entdeckte sie Elizabeth und Curiosity, wie sie, ihre Pferde Seite an Seite haltend, die Köpfe zusammensteckten. Sie wirkten angespannt und besorgt, aber nicht verzweifelt, und Hannah war fürs Erste beruhigt. Gleich hinter ihnen hielt sich ihr Vater in einer einigermaßen aufrechten Haltung. Er war sehr blass und selbst aus der Entfernung konnte sie sehen, wie es um ihn stand.

»Is'n tapferer Mann, wie der mit 'ner Schusswunde reitet, ohne sich zu beklagen«, sagte Ballentyne und bewies damit ein solches Talent zum Gedankenlesen, das Hannah unbehaglich hin und her rutschen ließ.

Sie setzten ihren Weg auf einem schmalen Pfad das Flusstal entlang fort, nun in Dreier- und Vierergruppen reitend. Flache

Berge kamen ins Blickfeld: Gateshaw Rig, Croft Head, Loch Fell. Sie sahen aus wie eine Gruppe alter buckliger Männer.

»Wir befinden uns jetzt auf Land, das Carryck gehört«, erklärte Thomas Bellentyne und wies auf einen Berg. »Das ist Aidan Rig.«

Hannah sagte der Name nichts, sie wandte deshalb ihre Aufmerksamkeit dem Weideland zu, das sich am Fluss entlangzog. Sie sah zahllose Schafe und Kühe mit dickem Fell; Männer, die auf einem Haferfeld arbeiteten, blickten auf und hoben eine Hand zum Gruß. Junge Frauen schichteten Heu auf, lachend und laut rufend. Eine von ihnen lüpfte ihren Rock in ihre Richtung und die anderen lachten und schimpften.

Bald darauf durchquerten sie ein kleines Dorf und dann noch eines, ritten aber so schnell, dass Hannah nicht die Zeit hatte, außer strohgedeckten Dächern, einem einfachen Brunnen, einem niedrigen Kirchturm und einer Mühle am Fluss irgendwelche besonderen Merkmale wahrzunehmen. Um kleine Hütten herum spielten Kinder, ein Junge hütete ein Schwein und eine Frau, den Rock geschürzt und mit vor Kälte rotgefrorenen Knien, stand im Fluss und wusch Wäsche. Die Straße begann sich in großen Kurven um den Aidan Rig in Richtung Gipfel hinaufzuarbeiten. Der Mutterboden war hier so dünn, dass überall Steine herausragten, ganz so, als versuchte die Erde sich von ihren Knochen zu befreien. Ein junger Stier, der zwischen dem Heidekraut weidete, hob seinen massigen Kopf und sah zu, wie sie vorüberzogen.

Meg begann zu keuchen und zu schnaufen, drängte aber trotz der starken Steigung unvermindert vorwärts.

»Ist gut, Mädchen«, sagte Ballentyne. »Wir haben's bald geschafft. Für heute hast du dir deinen Hafer verdient.«

Gespannt richtete Hannah sich auf.

»Da«, sagte er und hob eine behandschuhte Hand, »das ist Carryckcastle.«

Obwohl sie sich für diesen Augenblick gewappnet hatte, war Hannah nun doch überrascht. Für das Volk ihrer Mutter, für die Kahnyen'kehàka, war eine Burg nicht mehr als ein befestigtes Dorf: langgestreckte Giebeldachhäuser, die von einer Wand aus kräftigen, aneinander gebundenen angespitzten Baumstämmen umgeben waren. Carryckcastle sah völlig anders aus: endlose glatte Mauern, Erker und Türme und hundert Fenster, die das Sonnenlicht einfingen und wieder zurückwarfen. Die Burg wuchs an der Stelle aus dem Felsen, wo der Berg über das Tal darunter hinausragte. Darüber befand sich nichts als Wald und tückischer Fels; niemand konnte sich der Burg nähern, ohne schon aus einer Meile Entfernung entdeckt zu werden. Das Zuhause eines Mannes, der seinen Nachbarn nicht traute.

Hinter sich hörte sie ein Husten, das tief aus der Brust ihres Vaters kam.

»Er wird hier in Sicherheit sein«, sagte Thomas Ballentyne.

Hannah erschauderte im warmen Sonnenlicht und schwieg.

Während der gesamten langen Reise hatte sich Elizabeth vor dem Augenblick gefürchtet, da sie diesen Ort zum ersten Mal zu Gesicht bekommen würde, doch als es tatsächlich soweit war, verspürte sie nichts als Erleichterung. Während der letzten halben Meile auf dem kurvenreichen Weg den Berg hinauf war Nathaniel immer mehr zu einer Seite hinübergesunken. Sie konzentrierte ihre ganze Energie auf ihn, um ihn dazu zu bringen, sich diese wenigen letzten Minuten noch aufrechtzuhalten; zugleich versuchte sie, Daniel mit leisen Worten zu beruhigen. Er hatte Schluckauf, wimmerte unglücklich vor sich hin und streckte und krümmte sich abwechselnd.

Als die Gruppe um die Ecke bog und durch das Tor in den Burghof ritt, erhob Lily ihre Stimme und begann vor lauter Hunger und Ärger durchdringend zu schreien. Elizabeth drehte für einen Moment den Kopf in Curiositys Richtung, gerade als Nathaniel langsam von seinem Sattel zu rutschen begann.

Es waren Jahre vergangen, seit sie so etwas zum letzten Mal getan hatte, doch nun sprang sie, einen Arm um Daniel geschlungen, mit fliegenden Röcken mit einem Satz vom Pferd. Doch der Earl war schneller. Er lehnte sich von seinem Pferd herüber und packte Nathaniel am Kragen, bevor er auf das Kopfsteinpflaster fallen konnte. Eine Unzahl von Dienstleuten eilte herbei, um zu helfen: Männer in Lederschürzen, Lakaien in blaugoldenen Livreen und Stallburschen. Elizabeth verlor ihren Mann aus dem Blick, bis sie sich ihren Weg durch die Menge gebahnt hatte.

Er konnte sich kaum noch halten und wurde auf beiden Seiten von zwei stämmigen Dienern gestützt, so dass sein Umhang in der Mitte aufklaffte. Curiosity hatte vor der Abreise seinen linken Arm an seiner Brust ruhiggestellt und ihn dann von der Schulter bis zur Taille fest verbunden. Nun war das Verbandszeug durchgehend hellrot getränkt.

Nathaniel sah an sich herunter und dann mit einem verwirrten Ausdruck zu Elizabeth auf.

»Stiefelchen«, sagte er mit rauer Stimme. Sie sah jetzt ganz deutlich, was ihn dieser Ritt gekostet hatte. »Die Kinder?«

»Es geht ihnen gut.« Ihre Knie zitterten, aber ihre Stimme war fest und es gelang ihr, ein wenig zu lächeln.

»Gut«, sagte er, »gut.« Dann brach er bewusstlos zusammen.

Es half nichts – sie musste Nathaniel der Obhut anderer überlassen und sich um die Kleinen kümmern. Sobald man ihn in einen Raum im Erdgeschoss getragen hatte, in dem der Hakim wartete – Elizabeth fing im Vorübergehen seinen Blick auf und war beruhigt, als sie sah, wie freundlich er Hannah begrüßte –, ließ sie sich, die schreienden Kinder fest im Arm, durch Flure und über Treppen zu einem Zimmer geleiten, das die Größe ihres Häuschens in Lake in the Clouds hatte. Als der Diener die Tür hinter ihr schloss, ging sie geradewegs auf das Bett zu, das über einige mit Schnitzereien verzierte Stufen zu erreichen war.

Elizabeth stieg hinauf und machte es sich zwischen Bergen von Polstern und Kissen bequem. Sie sah erst wieder auf, als die Zwillinge zu trinken begonnen hatten und stellte dann fest, dass sie nicht allein war.

Am anderen Ende des Zimmers warteten drei Dienstmädchen und beoachteten sie. Sie knicksten und verbeugten sich, als wäre sie die Gemahlin des Königs und nicht die Ehefrau eines amerikanischen Hinterwäldlers. Nun kamen sie mit raschelnden Röcken herbeigelaufen, um ihr die Schuhe abzunehmen, ihr eine Decke über die Beine zu breiten und die Kissen unter den Zwillingen zurechtzurücken. Sie sprachen kaum dabei, doch Elizabeth merkte, wie sie jede Einzelheit registrierten, angefangen beim völlig verfleckten Saum ihres Kleides bis hin zu der Art und Weise, wie Daniel mit einer losen Strähne ihres Haars spielte, während er trank. Die beiden älteren Dienstmädchen verzogen keine Miene, aber die Jüngste begann beim Anblick von Lilys Füßen, die mit heftig wackelnden Zehen unter Elizabeths Arm hervorragten, ein wenig zu lächeln.

Elizabeth ließ alles geduldig über sich ergehen, bis sie sich mit gesenktem Blick wieder zurückzogen. Der Earl musste eine überaus strenge Wirtschafterin haben, jemanden, der der Dienerschaft echte Furcht einflößte. *Oder vielleicht bin ich es ja*, dachte sie. *Vielleicht haben sie vor mir Angst.*

»Danke«, sagte sie. »Ihr könnt jetzt gehen.«

Sie verbeugten sich erneut mit vor den gestärkten Schürzen gefalteten Händen und schlüpften ohne ein Wort hinaus. Nur die Jüngste hielt an der Tür inne, um einen letzten neugierigen Blick auf sie zu werfen.

Elizabeth erwiderte ihr schüchternes Lächeln. »Wie heißt du?«

»Mally, Mylady.«

Sie verkniff sich ein Grinsen. »Du hast mich einer Gesellschaftsschicht zugeordnet, zu der ich gar nicht gehöre. Ich bin Mrs. Bonner.«

»Jawohl, Ma'm. Verzeihen Sie, Ma'm.«

»Falls irgendwo Tee zu haben ist, wäre ich für eine Tasse sehr dankbar.«

»Oh, jawohl, Ma'm. Es gibt auch Kaffee und heiße Schokolade.«

»Tee ist alles, was ich brauche.« *Und Nathaniel*, hätte sie hinzufügen können. *Bei guter Gesundheit.*

»Benötigen Sie sonst noch etwas, Ma'm?«

»Ja. Sag mir, wessen Zimmer das hier ist.«

»Es gehörte der Mutter des Gutsherrn, Appalina, die alte Lady Carryck. Aber jetzt steht es schon jahrelang leer. Seit sie tot ist. Das ist ihr Porträt, da drüben.« Sie wies auf ein Gemälde, das über dem Kamin hing.

»Die Mutter des Earls?« fragte Elizabeth.

»Jawohl. Kam von Deutschland her, um den alten Gutsherrn zu heiraten.«

»Und die Frau des Earls, wo ist sie?«

Das Mädchen hob erstaunt die Augenbrauen. »Lady Carryck ist schon seit fünfzehn Jahren tot, Ma'm. Drüben, im Zimmer des Gutsherrn hängt ein hübsches Bild von ihr, und noch eins im Elphinstone Tower. Aber die Räume dort sind abgeschlossen.«

»Elphinstone Tower?«
Mally nickte so heftig, dass ihr weißes Häubchen verrutschte und gerichtet werden musste.
»Jawohl, Ma'm. Der nordöstliche Turm, der heißt Elphinstone wegen ihrem Vater. Sie hieß Marietta, kam aus Frankreich. War die Tochter von Lord Balmerinoch, der nach dem Aufstand sein letztes Hemd verloren hat. Haben Sie schon mal von Lord Balmerinoch gehört?«

Elizabeth hatte noch nicht davon gehört und so verließ Mally das Zimmer – zweifellos um der kompletten Dienerschaft zu erzählen, wie schlecht informiert diese Besucher über ihren Gastgeber waren. Elizabeth lehnte sich zurück und betrachtete das Bild von Appalina, jener Frau, die vor langer Zeit einmal aus Deutschland gekommen war. Was sie sah, war eine dunkelhaarige Dame in gelbem Brokat mit üppigen Spitzen um ihre Handgelenke. Sie trug keinen Schmuck, aber in ihren Armen hielt sie einen üppigen Strauß langstieliger Tulpen, die eine so intensive Farbe hatten, dass Elizabeth vermutete, der Maler habe sich einige künstlerische Freiheiten herausgenommen. Aber er hatte Appalina nicht geschönt und vielleicht hatte sie es genau so gewollt. Vielleicht hatte sie darauf bestanden, dass er sie so malte, wie sie war: weder schön noch gewöhnlich. Die verschwenderischen Blumen in ihren Armen bildeten einen starken Kontrast zu ihrem resoluten Blick; einem festen und unerschütterlichen Blick aus Augen, die die Farbe eines guten Brandys hatten.

Der Earl hatte die Augen seiner Mutter geerbt. Aber wie kam es, dass sein Vater sich eine deutsche Braut genommen hatte?

Elizabeth hatte nun Zeit, sich im Zimmer umzusehen. Die Antwort fand sich überall. Sie fand sich in dem aufwendigen Stuck an der Decke, in den schweren Mahagonimöbeln, den silbernen Kerzenleuchtern und den türkischen Teppichen, in den Chinavasen und dem Kamingesims aus Marmor. Dies war nicht das Haus eines schottischen Earls, der durch Jahre der Revolte und des Kriegs verarmt war. Zweifellos hatte Appalina ihrem Ehemann ein hübsches Vermögen beschert.

Vom Fenster wehte eine Brise herein und ließ die seidenen bestickten Bettvorhänge flattern. In einer Vase auf einem kleinen Tisch bewegten sich Rosen und Lavendel leicht hin und her und verteilten ihren Duft durch das Zimmer. Sie fragte sich, ob sich Appalina um die Gartengestaltung gekümmert hatte, und wenn ja, ob ihr dies in den ersten Jahren so fern der Heimat ein Trost gewesen war. Irgendwann kurz nach ihrer Ankunft als junge Braut hatte der Zwillingsbruder des Earls – Hawkeyes Vater – Carryckcastle verlassen, um sein Glück zu suchen. Wie sie hatte er sein Zuhause verlassen, um nach einem neuen Leben, nach fernen Ufern Ausschau zu halten.

»Aller Wahrscheinlichkeit nach wurde in genau diesem Bett euer Urgroßvater geboren«, flüsterte sie den Zwillingen zu. »Aber ihr kamt in den Endlosen Wäldern zur Welt und dort sollt ihr auch aufwachsen.«

Lily gähnte zustimmend und Daniel folgte ihrem Beispiel.

Mally brachte ihr Tee und ein überquellendes Tablett mit Teekuchen, Marmelade und Sahne. Und sie überbrachte eine Mitteilung von Mrs. Hope, der Wirtschafterin.

»Wenn es Ihnen recht ist, Ma'm, wird sie in Kürze hier sein. Um Ihnen das Kinderzimmer zu zeigen.«

»Tatsächlich?« Elizabeth senkte den Kopf über ihre Teetasse, während sie überlegte. In einem großen Haus, in dem der Hausherr seine Frau verloren und nicht noch einmal geheiratet hatte, lag es nahe, dass die Autorität der Wirtschafterin ungeahnte Ausmaße annahm. Diese Mrs. Hope stellte sie offensichtlich auf die Probe, um zu sehen, aus welchem Holz sie geschnitzt war. Tante Merriweather würde erfreut sein, feststellen zu können, dass ihre Erziehung und ihre vielen Ratschläge nun von gutem Nutzen sein würden.

Sie trank den letzten Schluck Tee, erhob sich von dem kleinen Stuhl mit der runden Lehne und strich, so gut es ging, ihren zerknitterten Rock glatt. Sie roch nach Pferd, aber jetzt war nicht der richtige Zeitpunkt, um sich darüber Gedanken zu machen.

»Die Kinder schlafen hier bei mir. Ich bin deshalb nicht an einem Kinderzimmer interessiert. Vor allem möchte ich jetzt aber nach meinem Mann sehen. Wärst du so nett und gibst auf die Kleinen Acht?«

Mally senkte die Augen und nickte zustimmend, doch zuvor sah Elizabeth noch kurz etwas in ihrem Gesicht aufblitzen – Freude und vielleicht auch ein wenig Besorgnis.

»Du brauchst gar nichts zu tun außer darauf zu achten, dass sie im Schlaf nicht aus dem Bett rollen. Ich werde zurück sein, bevor sie aufwachen, oder ich werde meine Stieftochter schicken.«

Das freundliche runde Gesicht flog hoch. »Das Indianermädchen, Ma'm?«

Noch eine Tatsache, die ihr entfallen war: Unter Dienstleuten verbreiteten sich Neuigkeiten mit einer unvorstellbaren Geschwindigkeit.

»Meine Stieftochter heißt Miss Bonner«, sagte Elizabeth fest. Sie dachte einen Augenblick nach, wissend, dass jegliche Auskunft, die sie jetzt gab, ihren Weg durch das ganze Haus nehmen und Hannahs Aufenthalt in diesem Gemäuer zum Guten oder zum Schlechten beeinflussen würde. »Ich gehe davon aus, dass du alles in deiner Macht Stehende tun wirst, damit sie sich hier wohl fühlt, Mally. Wenn sie unglücklich in Carryckcastle ist, sind wir anderen es auch. Verstehst du mich?«

Mallys ohnehin leicht gerötete Wangen färbten sich noch mehr. »O natürlich, Ma'm. Ich wollte niemanden kränken.«

»Das weiß ich. Aber jetzt muss ich wirklich nachsehen, wie es meinem Mann geht.«

»Und was soll ich Mrs. Hope sagen, Ma'm?«

Elizabeth blieb an der Tür stehen. »Gibt es ein Zimmer, das eine Verbindung zu diesem hat?«

Mally nickte eifrig. »Jawohl, Ma'm.« Sie wies auf eine geschlossene Tür. »Durch das Ankleidezimmer.«

»Weißt du, wer Mrs. Freeman ist?«

»Die Negerin, Ma'm? Ich hab sie vom Fenster aus gesehen.«

»Du kannst Mrs. Hope von mir folgende Nachricht überbringen: Mrs. Freeman und meine Stieftochter benötigen dieses Zimmer für die gesamte Dauer unseres Aufenthalts.«

Das Mädchen schluckte heftig – Elizabeth konnte fast sehen, wie es hinter ihrer Stirn arbeitete –, aber dann nickte es. »Jawohl, Ma'm.«

»Ansonsten habe ich keine weitere Nachricht für sie.«

Als Elizabeth ihren Weg zurück zur Eingangshalle suchte, liefen immer noch einige von Carrycks Männern herum. Sobald sie ihrer gewahr wurden, verstummte ihre Unterhaltung und sie begannen mit großer Konzentration und viel Interesse die in die Bodenfliesen eingearbeiteten Wappen zu betrachten. Sie erinnerten Elizabeth trotz ihrer großen, massigen Gestalten an Schuljungen.

»Darf ich?« fragte Elizabeth den ältesten von ihnen, den Mann, der Hannah auf seinem Sattel transportiert hatte. Er geleitete sie durch die Gruppe von Männern und öffnete ihr dann mit einer merkwürdigen kleinen Verbeugung die Tür.

»Danke, Mr. ...?«

»Thomas Ballentyne, Ma'm«, sagte er schroff, aber sein Gesichtsausdruck wirkte intelligent und nicht unfreundlich. Sie würde Hannah bei nächster Gelegenheit nach ihm fragen.

Es war ein kleiner Raum, der dem Geruch nach zu urteilen ursprünglich dafür genutzt wurde, Kaffee, Gewürze und getrocknete Kräuter aufzubewahren und der nun Hakim Ibrahim als Behandlungszimmer überlassen worden war. Unter einer Reihe von Fenstern stand ein langer Tisch, auf dem Nathaniel ausgestreckt lag. Sein Bein war auf einem Polster hochgebettet worden. Hakim Ibrahim stand über seine verletzte Schulter gebeugt; ihm genau gegenüber befand sich Hannah mit dem Rücken zur Tür. Curiosity mühte sich an einem seperaten Tisch etwas in einem Mörser zu zerkleinern.

»Mrs. Bonner«, sagte der Hakim, als er kurz zu ihr aufschaute. »Nur noch ein paar Stiche, dann werden wir uns um das Bein kümmern.«

»Stiefelchen«, fragte Nathaniel mit sehr heiserer Stimme. »was machen die Kleinen?«

»Sie sind satt und schlafen.« Sie trat näher, doch Nathaniel starrte weiter an die Decke. Bei jedem Stich, den der Hakim machte, zuckten seine Gesichtsmuskeln.

»Wie sieht es aus?«

»Sehr gut«, antwortete Hakim Ibrahim. »Die Kugel hat das Schulterblatt getroffen, aber es wurden keine größeren Blutgefäße verletzt.«

»Er ist nicht in Lebensgefahr«, fügte Hannah erklärend hinzu.

Curiosity gab einen missbilligenden Laut von sich. »Mag sein, dass die Schulter ihn nicht umbringt, aber es wäre nicht das erste Mal, dass ich einen Mann an bloßer Dickköpfigkeit sterben sehe.«

»Er hat hier noch eine andere gut verheilte Narbe.« Des Hakims Tonfall war trotz der Geschwindigkeit, mit der er arbeitete, sehr ruhig. »Eine Kriegsverletzung?«
Nathaniel warf einen Seitenblick auf Elizabeth. »So könnte man es nennen. Mein Schwiegervater hat mich angeschossen.«
»Ein Jagdunfall.« Elizabeth wischte den Schweiß ab, der von der Augenbraue seine Schläfe hinunterlief. »Musst du mich sogar jetzt noch necken?«
»Gerade jetzt«, erwiderte er und schloss die Augen. Sein linker Arm zuckte krampfhaft.
Hinter ihr warf Curiosity ein: »Frag gar nicht erst. Er will kein Opium nehmen.«
Elizabeth schaute überrascht auf. »Er hat keinerlei Betäubung erhalten?«
Nathaniel drückte ihre Finger so fest, dass sie zusammenzuckte. »Kein Opium!«
»Siehst du?« Curiosity zog eine Augenbraue hoch, so dass Elizabeth es sehen konnte. »Er ist ein Dickkopf.« Auf ihrem Kopftuch zeigte sich ein Streifen getrockneten Bluts, der dunkelbraun gegen den gelb gemusterten Baumwollstoff kontrastierte.

Elizabeth merkte, wie Hannah fest die Lippen zusammenkniff. Sie machte ein Gesicht, das sie erst selten zuvor bei ihr gesehen hatte, ein Gesicht voller Trotz und Geringschätzung. Sie war stolz darauf, dass ihr Vater in der Lage war, den Schmerz zu ertragen, und lehnte die Vorstellung ab, er könnte ihm nicht gewachsen sein.

»Er will nicht schlafen«, sagte Hannah.

»Warum sollte er auch?« fauchte Curiosity. »Er ist ja nur die ganze Nacht lang über unbekannte Straßen gehetzt und dabei angeschossen worden. Warum also schlafen? Vielleicht gibt es für den Mann ja noch eine Brücke zu bauen oder einen Krieg zu gewinnen.«

Nathaniel schloss kurz die Augen, um sie dann wieder zu öffnen. »Curiosity, wenn es irgendwo einen Krieg zu gewinnen gibt, dann geh du bitte ohne mich. Sie werden gegen dich keine Chance haben.«

Hannah senkte den Kopf, um ihr Lächeln zu verbergen, aber Curiosity sog ihre Wange ein und blähte sie dann wieder auf, während sie mit dem Stößel hantierte. »Du solltest dir lieber wünschen, dass ich keine Waffe anfasse, solange ich mich so über dich ärgere, Nathaniel Bonner. Ich würde dir glatt eine Kugel in die andere Schulter jagen und dich damit endgültig Schachmatt setzen.«

Der Hakim legte die Nadel beiseite und griff nach einer Feder, die er in eine Schale mit einer Flüssigkeit tunkte, die genau die gleiche rote Farbe wie sein Turban zeigte. Sie hatte einen seltsamen Geruch, scharf und frisch, ein Geruch nach Moor und irgendwelchen Pflanzen.

»Es ist der Saft eines Baumes, der in Brasilien wächst«, erklärte er Elizabeth.

»Man nennt ihn Drachenblut«, fügte Hannah hinzu.

»Brasilien?« Elizabeth besah sich den Inhalt der Schale genauer.

»Der Earl hat ein Exemplar in seinem Gewächshaus«, sagte Hakim. »Was ein großer Glücksfall ist.«

Fraglos war dies heute nicht Nathaniels erste Begegnung mit der Feder, denn er umklammerte Elizabeths Hand schon, bevor sie seine Haut überhaupt berührte. Er zuckte krampfartig und zog hörbar die Luft durch seine Zähne ein, aber Hakim Ibrahim fuhr unbeeindruckt fort, die Wunde mit schnellen, gleichmäßigen Strichen einzupinseln. »Es beugt einer Entzündung vor. Aber es ist nicht angenehm. Fast so, als streute man Salz in die Wunde.«

»Nicht nur fast so«, bemerkte Nathaniel.

»Die Schulter wird anschwellen, aber ich denke, dass Sie in zwei Wochen den Arm wieder benutzen können.«

Curiosity schnaubte. »Ich würde gerne sehen, wie Sie den Mann zwei Wochen im Bett halten wollen.«

»Das wird wohl nicht nötig sein«, sagte der Hakim. »Ein paar Tage Bettruhe dürften genügen, um wieder Kraft zu sammeln. Und Sie müssen eine Schlinge tragen, um den Arm zu schonen.«

Nathaniel öffnete die Augen und schaute den Hakim direkt an. »Ich bin Ihnen für Ihre Hilfe zu Dank verpflichtet, aber ich kann mich jetzt unmöglich ins Bett legen. Hannah, sag den Männern draußen, dass ich bereit bin, mit dem Earl zu reden.«

Elizabeth hob die Hand. »Nathaniel, bitte sei vernünftig. So-

bald der Hakim dein Bein fertig verarztet hat, wirst du erst einmal etwas essen und dann eine Stunde ruhen und wenn du danach erholt genug bist, kannst du sprechen, mit wem auch immer du willst. Fürs Erste jedoch kann Carryck warten.«
Er sah sie schief an.»Villeicht kann der Earl warten, Stiefelchen, aber ich kann es nicht. Was immer er über Hawkeye und Robbie wissen mag: Ich muss es herausfinden.«
Hannahs Gesicht war regungslos, als ihr Blick von Nathaniel zu Elizabeth wanderte.»Sind sie tot?«
Er hob eine Hand und berührte ihre Wange.»Ich weiß es nicht, Squirrel. Vielleicht.«
Aus ihrer Kehle kam ein leises Geräusch und Nathaniels Hand schloss sich um ihre Schulter.»Es ist nur eine Möglichkeit. Ich kann dir nicht versprechen, dass es nicht so ist. Es ist mir gelungen, ein paar Worte mit Stokers Erstem Offizier zu wechseln, bevor die Dragoner mich entdeckt haben. Er hat mir jedenfalls erzählt, dass Hawkeye und Robbie gezwungen wurden, die *Jackdaw* zu verlassen und an Bord einer Fregatte zu gehen, die auf dem Weg zu einer Schlacht war.«
Curiosity setzte geräuschvoll ihre Schale ab.»Das macht nicht viel Sinn«, sagte sie nachdenklich. Ihr Ärger war plötzlich verflogen.»Warum sollten sie die beiden ältesten Männer an Bord nehmen und die Jungen zurücklassen? Vielleicht hat der Mann gelogen, um seine eigene Haut zu retten.«
»Ich wäre vermutlich zu dem gleichen Schluss gekommen, wenn der Earl mir nicht, kurz bevor Nathaniel ins Gasthaus zurückkehrte, genau die gleiche Geschichte erzählt hätte«, sagte Elizabeth.
»Aber woher soll der Earl wissen, was auf der *Jackdaw* passiert ist?«, fragte Hannah. Dann hellte sich ihr Gesicht plötzlich auf.»Es sei denn, er hat eine Nachricht von der Fregatte erhalten!«
Der Hakim war auffällig ruhig gewesen, während er die Wunde an Nathaniels Bein versorgte, doch nun spürte Elizabeth seinen Blick auf sich ruhen.
»Der Earl weiß, was auf der *Jackdaw* passiert ist, weil er ihren Kapitän ausgiebig befragt hat«, sagte er.
Nathaniel setzte sich so plötzlich auf, dass Elizabeth überrascht zurückwich.

»Mac Stoker war hier?«
Hakim Ibrahim nickte. »Er ist noch immer hier und er wird es auch noch für eine ganze Weile sein. Ich war vor kurzem damit beschäftigt, seine Schusswunden zu behandeln.«
Nathaniel legte sich wieder hin.
»Ich will noch vor Carryck mit ihm sprechen.«
»Gut«, sagte Hannah. »Dann lass uns zu ihm gehen.«
Es entstand ein kurzes Schweigen, dann streckte Nathaniel eine Hand nach Hannah aus. Sie kam näher und stellte sich direkt neben ihn.
»Squirrel«, sagte er in der Sprache der Kahnyen'kehàka, um sie vor dem Hakim nicht in Verlegenheit zu bringen. »Wir brauchen dich, damit du nach den Kleinen siehst.«
»Aber ...«
»Ich möchte dich nicht in der Nähe von Mac Stoker wissen.« Er biss die Zähne zusammen, bevor sich seine Gesichtszüge wieder entspannten.
Hannah drehte sich auf dem Absatz um und streckte Elizabeth fragend ihre Handflächen entgegen. Sie verband damit eine Bitte, die sich auch an den Sorgenfalten ablesen ließ, wie sie im Gesicht eines so jungen Mädchens eigentlich nichts zu suchen hatten. Curiosity beobachtete die Szene und fragte sich, ob sie in diesem Fall nachgeben oder das tun würde, was für das Kind am besten wäre: sie fortzuschicken.
»Dein Vater hat Recht, Squirrel. Sollten wir irgendetwas Neues in Erfahrung bringen, werde ich es dir höchstpersönlich sofort mitteilen.«
Hannah stand erhobenen Hauptes da, aber ihre Lippen zitterten leicht. Nach einer ganzen Weile nickte sie.

Ein Diener wies Hannah den Weg. Er trug eine dunkelblaue Jacke mit langen Schößen und goldener Verzierung und seine linke Wange zuckte so, dass sie an einen flatternden Vogel erinnerte. Sie fragte sich, ob er das schon sein ganzes Leben lang hatte, konnte ihn aber nicht darauf ansprechen: Auf dem Weg durch die Flure beobachtete er sie ununterbrochen aus dem Augenwinkel mit einem Blick, als erwartete er jeden Augenblick, dass sie einen Tomahawk und ein Messer hervorziehen und ihn skalpieren würde.

Sie war wie ein kleines Kind weggeschickt worden und war darüber wütend und verletzt. Doch obwohl sie schlechter Stimmung war, konnte Hannah das Schloss, in dem sie sich befand, nicht ignorieren. Es war voller interessanter Dinge: Bären und Hirsche und Drachen, die in die hölzerne Wandvertäfelung und sogar in die Stützbalken an der Decke geschnitzt waren. An einer Wand prangte der Kopf eines Hirsches. In schweren goldenen Rahmen hingen Gemälde von Hunden, Pferden und Segelschiffen. Am Fuß einer breiten Treppe standen zwei mit bunten Vögeln bemalte Vasen, die so groß waren, dass sich ein Mädchen darin hätte verstecken können.

Auf dem Treppenabsatz entdeckte sie einen kleinen Mann, der aus poliertem Metall gemacht war. Sie konnte an ihm genauso wenig einfach vorübergehen wie an einem lebenden Äffchen. Er war kaum größer als sie und bis hin zu den Fingern, die mit Gelenken versehen waren und dem Gesicht, das aus vielen kleinen Metallplättchen bestand, die irgendwie miteinander verbunden waren und die Form von Nase, Wangen und Kinn bildeten, sehr gut geformt. Hinter dem gitterartigen Visier waren die Augenhöhlen leer und Hannah stellte fest, dass sie darüber ein wenig erleichtert war.

»Was ist das?« fragte sie den Diener.

Er räusperte sich. »Eine Ritterrüstung, Miss. Die trugen die Herrschaften vor langer Zeit bei Turnierkämpfen.« Als er ihren fragenden Gesichtsausdruck sah, fügte er hinzu: »Zwei Männer auf Pferden, die mit Lanzen aufeinander losgehen.«

Hannah verstand nicht ganz, warum Männer sich in Metall hüllten, um auf einem Pferd zu reiten, aber sie spürte, dass die Geduld des Dieners, ihre Fragen zu beantworten, vermutlich nicht weit reichte. Deshalb nickte sie.

Im Flur in der ersten Etage reihten sich Kerzenleuchter und kleine, mit Schnitzereien verzierte Tische aneinander. Auf jedem stand ein kleiner Elefant, manche elfenbeinfarben und andere milchig grün. Sie hätte angehalten, um sie sich genauer anzuzusehen, aber der Diener wartete nun vor einer Tür.

Hannah wollte nicht unhöflich sein und stellte sich deshalb neben ihn. »Wie ist dein Name?«

Er zwinkerte erst mit dem einen, dann mit dem anderen Auge – ein nettes kleines Kunststück. »MacAdam, Miss.«

»Und was ist hier deine Aufgabe?«
»Ich bin einer der Lakaien, Miss.«
Sie überlegte einen Moment und fragte dann: »Was hat ein Lakai zu tun?«
»Wir kümmern uns um das Haus, Miss. Um das Feuer und um das Licht und das alles. Und wir servieren natürlich bei Tisch.«
»Dann sehe ich dich also beim Abendessen?«
Ein Mundwinkel hatte sich bereits nach oben verzogen, bevor er sich wieder unter Kontrolle hatte. »Jawohl, Miss.«
Hannah fragte sich, ob er nicht lachen durfte oder nicht lachen wollte. Doch dann öffnete er die Tür und ihr blieb nichts anderes übrig, als ihn zurückzulassen und hineinzugehen.

Mitten im Zimmer befand sich ein Himmelbett, das größer war als alles, was Hannah bisher gesehen hatte. Auf dem Bett saß ein kleines Mädchen und hielt die schlafende Lily im Arm. Als sie Hannah erblickte, weiteten sich ihre Augen, und sie legte Lily sanft ab. Dann sprang sie aus dem Bett und kam mit einem leichten Plumps auf dem Boden auf.

Hannah hatte sie zunächst für sehr jung gehalten, doch nun sah sie, dass sie im gleichen Alter waren. Sie war schmächtig, einen ganzen Kopf kleiner als Hannah, hatte kurze blonde Haare, die sich wie das Fell einer Ziege lockten, und meergrüne Augen. Am Saum ihres Rocks zeigte sich ein wenig Schmutz und sie war barfuß. Auf ihrem Kinn befand sich ein Marmeladenfleck.

»Babys riechen so süß, findest du nicht auch? Mally ist weggerufen worden und hat mich gefragt, ob ich bei den Kleinen bleiben kann. Ich bin Jennet. War deine Mutter eine indianische Prinzessin?« fragte sie.

Ihre Stimme klang neugierig, offen und freundlich und ließ etwas Warmes und Unerwartetes in Hannahs Brust aufblühen, das ihr die Kehle zuschnürte. Sie schluckte heftig und sagte dann: »Meine Mutter war Sings-from-Books vom Stamme der Kahnyen'kehàka und ihre Mutter war Falling-Day und deren Mutter hieß Made-of-Bones. Sie war die Mutter des Clans, der im Wolf-Langhaus lebte, und ihre Mutter Hawk-Woman war vor ihr Clan-Mutter. Sie brachte einen englischen Oberst um und gab sein Herz ihren Söhnen zu essen.« Mühsam atmete sie tief ein und wieder aus.

»Gut für deine Großmutter. Die englischen Soldaten haben meinen Großpapa gehängt, weil ...« Sie hielt inne und kratzte sich nachdenklich an ihrem spitzen Kinn. »Sie taten es ohne richtigen Grund. Und wie heißt du?«
»Ich heiße Squirrel, aber fast jeder nennt mich Hannah. Wenn die Zeit reif ist, wird mir Falling-Day meinen Frauennamen geben.«
Jennet grinste so breit, dass zwei tiefe Grübchen auf ihren Wangen sichtbar wurden. »Mir gefällt Squirrel besser als Hannah. Ich nenn' dich einfach so.« Sie zog einen Apfel aus ihrer Schürzentasche hervor und warf ihn mit einer schnellen Bewegung aus dem Handgelenk Hannah zu.
Hannah fing ihn auf und merkte im gleichen Moment, wie hungrig sie war.
»Ich sag' dir, was ich für eine Idee hab', Squirrel. Du erzählst mir Geschichten von den Indianern und der Wildnis und ich zeige dir alles Interessante in Carryckcastle, all die geheimen Orte.«
Hannah ging auf das Bett zu, um nach den Zwillingen zu sehen. Sie schliefen beide tief und fest, aber es konnte nicht mehr lange dauern, bis sie aufwachen würden. Dann brauchten beide neue Windeln. Vermutlich würden sie sich in dieser fremden Umgebung fürchten.
Hinter ihr sagte Jennet: »Wir passen einfach für eine Weile zusammen auf sie auf, ja? Du willst bestimmt etwas essen und dich um die Babys kümmern. Ich helfe dir. Und dann gehen wir auf Entdeckungsreise. Möchtest du das Verlies sehen?«
»Finden wir dort Mac Stoker?«, fragte sie mit vollem Mund. Der Apfel schmeckte süß und sauer zugleich.
»O nein« antwortete Jennet und nahm sich einen Löffel Marmelade aus dem Topf auf dem Tisch. »Sie wollen nicht, dass der Pirat stirbt. Würdest du ihn gerne sehen? Er kann dir nicht wehtun – Nezer Lun hält vor der Tür Wache und der ist wirklich ein wilder Kerl.«
»Ich bin Mac Stoker schon einmal begegnet«, sagte Hannah. »Ich habe zugeschaut, wie er auf einen Mann geschossen und eine Dame von der *Isis* entführt hat. Aber ich würde ihn gerne noch einmal sehen.«
Der Löffel verharrte für einen Moment auf dem Weg zum

Marmeladentopf. Jennet wandte sich um und sah sie an. Diesmal zauberte sie nur ein Grübchen hervor. »Wir zwei werden schnell Freundinnen werden. Du wirst schon sehen.«

3

Elizabeth fiel auf, dass sie während ihrer gesamten Reise auf der *Jackdaw* Mac Stoker nicht einmal erschöpft gesehen hatte, doch nun sah es ganz anders aus. Unter seinem einige Tage alten Bart war er aschfahl, sogar die Narbe an seinem Hals wirkte blass. Seine Schläfe war geschwollen und hatte die Farbe einer überreifen Pflaume angenommen.

Dann öffnete er die Augen. Sie waren rot gerändert und glänzten fiebrig. Als er zu Sprechen anfing, bewegte sich sein Mund so langsam, als hätte er seine Zunge nicht unter Kontrolle.

»Bonner«, krächzte er. »Verdammt noch mal, Sie sind am Leben. Sind Sie gekommen, um Ihre Schulden zu begleichen?«

Nathaniel hinkte zu dem Stuhl neben seinem Bett und ließ sich darauf nieder. Sein verletztes Bein streckte er nach vorne aus. »Wir können später darüber reden, wer hier wem etwas schuldet. Ich möchte erst einmal wissen, was mit meinem Vater passiert ist.«

Stoker hob eine Hand und ließ sie dann wieder sinken. »Herrgott, nicht das schon wieder. Ich wünschte, ich hätte den Mann niemals zu Gesicht bekommen, und euch andere genauso wenig!«

»Sie können ihn nicht für die Schwierigkeiten verantwortlich machen, in denen Sie stecken. Die Kugel in Ihren Eingeweiden haben Sie sich selbst zuzuschreiben«, sagte Nathaniel.

»Tatsächlich?« fragte er und zog eine Grimasse. »Ich kann mich nicht erinnern, Sie dort gesehen zu haben. Wären Sie dabei gewesen, dann wüssten Sie, dass Hawkeye derjenige war, den die Bastarde finden wollen. Haben mich mit einer Flinte erwischt, als ich ihnen gerade den Rücken zuwandte. Dann haben sie mich weggeschleppt und meine Männer sitzen nun im Gefängnis und verfluchen mich als Feigling und Schuft. Und

Granny wird mich bei lebendigem Leib über dem Feuer rösten.«
»Hawkeye hat niemals einen Fuß auf schottischen Boden gesetzt«, sagte Elizabeth. »Was kann er also damit zu tun gehabt haben?«
»Das mag schon richtig sein«, erwiderte Stoker keuchend. »Aber es gibt eine Menge Leute, die nur darauf warten, dass er es tut. Er sollte also lieber seine fünf Sinne beisammen halten.« Er drehte den Kopf, um Nathaniel anzuschauen, und sah, dass seine Schulter und sein Bein dick verbunden waren. »Aber vielleicht haben Sie das ja inzwischen schon selbst herausgefunden. Waren das die Dragoner?«
»Ja.«
»Ich gehe jede Wette ein, dass es zwei waren. Der Größere von beiden mit einem grauen Kinnbart und glatzköpfig wie ein Kinderpopo, der andere mit einer Narbe auf seiner rechten Wange und zwei fehlenden Fingern an der linken Hand.«
Nathaniel warf Elizabeth einen schnellen Blick zu. An seinem Gesichtsausdruck konnte man leicht ablesen, was er fühlte: Sorge und Verärgerung – zu gleichen Teilen. »Ich bin ihm nicht nahe genug gekommen, um seine Hand sehen zu können, aber es hört sich ganz so an, als wären es die gewesen. Warum glauben Sie, dass sie nach Hawkeye gesucht haben?« fragte er.
Stoker atmete geräuschvoll aus. »Sie haben ausdrücklich nach ihm gefragt. Wollten wissen, wo er ist und was mit ihm passiert sei. Als sie damit keinen Erfolg hatten, wollten sie stattdessen Sie in die Finger kriegen. Wenn Sie mir vorher gesagt hätten, wie beliebt die Bonners in Schottland sind, hätte ich einen härteren Kurs ausgehandelt.«
»Wo ist mein Vater?«
Er zog eine Grimasse. »Ich will verdammt sein, wenn ich das weiß. Das Letzte, was ich von ihm und MacLachlan gesehen habe, war, als wir von einer ganzen verdammten Atlantikflotte eingekeilt wurden und eine Fregatte versuchte, Kleinholz aus uns zu machen. Sie hörten erst auf, uns zu rammen, als wir kurz vorm Sinken waren, und enterten dann die *Jackdaw*.«
Seine Stimme bebte und er verstummte, um aus dem Becher zu trinken, den der Hakim ihm reichte.
»Als sie wieder verschwanden, nahmen sie Ihren Vater und

MacLachlan mit. Das ist das Letzte, was ich von den beiden jämmerlichen Tölpeln gesehen habe.« Er schüttelte müde den Kopf. »Und fragen Sie nicht, warum sie nur ihren Vater und niemanden sonst mitgenommen haben. Ich bin darüber selbst verwundert. Es sei denn, Sie wären mit jemanden in der königlichen Kriegsmarine befreundet und haben das verheimlicht.« Diese Vorstellung rief bei Nathaniel ein grimmiges Lächeln hervor aufsetzen. »Genau. Und morgen werden wir mit dem König zusammen Tee trinken.«

Elizabeth fragte: »Wie hieß die Fregatte?«

Beide Männer wandten sich ihr zu, Nathaniel mit einem überraschten und Stoker mit einem argwöhnischen Gesichtsausdruck.

»Das war die *Leopard*. Und ...? Sagt Ihnen der Name etwas, Süße?«

»Überhaupt nichts«, entgegnete sie steif, Nathaniels Blick ausweichend. »Übrigens – war der Umstand, dass Sie ihnen nichts zu Hawkeyes Verbleib sagen konnten, der Grund dafür, dass die Dragoner auf Sie geschossen haben, oder taten sie das nur aus purer Freude?«

»Meine Güte, die hat vielleicht ein Mundwerk. Ich beneide Sie nicht, Mann.«

»Sie haben die Frage nicht beantwortet«, sagte Nathaniel.

Stokers Lippen wurden schmal. »Ich habe nie behauptet, dass es die Dragoner waren, die mir die Kugel in den Rücken jagten. Die Wahrscheinlichkeit, dass die Rotröcke Mac Stoker erwischen, ist ungefähr so groß wie ein Tag ohne Regen in Irland. Ich habe schließlich schon vor ihrer Nase mit Diebesgut gehandelt, als ich dreizehn war.«

»Wer war es dann, der Sie erwischt hat, wenn nicht die Dragoner?« fragte Nathaniel. Er warf dem Hakim einen schnellen Blick zu. »Carrycks Leute?«

Stoker machte eine wegwerfende Handbewegung. »Nein. Wären die nicht aufgetaucht, wäre ich jetzt tot. Es war Giselle, die auf mich geschossen hat, das undankbare Weibsbild. Und ich habe auch noch versucht, sie zu retten!« Seine Hand öffnete sich und ballte sich dann wieder zur Faust. »Aber das wird nicht ihre letzte Begegnung mit Mac Stoker gewesen sein«, knurrte er und lächelte.

Als Nathaniel es die breite Treppe hinauf geschafft hatte, war der Schmerz in der Schulter vergessen, denn in seinem Bein pochte es nun bei jedem Schritt. Hinter seinem Rücken drückten sich zwei Diener herum, bereit, ihn aufzufangen, wenn er fallen sollte, aber bemüht, gleichgültig zu wirken. Er ignorierte sie und stützte sich stattdessen auf Elizabeth.

»Es ist gleich dort vorne«, sagte sie leise, »gleich auf der linken Seite.«

Ein weiterer Diener öffnete die Tür und schloss sie hinter ihnen wieder. Nathaniel ließ sich einfach auf den Teppich sinken; er konnte keinen Schritt mehr weiter gehen. Mit dem, was von seinem Hemd noch übrig war, wischte er sich den Schweiß von der Stirn. Es dauerte eine ganze Minute, bis das Pochen in seinen Ohren nachließ.

»Ich höre Lily lachen«, sagte er. »Und Curiosity mit ihr sprechen.«

»Ja.« Elizabeth streckte eine Hand aus, um ihm auf die Füße zu helfen. »Es gibt noch ein Schlafzimmer neben diesem, das durch das Ankleidezimmer zu erreichen ist. Ich werde gleich nach ihnen sehen. Hier ist das Bett, Nathaniel.«

»Verdammt«, murmelte er angesichts der Stufen, die zum Bett führten. »Noch mehr Treppen. Vermutlich gibt es hier sogar eine Leiter zum Pisspott.«

»Mac Stoker hatte offensichtlich einen ausgesprochen negativen Einfluss auf deine Wortwahl«, sagte Elizabeth. Nachdem er sich in die Kissen hatte fallen lassen, begann sie ihn auszuziehen, aber er packte sie am Handgelenk, um sie davon abzuhalten.

»Stiefelchen...«

»Hmm?«

»Ich bin nicht so am Ende, dass ich nicht mehr ohne Hilfe aus meinen Hosen käme.«

Sie nickte. »Vielleicht sollten wir einfach warten, bis sie unsere Sachen von Dumfries hierher gebracht haben. Ich hoffe, das wird bald der Fall sein. Wir sehen allesamt aus wie Bettler.«

Er strich mit einer Hand über ihr Haar. »Für mich siehst du gut genug aus, Liebling. Abgesehen von diesen dunklen Ringen unter deinen Augen.«

Sie rang sich ein mürrisches Lächeln ab. »Es war eine ereignisreiche Nacht.«

»Komm für einen Moment zu mir herüber.«
»Wenn ich mich jetzt hinlege, Nathaniel, werde ich vermutlich sofort einschlafen.«
»Ich könnte dich schon wach halten.«
Sie richtete sich auf und presste überrascht ihre Hand an die Brust. »Das kann doch nicht dein Ernst sein, in deinem Zustand ...«
»Ganz ruhig, Stiefelchen. Ich habe nichts dergleichen im Kopf. Nicht jetzt jedenfalls. Ich möchte mich nur mit dir unterhalten.«
Für einen Moment musterte sie ihn mit zusammengekniffenen Augen, dann kletterte sie zu ihm ins Bett. Manchmal hatte sie einen Gesichtsausdruck, ein streng vorgerecktes Kinn und eine scharfe senkrechte Linie zwischen ihren Augenbrauen, an dem man ablesen konnte, dass sie an etwas zu kauen hatte und nicht recht wusste, wie sie es loswerden sollte. Sie konnte genauso wenig verbergen, was sie fühlte, wie sie machtlos dagegen war, dass sich ihre Augenfarbe veränderte. Gerade jetzt zeigten sie ein stürmisches Grau.
»Ich sollte nach den Kindern sehen.«
»Sie klingen so, als wären sie zufrieden«, erwiderte er.
»Ja, schon. Aber ich kann mir vorstellen, dass Curiosity auch müde wird. Und ich frage mich, wo Hannah abgeblieben ist.«
»Stiefelchen!«
»Was ist?« Sie funkelte ihn herausfordernd an.
»Du stehst so unter Spannung, dass du gleich explodieren wirst.«
Sie blickte ihn finster an. »Tatsächlich? Warum wohl? Muss ich dich daran erinnern, dass dein Vater und Robbie mit der königlichen Kriegsmarine verschwunden sind?«
Er strich ihr eine Locke aus dem Gesicht. »Ich weiß. Auf einem Schiff namens *Leopard*.«
Eine endlose Minute lang starrten sie einander an. Schließlich sagte sie: »Das ist es aber nicht, was du denkst.«
»Kannst du jetzt schon meine Gedanken lesen, Stiefelchen? Was denke ich denn deiner Meinung nach?«
»Dass ich etwas über die *Leopard* weiß, das ich dir vorenthalte.«
»Ist das so?«

»Genau das denkst du!« Sie entzog sich ihm, rollte herum, bis sie außerhalb seiner Reichweite war, und strich ihren Rock glatt. Als sie ihn wieder anschaute, hatte sie einen Teil ihrer Fassung zurück gewonnen.

»Ich kannte einmal den Kapitän der *Leopard*, aber das ist sicher sieben Jahre her. Inzwischen ist er bestimmt woanders stationiert.« Dann fügte sie etwas langsamer hinzu: »Er war ein Freund von Will.«

Nathaniel setzte sich auf. »Von deinem Cousin Will?«

Sie nickte. »Aber das kann nur reiner Zufall sein, Nathaniel. Ganz bestimmt.«

»Mag sein. Aber wenn nicht – wenn du den Kapitän kennst und er dich, ist das gut oder schlecht für Hawkeye und Robbie?«

Sie seufzte tief. »Das ist genau der Grund, warum ich gezögert habe, dir etwas davon zu erzählen, denn ich wusste, dass du mir genau diese Frage stellen würdest. Die Wahrheit ist, ich weiß es nicht, Nathaniel. Ich weiß es wirklich nicht.« Nach einem kurzen Zögern fügte sie hinzu: »Wenn er es ist – er heißt Christian Fane.«

Sie wirkte bekümmert und unruhig und das machte Nathaniel Sorgen. Aber noch bevor er Gelegenheit hatte, darüber nachzudenken, wie er vielleicht die richtigen Fragen stellen konnte, um der Sache auf den Grund zu gehen, erschien Curiosity in der Verbindungstür, auf jeder Hüfte ein Kind balancierend. »Irgendwelche Neuigkeiten?«

Elizabeth lächelte erleichtert und nahm ihr Lily ab, während Nathaniel ihr das Wenige berichtete, das sie in Erfahrung gebracht hatten.

»Und der Earl hat dieser armseligen Geschichte nichts hinzuzufügen?«

»Wir haben noch nicht mit ihm gesprochen.«

»Hm.« Curiosity schüttelte den Kopf. »Ist dieser Schuft von Stoker auf dem Weg ins Grab?«

»Hakim hat ihm die Kugel herausoperiert. Ich denke, er ist zäh genug, um es zu überleben«, sagte Nathaniel.

»Gut. Vielleicht ist er ja der Mann, der uns wieder nach Hause segeln kann.«

»Ich weiß nicht, was aus der *Jackdaw* geworden ist«, entgegnete Elizabeth. »Mag sein, dass die Steuereintreiber das Schiff verbrannt haben.«

»Hawkeye wird schon bald auftauchen. Es gibt niemanden, der sich besser durchschlagen könnte als er, und Robbie ist aus demselben Holz geschnitzt. Vergesst das nicht«, sagte Curiosity. Elizabeth schenkte ihr einen dankbaren Blick. Curiosity wusste nicht nur alles über Gerstenschleim und Breiumschläge und Heiltees, sie wusste auch, dass manchmal die richtigen Worte die wirkungsvollste Medizin sein konnten.

Sich über Nathaniel beugend berührte Elizabeth mit einer Hand seine Stirn. »Ich sollte sehen, dass ich ein wenig feste Nahrung in dich hineinbekomme. Ich hoffe, sie bringen uns noch etwas mehr als das bisschen Marmelade und Brot, das Hannah übrig gelassen hat.«

Elizabeth nahm einige Kissen vom Bett, um daraus auf dem Teppich eine kleine Festung zu errichten. »Ich habe sie vorhin gebeten, uns etwas zu essen hinaufzubringen«, sagte sie, setzte Lily in die Kissen und winkte nach Daniel, um ihn seiner Schwester gegenüber zu positionieren. »Vielleicht können sich die beiden miteinander amüsieren, während wir essen.«

»Wo ist Hannah?« fragte Nathaniel.

»Sie ist mit einem kleinen Mädchen namens Jennet unterwegs. Sie sagten, sie wollten ein wenig auf Entdeckungsreise gehen.« Curiosity ging zum Fenster und stand dann dort, eine Schulter gegen den Rahmen gelehnt. »Siehst du?« Sie wies nach draußen. »Da gehen die beiden, barfuß wie sie sind.«

Elizabeth trat zu ihr ans Fenster. Hinter der Burg erhoben sich die Berge mächtig gegen den rauchig blauen Himmel. Ein wundervoller Tag, doch die Dienstleute gingen unten im Burghof unbeeindruckt ihrer Arbeit nach: Wasserträger am Brunnen, ein Gärtner mit einer matschbespritzen Schürze und einem Korb voller Grünzeug, ein Milchmädchen, das sich – mit einem Finger in seine Richtung fuchtelnd – mit einem Stallknecht stritt, der doppelt so groß wie sie war. Und Hannah und das Mädchen namens Jennet gingen plaudernd auf die Ställe zu, die sich kurz vor dem Tor befanden.

»Wer ist sie?«

»Ich weiß es nicht genau, aber sie ist ein freundliches kleines Ding.«

Die beiden bildeten ein merkwürdiges Paar – die eine groß mit langen blauschwarzen Zöpfen, die andere klein und beweglich und weißblond – und doch sahen sie aus wie ganz gewöhnliche kleine Mädchen an einem Sommertag.
»Glaubst du, dass es sicher ist, sie unbeaufsichtigt so herumlaufen zu lassen?« fragte Elizabeth.
»Das glaube ich«, erwiderte Curiosity fest. »Lass sie doch einfach mal Kind sein.«

Einige Männer führten junge Pferde auf eine Koppel am Nordwestende der Burg, aber Hannah interessierte sich viel mehr für das Waldgebiet, das hinter den Ställen begann und sich bis zum Gipfel des Aidan Rock hochzog. Dort gab es Kiefern, Ginster, Birken und Eichen und einen Fluss, der sich durch das ganze Gebiet schlängelte. Irgendwo in der Ferne hörte man das Rauschen von Wasserfällen. Hannah hätte sie gerne gesehen, aber Jennet hatte andere Pläne. Sie lief geradewegs auf eine ausladende Eiche zu, steckte, um Beinfreiheit zu haben, ihren Rock unter dem um die Taille gebundenen Band ihrer Schürze fest und begann hinaufzuklettern. Dabei sprach sie über die Schulter hinweg mit Hannah.

»Das ist mein liebster Kletterbaum. Ich bin mal von dem Ast da gefallen«, sie unterbrach sich, um darauf zu zeigen, »und hab' mir den Arm gebrochen. Aber da war ich noch viel kleiner und außerdem hat Simon mich gejagt.« Sie hangelte sich näher, bis sie bei besagtem Ast angelangt war. Dort ließ sie sich nieder, einen Arm um den Stamm gelegt.

»Willst du nicht raufkommen?«

Es war viele Monate her, seit Hannah das letzte Mal auf einen Baum geklettert war. Sie wollte Jennet zu gerne folgen, warf aber einen Blick zurück in Richtung Tor.

»Du brauchst dir keine Sorgen zu machen. Wir können von hier oben in den Burghof schauen und merken es, falls einer nach dir suchen sollte«, sagte sie.

Das genügte, um Hannah zu ermutigen. Mit einem Sprung hing sie im Baum und innerhalb kürzester Zeit landete sie, etwas außer Atem, neben Jennet auf einem breiten, geraden Ast. Sie ließ ihre Zehen von der leichten Brise kühlen und schnupperte: Schmerwurz und Moschusrosen, Geißblatt und wilder

Thymian und keine Spur von Salzwasser. Die Luft summte von Bienen, die ihrer Arbeit nachgingen, und sie glaubte, noch nie etwas Musikalischeres gehört zu haben.

Von hier aus schien Carryckcastle noch größer aufzuragen: zu viele Zimmer, um sie zählen zu können, und überall Dienstleute bei der Arbeit. Das Tal um sie herum wirkte seltsam leer, leuchtete aber farbenfroh – violette Flecken, die sich mit gelbem, dornigem, verkümmerten Immergrün abwechselten, das sich an felsigen Abhängen festhielt. Durch den Wind veränderten sich ständig die Schatten, die durch die Wolken verursacht wurden.

»Warum gibt es diese Bäume nur hier und nicht auf den anderen Bergen?«

Jennet neigte den Kopf zur Seite und zuckte die Schultern.

»Kein Mann, keine Frau«, sang sie leise, »kein Lebewesen würde es wagen, auch nur gegen einen einzigen Baum auf Aidan Rig die Axt zu erheben. Das alles hier gehört den guten Geistern.« Sie näherte sich mit ihrem Mund noch mehr Hannahs Ohr und fügte hinzu: »Es ist ein Ort, an dem Feen leben, weißt du. Sie kommen in der Dämmerung und tanzen und singen. Simon hat mir erzählt, dass im Morgengrauen die Feenkönigin höchstpersönlich erscheint und nach Kindern sucht, die sie klauen kann.«

Hannah dachte nach. Sie kannte Feengeschichten von ihrer Großmutter und war tatsächlich neugierig. Aber Jennets Weigerung, in deren Hörweite von Feen zu sprechen, war ernst zu nehmen. Sie nickte.

»Wer ist Simon?«

Jennet rieb ihre Wange am Baumstamm. »Simon war mein Bruder. Er ist an Diphterie gestorben.« Sie pflückte ein Blatt, um sich damit Luft zuzufächeln. Es hatte genau die Farbe ihrer Augen. Dann streckte sie plötzlich den freien Arm aus, als ob sie die Welt umarmen wollte.

»Von hier aus kannst du unendlich weit sehen.«

»Ist das hier dein Versteck?«

Jennet bewegte heftig ihre Finger. »Ach nein. Jedes Kind in Carryck ist schon auf diesem Baum gewesen, und vor ihnen ihre Mütter und Väter. Es gibt im Schloss bessere Orte, um sich zu verstecken. Geheimgänge und Nischen und sowas.« Sie blickte über ihre Schulter, als erwartete sie, dass sich jemand hinter ihr befand und zuhörte.

Hannah hatte keine Zweifel, dass es in der Burg viel zu entdecken gab – sie war immerhin so groß wie ein ganzes Dorf. Aber im Augenblick war sie froh, draußen zu sein und hatte es deshalb nicht eilig, zurückzukehren. Jennet schien das zu begreifen, ohne dass sie es ihr ausdrücklich sagen musste.

Sie wies auf die Burg und erklärte in einem formellen Ton: »An jeder Ecke befindet sich ein Turm, siehst du? Der Turm, der uns am nächsten ist, heißt Elphinstone Tower. Dann kommt Forbes Tower, dann Campbell Tower und der ganz da hinten heißt Johnstone. Das Verlies ist im Campbell Tower, aber Elphinstone ist mein Lieblingsturm.«

»Warum?«

Jennet grinste. »Das würdest du schon merken, wenn ich ihn dir zeigen könnte. Aber damit müssen wir noch ein bisschen warten.« Sie wies mit dem Kinn nach Nordwesten, wo Hannah gerade eben den vorderen Teil eines Küchengartens ausmachen konnte, in dem ein paar Frauen arbeiteten. »Die kriegen mich dran mit Unkrautzupfen, sobald sie mein Gesicht sehen.« Sie zog die schmale Nase kraus. »Ich mag Unkrautzupfen nicht.«

»Ich müsste zu Hause im Maisfeld arbeiten«, sagte Hannah. »Ich bin jetzt groß genug, um Pflanzen zu hacken.« Sie fühlte eine Welle von Heimweh in sich aufsteigen, heiß und sauer wie Sodbrennen. Auf ihrem Ritt hierher hatte sie keinen einzigen Maisstängel gesehen, doch in Lake in the Clouds würden sie ihr jetzt schon bis zur Stirn reichen und die Bohnen würden daran hochranken, um den Kürbissen, die darunter wuchsen, Schatten zu spenden. Dieses Jahr würden ihre Großmutter und ihre Tante ohne sie Three Sisters feiern.

»Sieh mal!« rief Jennet und zeigte auf etwas.

Ein paar Reiter waren um die südwestliche Ecke der Burg gebogen und trabten nun gemütlich auf das offene Tor zu. Neben ihnen trotteten einige Hunde.

»Das sind die Hunde des Earls«, sagte Hannah. »Ich habe sie schon einmal in Dumfries gesehen.«

»Stimmt«, entgegnete Jennet und schickte sich an, vom Baum herunterzuklettern. »Und die Wagen werden gleich folgen.«

»Was für Wagen?«

Sie hielt inne, um zu Hannah hochzuschauen. Das Sonnenlicht, das durch die Blätter fiel, machte ihr Gesicht scheckig.

»Mit noch mehr Schätzen. Von der *Isis*.«

»Deine Mutter ist völlig unvernünftig«, sagte Elizabeth zu Lily. »Gegen unseren Willen tausende Meilen von zu Hause entfernt, ohne die geringste Ahnung, wie wir wieder von hier wegkommen sollen und wo dein Großvater sein könnte, keine Spur vom Earl, geschweige denn ein paar erklärende Worte von ihm, und ich kann an nichts anderes denken als an saubere Sachen und Essen.«

Die Kleine betrachtete einen Elefanten aus Elfenbein, klopfte ihn auf den Boden, um zu sehen, was für ein Geräusch das ergab, und runzelte dann verdrießlich die Stirn. Ihr Bruder schien zufriedener mit seinem Hafermehlkuchen in der Faust, den er benutzte, um sich im Gesicht zu kratzen. Keiner von beiden interessierte sich sehr für Elizabeths Geständnis und noch viel weniger für den eigenen schmuddeligen Zustand.

Curiosity hatte einen gemütlichen Stuhl in der Nähe des Kamins gefunden. Ohne die Augen zu öffnen sagte sie: »Da kommen sie, eine ganze Armee von ihnen, dem Lärm nach zu urteilen.«

Elizabeth sprang vom Boden auf, bevor sie Gelegenheit hatten zu klopfen und Nathaniel zu wecken. Sie straffte sich und öffnete die Tür.

»Mrs. Bonner. Guten Tag.«

Die Frau, die vor ihr stand, war klein und hatte die Körperhaltung und Figur eines Mädchens, obwohl die Falten um ihre Augen und um ihre Mundwinkel sie weit älter als dreißig machten. Sie war weniger schön als auffallend, mit feinen, strengen Gesichtszügen und Augen, die so hell waren, dass sie fast farblos wirkten; ihr blondes Haar hatte sie in einem dicken Zopf um ihren Kopf gewunden. Am Gürtel ihres schlichten Kleides – *war es schwarze Trauerkleidung?* – trug sie einen Schlüsselbund, der sie als Wirtschafterin von Carryckcastle auswies.

»Mrs. Hope.« Elizabeth lächelte, während ihre Gedanken abschweiften und sie sich all die Wirtschafterinnen ins Gedächtnis rief, deren Bekanntschaft sie in großen und kleinen Häusern quer durch England gemacht hatte. Jede Einzelne, an die sie sich erinnerte, war älter als fünfzig und hatte ihr Leben damit verbracht, in diese verantwortungsvolle Position hineinzuwachsen; nur wenigen war noch ein Rest von Schönheit geblieben, falls sie überhaupt jemals schön gewesen waren.

»Es tut mir leid, dass ich störe, Mrs. Bonner, aber Ihre Sachen sind aus Dumfries eingetroffen. Wenn Sie so freundlich wären und das Abendessen im Esszimmer einnehmen könnten, dann würden die Zimmermädchen sich um das Auspacken kümmern.«

Sie hatte das ruhige Auftreten einer Frau, die ihre Stimme weder erheben musste, um ihre Wünsche zu äußern, noch um sie durchzusetzen. Überaus höflich und respektvoll, aber Elizabeth wusste den Ausdruck in ihren Augen nicht zu deuten. *Weil sie nicht will, dass ich es tue.* War es Abneigung? Geringschätzung? Unter normalen Umständen hätte sie sich vielleicht gefragt, warum diese Frau ihr so wenig Wohlwollen entgegenbrachte, aber das spielte jetzt keine Rolle: Sie würden sich nicht so lange hier aufhalten, als dass Mrs. Hope eine gewisse Wichtigkeit erlangen könnte.

»Erwartet der Earl uns bei Tisch?« fragte Elizabeth.

»Der Hausherr lässt sich entschuldigen.«

Carryck hatte also wichtigere Dinge zu tun, als mit den Leuten zu sprechen, die er zu seinem Vergnügen quer über den Ozean hierher gezerrt hatte. In Elizabeth wallte Ärger auf, doch sie lächelte höflich.

»Mein Mann ruht und sollte auf keinen Fall gestört werden. Wir werden unser Abendessen hier einnehmen«, sagte sie.

»Sehr wohl, Madam. Ich werde die Zimmermädchen anweisen, mit ihrer Arbeit im Ankleidezimmer zu beginnen.«

»Mrs. Hope...«

Die Wirtschafterin hielt inne. »Madam?«

»Wo genau ist der Earl gerade beschäftigt?«

Eine unhöfliche Frage, aber sie erfüllte ihren Zweck: Ein ungewollter Ausdruck der Überraschung huschte über Mrs. Hopes Gesicht.

»Er ist im Gewächshaus, Madam.«

Elizabeth faltete die Hände vor dem Körper. »Tatsächlich? Und ich hatte gerade vor, heute Nachmittag dorthin zu gehen, da das Wetter doch so schön ist.«

Mrs. Hope neigte den Kopf. »Wie Sie wünschen, Madam. Ganz wie Sie wünschen.«

Feine Damasttischtücher und schweres Tafelsilber, Porzellan und Kristallgläser und kräftige, nahrhafte Speisen, die von Lakaien serviert wurden, die sich in perfekter Symmetrie durch den Raum bewegten. Es gab eine Marksuppe mit reichlich Gerste und Erbsen darin, gebackenes Rebhuhn, Rotkohl und grüne Bohnen, die mit Sahne angereichert waren. Curiosity half, den Zwillingen Suppe einzulöffeln, und Elizabeth füllte zweimal Nathaniels Schüssel, bevor er wieder in einen unruhigen Schlaf sank.

Nachdem das Dienstpersonal weggeschickt worden war, aßen Elizabeth und Curiosity gemeinsam, während die Zwillinge auf dem Teppich herumrollten, entschlossen, dieses neue Körpergefühl zu genießen.

»Nun geh schon«, sagte Curiosity, als sie gegessen hatten, so viel sie konnten. »Geh und such den Earl. Du wirst ohnehin keine Ruhe finden, solange du nicht mit ihm gesprochen hast. Für die Kleinen ist es Zeit für ein Schläfchen und ich werde mich einfach zu ihnen legen, um ein wenig zu ruhen. Falls Nathaniel etws brauchen sollte, höre ich ihn trotzdem.«

So müde sie auch war: Elizabeth wusste, dass Curiosity Recht hatte; sie war zu nervös, um zu schlafen. »Nun gut, aber zuvor muss ich mich noch umziehen.«

»Das würde ich auch sagen«, bemerkte Curiosity mit einem Gesichtsausdruck, der ihrem altbekannten Grinsen nahe kam. »Ein Bad wäre ebenfalls nicht die schlechteste Idee.«

Doch im Ankleidezimmer musste Elizabeth feststellen, dass die Zimmermädchen ihre Arbeit zu gründlich verrichtet hatten: ihre beiden anderen Kleider waren weggebracht worden, um sie zu reinigen. Das erfuhr sie von Mally, die dageblieben war, um mit dem Ausbessern der übrigen Kleidung zu beginnen.

Elizabeth sah an sich herunter. Eigentlich sollte es keine Rolle spielen, dass sie dem Earl nachlässig und nicht ganz sauber gekleidet gegenübertrat, solange er nur auf das hörte, was sie ihm zu sagen hatte. Aber dennoch machte es ihr etwas aus, sich unter Fremden in einem solch armseligen Zustand zu bewegen.

Mally beobachtete sie mit einem verwirrten Gesichtsausdruck. »Die anderen Kleider sind bereits aufgehängt worden, Ma'm«, sagte sie und wies mit der Nähnadel darauf. »Welche anderen Kleider?« Doch schon während sich Elizabeth umwandte, wusste sie, was sie vorfinden würde.

In dem Durcheinander beim Transport ihrer Habseligkeiten vom *The King's Arms* hierher hatte irgendjemand auch Giselle Somervilles Truhen mitgenommen. Die Zimmermädchen hatten sie alle ausgepackt und nun hingen Giselles zahlreiche Morgenröcke und Abendkleider, Schals, Umhänge und Überröcke sorgfältig aneinandergereiht im Ankleidezimmer und schimmerten in Weiß und Silber, Gold und Grün.

Ihr Parfüm, eine Mischung aus Moschus, Flieder und etwas anderem, irgendetwas, das ziemlich scharf roch, haftete an einem Brokatschal, der auf ein kleines samtenes Sofa drapiert worden war. Auf dem Frisiertisch lagen, sauber aufgereiht, silberne Haarbürsten und in einer schwerer Kristallflasche brach sich das Licht in allen Farben des Regenbogens. Elizabeth nahm einen kleinen Spiegel in die Hand, in dessen Griff aus Elfenbein und Perlmutt kunstvoll ein Sinnspruch eingearbeitet war: *Sans Peur*.

Eine Frau ohne Angst. Elizabeth musste feststellen, dass sie Giselle einen Moment lang beneidete.

In offenen Regalen lagen ihre Hüte, Hauben und Handschuhe, ihre Schultertücher und Reifröcke, ihre Korsetts und ihre Pelzkragen – genau die Art von eleganter Kleidung, die Elizabeth stets gemieden hatte. Sie hatte das einfache Grau der Quäker bevorzugt, das schon ihre Mutter getragen hatte, und hatte sich eingeredet, dass sie dies aus Bewunderung und Vernunft tue. Die Wahrheit jedoch sah anders aus: Sie hatte den feinen Putz aus Stolz und – wie sie sich nun eingestand – Halsstarrigkeit ihren jüngeren und hübscheren Cousinen überlassen. Ihr Onkel Merriweather hatte sie einmal hinter ihrem Rücken eine Schlampe genannt, doch sie hatte es gehört und an seiner Missbilligung ein merkwürdiges Vergnügen gefunden.

Elizabeth setzte sich auf einen eleganten kleinen, mit blaugelbem Brokat bezogenen Stuhl und dachte nach. Eigentlich sollte sie alle Sachen wegbringen lassen, sie jemandem schenken, der Giselle nicht kannte und sich über so schöne Kleider freuen würde. Das hätte sie am liebsten getan. Aber diesen einen Stolz zu befriedigen, würde bedeuten, einen anderen opfern zu müssen, und im Augenblick machte sie sich mehr Gedanken um den Earl als um Giselle Somerville, wo immer sie auch sein mochte.

Mally fasste ihr Zögern als Unentschlossenheit auf und nach einem vorsichtigen Räuspern wagte sie es, einen Vorschlag zu machen. »Soll ich nach heißem Wasser schicken lassen, Ma'm? Würden Sie lieber erst einmal ein Bad nehmen?«

Elizabeth seufzte leicht. »Ja«, sagte sie und streckte die Hand aus, um etwas Mantuaseide durch ihre Finger gleiten zu lassen, »tu das bitte.«

Das schlichteste von Giselles Kleidern war aus Batist und hatte eine Schärpe, einen breiten Gürtel und ein Halstuch, das silbern und grün bestickt war. Die dazu passenden Schuhe aus Ziegenleder waren ein wenig zu klein, aber Elizabeth war für diese Ablenkung durchaus dankbar, als sie die breite Treppe hinunterging. Sie fühlte sich wie eine Betrügerin, linkisch und fehl am Platz, und war wegen ihrer Schüchternheit wütend auf sich selbst.

Ein Küchenmädchen huschte vorbei, hielt inne, um – ohne Elizabeths Blick zu erwidern – einen Knicks zu machen und dann ihren Weg fortzusetzen, wobei der Ascheneimer ständig gegen ihr Bein schlug. Elizabeth folgte ihr in gemessenem Abstand, in dem Wissen, dass es vom Küchentrakt aus sicher einen Zugang zu den Gärten geben würde. Es dauerte volle fünf Minuten, bis sie ihn gefunden hatte, aber dann trat sie in den warmen Sommernachmittag hinaus.

Die Gärten lagen an der Westseite des Schlosses. Dort waren sie vor dem Wind geschützt, der vom Tal heraufwehte. Schottland war nicht gerade bekannt für gutes Wetter, aber die Lage war so, dass die Gärten so viel Sonne wie möglich bekamen. Elizabeth entdeckte einen großen Nutzgarten, Blumenbeete, die in voller Blüte standen, Apfelbäume und Himbeersträucher und Rosen, zwischen die Lavendel gepflanzt war. Ein ungewöhnlicher und doch so hübscher Anblick, ganz anders als die Gärten, die sie aus ihrer Kindheit in Oakmere kannte, in denen man die Natur der Geometrie untergeordnet hatte.

Jemand hatte sich sehr viel Mühe mit der Planung der Gärten gegeben, jemand, der sowohl klug als auch mit einem besonderen Blick für die Schönheiten der Natur ausgestattet war. Appalina vielleicht oder Marietta, die Dame auf den geheimnisvollen Porträts.

Zum ersten Mal seit Monaten fühlte sich Elizabeth körperlich wohl, frisch gebadet und ordentlich gekleidet wie sie war, mit vollem Magen und Sonnenlicht, das sanft auf ihren Rücken und ihre Schultern fiel. Doch plötzlich überkam sie ein leichtes Schwindelgefühl und sie musste den Wunsch bekämpfen, in die schattigen Flure zurückzukehren, die ihr nun wie ein Zufluchtsort erschienen, zurück zu Nathaniel, Curiosity und den Kindern. Wie albern sie sich aufführte: Sie war alleine durch die endlosen Wälder gereist, doch hier stand sie nun zitternd in den Rosengärten von Carryckcastle.

Nun, sie war nicht bereit, in eine so simple Falle zu tappen, wie dieser gefällige Garten es war: Sie würde nicht vergessen, welche Umstände sie hierher gebracht hatten. Sich sammelnd setzte sie ihren Weg in Richtung Treibhaus fort, das sich am Ende eines kleinen Birnbaumhains befand und dessen gläserne Wände und das Dach das helle Sonnenlicht reflektierten. Die Gärten waren nicht menschenleer – Männer waren dabei, in den Beeten Unkraut zu jäten und Dung zu verteilen und in weiter Ferne sah sie den Hakim einen Mann in einem Rollstuhl schieben. Sie hielt inne, um ihn zu beobachten, voller Neugier, wer sein Patient, ein alter vornübergebeugter Mann, sein mochte. Ein Dienstmädchen erschien und knickste vor ihm. Er hob eine Hand, um damit über ihrem Kopf irgendetwas in die Luft zu zeichnen.

»Kann ich Ihnen behilflich sein, Ma'm?« Vor ihr tauchte so plötzlich ein Gärtner auf, dass sie erschrocken einen Schritt zurückwich und eine Hand aufs Herz presste.

»Ich wollte Sie nicht erschrecken, Ma'm, entschuldigen Sie vielmals. Ich bin derjenige, der für den Garten verantwortlich ist, und ich dachte, Sie hätten vielleicht eine Frage ...« Die Ränder seiner Augenlider, die oberen Enden seiner Ohren und seine Nasespitze waren leicht rosafarben. Der Gärtner erinnerte sie fast an ein rundliches kleines Kaninchen.

»Nein, eigentlich nicht.« Hannah hatte den Gärtner von Carryck bereits einmal erwähnt und Elizabeth suchte in ihrem Ge-

dächtnis nach seinem Namen. Jeder wie auch immer geartete Kontakt, den sie mit der Dienerschaft schließen konnte, würde vielleicht von Nutzen sein, wenn es irgendwann Zeit war, die Burg zu verlassen.
»Ist der Earl im Gewächshaus, Mr. Brown?«
Seine Augen weiteten sich erstaunt. »Jawohl, Ma'm. Da ist er. Ich denke, er wird den ganzen Tag dort sein.« Und entschuldigend fügte er hinzu: »Er mag es nicht, gestört zu werden, wenn er arbeitet, Ma'm.«
Elizabeth betrachtete interessiert eine Rose in ihrer Nähe. »Wenn ich mich nicht täusche, dient Ihr Bruder auf der *Isis*, nicht wahr? Konnten Sie mit ihm inzwischen ein glückliches Wiedersehen feiern?«
Der Ausdruck des Erstaunens im Gesicht des kleinen Mannes verstärkte sich. »Ich habe ihn noch nicht gesehen, Ma'm, aber ich hoffe, er wird unten im Dorf sein, wenn ich nach Hause komme. Sie kennen unseren Michael also?«
»Ein wenig. Meine Stieftochter hat einige Zeit mit ihm verbracht und der kleine Vogel, den er hatte ...«
»Sally«, ergänzte der Gärtner und grinste nun.
»Ja, Sally.«
Mit einer kleinen Handbewegung hielt er plötzlich eine einzelne Rose zwischen Daumen und grüngeflecktem Zeigefinger. »Wenn es Ihnen nicht zu aufdringlich erscheint, Ma'm ...«
»Danke«, sagte Elizabeth und nahm die Blüte an. »Wie hüsch.«
»Sie ist wirklich schön anzusehen, Ma'm, aber ihr Duft ist noch süßer.«
»Wundervoll, in der Tat. Ihre Rosen gedeihen, gemessen an dem Klima hier, sehr gut, nicht wahr?
Er nickte feierlich. »Jawohl, Ma'm, das tun sie. Aber das ist das Werk des Hausherrn, müssen Sie wissen.«
»Ach, wirklich?« Elizabeth konnte ein Lächeln nicht unterdrücken. »Bestimmt Seine Lordschaft das Wetter so, wie es den Rosen am besten bekommt?«
Unter der Krempe seines Strohhuts zog sich die ansonsten glatte Stirn in Falten. »Es hat noch nie jemanden gegeben, der eine solche Begabung hatte, Pflanzen zu züchten«, sagte er tiefernst und blickte in Richtung Gewächshaus. »Vielleicht

zeigt Seine Lordschaft Ihnen eines Tages einmal seine Orchideen.«

»Was für eine hervorragende Idee, Mr. Brown. Ich werde gleich zu ihm gehen und ihn danach fragen. Ach, und wissen Sie zufällig, wer dieser ältere Mann im Rollstuhl ist? Er ist jetzt verschwunden, aber er war eben noch mit Hakim Ibrahim hier.«
Ein gequälter Ausdruck huschte über Mr. Browns Gesicht, der so schnell verschwand, wie er gekommen war. »Das muss Mr. Duppy gewesen sein, Ma'm. Einer der Gäste des Earls. Er ist sehr schwach, wissen Sie. Bei sehr schlechter Gesundheit.«
»Es tut mir leid, das zu hören«, erwiderte Elizabeth. Und dann, immer noch mit einem leichten Gefühl von Unbehagen, verabschiedete sie sich von Mr. Brown.

Das Gewächshaus war ein imposantes Gebäude, das fast vollständig aus Glas bestand. Seine Konstruktion war wohl durchdacht: Die Fensterscheiben, die als Wände dienten, waren einzeln zu öffnen. Jede von ihnen war schwenkbar und konnte hochgestellt werden, um so Temperatur und Frischluftzufuhr zu regulieren. Außerdem war jedes Fenster von innen mit einem feinen Netz bespannt, was sicher eine Erleichterung war, wenn die Zuckmücken kamen.

Und eine solche Fülle von Pflanzen: ausgewachsene Bäume, blühendes Gesträuch, ein langer Tisch voller Orchideen – Elizabeth kannte sie nur aus Büchern in der Bibliothek ihres Onkels – unter Glasglocken. Ein kleiner roter Schmetterling, wie sie ihn noch nie zuvor gesehen hatte, flatterte vorüber, und dann noch einer. Der Earl war nicht zu sehen, aber als sie die Tür öffnete, hörte sie jemand reden.

»Sie sieht aus wie ein kleiner Affe«, vernahm sie die Stimme eines kleinen Mädchens. »Sie hat so ein violettes Mäulchen.«

»Ja, und sie ist fast genauso gefährdet wie ein Affe«, erwiderte der Earl. Sein Tonfall war ganz anders als der, den Elizabeth in der Nacht von ihm gehört hatte. Bei seinem Geplauder mit dem Mädchen klang er nun völlig entspannt.

Entlang einer Wand stand eine Reihe von Töpfen mit jenen Ti-Nain-Bäumen, um die sich der Hakim an Bord der *Isis* so aufmerksam gekümmert hatte und die nun am Ziel ihrer langen

Reise angekommen waren. Elizabeth folgte den Stimmen, bis sie den Arbeitsbereich in der Mitte des Treibhauses erreichte.

Der Earl saß an einem hohen Tisch. Hannah stand auf der einen und Jennet auf der anderen Seite neben ihm. Ihre Köpfe beugten sich voller Konzentration über etwas, das sich auf dem Tisch befand. Niemand nahm von ihr Notiz.

»Guten Tag.«

»Elizabeth!« Hannah drehte sich zu ihr um und winkte ihr mit einer schmutzigen Hand. »Komm her und sieh dir die neue Orchidee des Earls an. Stell dir vor, der Duke of Dorchester hat sie ihm geschickt!«

Carryck stand auf und Elizabeth sah, dass sie sich die Gedanken über ihr Kleid hätte ersparen können – er trug ein Paar alte Reithosen und ein loses Leinenhemd und darüber eine Lederschürze. Seine Ärmel waren bis zum Ellbogen aufgekrempelt und er sah aus wie jeder andere Mann, der gerade sein Tagewerk verrichtete.

Er nickte ihr zu. »Guten Tag, Madam.«

Elizabeth beugte ihren Kopf. »Mylord. Und das ist sicher Jennet, nicht wahr?«

Das Kind schien zwischen den Pflanzen mit ihrer frisch von der Sonne getönten Haut zu glühen. »Jawohl, Ma'm«, sagte sie. »Sind Sie etwa die Stiefmutter?« Dabei schaute sie etwas genauer hin, ganz so, als hoffte sie, zwischen Elizabeths Haaren Hörner zu entdecken.

»Die bin ich«, gab Elizabeth zu. »Aber wir sind nicht alle böse.«

»Wie geht es meinem Vater?« fragte Hannah mit einem schuldbewussten Gesichtsausdruck, an dem sich ablesen ließ, dass sie eine Zeit lang nicht an ihn gedacht hatte.

Elizabeth legte ihr eine Hand auf die Schulter. »Mach dir keine Sorgen. Er hat gegessen und schläft jetzt. Der Hakim wird heute Nachmittag noch einmal nach ihm sehen.«

»Das sind gute Nachrichten«, sagte der Earl.

Hannah war kein schüchternes Kind, aber in dieser seltsamen Situation schien sie nun ernsthaft verunsichert. *Ich fühle mich genauso unbehaglich*, wollte Elizabeth ihr sagen, aber in der Gegenwart von Carryck unterließ sie es.

Jennet schien von alldem nichts zu bemerken. Sie sah mit un-

verhohlener Neugier zwischen Hannah und Elizabeth hin und her. »Sind Sie gekommen, um die Tulpen anzusehen?«
»Oh, die Tulpen«, sagte Hannah, erleichtert über den Wechsel des Gesprächsthemas. »Schau, Elizabeth, sie sehen aus wie Hakim Ibrahims Turban.«

Seltene Tulpen waren überaus teuer, aber hier gab es mindestens ein Dutzend davon, jede von ihnen in einem eigenen Topf und in einem anderen Stadium der Blüte – und das außerhalb der Saison. Es schien so, als ob der Earl wirklich einen grünen Daumen habe.

»Ist das Ihr Zeitvertreib, Tulpen zu züchten, Mylord?«

Er wischte seine Hände an einem Stück Sackleinen ab, während er Elizabeth prüfend ansah. »Meine Mutter hat die Tulpenzwiebeln als Geschenk für meinen Vater mitgebracht, als sie geheiratet haben. Seitdem wachsen sie in Carryckcastle.«

»Sie haben Namen«, erklärte Hannah. »Don Quevedo und Admiral Liefken und Henry Everdene – und diese hier heißt Mistress Margret. Ist das nicht komisch? Dass eine Blume einen Namen hat, ein Mann aber nicht?« Sie verstummte und warf dem Earl einen aufmerksamen Blick zu.

Er nahm sie genauer in Augenschein und zog dabei die Augenbrauen V-förmig zusammen. »Jede von Gottes Kreaturen hat einen Namen. Mein Name ist Carryck.«

Hannah gab seinen Blick gelassen zurück. »Aber die meisten Menschen haben Vornamen, Sir. Mein Großvater heißt Hawkeye oder Dan'l Bonner und mein Vater heißt Wolf-Running-Fast oder Nathaniel Bonner, aber Sie ...«

Sie blickte schnell zu Elizabeth und fuhr dann unbeirrt fort: »Sie werden ›Mylord‹ oder ›Sir‹ oder ›Carryck‹ genannt. Und Carryck ist der Name dieses Ortes. Das ist so, als hieße mein Großvater Hidden Wolf nach dem Berg, an dem er wohnt.«

Jennet rührte sich nicht. Ihre ganze Aufmerksamkeit galt dem Earl und der Antwort, die er nun geben mochte. Und da der Earl Hannahs unhöfliche Fragen nicht übel zu nehmen schien, war auch Elizabeth interessiert und nahm sich vor, fürs Erste die Unterhaltung nicht zu stören.

»Der Unterschied ist folgender«, erklärte der Earl. »Dein Großvater hat sich seinen Ort ausgesucht und ihn sich dann zu Eigen gemacht. Ich hingegen bin in Carryck geboren worden.

Ich gehöre zu diesem Ort, wie er zu mir gehört.« Er hob einen Finger, um Jennet daran zu hindern, ihn zu unterbrechen, aber der Blick, den er ihr dabei zuwarf, war freundlich.

»Ein Mann mit einem verkrüppelten Bein könnte bei uns Cruikshank heißen, was ungefähr so viel wie Hinkebein bedeutet; einen Mann, der in einer Schmiede arbeitet, könnte man Gow nennen, was die schottische Bezeichnung für Schmied ist. Oder ein Mann namens Donald könnte einen Sohn haben und der hieße dann Donaldson oder MacDonald oder FitzDonald, was jeweils so viel heißt wie ›Donalds Sohn‹. Mein Familienname lautet Scott. Der Älteste meiner Vorfahren, von dem ich weiß, hieß Uchtred FitzScott – Uchtred, Scotts Sohn – und sein Sohn wählte den Zunamen Scott wie die meisten, die von ihm abstammen.«

»Aber manche Männer übernehmen den Namen des Vaters ihrer Mutter«, stieß Jennet hastig hervor.

Der Earl lächelte ihr zu, als ob sein Wissen um die Kompliziertheit von Familienstammbäumen Entschuldigung genug für diese Unterbrechung wäre.

»Das ist wohl wahr. Von der männlichen Linie her stamme ich von einer anderen Familie ab, aber einer meiner Vorfahren hat eine Scott geheiratet und hat ihren Namen samt ihren Ländereien übernommen. Du musst wissen, Mädchen, in Schottland gibt es nichts Wichtigeres als Land. Weshalb nach dem Aufstand so viele Männer Schottland in Richtung Neue Welt verlassen haben. Sie hielten nach einem Ort Ausschau, an dem sie sich mit ihrer Familie niederlassen und das Land für sich beanspruchen konnten.«

Hannahs gesamte Körperhaltung änderte sich, denn plötzlich wurde ihr Unbehagen von Zorn abgelöst. »Land stehlen konnten«, verbesserte sie steif. »Vom Volk meiner Mutter. Von meinem Volk.«

»Hm.« Der Earl zog eine Augenbraue steil nach oben und warf Elizabeth einen fragenden Blick zu.

»Die Sache sieht völlig anders aus, wenn man sie von der entgegengesetzten Seite betrachtet, Mylord«, sagte sie.

»Ja, das mag wohl sein.«

»Erklären Sie mir noch den Rest«, bat Jennet ungeduldig.

Der Earl räusperte sich. »Und so kommt es, dass sowohl in

den Highlands als auch im Tiefland die Gutsherren nach ihren Ländereien heißen. Mein Nachname ist Scott, aber ich werde Carryck, nach der Grafschaft genannt, die ich von meinem Vater geerbt habe. Der König nennt mich Carryck, die Lehnsleute nennen mich Carryck und meine Frau hat mich Carryck genannt. Und du, meine kleine Cousine, wirst mich ebenfalls Carryck nennen.«

Jennets Mund klappte vor Überraschung auf und wieder zu. Elizabeth hätte bei dem Anblick lachen müssen, wäre sie nicht selbst so erstaunt gewesen.

»Nennt Jennet Sie Carryck?« fragte sie.

Jennet musste bei dem Gedanken laut lachen. »Meine Mutter würde mich für so eine Unverschämtheit verhauen. Und ich dürfte nicht mehr das Gewächshaus besuchen.« Ihr fiel etwas ein. Sie wandte sich Elizabeth zu und ließ ihre Grübchen sehen. »Würden Sie gerne mal den stinkenden Baum betrachten? fragte sie. »Er stinkt zum Himmel wie ein toter Hund, der zwei Tage in der Sonne gelegen hat.«

Elizabeth wusste nicht, wie sie auf dieses Angebot reagieren sollte, aber der Earl erlöste sie aus diesem Dilemma.

»Die Dame ist nicht hierher gekommen, um das Gewächshaus zu bestaunen, Mädchen. Ich nehme an, sie möchte ein paar Worte mit mir wechseln.«

»Aber Sie können doch nicht mit dem Gutsherrn reden, solange er im Treibhaus herumhantiert«, sagte Jennet und strich sich eine Locke aus ihren Augen. »Da könnten Sie genauso gut versuchen, unserem Admiral Liefken hier ein Liedchen zu entlocken.« Sie schnupperte an einer Tulpe, die kurz vor dem Aufblühen war.

»Aber Jennet!« Im Mundwinkel des Earls zuckte es, aber sein Ton war streng. »Vergiss deine Manieren nicht. Ich kann selbstverständlich ein wenig Zeit für unseren Gast erübrigen.«

»Also wollen Sie uns hier wohl nicht mehr haben. Würdest du gerne den Rest vom Schloss sehen, Squirrel?«

»Jennet«, sagte Carryck und das kleine Mädchen hielt plötzlich inne, als wüsste sie ganz genau, was als Nächstes kommen würde.

»Ihr werdet nirgendwo herumschnüffeln, wo ihr nichts zu suchen habt.«

Sie machte einen schnellen Knicks. »Nein, Mylord.«

»Sehr gut. Und jetzt fort mit euch beiden!«
Hannah zögerte, aber Elizabeth bedeutete ihr lächelnd zu gehen, und sah dann zu, wie die Mädchen im Rosengarten verschwanden. Als sie nicht mehr zu sehen waren, wartete sie weiter ab, denn sie war unsicher, wie sie nun, da sie die Aufmerksamkeit des Earls hatte, beginnen sollte. Alles, was sie hätte sagen können, erschien ihr plötzlich zu offensichtlich, um es in Worte zu kleiden.

»Ich habe keine Nachricht von der *Leopard*, wenn es das ist, was Sie wissen möchten«, sagte er.

Elizabeth sammelte sich, bevor sie sich zu ihm umwandte. »Ich hoffte in der Tat, Sie wüssten etwas.«

»Ich habe Dundas und die Admiralität um Informationen gebeten. Wenn dort jemand etwas weiß, wird es nicht lange dauern, bis auch wir davon erfahren.«

»Dann wissen Sie also nicht, ob die *Leopard* neulich in diesen Kampf mit den Franzosen verwickelt war?« Das war eine Befürchtung, die sie bisher noch nicht laut auszusprechen gewagt hatte, noch nicht einmal Nathaniel gegenüber.

Der Gesichtsausdruck des Earls war undurchdringlich. »Dazu kann ich nichts sagen.«

»Dann darf ich vielleicht eine andere Frage stellen, Mylord.«

Er hakte seine Daumen seitlich in seine Lederschürze ein. »Wäre es nicht sinnvoller, mit dieser Unterhaltung zu warten, bis Ihr Gatte wieder gesund ist?«

»Ich bin durchaus in der Lage, ohne die Hilfe meines Mannes Fragen zu stellen, Mylord.«

»Da habe ich keinen Zweifel«, entgegnete er trocken.

Sie verschränkte die Finger vor ihrem Körper, um ihr Zittern zu unterdrücken. »Vielleicht könnten Sie mir erklären, warum Sie solche Kosten und Mühen auf sich genommen haben, um uns gegen unseren Willen hierher zu bringen.«

Seine Augen verengten sich. »Das wissen Sie sehr wohl selbst, Madam.« Sein Tonfall war scharf geworden und er sah nun wieder so aus wie der Mann, den sie in der vergangenen Nacht kennen gelernt hatte, jener Mann, der seine Leute mit so knappen Worten befehligte. Aber wenn sie sich gleich zu Beginn dieser Verhandlungen um ihre Freiheit von ihm einschüchtern ließ, würden sie für sehr lange Zeit hier sein.

»Mylord«, sagte sie, »weder mein Mann noch sein Vater haben ein Interesse daran, Carryck für sich zu beanspruchen. Und selbst wenn sie interessiert wären, warum sollte man ihnen den Vorzug vor Ihrer eigenen Tochter geben?«

Sein Hals bekam rote Flecken. »Ich habe keine Tochter.« Zum ersten Mal sprach der Earl ein akzentfreies Englisch, streng und steif.

»Tatsächlich? Soviel ich weiß, hat Ihre Tochter Lady Isabel einen Walter Campbell geheiratet.« In dem Momant, als sie den Namen aussprach, erinnerte sie sich an das Durcheinander im Gasthaus, als Nathaniel blutend am Boden lag. Der Earl hatte genau diesen Namen erwähnt: *Walters Männer stecken hinter dieser Sache.* Und dann hatte er seine eigenen Leute losgeschickt, um die Dragoner zu finden, die Nathaniel fast umgebracht hätten.

Walters Männer stecken hinter dieser Sache. Sicherlich gab es viele Männer in Schottland, die Walter hießen, der Earl konnte also nicht von jenem Walter Campbell gesprochen haben, der mit seiner einzigen Tochter verheiratet war. Doch an seinem Gesicht sah sie, dass genau der es war, den er gemeint hatte.

Ihr fielen alle Warnungen der vergangenen Monate wieder ein: Die Campbells wollten Carryck und sie würden alles tun, um am Ende ihr Ziel zu erreichen. Die Dragoner, die Mac Stoker entführt und Nathaniel angeschossen hatten, waren Walter Campbells Männer und handelten auf seinen Befehl.

»Mylord!«

Der junge Mann namens Lucas stand zögernd in der Tür, als sei das Gewächshaus verbotenes Territorium.

»Mylord, Davie und die anderen sind angekommen und sie haben die Männer bei sich, die Sie haben wollten.« Er warf Elizabeth einen nervösen Blick zu.

»Die Dragoner«, sagte Carryck zu Elizabeth und zog seine Schürze aus.

Lucas schluckte heftig und rang nach Atem. »Werden Sie kommen, Mylord?«

»Jawohl. Wo ist Moncrieff?«

»Immer noch unten im Dorf, Mylord.«

»Lass nach ihm schicken.«

»Mylord, ich würde gerne dabei sein, wenn Sie die Dragoner befragen«, sagte Elizabeth.

Er sah auf sie herab. »Das wird nicht möglich sein, Madam. Es sei denn, Sie haben die Gabe, mit Toten zu kommunizieren.«

Als sie aus der Sonne in die schattige große Eingangshalle trat, erschauderte Hannah. Es war der größte Raum, den sie jemals gesehen hatte, so lang und doppelt so breit wie das Giebeldachhaus des Wolf-Clans, in dem ihre Mutter geboren worden war, ein Haus, in dem achtzig oder manchmal sogar hundert Leute arbeiteten, aßen und schliefen. Diese Halle war bis auf einige Tische und Stühle leer, aber noch erstaunlicher war, dass sie bunte Glasfenster hatte, die tiefrote, blaue und goldene Flecken auf den gefliesten Boden malten.

»Komm schon«, zischte Jennet und nahm Hannah an der Hand, um sie hinter sich her zu zerren. Sie betraten durch eine offene Tür einen Gang und blieben stehen. Jennet stellte sich auf die Zehenspitzen, um ihr etwas ins Ohr zu flüstern.

»Die Tür quietscht ganz fürchterlich.«

Hannah wollte fragen, warum sie leise sein mussten, wenn niemand in der Nähe war, der sie hören konnte, aber Jennet mühte sich bereits mit einem Riegel ab. Sie war so konzentriert bei der Sache, dass ihre Zungenspitze zwischen den Zähnen hervorlugte, während sie so vorsichtig wie möglich daran rüttelte. Schließlich gab der Riegel mit einem leisen Quietschen nach. Die Tür öffnete sich gerade so weit, dass die beiden hindurchschlüpfen konnten, und schon befanden sie sich im Elphinstone Tower.

Eine Treppe führte spiralförmig nach oben; an der ersten Biegung fiel durch ein schmales Fenster in staubigen Streifen etwas Sonnenlicht. Ihre nackten Füße verursachten auf den kühlen Steinstufen kein Geräusch, aber Hannahs Herz klopfte so laut in ihren Ohren, dass sie fürchtete, die Männer im Burghof würden es vielleicht hören, genauso wie sie ihrerseits deren Stimmen vernahm. Sie fragte sich, ob dies einer der Orte war, von denen der Earl gesprochen hatte, als er Jennet mit diesem strengen Gesichtsausdruck angeschaut hatte. Aber das konnte nicht sein, denn Jennet wirkte so ruhig und überhaupt nicht ängstlich.

Sie erreichten einen kleinen Treppenabsatz, von dem eine hohe, schmale Tür abging, die oben abgerundet und zu beiden Seiten mit einem Kerzenleuchter versehen war; doch sie setzten ihren Weg die sich windenden Stufen hinauf fort, passierten eine weitere Tür, die aussah wie die erste, bis sie ganz oben eine dritte und letzte Tür erreichten, vor der Jennet stehen blieb. Sie machte eine lustige kleine Verbeugung, als sie den Riegel zurückschob und Hannah hineingeleitete.

Ein großes Zimmer, aber fast vollkommen leer, einige Truhen und ein schiefer Stuhl, ein aufgerollter Teppich. Licht durchflutete den Raum, der an drei Seiten Fenster hatte.

»Das ist mein geheimer Ort«, sagte Jennet stolz. »Du kannst von hier aus das ganze Tal überblicken und den Burghof und die Kuhställe und die Pferdeställe und überhaupt alles.«

Es war ein wunderschönes Zimmer, was Hannah auch sagte.

»Und niemand sucht hier jemals nach dir?«

Ein nachdenklicher Ausdruck trat in Jennets Gesicht. »Ist dir die erste Tür aufgefallen, an der wir vorbeigekommen sind?«

Hannah nickte.

»Das Zimmer dahinter hat der Lady gehört.« Ihre Stimme senkte sich zu einem Flüstern. »Als sie starb, hat er die Tür abgeschlossen und den Schlüssel weggesteckt.«

»Und seitdem hast du es nicht mehr von innen gesehen?«, fragte Hannah.

»Sie starb vor meiner Geburt.«

»Und niemand sonst ist seit ihrem Tod darin gewesen?«

»Niemand, der Luft zum Atmen braucht«, erwiderte Jennet mit einem bedeutungsvollen Nicken.

»Geister?«

»Ja«, sagte Jennet. »Sie sagen, die Lady sitzt in der Abenddämmerung, ihrem Hund neben sich, am Fenster und schaut hinaus.«

»Wer sagt das?« fragte Hannah. Sie war zu gerne bereit zu glauben, dass der Geist dieser Frau in dem Turm lebte, aber sie war auch sehr gespannt darauf, genauere Einzelheiten zu erfahren.

»MacQuiddy.«

MacQuiddy war der Pferdeaufseher, ein buckliger alter Mann mit einem einzelnen Büschel weißer Haare und einer roten Nase. Jennet hatte Hannah auf ihn aufmerksam gemacht, als sie ihr den Küchentrakt gezeigt hatte, aber er war zu sehr in einen Streit mit dem Koch verwickelt gewesen, um von ihnen Notiz zu nehmen.

»Und er weiß alles über die Geister?«

»MacQuiddy ist älter als der Burgherr«, erklärte Jennet heftig gestikulierend. »Er kennt alles. Außer meinem Geheimversteck.« Sie sagte dies sehr bestimmend, ganz so, als erwartete sie, dass Hannah das Gegenteil behaupten würde.

»Mein Großvater meint, dass nur Leute, die Schuld auf sich geladen haben, Angst vor Geistern haben.« *Und Weiße*, hätte Hannah hinzufügen können.

»Tja, es sind nicht die Geister, die die Leute vom Elphinstone Tower fern halten – es ist der Burgherr. Er hat eine teuflisch beißende Art an sich, wenn er in Wut gerät.«

Hannah konnte sich das gut vorstellen – sie hatte in der vergangenen Nacht sein Gesicht gesehen, als noch nicht klar war, wie ernsthaft die Verletzungen tatsächlich waren, die ihr Vater erlitten hatte. Doch obwohl Jennet diese Seite des Earls offenbar kannte, schien sie sich nicht wirklich vor seinem Temperament zu fürchten. Es war schwer auszumachen, ob das Tollkühnheit war oder einfach ihr Glaube an die Fähigkeit, mit ihrem Charme Unheil abwenden zu können.

»Komm, sieh dir das an!« rief sie und zog Hannah zum Fenster.

Jennet hielt hörbar die Luft an, doch Hannah brauchte eine Weile, um herauszufinden, was unten im Burghof vor sich ging.

Eine Gruppe von Männern bildete einen losen Kreis um zwei Männer, die ausgestreckt zu ihren Füßen auf dem Kopfsteinpflaster lagen. Einer von ihnen starrte mit leerem Blick in den Sommerhimmel. Sogar aus der Entfernung konnte Hannah sehen, dass sein rechtes Auge ein blutiger Brei war. Sein Mund war zu einem überraschten O verzerrt.

»Das sind Walters Männer – die, die deinen Vater angeschossen haben. Beide sind tot«, sagte Jennet ruhig.

Hannah wich vom Fenster zurück. »Woher weißt du, dass dies die Männer sind, die auf meinen Vater geschossen haben?«

Eine solch seltsame Frage ließ Jennet die Stirn runzeln. »Weil der Burgherr seinen Leuten befohlen hat, die Dragoner, die den Piraten entführt und deinen Vater verwundet haben, aufzuspüren. Bist du nicht froh, dass sie tot sind?«

»Natürlich bin ich froh«, sagte Hannah und fragte sich, warum sie es nicht war.

Der Earl durchquerte mit schnellen Schritten den Burghof und bahnte sich seinen Weg durch den Kreis von Männern, die um die Leichen herumstanden. Er verharrte eine Weile mit gesenktem Blick, während einer der Männer sprach. Für einen Mann war seine Stimme auffallend hoch und es gelangten nur Bruchstücke von dem, was er sagte, zu ihnen. »Auf der Straße nach Moffat«, hörte Hannah und »Walter«.
»Davie liebt es, seine Geschichten auszuschmücken«, stellte Jennet fest. »Letzten Winter erwischte er ein Wildschwein und sein Bericht darüber war länger als die ganze Jagd.«
Der Earl schien genug gehört zu haben, denn er entfernte sich wieder.
»Was werden sie mit den Leichen tun?«
Jennet zuckte die Schultern. »Vermutlich werden die Männer sie auf Breadalbanes Türschwelle legen. Als Hinweis, weißt du, dass dein Vater und der Rest von euch unter dem Schutz des Burgherrn stehen.«
Hannah dachte an Thaddeus Glove, der in Johnstown gehängt worden war, weil er einen Steuereintreiber von hinten erschossen hatte, und an eine Frau namens White-Hair vom Stamm der Kahnyen'kehàka, die das gleiche Schicksal ereilt hatte, weil sie auf einen Soldaten mit dem Messer losgegangen war – und das, obwohl er überlebt hatte. Sie dachte an Runsfrom-Bears, der an den Galgen gekommen wäre, weil er diesen Tory mit eingekerbten Ohren ins Grab geschickt hatte. Gerne hätte sie gewusst, ob man jemand für den Mord an den beiden Dragonern einsperren würde oder ob die Fehde zwischen den Clans hier so zum Alltag gehörte, dass die anderen sich zurückhielten und die Angelegenheit auf diese Weise erledigt wurde. Es war eine interessante Vorstellung, dass die Schotten sich möglicherweise nicht anders verhielten als die Hode'nosaunee, wenn es zur Blutrache kam, aber irgendwie wusste Hannah, dass sie dazu lieber keine Fragen stellen sollte, oder zumindest nicht an Jennet.
Vom Burghof her war eine Stimme zu vernehmen, die Hannah wiedererkannte: die von Angus Moncrieff. Bei ihrem Klang lief ein Schauer über ihren Rücken und sie berührte mit dem Finger leicht Jennets Ärmel. »Ich sollte lieber gehen. Ich würde gerne dabei sein, wenn Hakim Ibrahim meinen Vater besucht.«

Jennet war vom Fenster zurückgetreten und hatte die Arme um ihren Körper geschlungen. Trotz ihrer gebräunten Haut war sie plötzlich blass geworden. »Ja«, sagte sie. »Ich komme mit dir, wenn es dir nichts ausmacht.«

Nathaniel träumte von Angus Moncrieff. Sie befanden sich wieder im Gefängnis in Montréal, nur sie beide dieses Mal, und Moncrieff sang in jenem Rhythmus, der die Kriegslieder der Kahnyen'kahàka auszeichnete:

Wäre ich sechzehn Jahre alt,
wäre ich, wie ich gern sein würde,
wäre ich sechzehn Jahre alt,
würde ich mich mit Charlie zusammentun.

Draußen hing ein menschlicher Körper am Galgen, an einem Seil, das im Wind knarrte. Im Traum bildete die Wand kein Hindernis und Nathaniel sah, wie sich der tote Körper drehte und wie das Gesicht seines Vaters vor ihm erschien: im Tod erschlafft, vertraut und fremd zugleich. Moncrieff schaute ebenfalls hin, mit seinen braunen Augen, die unruhig unter seinen schweren Lidern flackerten.

In seiner Hand befand sich die Kriegskeule seines Großvaters und schien sich ganz von selbst zu bewegen. Sie tanzte in der Luft auf und ab und traf Moncrieffs Schädel unmittelbar über dem linken Auge. Der Schlag war so stark, dass Nathaniel ihn in seinem Arm und mit einem dumpfen Krachen im eigenen Schädel spürte. Und dann sah Nathaniel, dass es gar nicht Moncrieff war, sondern Adam MacKay, der ihn mit blutigem Zähnen angrinste.

Schweißgebadet erwachte er. Sein Kopf schmerzte und in den Wunden in seiner Schulter und seinem Bein pochte es mit jedem Herzschlag.

Hakim Ibrahim stand an seinem Bett und neben ihm Elizabeth – in einem Kleid, das er noch nie gesehen hatte und dessen merkwürdiger Stoff um sie herum zu schweben schien. Curiositys große Hand lag kühl auf seiner Wange.

»Hannah?« Seine Stimme war rau und schwankend wie die eines alten Mannes.

»Ich habe sie eben im Burghof gesehen. Sie müsste jeden Moment hier sein.«

»Ich habe von Moncrieff geträumt.«

»Er ist gerade vom Dorf heraufgekommen«, sagte Elizabeth. »Wir haben ihn durch das Fenster gesehen. Vielleicht hast du im Schlaf seine Stimme gehört.«

»Ich habe von ihm geträumt«, wiederholte Nathaniel dumpf.

»Fieberträume«, erklärte der Hakim. »Damit war zu rechnen.« Geblendet von der Helligkeit schloss Nathaniel die Augen.

»Und mein Vater?«

»Wir haben noch nichts von ihm gehört. Ich habe aber mit dem Earl gesprochen.«

Curiosity gab einen Grunzlaut von sich. »Trink diesen Tee. Der Earl wird schon nirgendwo hingehen – und du genauso wenig, solange das Fieber nicht gesunken ist.«

Er nahm den Becher, den sie ihm hinhielt, und schluckte den bitteren Tee. Sie füllte ihn erneut und er leerte auch den zweiten Becher. Sein Magen protestierte und einen Augenblick lang dachte er, er würde alles wieder erbrechen. Als er sich beruhigt hatte, ließ er sich in die Kissen zurück sinken und streckte die Hand nach Elizabeth aus, um sie zu berühren.

»Erzähl mir von Carryck.«

»Ja, mach schon und erzähl es ihm«, sagte Curiosity. »Das wird ihn davon ablenken, was wir mit ihm anstellen müssen.«

Was Elizabeth zu berichten hatte, war schnell erzählt. Nichts davon verhieß etwas Gutes.

Bei der Wundbehandlung des Hakims brach ihm erneut der Schweiß aus, aber er hielt seinen Blick fest auf Elizabeth gerichtet. »Du meinst, dieser Walter Campbell ist der Ehemann seiner Tochter?«

»Ja, es macht Sinn und erklärt einiges. Vielleicht kann Hakim Ibrahim uns bestätigen, dass ...«

Der Chirurg sah nicht von seiner Arbeit auf, nickte jedoch. »Lady Isabel ist durchgebrannt, um Walter Campbell zu heiraten, seines Zeichens Verwalter bei Lady Flora of Loudoun.«

»Und deshalb hat der Earl beschlossen, Moncrieff damit zu beauftragen, Hawkeye zu finden«, ergänzte Elizabeth.

»Ja.«

»Warum haben Sie uns das nicht schon früher gesagt?« fragte Hawkeye.
Hakim Ibrahim erwiderte seinen Blick. »Hätte das irgendeinen Unterschied gemacht?«
Nathaniels Zunge fühlte sich plötzlich sehr dick an und es fiel ihm schwer, sich auf Elizabeths Gesicht zu konzentrieren, obwohl sie so nahe war, dass er sie hätte berühren können. Draußen vor dem Fenster war ein an- und abschwellendes Stimmengewirr zu hören.
»Was ist das für ein Lärm?«
»Das sind die Männer des Earls«, erklärte Elizabeth. »Die Dragoner, die auf dich geschossen haben, sind tot. Offenbar will er damit den Campbells eine Warnung zukommen lassen.«
»Und uns ebenfalls«, sagte Curiosity. »Der Mann möchte nicht, dass man ihm in die Quere kommt. Als ob wir das nicht ohnehin schon wüssten!«
Nathaniel meinte eine größere Müdigkeit als jemals zuvor in seinem Leben zu verspüren, aber er streckte dennoch die Hand aus und packte Curiosity am Handgelenk. Es fühlte sich unter seinem Griff kühl und kräftig an und als sie ihn ansah, merkte er, dass sie mit sich selbst zufrieden war.
»Was außer der Weidenrinde gegen Fieber war noch in dem Tee?«
Sie hob eine Augenbraue. »Alles, was du brauchst.«
»Was ich brauche ist eine Möglichkeit, von hier zu verschwinden.«
»Das ist mehr als wahr. Ich erwarte, dass du mich nach Hause bringst, und zwar schnell. Aber das kannst du nicht, wenn du tot bist, Nathaniel Bonner. Also schlaf jetzt!«
»Du hast mich noch nicht einmal gefragt.« Seine eigene Stimme klang dumpf in seinen Ohren. Elizabeth beugte sich über ihn, und ihr Geruch – nach süßer Milch und Sommerblumen – stieg in seine Nase. In diesem Moment konnte er an nichts anderes in der Welt mehr denken als an den Wunsch, sie zu sich herunterzuziehen und festzuhalten. Doch es blieb bei dem Gedanken; seine Arme waren plötzlich zu schwer, um sie zu heben.
»Ich bin hier«, sagte sie. »Ich bleibe bei dir.«

Als sie am Bett ihres Vaters stand, wurde Hannahs Enttäuschung darüber, ihn schlafend vorzufinden, unmittelbar darauf von einem Gefühl der Scham über sich selbst abgelöst. Seine Gesichtsfarbe war ungesund und der Schweißfilm auf seiner Stirn sagte ihr etwas, über das sie nicht hatte nachdenken wollen.
»Er hat Fieber.«
»Ja. Aber er ist sehr stark.« Der Hakim saß neben dem Bett und lächelte ihr beruhigend zu, ein Lächeln, wie er es ihr schon einmal geschenkt hatte, als er sonst keine Versprechungen machen konnte.
»Ich hätte hier sein sollen.«
Von ihrem Platz in der Nähe der Tür aus sagte Jennet: »Hätte ich dich nur nicht so lange aufgehalten.«
Hannah zuckte überrascht zusammen, als Elizabeth sie am Ellbogen fasste und vom Bett wegführte.
»Hannah Bonner«, sagte sie in ihrem steifsten Schulmeisterinnentonfall. Zwischen ihren Augenbrauen stand eine steile Falte, die Hannah noch nicht oft gesehen hatte und die sie auch jetzt am liebsten ignoriert hätte. »Was sollen diese Dummheiten?«
In ihrer Überraschung sah Hannah zu Curiosity hinüber. Aber von ihr war keine Hilfe zu erwarten, denn ihr Blick besagte, dass sie mit Elizabeth übereinstimmte.
»Aber ...«
»Unterbrich mich nicht! Glaubst du etwa, dass es deinem Vater hilft, wenn du hier herumsitzt und die Hände ringst? Sobald er aufwacht, wird er alles über das Schloss erfahren wollen. Wirst du dann in der Lage sein, seine Fragen zu beantworten?«
Hannah zwinkerte heftig und nickte dann schließlich. »Ja.«
»Ja?«
Es sah Elizabeth nicht ähnlich, ungerecht zu sein, und Hannah spürte, wie sie vor Ärger und Enttäuschung errötete. »Wir sind doch erst seit ein paar Stunden hier«, sagte sie. »Morgen werde ich sicher mehr wissen.«
»Bestimmt«, kam ihr Jennet zur Hilfe. »Ich zeige ihr, was immer sie sehen will.«
»Gut«, sagte Elizabeth, jetzt wieder ruhiger. »Deinen Vater wird das sehr freuen.« Sie seufzte tief und Hannah sah plötzlich, in welch großer Sorge Elizabeth war. Und sie merkte auch, dass nichts, was sie hätte sagen können, helfen würde.

»Ihr beiden könntet vielleicht für ein Stündchen die Zwillinge mit in den Garten nehmen. Ich komme hier schon zurecht.«
»Das ist eine gute Idee«, sagte Curiosity und nickte Elizabeth zu. »Ich begleite die Mädchen.«

Zwischen dem Garten und den Kuhställen gab es ein Stück sanft abfallender Wiese, auf der sie sich im Schatten einer Eberesche niederließen.

»Ein schöner Ort«, sagte Curiosity und breitete ihre Röcke um sich herum aus. »Muss ich zugeben.«

Jennet saß neben ihr und hielt Daniel im Schoß. Sie betrachtete Curiositys Hand, die mit der Handfläche nach oben und leicht gekrümmten Fingern im Gras lag. Hannah fragte sich ebenso wie Curiosity, was Jennet daran so interessant fand.

»Hast du bislang noch nie eine Afrikanerin gesehen?«

Jennet beugte sich herüber, um Curiositys Handfläche noch eingehender zu betrachten. »Der Marquis of Montrose kam im letzten Sommer, um den Burgherrn zu besuchen, und er hatte einen Mohren als Lakai dabei. Aber ich habe ihn nicht von nahem gesehen«, sagte sie. »Warum ist Ihre Hand auf der einen Seite so braun und so hell auf der anderen?«

Curiosity zuckte die Schultern und betrachtete ihre Hand. »Das habe ich mich selbst auch schon gefragt. Wenn ich irgendwann in den Himmel komme, werde ich mich beim Herrn ganz bestimmt erkundigen, was er sich dabei gedacht hat.«

Jennet setzte Daniel neben Lily auf die Wiese und hielt eine Hand schützend hinter ihn, um zu sehen, ob er auch alleine sitzen konnte. Er konnte es nicht, aber er fand, dass dies ein schönes Spiel war und gluckste jedes Mal zufrieden, wenn sie ihn auffing und wieder in eine aufrechte Position brachte. »Ich mag Ihre Vorstellung, wie's im Himmel zugeht. Ich meine, dass man da jede beliebige Frage stellen kann«, sagte sie.

»Ich kann mir schon denken, dass du den Allmächtigen mit deinen Fragen ganz schön beschäftigen würdest«, sagte Curiosity und in ihrer Stimme klang Zuneigung mit. Dann sah sie zu Hannah hinüber.

»Du bist so ruhig, Squirrel. Machst du dir Sorgen um deinen Daddy?«

»Ein bisschen. Und um Elizabeth.«

»Das brauchst du nicht«, erwiderte Curiosity, während sie ihr Gesicht der Sonne zuwandte. »Sie wird sich beruhigen, sobald sein Fieber heruntergeht.« Und dann, ohne ihren Kopf zu wenden, fügte sie hinzu: »Jennet, mein Kind. Sag mal, ist Mrs. Hope eigentlich deine Mama?«

Hannah fuhr überrascht hoch. Jennet hatte in der Tat bis auf ihren Bruder Simon ihre Familie nie erwähnt. Nun begann Hannah sich zu fragen, warum sie wohl zu diesem Thema geschwiegen hatte. Curiosity hatte sich offenbar die gleiche Frage gestellt und schien nun etwas auf der Spur zu sein – Hannah kannte sie zu gut, als dass sie ihren Tonfall hätte missdeuten können.

»Ja.« Jennet war mit Daniel beschäftigt, aber Curiositys Fragen schienen ihr nichts auszumachen.

»Ist sie verwitwet?«

»Ja«, erwiderte Jennet. »Sie ist schon in jungen Jahren Witwe geworden.«

»Das ist ja mehr als bedauerlich«, sagte Curiosity. Hannahs deutliches Stirnrunzeln ignorierend, näherte sie sich weiter dem, was sie herausfinden wollte.

»Also gibt es nur dich und deine Mama?«

»Und Granny Laidlaw unten im Dorf«, sagte Jennet. »Sie ist wie Sie.«

Curiosity richtete sich erstaunt auf. »Inwiefern?«

»Genauso schlau«, sagte Jennet.

»Ich danke dir für das Kompliment«, entgegnete Curiosity. »Und so jung wie du bist, wirst du dich sicher nicht an eine gewisse Isabel erinnern, von der man reden hört, sehe ich das richtig?«

Jennet wandte sich um und sah Curiosity an. In ihren Augen fand sich etwas, das bedeutend älter als sie selbst wirkte. »Sie wollen wissen, wie sie mit einem Breadalbane durchgebrannt ist?«

Hannah sah Curiosity triumphierend an. Jennet war zu klug, um sich ausfragen zu lassen. Curiosity hatte sie unterschätzt, war aber nicht unglücklich darüber, überlistet worden zu sein, und schenkte Jennet ein breites Lächeln.

»Warum nicht? Erzähl mir davon.«

»Ich könnte schon Schläge kriegen, wenn ich nur ihren Namen sage. Der Earl hat es verboten. Der alte Nick ist sogar zum Kriegsdienst gezwungen worden, bloß weil er in Hörwiete von MacQuiddy von ihr gesprochen hat.«

»Dann fragen wir lieber nicht weiter.« Hannah reagierte auf Curiositys hochzogene Augenbrauen ihrerseits mit einem Stirnrunzeln.

»Ach, ich erzähle euch einfach, was ich weiß«, entgegnete Jennet mit einem leichten Schulterzucken. »Es ist nicht sehr viel. Es war in einer Sommernacht. Er wartete da unten.« Sie wies mit ihrem Kinn in Richtung Dorf. »Ich weiß nicht, wie es kam, dass sie überhaupt jemals einem Breadalbane begegnen konnte. Meine Mutter könnte es euch sagen, aber sie will nicht darüber reden.«

»Waren sie gute Freunde?« fragte Hannah, die fast gegen ihren Willen in die Geschichte hineingezogen wurde.

»Ja«, bestätigte Jennet. »So eng befreundet, als wären sie Geschwister. Der Earl hat seine Leute ausgeschickt, um sie nach Hause zurückbringen zu lassen, aber es war zu spät. Bis zum Frühjahr gab es von der Lady kein Lebenszeichen, aber dann schickte sie eine Nachricht, dass sie ein Kind erwartete. Die Hochzeit war dann nicht mehr zu verhindern, versteht ihr?«

»Und ich nehme mal an, dass alle Mitglieder der Campbell-Breadalbane-Familie Schwänze und Hörner haben«, warf Curiosity ein.

Jennet sah sie mit ernstem Gesichtsausdruck an. »Hörner und Schwänze, ganz genau. Da habe ich wenig Zweifel. Sie schneiden gerne Männern die Kehle durch und überlassen sie dann den Raben.«

»Schlechtes Blut«, sagte Hannah. »Das kann Kriege auslösen.«

»Allerdings«, bestätigte Jennet und lächelte ein wenig. »Wir sind doch schließlich Schotten!«

Man hörte die Räder einer Kutsche über den Kies auf die Burg zurollen. Über Jennets Gesicht breitete sich ein Lächeln aus. Sie sprang so plötzlich auf, dass Daniel mit einem beleidigten Schrei nach vorne purzelte. Mit einem schnellen Griff hob sie ihn auf und drückte ihn Hannah in den Arm.

»Es ist Monsieur Dupuis!« rief Jennet und begann zu winken. »Und der Hakim.«

Es war keine Kutsche, wie Hannah geglaubt hatte, sondern

eine Mischung aus einem gepolsterten Stuhl und einer Schubkarre. Darin saß ein alter, buckliger Mann, dessen Beine mit einer Decke umwickelt waren. Der Hakim, der den Mann vor sich her schob, hielt an, um Jennets Gruß zu erwidern.
»Er ist draußen, um ein wenig frische Luft zu schnappen. Kommt mit, ich muss euch ihm vorstellen«, sagte Jennet und rannte los.

Als sie die Kleinen auf den Arm genommen hatten und zu der kleinen Gruppe kamen, war Jennet bereits ins Gespräch vertieft. Sie unterbrach sich mitten im Satz, um alle einander vorzustellen.

Monsieur Dupuis war ein Freund des Earls und – wenn Hannah Jennet richtig verstanden hatte – ein ständiger Gast des Hauses. Aber Hannah hatte Schwierigkeiten, sich auf das zu konzentrieren, was Jennet sagte, weil sie den Blick nicht von dem Fremden abwenden konnte. Das musste der Mann sein, den Elizabeth im Garten gesehen hatte. Sie hatte von ihm als von einem sehr alten Mann gesprochen und Hannah war zunächst auch dieser Meinung gewesen, aber nun sah sie, dass sie sich geirrt hatte. Er war mittleren Alters, schien aber durch Schmerzen ausgezehrt und kurz davor, völlig zusammenzubrechen. Ihr kam er vor wie ein bleicher O'seronni, der in der Sonne litt, die ihn wieder und wieder verbrannte. Zwischen seinen Augen wucherte eine Ansammlung von Muttermalen, die aussah wie herumwimmelnde Wespen. Seitlich an seinem Kinn befand sich ein ähnlicher Fleck und ein größerer zog sich um seinen Hals bis in seinen Kragen hinein. Sie hatte so etwas noch nie gesehen: Die Flecken waren schwarz wie Teer, vereitert und an den Rändern ausgefranst und irgendwie wusste Hannah, dass sie sein Tod sein würden, dass sie ein zerstörerischer Krebs waren, der von innen aus der Haut herauswuchs.

Sie sah die Wahrheit in Curiositys und des Hakims Gesicht. Nun verstand sie, warum der Hakim so eilig die *Isis* verlassen hatte – der Earl hatte nach ihm geschickt in der Hoffnung, dass er noch etwas für seinen Freund würde tun können. Aber Hakim Ibrahim musste sie enttäuschen: Monsieur Dupuis war nicht mehr zu helfen. O'seronni sangen keine Totenlieder, aber vielleicht lauschten sie jetzt schon seinen Geschichten aus dem Land der Schatten und spendeten ihm so ein wenig Trost.

Der Franzose streckte seine zuckenden Finger aus, um sie näher an sich heranzuziehen. Hannah ging auf ihn zu und beugte sich zu ihm herunter.

In der Sprache der Kahnyen'kehàka sagte er: »Kleine Schwester, du bist sehr weit von deiner Heimat fort.« Sie fuhr zurück, als hätten seine Zähne nach ihr geschnappt. »Sie sprechen meine Sprache!« rief sie. »Warum tun Sie das?« Sie sagte es auf Englisch zu ihm und verweigerte ihm damit, was er für sich zu beanspruchen versuchte.

»Monsieur Dupuis hat viele Jahre lang mit deinem Volk gelebt«, sagte Jennet, während ihr Lächeln einem Ausdruck der Verwirrung wich.

Hannah warf Curiosity einen flehenden Blick zu und entdeckte in ihrem Gesicht das gleiche Unbehagen und Misstrauen, das sicher auch in ihrem eigenen deutlich sichtbar war. »Mein Volk? Mit meinem Volk?«

»Ich dachte, es würde dich freuen«, sagte Jennet traurig.

Curiosity hob Lily von einem Arm auf den anderen und legte Jennet eine Hand auf die Schulter, doch ihre Worte richtete sie an den Franzosen. »Das ist aber interessant, Monsieur. Wie kommt es, dass Sie bei den Mohawks gewesen sind?«

Er sah Hannah unverwandt an. Sein Englisch hatte eher einen schottischen als einen französischen Akzent, als er antwortete: »Ich kannte deine Mutter Sings-from-Books. Du bist ihr sehr ähnlich. Und wie geht es deiner Urgroßmutter Made-of-Bones? Lebt sie noch?«

Hannah machte noch einen Schritt zurück und hielt Daniel so fest, dass er sich protestierend wand. »Hast du ihm das erzählt, Jennet? Hast du ihm vom Volk meiner Mutter erzählt?«

Der Franzose hob eine blasse Hand. Sie zitterte leicht. »Sie hat mir gar nichts erzählt, Kind. Und es gibt keinen Grund, sich zu fürchten. Überhaupt keinen. Sobald es deinem Vater gut genug geht, werden er und ich uns ein wenig unterhalten.«

»Sie kennen meinen Vater?«

»Ja.«

Hannah spürte eine kleine Welle der Erleichterung. Ihr Vater kannte diesen Mann also – oder auch nicht. In beiden Fällen würde die Sache klar sein und es würde nicht an ihr sein, entscheiden zu müssen, ob Monsieur Dupuis Freund oder Feind war.

Der Franzose beobachtete sie und Hannah hatte das beunruhigende Gefühl, dass er ihre Gedanken las. Auf Kahnyen'kehàka sagte er: »Überbringe Wolf-Running-Fast meinen Gruß. Es ist viele Jahre her, aber er wird sich an mich erinnern. So, wie ich mich an ihn erinnere. Wirst du das tun?«

4

Einen Tag und eine Nacht lang fiel auf den Berg mit Namen Aidan Rig ein sanfter Regen. Carryckcastle war in Nebel gehüllt und damit abgeschieden vom Rest der Welt – ganz so, wie Elizabeth sich in Lady Appalinas Zimmer zurückgezogen hatte, über Nathaniel wachte und darauf wartete, dass sein Fieber zurückging.

Sie weckten ihn, um ihm Brühe oder des Hakims Weidenrindentee einzuflößen; er wirkte desorientiert, fragte jedoch stets nach seinem Vater und den Kindern. Dann fiel er in seine Träume zurück, die ihn dazu brachten, sich zu krümmen und um sich zu schlagen. Elizabeth wusste nicht, wie sie ihn beruhigen und trösten sollte, denn seine Ängste waren real und bestimmten auch ihre eigenen Träume, wenn sie einmal in einen kurzen Schlaf sank.

Der Hakim erschien alle paar Stunden. Er brachte Gerstenschleim, Kompressen, die mit aromatisiertem Wasser getränkt wurden, und Blutegel für seinen Oberschenkel, über den sich vom Knie bis zur Hüfte ein Bluterguss zog. Zusammen mit Curiosity säuberte und desinfizierte er noch einmal die Wunde in der Schulter und setzte sie ein wenig der Luft aus. Hannah sah mit unbewegtem Gesichtsausdruck zu. Elizabeth nahm seine Hand und wich vor der Hitze zurück, die von ihr wie von einem zu gut geschürten Feuer ausging, von einem Feuer, das drohte, aus dem Kamin auszubrechen, in dem es brannte.

Die Zimmermädchen brachten ständig warmes Essen, Tee und frische Windeltücher für die Kleinen. Elizabeth reichte ihnen die Brust, wenn sie hungrig waren, und übergab sie dann sofort wieder Curiosity oder Hannah, um an Nathaniels Bett zurückzukehren.

Schon die zweite Nacht und das Fieber war immer noch nicht gesunken. Elizabeth versuchte gar nicht erst zu schlafen.

Während sie neben ihm saß, las sie in dem kleinen Tagebuch, das sie zusammen auf der *Isis* verfasst hatten, aber wie sorgfältig sie auch suchte, sie fand keinen Hinweis auf diesen Franzosen, den Hannah und Curiosity im Garten kennen gelernt hatten. Ihrer Beschreibung nach musste das der gleiche Mann sein, den ihr mit dem Hakim im Garten aufgefallen war. Vor ihrem inneren Auge sah sie ihn in der Luft über dem Dienstmädchen, das einen so tiefen Knicks vor ihm gemacht hatte, ein Kreuz schlagen. Das Kreuzzeichen.

Als der Hakim das nächste Mal erschien, um nach Nathaniel zu sehen, fragte sie ihn nach Dupuis. Was sie erfuhr, war wenig zufriedenstellend.

»Ein Geschäftsfreund des Earls – ein ständiger Gast des Hauses«, sagte er. »Sterbenskrank.«

Es hätte ihr Unbehagen beseitigen sollen – Geschäftspartner des Earls waren sicher Kaufleute wie er selbst –, aber wenn dieser Mann eine solche Institution war, warum hatte ihn dann keiner der Matrosen, die aus Carryck oder Carryckton stammten, jemals in Hannahs Gegenwart erwähnt?

Und genauso wenig war Mrs. Hope erwähnt worden, erinnerte sich Elizabeth. Und doch musste sie an jene Sommernacht vor erst einem Jahr in Lake in the Clouds denken. Eine Nacht so ruhig und heiß, dass sie nicht schlafen konnten. Eine Motte flatterte im Licht einer einzelnen Kerze herum und ihr Schatten tanzte wild an der hölzernen Decke. Nathaniel lag, nur mit einem Lendenschurz bekleidet, ausgestreckt auf dem Bett und erzählte ihr Geschichten von den Kahnyen'kehàka in Good Pasture: *Es gab einmal einen Priester, der im Dorf lebte, ein Franzose mit Namen Father Dupuis, Wir nannten ihn Iron-Dog.*

Dupuis war ein verbreiteter Name. Nathaniels Father Dupuis und des Earls Monsieur Dupuis mussten nicht notwendigerweise etwas miteinander zu tun haben. Kanada war voller französischer Trapper, die mit den Kahnyen'kehàka Handel betrieben. Nathaniel schien jeden Einzelnen zu kennen, der jemals ein Fell aus Québec nach New York verkauft hatte, und dieser Monsieur Dupuis war vermutlich einer von ihnen. Das machte viel mehr Sinn als sich einen französischen Priester vorzustellen, der seine letzten Tage in Carryckcastle verbrachte.

Sobald Nathaniel wieder er selbst war – morgen, da war sie

ganz sicher –, würde er ihr das bestätigen können und dann würde sie diesen Monsieur Dupuis abhaken. Sicher war er, als nicht mehr als ein weiteres Detail im Leben des Earls – neben seinen Tulpen oder der unglückseligen Hochzeit von Lady Isabel. Irgendwo im Haus schlug eine Uhr Mitternacht. Sie sah nach den Kleinen, die in einer Wiege lagen, die man ins Ankleidezimmer geschafft hatte, stand für einen Moment da und lauschte ihrem Atem, bevor sie durch das Schlafzimmer zum Fenster ging.

Der Fensterflügel ließ sich geräuschlos öffnen und sie schlang die Arme um ihren Körper, als die kühle Luft ihr Gesicht berührte. Sie sah den zunehmenden Mond am Himmel und spürte die Brise, die den Duft nach frischem Heu mitbrachte. Eine wenig kluge Angewohnheit, diese Vorliebe, die sie für kühle Nachtluft hegte; sie konnte Tante Merriweather angewidert die Nase hochziehen hören – aber die nächtliche Ruhe hatte für sie etwas Tröstendes.

Eine Laterne erhellte einen Ausschnitt des Tors zum Burghof. Sie sah, dass ein Wachposten sich dort gegen die Mauer lehnte und sich mit einer Hand abstützte. Elizabeth konnte die zweite Person im Schatten nicht erkennen, aber es musste der Neigung seines Kopfes nach zu urteilen eine Frau sein. Eine junge Frau, von der er hoffte, dass er sie ins Bett bekommen würde? Oder hatten es beide vielleicht zu eilig, um zu warten?

Der Earl war ebenfalls wach. Die Fenster seines Zimmers – Jennet hatte sie ihr gezeigt – waren immer noch erleuchtet. Es war fast ein Trost zu wissen, dass er nicht besser schlief als seine unfreiwilligen Gäste.

Jemand bewegte sich schemenhaft am Fenster vorbei, jemand, der zu klein und zierlich war, als dass es der Earl hätte sein können. Elizabeth hielt den Atem an und sah genau hin. Und wieder: Eine Frau in Weiß zeigte sich hinter den Scheiben. Etwas an ihrer Haltung verhieß Ruhe und Vertrautheit.

Und was spielt das für eine Rolle, wenn jemand mit dem Earl das Bett teilt? fragte sie sich streng. Sie wusste keine Antwort darauf.

»Stiefelchen! Was siehst du da?«

Sie presste ihre Hand auf ihr Herz, um es zu beruhigen. »Nur den Burghof.«

»Komm her.«

Seine Augen waren klar und als er ihre Hand nahm, fühlte seine Haut sich kühl an.

»Dein Fieber ist zurückgegangen«, sagte sie, während ihre Knie vor Erleichterung zitterten.

»Dachtest du, ich würde dir wegsterben?« Sie kletterte auf das Bett und setzte sich neben ihn. »Natürlich nicht.«

»Lügnerin.« Auf seiner vom Fieber aufgesprungenen Unterlippe bildete sich ein Blutstropfen.

»Du würdest es nicht wagen«, sagte sie ungehalten und wischte das Blut mit dem Daumen weg.

Die Antwort brachte ihr ein schwaches Lächeln ein. »Das hört sich schon eher nach dir selbst an, Stiefelchen.«

»Hältst du mich für dickköpfig? Ungeduldig?«

»Jetzt bist du aber auf Komplimente aus.«

»Aber natürlich«, entgegnete sie, während sie einen Versuch machte, das Bettlaken glatt zu ziehen. »Für was lebe und atme ich denn sonst?«

Er drückte ihr Handgelenk. »Ich werde dir nicht wegsterben. Zumindest nicht in den nächsten vierzig Jahren oder so.«

Sie nickte nur, weil sie ihrer Stimme nicht traute.

Nathaniel winkelte kräftig seinen Arm an und versuchte sein Knie zu beugen. »Ich fühle mich, als hätte mich jemand mit einer Kriegskeule verprügelt. Wie lange war ich eigentlich weggetreten?« Seine Finger rieben über seine Bartstoppeln. »Eine ganze Weile, nehme ich an.«

»Fast zwei Tage.«

»So lange? Weißt du inzwischen irgendetwas Neues?«

Sie schüttelte den Kopf. »Gar nichts.«

»Mach dir nichts daraus. Sie sind in der Nähe.«

Seine Äußerung ließ sie hochfahren. »Wer ist in der Nähe?«

»Mein Vater und Robbie. Du solltest dein Gesicht sehen, Stiefelchen. Du denkst, ich sei durch das Fieber nicht mehr ganz richtig im Kopf.«

»Und – habe ich Recht?« Sie berührte seine Stirn. Sie fühlte sich feucht, aber kühl an. »Ich vermute, du hast geträumt.«

Er nahm ihre Hand und drückte seine Lippen in ihre Handfläche. »Das habe ich allerdings.«

»Dann schlaf am besten gleich weiter und träum uns von hier fort«, sagte sie.

Er zog sie näher an sich heran. »Ich schlafe besser, wenn du neben mir liegst.«

Sie widersprach nicht, sondern lehnte sich hinüber, um die Kerze auszupusten, und machte es sich dann in den Kissen bequem.

»Nathaniel«, sagte sie. Sie sträubte sich gegen die Frage, die sie beunruhigte, fürchtete sich davor, sie in Worte zu kleiden, fürchtete sich davor, was er darauf entgegnen mochte.

»Hmmm?« Er war bereits im Halbschlaf.

»Erinnerst du dich, dass du mir einmal von diesem Father Dupuis erzählt hast, der in Good Pasture lebte?«

Falls er diese Frage seltsam fand, so versteckte er sein Erstaunen in einem Gähnen. »Iron-Dog. Wie kommst du auf ihn?«

Was tut ein katholischer Priester im protestantischen Schottland, und was hat das wohl für Carryck zu bedeuten?

»Was ist aus ihm geworden?«

Sie merkte, wie er sich bemühte, sich wach genug zu halten, um antworten zu können. »Er wurde bei dem Versuch getötet, die Seneca zu bekehren. Ich glaube, so war es. Und ich denke, genau nach einem solchen Ende hatte er die ganze Zeit gestrebt.«

Elizabeth rollte sich so nah bei ihm zusammen, wie es seine Verletzungen erlaubten. »Bist du sicher?« fragte sie.

Aber er war schon wieder ins Reich seiner Träume geglitten und sie blieb sich selbst überlassen.

»Ach, komm doch mit«, bat Jennet, während sie von einem Bein auf das andere hüpfte und es schaffte, gleichzeitig eine Hand voll Beeren zu essen. »Du hast das Dorf noch nicht gesehen, und außerdem ist eine Gruppe von Spielleuten da, Jongleure und alles. Wir sind vor der Abenddämmerung zurück.«

Hannah überlegte. Sie war neugierig auf das Dorf, aber zugleich ängstigte sie der Gedanke ein wenig, so weit von ihren Leuten weg zu sein. Was, wenn ihr Großvater käme? Was, wenn bei ihrem Vater das Fieber wieder stieg?

»Deinem Dad geht es doch so viel besser. Er hat gesagt, er sei wieder er selbst«, erinnerte Jennet sie. »Und bist du gar nicht neugierig darauf zu sehen, wie Gaw'n Hamilton bestraft wird?«

Das war ein verlockender Gedanke. Aufgrund des Dekrets des Pfarrers sollte ein Mann dafür bestraft werden, dass er auf seine Frau nicht aufgepasst und dass sie im Dorf Anstoß erregt hatte. Jennets lebhaften Beschreibungen nach hörte es sich für Hannah so an, als ob ihm eine Art Spießrutenlauf bevorstünde, allerdings einer, bei dem die Dorfbewohner keine Waffen, sondern nur ihre Worte zum Einsatz brachten.

»Ich hole meine Schuhe«, sagte Hannah, plötzlich fest entschlossen.

»Ach, halte dich nicht mit deinen Schuhen auf«, erwiderte Jennet, streckte einen staubigen Fuß aus und wackelte mit den Zehen. »Wir fahren in einem Lastkarren hinunter und später auf dem gleichen Weg zurück. Komm jetzt endlich oder Geordie fährt ohne uns.«

»Ich sollte mich noch verabschieden ...«

»Das hast du doch schon getan«, sagte Jennet ungeduldig. »Komm schon!«

Geordie wollte nicht, dass sie sich zu ihm auf den Kutschbock quetschten, also mussten sie sich die Ladefläche mit einigen Ziegen teilen, die so laut meckerten, dass sie kaum die Möglichkeit hatten, sich zu unterhalten. Aber das machte Hannah nichts aus; sie war froh, ein wenig Zeit für sich zu haben. Sie mochte Jennet sehr, auch wenn sie so viele Geschichten zu erzählen und so viele Informationen zu bieten hatte, dass es Hannah manchmal schwerfiel, ihr zu folgen. Während nun der Karren schwankend den Berg hinunterholperte, hockte Hannah da mit einer Ziege neben sich, die an ihren Röcken schnupperte, und prägte sich ein, was sie sah, um später ihrem Vater davon berichten zu können.

Am Rande des Dorfes, wo die Bergstraße breiter wurde, überholte sie eine Kutsche. Die livrierten Dienstleute waren in Braun und Gold gekleidet. Einer von ihnen starrte sie an, als sie vorbeizogen. Jennet erhob ihre Stimme und fragte: »Wer ist das, Geordie?«

Geordie war ein dicker junger Mann mit einem ausdruckslosen Blick, aber sehr willig, ihr jede gewünschte Information zu geben. Er drehte sich halb um. »Ein Herr, der den Burgherrn treffen will, sagt MacQuiddy.«

»Engländer?«

Er schüttelte seinen üppigen zottigen Haarschopf. »Franzose.«

Hannah hätte ihn gerne näher zu dem Besucher befragt, aber sie hatten nun das Zentrum des Dorfs erreicht. Das samstägliche Markttreiben füllte die Gassen. Der Karren wurde langsamer und kam dann in dem Getümmel zum Stehen. Jennet sprang herunter und Hannah folgte ihrem Beispiel.

»Seid zurück, bevor die Kirchturmuhr viermal schlägt!« rief Geordie hinter ihnen her. »Oder ihr müsst zu Fuß nach Hause gehen, ihr kleinen Racker!«

Jennet wirbelte herum, zog ihre Nase kraus und streckte ihm die Zunge heraus. »Verlier nicht dein ganzes Geld beim Hahnenkampf, Geordie, oder MacQuiddie verpasst dir 'nen Satz heiße Ohren!« schrie sie und verschwand mit Hannah in der Menge, bevor er darauf antworten konnte.

Sie schlängelten sich zwischen den Marktständen hindurch, während Hannah versuchte, so viele Eindrücke wie möglich aufzunehmen. Mit all dem Gefeilsche, Gelächter und Geklimper der Münzen unterschied sich das Treiben hier nicht wesentlich von einem Markttag in Johnstown. Überall Hühner und Ferkel, Kohl und Möhren. Ein mürrisches junges Mädchen mit einem pickligen Ausschlag am Kinn stand hinter einem Tisch und verscheuchte die Fliegen von Siruptörtchen. Ein kleiner Junge, der mit einem fleckigen Seil ans Tischbein gebunden worden war, weinte jämmerlich und rieb sich mit seiner schmutzigen Faust die Augen.

Jennet schien jeden beim Namen zu kennen und alle hatten etwas zu ihr zu sagen, während sie gleichzeitig Hannah musterten – manche schüchtern, andere mit unverhohlener Neugier.

»Wie läuft's so, kleine Jennet?«

»Alles in Ordnung, Mädchen? Wie geht's dem Gutsherrn heute?«

»Willst du nicht kommen und unseren Harry sehen, Jennet? Er ist von der *Isis* zurück und hat jede Menge Geschichten zu erzählen.«

Sie antwortete allen mit ein paar Worten und einem Lächeln; ganz deutlich war zu sehen, dass Jennet in Carryckton überaus beliebt war.

In der Nähe einer Schenke jonglierten zwei Männer mit Eiern, die sie aus dem Handgelenk hochwarfen und in endlosen Kreisen durch die Luft wirbelten. Der eine war so groß wie Robbie MacLachlan, der andere reichte ihm kaum bis zu den Knien, obwohl er einen Vollbart trug und die kurzen Finger, die die Eier hochwarfen, dunkel behaart waren. Glöckchen bimmelten an ihren Ellbogen und Knien, und während sie mit der Menge scherzten achteten sie kaum darauf, was ihre Hände taten.

An der nächsten Ecke war eine einfache Bühne errichtet worden und Wanderschauspieler hatten dort eine größere Menschenmenge angezogen.

»Lass uns ein bisschen zuschauen«, flüsterte Jennet. Hannah hatte noch nie ein Theaterstück gesehen. Sie schaute deshalb gerne zu, als ein junger Mann, dessen Gesicht so bemalt war, dass er wie ein alter Mann aussah, ein Glasfläschchen mit einer trüben gelben Flüssigkeit hochhielt. Mit quäkender, schwankender Stimme rief er in Richtung Publikum:

»Herr Doktor, wären Sie so nett? Ich wollt' Sie mal was fragen.
Die Pisse von meiner Tochter hier, können Sie da wohl was zu sagen?
Sie isst nicht mehr und ist auch tags nicht aus dem Bett zu kriegen.
Da stimmt was nicht. Sie tut nichts mehr als einfach rumzuliegen
In einem Haus, in dem's drüber und drunter geht.
Ist das die Pest? Finden Sie raus, wie's um sie steht!«

Hannah hatte einmal von dem Hakim gehört, dass man Urin untersuchen konnte, um eine Krankendiagnose zu stellen, und war entsprechend neugierig, was dieser Arzt sagen würde. Wie der Rest der Menschenmenge auch lehnte sie sich nach vorn. Der Doktor wippte auf seinen Fersen vor und zurück und strich sich mit einer Hand nachdenklich über den Bart, während er mit der anderen seinen wohlgerundeten Bauch tätschelte. Mit jedem Tätscheln entwich zwischen Hose und Jacke eine kleine Wolke Federn, aber das Publikum schien sich nicht daran zu stören.

Deine kranke kleine Tochter ist eine Magd, die schafft.
Und wie ich sehe, tut sie das sehr gewissenhaft.
Sie schrubbt die Böden und kocht das Essen,
doch ihren Zustand hat der Knecht wohl ausgefressen.

Als sie sich bückte und den Tisch hat gedeckt,
hat er ihr wohl flugs etwas zugesteckt.
Er gab ihr 'nen Stich, in aller Stille,
er schnitt in ihr Fleisch, ganz wie's ihr Wille.
Schon bald wird ihr Bauch ganz kugelrund,
doch keine Angst! Im Frühjahr ist sie wieder gesund.
Deine schöne Kate ist nicht allein,
jung und geschmeidig stöhnen viele Mägdelein.
Sie ringen die Hände, fluchen und erbrechen sich,
ein Problem im ganzen Land, so hörte ich.«

Die Menge lachte, aber Jennet zog Hannah weiter, während sie angewidert die Nase rümpfte. »Schon wieder Kate of Lauchine! Was für ein liederlicher Haufen diese Spielmänner sind, schwingen immer nur Reden statt ihre Schwerter. Die können nichts heben, das schwerer ist als ihre gefüllten Trinkkrüge.«

Hannah wollte ihr gerade erzählen, dass es ihrem Wissen nach nicht möglich war, an der Farbe des Urins abzulesen, ob eine Schwangerschaft bestand oder nicht, aber in dem Moment baute sich ein schielender Junge vor ihnen auf. »Zum Teufel, Jennet Hope, sieh einer an, was du da heute mit dir durch die Gassen schleppst. Eine Heidin! Spricht sie unsere Sprache?«

»Besser als du, Hugh Brown«, fauchte Jennt und stellte sich auf die Zehenspitzen, um ihm direkt ins Gesicht sehen zu können. »Du wirst dir noch wünschen, du hättest keine Zunge, wenn der Pfarrer erst einmal erfährt, wie du herumfluchst, du widerliche kleine Kröte!« zischte sie und rammte ihm so fest ihren Ellbogen in die Eingeweide, dass er ganz blass wurde.

Während er noch versuchte, wieder zu Atem zu kommen, tauchten sie rasch in der Menschenmenge unter. Die schattigen Gassen waren sogar an einem sonnigen Tag wie diesem kühl, das Kopfsteinpflaster fühlte sich unter den Fußsohlen glatt an, und der Duft von frisch gebackenem Brot und gerade gebrautem Bier erfüllte die Luft. Schließlich bogen sie um eine Ecke und erreichten ein großes offenes Areal aus festgetrampelter Erde, in dessen Mitte ein Pfahl aufragte.

»Oh, sieh mal«, hauchte Jennet. »Dame Sanderson. Es wird eine Bärenhatz geben!«

»Bären?« Hannah sah genauer hin und konnte nicht mehr

entdecken als einen staubigen Haufen Fell, der an dem Pfahl angekettet war. »Dame Sanderson?«

»Genau.« Jennet warf ihr einen neugierigen Blick zu. »Diese Bärin da. Sie heißt Dame Sanderson. Hast du noch nie einen Bären gesehen?«

Die Frage war so seltsam, dass Hannah zunächst nicht wusste, wie sie darauf antworten sollte. Wenn die Muttermilch nicht ausreichte, hatte sie Bärenfett von ihren Fingern gesaugt; sie hatte gelernt, Bärenspuren zu lesen, als sie kaum alt genug war, um selbst laufen zu können. Bären spielten auf den Steinen oberhalb der Wasserfälle in Lake in the Clouds, schliefen in den Bäumen und fischten im Sumpfland von Big Muddy. Eines Tages hatte ein Adler ein weibliches Bärenjunges in ein Maisfeld fallen lassen – schwer verletzt und dem Tode nahe –, während sie gerade Kürbisse pflanzten. Hannah hatte die kleine Bärin vor Hector und Blue gerettet und ihre Wunden gepflegt, bis sie starb, und dann hatte sie ihr Fell genommen und es gegerbt. Dieses Fell lag immer noch in Lake in the Clouds auf ihrem Nachtlager.

»Ich habe einen Onkel, der Runs-from-Bears heißt«, sagte Hannah.

Jennets Augenbrauen wölbten sich erfreut und neugierig nach oben. »Heißt das, dass er vor ihnen Angst hat?«

»Nein«, entgegnete Hannah. Bei der Vorstellung, Runs-from-Bears habe vor irgendetwas Angst, musste sie lächeln. »Nicht im Geringsten.« Sie sah es kommen, dass sie diese Geschichte würde erzählen müssen, auch wenn das zur Folge haben könnte, dass ihre Gedanken für den Rest des Tages immer wieder dahin abschweiften.

»Als mein Onkel noch ein kleiner Junge war, nannte man ihn Sitting-Boy. Wo immer Two-Moons – seine Mutter – ihn auch hinsetzte, da blieb er. Während die anderen spielten, sah er zu, und wenn sie umherliefen, lachte er. Two-Moons und ihr Mann Stands-Tall sorgten sich, ob er vielleicht von schwachem Verstand wäre – trotz seines aufgeweckten Blicks.

In seinem dritten Lebensjahr, in der Zeit des Erdbeermonds, ging Two-Moons mit allen anderen Frauen aufs Feld, um Beeren für das Fest zu sammeln...« Hannah schluckte, denn sie spürte plötzlich wie damals die Sonne auf ihrem Gesicht, und das Heimweh packte sie so heftig, dass ihr schwindelig wurde.

»Die Frauen waren ganz damit beschäftigt, Erdbeeren zu sammeln, als eine Bärin mit ihrem Jungen aus dem Wald kam. Die anderen Frauen beeilten sich, ihre Kinder in Sicherheit zu bringen, aber Two-Moons konnte Sitting-Boy nicht finden. Sie suchte und rief und die Bärin kam näher und näher, bis sie so nah war, dass sie ihr vom Flusswasser feuchtes Fell riechen konnte. Da stieß Sitting-Boy plötzlich ein lautes Lachen aus und kam aus dem Feld herausgerannt. Das Bärenjunge jagte ihn und Sitting-Boy lachte und lachte, während er lief. Sein Lachen war so kräftig und melodisch, dass die Vögel in den Bäumen verstummten und lauschten, der Biber aus dem Fluss näher kam und zusah und sogar die Bärenmutter den Kopf drehte, um hinzuschauen.

Two-Moon hatte sich große Sorgen um Sitting-Boy gemacht und sagte: ›Mutter Bär, ich bin dankbar, dass dein Kleines meinem Sohn gezeigt hat, wie er seine Beine benutzen kann. Sieh mal, wie schön sie zusammen spielen!‹

Und die Bärenmutter rief ihr Junges zu sich und sie drehten sich um und ließen die Frauen auf dem Erdebeerfeld allein. Deshalb haben sie meinem Onkel den Namen Runs-from-Bears gegeben.«

»Ich würde Two-Moons, Stands-Tall, Runs-from-Bears, deine Tante Many-Doves, deine Großmutter und den ganzen Rest deiner Familie gerne kennen lernen«, sagte Jennet.

»Stands-Tall ist in einem Kampf getötet worden«, sagte Hannah. »Aber wenn du uns in den Endlosen Wäldern besuchen kommst, wirst du allen anderen begegnen.« Sie blickte auf den Fellhaufen in der Mitte des Platzes. »Ich habe schon viele Bären gesehen, aber noch keinen wie diesen. Ist die Bärin krank?«

»Nein, nein. Die Jagdhunde werden sie noch schnell genug auf die Beine bringen. Letzten Sommer habe ich gesehen, wie sie einem Hund, der so groß wie ein Schwein war, mit einem Prankenhieb das Rückgrat gebrochen hat.«

»Wo kommt sie her?«

»Ein Wanderbursche namens Alf Whittle hat sie auf einem Schiff aus Amerika mitgebracht, als sie noch klein war. Man erzählt sich, er wäre mit ihr sogar schon auf einem Jahrmarkt in Aberdeen gewesen.«

Ein kleiner Junge hüpfte herbei und begann die Bärin mit Kieselsteinen zu bewerfen. Der massige Körper begann sich leicht zu bewegen und der riesige Kopf hob sich und wandte sich in alle Richtungen.

Hannah spürte, wie ihr sehr kalt wurde, ganz so, als ob ein frischer Wind von verschneiten Bergen herunterwehte. Die Bärin bewegte den Kopf vor und zurück. Ihre feuchte Nase bebte. Die Augenhöhlen wirkten leer.

»Sie wittert etwas.« Jennet machte ein paar Schritte zurück.

»Mich«, erwiderte Hannah. »Sie wittert mich.« Sie erhob ihre Stimme und sprach in ihrer eigenen Sprache: »Wenn eine Kiefernnadel im Wald fällt, sieht es der Adler, hört es der Hirsch und riecht es der Bär. Riechst du mich, Schwester?«

Die Bärin versuchte sich nun hochzurappeln. Ihr Kopf schwang vor und zurück, während sie wie ein Trost suchendes kleines Kind wimmerte. Hannah ging einen Schritt auf sie zu, aber Jennet packte sie an der Schulter.

»Das darfst du nicht tun!« kreischte sie. »Sie wird dich zerfetzen wie eine reife Pflaume.«

Die Bärin war inzwischen so nahe herangekommen, wie es die Kette zuließ. Sie stand auf den Hinterbeinen und ihre Pranken mit den langen, gebogenen und von Blut und Alter geschwärzten Krallen hingen herunter. Von Kopf bis Fuß war sie mit Narben übersät und ihr Pelz wirkte stumpf und schmutzig.

»Man hat ihr die Augen ausgestochen«, keuchte Hannah. »Damit sie nicht zu gefährlich.«

»Ja, schon«, erwiderte Jennet beklommen. »Aber sie ist jedenfalls eine großartige Kämpferin. Wollen wir bleiben und zugucken?«

»Nein«, sagte Hannah. »Das werde ich mir nicht ansehen.«

Jennet hatte einige Münzen in ihrer Schürzentasche und kaufte davon bei einem mürrischen Mädchen Pfefferkuchennüsse. »Für Granny«, erklärte sie und steckte sie mit einem widerstrebenden Blick ein. Sie führte Hannah durch die Straßen, bis sie zu einem kleinen Häuschen kamen – es war sicher nicht größer als die kleinste Hütte in Paradise –, das von einem Garten umgeben war, in dem man dicht an dicht Kohl, Lauch, Kartoffeln und Möhren angepflanzt hatte. An einem Zaun, über den die Äste eines Apfelbaums hingen, rankten sich Bohnen empor. Neben dem Weg, der zur Tür führte, wuchsen auf gepflegten Beeten die unterschiedlichsten Kräuter: Gartensalbei, Pfefferblatt, Levkojen und Muskatellersalbei, Sauerampfer, Kamille, Minze und Verbene, Gurkenkraut und Mutterkraut. Ganz anders als der Garten, der zu Carryckcastle gehörte, war dieser den Gärten zu Hause so viel ähnlicher, dass Hannah sich am liebsten sofort hineingesetzt und den restlichen Tag darin verbracht hätte. Sie hielt inne, ließ ihre Hand über einen sprießenden Wacholderbusch gleiten und befühlte die stacheligen, immergrünen Blätter.

Wenn eine Kiefernnadel im Wald fällt, sieht es der Adler, hört es der Hirsch und riecht es der Bär.

»Granny Laidlaw war Wirtschafterin auf Carryckcastle, bis ihre Augen irgendwann schwächer wurden. Seit fünf Jahren ist sie völlig blind, aber dafür fehlt ihr sonst nichts«, sagte Jennet. »Und das ist meine Tante Kate.«

Die Frau, die mit einem Korb über dem Arm aus der Tür trat, sah aus wie eine jüngere Mrs. Hope mit blonden Haaren, die sie unter einem sauberen weißen Häubchen zusammengesteckt trug.

»Da bist du also wirklich gekommen. Sie wird sich freuen. Ich muss etwas Butter besorgen – geh nicht eher wieder, bis wir zusammen eine Tasse Tee getrunken haben.«

Der Bodenbelag des Häuschens bestand aus Binsen und die Decke war so niedrig, dass Hannah mit der Hand heranreichte, wenn sie sich auf Zehenspitzen stellte. Ein gefleckter Hund schlief in der Nähe des Herds, über dessen Feuer ein Kessel hing.

In der Ecke waren zwei Frauen dabei, Bohnen zu entschoten. Eine von ihnen war so klein und zierlich, dass Hannah sie zunächst versehentlich für ein Kind hielt. Aber das Gesicht, das unter dem zerknautschten Häubchen zum Vorschein kam, war tatsächlich alt und die blauen Augen waren trüb wie Murmeln. Sie hatte jedoch ein gutes Gehör, denn schon beim ersten Knarren der Tür wandte sie ihren Kopf dorthin.

»Jennet, mein Vögelchen. Ich habe gehofft, dass du heute kommen würdest. Ich rieche Pfefferkuchennüsse und außerdem hast du eine Besucherin mitgebracht. Ist es das kleine Indianermädchen, Gelleys?«

»Ja.« Die andere Frau starrte Hannah mit verkniffenem Gesicht an. Dann erhob sie ihre Stimme zu einem Kreischen und fragte: »Wie heißt du, Mädchen?«

»Ihre rote Haut macht sie noch lange nicht taub, Gelleys.« Granny Laidlaw schüttelte sich vor Lachen. »Komm her, Vögelchen, komm näher. Sag mir, wie heißt du?«

»Hannah Bonner, Ma'm.«

»Du sprichst ja Englisch!« Gelleys kniff noch mehr die Augen zusammen, als hoffte sie, in Hannahs Gesicht irgendeine Erklärung für die Sprache zu finden, die sie gerade aus ihrem Mund vernommen hatte.

»Sie spricht sogar Schottisch!« rief Jennet wütend. »Und die Sprache ihrer Mutter. Warte, wenn du die erst hörst!«

»Reg dich nicht auf, Mädchen.« Gelleys setzte die Schüssel mit den Bohnen ab. »Ich hab' es nicht böse gemeint. Mein Enkel Charlie hat mir von dir erzählt, als er von der *Isis* kam.«

Das war eine Überraschung, eine angenehme jedoch. »Wie geht es Charlie? Geht es ihm gut?« fragte Hannah.

»Es geht ihm ganz gut«, erwiderte die alte Frau. »Trauert um seinen Bruder, wie wir alle. Du warst in seinen letzten Tagen ein Trost für unseren Mungo und das werden wir dir nicht vergessen, Mädchen.«

»Er war ein guter Junge«, sagte Hannah. »Ist Charlie hier?«

»Ich wünschte, er wäre hier«, sagte Gelleys. »Aber er ist schon wieder zu seinem Schiff gerufen worden. Es wird bestimmt ein Jahr vergehen, bis wir ihn wiedersehen. Aber ihr seid sicher nicht gekommen, um über so traurige Dinge zu reden, oder?«

»Ich habe sie mitgebracht, weil sie immer so furchtbar viele Fragen stellt«, erklärte Jennet eifrig.

»Tatsächlich?« Granny Laidlaw wirkte sehr erfreut. »Nun denn, dann setzen wir uns am besten zusammen und ich erzähle ein, zwei Geschichten.«

Hannah konnte den Blick nicht von Gelleys Händen abwenden. Sie hatte solche Hände noch nie bei einer Frau gesehen – so groß wie die eines Mannes, geschwollen und rot, aber mit Fingern, die geschickt genug waren, um mit erstaunlicher Geschwindigkeit die Bohnenschoten aufzubrechen. Unter ihren ergrauten Augenbrauen beobachtete sie ihrerseits Hannah.

»Ihr habt Glück, dass wir beide hier sind«, sagte Granny Laidlaw. »Was ich nicht über Carryckcastle weiß, weiß ganz bestimmt Gelleys Smaill.«

»Ha!« Gelleys warf den Kopf zurück. »Hört euch das an. Hast du nicht mitbekommen, wie der Pfarrer erst vor einer Woche von falscher Bescheidenheit gepredigt hat? Es gibt niemanden, der mehr über Carryckcastle weiß als Leezie Laidlaw. Weder MacQuiddy – gesegnet seien seine knackenden alten Knochen –, noch der Burgherr höchstpersönlich, und erst recht nicht Gelleys, die Waschfrau.«

»Haben Sie auch im Schloss gearbeitet?«

»Fünfzig Jahre«, erwiderte Gelleys stolz, während ihre kräftigen Finger in der Schüssel mit den entschoteten Bohnen rührten. »Habe meinen Dienst angetreten, als ich ein Mädchen nicht größer als Jennet war, und bin dort geblieben, bis meine Beine mich nicht mehr tragen wollten.« Sie schlug auf ihr Knie, als wollte sie es für die schlechten Dienste, die es leistete, bestrafen. »Dreißig Jahre lang war ich die oberste Waschfrau und hatte drei Mädchen unter mir. Sechs Tage in der Woche haben wir gewaschen und gebügelt.«

Jennet ließ einen resignierten Seufzer vernehmen, aber Gelleys nahm keine Notiz davon.

»Montags Tischwäsche, Dienstags Bettwäsche, Mittwochs und Donnerstags Kleider, Freitags Lappen und so etwas und Samstags« – sie beugte sich vor und reckte einen Finger in die Luft – »Samstags haben wir Seife angesetzt. Genauso wie Fiona jetzt in dieser Minute Seife ansetzt, sie und die Mädchen. Ist es nicht so, Jennet?«

»Ja«, bestätigte Jennet. »Sie waren fleißig dabei, als wir den Berg runterfuhren.«

»Siehst du. Und ich habe keinen Tag gefehlt, außer als meine Jungs auf die Welt kamen und als mein Mann gestorben ist.«

»Genauso war es«, sagte Granny Laidlaw und langte hinüber, um Galleys am Unterarm zu fassen.

Die alte Dame legte ihre Hand auf die von Granny. »Wir zwei haben 'ne Menge gesehen, stimmt's, Leezie?«

»Das ist wohl wahr.« Granny Laidlaw wandte ihr Gesicht Hannah zu, als ob sie sie sehen könnte. »Ihr seid bestimmt gekommen, um nach Lady Isabel zu fragen, habe ich Recht?«

Hannah warf Jennet einen schnellen Blick zu, doch die hob bloß erstaunt die Schultern.

»Woher wussten Sie das?«

»Nun, letztendlich ist Isabel diejenige, die dich und deine Familie hierher gebracht hat. Isabel und meine eigene Tochter Jean. Es wundert mich nicht, dass du neugierig bist.«

»Auf Carryckcastle werdet ihr keine Menschenseele finden, die euch davon erzählt«, sagte Gelleys, während sie stirnrunzelnd in ihre Schüssel schaute. »Aber alte Krähen wie wir fürchten sich nicht vor der Wahrheit. Setzt euch, Mädchen, und hört zu.«

»An dem Morgen, als meine Jean zehn Jahre alt wurde, ist Isabel auf die Welt gekommen«, begann Granny Laidlaw. »Es war Lady Mariettas vierte Niederkunft, müsst ihr wissen. Drei Söhne hatte sie dem Earl schon geschenkt, aber es waren alles Totgeburten. Ihr könnt euch vorstellen, wie an diesem Tag auf Carryckcastle gefeiert wurde – ein gesundes Kind, mit dem schönen Gesicht seiner Mutter und mit der prächtigen körperlichen Veranlagung des Vaters. Und von dem Augenblick an, als unsere Jean die Kleine zum ersten Mal sah, gab es eine besondere Bindung zwischen den beiden.«

»So eng, als wären sie Schwestern«, ergänzte Gelleys.

»Genau«, bestätigte Granny Laidlaw. »Sobald Isabel laufen konnte, folgte sie Jean überall hin. Sie verbrachte in den Gesinderäumen so viel Zeit, dass sie mehr in der Küche zu Hause war als im Salon. Es war mir unmöglich, sie fortzuschicken, so hübsch und fröhlich wie das Mädchen war. Doch es kam der Tag – in jenem Sommer war sie vier –, an dem der Burgherr entschied, dass es nicht gut für sein Mädchen wäre, die ganze Zeit mit den Dienstleuten zu verbringen.«

Jennet folgte der Geschichte genauso interessiert und aufmerksam wie Hannah. »Und da machte die Lady meine Mutter zu Isabels Kindermädchen«, fügte Jennet hinzu.

Granny Laidlaws Augen schienen eine Szene zu verfolgen, die nur sie selbst sehen konnte. »So war es. Mit vierzehn, stellt euch vor. Es war eine große Ehre, so jung wie Jean war. Manch einer würde es töricht nennen, einem Mädchen so viel Verantwortung zu geben, aber Isabel wollte keine andere und dem Burgherrn war es ebenfalls recht – die Vorstellung, dass eine fremde Kinderfrau nach Carryckcastle käme, gefiel ihm gar nicht.

«Hannah war dazu erzogen worden, das Tempo eines Erzählenden zu respektieren und keinesfalls zu unterbrechen, aber nun war sie verwirrt und fragte deshalb dazwischen: »Und ihre Mutter? War sie nicht da, um Isabel großzuziehen?«

»Doch, war sie«, sagte Granny Laidlaw knapp, doch Gelleys zog unzufrieden die Nase kraus.

»Sie war körperlich da, das schon. Aber sie war geistig nicht anwesend.«

Zwischen den beiden alten Frauen kam eine leichte Spannung auf und beide schwiegen für einen Augenblick. Jennet schürzte die Lippen. Sie war ungeduldig und neugierig und unfähig, dies zu verbergen.

»Willst du uns nicht die ganze Geschichte erzählen, Granny?«

Gelleys seufzte und rieb sich mit dem roten Knöchel eines Fingers den Nasenflügel. »Es ist nicht einfach, die Wahrheit über Menschen zu berichten, die man sehr liebt. Was ist, Leezie?« fragte sie in einem umgänglichen Ton. »Soll ich es erzählen?«

Die alte Dame schüttelte den Tagtraum ab, dem sie gefolgt war. »Ich bin noch nicht so alt, dass ich keine Geschichte mehr erzählen könnte, Gelleys. Und auch wenn ich es nur ungern zugebe: Lady Carryck war nicht die Mutter, die sie hätte sein sollen.«

Sie faltete die Hände in ihrem Schoß. »Nun, auch wenn ihr beiden noch sehr jung seid, so wisst ihr doch, welche Wahrheit darin steckt, wenn ich sage: Nicht jede Frau ist auch eine gute Mutter. Die meisten von ihnen können zwar ein Kind auf die Welt bringen, aber bei manchen reicht es nicht zu mehr. Und das war bei Lady Carryck der Fall. Keiner war so nett und großzügig zum Dienstpersonal, zu den Lehnsleuten und zu jeder armen Seele, die mit leerem Bauch an die Tür kam, wie sie – aber sie konnte ihr eigenes Kleines nicht auf den Schoß nehmen, um es zu liebkosen oder ihm etwas vorzusingen oder ein wenig Unsinn mit ihm zu plappern und gemeinsam zu lachen, wie es Frauen eben so mit ihren Kindern tun. Darunter haben sie beide sehr gelitten.«

»Es war wegen der drei Jungs, die sie verloren hat«, sagte Gelleys. »Jedesmal, wenn sie einen Sohn beerdigt haben, hat die gute Lady ein Stück ihrer selbst zu ihm ins Grab gelegt. Und deswegen blieb für Isabel nichts mehr übrig.«

Granny stieß einen tiefen Seufzer aus. »Aus diesem Grund war Lady Carryck froh, dass sie die Erziehung Jean überlassen konnte.«

»Genau. Und Jean hatte eine besondere Art, mit ihr umzugehen«, sagte Gelleys. »Isabel war eigensinnig, aber für Jean hätte sie alles getan. Und alles ging auch gut, bis ...«

»Gelleys Smaill«, unterbrach Granny sie stirnrunzelnd. »Wer erzählt hier diese Geschichte?«

Die alte Waschfrau zog eine Grimasse. »Dann mach mal ein bisschen voran damit, Leezie. Du wirst auf deine alten Tage etwas langsam.«

Granny rümpfte die Nase. »Wie ich schon sagte, alles ging gut, bis eines Sommertags Ian Hope Notiz von Jean nahm und sie von ihm.« Der kleine Kopf unter dem weißen Häubchen wandte sich Jennet zu. Als sie lächelte, erschien ein Grübchen auf ihrer faltigen Wange. »Eines Tages, Vögelchen, wirst du wissen, wie es ist, wenn ein stattlicher junger Mann dich auf die gleiche Weise ansieht wie Ian Hope damals deine Mutter angesehen hat. Als ob der Mond nur deshalb am Himmel hinge, damit er ihr Gesicht bescheinen könne.«

»Du bist schlimmer als Rab Burns mit deiner Dichterei«, sagte Gelleys ungehalten. »Kannst du es nicht auf die einfache Art sagen? Ian Hope war der richtige Ehemann für Jean und sie war die richtige Ehefrau für Ian, und alle konnten sehen, dass es so war.«

»Du sagst es, wie es dir passt, und ich sag' es, wie es mir passt«, entgegnete Granny ruhig. »Die beiden gehörten zusammen, das stimmt. Ma Roddy lag damals schon seit Jahren im Grab, aber es hätte ihm gefallen, sein Mädchen mit dem Jungen von Alasdair Hope verheiratet zu sehen, genauso wie es dem Burgherrn, der Lady und mir gefiel. Alle waren glücklich und zufrieden – bis auf Isabel.

Am Tag der Hochzeit lief sie in den Feenwald und mochte nicht wieder herauskommen, weder als ihr Vater scharfe noch als ihre Mutter sanfte Töne anschlug. Und so wurden Jean und Ian ohne Isabels Anwesenheit und Segen miteinander verbunden. Was sie anbelangte, hatte es nie eine Hochzeit gegeben; für

sie war Ian Hope nicht mehr als ein Ärgernis, das ignoriert werden musste. Zunächst schmerzte es Jean, das Mädchen so unglücklich zu sehen, aber nach einer Weile machte es sie wütend, und dann, ja dann, als Simon kam ...«
»Mein Bruder«, fügte Jennet hinzu.
»Als Jennets Bruder Simon geboren wurde ...nun, ihr könnt euch vorstellen, dass Isabel eifersüchtig war, und ich denke, dass sie in Wahrheit auch allen Grund dazu hatte. Eine ganze Weile hatte Jean überhaupt keine Zeit mehr für das Mädchen. Das war in dem Jahr, als meine Augen anfingen, schwächer zu werden, wisst ihr, und sie rannte den ganzen Tag hin und her zwischen den Aufgaben, die sie für mich übernahm, und Simon, um den sie sich kümmern musste.
In ihrer Wut und ihrem Schmerz marschierte Isabel zu ihrer Mutter und erklärte ihr, dass eine junge Dame von fünfzehn Jahren kein Kindermädchen mehr bräuchte und dass Carryckcastle auch ohne Jean Hope auskäme. Aber die Lady wollte nichts davon hören, und so kam es, dass Jean zweite Wirtschafterin bei mir wurde, zu einem Zeitpunkt, als ich sie auch am nötigsten brauchte. Es war ein schweres Jahr«, sagte sie mit einem Seufzer.
»Ein düsteres Jahr«, ergänzte Gelleys.
Granny Laidlaws Hände ruhten in ihrem Schoß und ihre Finger zuckten leicht. Im Häuschen war es still geworden, nur das Schnüffeln des Hundes, das leise Knistern der Binsen auf dem Fußboden und das Knacken der Bohnenschoten, die von Gelleys nach und nach aufgebrochen wurden, waren zu vernehmen. Dieses Mal trieb sie die Geschichte ihrer Freundin nicht voran, sondern beobachtete sie nur, wie eine Mutter ihr kränkliches Kind beobachten mochte.
Granny räusperte sich und hob neu an.
»In jenem Januar bekam Lady Carryck Fieber und starb so plötzlich, dass keine Zeit blieb, um ...« – sie verstummte und schloss die Augen – »um Abschied von ihr zu nehmen. Und damit begann das ganze Leid.«
»Im Dorf starben zehn Leute auf die gleiche Weise«, sagte Gelleys. »Im Frühjahr setzte dann der Regen ein und wollte gar nicht mehr aufhören. Und wir hatten Mäuse im Mais und ...«
»Und die Campbells«, soufflierte Jennet.
»Ja, und die Campbells.« Grannys Stimme krächzte, ob aus

Zorn oder Kummer vermochte Hannah nicht zu sagen.»Jedes Frühjahr schickt der Burgherr seine Männer aus, um nachsehen zu lassen, ob die Lehnsleute zurechtkommen, und in jenem Frühjahr war es nicht anders. Ian Hope und sein Bruder Magnus machten sich nach Westen auf, aber Ian kehrte nie mehr nach Hause zurück. Ich hatte meinen Ehemann dreißig Jahre lang, aber Jean hatte Ian noch nicht einmal für drei Jahre. Der Verlust hat ihr die Jugend genommen.«

Hannah hatte ihre eigene Mutter verloren, als sie noch sehr jung gewesen war; sie hatte zusehen müssen, wie der Tod ganz plötzlich über Elizabeths Bruder Julian und etwas langsamer über ihren Urgroßvater gekommen war, und das alles war im letzten Jahr geschehen. Sie kannte Leid, wusste, wie tief ein solcher Verlust ging und dass er Spuren hinterließ, die nie verblassen würden, aber sie wusste auch, dass irgendetwas an der Geschichte, die ihr gerade erzählt wurde, nicht stimmte. Plötzlich dachte sie an Curiosity, die Jennet im Garten so viele Fragen gestellt hatte. Es gab jedoch eine Frage, die zu stellen ihr nicht in den Sinn gekommen war:

Wie konnte es sein, dass Jennets Vater bereits drei Jahre vor ihrer Geburt gestorben war?

Jennet beobachtete sie genau und die beiden alten Frauen saßen abwartend da, gerne bereit, diesen Teil der Geschichte von jemand anderem erzählen zu lassen.

»Ian Hope war Simons Vater«, sagte Jennet.»Aber nicht meiner. Als meine Mutter über ein Jahr verwitwet war, nahm sie sich einen anderen.«

»Den Earl«, sagte Hannah. Sie sah nun, wie alles zusammenpasste, die Art und Weise, wie er seine Hand auf Jennets Kopf gelegt hatte, während sie sich über eine Tulpe beugte, und seine Stimme, die geduldig und einfühlend und liebevoll mit ihr sprach. *Wie mein Vater mit mir spricht*, dachte sie.

Granny Laidlaw setzte ihre Geschichte fort.»Ihr seid zu jung, um zu verstehen, wie so etwas kommen kann«, sagte sie, als ob Hannah kritisch darüber nach gedacht hätte.»Jean war eine Witwe, die sich mit einem kleinen Sohn abmühte und vom Kummer gebeugt war. Und der Hausherr trauerte um seine Ehefrau und beide brauchten Trost. Sogar halbblind, wie ich war, sah ich es kommen.«

»Sie haben nicht geheiratet?« Hannah richtete die Frage an Jennet, aber es war Gelleys, die ihr antwortete. »Carryck soll seine Wirtschafterin heiraten? Das geht wohl schlecht.«
Jennet senkte den Blick und runzelte die Stirn, aber Granny Laidlaw sagte laut und deutlich: »Es sind schon merkwürdigere Dinge geschehen und schlechtere Verbindungen eingegangen worden.«
»Nun«, sagte die alte Waschfrau mit einem Ausdruck echten Kummers im Gesicht. »Ich wollte deine Gefühle wirklich nicht verletzen und ich kann auch nicht leugnen, dass Jean eine feine Herrin abgeben würde. Aber, um ehrlich zu sein – sieh mich nicht so an, wir haben schließlich gesagt, dass wir die ganze Geschichte erzählen –, ist deine Jean schon immer ein Mädchen gewesen, das unabhängig sein wollte, und sie ist lieber Wirtschafterin als daß sie Lady Carryck sein würde. Ihr habt noch nie jemanden gesehen, der härter arbeiten kann als sie.«
Widerwillig zustimmend senkte Granny den Kopf. »Du vergisst das Eigentliche der Geschichte. Es ist Isabel, über die wir sprachen. Also«, sie wandte ihre ausdruckslosen Augen Hannah zu, »du musst verstehen, dass die junge Isabel ihre Mutter verloren hatte und sich jetzt irgendwann wieder Jean zuwandte; ihr Unglück mit Ian Hope schob sie beiseite. Und so kam es, dass ihr niemand etwas über Jean und ihren Vater erzählte.« Sie verstummte und presste grimmig die Lippen aufeinander. »Rückblickend ist klar, dass dies ein Fehler war. Besser wäre es gewesen, ihr alles zu sagen und sie heulen und kreischen zu lassen. Lieber ein paar Tränen als das, was später geschah, als die Wahrheit bekannt wurde.«
»Hat sie es herausgefunden, als Jennet geboren wurde?« fragte Hannah.
Granny Laidlaw schien auf ihre Hände zu schauen, die in ihrem Schoß lagen. »Nein«, sagte sie nachdenklich. »Isabel hat nie nach Jennets Vater gefragt. Ich habe jahrelang immer wieder darüber nachgedacht und bin zu dem Ergebnis gekommen, dass sie nicht gefragt hat, weil sie es nicht wissen wollte. Und was Isabel nicht wissen wollte, das sah sie auch nicht, selbst wenn es so offensichtlich war.«
»So ging es weiter und so wäre es auch geblieben, wenn Is-

abel nicht vor fünf Jahren auf dem Erntefest Walter Campbell of Breadalbane kennen gelernt hätte.«

Plötzlich öffnete sich die Tür und zusammen mit einem kräftigen Windstoß kam Tante Kate herein. Ihr Gesicht war gerötet und sie setzte ihren Korb so heftig ab, dass sie alle erschreckt zusammenzuckten.

»Der Pfarrer kommt«, sagte sie, während sie ihr Häubchen abnahm. »Ich konnte ihn nicht davon abbringen, so sehr ich mich auch bemüht habe.«

Gelleys stemmte sich mit einem lauten Stöhnen aus dem Stuhl hoch, hielt dabei aber die Schüssel mit den Bohnen weiter vor den üppigen Leib gedrückt. »Du weißt, dass ich dich gern habe, Leezie, aber den Pfarrer ertrage ich heute nicht. Da würde mir für die ganze nächste Woche der Appetit vergehen.«

»Aber was ist mit dem Ende der Geschichte?« fragte Hannah, während sie zwischen den beiden hin und her sah. »Was geschah beim Erntefest?«

Granny Laidlaw lächelte. »Das kann ich dir nicht sagen, Mädchen. Nur Simon und sie waren an jenem Tag dort und Simon war einen Monat später tot. Alles was ich sagen kann ist dies: Isabel ist mit einem Breadalbane durchgebrannt und seitdem nicht mehr nach Hause zurückgekehrt, und sie wäre auch nicht willkommen, sollte sie auftauchen. Für die Campbells ist in Carryck kein Platz, und das wird auch immer so bleiben.«

»Sie hat nicht ein Wort zu ihrem Vater gesagt?« fragte Hannah. »Nicht ein Wort der Erklärung?«

»Sie hat Jean einen Brief geschickt«, erwiderte Granny Laidlaw. »Er kam eine Woche nach ihrem Verschwinden an. Ich erinnere mich gut daran, denn er war das Letzte, was ich selbst gelesen habe, bevor es mit meinen Augen zu schlimm wurde. Sie schrieb: ›Was man sät, das erntet man. Verrat erzeugt Verrat.‹«

»Ich kann einfach nicht widerstehen, gute Mrs. Laidlaw«, verkündete der Pfarrer immer wieder, während er sich an den Pfefferkuchennüssen gütlich tat. »Ich bin gekommen, um sicherzugehen, dass Sie um vier zur Kirche kommen – Punkt vier, nicht zu vergessen –, wenn Gaw'n Hamilton seinen Spießrutenlauf machen muss.«

Der Pfarrer war lang und dünn wie eine Gespensheuschrecke, hatte große rotgeränderte Stielaugen und einen ständig zuckenden Mundwinkel. Obwohl er ganz anders aussah, erinnerte Hannah irgendetwas an seiner Ausdrucksweise an Adam MacKay und sie zog es deshalb vor, ganz ruhig in der Ecke neben der Feuerstelle zu sitzen.

Jennet war herübergekommen und hatte sich neben sie gekauert. Als der Pfarrer seine Aufmerksamkeit dem Teller vor ihm widmete, näherte sie sich Hannahs Ohr.

»Er wird der heilige Willie genannt«, wisperte sie. »Weil er gerne so laut wie möglich betet, sobald jemand auch nur in seine Nähe kommt.«

Hannah warf ihr einen warnenden Blick zu, aber Jennet zuckte unbeeindruckt die Schultern. »Mach dir keine Sorgen. Er ist so gut wie taub.«

Auf Granny Laidlaws Gesicht war ein verkniffener und gereizter Ausdruck erschienen, aber sie hörte dem Pfarrer zu, ohne ihn zu unterbrechen, als er genüsslich Mrs. Hamiltons Sünden aufzählte: eine laute Stimme, vorlautes Benehmen und ein aufreizendes und unangebrachtes Interesse an Dingen, die nur Männer etwas angingen. Mr. Hamiltons Unfähigkeit, in angemessener Weise seine Autorität auszuüben, konnte nicht hingenommen werden; öffentliche Demütigung war die einzige Lösung.

»Er, der seinen Sohn liebt, ließ ihn oft die Rute spüren, auf dass er ihm schließlich eine Freude werden möge«, rezitierte er und wischte sich mit dem kleinen Finger einige Krümel aus dem Mundwinkel. »Und ich zähle auf Ihre Anwesenheit, gute Mrs. Laidlaw – gottesfürchtig, wie Sie sind und immer schon waren –, damit Sie der guten Mrs. Hamilton die Fehlerhaftigkeit ihres Verhaltens vor Augen führen... Jennet Hope!« Mit einer ruckartigen Kopfbewegung wandte er sich der Ecke zu, in der sie saß.

Jennet richtete sich auf. »Jawohl, Mr. Fisher?«

»Du warst am vergangenen Sonntag nicht in der Kirche. Bist du wohl still! Deine Ausflüchte werden dir nicht von Nutzen sein, wenn du einst vor der Himmelspforte stehst und dich das göttliche Gericht erwartet. Frauen sind ein sündenbeladenes Geschlecht und deshalb musst du dich stets bemühen.«

Jennet verzog finster das Gesicht, aber zu Hannahs Erstaunen hielt sie ihre Zunge im Zaum.

»…du wirst heute zum Spießrutenlauf kommen und du wirst die Indianerin mitbringen, denn wir sind ja alle Gottes Geschöpfe. Es wird gut für sie sein.« Er holte tief Luft und schien zunehmend Freude an dem zu finden, was er sagte. »Du bringst sie mit in die Kirche. Der Burgherr wird sie nicht in seiner Bankreihe haben wollen, aber wir werden schon ein Plätzchen für sie finden.« Seine großen, hervortretenden Augen waren von einem faden Grau und fixierten nun Jennet, die wütend zurückstarrte.

»Jawohl, Sir. Aber – sie ist ein Gast des Burgherrn und wird bei ihm sitzen.«

Hannah hätte gerne gesagt, dass sie gar nicht die Absicht hatte, in die Kirche zu kommen, aber der Kampf spielte sich zwischen Jennet und dem Pfarrer ab und sie wollte wollte ihrer Freundin nicht in die Quere kommen.

Mr. Fishers Nasenflügel bebten und in einem Mundwinkel zuckte es heftig. »Wir werden sehen«, sagte er schließlich. »Ich kann es mit dem Burgherrn schon aufnehmen.«

»Jawohl«, sagte Jennet, den bekümmerten Gesichtsausdruck ihrer Tante ignorierend. »Das wird das Beste sein.«

Kaum waren die Pfefferkuchennüsse alle, da warf der Pfarrer den Kopf zurück und betete gut fünf Minuten laut zur Decke. Als sich die Tür hinter ihm geschlossen hatte, zog Tante Kate eine Grimasse. »›Und die Heuschreckenschwärme fielen über ganz Ägypten her‹«, rezitierte sie, »und ließen sich in allen Gebieten Ägyptens nieder; schrecklich waren sie; solche Heuschreckenschwärme hatte es in früherer Zeit nicht gegeben und würde es auch künftig nicht geben.‹«

Granny Laidlaw schnaubte verächtlich. »Wie kommt es, dass die Heuschrecken immer meine Pfefferkuchennüsse wegfuttern? Warum können sie sich nicht mit schottischem Haferkuchen zufrieden geben? Und Jennet, Vögelchen, warum musst du den Mann immer provozieren? Schaut er nicht ohnehin finster genug drein und regt er sich nicht so schon genug auf?«

Jennet zog die Nase kraus. »Ich kann es nicht ändern, Granny. Er bringt meine Zunge zum Kribbeln, und schon ist etwas heraus, das ich lieber nicht sagen sollte.«

»Eines Tages wird dich diese kribbelnde Zunge noch ernsthaft in Schwierigkeiten bringen«, sagte Granny, aber es schien Hannah, dass sie eher stolz als besorgt war.

»Dann komm jetzt«, sagte Tante Kate lächelnd und half ihrer Mutter vom Stuhl auf. »Es ist gleich vier.«
»Ja, vielleicht können wir die arme Marjorie ein wenig trösten. Aber die Mädchen brauchen das nicht zu ertragen, selbst wenn es dem heiligen Willie noch so sauer aufstößt. Zurück nach Carryckcastle mit euch beiden! Geordie wartet sicher schon.«
Jennet ging auf ihre Großmutter zu – die beiden waren genau gleich groß – und küsste sie auf die Wange.
Granny Laidlaw legte ihre Hände auf Jennets Schultern. »Gesegnet seist du, du bist deiner Mutter so ähnlich. So eigensinnig wie der Tag lang ist. Sag mir, Vögelchen, hast du der kleinen Hannah schon das Küchenfenster gezeigt?
Hannah spitzte die Ohren, als sie dies hörte, und Jennets Aufmerksamkeit war ganz auf ihre Großmutter gerichtet.
»Nein.«
»Dann tu das, aber schleunigst.«

Die Ziegen hatten ein neues Zuhause gefunden und so konnten Hannah und Jennet Schulter an Schulter am hinteren Rand des Karrens sitzen und mit ihren Füßen Spuren durch den Staub ziehen. Sie hatten bereits das Dorf verlassen, als Hannah schließlich einen Weg fand, wie sie ihre Frage stellen konnte.
»Vermisst du sie? Ich meine Isabel?«
Jennet zuckte die Schultern. »Ja, zuerst habe ich sie wirklich vermisst. Sie hat mich immer gebeten ihr Haar zu kämmen – so schönes dunkles Haar, schwer und ganz weich. Nicht so wie meins.« Sie schüttelte zum Beweis ihre Locken. »Ich fand, sie sah wie ein Engel aus. Ich habe lange geträumt, dass sie nach Hause zurückkäme und dass wir im gleichen Zimmer schlafen würden, wir beide, und die ganze Nacht hindurch miteinander reden könnten, wie richtige Schwestern.«
Hannah dachte an die Nächte, die sie zusammen mit Many-Doves verbracht hatte, die nicht ihre Schwester, sondern die Schwester ihrer Mutter war, und hatte Mitleid mit Jennet.
»Vielleicht wirst du sie eines Tages, wenn dieser ganze Ärger vorbei ist, wiedersehen. Wo leben die Campbells eigentlich?«
»Du meinst den Earl of Breadalbane?«
»Ist das dieser Walter, der mit Isabel verheiratet ist?«
Jennet grinste amüsiert. »Walter Campbell, das Oberhaupt

de Glenorchy-Familie? Nun, aalglatt, wie er ist, könnte er es sein. Doch nein, Walter ist eines der unehelichen Kinder des Earls. Sein Vater hat ihn zum Verwalter des Loudoun-Besitzes ernannt. Das war noch bevor er mit Isabel durchgebrannt ist.«

Hannah war damit aufgewachsen, ihre Mutter, ihre Großmutter und ihre Urgroßmutter die Familiengeschichte erzählen zu hören, aber sie musste zugeben, dass die Verwicklungen innerhalb der Familie Breadalbane eine echte Herausforderung darstellten.

»Also leben Walter Campbell und Isabel bei der Countess of Loudoun?«

Jennet belohnte sie mit einem Lächeln. »Richtig, Flora heißt sie. Sie leben in Loudoun Castle in der Nähe von Galston. Da entlang ...«, sie wies nach Westen, »aber du wirst Isabel dort bestimmt nicht finden.«

»Ich hatte auch nicht vor, nach ihr zu suchen«, erwiderte Hannah und stellte zu ihrer eigenen Überraschung fest, dass sie im Geiste durchaus einen kleinen Schritt in diese Richtung getan hatte.

Jennet warf ihren Kopf zurück. »Es wäre eine lange Reise für nichts und wieder nichts. Die Countess schwindet so dahin – eine schwache Lunge, weißt du, und sie bringen sie deshalb im Sommer immer zu dieser Heilquelle in Moffat. Isabel und Walter werden mit ihr dort sein.«

Sie schwiegen eine Weile. »Wir sind auf dem Weg von Dumfries hierher an Moffat vorbeigekommen.«

»Ja, das stimmt. Aber was würde es bringen, mit Isabel zu reden?«

Hannah hob die Schultern. »Ich weiß es nicht. Ich habe nur überlegt.« Und dann fügte sie schnell hinzu: »Was meinte deine Granny, als sie von diesem Küchenfenster sprach?«

Jennet runzelte so vollendet die Stirn, dass ihr ganzes Gesicht mit einbezogen wurde. »Ich hätte niemanden mehr, mit dem ich spielen könnte, wenn du weglaufen würdest.«

Der Karren holperte und schlingerte über den steinigen Boden. Mit der Brise, die vom Dorf heraufwehte, hörte man schwach den Lärm einer Menschenmenge und jaulende Hunde. Dame Sanderson kämpfte dem Mann zuliebe, der ihr Futter gab, um ihr Leben.

»Ich habe auch eine Großmutter«, sagte Hannah leise. »Und sie weiß weder, was mit mir passiert ist, noch wo ich bin oder ob ich überhaupt noch lebe.«

Jennet schaute stur geradeaus. »Der Burgherr will, dass dein Vater bei uns bleibt.«

Hannah sagte nichts. Die Frage war nicht, was der Burgherr wollte – das war völlig klar –, sondern ob Jennet eine so gute Freundin war, dass sie Carrycks Wünsche und Bedürfnisse missachten konnte. Fünf Minuten oder länger schwieg sie, doch dann straffte Jennet resolut die Schultern.

»Nun komm schon.« Sie raffte ihre Röcke, um vom Wagen zu hüpfen.

»Wohin gehen wir?«

»Nach Hause. Und zwar durch das Küchenfenster«, erwiderte Jennet gereizt. »Du wirst es noch früh genug selbst sehen.«

Sie nahmen eine Abkürzung über den Hügel und gingen einen Trampelpfad entlang, der sich zwischen hohen, mit kleinen gelben Blüten bedeckten Stechginsterbüschen entlangschlängelte. Die Luft roch frisch und süß, die Sonne schien und Hannah war so glücklich, sich wieder frei in der Natur bewegen zu können, dass ihr das Stechen der Brennnesseln, die um ihre bloßen Beine strichen, nichts ausmachte.

Ein aufgeschrecktes Waldhuhn flatterte aus dem Heidekraut auf. Jennet blieb stehen, schirmte mit einer Hand die Augen gegen die Sonne ab und sah ihm nach. »Siehst du den Vogelbeerbaum?« fragte sie und wies in die entsprechende Richtung.

Hannah nickte.

»Dort gibt es einen Weg, der zur Nordseite des Aidan Rig herunterführt. Er ist sehr steil und felsig und ich würde es nicht wagen, dort entlangzugehen, wenn es nass ist.«

Sie gingen schweigend weiter. Hannah gab sich große Mühe, sich den Weg einzuprägen: einen Findling, der die Form eines Gesichts hatte und aus dessen rissigen Wangen Moos wuchs, eine Ansammlung von drei Disteln, die größer als sie selbst waren, und gleich dahinter eine Gruppe junger Mastbaumkiefern…

Jennet ließ sich im dürftigen Schatten eines dieser Bäume auf einem Stein nieder und wischte sich mit dem Ärmel über das

Gesicht. Sie waren inzwischen so nah an die Wasserfälle herangekommen, dass man ihr Rauschen hören konnte.

Hannah kletterte auf einen Felsen, um sich zu orientieren. Gleich oberhalb dieses Anstiegs musste der Wald sein, der sich bis nach Carryckcastle hinzog.

»Da entlang«, sagte Jennet, die offenbar ihre Gedanken lesen konnte.

Sie liefen eine ganze Weile durch den Wald. Hannah prägte sich unterwegs markante Bäume und den Stand der Sonne ein. Das Rauschen eines Wasserfalls schwoll immer mehr an, bis sie schließlich aus dem Wald heraustraten.

Sie standen auf einem Felsvorsprung und vor ihnen breitete sich das ganze Tal aus. In der aufsteigenden Luftströmung kreiste ein Falke – ein Zeichen, das zu offensichtlich war, um übersehen werden zu können. In Hannah erwachte ein neuer Hoffnungsschimmer, frisch und kühl wie der feine Nebel des Wasserfalls in ihrer Nähe, und verursachte eine Gänsehaut auf ihrem Rücken.

Jennet sprach direkt in Hannahs Ohr, damit ihre Freundin sie trotz des Lärms des Wasserfalls verstehen konnte. »Uns bleibt nicht genug Zeit, um dir den Weg hinunter ins Tal zu zeigen, aber dort siehst du« – sie wies nach vorn – »den Pfad. Bei Tageslicht brauchst du eine gute Stunde.«

Sie folgten dem Verlauf einer Quelle von ihrem Ursprung im Fels bis in den Wald zurück, wo sie im Boden versickerte. Jennet warf Hannah einem Blick zu, die in ihrem Gesicht Traurigkeit und Resignation, aber auch nach wie vor eine Spur von Begeisterung entdeckte.

»Hast du von dem Aufstand von 1715 gehört und von den Schwierigkeiten, in die die Jakobiten danach geraten sind?«

»Ein wenig«, erwiderte Hannah und versuchte sich an die Geschichten zu erinnern, die Granny Cora ihr erzählt hatte. »Besiegte damals nicht der Duke of Argyll die Stewarts?«

Jennet gab sich kratzbürstig. »Campbell soll die Jakobiten besiegt haben? Wer hat dir denn so einen Blödsinn erzählt? Unsere Truppen schlugen die Männer des Thronräubers in Dunblane vernichtend!« Ihr Gesicht verfinsterte sich. »Aber es war alles umsonst. Bobbin' John verlor die Nerven, weißt du. Er floh nach Frankreich und verriet viele gute Männer an die Krone. Aber in

den darauf folgenden Jahren mussten die, die loyal zu dem alten Heuchler standen, teuer bezahlen, denn den Hannoveranern pflegte man nicht zu vergeben. Und deshalb hat der dritte Earl Forbes Tower gebaut.«
Sie sah Hannah prüfend an. »Ist dir aufgefallen, wie dick die Mauern in der Küche sind?«
Hannah gab zu, dass es ihr nicht aufgefallen war.
»Sie sind fast zwei Meter dick. Kannst du dir das vorstellen? Weißt du, in jenen Tagen brauchte der Earl einen sicheren Ort. Ein Versteck und einen Weg aus der Burg hinaus, für den Fall, dass es sich die Männer des Thronräubers in den Kopf gesetzt hätten, vorbeizukommen und ein paar Fragen zu stellen. Er baute deshalb eine Treppe in die Küchenmauer ein, die zu den unterirdischen Gängen hinabführte.«
Ohne weitere Erklärungen zog Jennet einige Büsche beiseite und legte eine dunkle Öffnung frei.

Während sie durch die Dunkelheit tappten, hielten sie ihre Arme seitlich ausgestreckt und glitten mit den Fingern die Wände entlang. Unter ihren Füßen raschelte trockenes Laub und in der Luft lag der Geruch von zertrampelten Kiefernnadeln und Mäusekot. Sie liefen eine ganze Weile, bis Jennet schließlich stehen blieb. Hannah konnte sie nicht sehen, aber sie konnte ihre Körperwärme spüren, und als sie sprach, fühlte sie ihren Atem auf ihrer Wange.
»Hier ist die Tür«, sagte Jennet. »Wir sind unter der Burg.«
Die Tür schwang mit einem Knarren auf. Vor ihnen lag ein schmaler Gang mit niedriger Decke, der von einer einzelnen Laterne beleuchtet wurde. Zu ihrer Linken befand sich eine schmale Steintreppe, über die MacQuiddys Stimme zu ihnen nach unten drang.
»Zankt sich mal wieder mit dem Koch«, seufzte Jennet. »Wir warten lieber, bis er weg ist.«
»Wohin führt dieser Gang?« fragte Hannah, während sie in die Dunkelheit starrte.
»Zum Campbell Tower.«
»Zum Verlies?« Hannah machte einen Schritt in diese Richtung.
»Zu einem Versteck unterhalb des Verlieses.« Jennet setzte

sich auf die Steintreppe, begann ihre Schürzentasche nach etwas Essbarem zu durchforsten und förderte schließlich einen Apfel zutage, den sie in zwei Teile brach.

»Aber da hält sich niemand auf«, sagte sie, biss in ihre Hälfte und bot Hannah die andere an.

»Überhaupt niemand«, kam eine männliche Stimme aus der Dunkelheit. Beide Mädchen sprangen auf die Füße, als Mac Stoker – sich unter dem Gewicht eines Sackes, den er über die Schulter geworfen hatte, mühsam fortbewegend – hervortrat.

»Der Pirat«, hauchte Jennet.

Seine Stirn glänzte vor Schweiß, aber seine Gesichtsfarbe sah nun gesünder aus. Hannah wurde bewusst, dass viele Tage vergangen waren, seit sie ihn zum letzten Mal gesehen oder den Hakim nach seinem Befinden gefragt hatte. Bei dem Gedanken fühlte sie für einen Augenblick ein vages Schuldgefühl in sich aufsteigen, doch es war offensichtlich, dass es ihm viel besser ging.

»Na, sind die jungen Damen dabei, sich durch die Küche hineinzuschleichen?«

»Wohin wollen Sie?« fragte Hannah.

»Du hast wohl deine guten Manieren vergessen, wie?« Er wechselte die Schulter und aus dem Sack hörte man ein gedämpftes metallenes Klirren. »Glück für euch, dass ich keine Zeit habe, euch eine kleine Lehrstunde zu erteilen. Ich muss weg, mein Schiff und meine Mannschaft finden und meine süße Giselle natürlich. Um ein paar offene Rechnungen zu begleichen.« Sein Lächeln hatte nichts Freundliches.

»Weiß der Hausherr, dass Sie gehen?« fragte Jennet. Sie war einen Schritt zurückgetreten und stand nun unmittelbar hinter Hannah.

»Klar. Aber warum sollte ihn das überhaupt interessieren? Er benötigt mich nicht mehr. Ich wäre euch jetzt dankbar, wenn ihr mir aus dem Weg gehen würdet.«

»Wir brauchen eine Schiffspassage nach Hause«, sagte Hannah. »Und zwar bald.«

Er lachte und warf den Kopf so weit zurück, dass seine Narbe am Hals zu sehen war.

»Ja, du bist wirklich die Tochter deines Vaters, das sage ich dir. Richte ihm das von Mac Stoker aus: Das nächste Mal, wenn er einen Fuß auf eines meiner Schiffe setzen will, muss er mich zunächst bezahlen. Und zwar mit Gold.«

5

»Sieh dir das an.« Curiosity stand mit verschränkten Armen in der offenen Tür. »Ein Haus, das so groß ist, dass du einen Brief schreiben musst, wenn du eine Nachricht vom einen zum anderen Ende übermitteln willst. Ist der vom Earl?«
Der Lakai streckte ihr den Brief auf einem Silbertablett entgegen. »Jawohl, Ma'm.«
»Ist nicht für mich, da bin ich sicher.«
»Nein, Ma'm. Für Mr. Bonner.«
Nathaniel war auf und ab gegangen, um sein Bein zu bewegen, und kam nun zur Tür, um den Brief in Empfang zu nehmen. Curiosity war dennoch mit dem Dienstboten noch nicht fertig.
»MacAdam, stimmt's?«
»Jawohl, Ma'm.«
»Mr. MacAdam, sagen Sie mal, was hatte es vorhin mit dem Lärm im Burghof auf sich?«
Er zwinkerte. »Besucher für den Earl, Ma'm.«
»Tatsächlich? Irgendjemand von Interesse?«
MacAdams Gesicht zog sich überrascht zusammen und glättete sich dann wieder. Nathaniel fragte sich, ob Curiosity den Mann aufhalten wollte, bis sie ihn dazu gebracht hatte, in lautes Gelächter auszubrechen.
»Monsieur Contrecoeur, Ma'm, ein Geschäftspartner des Earls. Und in seiner Begleitung zwei Französinnen.«
»Das wollte ich wissen. Freundlichen Dank, Mr. MacAdam.«
Er machte einen Diener. »Haben Sie eine Antwort, die Sie mir mitgeben möchten, Mr. Bonner?«
»Nein, noch nicht.«
»Bevor Sie gehen – sagen Sie mal – haben Sie unsere Hannah irgendwo gesehen?« fragte Curiosity.
Er hielt inne. »Sie ist in der Küche und schlürft mit Jennet frische Milch mit Brot.«

»Also da ist sie? Dann vielen Dank.«
Sie schloss hinter ihm die Tür und ging zu Nathaniel hinüber, der gerade in dem Licht, das durch das Fenster hereinfiel, den Brief auseinanderfaltete.
»Da hast du aber eine Eroberung gemacht, Curiosity. Ich denke, dieser Lakai würde dir alles erzählen, was du wissen willst.«
»Man braucht dazu nicht mehr als ein wenig alltägliche Höflichkeit«, sagte sie. »Nun, was hat der Earl mitzuteilen, das er dir nicht ins Gesicht sagen kann?«
»Wir sind zum Abendessen geladen.«
Curiosity nahm ihm das Blatt Papier aus der Hand, hielt es von sich weg und versuchte es mit zusammengekniffenen Augen zu lesen. »Du und deine Gemahlin. Elizabeth wird nicht begeistert sein.«
»Elizabeth wird worüber nicht begeistert sein?«
Sie stand in der Tür zum Ankleidezimmer und schloss die Knöpfe ihres Oberteils. Heute trug sie wieder ihr graues Leinenkleid und schien sich darin viel wohler zu fühlen. Nathaniel streckte einen Arm nach ihr aus und sie ging auf ihn zu.
»Schlafen die Kleinen?«
»Ja, endlich. Also, was ist es, worüber ich nicht begeistert sein werde?«
»Der Earl wünscht euch beide zum Abendessen an seinem Tisch zu sehen«, sagte Curiosity. »Ich vermute, er will vor seinen Freunden aus Frankreich ein wenig angeben.«
»Wir müssen ja nicht hingehen, Stiefelchen.«
Während sie darüber nachdachte, stand eine steile Falte zwischen ihren Augenbrauen, doch dann überraschte sie ihn. »Ich denke, wir sollten die Einladung annehmen«, sagte sie. »Vielleicht kann man von etwas Neues in Erfahrung bringen.«

Elizabeth war nicht an den Gästen interessiert, die der Earl zum Essen geladen hatte, aber sie hoffte sehr, dass Monsieur Dupuis anwesend sein und sie von ihren diffusen Ängsten befreien würde. Sie hatte heute, in der Hoffnung, ein direktes Treffen zwischen ihm und Nathaniel arrangieren zu können, nach ihm gefragt, aber bislang hatte es noch keine Reaktion gegeben.

Sie war schlechter Stimmung, als sie sich für das Abendessen umziehen ging, und der armselige Zustand ihres besten Kleides war ihrer Laune keineswegs zuträglich.

»Nicht das graue, Ma'm«, sagte Mally, unfähig, das Entsetzen zu verbergen, das ihr diese Vorstellung bereitete. »Nicht mit den Damen aus Frankreich am Tisch. Die sind alle so vornehm.«

»Es interessiert mich nicht im Geringsten, was sie von meinem Kleid halten«, sagte Elizabeth, sich sehr bemühend, selbst zu glauben, was sie da sagte. »Sie werden sich so oder so mit mir unterhalten, da bin ich ganz sicher.«

»Sie müssen entschuldigen, Ma'm ...« Mally verstummte, versuchte es dann aber von Neuem und sagte mit drängender Stimme: »Wenn Sie am Tisch Ihren Platz einnehmen und wie eine arme Gouvernante aussehen, wird es keine Rolle spielen, was Sie zu sagen haben. So sind die reichen Leute eben.«

Elizabeth hatte weder Zweifel an Mallys Aufrichtigkeit und ihrer guten Absicht noch konnte sie leugnen, dass das, was sie sagte, der Wahrheit entsprach. Reiche französische Kaufleute und ihre Ehefrauen würden mit Sicherheit über sie hinwegsehen, wenn sie mit einem mehrfach geflickten grauen Quäker-Kleid an der Tafel des Earls erschien. Die Frage war, ob es ihr wirklich etwas ausmachen würde, wenn sie keine Notiz von ihr nahmen? Warum hatte sie bloß die Einladung zu diesem Essen angenommen!

Eine Stimme in ihr flüsterte, dass diese Franzosen etwas mit Dupuis zu tun hatten – und mehr noch, dass Dupuis der Schlüssel zu dem Geheimnis war, das sie überhaupt hierher gebracht hatte. Sie mochte töricht und abergläubisch sein, aber vielleicht würde dieses Essen ihnen eine Möglichkeit eröffnen, nach Hause zurückzukehren.

»Nun gut, Mally. Aber nichts, das zu großspurig wirkt. Besaß Miss Somerville keine schlichten Kleider?«

Mally dachte nach. »Da wären dieses Kleid aus wundervoller Seidengaze. Schauen Sie nur, wie zart die silbernen Muscheln am Saum aussehen. Oder das Kleid aus seidenem Wollstoff mit der feinen Stickerei.«

Sie waren wunderschön, doch Elizabeth mochte sie überhaupt nicht, obwohl sie ihre kunstvolle Verarbeitung bewunderte: Rohseide, Ziermünzen aus Gold und Silber, die mit un-

sichtbaren Stichen appliziert worden waren, Stickereien aus Chenille, Plisseefalten.
»Tausend Stunden Arbeit«, sagte Mally, ihre Gedanken erratend. »Diese Miss Somerville hatte eine sehr gute Schneiderin, Ma'm, und Sie werden es mir nachsehen, wenn ich sage, dass sie auf diese feine Stickerei wirklich stolz sein kann.«
»Ja«, sagte Elizabeth. Sie fand den Gedanken an eine Schneiderin, deren Arbeit Bewunderung verdiente, irgendwie besänftigend. »Sie kann wirklich stolz sein. Ich denke, ich nehme das Kleid aus dem seidenen Wollstoff, Mally. Eine kluge Taktik ist das, worauf es ankommt.«

»Grundgütiger Gott«, rief Curiosity und lächelte breit. »Bist du das, Elizabeth?«

»Ich fühle mich kaum wie ich selbst, muss ich zugeben.« Elizabeth holte tief Luft. »Aber es ist nur für heute Abend. Morgen siehst du mich wieder in meinen eigenen Kleidern. Und du, Nathaniel, hast du gar nichts dazu zu sagen?«

Er grinste sie an. »Ich mag dich zwar lieber in Hirschleder, aber ich kann nicht leugnen, dass du sehr hübsch aussiehst.«

Es ärgerte sie sehr, dass sie ein solch einfaches Kompliment ihres Ehemanns nicht annehmen konnte, ohne zu erröten, aber er war so freundlich, dies zu übersehen. Elizabeth zog ihren Schal enger um sich. Das Oberteil ihres Kleides war sehr tief ausgeschnitten und der Umstand, dass sie die Zwillinge stillte, bewirkte, dass sie es fast bis zum Bersten ausfüllte.

Nathaniel hatte es beim Umziehen leichter gehabt. Sie ging einmal um ihn herum. Der Schnitt seines dunkelblauen Jacketts war unmodern, aber Material und Verarbeitung waren tadellos. Hose und Strümpfe wirkten schlicht, aber sehr elegant, und der Umhang, der über einem Stuhl lag, war mit Seide gefüttert, die die gleiche Farbe wie das Jackett hatte. Zurückhaltend und doch wirkungsvoll.

»Der Earl war als junger Mann kein Stutzer«, murmelte Elizabeth

Curiosity lachte laut. »Kein Stutzer? Was meinst du damit?«

»Damit meine ich einen Mann, der einen zu großen Teil seines Einkommens in seine Garderobe investiert und zu viel Zeit vor dem Spiegel verbringt«, erwiderte Elizabeth.

»Das kann man von unserem Nathaniel nicht behaupten«, sagte Curiosity mit einer gewissen Genugtuung. »Die geblümte Weste hat er zurückgehen lassen. Blumen stehen einem Mann wie ihm einfach nicht.«

Es stimmte: Kein Kleidungsstück konnte ihm gerecht werden. Elizabeth war plötzlich froh, dass sie Giselles feines Kleid trug. Sie wusste, dass er sie lieber in Hirschleder oder grauem Leinen sah, aber zumindest an diesem Abend würde sie nicht wie eine Motte neben einem Schmetterling wirken.

Sie lächelte ihm zu und er nahm ihren Arm.

»Lass es uns hinter uns bringen, Stiefelchen. Anschließend können wir beide einen Spaziergang durch den Garten machen, von dem ich schon so viel gehört habe.«

In der Eingangshalle trafen sie auf Hannah, die abrupt stehen blieb und sie mit offenem Mund anstarrte.

»Ist es so schockierend, uns gut gekleidet zu sehen?« fragte Elizabeth und legte einen Finger unter ihr Kinn, um ihr sanft den Mund zu schließen.

»Ja. Nein.« Sie riss sich zusammen. »Werdet ihr mit dem Earl essen?«

»Das werden wir.«

Hannah presste vor ihrem Körper die Hände zusammen. »Aber ich wollte mit euch über das Dorf sprechen ...«

Nathaniel sah mit gerunzelter Stirn auf sie hinab und legte ihr eine Hand auf die Schulter. »Ist alles in Ordnung, Squirrel? Oder gibt es Ärger?«

»Nein.« Sie schluckte. »Keinen Ärger. Nur eine Geschichte, die ich im Dorf gehört habe ...«

»Bleib auf, bis wir zurückkommen«, sagte Nathaniel. »Erzähl sie uns, obald wir wieder da sind.«

Die Französinnen waren keineswegs Ehefrauen. Madame Marie Vigée war Witwe und eine entfernte Cousine von Monsieur Contrecoeur, einem Weinhändler, der sich in London niedergelassen hatte. Sie begleitete als Anstandsdame ihre Nichte Mademoiselle Julie LeBrun auf ihrer ersten Reise durch England und Schottland. Beide bezeichneten die ganze Unternehmung als einen Spaß, als eine Reise allein zu ihrem Vergnügen, aber Elizabeth wusste, ohne dass sie es ihr sagten, dass sie vor den Schrecken der Französischen Revolution auf der Flucht waren – eine nicht zu überstürzte Flucht allerdings, denn sie hatten ihren ganzen Putz mitgebracht, wozu auch eine Unmenge purpurner Federn gehörte, die in Madame Vigées kunstvoll hochgestecktem Haar zitterten. Die Frage war, warum sie sich in Schottland aufhielten, obwohl die Ablehnung, die man hier den Franzosen entgegenbrachte, so offensichtlich war. Es musste eine Geschichte dahinterstecken, eine, die es vielleicht wert war, gehört zu werden.

Leider war keine der Französinnen von der Sorte, die solche – oder überhaupt irgendwelche – Geschichten erzählte. Julie Le-Brun war sehr jung, und die Gesellschaft schien sie entweder zu langweilen oder einzuschüchtern, denn sie hielt ihren Blick auf ihren Teller gesenkt, aß so gut wie nichts, sprach nur, wenn sie etwas gefragt wurde, und tat dies dann in einem zögerlichen und scheuen Ton. Madame Vigée dagegen schien mehr an ihrem Weinglas als an der Unterhaltung interessiert, auch wenn sie bei jeder Gelegenheit dem Earl ein großzügiges Lächeln schenkte.

Doch es waren die Männer am Tisch, die sie wirklich überraschten. Der Earl, der seine Gäste ausgiebig musterte, aber wenig redete, und Monsieur Contrecoeur.

Er war ein Mann von mittlerer Größe, kräftig gebaut, muskulös und nicht mehr ganz jung. Sein Bart war wie sein streng zurückgekämmter und zu einem Zopf gebundener Haarschopf vollständig ergraut. Sein Gesicht war nach wie vor schön – es gab kein anderes Wort dafür –, aber obwohl seine Gesichtszüge perfekt proportioniert waren, zogen seine Augen besondere Aufmerksamkeit auf sich. Sie standen weit auseinander und hatten eine intensive blaugrüne Farbe, eine Farbe, wie sie Elizabeth noch nie gesehen hatte. Tante Merriweather würde sie übertrieben gefunden haben und in diesem Fall hätte Elizabeth ihr Recht geben müssen. Aber er hatte eine unbekümmerte Art, eine Scharfsinnigkeit und eine Ruhe an sich, die ebenso offensichtlich wie die ungewöhnliche Farbe seiner Augen und seine merkwürdige Angewohnheit waren, während des gesamten Essens Handschuhe zu tragen.

Contrecoeurs Englisch hatte lediglich die Spur eines Akzents. »Mrs. Bonner.« Er konzentrierte seinen beunruhigenden Blick auf Elizabeth.

»Sir?«
»Wie ich hörte, sind Sie in Devon aufgewachsen?«
»Das ist richtig, in Oakmere. Lady Crofton ist meine Tante. Hat Ihre Reise Sie schon nach Devon geführt, Madame Vigée?«
»Devon?« Madame Vigée warf den Kopf zurück und schaute an ihrem langen Nasenrücken vorbei Elizabeth an. »Es gibt südlich von London nichts, das sich anzuschauen lohnte. Nichts außer Kühen und Bauern.«
»Liegt Frankreich nicht südlich von London?« fragte Nathaniel. Elizabeth verbarg ihr Lächeln in ihrem Weinglas.
Madame Vigée verzog die Lippen in seine Richtung, sprach dann aber mit Elizabeth. »Trotz all seiner Schönheiten haben Sie Devon verlassen und sind in die Britischen Kolonien übergesiedelt, Madame? Wie … wie überaus wagemutig von Ihnen.« Ihr Blick flatterte zu Nathaniel hinüber und wieder zurück. Elizabeth hatte zu viel Zeit in vornehmen Salons zugebracht, um sie misszuverstehen: *Du konntest zu Hause keinen Ehemann finden und deshalb wirfst du dein Netz in fremden Gewässern aus.*
»Ich ging nach New York, um dort eine Schule zu eröffnen«, sagte Elizabeth, »und genau das habe ich auch getan. Sobald wie möglich werde ich dorthin zurückkehren.«
»Eine Schule?« Madame Vigées Augen verengten sich. »Was für ein erstaunliches Vorhaben für eine junge Frau aus gutem Hause. Hat ihr Vater Sie nicht daran hindern wollen?«
»Er hat es versucht«, sagte Nathaniel trocken.
Madame Vigèes Weinglas machte auf dem Weg zu ihrem Mund Halt. »Aber wen sollte es dort in Ihrer Wildnis geben, den man unterrichten könnte?«
»Die Kinder im Dorf natürlich«, entgegnete Elizabeth. »Eine ganze Reihe von ihnen.«
Madame Vigée nahm eine hochmütige Haltung ein. »Die Armen?«
»Ich würde sagen, in Paradise sind alle arm. Zumindest gemessen an Ihrem Lebensstandard.« Nathaniel warf dem Earl einen Seitenblick zu.
Doch der hatte nichts zu der Unterhaltung beizutragen, was Madame Vigée ganz offensichtlich als Zustimmung auffasste. Sie heftete ihren Blick noch fester auf Elizabeth.
»Madame Bonner, ist Ihnen nicht klar, dass Sie, indem Sie die

niedrigsten Klassen im Lesen und Schreiben unterrichten, diese dem Stand entreißen, der ihnen durch Gottes Fügung und von der Natur zugedacht wurde? Da begegnet uns wieder einmal diese törichte Idee von der Gleichheit aller, die im Augenblick Frankreich zerstört, Madame. Haben Sie noch nichts von der Guillotine gehört?«

Der Earl räusperte sich und sie wandte sich ihm eifrig zu. »Sehen Sie es nicht genauso, Mylord?«

Er überlegte einen Moment und schüttelte dann den Kopf. »Nein, Madame. Das sehe ich nicht so. Die Guillotine hat mehr mit Brot als mit Büchern zu tun.«

Madame Vigée sah ihn enttäuscht an. »Das ist es, was der Pöbel uns glauben machen möchte.«

Amüsiert hob sich eine weiße Augenbraue. »Nennen Sie mich leichtgläubig oder einen Teil des Pöbels?«

Die ältere der beiden Frauen erblasste unter ihrer Schminke. »Weder, noch, Mylord. Sie missverstehen mich. Ich wollte lediglich zum Ausdruck bringen, dass Madame Bonner eine Aufgabe übernommen hat, deren Wert zweifelhaft ist. Sie hätte zu Hause in Devon bleiben sollen, wo sie keinen Schaden anrichten kann.«

Bevor Elizabeth auf diese Ungehörigkeit reagieren konnte, lachte Nathaniel laut auf.

Madame Vigée schaute ihn an, als hätte er gerülpst. »Ich amüsiere Sie, Sir?«

»Bei Gott, das tun Sie. Da halten Sie sich in Schottland auf und erzählen meiner Frau, dass sie in ihrer Heimat hätte bleiben sollen. Ich bin wirklich froh, dass sie es nicht getan hat. Was für England ein Verlust war, war für New York eine Bereicherung. Und für mich ebenso, wenn ich so offen sein darf«, sagte er und strich Elizabeth über den Arm. Die Geste war so liebevoll und intim, dass sie bis an die Haarwurzeln errötete, sich aber zugleich außerordentlich darüber freute.

Madame Vigées Kinnlade fiel vor Staunen nach unten, aber bevor sie etwas sagen konnte, schaltete sich Monsieur Contrecoeur ein.

»Ich habe einmal geschäftlich Devon besucht. Es ist eine wunderschöne Gegend, aber sie ist nicht zu vergleichen mit den endlosen Wäldern New Yorks.«

Nathaniel wandte sich ihm mit echtem Interesse zu. »Sie kennen unsere Wälder?«
»Meine Arbeit hat mich schon an viele Orte geführt.«
»Haben Sie so auch Monsieur Dupuis kennen gelernt?« erkundigte Elizabeth sich in dem gleichen höflichen und desinteressierten Tonfall, mit dem sie ihn nach der Uhrzeit hätte fragen können.
Der Earl setzte heftig sein Weinglas ab. »Die Herrschaften sind Kollegen.«
»Wie bedauerlich, dass Monsieur Dupuis zu krank ist, um heute mit uns zu speisen. Er hatte Interesse daran geäußert, mit meinem Mann zusammenzutreffen«, sagte Elizabeth.
Carryck hob langsam den Kopf und man sah deutlich sein Missvergnügen. »Das kann ich nicht zulassen. Seine Krankheit hat ihn verwirrt.«
Elizabeth erinnerte sich ganz genau an viele Abendessen wie dieses, die sie in Oakmere erduldet hatte. In höflicher Gesellschaft – in dieser Art von höflicher Gesellschaft – ließen die älteren Frauen vielleicht ihre Ansichten verlauten, doch die jüngeren taten gut daran, weder etwas von wirklicher Bedeutung zu erörtern noch eine wesentliche Dinge betreffende Frage zu stellen, noch eine ehrliche Meinung zu äußern. Falls eine junge Frau so frech war, ihre Aufmerksamkeit auf etwas anderes als die Affären in der Nachbarschaft, Musik oder Handarbeiten zu lenken, nahm man dies als Zeichen für übermäßiges Lesen, eine natürliche Veranlagung zum Eigensinn oder eine zu nachgiebige Erziehung. Es war offensichtlich, dass Carryck – und Madame Vigée – überzeugt davon waren, sie wäre ein Produkt aus allen dreien.
Der alte widerspenstige Geist, der sie durch so viele Jahre am Tisch ihrer Tante begleitet hatte, erwachte plötzlich wieder in ihr.
»Es muss tatsächlich eine die Sinne verwirrende Krankheit sein, Mylord, die ihn mit der Kenntnis der Sprache der Mohawk beschenkt, während sie ihm zugleich das Leben raubt.«
Für einen Moment herrschte verlegenes Schweigen.
»Kaufleute sind von Natur aus wissbegierig, Madame, und sind gezwungen, ein Ohr für andere Sprachen zu entwickeln. Ich zum Beispiel habe während meines Aufenthalts in Kanada

die Sprache der Huronen gelernt. Außerdem spreche ich Französisch, Polnisch, Deutsch, Italiensich und Russisch.«
»Sie sprechen die Sprache der Huronen?« fragte Nathaniel scharf. »Wie ist das zu erklären?«
»Ich war einige Jahre in Kanada im Pelzhandel tätig«, erklärte Contrecoeur.

Mademoiselle LeBruns Gesichtsausdruck war während der gesamten Unterhaltung unverändert geblieben, aber nun erwachte sie plötzlich aus ihren Tagträumen.
»Meine Maman ist in Russland.« Trotz eines krummen Schneidezahns wirkte ihr Lächeln sehr hübsch und Elizabeth kam der Gedanke, dass sie möglicherweise gar nicht so sehr von der Gesellschaft gelangweilt als einfach schüchtern und heimwehkrank war.

»Ich war schon immer neugierig auf Russland«, sagte Elizabeth. »Vielleicht können Sie Ihre Mutter dort eines Tages besuchen?«

»Ich werde das jedenfalls bestimmt tun. Monsieur Contrecoeur wird mich nach Russland mitnehmen, damit ich sie dort treffen kann. Am russischen Hof geht es sehr kultiviert zu«, brachte das Mädchen vor, als ob Elizabeth eine diesbezügliche Sorge geäußert hätte. »Sie sprechen alle Französisch.«

Madame Vigée bedeutete dem Diener, ihr Wein nachzuschenken. »Was Russland angeht, werden wir sehen, meine Liebe. Wir werden sehen.«

Nathaniel nahm ihren Arm, als sie durch den nächtlichen Garten spazierten. Die Stille, die auf den Wegen herrschte, wurde nur durch das leise Zirpen der Grillen und das Rascheln von Elizabeths Röcken unterbrochen. Sogar in der kühlen Dunkelheit hing der schwere Duft von Rosen und Phlox. Hinter ihnen brannte in den Fenstern des Esszimmers noch Licht.

»Du hast diese Frau zu sehr an dich herankommen lassen«, sagte Nathaniel, während er einen Arm um ihre Schulter legte. »Ich habe jeden Augenblick damit gerechnet, dass du anfangen würdest, ihr gegenüber deine Mrs. Wollstonecraft zu zitieren.«

Elizabeth war immer noch verärgert, aber jetzt musste sie lächeln. »Ich war versucht, es zu tun. Das gebe ich zu.«

»Ich wünschte, du hättest es getan«, sagte Nathaniel. »Wie

schön es gewesen wäre, dann ihr Gesicht zu beobachten. Aber was meinst du, was es mit diesem Besuch tatsächlich auf sich hat?«

Sie warf über ihre Schulter einen Blick zurück. »Es hat mit Monsieur Dupuis zu tun.«

»Du hast den Mann noch nicht einmal zu Gesicht bekommen, aber dennoch spukt er dir ständig im Kopf herum. Gibt es da etwas, das du mir nicht erzählt hast?«

»Nichts Bestimmtes«, erwiderte Elizabeth. »Nur so ein vages Gefühl. Ein Gefühl, das ich vielleicht zu ignorieren versuchen würde, wenn Carryck nicht so abwehrend auf das Thema reagiert hätte.«

»Vielleicht hatte das überhaupt nichts mit Dupuis zu tun«, sagte Nathaniel. »Vielleicht waren es seine Gäste, die ihn in eine solch verdrießliche Stimmung versetzt haben. Mir kam der Gedanke, dass die Tante möglicherweise versuchen könnte, das Mädchen mit Carryck zu verheiraten.«

Elizabeth straffte sich überrascht. Solche Verbindungen waren nicht selten, und tatsächlich war Julie LeBrun eines dieser jungen Mädchen, die aus guter – aber verarmter – Familie stammten und oft mit einem alten reichen Mann verheiratet wurden. Es machte durchaus Sinn, und sie fragte sich, warum sie nicht selbst darauf gekommen war.

»Aber ich denke, das ist nicht der Fall«, sagte Nathaniel, als er ihren zweifelnden Gesichtsausdruck sah.

»Nein«, sagte Elizabeth. »Es mag zwar etwas dran sein an dem, was du sagst, Nathaniel. Aber eine Französin? Und warum hätte er so lange warten sollen, wenn er wirklich die Hoffnung hegte, noch einen Erben zu zeugen? Es ist schon einige Jahre her, seit seine Tochter durchgebrannt ist.«

»Weil er große Hoffnungen in meinen Vater gesetzt hat«, erwiderte Nathaniel. »Oder in mich oder Daniel.«

Elizabeth mochte den Gedanken nicht, aber es traf zu: Daniel allein würde dem Earl genügen, um seine Absichten erfüllt zu sehen. Die Frage war, wie verzweifelt er sich in dieser Situation wirklich fühlte.

»Vielleicht dringt es endlich doch zu ihm durch, dass wir nicht hier sein wollen, sagte Nathaniel. »Vielleicht denkt er immer noch an seine Frau. Oder vielleicht möchte er die Schwie-

rigkeiten vermeiden, die er mit einem so jungen Mädchen haben würde. Ein Mann in seinem Alter – man sagt, dass bei manchen der Drang einfach nachlässt.«
»Nicht in seinem Fall«, entgegnete Elizabeth. »Vor ein paar Nächten war eine Frau in seinen Gemächern. Ich habe sie am Fenster gesehen.«
»Wirklich? Hast du sie erkannt?«
»Es war Mrs. Hope«, sagte Elizabeth. »Zunächst dachte ich, ich müsste mich irren, aber wenn ich jetzt noch einmal darüber nachdenke, bin ich mir zunehmend sicher. Du wirkst nicht überrascht.«
»Ich bin es auch nicht wirklich. Sie ist verwitwet und er hat seine Frau verloren. Ich würde es nicht als ungewöhnlich bezeichnen, wenn sie sich gelegentlich gegenseitig ein wenig Trost spendeten.«
»Curiosity glaubt, dass Jennet die Tochter des Earls ist.«
Nathaniel lachte. »Was habt ihr beiden denn noch so herausgefunden, während ich nicht auf dem Damm war?«
»Ich habe nicht behauptet, dass ich ihr zustimme, Nathaniel. Es kommt mir unwahrscheinlich vor, dass der Earl…« Sie verstummte. »Der Altersunterschied ist sehr groß und der Klassenunterschied ebenfalls.«
»Du klingst wie deine Tante Merriweather«, entgegnete Nathaniel. »Dabei weißt du genauso gut wie jeder andere auch, dass Regeln nicht mehr viel zählen, wenn die Dinge zwischen zwei gleichgesinnten Menschen ihren Lauf zu nehmen beginnen.«
Elizabeth schwieg, dann sagte sie: »Es ist nicht so einfach, wie du es darstellst. Diese Regeln, wie du sie nennst, werden hier immer noch genau eingehalten, Nathaniel. Wenn sie einander tatsächlich so zugetan sind, warum haben sie dann nicht geheiratet? Nun, ich werde es dir sagen. Weil es ein Skandal erster Güte wäre, wenn der Earl seine Wirtschafterin heiraten würde, mögen sie auch noch so gut zueinander passen.«
»Ich habe keinen Zweifel an dem, was du sagst, Stiefelchen. Du kennst diese Welt besser als ich. Aber eines weiß ich genau: Hätte Mrs. Hope ihm einen Sohn geboren, hätte er sie sofort geheiratet. Darauf würde ich einiges verwetten.«
Es war nicht zu leugnen, dass dies die Wahrheit war. »Du

weißt ja nicht, ob sie sich irrt, Nathaniel. Vielleicht ...« Sie verstummte.
»Du meinst, vielleicht ist er unfruchtbar? Mit einer Tochter, dessen Vater zu sein er behauptet?«
Elizabeth brach einen Lavendelzweig ab und strich damit über ihre Wange, während sie nachdachte. »Du hast Recht. Es ist unwahrscheinlich, dass der Fehler allein auf seiner Seite liegt. Und das wirft ein neues Licht auf Mademoiselle LeBruns Besuch; er würde für die Verzweiflung des Earls sprechen. Wenn es wirklich so ist, dann habe ich ein wenig Mitleid mit Mrs. Hope.«
»Und mit dem Earl«, fügte Nathaniel hinzu. »Es ist ein hoher Preis, den du zahlst, wenn du dich von der Frau abwendest, die du liebst, weil sie dir keinen Sohn schenken kann. Aber ich verstehe immer noch nicht, was wirklich hinter der ganzen Sache steckt, Stiefelchen. Trotzdem steht fest: Morgen erhalte ich ein paar ehrliche Antworten oder wir verlassen dieses Land, sei es mit oder ohne meinen Vater.«
Einen Augenblick lang gingen sie schweigend weiter. Im Wald, der sich den Berg hinaufzog, rief wieder und wieder eine Eule.
Schließlich fragte sie: »Wohin gehen wir eigentlich?«
Er lächelte ein wenig. »Warum glaubst du, dass wir überhaupt irgendwo hingehen?«
Sie zerrte an seinem Arm. »Ich kenne dich gut genug, um zu wissen, wenn du etwas im Schilde führst, Nathaniel Bonner. Und warum sonst solltest du plötzlich einen solchen Drang verspüren, den Besitz zu erkunden?«
Er bedachte sie mit einem Seitenblick. »Vielleicht möchte ich einfach ein wenig an der frischen Luft sein...«
»Du kannst dich doch draußen aufhalten, wann immer du willst.«
Seine Gesichtszüge strafften sich und seine gesamte Körperhaltung veränderte sich. Er geleitete sie zu einer Bank, die unter einer mit Glyzinien umrankten Laube stand.
»Nathaniel?«
»Lass mich mein Bein für einen Moment ausruhen.«
Der Garten um sie herum war vom Mondlicht silbern gesprenkelt. Es war ein angenehmer Ort, um sich auszuruhen,

aber Nathaniels Unbehagen ließ nicht zu, dass sie in dieser schönen Nacht wirkliche Entspannung fand.

»Ich frage mich manchmal, wie Carryck überhaupt atmen kann, mit so vielen Menschen, die den ganzen Tag um ihn sind. Stört dich das gar nicht, Stiefelchen?« fragte er.

Sein Tonfall klang unbeschwert, aber die Hand, die auf ihrem Schenkel lag, war angespannt. Die Frage hatte eine gewisse Bedeutung, die ihm selbst möglicherweise gar nicht bewusst war.

Sie nahm seine Hand – wusste er eigentlich, welche Wirkung allein der Anblick seiner Hände auf sie hatte? – und hielt sie fest. »Nathaniel, ich wünschte, wir wären in diesem Moment zu Hause. Dieser Ort ...«, sie machte eine ausladende Geste, »nichts hier bedeutet mir etwas.«

Er zog sie näher an sich heran, schlang seine Arme um sie und vergrub sein Gesicht an ihrer Schulter.

»Gott sei Dank«, murmelte er. »Du hast doch nicht wirklich gedacht, dass ich in Schottland bleiben möchte, oder? Dafür kennst du mich sicher gut genug.«

Er berührte ihr Haar und strich es ihr sanft aus dem Gesicht. »Ich habe mir zunehmend Sorgen gemacht. Wenn ich dich so sehe ...«, seine Finger zupften an ihrem Kleid. »Ich weiß nicht, Stiefelchen. Es kommt mir so vor, als wärst du für ein solches Leben geboren.«

»O Nathaniel.« Sie zog sein Gesicht näher heran und küsste ihn. »Ich habe diese Kreise schon einmal aus freien Stücken verlassen – weil ich mich darin niemals glücklich fühlte. Warum sollte ich nun also bleiben wollen?«

Er zuckte die Schultern. Sie spürte, wie er nach Worten suchte. »Es ist kein leichtes Leben in Paradise.«

»Leichtigkeit wird gemeinhin sehr überbewertet.«

»Tatsächlich? Ich hoffe, dass du es in zehn Jahren noch genauso sehen wirst.«

»Nathaniel Bonner, zweifelst du an mir?«

Er zog sie fest an sich. »Niemals auf dieser Welt.«

Der Kuss hatte nichts Spielerisches; er war stürmisch und fest, so entschlossen wie die Hände, die ihre Brüste umfassten. Sein Kuss schmeckte nach Rotwein und gewürzten Pfirsichen; der allmählich wachsende Bart machte seine Wangen stoppelig.

Als er sie Luft holen ließ, sagte sie: »Es scheint dir Freude zu machen, mich in solch peinliche Situationen zu bringen.«

»Willst du, dass ich aufhöre?« fragte er, während seine Hände in ihren Ausschnitt glitten.

»O nein«, sagte Elizabeth. Sie zog sein Gesicht wieder zu sich herunter, um ihn nun ihrerseits zu küssen. »Nichts wäre schlimmer als das.«

Ein Wirbelwind von Küssen. Sie ließ sich davon forttragen, spürte, wie sie dahinschmolz, ganz gleich, was ihr Verstand zu diesem exponierten Ort sagen mochte, an dem sie sich befanden – die Nähe des Schlosses, die vielen noch erleuchteten Fenster. Er zog sie herüber, sodass sie mit ausgebreiteten Röcken über seinem Schoß kniete. Ihr Kleid war ihr von der Schulter gerutscht und hatte ihren Busen entblößt. Er bog Elizabeth zurück, um eine Brust zu liebkosen und daran zu lecken und zu saugen, bis sie nach Luft zu ringen begann.

»Und dein Bein?« Sie berührte seinen Oberschenkel dort, wo er unter der Hose den Verband trug.

»Kümmere dich nicht um mein Bein.« Er griff nach ihrer Hand und legte sie dorthin, wo er sie haben wollte. Und dann bahnten sich seine eigenen Hände den Weg durch Unterröcke und ihre Schenkel hinauf. Er war außer Atem, dieser Mann, der ohne Pause eine Meile laufen konnte, und das gefiel ihr. Dass er sie so sehr begehrte empfand sie wie ein Geschenk. Und dennoch, der Wind, der in die knorrigen Äste der Obstbäume fuhr, rief sie zur Besinnung zurück.

Sie hob ihren Kopf. »Nathaniel, vielleicht sollten wir ...«

Aber er brachte sie zum Verstummen, benutzte seinen Mund und seine Zunge und die Kraft seines Verlangens, um ihre Bedenken zu zerstreuen. So dicht zog er sie an sich heran, dass sie vom Rest der Welt selbst dann nicht hätte Notiz nehmen können, wenn sie in Flammen aufgegangen wäre. Seine Hände beschäftigten sich mit Seide und Gaze und den Knöpfen an seiner Hose; seine Finger streiften ihre empfindlichsten Stellen, und dann umfasste er ihre Hüften und hob sie an.

»Ja«, sein Atem war warm an ihrem Ohr, als er in sie eindrang, suchend und findend und sich selbst dabei vergessend.

»Wir sollten...«

Sie machten sich Arm in Arm an der Nordseite des Schlosses entlang auf den Rückweg.
»Du schläfst ja fast im Stehen, Stiefelchen. Vielleicht sollte ich dich tragen.«
Es war ein verlockender Gedanke, da jeder einzelne ihrer Knochen plötzlich das Doppelte seines normalen Gewichts zu haben schien.
»Ich sollte mich wirklich von dir tragen lassen«, sagte sie. »Vielleicht würdest du dann beginnen, die Vorteile zu sehen, die es haben kann, wenn man solche Aktivitäten auf das Schlafzimmer beschränkt.«
Sein Daumen fuhr an ihrer Wirbelsäule entlang. »Von welchen Aktivitäten sprichst du?«
»Öffentliche Unzucht.«
Er verschluckte sich an seinem Lachen und sie zwickte ihn.
»Du brauchst gar nicht so sehr mit dir zufrieden zu sein. Eines Tages wird man uns erwischen. Und dann werde ich dir die Erklärungen überlassen.«
»Aber ich bin glücklich und zufrieden«, sagte er, zog sie näher zu sich heran und legte seine Hand auf ihren Po. »Und du bist es ebenso, Liebling. Ist das nicht Erklärung genug?«
Sie schob seine Hand weg. »Ich würde es gerne erleben, wie du dieses Argument vor Mr. MacQuiddy vorbringst«, sagte Elizabeth. »Ich bin sicher, er würde dir einen Satz heiße Ohren verpassen, auch wenn er dafür auf eine Leiter steigen müsste.«
Plötzlich verstummte Nathaniels Gelächter.
Vor ihnen lag der Elphinstone Tower. Hannah nannte ihn den geheimen Turm, aber er sah im Augenblick ganz und gar nicht geheim aus. Dort fand gerade irgendeine Art von Versammlung statt und niemand machte sich die Mühe, die Vorhänge zuzuziehen.
Nathaniel nahm ihren Arm und zog sie fort, um die Ecke und durch das Tor in den Burghof. Sie sprachen erst, als sie außer Hörweite der Wachen waren.
»Was hat Hannah über diesen Turm erzählt?«
Sie hob eine Schulter. »Nicht sehr viel, Nathaniel. Offenbar wurden Lady Carrycks Gemächer nach ihrem Tod auf Anweisung des Earls verschlossen. Sie hat es zwar nicht zugegeben,

aber es würde mich nicht wundern, wenn Jennet mit ihr dort gewesen wäre.«

»Momentan sieht der Turm aber überhaupt nicht verschlossen aus.«

»Vielleicht zieht sich der Earl gerne gelegentlich dorthin zurück«, schlug Elizabeth vor. »Oder vielleicht hat er seine Gäste dorthin geführt, um ihnen das Porträt seiner Frau zu zeigen. Hast du jemanden erkannt?«

Nathaniel nickte. »Carryck selbst, und Contrecoeur.«

»Und Mrs. Hope«, fügte sie hinzu. »Aber vielleicht ist alles ganz harmlos, Nathaniel.«

»Mag sein. Aber da war irgendetwas an der Art, wie sie dort herumstanden. Im Moment kann ich jedoch nicht genau sagen, was es war.«

»Nathaniel!« Elizabeth sah ihm fest in die Augen. »Möglicherweise spielen sie einfach Karten.«

Er runzelte die Stirn. »Glaubst du das wirklich, Stiefelchen?«

Elizabeth trat unbehaglich von einem Bein auf das andere. Sie war dazu erzogen worden, es unangebracht zu finden, wenn man in einer offensichtlich privaten Angelegenheit zu neugierig war, aber ihre Erfahrungen mit Moncrieff und Carryck hatten ihr deutlich gemacht, dass Anstand und gute Manieren ein Luxus waren, auf den sie manchmal verzichten musste. Das alles wollte nicht recht zusammenpassen und der Gedanke daran würde sie die ganze Nacht wach halten.

Sie hatten vom Burghof aus die Eingangshalle betreten, als Nathaniel sagte: »Was ich gern wüsste, ist, was Contrecoeur mit alledem zu tun hat.«

»Das wüsste ich ebenfalls gern, Nathaniel. Aber ich denke, das kann bis morgen warten, oder nicht?«

Er hörte sie gar nicht, denn seine Aufmerksamkeit wurde plötzlich von etwas anderem in Anspruch genommen; es war, als hätte er Witterung von etwas aufgenommen, wonach er schon lange Ausschau gehalten hatte.

»Moncrieff.«

Sie hörte lediglich das Geräusch von Schritten auf der Treppe der großen Empfangshalle, aber sie hatte keinen Zweifel, dass Nathaniel Recht hatte. Sie folgte ihm.

Die Laterne im Burghof warf genug Licht durch das Fenster herein, um ihnen zu zeigen, dass die Halle leer war. Dann gewöhnten sich Elizabeths Augen an die Dunkelheit und sie entdeckte Angus Moncrieff am entgegengesetzten Ende der Halle in der Nähe der Tür, die zum Elphinstone Tower führen musste.

»Meiden Sie uns, Angus?« Nathaniels Stimme verursachte ein leichtes Echo. »Wohin wollen Sie denn so eilig?«

Sie waren ein ganzes Stück aufeinander zugegangen, bevor Moncrieff etwas sagte.

»Ich habe etwas zu erledigen«, erwiderte er steif.

»Mit dem Earl«, ergänzte Nathaniel. »Wir übrigens ebenfalls. Vielleicht gehen wir einfach gleich mit Ihnen.«

»Das kann ich nicht zulassen«, sagte Moncrieff. Im schummrigen Licht konnte Elizabeth den Schweiß auf seiner Stirn erkennen und sie sah außerdem an der Art, wie Nathaniel den Rücken streckte, dass ihn eine Welle heißer Wut erfasst hatte. In seiner Stimme jedoch war davon nichts zu vernehmen.

»Nun, das finde ich aber merkwürdig«, sagte Nathaniel, während er direkt vor Moncrieff stehen blieb. »Sie meinen also, Sie könnten mir etwas verbieten?«

In einer Ecke störte eine Maus durch Kratzgeräusche, doch für einen Moment war dies der einzige Laut, den man hörte. Dann streckte Nathaniel plötzlich mit einer schnellen Bewegung die Hand aus und zog an einer Kordel, die um Moncrieffs Hals hing und in seinem Hemdkragen verschwand. Die Kordel riss und Moncrieff zuckte überrascht zurück. Seine Stimme bebte vor Zorn, als er sagte: »Was soll das? Haben Sie keinen Anstand, Mann?«

Nathaniel machte einen Schritt zurück und betrachtete seine Eroberung.

»Das hat meinem Vater gehört. Sie haben wohl keine Verwendung dafür.«

»Da wäre ich nicht so sicher.«

Elizabeth kam näher, um zu sehen, was es war, und stellte überrascht fest, dass es sich nicht um einen Anhänger oder ein Medaillon, sondern um ein einfaches Quadrat aus dunklem, weichem Material handelte. In seiner Mitte befand sich ein weiteres Quadrat aus weißem Leinen, das man mit Zickzackstich auf dem größeren befestigt hatte. Der Stoff war verblichen und an den Rändern ausgefranst und die Zeichen auf dem weißen Leinen waren so verblasst, dass Elizabeth in dem schwachen Licht nichts näheres erkennen konnte.

»Ich wäre Ihnen dankbar, wenn Sie es mir zurückgeben würden«, sagte Moncrieff scharf. »Es hat nichts bei Ihnen zu suchen.«

»Sie bedanken sich bei mir? Nun, das ist etwas ganz Neues, nicht wahr? Der Earl trägt etwas um den Hals, das ganz genauso aussieht wie dieses Ding.«

Moncrieff warf den Kopf zurück. »Warum ...« Sein ganzer Körper begann vor Wut zu zittern und er sagte: »Sie können doch gar nicht gesehen haben, was der Earl um seinen Hals trägt oder nicht.«

»Mag sein, aber Sie haben mir gerade eben bestätigt, was ich vermutet hatte. Also, was hat es mit diesem Ding auf sich?«

»Das geht Sie nichts an.«

Nathaniel streckte es Elizabeth entgegen. »Erkennst du es wieder, Stiefelchen?«

Elizabeth nahm es und trat damit ans Fenster, um es in dem Licht, das vom Burghof hereindrang, zu betrachten.

»Nein«, sagte sie. »Und es ist zu verblasst, um erkennen zu können, was darauf geschrieben steht. Aber vielleicht gibt es jemanden, den wir fragen können. Den Earl zum Beispiel?«

Moncrieff erstarrte. »Sie dürfen den Earl nicht damit belästigen.«

»Ich wüsste nicht, warum ich es nicht tun sollte.« Nathaniel ging auf die Tür zu. »Er ist oben im Turm und unterhält seine Gäste. Ein paar weitere Besucher werden ihm sicher nichts ausmachen.«

»Sie haben nicht die geringste Ahnung«, sagte Moncrieff.

Elizabeth erwiderte: »Richtig. Das ist genau der Grund, Bescheid wissen wollen.«

Was auch immer er erwartet haben mochte, das Turmzimmer überraschte Nathaniel. Der Raum hatte nichts von einem Kriegsschauplatz an sich.

Die meisten Personen, die sich vor zehn Minuten noch dort aufgehalten hatten, waren nun verschwunden. Neben einem schmalen Bett stand der Hakim. In seiner Nähe saß Monsieur

Contrecoeur auf einem Stuhl. Er war noch immer in seiner Abendgarderobe, vom feinen Jackett und der Hose bis zu den Handschuhen ganz in Schwarz.

Er war überstürzt hierher geeilt und der Anlass für seine Eile war offensichtlich: Der Mann im Bett lag im Sterben.

»Ich habe versucht ...«, hob Moncrieff an, aber der Franzose schnitt ihm mit erhobener Hand das Wort ab.

»Vergiss es, Angus. Es spielt jetzt keine Rolle mehr.«

»Wo ist der Earl?« Nathaniel sprach Contrecoeur direkt an, um zu sehen, ob er log.

»Im Zimmer gleich über uns. Ich hatte darum gebeten, einige Minuten mit Georges allein sein zu dürfen«, sagte Contrecoeur.

»Ist das Monsieur Dupuis?« fragte Elizabeth den Hakim, doch es war Moncrieff, der antwortete.

»Jawohl.« Moncrieffs Ton war unfreundlich. »Er stirbt, wie Sie selbst sehen können. Wollen Sie ihn nicht in Frieden lassen?«

Nathaniel durchquerte das Zimmer und sah zu dem Mann im Bett hinunter.

Er warf Nathaniel einen flüchtigen Blick zu. Seine Augen wirkten glasig vor Schmerz. Um den Hals trug er genauso ein Medaillon aus Stoff, wie Nathaniel es Moncrieff entrissen hatte. Über dem Bett hing ein Kruzifix. Ein sterbender Mann; ein Katholik. Ein Fremder.

Dann lächelte er und Nathaniel erkannte ihn.

Anstelle des langen und zotteligen Barts, den er früher einmal getragen hatte, war er jetzt glatt rasiert. Der Bart war es, der ihm von den Kahnyen'kehàka zunächst den Namen Dog-Face eingebracht hatte – eine Ehre, die sie den haarigsten und unansehnlichsten O'seronni vorbehielten. Aber der Pfarrer hatte sich als stärker und mutiger als seine Landsleute erwiesen, er hatte den Spießrutenlauf ohne einen Mucks überstanden, war zwar durch einen Schlag zu Boden gegangen, aber wieder aufgestanden, um den nächsten entgegen zu nehmen. Alles in allem hatte er sich so gut gehalten, dass sie ihm von da an gestatteten, Geschichten von seinem seltsamen O'seronni-Himmel zu erzählen. Außerdem benannten sie ihn in Iron-Face um.

»Wolf-Running-Fast«, flüsterte er in der Sprache des Volks, zu dem Nathaniel sich zugehörig fühlte. »Endlich bist du gekommen.«

Nathaniel fand ohne Schwierigkeiten in den Rhythmus der Sprache hinein und in das, was sie von ihm forderte.»Iron-Dog, mein Freund. Am großen Fluss erzählt man sich Geschichten von dir. Sie sagen, dass Seneca dich verbrannt und dein Herz gegessen habe. Sie erzählen Geschichten von deiner Tapferkeit.«
Dupuis holte tief Luft und ließ sie dann in einem langgezogenen pfeifenden Seufzer wieder entweichen.»Gott hat mich von diesem Schicksal erlöst«, sagte er, ins Englische wechselnd.»Er hatte hier eine andere Aufgabe für mich.«
»Was für eine Aufgabe war das?«
Dieses fromme Lächeln, das ihn immer schon zu jemand Besonderem gemacht hatte.»Du weißt es genauso gut wie ich. Dich und deinen Vater mit deiner Familie wieder vereinen zu können.«
»Du bist also derjenige, der Carryck erzählt hat, wo er uns finden kann.«
Dupuis schluckte und die Geschwüre an seinem Hals bewegten sich, als wären sie lebendig.»Ich habe Moncrieff gesagt, wo er mit der Suche beginnen sollte. Es hat lange gedauert. Fast zu lange.« Er schloss die Augen und für einen Moment glaubte Nathaniel, er wäre eingeschlafen, aber dann sprach er erneut, mit einer Stimme so kräftig wie zuvor.
»Ist das deine Ehefrau?«
»Ja«, erwiderte Nathaniel.»Das ist Elizabeth.«
»Engländerin?«
Elizabeth machte einen Schritt nach vorn.»Ja, Sir, ich bin Engländerin.«
Er schluckte erneut und streckte eine lange weiße Hand aus, deren Innenfläche mit Narben übersät war.

Nathaniel hatte diesem Mann einmal erlaubt, ihn zu taufen, obwohl er nie geglaubt hatte, weder an seinen Gott noch an seinen Teufel. Aber Iron-Dog war einer der wenigen weißen Männer, die in jenen Tagen seinen Respekt verdienten. Nathaniel nahm die ihm angebotene Hand.

Dupuis zog ihn zu sich heran. Sein Atem roch süß nach Betäubungsmittel.

»Ich habe dich mit meiner eigenen Hand getauft«, flüsterte er.»Aber ich kann dich auf deiner Reise nicht länger führen. Höre auf Contrecoeur. Er wird dein Ratgeber sein.«

»Ich möchte ihn nicht als Ratgeber«, entgegnete Nathaniel, weil er diesen Mann nicht belügen wollte, weder auf seinem Totenbett noch sonst wo. »Aber du brauchst ihn«, sagte Iron-Dog. »So wie er dich braucht.«

6

Contrecoeur ging auf der Wendeltreppe voran, gefolgt von Elizabeth und Nathaniel. Moncrieff war dicht hinter ihnen, bei jedem einzelnen Schritt schwer atmend.

Ein weiteres Turmzimmer, aber diesmal kein Krankenzimmer. Wie das übrige Schloss auch quoll das Zimmer über von prunkvollen Möbeln, Gemälden, Porzellanfigürchen und Elfenbeinschnitzereien. Es brannte ein Dutzend Kerzen zugleich und warf tanzende Schatten auf poliertes Silber und Messing.

»Lady Carrycks Gemächer. Siehst du, dort über dem Kamin hängt ein Porträt von ihr«, sagte sie und wies mit dem Kinn in die entsprechende Richtung.

Für Nathaniel hatte es keine Bedeutung, es war einfach ein hübsches Gemälde, in diesem Fall das Bild einer Frau mit bernsteinfarbenen Haaren. Die verstorbene Frau des Earls. Nathaniel fasste Elizabeth am Ellbogen, um sie dicht bei sich zu haben.

Carryck wartete an einem Tisch auf sie. Seine Hand umschloss einen Becher. Mrs. Hope hielt sich am anderen Ende des Raumes auf, eine Näharbeit in ihrem Schoß. Sie erhob sich, glättete ihren Rock und sprach, ohne jemanden anzusehen: »Ich warte unten.«

»Bleib, wo du bist, Jean.« Carrycks Stimme klang beherrscht; es lag nichts besonders Liebevolles darin, nichts, das darauf hätte hinweisen können, was sie einander bedeuten mochten – abgesehen von der Tatsache, dass er sie Jean nannte, an einem Ort, an dem Vornamen so gut wie gar nicht vorkamen.

Die Wirtschafterin setzte sich wieder und faltete ihre Hände im Schoß. Als sich ihr Blick mit dem von Nathaniel traf, schaute sie weg.

Kerzenlicht meinte es mit in die Jahre gekommenen Gesichtern gut, aber dennoch sah der Earl so alt aus wie er war; der Whisky, vielleicht. Oder die Sorge um Dupuis. Nathaniel konnte sich immer noch nicht recht an den Gedanken gewöhnen, dass Iron-Dog hier war. Und was das bedeutete, welche Rolle er bei alledem spielte.

»Kommen Sie herein und setzen Sie sich.«

Der Earl schenkte jedem ein Glas Whisky ein – Elizabeth eingeschlossen – und der Raum wurde von einem kräftigen, scharfen Geruch erfüllt. Nathaniel hatte Hochprozentiges nie besonders gemocht, aber er trank, was vor ihm stand, wie er stets an der Pfeife gezogen hatte, die um das Ratsfeuer der Kahnyen'kehàka die Runde machte.

Es war Carryck, der das Schweigen schließlich brach.

»Sie haben lange damit gewartet, zu sagen, was zu sagen ist, Bonner. Ich bin nun ganz Ohr, und anschließend werde ich Ihnen mitteilen, was Sie wissen müssen, um zu verstehen.«

Elizabeth legte unter dem Tisch leicht die Hand auf Nathaniels Knie und er legte die seine fest darauf. Dann sahen sie den Earl direkt an.

»Meine Mutter pflegte zu sagen: ›Wenn du einem Mann keinen Respekt entgegenbringen kannst, solange du an seinem Tisch sitzt, dann nimm seine Einladung gar nicht erst an.‹ Nun sitzen wir hier an Ihrem Tisch, doch es war keine Einladung, die uns hierher gebracht hat. Aber vielleicht erlaubt mir dieser Umstand, zu sagen, was ich denke.«

»Auf alle Fälle«, entgegnete Carryck trocken.

Nathaniel fuhr fort: »Es war Ihr Mann hier, der mich, meinen Vater und unseren Freund für Wochen in ein Garnisonsgefängnis gesteckt und dann, als das nicht half, unsere Kinder entführt hat. Anschließend wurden sie und wir der Willkür sämtlicher französischer Kriegsschiffe ausgeliefert, die sich zwischen unserer Heimat und der schottischen Küste befanden. Er trennte eine Frau wie Curiosity – die ihr Lebtag nichts als Gutes getan hat – von ihrem Mann und ihren Kindern, und ich habe keinen Zweifel, dass die Sorgen und der Ärger sie um zehn Jahre ihres Lebens gebracht haben. Die *Osiris* ist mit zweihundert Menschen an Bord untergegangen – und wenn es nach Moncrieff gegangen wäre, hätten mein Vater und ich ihr Schicksal geteilt.

Und all dies nur, damit Sie mich und die Meinen auf schottischen Boden verfrachten konnten. Möglicherweise sind mein Vater und Rab MacLachlan inzwischen tot, und wenn das der Fall sein sollte, ist es ebenfalls Ihre Schuld. Was sehe ich also, wenn ich Sie anschaue? Einen reichen Mann, der daran gewöhnt ist, seinen Willen zu bekommen, koste es, was es wolle. Da frage ich mich doch, warum ich Ihnen irgendetwas von dem glauben sollte, was Sie mir zu sagen haben.«

Contrecoeur beugte sich vor.»Es ist wahr, dass zweihundert Männer und mehr ihr Leben gelassen haben, aber sie starben für eine gute Sache.«

Elizabeths Kopf fuhr zu ihm herum.»Da wir hier ganz offen sprechen, dürfte ich Sie wohl fragen, warum Sie hier sind, Monsieur? Ich verstehe Ihr Interesse an der Angelegenheit nicht.«

Nathaniel zog Moncrieffs Medaillon aus seinem Hemd hervor und warf es auf den Tisch.»Ich wette, dass es hiermit etwas zu tun hat.«

»Er hat es mir weggenommen«, erklärte Moncrieff dem Earl, doch der sah noch nicht einmal in seine Richtung.

Der Franzose betrachtete lächelnd das Stückchen Stoff, wie jemand anders sein Kind anlächeln mochte.»Das Skapulair. Ja, alles hat damit zu tun. Sehen Sie, der Earl hat keineswegs nur egoistische Beweggründe. Er ist ein wirklicher Freund und Beschützer der in Schottland am meisten verfolgten Menschen.«

Nathaniel verzog das Gesicht.»Drücken Sie sich deutlicher aus, Mann. ›Verfolgt‹ kann alles Mögliche bedeuten.«

»Dem Gesicht Ihrer Gattin sehe ich an, dass sie mich sehr wohl versteht.«

»Die römische Kirche, Nathaniel.« Elizabeths Stimme zitterte ein wenig.»Die katholische Kirche. Der Earl hat einem Priester Zuflucht gewährt.«

»Mehr als einem«, stimmte Nathaniel ihr zu.»Ich nehme an, dass unser Monsieur Contrecoeur nicht nur aus einer Laune heraus hier vorbeischaut. Er ist hier, um die Sterbesakramente zu spenden, würde ich sagen.«

Zustimmend nickte ein Kopf.»Ja, ich hatte die Ehre, das zu tun, nachdem ich hier angekommen war.«

Elizabeth war überrascht, das merkte Nathaniel an der Art und Weise, wie sie Contrecoeur ansah.

»Natürlich ist er ein Priester, Stiefelchen. Bitte ihn, seine Handschuhe auszuziehen.«

»Das ist nicht notwendig«, sagte der Earl.

»Aber es macht mir nichts aus«, meinte Contrecoeur. Er zog die Handschuhe aus und zeigte ihnen seine starken Hände, breit und mit langen Fingern. Wo einst seine Daumen gewesen waren, befand sich nur noch silbrig weißes Narbengewebe.

Elizabeth rang hielt den Atem an.

»Das habe ich mir gedacht«, sagte Nathaniel. »Die Huronen haben den Missionaren mit Vorliebe mit Muschelschalen die Daumen abgetrennt. Es gab einen Häuptling, der an einer Kette um seinen Hals Daumen und Ohren von Jesuiten trug.«

Contrecoeur schloss seine Finger zur Faust. »Er hieß Calling-Crow. Ich kenne ihn gut.«

»Was haben sie Ihnen noch angetan?« fragte Nathaniel.

Zum ersten Mal huschte ein Schatten über Contrecoeurs attraktives Gesicht.

»Ich bin mit heiler Seele davongekommen. Mehr konnte ich nicht verlangen.«

»Die Jesuiten gibt es gar nicht mehr«, sagte Elizabeth mehr zu sich selbst, als zu den anderen am Tisch. »Der Papst hat den Orden vor einigen Jahren aufgelöst und alle Jesuiten sind aus England und Schottland verbannt worden.«

Moncrieff brummte: »Die Schotten waren schon immer loyale Leute.«

»Das stimmt«, sagte Contrecoeur kopfnickend. »Nicht alle unsere Freunde haben uns im Stich gelassen. Es gibt Menschen, die es auf sich genommen haben, der Societas Jesu ein Zuhause und einen sicheren Zufluchtsort zu gewähren – was ein großes Risiko für sie war. Und der Earl ist einer von ihnen.«

»Ebenso Katharina die Große in Russland.« Elizabeths Miene verdunkelte sich. »Jetzt verstehe ich, warum Sie Mademoiselle LeBrun zu ihrer Mutter bringen wollen.«

Contrecoeur schien eher überrascht als erfreut darüber, dass Elizabeth diesen Zusammenhang hergestellt hatte. »Sie verstehen sehr schnell, Madame.«

»Tue ich das?« sagte Elizabeth scharf. »Ich nehme an, Sie reisen in Ländern, wo Sie nicht willkommen sind, in Verkleidung.«

»Die Ordensgemeinschaft war schon immer im Handel aktiv«, sagte er. »Diejenigen, die der Sache treu bleiben, geben sich dort, wo wir nicht offen als Priester leben können, als Kaufleute aus.«

Elizabeth berührte das braune Quadrat, das noch immer mitten auf dem Tisch lag. »Tragen Sie auch so eines, Mylord?«

»Ja«, antwortete Carryck schroff. »Ich bin Katholik. Ich trage das Skapulier wie vor mir mein Vater und vor ihm sein Vater und Großvater.«

»Dieses kleine Stückchen Stoff kann doch nicht die alleinige Ursache für alles sein«, sagte Nathaniel.

Elizabeth berührte ihn am Ärmel. »Du hast Recht, Nathaniel. Es steckt mehr dahinter. Die Lage könnte für den Earl äußerst kompliziert werden, wenn seine Loyalität zur römischen Kirche öffentlich bekannt würde. Falls ich mich recht entsinne, sind die Einschränkungen für Katholiken und die Strafen, die bei Umgehung dieser Einschränkungen drohen, unglaublich hart. Und bisher hat noch jeder Versuch von offizieller Seite, diese Restriktionen zu lockern, großen Widerstand zur Folge gehabt – Aufstände und Ähnliches.«

»Im April wurde ein entsprechendes Gesetz unterzeichnet«, sagte Carryck, der plötzlich seine Ruhe verlor.

Elizabeths Überraschung musste an ihrem Gesicht abzulesen gewesen sein, doch er ließ sich nicht näher darauf ein, sondern beugte sich vor und sagte zu ihr: »Sprechen Sie mit mir nicht über irgendwelche von Regierungsseite veranlasste Erleichterungen. Ich müsste ein Dummkopf sein, wenn ich daran glauben und wegen einer Laune des Parlaments alles aufs Spiel setzen würde.«

Nathaniel lehnte sich zurück und überdachte das Gehörte. »Mal schauen, ob ich alles richtig verstanden habe. Alles Leid, Männer, die sterben mussten oder vermisst sind, Kinder, die entführt wurden – all dies, weil der Earl eine Art Verehrer einer christlichen Kirche ist und diese Campbells, in deren Familie seine Tochter eingeheiratet hat – jene Leute, die versucht haben, mir eine Kugel in den Kopf zu jagen –, eine andere Kirche verehren.«

»Im Wesentlichen, ja«, sagte Elizabeth.

Moncrieff kochte vor Wut und Enttäuschung, aber Carryck brachte ihn mit einem scharfen Blick dazu, zu Schweigen. Mit zurückgewonnener Gelassenheit sagte er: »Es steckt noch ein klein wenig mehr dahinter. Seit vielen Jahren schon kann ich meinen Priester nicht offen in Carryckcastle empfangen, ohne ihn in Lebensgefahr zu bringen. Die Teilnahme an einer heiligen Messe oder die Weigerung, stattdessen die hiesige Kirche zu besuchen, kann mich alles kosten, was mir lieb und teuer ist. Sollte das Presbyterium mich verdächtigen, meinen eigenen Glauben zu praktizieren, können sie mich – *mich* – vor ihren Rat zitieren. Wenn ich sie dann nicht überzeugen kann, dass ich kein Papist bin, dann werden sie mich beim Kronrat anschwärzen und mein gesamter Besitz wird meinen nächsten protestantischen Verwandten übergeben – also den Campbells of Breadalbane –, oder an die Krone zurückfallen. Als Katholik kann ich weder Grundbesitz erwerben noch erben, noch meinen Besitz an einen katholischen Sohn vererben. Und ein solcher Sohn könnte weder Statthalter noch Gutsverwalter, ja noch nicht einmal Schulmeister werden. Das ist es, was es bedeutet, Katholik – gläubiger Katholik – in Schottland zu sein.«

»Nun ist also Ihre Tochter davongelaufen und hat in eine Familie eingeheiratet, die Sie so sehr in Verlegenheit bringt wie nur irgend möglich. Was hat sie dazu getrieben, so etwas zu tun?« fragte Nathaniel.

Im Zimmer war es so still, als hielte sich niemand dort auf.

»Ich war es«, sagte Jean Hope. »Ich war nicht ehrlich zu ihr, als sie es am nötigsten gehabt hätte. Sie hat in die Campbell-Familie eingeheiratet, um mir einen Schlag zu versetzen.«

»Aber Jean.« Carrycks Stimme klang sanft. »Darüber brauchen wir nicht zu sprechen.«

»Wirklich nicht?« Nathaniel lehnte sich auf seinem Stuhl zurück. »Mir scheint es, als hätten wir ein Recht, alles zu erfahren. Wenn ich ehrlich sein soll, dann erinnert mich das alles an diese Geschichte, die ...« Er griff unter dem Tisch nach Elizabeths Hand. »Stiefelchen, erinnerst du dich an die Geschichte, die du im vergangenen Winter vorgelesen hast? Über diesen Ort mit den kleinen Menschen, die einen Krieg geführt haben, weil eine Hälfte von ihnen ihr gekochtes Ei gerne von der Spitze her zu essen begann und die andere Hälfte das stumpfe Ende bevorzugte. Was war das doch gleich für ein Buch?«

»Mr. Swifts *Gullivers Reisen*«, antwortete sie. »Tausende Liliputaner gingen lieber in den Tod, als sich nötigen zu lassen, ihr Ei von der Spitze her zu essen.«

Moncrieff stieß so heftig seinen Stuhl zurück, dass er über den Boden quietschte und dann umkippte. »Wie können Sie es wagen!« Er sprach leise und mit einer solchen Gehässigkeit, dass Nathaniel vergeblich nach einer Waffe tastete und sich dann erhob, um sich Moncrieff in den Weg zu stellen und Elizabeth zu schützen. »Wie können Sie es wagen, Carryck in einer solchen Weise zu beleidigen!«

»Angus!« bellte der Earl. »Genug! Setzen Sie sich, Mann.«

»Das werde ich nicht tun!« Moncrieff war blass vor Zorn. »Ich werde nicht hier sitzen und zuhören, wie dieses englische Weibsbild unsere Seelenqualen mit Füßen tritt.«

Nathaniel packte ihn am Hemd, zerrte ihn nach vorn und beugte sich über ihn, um ihm in die Augen zu sehen. »Sie sind ein schmutzige Reden schwingender Bastard«, sagte er ruhig. »Und ein Feigling; greifen eine Frau an, obwohl ich direkt vor Ihrer Nase stehe.«

Moncrieff spuckte ihm ins Gesicht.

Contrecoeur und Carryck sprangen beide auf, aber Nathaniels Faust hatte bereits ihren Weg in Moncrieffs Magengrube gefunden. Er sank auf die Knie und rang grunzend nach Atem.

Nathaniel wischte sich mit dem Ärmel den Speichel vom Gesicht. Seine verletzte Schulter schmerzte entsetzlich und ihm war der Schweiß ausgebrochen.

»Angus«, sagte Carryck. »Sie enttäuschen mich, Mann.«

Contrecoeur sagte nichts, sondern half lediglich Moncrieff auf die Beine. Der hing für einen Moment spuckend und hustend an ihm, und als er schließlich aufsah, war in seiner Miene nicht die geringste Spur von Zerknirschung zu sehen.

»Ja, ich habe die Beherrschung verloren«, keuchte er. »Aber ich werde kein einziges Wort zurücknehmen. Ich werde nicht dastehen und zusehen, wie Sie uns verhöhnen.«

»Sie irren sich, Mr. Moncrieff«, sagte Elizabeth. »Ich verhöhne niemanden und halte auch die schrecklichen Strafen und den Entzug von Grundrechten für eine schlimme Sache. Aber ich will – und kann – Ihre Einmischung in unser Leben nicht akzeptieren. Wir sind keine Politiker und wir können nicht für das

Unrecht, das Ihnen angetan worden ist, verantwortlich gemacht werden.«

Moncrieff hustete. »Das hat nichts mit Politik zu tun. Sollte Breadalbane nach Carryck kommen, wird es mit Blut zu tun haben. Sie werden uns mit Peitschen und Stöcken vertreiben, genauso wie sie meinen Großvater während der Aufstände aus Dumfries vertrieben haben. Er starb im Dreck und sein letzter Blick galt seinem brennendem Hausdach. Seine Frau wäre neben ihm erfroren und mein Vater mit ihr, wenn nicht der alte Burgherr gewesen wäre. Er gab ihnen Arbeit, ein kleines Pachtgrundstück und einen Ort, an dem sie beten und ohne Angst die Messe hören konnten. Sie mit Ihrer Überheblichkeit und Ihrem Gejammer um die Afrikaner! Ihnen ist es vollkommen gleich, wie sehr wir unter Ihren Landsleuten zu leiden hatten. Sie stehen einfach da und erzählen uns von Eiern.«

Elizabeth reckte sich zu ihrer ganzen Größe auf. »Sie haben großes Unrecht erlitten, aber daran haben wir keinen Anteil, Sir.«

Moncrieffs Mund verzog sich angeekelt. »Sie versteht es nicht«, sagte er zum Earl. »Ich habe es Ihnen gleich gesagt, dass es so kommen würde.«

»Sie versteht es gut genug und ich ebenso«, sagte Nathaniel. »Sie wollen an dem festhalten, was Sie besitzen – daran ist nichts Ungewöhnliches. Sie sind Katholiken und außerdem Jesuiten, wie ich annehme.«

Es gab ein kurzes Schweigen, als Carryck und Contrecoeur sich ansahen.

»Unsere politischen Ansprüche sind bescheiden«, sagte Contrecoer dann. »Wir sind lediglich daran interessiert, in diesen unheiligen Zeiten zu überleben.«

Elizabeth lachte ein rau. »Sie müssen uns wirklich für ziemlich dumm halten, Sir. Sie verlangen von uns, Teil eines vergeblichen Unterfangens zu werden. Uns selbst zu veranlassen, Pfänder in Ihrem heiligen Krieg zu sein.«

»Nein«, erwiderte Contrecoeur und beugte sich vor. Die Leidenschaft, die ihn erfasst hatte, verlieh seinem Gesicht die Züge eines Märtyrers. »Genau das hoffen wir vermeiden zu können. Der beste Weg zur Bewahrung des Friedens besteht darin, die Campbells von Carryck fern zu halten.«

Nathaniel sah dem Priester prüfend ins Gesicht. »Ihr Name ist nicht Contrecoeur, habe ich Recht? Sie sind genauso wenig Franzose wie ich es bin.«

Carryck sah überrascht auf. »Erkennen Sie nicht die Ähnlichkeit mit Angus? Bevor er in den Orden eintrat, nannte man ihn John Moncrieff.«

»Brüder«, stellte Nathaniel fest und sah es dann am Kinnprofil und an der Augenstellung selbst.

»Halbbrüder«, korrigierte Contrecoeur.

»Man hat Sie nach Frankreich geschickt, um Sie von den Jesuiten erziehen zu lassen«, sagte Elizabeth.

Contrecoeur schaute seinen Halbbruder an. »Du hast dich in ihr getäuscht, Angus. In ihnen beiden. Sie sind nicht im Geringsten einfältig.«

Nathaniel schluckte die Gallensäure hinunter, die in seiner Kehle hochstieg, und sah Contrecoeur an.

Der Mann war nicht mehr als ein Priester. Ein Priester wie jeder andere, den er in seinem Leben kennen gelernt hatte, standhaft in seiner Überzeugung, dass sein Himmel das einzig erstrebenswerte Ziel und dass jedes Lebewesen auf Erden nur auf der Welt war, um *seiner* Kirche und *seinen* Bedürfnissen zu dienen. Er kannte das Gefühl von Wut, das intensiv und kalt genug war, um sich für immer einzubrennen, und genau das stieg nun aus seinem Innersten in ihm hoch. Er versuchte es zurückzudrängen, aber es nahm von ihm Besitz.

»Und was passiert einem exilierten Priester, der heimlich in sein Heimatland zurückgekehrt ist, wenn er erwischt wird?« fragte er.

Contrecoeur neigte den Kopf. »Sie wünschen mir Übles, Mr. Bonner. Ihr Leben in den endlosen Wäldern hat Ihr Herz gefühllos gemacht.«

»Sollten wir gefühllos sein, Sir, dann sind wir es, weil Sie unsere Kinder in Gefahr gebracht haben«, warf Elizabeth ein.

Er hob eine entstellte Hand, die Handfläche nach oben gewendet, als wollte er ihr etwas anbieten, das es wert war, angenommen zu werden. »Sie sind schließlich Kinder der Kirche, Mrs. Bonner. So wie wir alle.«

Nathaniel nahm Elizabeths Arm. »Hier gibt es nichts mehr zu sagen. Sie werden einen anderen Ausweg finden müssen.«

»Sie sind von der Kirche getauft«, sagte Contrecoeur. »Sie sind durch Ihr Blut und Ihren Glauben an diesen Ort gebunden.« Nathaniel lachte laut auf. »Ich werde niemals zu diesem Ort gehören. Verstehen Sie mich, Carryck? Heiraten Sie das französische Mädchen und sehen Sie zu, dass Sie einen Sohn bekommen, oder schließen Sie Frieden mit Ihrer Tochter. Ich werde meine Familie nach Hause bringen.«

Der Earl starrte mit versteinertem Gesicht vor sich hin.

»Es tut mir Leid, dass Sie in Schwierigkeiten sind«, sagte Elizabeth zu Mrs. Hope. »Aber wir können Ihnen nicht helfen.«

Moncrieff baute sich leicht schwankend vor Nathaniel auf. »Sie wenden Ihren Blutsverwandten den Rücken zu?«

»Gehen Sie mir aus dem Weg«, sagte Nathaniel leise.

Moncrieff rührte sich nicht vom Fleck. »Ich hätte, als ich die Gelegenheit dazu hatte, Ihren Jungen nehmen und Sie umbringen sollen.«

Nathaniel betrachtete ihn einen Moment: das lange Gesicht und die eingefallenen Wangen, die blutunterlaufenen dunklen Augen, die immer noch vor Zorn glänzten.

»Genau das Gleiche habe ich gerade im Hinblick auf Sie gedacht«, sagte er. »Und ich denke es jetzt noch.«

»Machen Sie Platz, Angus.« Carrycks Stimme war rau, aber fest. »Lassen Sie sie gehen.«

»Ja, Angus«, wiederholte Nathaniel. »Machen Sie Platz.«

Hannah hatte vorgehabt zu lesen, während sie darauf wartete, dass ihr Vater und Elizabeth vom Essen mit dem Earl zurückkehrten, aber der Nachmittag in Carryckton war ermüdender gewesen, als ihr bewusst war. Nach wenigen Seiten schlief sie ein und träumte von der Bärin, die blind durch den Feenwald lief, eine Kette hinter sich herzog und Hilfe suchte.

Die Stimme ihres Vaters, leise und drängend, weckte sie. Hannah richtete sich so plötzlich auf, dass das Buch in ihrem Schoß mit einem dumpfen Aufprall auf den Boden glitt.

»Was ist?« fragte sie, durch seinen Gesichtsausdruck verängstigt. »Was ist passiert? Ist etwas mit meinem Großvater?«

Und dann sah sie, was ihr Vater in der Hand hielt: die doppelt genähten Wildlederbeutel, die er für den größten Teil dieser Reise auf der Haut getragen hatte. Leer.

Sie stellte ihre Füße auf den Boden und versuchte sich zu erheben, plötzlich unsicher wie ein junges Fohlen. Ihr Vater stützte sie mit seiner freien Hand.

»Hast du irgendetwas gehört?« fragte er. »Ist jemand hier gewesen, während wir fort waren?« Hannah schüttelte den Kopf. »Nein. Niemand.«

»Siehst du«, sagte Curiosity. »Ich habe dir doch gesagt, dass ich es gehört hätte, wenn jemand hereingekommen wäre. Ich schlafe nicht so tief, nicht hier.«

»Sämtliche Münzen?« fragte Hannah. »Sind sie alle weg?«

»Ja«, erwiderte Elizabeth. »Alle Münzen. Einhundertunddrei Goldguineen und vier Pfund und sechs Pennies in Silber. Die Beutel waren unberührt, als ich mir am späten Nachmittag einen Schal geholt habe.«

Hannah rieb sich die Augen und versuchte ihre Gedanken zu ordnen. »Ich habe Mac Stoker gesehen«, sagte sie. »Er war gerade dabei, zu verschwinden.«

Der Rücken ihres Vaters versteifte sich. »Wo? Wann hast du ihn gesehen?«

»In den unterirdischen Gängen«, erwiderte Hannah und merkte, wie alle Erwachsenen sich ansahen.

»Sprich deutlich, Kind«, sagte Curiosity. »Und sag uns, was du über Mac Stoker weißt.«

Es war schnell erzählt – die Gänge unterhalb der Burg, die Treppe, die in die dicken Wände des Forbes Towers hineingebaut war und zur Küche führte. Und Mac Stoker mit einem Sack über der Schulter, auf dem Weg, seine Mannschaft und sein Schiff zu suchen.

»Ich dachte, er hätte vielleicht einen Teekessel oder einen Silberteller gestohlen«, schloss sie.

»Ich glaube nicht, dass es Stoker gewesen ist«, sagte Nathaniel. »Er hätte nicht hierher gelangen können, ohne gesehen zu werden. Und zeitlich kommt es ebenfalls nicht hin – denn das war, bevor wir zum Essen gegangen sind.«

Curiositys Lippen waren zu einem Strich zusammengekniffen. »Aber wer wusste noch von den Münzen?«

»Moncrieff«, sagte Elizabeth. »Moncrieff wusste davon und er war beim Essen nicht anwesend.«

»Angus Moncrieff ist nicht in diesen Räumen gewesen«, sagte Curiosity fest. »Ich könnte den Mann auf eine Meile Entfernung riechen, diese Ratte.«

»Die Zimmermädchen«, schlug Hannah zögernd vor. »Die Zimmermädchen könnten davon gewusst haben. Vielleicht hat er eine von ihnen geschickt ...«

»Oder Stoker«, sagte Elizabeth. »Er versteht es sehr gut, Frauen zu veranlassen, seinen Anordnungen zu folgen.«

Hannah sah in das Gesicht ihres Vaters und entdeckte Zorn und auch Enttäuschung. Er drehte sich zu Elizabeth um.

»Wieviel wird es kosten, für uns alle eine Schiffspassage nach Hause zu kaufen?«

Elizabeth spreizte die Hände in ihrem Schoß. »Um die sechs Pfund pro Person, falls wir Kabinen haben wollen. Vielleicht die Hälfte davon für die Zwillinge. Weitere drei Pfund für jeden von uns an Proviant. Zählt man deinen Vater und Robbie hinzu, dann wären das ...«

»Mehr als fünfzig Pfund«, sagte Curiosity. »Da könnten es genauso gut tausend sein.«

»Wenn es nur einen Weg gäbe, mit meiner Tante Merriweather Kontakt aufzunehmen«, sagte Elizabeth. »Aber ich habe keine Ahnung, wo sie sich aufhält.«

Nathaniel wandte sich wortlos ab. Er nahm eine Kerze vom Kaminsims und verschwand im Ankleidezimmer.

»Und nun?« murmelte Curiosity.

Elizabeth legte ihren Arm um Hannah. »Ich weiß es nicht.«

Einige Augenblicke später kam Nathaniel zurück. Er streckte seine Hände aus und hielt ihnen einen silbernen Kamm, der mit Perlen besetzt war, und dazu passende Bürsten entgegen. Außerdem ein Paar Schuhschnallen, die mit quadratischen Steinen überzogen waren, die das Kerzenlicht einfingen und in den Farben des Regenbogens brachen. Dazu einen Handspiegel mit einer Einlegearbeit aus Elfenbein und Perlmutt, in den *Sans Peur* eingraviert war. Alles ließ er geräuschvoll auf den Tisch fallen.

»Würde das genug Geld einbringen?«

»In London, ja«, sagte Elizabeth. »Aber ich bezweifle, dass es in Carryckton Juweliere gibt. Vielleicht in Moffat.«

»Jennet hat mir von Moffat erzählt«, sagte Hannah. »Es ist ein Ort, an den sich reiche Leute begeben, um ein Bad zu nehmen.«

In Elizabeths Mundwinkel zuckte der Anflug eines Lächelns.
»Ein Heilbad, richtig, und noch dazu beim Adel ziemlich begehrt. Dort würde es mit ziemlicher Gewissheit eine Möglichkeit geben, diese Sachen loszuwerden.«
»Und Lady Isabel ist auch dort«, fügte Hannah hinzu. »Und einige Campbells.«
Drei Köpfe hoben sich gleichzeitig, um sie anzusehen. »Ihr habt mich mit dem Ende beginnen lassen«, sagte sie, »sonst hätte ich es euch inzwischen schon erzählt.«
»Hört sich in der Tat nach einer langen Geschichte an. Setzen wir uns doch«, sagte Curiosity.

Hannah brauchte fast eine Stunde, um sie zu erzählen. Während sie berichtete, was sie im Häuschen von Granny Laidlaw erfahren hatte, ergänzte Nathaniel die Hintergrundinformationen, die er von Contrecoeur – *John Moncrieff*, wie Elizabeth sich selbst erinnerte – und Carryck bei ihrem Besuch in Lady Carrycks Zimmer erhalten hatte.

»Ein schönes Durcheinander«, folgerte Curiosity, als sie fertig waren. »Priester und Verstecke und durchgebrannte Töchter. Es gibt nichts, das geeigneter wäre, das Schlechteste in den Menschen hervorzubringen, als fanatische Religiosität.«

Elizabeth wies auf die leeren Wildlederbeutel. »Und dann das ...«

»Es spielt keine große Rolle, wer es genommen hat«, sagte Curiosity. »Nicht, soweit ich es sehe. Weg ist es auf jeden Fall.«

Nathaniel beugte sich vor, um eine Schuhschnalle zu betrachten. »Ich weiß nicht recht, Curiosity. Wenn es Moncrieff war, oder sogar Carryck, dann bedeutet dies, dass sie zu einigem bereit sind, um uns hier festzuhalten. Was wir brauchen, ist ein Verbündeter, jemand, der uns helfen kann, von hier zu verschwinden.«

»Ich habe selten von einem Herrn oder Gutsbesitzer gehört, der allenthalben so gepriesen wird«, sagte Elizabeth. »Es ist kaum vorstellbar, dass irgendeiner seiner Diener oder Lehnsleute bereit wäre, uns zu unterstützen. Ich denke, wir müssen allein auf uns selbst vertrauen.«

»Was ist mit den Campbells?« sagte Hannah. »Die sähen es ohnehin am liebsten, wenn wir verschwinden. Vielleicht würden sie helfen, wenn sie erst einmal wüssten, dass wir kein Interesse an Carryck haben.«

»Mag sein, dass sie es tun würden«, meinte Nathaniel langsam. »Aber nur, weil wir diesen Ort nicht für uns beanspruchen wollen, heißt das noch lange nicht, dass wir uns mit Carrycks Feinden zusammentun sollten.« Curiosity senkte ihr Kinn auf die Brust und blickte Nathaniel durchdringend an. »Ich wünsche dem Mann auch nichts Schlechtes. Aber sag mir, was bleibt uns denn anderes übrig? Könntest du nicht wenigstens mit dieser Isabel sprechen – wenn schon nicht mit den Männern um sie herum? Und feststellen, ob sie bereit wäre, uns zu helfen?«

Elizabeth sah, wie Nathaniel diesen Vorschlag in Erwägung zog. Sie legte ihre Hand auf die seine und er schaute sie an.

»Wir müssen doch ohnehin nach Moffat, um diese Sachen zu verkaufen.« Sie nahm den Handspiegel hoch. Er blitzte im Kerzenschein. »Vielleicht hat es irgendeinen Sinn, bei Lady Isabel vorzusprechen. Für uns und möglicherweise auch für Carryck.«

Nathaniel fuhr sich mit der Hand durch das Haar. Er hatte seine Jacke abgelegt und man sah, wie sich das weiße Leinen seines Hemdes an den Schultern straffte, je mehr Spannung sich in ihm aufbaute.

»Ich weiß nicht, Stiefelchen...«

»Lass mich gehen. Ich könnte den Ausflug mit einem guten Pferd innerhalb eines Tages schaffen«, sagte sie.

Curiosity lachte. »Na, das ist aber eine ausgefallene Idee. Dich mit einem Haufen Schmuck in der Tasche loszuschicken – dich allein, natürlich –, durch eine dir unbekannte Landschaft, um die Campbells zu finden, nachdem diese deinem Ehemannn bereits zwei Kugeln in den Körper gejagt haben.«

Elizabeth bemühte sich, gelassen zu bleiben. »Die Campbells kennen mich nicht«, sagte sie. »Ich bin lediglich eine weitere Lady, die nach Moffat kommt, um das Heilwasser zu genießen.«

Hannah räusperte sich und Nathaniel wandte sich ihr zu.

»Sag, was du denkst, Squirrel.«

Nach einer kleinen Weile meinte sie: »Immer, wenn ihr beiden euch trennt, gibt es Schwierigkeiten. Ich denke, ihr solltet euch gemeinsam auf den Weg machen.«

Nathaniels Gesicht entspannte sich und dann streckte er eine

Hand aus, um sie ihr auf die Schulter zu legen. »Du hast Recht. Manchmal braucht man ein Kind, das einen auf die Richtigkeit einer Sache hinweist. Was meinst du, Stiefelchen?«

»Ich würde gerne hören, was Curiosity von dem Gedanken hält«, entgegnete Elizabeth.

Curiosity trommelte mit einem ihrer langen Finger auf dem Tisch herum und bewegte nachdenklich ihren Unterkiefer. »Ich denke, ich kann einen Tag lang die Leute von hier fern halten, und es gibt reichlich Ziegenmilch. Außerdem haben wir es schon einmal auf diese Weise geschafft. Aber wie wollt ihr an Pferde kommen, ohne dass Carryck erfährt, was ihr vorhabt?«

Hannah sagte: »Die Postkutsche verlässt Carryckton morgens um halb sechs in Richtung Moffat.« Und dann, als Antwort auf Elizabeths erstaunten und Curiositys skeptischen Blick, fügte sie hinzu: »Ich habe es außen am Wirtshaus angeschlagen gesehen. Es heißt *The Barley Mow*.«

»Ach, wirklich?« entgegnete Curiosity grimmig. »Ich werde dir sagen, was ich denke, Fräulein. Ich denke, die ganze Sache hat sich schon in deinem Kopf festgesetzt, seit du diese traurige Geschichte von der davongelaufenen Lady Isabel kennst. Habe ich Recht?«

Hannah starrte verdrießlich vor sich hin und schwieg.

»Das einzige Problem ist, dass wir das Fahrgeld nicht aufbringen können«, seufzte Elizabeth.

Curiositys Stirn legte sich in tiefe Falten, während sie nachdachte. Schließlich griff sie mit zwei langen Fingern in das um ihren Kopf geschlungene Tuch und förderte eine einzelne Münze zutage. Im Licht funkelte ein goldenes Fünfguineenstück.

»Für eventuelle Schwierigkeiten.« Sie seufzte tief und ihr Mienenspiel änderte sich in rascher Folge – Verzweiflung, Wut und einfach Müdigkeit. Elizabeth verstand diese Gefühle sehr gut, aber es gab kein schnell wirkendes Mittel dagegen.

»Hannah«, sagte Curiosity ruhig. »Hol mir bitte meine Tasche.«

»Curiosity ...«, hob Elizabeth an.

»Sei still und gedulde dich einen Augenblick.« Curiosity hob beschwörend eine Hand. Und so saßen sie schweigend da und warteten, bis Hannah zurückkam und die kleine Tasche auf den Tisch legte.

Curiosity öffnete sie, griff ganz unten hinein und zog die Pistolen und die Holster hervor, die Nathaniel in Dumfries getragen hatte, als er von seinem nächtlichen Ritt zurückkehrte. Sie kramte erneut in der Tasche herum und präsentierte dann ein Säckchen mit Kugeln sowie eines mit Schießpulver.
»Niemand hat darauf geachtet, als du halb verblutet bist«, sagte sie zu Nathaniel. »Aber ich dachte, sie könnten noch einmal von Nutzen sein. Ich vermute, du hast eine ganze Menge dafür bezahlt.«
»Allerdings«, erwiderte Nathaniel. »Und ich freue mich, sie wiederzusehen.«
Curiosity überraschte Elizabeth damit, dass sie über den Tisch langte und Nathaniels Hände in ihre nahm.
»Gebt gut auf euch Acht. Ich möchte nach Hause und ich bin nicht geneigt, weitere Verzögerungen hinzunehmen. Hast du mich verstanden, Nathaniel Bonner?«
Nathaniel nickte. »Jawohl.«
»Noch eine Sache«, sagte sie. »Und dann müsst ihr ein wenig Schlaf kriegen, bevor ihr euch auf den Weg macht. Ich denke, ihr solltet Daniel mitnehmen. Ich habe noch nie die Art gemocht, wie Moncrieff den Jungen ansieht, und ich traue ihm nun erst recht nicht mehr.«
Elizabeth stellten sich die Nackenhaare auf, als sie sich Moncrieffs wutverzerrtes Gesicht ins Gedächtnis rief. *Ich hätte, als ich die Gelegenheit dazu hatte, Ihren Jungen nehmen und Sie umbringen sollen.*
»Wir nehmen Daniel mit«, sagte Nathaniel. »Aber dafür lasse ich dir eine der Pistolen hier.«

7

Moffat sah aus wie jede andere Stadt im Nieselregen an einem Sonntagmorgen: Die Straßen waren unter den tiefhängenden Wolken fast menschenleer. Elizabeth entdeckte ein Theater, ein Versammlungshaus und entlang der Hauptstraße dezente Hinweisschilder auf die Dienste von Ärzten und Chirurgen.
»Sehen Sie, Mr. Speedwells Schild ist gleich da vorn«, sagte die

Dame, die ihr gegenüber saß. Sie war eine kleine, rundliche Frau mit Namen Eleanor Rae, die gerade in Carryckton für vierzehn Tage ihre Schwester besucht hatte. »Er ist genau der richtige Mann, um Ihren Gatten wieder hinzubekommen, merken Sie sich meine Worte.« Sie schnalzte mitleidig mit der Zunge, während sie Nathaniel, der schweigsam blieb, musterte. »Es ist ein Jammer, jawohl, das ist es. Aber seien Sie unbesorgt, meine Liebe, Mr. Speedwell wird ihn schon wieder auf die Beine bringen.« Elizabeth widerstand der Versuchung, sich umzudrehen und Nathaniel anzusehen. Curiosity hatte ganze Arbeit geleistet, als sie ihn in einen Invaliden verwandelt hatte – sein Hals und sein Unterkiefer waren kunstvoll mit Binden umwickelt worden –, aber es war seine traurige Miene, die Mrs. Raes Mitleid hervorrief. Elizabeth hätte nie gedacht, dass er sich so gut in diese Scharade fügen würde, wobei sie selbst ihn nicht lange ansehen konnte, ohne Gefahr zu laufen, in Gelächter auszubrechen.

Die Postkutsche kam mit einem Ruck vor einem schmucken Wirtshaus zum Stehen.

»The Black Bull«, verkündete Mrs. Rae. »Noch genauso respektabel wie eh und je. Gutes Essen und saubere Zimmer. Und denken Sie daran, sagen Sie MacDonald, dass Eleanor Rae Sie geschickt hat.« Sie beugte sich vor, um Daniel eingehend zu betrachten, der gerade versuchte, sich seine Faust in den Mund zu stecken. Er starrte mit vollkommenem Gleichmut zurück, was sie als weiteres Zeichen für seinen bedauernswerten Zustand zu nehmen schien.

»So ein Jammer«, murmelte sie, als sie ihr Gepäck zusammenraffte.

Im Nu würde die Frau fort sein und Elizabeth wusste, dass sie in der Kürze der Zeit, die ihnen zur Verfügung stand, nur von ihr, die notwendigen Informationen erhalten konnte, die sie brauchte. In der vergangenen Stunde hatte sie überlegt, wie sie ihre Frage formulieren sollte, doch nun hatte sie keine Zeit mehr zu verlieren.

»Mrs. Rae, wenn ich Sie etwas fragen dürfte ...«

»Alles, was Sie wollen, meine Liebe.« Ihre Augen weiteten sich. »Fragen Sie einfach.«

»Es ist eine heikle Angelegenheit, verstehen Sie...«

Ein weiteres eifriges Nicken. Neugierde und guter Wille verschränkten sich miteinander wie vor ihrem Körper die plumpen Finger ihrer Hände.

»Wir sind genötigt, einige persönliche Gegenstände zu veräußern, um für die Behandlung meines Gatten und für unseren Aufenthalt hier aufkommen zu können. Wäre es Ihnen möglich, mir einen Hinweis zu geben, wie ich einen achtbaren ... Händler finde?«

»Tafelsilber oder Schmuck?« Ihr Tonfall war nun ganz geschäftig und ihre Augen begannen zu glänzen.

»Letzteres«, sagte Elizabeth. Neben ihr rutschte Nathaniel unbehaglich herum, aber Mrs. Rae konzentrierte ihr Lächeln auf Elizabeth.

»Aha.« Sie produzierte ein schmales Lächeln. »Das Schicksal hat uns heute zusammengebracht. Sie müssen mit mir kommen, meine Lieben, und ich werde sie zu meinem Nachbarn bringen. Ein feiner italienischer Herr, wissen Sie, aber klug zugleich.«

Elizabeth trug den Jungen so, dass sein Gesicht zwischen den beiden offenen Knöpfen ihres Umhangs hervorlugte. Er war neugierig auf die Welt, die ihn umgab, hatte bislang weder Furcht noch Vorsicht kennen gelernt und würde sich deshalb nicht wie ein etwas älteres Kind verstecken lassen. Seinen Augen – sie wirkten in diesem Licht sehr grün – entging nichts und sein Gesichtsausdruck war sehr ernst, während sie durch die Gassen gingen.

Nathaniel trug Curiositys Tasche. Sie war nun mit Giselles kostbaren Dingen gefüllt, aber seinen verletzten Arm hielt er unter dem Mantel verborgen, und seine Hand ruhte auf dem Griff der Pistole. Zunächst hatte er die Maskerade gemocht, die es ihm erlaubte, zuzuhören, ohne selbst reden zu müssen – dafür, dass Elizabeth auf dem ganzen Weg von Carryckton nach Moffat ohne jede Unterstützung von ihm mit Mrs. Rae zurechtkommen musste, schuldete er ihr etwas –, aber nun hatte sein Gesicht unter den Binden zu jucken begonnen und er hatte lange genug geschwiegen. Die simple Wahrheit jedoch war, dass sie keine wirkliche Wahl hatten und dass ihnen wenig Zeit blieb – die Postkutsche, die nach Carryckton zurückfuhr, würde in gerade einmal fünf Stunden abfahren. Ihm blieb nichts anderes übrig, als dieses Spiel weiterzuspielen.

Sie folgten Mrs. Rae eine Gasse hinunter, die von kleinen, allesamt mit Fensterläden verschlossenen Läden gesäumt war – ein Waffenschmied, ein Sattelmacher, ein Schuster. Ein Soldat in roter Uniform ging vorüber, kratzte sich an der Brust und gähnte laut. Nathaniel zog seinen Hut tiefer in die Stirn.
»Da wären wir, meine Lieben.«
Sie waren vor einem kleinen Geschäft mit einer hellgelb gestrichenen Tür stehen geblieben, über der ein Schild unregelmäßig im Wind schaukelte: G. Bevesangue, Importeur.
Elizabeth dankte Mrs. Rae für ihre Hilfe, schüttelte ihre Hand, und dann zeigte die ältere Frau die Straße hinunter auf den Laden ihres Ehemanns – »der beste Putzmacher in ganz Moffat, das muss ich selbst so sagen.« Damit ging sie.
Auf Elizabeths kräftiges Klopfen hin flog die Tür auf, als hätte er auf sie gewartet. Der Mann, der vor ihnen stand, war nicht älter als dreißig, hatte wildes Haar, das in alle Richtungen von seinem Kopf abstand, und einen dunklen Teint. In seinem schmalen, unbeweglichen Gesicht glänzten die dunkelsten Augen, die Nathaniel jemals bei einem Weißen gesehen hatte. Er schien nicht überrascht, zwei Fremde auf seiner Türschwelle vorzufinden, aber er spähte aufmerksam in beide Richtungen die Gasse hinunter, bevor er zurücktrat und sie mit einer einladenden Armbewegung hineingeleitete.
»*Entrez, s'il vous plaît.*« Er lächelte und in seinem ordentlich getrimmten Schnurrbart blitzte ein Goldzahn auf. »*Guido Bevesangue, madame, monsieur.*«
Elizabeth zögerte, blickte über ihre Schulter Nathaniel an und trat dann über die Schwelle.
Es war ein kleiner, einfach eingerichteter Raum: ein Bett in der Ecke, ein langer Tisch, eine Vitrine, zwei Stühle und eine Lampe. Kleidung hing an Haken und auf dem Tisch befanden sich Überbleibsel eines bescheidenen Mahls aus Brot, Käse und einer Art grüner Paste. Außer der hintersten, über und über mit Uhren behängten Wand wies nichts darauf hin, warum dieser Mann interessiert sein könnte, bares Geld für das zu geben, was sie zu verkaufen hatten.
Elizabeth wollte etwas sagen, aber Bevesangue brachte sie mit einer Handbewegung zum Schweigen, just als alle Uhren mit einem leisen Surren zum Leben erwachten. Daniels Kopf

tauchte aus Elizabeths Umhang auf. Er ließ ein vergnügtes Krächzen vernehmen und begann sich zu winden und flatternde Bewegungen mit den Armen zu machen.

Nachdem die letzte Uhr die Stunde geschlagen und Elizabeth den Kleinen beruhigt hatte, beugte Bevesangue sich so vor, dass sein Haar nach vorne und dann wieder nach hinten wehte.

»Est-ce que je puis vous aider, madame, monsieur?«

»Sir«, begann Elizabeth, »sprechen Sie Englisch?«

»Aber selbstverständlich, Madame.« Er legte die Hand auf sein Herz, als wäre er bereit, es zu beschwören. »Verzeihen Sie, ich dachte, Sie müssten Franzosen sein. Die meisten meiner ... Besucher sind französische Herrschaften in unglücklichen Lebensumständen.« Seine Augen wanderten über sie hinweg und registrierten den teuren Schnitt ihrer am Saum verschmutzten Umhänge. »Ich selbst bin Italiener, aus Genua.«

Von der Straße her drangen laute Stimmen herein. Der freundliche Ausdruck im Gesicht des Mannes verschwand und kehrte nur ganz zögerlich zurück, als die Stimmen sich entfernten. Nathaniel berührte erneut seine Pistole und war froh, dass sie schwer gegen seine Rippen drückte.

»Wie kann ich Ihnen behilflich sein, Madame ...?« Er machte eine erwartungsvolle Pause.

»Freeman«, ergänzte Elizabeth und fügte dann hinzu: »Mrs. Rae war der Auffassung, dass Sie möglicherweise daran interessiert sein könnten, uns einige Gegenstände abzukaufen.«

»Persönliche Gegenstände, Madame?«

»Ja, persönliche Gegenstände von gewissem Wert«, sagte sie fest.

Bevesangue beobachtete Nathaniel aus dem Augenwinkel. »Ihr Gatte ist krank?«

Elizabeths Miene wurde ein wenig abweisend. »Mein Mann ist hier, um wegen seiner Halserkrankung das Heilwasser zu genießen. Sonst fehlt ihm nichts.«

»Aber Sie sind weit gereist«, sagte er. »Sie müssen sehr müde sein. Bitte, wollen Sie sich nicht setzen?«

Nathaniel legte eine Hand auf Elizabeths Arm, um sie aufzuhalten. Dann ging er auf Bevesangue zu, um ihn scharf zu mustern. Irgendetwas an diesem Italiener ließ es in seinen Fäusten jucken, aber was auch immer es war, der Mann verbarg es klug hinter diesen dunklen Augen. Nach einer Weile zwinkerte Bevesangue.

»Ihr Gatte ist ein vorsichtiger Mann«, sagte er, ohne seinen Blick von Nathaniel abzuwenden. »Und gefährlich ist er auch, wie ich vermute.«

Elizabeth lächelte. »Wie aufmerksam Sie sind, Mr. Bevesangue«, entgegnete sie. »Vielleicht können wir nun langsam zum eigentlichen Geschäft kommen...«

Eine halbe Stunde später bezahlten sie für ein Zimmer im Black Bull und ein Zimmermädchen wies ihnen den Weg.

»Sechzig Pfund!« rief Elizabeth und ließ die Geldbörse auf das Bett fallen. »Das ist mehr, als wir erwarten konnten. Du musst ihn wirklich eingeschüchtert haben, Nathaniel.«

»Ich weiß nicht recht.« Er trat ans Fenster, während er die Binden um seinen Hals löste.

»Aber warum sonst sollte er uns nach so wenig Feilschen so viel gegeben haben?« Elizabeth knöpfte für Daniel, der bereits ungeduldig plapperte und sie mit seiner kleinen Faust traktierte, ihr Oberteil auf. Plötzlich erstarrte sie und sah auf.

»Außer ...«

»Er hat vor, es sich zurückzuholen«, beendete Nathaniel für sie den Satz.

»Wundervoll«, entgegnete Elizabeth grimmig. »Genau das hat uns gefehlt. Außer den Campbells und den Carrycks nun auch noch ein diebischer Italiener, der hinter uns her ist.«

»Mach dir keine Gedanken darum, Stiefelchen. Wir werden um vier schon wieder in der Postkutsche sitzen und er wird nicht vor Einbruch der Dunkelheit nach uns suchen. In der Zwischenzeit bleiben wir einfach schön auf unserem Zimmer.«

Elizabeth dachte nach. Sie waren schon vor Sonnenaufgang aufgestanden und mehr als eine Stunde durch fremdes Gebiet gelaufen. In der Postkutsche hatte es keine Gelegenheit gegeben, zu schlafen – Mrs. Rae und Daniel hatten sich gemeinsam dagegen verschworen –, und sie war sehr müde. Warum sollte sie nicht einfach Nathaniels Vorschlag folgen und hier schlafen, bis es Zeit war, nach Carryckcastle zurückzukehren, um dort den Rest ihrer Familie zusammenzutrommeln, bevor sie sich dann auf den Weg nach Hause machten? Genau das würde sie tun.

Daniels gleichmäßiges Saugen war das einzige Geräusch im Zimmer. Nathaniel hatte ihr den Rücken zugewandt und verharrte unbeweglich am Fenster, während er in die Gasse hinuntersah. »Spuck es aus, Stiefelchen, bevor du daran erstickst«, sagte er dann.

»Falls Lady Isabel hier ist, denke ich, dass ich versuchen sollte, mit ihr zu reden«, sagte Elizabeth. »Wenn ich es nicht tue, werde ich mich immer fragen ...«

»Ob du nicht Carrycks Probleme für ihn hättest lösen können. Herr im Himmel, du bist schlimmer als jeder Missionar, dem ich bislang begegnet bin. Ist dir klar, auf welche Schwierigkeiten du damit zusteuerst?«

Das hatte gesessen. Elizabeth beugte sich über Daniel, um ihr glühendes Gesicht zu verbergen und um ihren Ärger zu zügeln. Sie hörte, wie Nathaniel das Zimmer durchquerte, und spürte, wie sich sein Gewicht auf die Bettkante senkte.

»Ich hätte dich nicht so anfahren sollen.«

»Nein, in der Tat nicht.«

»Du hast überhaupt nichts von einer Missionarin an dir.«

»Ich hoffe nicht.«

Er warf ihr einen Seitenblick zu. »Vielleicht ist sie ja gar nicht hier. Und wenn doch – wie willst du sie ausfindig machen, ohne die Campbells auf uns zu hetzen? Ich glaube nicht, dass es ihnen etwas ausmachen würde, ein zweites Mal auf mich zu schießen – und auf dich ebenfalls, wenn sie die Gelegenheit dazu bekämen.«

Elizabeth erwiderte seinen Blick. »Ich bin sehr wohl in der Lage, herauszufinden, was ich wissen will, ohne im Gegenzug hilfreiche Informationen preiszugeben. Überlass das nur mir.«

Ein Grinsen flog über sein Gesicht. »Soll mir recht sein, Stiefelchen. Ich werde mich zurücklehnen und sehen, was geschieht.«

Sie legten Daniel für ein Schläfchen hin und dann beobachtete Nathaniel halb amüsiert, halb beunruhigt, wie Elizabeth ihre Fäden spann. Als erstes klingelte sie nach dem Zimmermädchen, einer langsamen jungen Frau, die sich Zeit ließ, bei ihnen zu erscheinen und einen Knicks anzudeuten. In einem kühlen und überheblichen Ton, den Nathaniel kaum kannte, bestellte Elizabeth ein Essen, das sie für Tage satt gemacht hätte: Suppe, ein Fricandeau vom Kalb, Gemüseauflauf, einen Brotkorb, Himbeersillabub, Kaffee und eine teure Flasche Bordeaux-Wein. Das Mädchen, plötzlich viel wacher, rannte mit frisch geröteten Wangen in die Küche.

»Hast du vor, noch bevor wir diese Stadt verlassen, die kompletten sechzig Pfund auszugeben, oder hat dir lediglich unser Spaziergang heute Morgen einen so großen Appetit gemacht?«
»Nein«, erwiderte Elizabeth ruhig. »Ich habe so gut wie keinen Hunger, aber ich werde dennoch essen.« Mehr konnte sie nicht sagen, weil ein Kellner mit Tischtüchern erschien und begann, den Tisch für ihr Mahl einzudecken.

In der folgenden Stunde erfuhr Nathaniel Dinge über seine Frau, die er sich nicht hätte vorstellen können, oder die sich vorzustellen er sich vielleicht nie erlaubt hatte. Das war nicht die Elizabeth, die er kannte, jene Frau, die es sich so resolut zur Aufgabe gemacht hatte, zu lernen, wie man Wild häutet und Felle trocknet, die auf Bäume kletterte und in Bergseen schwamm. Dies hier war Elizabeth Middleton aus Oakmere, Lady Croftons Nichte, die dazu erzogen worden war, zu glauben, dass das Dienstpersonal Namen hatte, die es nicht wert waren, behalten zu werden; eine feine Dame, die gar nicht daran dachte, selbst ihre Serviette in die Hand zu nehmen, um sie sich in den Schoß zu legen. Es war erstaunlich, ihr dabei zuzusehen, wie sie die Sauce zum Kalb als ungenießbar zurückgehen ließ, und beunruhigend, zu beobachten, wie sie auf ihr Glas wies, um es auffüllen zu lassen, ohne auch nur in die Richtung des Serviermädchens zu schauen. Währenddessen fuhr sie fort, in einem Tonfall und auf eine Weise mit ihm zu sprechen, die ihm völlig unbekannt war und die er noch viel weniger mochte, eine Weise, in der man in Gesellschaft und auf Bällen und in Ränkespielen bei Hofe sprach.

Als der Sillabub vor ihnen stand, war ihm Elizabeths Plan endlich klar geworden.

»Zu dumm, dass der Onkel nicht die Absicht hat, bis nach Galston zu reisen«, sagte sie in einem etwas bekümmerten Tonfall. »Die Countess hatte mich schließlich so ausdrücklich darum gebeten, bei ihr hereinzuschauen. Ich fürchte, es ist nicht zu ändern, obwohl ich sie nur äußerst ungern enttäusche. Du weißt ja, dass Mama hofft, unser Roderick könnte sich für sie interessieren. Es wäre wunderbar, wenn unsere Familien auf diese Weise zusammengeführt würden.«

Aus dem Augenwinkel sah Nathaniel, wie es im Gesicht des Serviermädchens zuckte.

Elizabeth fuhr mit einem Seufzer fort: »Ich würde viel darum geben, die liebe Flora zu sehen. Ich bin wirklich sehr enttäuscht.« Das Mädchen ließ ein leises Geräusch hören, das weniger als ein Hüsteln war. Elizabeth hob in ihre Richtung eine Augenbraue. »Ja?«

Ein tiefer Knicks. »Sie müssen verzeihen, Ma'm, ich will mich ja nicht einmischen ...« Sie verstummte, aber als Elizabeth sie nicht aufhielt, fuhr sie hastig fort:

»Wenn es die Countess of Loudoun ist, von der Sie sprechen – ich dachte, die muss es sein, als ich Sie von Galston reden hörte – entschuldigen Sie, dass ich so vorlaut bin, Ma'm, aber wussten sie nicht, dass die Lady nach Moffat gekommen ist, um im Heilwasser zu baden?«

Für einige lange Sekunden blieb Elizabeths Gesicht vollkommen ausdruckslos und das Mädchen wurde sehr blass.

Schließlich lächelte Elizabeth jedoch. »Ach, tatsächlich? Wie freundlich von dir ...«

»Annie, Ma'm.«

»Wie überaus freundlich von dir, Annie, mir meinen Seelenfrieden zurückzugeben. So viel Aufmerksamkeit muss belohnt werden.«

Dem Mädchen stieg die Röte ins Gesicht und es knickste erneut. »Es macht überhaupt keine Umstände, Ma'm. Die Countess geht jeden Morgen hier vorbei – der Earl of Breadalbane hat ein Haus am Elliot Place, gleich hier die Straße hinunter.«

»Tatsächlich? Was für ein glücklicher Zufall«, sagte Elizabeth, nahm ihren Löffel und schenkte Nathaniel ein schmales Lächeln. »Ein wirklich überaus glücklicher Zufall.«

»Du bist ärgerlich auf mich«, sagte Elizabeth ruhig. Sie beobachtete ihr Spiegelbild in der Fensterscheibe, während sie eine lose Haarsträhne feststeckte. Ihre Hand zitterte und sie versuchte sie daran zu hindern, indem sie sie an ihre Taille presste. Als Nathaniel kam, um von hinten seine Arme um sie zu schließen, versteifte sie sich, ohne zu wissen warum.

»Nicht ärgerlich, das ist das falsche Wort.«
»Sei ehrlich, Nathaniel. Ich habe dich noch nie mit einer so finsteren Miene gesehen. Du hast mich ziemlich erschreckt.«
»Dann sind wir quitt, denn du hast mich ebenfalls erschreckt, Stiefelchen.« Er wiegte sie so in seinen Armen, dass ihr Rücken seinen Körper berührte. »Aber ich muss zugeben, jetzt hast du mich wieder beruhigt.«
Sie drehte sich in seinen Armen um und stemmte ihre Hände gegen seine Brust. Sein Gesichtsausdruck hatte etwas Vorsichtiges, eine Reserviertheit, die sie an ihm schon lange nicht mehr beobachtet hatte; nicht mehr seit jener Zeit, als sie noch Miss Middleton gewesen war und darauf bestanden hatte, ihn Mr. Bonner zu nennen. Es verletzte sie, diesen Blick nun wieder zu sehen.
»Das ist aber eine sehr geheimnisvolle Äußerung. Was willst du damit sagen?«
»Diese feine Dame, die da mir gegenüber am Tsich saß und ihre Nase über die Sauce rümpfte und sich über den Kaffee beschwerte, ist nicht die Frau, die ich geheiratet habe. Und da habe ich mir Gedanken gemacht, was du aufgegeben hast, um in New York mit mir zusammenzuleben. Bislang war mir noch nie in den Sinn gekommen, dass ...« Er verstummte.
»Sprich weiter«, sagte sie dumpf. »Sag es. Es war dir noch nie in den Sinn gekommen, dass ich vielleicht ...genau so eine feine Dame geworden wäre, wenn ich mich entschieden hätte, hier mein Leben zu leben.« Sie entzog sich ihm, unfähig, ihn zu berühren und zugleich ihre Haltung zu bewahren. »Glaubst du, mein Wunsch fortzugehen, war nur eine kindische Grille? Hast du mir nicht zugehört, als ich dir davon erzählt habe, wie sich hier das Leben für die Frauen, die in Bequemlichkeit und Wohlstand hineingeboren wurden, gestaltete? Siehst du nicht, wie leicht man manipulativ und herrisch wird, wenn jeder andere Weg, jede Möglichkeit, im Denken unabhängig zu sein, versperrt ist?«
Sie spürte, wie eine Welle von Zorn ihr Gesicht erröten ließ, und es bedurfte ihren ganzen Willenskraft, seinen Blick zu erwidern. »Ich wusste, was aus mir hätte werden sollen, wenn ich geblieben wäre. Ich fühlte es in mir wie ein Krebsgeschwür wachsen, Tag für Tag. Und nun hast du es gesehen. Das bin ich,

Nathaniel. Ob es dir gefällt oder nicht, diese Frau ist ebenfalls ein Teil von mir und wird es immer bleiben.«

»Ach, Stiefelchen«, sagte er und zog sie an sich, um seine Wange an ihr Haar zu drücken. Seine Stimme war rau, aber seine Hände auf ihren Schultern sanft. »Wenn dies das Schlimmste ist, was du mir zu zeigen hast, dann bin ich ein verdammt glücklicher Mann.«

Etwas sehr Warmes brach in ihrem Innersten auf und breitete sich bis in ihre Kehle aus. Als sie ihre Stimme wiedergefunden hatte, sagte sie: »Ich möchte nach Hause.«

»Ich auch. Und wir werden es schaffen.«

Was genau erwartest du eigentlich? fragte Elizabeth sich, während sie auf dem Weg zum Elliot Place war. *Was willst du überhaupt von Lady Isabel?*

Die Wahrheit war, dass sie nicht wusste, was sie zu Lady Isabel sagen würde, wenn – ja, wenn – sie ihr schließlich gegenüberstehen sollte. *Ihr Vater hat unser Leben sehr kompliziert gemacht, bitte kommen Sie und sagen Sie ihm, dass er sofort damit aufhören soll.*

Bei dem Gedanken musste sie lächeln. Ein Mann, der auf der Straße an ihr vorüberging, hielt inne, als hätte sie ihn angesprochen. Elizabeth bedachte ihn mit einem kühlen Blick und er senkte die Augen und ging weiter.

Es war natürlich verrückt. Sie konnte ihnen nicht sagen, wer sie war, ohne sich in echte Gefahr zu bringen, aber wenn sie es ihnen verschwieg, welche angebliche Verbindung konnte sie dann bemühen, die ihr die Tür öffnen würde? Giselle Somervilles Kleid, Umhang und Hut wiesen sie als bemittelte Frau von gehobenem Rang aus, aber die äußere Erscheinung einer höheren Tochter allein würde sie nicht sehr weit bringen.

Die Sonne war zögernd hervorgekommen, um das Kopfsteinpflaster zu trocknen, und eine Horde Kinder rannte nach draußen, um das bessere Wetter zu begrüßen. Über Elizabeth öffnete sich ein Fenster und die Klänge eines sehr schlecht gespielten Klaviers, vermischt mit den Stimmen junger Männer, die sich in französischer Sprache zankten, drangen nach unten. Eine viersitzige Kutsche rollte langsam vorbei. Zwei Herren saßen darin, die wie Ärzte aussahen. Und dann hatte Elizabeth Elliot Place erreicht und blieb stehen, um ihre Gedanken zu ordnen.

Neben der Straße erhob sich ein einzelnes Haus, drei Stockwerke hoch und von einem großen Park umgeben. Elizabeth stand vor dem mit Geißblatt überwucherten Gartentor. Zwischen dem Geißblatt lugten Rosen mit schweren Blüten hervor, die vom Regen tropften und deren Duft sich mit der wärmer werdenden Brise ausbreitete. Das Tor stand halb offen und dahinter wand sich ein gepflasterter Weg zwischen hochgewachsenem Rittersporn und Unmengen weißer Lilien hindurch. Der Weg endete am Fuß einiger Steinstufen und setzte sich dann in das gesprenkelte Licht des dahinter liegenden Gartens fort.

»Staunen Sie über die Rosen?« fragte eine junge Stimme hinter ihr. Elizabeths Kopf fuhr herum, aber sie bewahrte ihre Haltung und wandte sich der Fragerin zu.

»Das tut doch jeder. Über Rosen staunen, meine ich.«

Es war ein einfaches Mädchen von vielleicht dreizehn Jahren mit klugen, hellbraunen Augen und einem freundlichen Gesichtsausdruck. Sein Akzent war weder Schottisch noch Englisch, sondern etwas dazwischen, und mit ziemlicher Sicherheit das Ergebnis einer sorgfältigen Erziehung.

»Sie sind wunderschön«, sagte Elizabeth. »Ich habe noch nie zuvor Rosen gesehen, die einen solchen Apricotton haben. Ich konnte einfach nicht anders, als stehenzubleiben und sie zu bewundern.«

Das Mädchen lächelte. »Apricot. So habe ich es noch nie jemanden bezeichnen hören, aber Sie haben Recht; die Rosen haben genau die Farbe einer reifen Aprikose. Würden Sie gerne den übrigen Garten sehen?«

Sie fasste Elizabeths Überraschung als Zögern auf. »Es ist schon in Ordnung. Die Familie gibt gerne damit an«, sagte sie in einem leisen und verschwörerischen Ton.

»Also ist die Countess eine eifrige Gärtnerin?« fragte Elizabeth und sah, wie sich das Gesicht des jungen Mädchens erst überrascht und dann belustigt verzog. »Oder ist es eher der Earl of Breadalbane, der ...«

»Breadalbane macht sich überhaupt nichts aus Blumen. Ich schon, aber ich kann hiervon nichts als mein Werk beanspru-

chen«, sagte sie und wies mit dem Kopf in Richtung Garten. Und dann, vielleicht weil Elizabeth verwirrt aussah, fügte sie hinzu:»Ich bin die Countess of Loudoun.«
»Oh«, sagte Elizabeth, nun ziemlich aus der Fassung gebracht.»Entschuldigen Sie, das war mir nicht bewusst.« Das Mädchen errötete.»Sie sind überrascht. Sie müssen diese dummen Geschichten über meine Lunge vernommen haben«, sagte sie leicht gereizt.»Jeder denkt, ich sei gebrechlich. Nun, ich bin es nicht.«
»Ja, das sehe ich«, erwiderte Elizabeth und fügte dann hinzu:»Es muss sehr lästig sein, dass die Menschen Sie für krank halten, wenn Sie sich tatsächlich guter Gesundheit erfreuen.«
Die Countess kniff die Augen zusammen.»Ja, es ist in der Tat sehr lästig. ›Lästig‹ ist genau das richtige Wort. Sie können sich sehr gut ausdrücken.«
»Danke«, entgegnete Elizabeth und war trotz der Ernsthaftigkeit der Situation erheitert.»Wer ist es denn, der sich um den Garten kümmert, wenn Sie es nicht sind, Countess?«
»Er ist Lady Isabels Werk«, entgegnete das Mädchen.»Die Frau meines Verwalters. Sie verbringt ihre gesamte Zeit damit, die Gärtner zu terrorisieren, obwohl …« Sie verstummte und biss sich nachdenklich auf die Unterlippe.»Würden Sie gerne den Teich sehen?«

Elizabeth staunte über sich selbst, dass sie noch zögerte, obwohl sich diese Gelegenheit doch wie selbstverständlich eröffnet hatte. Sie verschränkte die Finger, um ihre Hände am Zittern zu hindern, und folgte dem Mädchen den gepflasterten Weg entlang.

Trotz ihrer Besorgnis konnte Elizabeth die Schönheit des Gartens nicht übersehen. Hinter jeder Ecke wartete eine Überraschung – eine Bank, umgeben von Feuernelken und Kissen von weißem Phlox, eine Ecke, in der winzige Glockenblumen sich über ein dunkelgrünes Geflecht ausbreiteten, ein Laubengang, der üppig mit Klematis bewachsen war, mit Blüten, so groß wie ihre Hand. Es war Sonntagnachmittag und deshalb waren keine Gärtner bei der Arbeit – nur das fast unmerkliche Summen der Bienen war zu hören und, irgendwo in der Nähe, das leise Plätschern von Wasser auf Steinen. Ihre Begleitung war willens, ihr Zeit zum Schauen zu lassen, und Elizabeth war dafür sehr dankbar, denn sie hatte keine Ahnung, was sie sagen sollte, falls sie unerwartet auf Lady Isabel treffen sollten.

Sie gelangten an einen grasbedeckten Abhang, der an einem Teich endete, der von einem schmalen Rinnsal gespeist wurde, das einem Fels entsprang. An einer Seite standen drei schlanke Birken, deren Blätter tanzende Schatten auf das Wasser warfen. Eine Libelle schwebte über einer Ansammlung von cremefarbenen und rosafarbenen Wasserlilien.

»Wie hübsch.« Elizabeth hatte es nur gehaucht, aber im Schatten des von ihr am weitesten entfernten Ende des Teichs war das Rascheln von Röcken zu vernehmen. Eine Frau setzte sich in einem Stuhl auf. Sie war in einen Schal gewickelt und von der Krempe ihres Huts hing ein Schleier.

»Flora?«

»Hier ist eine Dame, die sich den Garten ansehen möchte!« rief die junge Countess. »Eine englische Dame. Sie hatte Halt gemacht, um sich deine Rosen anzusehen.«

Elizabeths Atem ging schnell und flach, aber es gelang ihr, ihre Stimme zu kontrollieren. »Verzeihen Sie bitte. Ich hatte nicht die Absicht, hier einfach einzudringen ...«

»Sie sind nicht eingedrungen«, sagte das Mädchen mit einem Anflug von Verärgerung in der Stimme. »Ich habe Sie hierher gebracht. Lady Isabel führt gerne Menschen in ihrem Garten herum, nicht wahr, Isabel?«

»Ja, das stimmt.« Die Dame erhob sich etwas schwerfällig aus ihrem Stuhl – Elizabeth dachte, dass sie sehr tief geschlafen haben musste – und ging um den Teich herum auf sie zu. Sie bewegte sich eher wie eine Frau von siebzig als von dreißig Jahren und einen Augenblick lang fragte sich Elizabeth, ob sie am falschen Ort war, bei irgendeiner anderen Isabel. Sie war dermaßen verwirrt, dass sie, als die Frau vor ihr stehen blieb, weder zögerte noch überlegte, sondern sich dem anonymen Gesicht hinter dem Schleier mit ihrem wirklichen Namen vorstellte.

»Guten Tag«, sagte sie. »Ich bin Mrs. Elizabeth Bonner aus dem Staat New York.«

Es folgte eine kurze Stille, die durch den grellen Schrei eines Eichelhähers unterbrochen wurde.

»Flora«, sagte Lady Isabel leise. »Bitte sage Cook, dass ich meinen Tee hier mit meinem Gast einnehmen werde. Und sage Mrs. Fitzwilliam, dass ich nicht gestört werden möchte.«

Elizabeth wünschte sich sehr, Lady Isabels Gesicht sehen zu können, aber sie musste sich mit ihrer Stimme zufrieden geben, die weder Erstaunen noch Missvergnügen verriet.

»Aber ...«

»Es ist sehr ungehörig, jemanden so anzustarren, Flora«, sagte Lady Isabel sanft.

Das Mädchen nickte.

»Wenn du magst, kannst du, nachdem du mit Cook gesprochen hast, wiederkommen und dich zu uns setzen.«

Das schien das Mädchen zu beruhigen und sie lief davon.

»Ich ziehe es vor, im Schatten zu sitzen, wenn Ihnen das genehm ist«, sagte Lady Isabel.

Elizabeth fand ihre Stimme wieder. »Ja, danke. Das ist mir sehr recht.« Sie tupfte sich mit dem Taschentuch die Stirn, denn sie hatte in dem kühlen Garten plötzlich zu schwitzen begonnen.

Flora war sehr schnell wieder da, außer Atem und mit gerötetem Gesicht. Sie setzte sich gleich neben Lady Isabels Gartenstuhl auf den Boden und zog die Beine unter ihre Röcke.

»Sie sind allein gekommen«, stellte Lady Isabel fest. »Sind Sie so mutig oder einfach nur dickköpfig?«

»Vielleicht bin ich beides«, antwortete Elizabeth.

Sie saßen einen Augenblick da und lauschten den Vögeln, die sich von Baum zu Baum etwas zuriefen. Dann überraschte Flora – man konnte sie sich schwerlich als Countess of Loudoun vorstellen – sowohl Elizabeth als auch Isabel.

»Hat Carryck Sie geschickt oder war es Jean Hope?«

Das Mädchen kannte offenbar die ganze Geschichte – sicherlich wusste sie mehr als Elizabeth über Lady Isabels Flucht aus Carryckcastle.

»Nein«, entgegnete Elizabeth. »Niemand hat mich geschickt. Niemand weiß, dass ich hier bin.« *Außer Nathaniel*, wollte sie hinzufügen, unterließ es dann jedoch.

»Natürlich hat Sie niemand geschickt«, sagte Lady Isabel gelassen. »Mein Vater würde ein solches Risiko nicht auf sich nehmen. Ist Ihnen klar, wie gefährlich das ist?«

Elizabeth fand, dass die Zeit für höfliches Geplänkel vorüber war. Sie sagte:»Mein Mann ist von zwei Kugeln getroffen worden. Ja, ich bin mir der Gefahr sehr wohl bewusst. Aber Tatsache ist, Lady Isabel, dass wir gar nicht hier sein wollen und gegen unseren Willen hierher gebracht wurden ...«
»Moncrieff«, unterbrach sie.
»Ja.« Elizabeth nickte.»Und das ist der Grund, warum ich die Gelegenheit ergriffen habe, Sie aufzusuchen.«
»Sie möchten, dass ich Ihnen helfe, von hier fortzukommen. Aber was ist mit dem Vater Ihres Gatten und seinen Freunden?«
Elizabeth schwieg, um nachzudenken. Lady Isabel war bedeutend besser informiert, als sie es sich hätte vorstellen können.»Wir wissen nicht, wo sie sind, aber wir können nicht länger warten. Wir müssen uns auf den Weg nach Hause machen.«
»Ich kann Ihnen helfen, aber nicht in der Weise, wie Sie es erwarten«, sagte Lady Isabel.»Sie waren gestern hier, um sich mit meinem Mann und Breadalbane zu beraten.«
Elizabeth glaubte zunächst, etwas missverstanden zu haben, aber dann sah sie am Gesicht des Mädchens, dass das nicht der Fall war.»Mein Schwiegervater war hier?«
»Und Robert MacLachlan und Ihr Cousin Viscount Durbeyfield auch.«
Elizabeth konnte einen Laut des Erstaunens nicht unterdrücken.»Mein Cousin Will war hier?«
»Ja. Wussten Sie nicht, dass sie zusammen reisen?«
»Nein, das wusste ich nicht«, sagte Elizabeth und presste zwei Finger gegen ihren Nasenrücken, um einen plötzlichen Schmerz zu unterdrücken.»Ich habe meinen Cousin das letzte Mal in Kanada gesehen und hatte vermutet, er wäre nach wie vor dort.«
»Er ist gestern hier gewesen«, sagte Flora bestimmt.»Ich habe ihm die Hand geschüttelt.«
Elizabeth hatte mit diesen unerwarteten Neuigkeiten zu kämpfen. Was, wenn sie gelogen waren, nicht mehr als ein Vorwand, um sie abzulenken?
Lady Isabel las mühelos ihre Gedanken.»Sie zweifeln an meinem Bericht und Sie haben guten Grund dazu. Flora, beschreibe die Herren, die gestern hier waren, um den Earl zu sprechen.«
Das war eine Aufgabe, die dem Mädchen zusagte. Sie setzte

sich aufrecht hin und beschrieb bedächtig und detailliert alle drei Männer – bis hin zu Robbies frischer Gesichtsfarbe und der Narbe auf Hawkeyes linkem Jochbein. Sie waren hier gewesen, das war sie nun bereit zu glauben. Aber unter welchen Umständen? »Und wo sind sie jetzt?« fragte Elizabeth.

»Sie sind heute Morgen nach Carryckcastle aufgebrochen. Ihre Wege müssen sich gekreuzt haben«, erwiderte Lady Isabel.

Elizabeth stand abrupt auf, um sich dann wieder zu setzen. »Aber ...«

»Mrs. Bonner«, sagte Lady Isabel sehr sanft, »beruhigen Sie sich. Ihnen ist nichts Schlimmes widerfahren. Dafür hat der Viscount schon Sorge getragen.«

»Sie ist verwirrt«, sagte Flora, die Elizabeth genau beobachtete.

»Ja, das bin ich«, entgegnete Elizabeth. »Warum sollten die Campbells – warum sollten Sie sich mit meinem Schwiegervater verbünden und ihn ohne ein Einschreiten von Ihrer Seite einfach seiner Wege gehen lassen, während mein Mann angegriffen und fast getötet wurde?«

Lady Isabel spreizte in ihrem Schoß die Finger. »Weil sie hierher gekommen sind und um sicheres Geleit gebeten haben, ganz so, wie Sie es jetzt tun.«

»Mr. Bonner hat einen Eid geschworen«, fügte Flora hinzu, Elizabeths Blick ausweichend. »Er hat geschworen, niemals nach Schottland zurückzukommen.«

»Ich verstehe.« Elizabeths Gedanken rasten. Sie wollte zu Nathaniel zurückkehren und ihm diese guten Nachrichten überbringen – sein Vater und Robbie lebten, waren wohlauf und bereit, nach Hause zurückzureisen, so schnell es ging. Aber es kam alles zu plötzlich, um es begreifen zu können, und zu viele Dinge waren noch ungewiss. Will hier in Schottland – und das, nachdem Tante Merriweather sich so sehr darum bemüht hatte, ihn vor der drohenden Verbannung wegen Aufwieglertums zu bewahren. Und sie alle auf dem Weg nach Carryckcastle. Welche Art von Empfang würde man ihnen dort bereiten, wenn man von ihren Absichten erfuhr?

Und was war mit Carryck? Sie blickte Lady Isabel an und versuchte vergeblich, in ihrem Gesicht zu lesen. Nach den Geschichten, die ihr zu Ohren gekommen waren, hatte sie eine gefühlsbetonte junge Frau erwartet, ungestüm und zornig; stattdessen fand sie jetzt eine zerbrechliche Frau vor, die viel älter als ihre dreißig Jahre wirkte und die ihre Gefühle vollkommen unter Kontrolle hatte. Ihr Erbe zumindest war ihr sicher; damit würde sie in Hinblick auf ihren Vater und Jean Hope Revanche bekommen. Elizabeth sah nun, wie töricht es von ihr gewesen war zu glauben, dass das Zerwürfnis zwischen Lady Isabel und ihrem Vater so ohne weiteres angesprochen werden könnte, aber dennoch war es ihr nicht möglich zu gehen, ohne es wenigstens versucht zu haben.

Sie sagte: »Ich bin selbstverständlich sehr dankbar für diese positiven Neuigkeiten. Wir werden uns sehr erleichtert auf den Weg zurück nach Carryckcastle machen. Gibt es irgendeine Nachricht, die Sie gerne durch mich an Ihren Vater überbracht sähen?«

Lady Isabels behandschuhte Hände fuhren hastig über den Batist ihres Kleides. »Ja«, sagte sie schließlich und hob ihre Arme – es schien ihr nicht unbeträchtliche Mühe zu machen –, um ihren Schleier zu lüften und über ihren Hut zurückzuschlagen.

Elizabeth sog hörbar die Luft ein. Isabel sah dem Porträt ihrer Mutter, das im Elphinstone Tower hing, sehr ähnlich, aber auf den ersten Blick schien es, als hätte sie sich für ein Maskenspiel geschminkt. Ihr Gesicht und ihr Hals waren von großen weißen, bronzefarbenen und fast schwarzen Flecken übersät. So schockierend der Zustand ihrer Haut war, schlimmer noch wirkte der resignierte Ausdruck in ihren Augen.

»Sie können meinem Vater mitteilen, dass ich für meine Sünden bestraft worden bin. Erst habe ich Walter zwei tote Kinder geboren, und nun dies ...« Sie hob eine behandschuhte Hand an ihr Gesicht. »Es wird mich umbringen. Carryck wird überaus zufrieden sein, wenn er das hört.«

»O nein!« rief Elizabeth, noch entsetzter von diesen Gedanken als von Lady Isabels bemitleidenswert entstelltem Gesicht. »Ganz sicher nicht. Nicht, wenn er sein Kind so leiden sieht.«

»Sie kennen meinen Vater nicht, Mrs. Bonner.« Sie sagte dies mit einer Bitterkeit, der Elizabeth nichts entgegenzusetzen hatte.

»Gibt es nichts, was für Sie getan werden kann?« fragte Elizabeth. »Vielleicht könnte Hakim Ibrahim ...«

»Die besten Doktoren und Ärzte waren bereits bei ihr«, sagte

Flora fast gereizt, als hätte Elizabeth ihr vorgeworfen, nicht die notwendigen Maßnahmen ergriffen zu haben. »Keiner von ihnen kann mit Sicherheit sagen, was ihr fehlt, und keiner von ihnen hat eine Therapie anzubieten, die helfen würde.«
»Alles Erdenkliche wurde getan«, bestätigte Lady Isabel. »Aber in einer Sache sind sich die Ärzte einig – die Anfälle erfolgen in immer kürzeren Abständen und ich werde sie nicht mehr lange überleben.«
»Es tut mir so Leid«, sagte Elizabeth und dann versagte ihr die Stimme. Was gab es auch noch zu sagen, das nicht heuchlerisch oder sogar unehrlich geklungen hätte? »Gibt es nichts, womit ich Ihnen dienlich sein kann?«
»Da wäre eine Sache«, sagte Lady Isabel, während sie den Schleier wieder herunterzog. »Wären Sie so freundlich und würden Pater Dupuis einen Brief überbringen?«
Einen solchen Wunsch hatte Elizabeth nicht erwartet – *einen Brief an den Priester?* Sie zögerte zu lange mit ihrer Antwort.
Lady Isabels Stimme klang deutlch kühler, als sie sagte: »Ich sehe schon, es wäre eine Zumutung –«
»Nein«, entgegnete Elizabeth. »Es wäre nicht im geringsten eine Zumutung. Aber ich fürchte, ich werde den Brief nicht überbringen können. Gestern Abend sah es so aus, als würde Monsieur Dupuis die Nacht nicht überleben. Und vielleicht hat er sie tatsächlich nicht überstanden.«

Der Anfall kam sehr plötzlich – Lady Isabel hatte aufrecht gesessen und war nun plötzlich am ganzen Körper zitternd nach hinten in ihren Stuhl gesunken. Flora sprang auf und beugte sich über sie, und Elizabeth tat es ihr nach.
Isabel hatte so heftig zu schwitzen begonnen, dass der Kragen ihres Kleides bereits durchnässt war. Sie stöhnte und drehte sich würgend auf die Seite.
»Einen Arzt!« rief Elizabeth, die nun ebenfalls zitterte. »Wir müssen ihren Mann rufen!«
»Walter ist nach Edinburgh aufgebrochen und sie möchte keinen Doktor«, sagte Flora. Ihr Gesicht war aschfahl, aber ihre Stimme klang fest. »Sie können nichts für sie tun. Helfen Sie mir bitte, sie aufzurichten, damit ich ihren Kopf in meinen Schoß betten kann.« Dann sah sie auf, um Elizabeth direkt in die Au-

gen zu blicken, und fügte hinzu:»In zehn oder fünfzehn Minuten wird es vorüber sein. Sie möchte gewiss, dass Sie bleiben.«
Das krampfartige Zittern schien ein wenig nachzulassen, als sie sie etwas bequemer hingelegt hatten, aber ihr Atem ging sehr schnell und flach. Sie hatten ihr den Hut abgenommen, und Elizabeth sah, wie ihr unnatürlich gefärbtes Gesicht sichtbar anzuschwellen begann. Den Kopf hin und her werfend stöhnte sie erneut.
»Hat sie große Schmerzen?«
»Nur im Rücken«, sagte das Mädchen so gelassen, dass Elizabeth erkannte, dass sie diese Anfälle schon viele Male zuvor miterlebt haben musste. »Ich denke, die Übelkeit ist für sie weitaus schlimmer. Aber sie hat nichts im Magen, das sie erbrechen könnte.«
Etwas von der Ruhe des Mädchens übertrug sich auf Elizabeth, und so beobachtete sie eine Weile schweigend, wie das Zittern nachließ und Isabels Atmung sich zu normalisieren begann. Flora strich ihr sanft über die Stirn wie eine liebende Schwester. *Oder Tochter*, dachte Elizabeth. Sie musste noch ziemlich klein gewesen sein, als Isabel zu ihnen gekommen war, und sicher war ihre Vertrautheit verständlich; nachdem die eine durch einen Schicksalsschlag zur Waise geworden war, und die andere durch eigene Wahl.
»Was hat Ihrer Meinung nach diesen Anfall ausgelöst?« fragte sie.
»Sie hat Monsieur Dupuis sehr gern«, antwortete Flora. »Wenn sie überhaupt einmal von Carryckcastle spricht, dann nur im Zusammenhang mit ihm.«
Elizabeth wandte ihr Gesicht ab. Sie war hin und her gerissen zwischen Sorge – hatte ihre Nachricht über Dupuis' Zustand die Krise ausgelöst? – und Verwirrung. Wusste Flora, dass Dupuis ein katholischer Priester war und dass man Isabel im Glauben an die römische Kirche aufgezogen hatte? Würde sie ein so heikles Detail mit einem Kind geteilt haben, selbst wenn es ihr so lieb war wie offenbar dieses Mädchen?
»Es ist vorüber«, sagte Flora. »Isabel, komm zu dir, du musst dieses feuchte Kleid wechseln.«
Langsam richtete Lady Isabel sich auf. Sie schaute sich leicht verwirrt um und heftete ihren Blick dann auf Elizabeth.

»Mrs. Bonner«, sagte sie mit so schwacher Stimme, dass sie kaum zu verstehen war. »Ich muss Monsieur Dupuis sehen, bevor er stirbt. Meinen Sie, es gibt noch eine Gelegenheit dazu?«
»Ich denke ...« Elizabeth versagte die Stimme. »Ich denke, es könnte vielleicht möglich sein. Aber in Ihrem Zustand ...«
»Ich muss ihn sehen«, sagte Lady Isabel. »Flora, lass unverzüglich nach der Kutsche schicken!«

8

Nach einer halben Stunde großer Betriebsamkeit war alles bereit. Von einem Stuhl in der Eingangshalle aus – sie war zu schwach, um zu laufen oder auch nur zu stehen – dirigierte Lady Isabel die Vorbereitungen. Sie duldete keine Diskussionen mit den Ärzten und erlaubte es auch Flora nicht, sie zu begleiten.

»Denk nach«, sagte sie zu dem verzweifelten Mädchen. »Denk darüber nach, was Breadalbane unternehmen würde, sollte er erfahren, dass du in Carryckcastle bist. Willst du, dass deinetwegen ein Krieg ausbricht?«

Die Wirtschafterin ließ ihren Tränen freien Lauf, während sie dem Lakaien eine hastig gepackte Tasche brachte.

»Weinen Sie nicht, Mrs. Fitzwilliam«, tröstete Isabel sie. »Am Ende wird alles gut werden.« Dann wandte sie sich Elizabeth zu.

»Sollen wir Ihrem Gatten eine Nachricht zukommen lassen, damit er sich zum Aufbruch rüsten kann?«

»Nein«, erwiderte Elizabeth. »Ich denke, es wäre besser, wenn ich ihn von dieser ... Änderung unserer Pläne in Kenntnis setze.«

Lady Isabel ging einfach davon aus, dass sie mit ihr zusammen fuhren, und Elizabeth kam es nicht in den Sinn, ihr zu widersprechen. Sie mochte sich gar nicht ausdenken, was passieren könnte, falls sie alleine in der Kutsche einen weiteren Anfall erleiden würde. Und je schneller sie nach Carryckcastle zurückkehrten – sie dachte an Hawkeye, Robbie und Will, wie sie von Angesicht zu Angesicht Moncrieff gegenüberstanden –, desto besser.

»Wir werden in einer Viertelstunde am Black Bull sein«, sagte Lady Isabel.

Elizabeth war schon fast zur Tür hinaus, als Flora sie einholte. Das junge Mädchen wischte sich mit dem Handrücken über das Gesicht und atmete tief ein, um sich zu sammeln.

»Sie wird ihren Willen durchsetzen, was immer ich auch sage, aber wenigstens sollte sie nicht leiden.« Sie drückte Elizabeth ein Fläschchen in die Hand. »Laudanum. Es wäre besser, wenn sie während der Reise schlafen würde.«

»Ich werde für sie tun, was ich kann.« Elizabeth wollte dem Mädchen einige Worte des Trostes spenden, aber es hatte keinen Sinn: Flora wusste, was kommen würde, und war deshalb nicht zu trösten.

»Schicken Sie sie zurück, sobald sie Monsieur Dupuis gesehen hat«, sagte Flora. »Versprechen Sie mir das?«

»Ich verspreche, dass ich es versuchen werde«, sagte Elizabeth und wandte sich zum Gehen.

Flora kam noch einmal hinter ihr hergelaufen, gerade als sie um die Ecke biegen wollte.

»Mrs. Bonner!«

Das Gesicht des Mädchens drückte zugleich Unsicherheit und Eigenwille aus.

»Was gibt es, Countess?«

»Der Earl hat Walter nach Edinburgh geschickt, um für Sie eine Überfahrt nach New York arrangieren zu lassen.« Ihre Worte überschlugen sich. »Sie sollen so schnell wie möglich in See stechen.«

Elizabeth versuchte etwas zu entgegnen, aber Flora unterbrach sie und kam ganz nahe.

»Geben Sie vor, mit allem einverstanden zu sein«, flüsterte sie und nahm Elizabeths freie Hand, um eine prall gefüllte Geldbörse hineinzudrücken. »Machen Sie jeden glauben, dass Sie eine Passage auf genau dem Schiff gebucht haben, das Walter für Sie ausgewählt hat. *Aber finden Sie heimlich ein anderes Schiff für die Heimreise.* Verstehen Sie, was ich meine?«

Elizabeth nickte verblüfft.

»Einhundert Pfund«, sagte Flora. »Das ist alles, was ich zur Verfügung habe, aber es sollte reichen.« In ihren Augen schimmerten Tränen.

Elizabeth legte ihre Arme um das Mädchen und spürte, dass es – wie sie selbst auch – zitterte. »Vielen Dank«, sagte sie leise.

Flora entzog sich ihr und wischte sich über das Gesicht. »Passen Sie auf Isabel auf«, flüsterte sie. »Sie ist alles, was ich habe.« Und dann rannte sie so eilig davon, dass ihre Fersen den Saum ihres Rocks berührten.

Nathaniel lief im Zimmer auf und ab, während sie sprach. Gelegentlich stellte er eine Frage, aber die meiste Zeit hörte er zu. Als Elizabeth ihr letztes bemerkenswertes Gespräch mit der jungen Countess of Loudoun wiedergegeben hatte, blieb er stehen.

»Walter Campbell ist wirklich kein Idiot«, sagte er widerwillig. »Es wäre leichter, uns alle mit einem Schlag loszuwerden, wenn er uns auf dieses Schiff dirigieren könnte.«

»Es freut mich zu hören, dass du mit seinen Methoden übereinstimmst«, sagte Elizabeth trocken.

Er brummte, als er die Pistole wieder in ihr Holster steckte. Elizabeth nahm den immer noch schlafenden Daniel in die Arme. Er streckte sich und schmiegte sich schläfrig an sie. Sein Gewicht kam ihr vor wie ein Rettungsanker. Sie zitterte immer noch ein wenig und konnte Isabels Gesicht nicht vergessen.

Man hörte, wie eine Kutsche vor der Tür hielt, und Elizabeth wurde von Angst überwältigt. »Das letzte Mal hatte ich dieses Gefühl, als ich mich aufmachte, Robbie zu suchen und nicht wusste, ob ich dich bei meiner Rückkehr noch lebend vorfinden würde«, sagte sie.

»Das ist gut ausgegangen und genauso gut wird auch dieses Unterfangen enden«, sagte Nathaniel, während er ihr in die Augen sah. Er war völlig ruhig und das half ihr mehr als jegliche Versprechungen.

»Dieses Mal sind wir zusammen, Stiefelchen. Das macht einen großen Unterschied.«

Die Kutsche wurde von acht Pferden gezogen, jeweils zwei nebeneinander gespannt. Sie war mit einem aufwendig gepolsterten Sitz, der fast so breit wie ein Bett war, speziell für die Bedürfnisse der Kranken ausgestattet. Lady Isabel saß halb aufrecht, ihr Rücken wurde durch Kissen gestützt, und ihr Körper wurde durch um sie herum drapierte Polster fixiert. Sie hielt ihren Hut mit den Schleiern im Schoß, vielleicht weil sie spürte, dass sie vor Elizabeth nichts mehr zu verbergen hatte; vielleicht weil sie wollte, dass Nathaniel sie so sah, wie sie war.

Er zeigte beim Anblick ihres Gesichts keinerlei Überraschung, dafür war hatte Isabel erstaunt, weil sie nicht geahnt hatte, dass Daniel dabei sein würde.

»Es ist kein Wunder, dass mein Vater Sie nicht gehen lassen will«, sagte sie. »So viele Jahre hat er sich einen Sohn gewünscht und nie bekommen. Und hier sitzen Sie nun, die Antwort auf alle seine Nöte.«

»So einfach ist es nicht«, sagte Nathaniel.

»O doch, das ist es sehr wohl«, widersprach Isabel und schloss für einen Moment die Augen. »Lassen Sie es mich so erklären, wie Moncrieff es mit Sicherheit nie getan hat.«

Nathaniel hätte sie vielleicht daran gehindert, doch Elizabeth legte eine Hand auf seinen Arm. Isabel sah es, senkte den Blick und betrachtete ihre Handschuhe, während sie sprach.

»Was Sie verstehen müssen, ist dies: Ich werde kinderlos ins Grab gehen und meinen Vater ohne legalen Erben zurücklassen. Wenn nicht Daniel Bonner als Nachfahre von Jamie Scott auftritt und Carryck für sich beansprucht, wird sein Adelstitel ausgelöscht werden und die Ländereien gehen gemäß der Erbfolgeregelung von 1541 an die Campbells of Breadalbane.«

»Carryck könnte Jennet offiziell als seine Tochter anerkennen«, sagte Nathaniel.

Etwas huschte über Isabels Gesicht – Eifersucht oder vielleicht einfach Ungläubigkeit –, bevor sie es wieder unterdrücken konnte. »Er könnte versuchen, das zu tun. Aber Breadalbane würde sich vor Gericht gegen ihn durchsetzen, das steht außer Frage.«

»Und wenn er noch einmal heiraten würde und einen Sohn bekäme?« fragte Elizabeth.

»Genau das fürchtet Breadalbane mehr als alles andere«, räumte Isabel ein. »Aber ich glaube nicht, dass mein Vater es über sich bringt, Jean zu verlassen. Und bei ihr ist es zehn Jahre her, seit sie ein lebensfähiges Kind zu Welt gebracht hat.«

Nathaniel hatte Isabel mit einem ausdruckslosen Gesicht angesehen, aber nun beugte er sich plötzlich vor und fragte: »Warum genau wollen Sie eigentlich Dupuis sehen?«

Isabel hob den Kopf und schaute ihn an. Ihre Augen wirkten

klug und berechnend und gleichzeitig so seltsam menschlich und mitleidherschend in einem Gesicht, das bronzefarben und schwarz gesprenkelt war. Sie schwieg einen Augenblick, doch dann stieß sie einen Seufzer aus und beantwortete seine Frage mit einer Gegenfrage. »Warum sollte es mir etwas ausmachen, wenn Sie das Schlechteste von mir denken? Ich werde bald tot sein.«
»Sie haben meine Frage nicht beantwortet«, sagte Nathaniel.
»Ich werde sie schon noch beantworten«, entgegnete Isabel mit einem müden Lächeln. »Falls Sie bereit sind, sich die ganze Geschichte anzuhören. Und falls ich durchhalte, bis sie erzählt ist.«

»Ich habe Walter Campbell vor fünf Jahren auf dem Erntefest kennen gelernt«, begann Isabel. »Damals war ich fünfundzwanzig Jahre alt und kein Mann nannte mich seinen Schatz. Hochmütig, so fanden sie mich. Die schöne Isabel, die stolze Tochter des Gutsherrn. Es stimmt, ich war stolz auf meine Schönheit – aber es war mein Vater, der die Freier fortschickte. ›Eine Tochter des Earls von Carryck kann nicht heiraten, wen sie will‹, sagte er mir wieder und wieder. ›Du schuldest Carryck Treue.‹ Und ich ...« – sie lächelte verbittert – »ich glaubte ihm.

Aber ich war jung und es war nicht leicht. David Chisholm zum Beispiel – Sie haben ihn vielleicht im Dorf gesehen. Er ist nun seit sechs Jahren verheiratet. David wollte mich und ich hätte ihn genommen. Aber er gefiel meinem Vater nicht und deshalb tat ich, was mir gesagt wurde, und wendete mich von ihm ab. Doch es gab auch andere.« Sie sah zu Elizabeth auf. »Sie werden es nicht glauben wollen, wenn Sie mich jetzt so sehen, aber es waren einige Burschen, die ein Auge auf mich geworfen hatten.

Trotzdem war alles vergebens. Mein Vater ließ mich wissen, dass ihm keiner von ihnen genügte. Sie dachten alle, dass er einen Adelstitel für mich wollte oder einen reichen Mann, noch mehr Vermögen zu seinem eigenen hinzu. Sie kannten die Wahrheit nicht, die sich dahinter verbarg, dass er mich entweder mit einem Katholiken oder gar nicht verheiratet sehen wollte. Mit der Zeit wurde ich des Wartens müde und sagte, dass ich entschlossen wäre, jetzt endlich zu heiraten, aber er ermahnte mich, dass ich mich gedulden sollte. ›Bald wirst du ihn kennen lernen, deinen Ehemann.‹ Er sagte es so oft und ich glaubte ihm, dumm wie ich war.

Dann kam dieses Erntefest. Ich ging mit Simon ins Dorf hinunter, denn er liebte nichts mehr als sommerliche Jahrmärkte. Ich beschwor Jean, mitzukommen, aber sie durfte nicht weg, weil sie allen Dienstleuten freigegeben hatte, damit sie zum Fest gehen konnten. Nur sie selbst musste mit der kleinen Jennet zu Hause bleiben, denn das Kind kränkelte.

Es war ein schöner Abend, warm und hell; der Duft von frischem Heu lag schwer in der Luft und die Musik spielte. Mick Lun fiedelte fröhlich und man hörte außerdem eine Flöte und eine Laute. Das war zu der Zeit, als noch der alte Pfarrer in Carryckton amtierte, der nichts gegen ein wenig Tanzen einzuwenden hatte. So habe ich jedenfalls Walter kennen gelernt, müssen Sie wissen. Er forderte mich einfach zum Tanz auf.«

Sie verstummte und ihr Atem ging nun etwas schneller. Elizabeth beugte sich vor, aber sie hob abwehrend eine Hand. »Lassen Sie mir einen Augenblick der Erholung«, sagte sie. »Und dann erzählte ich Ihnen den Rest.«

Elizabeth sah eine Weile den Schatten der Wolken zu, die über wogende Gerstenfelder jagten, und wartete darauf, dass Isabel genug Kraft gesammelt hatte, um ihnen diese Geschichte, die sie gar nicht wirklich hören wollte, weiterzuerzählen. Sie hatte das Bedürfnis, ihre Hand nach Nathaniel auszustrecken und ihn zu berühren, hielt sich aber zurück – weil sie Angst hatte, dass Isabel sich dadurch noch einsamer vorkommen könnte.

»Vielleicht werden Sie es mir nicht glauben, aber nannte mir nicht seinen vollständigen Namen, und ich fragte nicht danach«, fuhr sie nach einer Weile fort. »Für mich war es nicht mehr als eine kleine Liebelei. Die anderen fürchteten sich vor meinem Vater, aber diesem Fremden mit der gewitzten Zunge und den schnellen Füßen schien es einerlei zu sein, dass ich die Tochter des Gutsherrn war, und das gefiel mir.

Als es Zeit war, nach Hause zu gehen, sagte er mir, er würde die Nacht im Heu verbringen, falls ich ihm versprechen würde, am nächsten Abend noch einmal mit ihm zu tanzen. Und das versprach ich ihm auch, mehr aber nicht. Noch nicht einmal einen Kuss.

Simon und ich liefen singend und lachend den Hügel hinauf.

Es hatte zu regnen begonnen, aber wir waren guter Stimmung und deshalb machte es uns nichts aus. Kennen Sie die Stelle, an der die Straße plötzlich eine Kehre macht und um diesen großen Fels herum führt?«
Nathaniel nickte.
»Gut. Er war dort und wartete auf uns.«
»Walter?« fragte Elizabeth.
»Moncrieff«, engegnete Isabel. »Ein nach Whisky stinkender Angus Moncrieff. Ich sehe ihn immer noch vor mir, im Licht seiner Laterne, obwohl ich in den vergangenen fünf Jahren mein Bestes getan habe, ihn zu vergessen. Und er hält uns auf, Simon und mich, und er sagt: ›Die Hure und der Hurensohn, was für ein schönes Paar.‹«
Isabel hatte auf die vorüberziehende Landschaft geschaut, während sie sprach, aber nun wandte sie sich Elizabeth zu und sah sie an. Ihr fleckiges Gesicht hatte sich in Erinnerung an die Wut von damals verzerrt. »Er nannte mich eine Hure, unberührt wie ich war.«
Nathaniels skeptischer Blick hatte sich in einen Ausdruck des Unbehagens verwandelt. »Sie brauchen uns den Rest nicht zu erzählen, wenn Sie es nicht möchten.«
»Ich möchte es aber«, erwiderte Isabel dumpf. »Falls Pater Dupuis schon tot ist, dann müssen Sie meine Beichte abnehmen.« Ihre Stimme war sehr schwach, doch sie lächelte. »Warum sind Sie überrascht? Dachten Sie, dass die Hochzeit mit einem Campbell mich weniger katholisch gemacht hätte? Ich glaubte zunächst, ich könnte die Kirche hinter mir lassen, aber dann wurde ich krank, und seitdem habe ich ein ständiges Verlangen nach .... Nun, Sie werden das nicht verstehen.« Sie unterbrach sich.
Daniel regte sich in Elizabeths Schoß und sie war dankbar für die Ablenkung. Isabel wusste nicht über Contrecoeur Bescheid, aber war es sinnvoll, ihr von ihm zu erzählen? Sie warf Nathaniel einen Blick zu und er schüttelte sacht den Kopf.
Isabel lebte so in der Geschichte, die sie erzählte, dass sie keine Notiz davon nahm.
»Angus Moncrieff sagte mir ins Gesicht, dass ich eine Hure sei. Aber ich war unschuldig und das gab mir den Mut, ihm gegenüberzutreten und ihn einen Lügner zu nennen. Es war ein

Fehler, so betrunken wie er war. Sein Gesicht versteinerte und erbleichte und er kam auf uns beiden zu. Ich erinnere mich, dass Simon zitterte, und ich zitterte vermutlich ebenfalls. Moncrieff sagte mit leiser Stimme: ›Ich habe dich mit Breadalbanes Bastard gesehen, wie du dich an ihn gedrückt hast, wie du dich von seinen Händen berühren ließest. Hast du im Maisfeld die Beine für ihn breit gemacht oder hat er dich von hinten genommen wie eine läufige Hündin?‹«

Elizabeth wiegte Daniel fester in ihren Armen und zwang sich, weiter zuzuhören.

»Er war völlig betrunken, aber ich hatte keine Angst – dumm wie ich war. Ich hätte ihm sogar ob der Vorstellung, ein Breadalbane käme tatsächlich auf ein Erntefest in Carryckton, ins Gesicht gelacht, wäre er nicht so unverschämt gewesen, mich eine Hure zu schimpfen. So ohrfeigte ich ihn und er schlug mich nieder und Simon ebenso, als der mir zur Hilfe kam. Ich schrie ihn an: ›Was gibt Ihnen das Recht, Ihre Hand gegen mich zu erheben, Angus Moncrieff? Wer sind Sie schon? Nichts als ein kleiner Gutsverwalter meines Vaters! Und selbst das sind Sie vermutlich nicht mehr lange!‹

Er lachte mich an und sagte dann vollkommen ruhig: ›Ich werde dich eines Tages heiraten, und dann werde ich dir schon beibringen, warum dein Vater nicht viel Zeit für deine Erziehung erübrigen kann.‹ Simon anblickend, der auf der Straße kauerte, schrie er weiter: ›Frag die Mutter dieses Hurensohns, was für ein guter Lehrmeister der Gutsherr ist, wenn er dafür ein williges Mädchen zur Schülerin hat!‹«

Isabels Hände hatten zu zucken begonnen und ihre Stimme schien gänzlich zu versagen. Sie schloss die Augen.

»Haben Sie auf diese Weise von der Verbindung Ihres Vaters mit Jean Hope erfahren?« fragte Elizabeth.

Isabel nickte. »Aber ich glaubte ihm nicht. Ich konnte ihm nicht glauben.« Sie hatte heftig zu schwitzen begonnen.

Nathaniel sah unbehaglich zu Elizabeth hinüber. Sie beugte sich vor. »Flora hat mir Laudanum mitgegeben«, sagte sie. »Um es für Sie etwas erträglicher zu machen.«

»Im Grab wird es mir noch erträglich genug werden«, sagte sie knapp. »Ich möchte diese Geschichte zu Ende bringen, auch wenn es mein Tod sein sollte. Es sei denn, Sie fürchten sich da-

571

vor, sie zu hören« Sie schaute Nathaniel an, als sie dies sagte, und für einen Augenblick sah er in ihr die junge Frau, die auf der Bergstraße Angus Moncrieff herausgefordert hatte.

»Fahren Sie fort«, sagte Nathaniel. »Wir hören Ihnen zu.«

»Sie müssen mich für ziemlich beschränkt halten, wenn ich das vor Ihnen zugebe, aber ich habe niemals daran gedacht, dass etwas zwischen Jean und meinem Vater sein könnte. Als Jennet auf die Welt kam, glaubte ich ... Ach, was spielt das jetzt noch für eine Rolle? Ich glaubte, dass Jean mit einem der Männer des Earls schlief, den sie mir zuliebe nicht heiraten wollte. Was für eine Idiotin ich war.«

Ihr Zorn darüber war immer noch lebendig, das ließ sich daran ablesen, wie sie den Kopf beim Sprechen hob und die Zähne zusammenbiss, während sie ihre Gedanken ordnete. Elizabeth rief sich ins Gedächtnis zurück, was Hannah über sie erzählt hatte: *Eine eigensinnige junge Frau, die nicht sah, was sie nicht sehen wollte.*

Mit vor Anstrengung rauer Stimme setzte Isabel ihren Bericht fort. »Ich konnte mir Jean nicht mit meinem Vater vorstellen, und genauso wenig konnte ich mich selbst mit Moncrieff verheiratet sehen. Er stand da im Regen und war so stolz auf sich. Über fünfzig, schmale Schultern und charakterlos, ein gemeiner, missgünstiger alter Mann, der sich durch nichts als sein Skapular um den Hals als Ehemann empfahl. Ich glaubte nicht, dass mein Vater mich mit einem solchen Mann verheiraten würde, sei er nun Katholik oder nicht, und deswegen lachte ich ihm ins Gesicht und sagte: ›Eher würde ich jeden anderen Mann in Schottland in mein Bett lassen, als dass ich Sie heirate, Angus Moncrieff.‹ Zu spät merkte ich, was ich damit angerichtet hatte.«

Elizabeth sah Moncrieffs vor Zorn über die Campbells verzerrtes Gesicht vor sich und fühlte Übelkeit in sich aufsteigen. Nathaniel legte eine Hand auf die ihre. Sie umklammerte sie mit ganzer Kraft.

»Sie können sich den Rest denken. Er warf mich zu Boden. Simon schrie und schrie, aber er ließ nicht von mir ab. Ich wehrte mich ...« Sie hielt inne. »Ich wehrte mich, bis er mir so heftig auf den Kopf schlug, dass ich Sterne sah. Und dann vollendete er, was er begonnen hatte.«

Sie streckte eine Hand aus und berührte Elizabeth sanft.

»Weinen Sie nicht um mich, Mrs. Bonner. Es ist lange her und wegen Angus Moncrieff sind genug Tränen vergossen worden. Sehen Sie nur, das Kind hat auch schon Tränen in den Augen. Darf ich ihn einmal halten?« Nathaniel nahm Daniel und legte ihn in Isabels Schoß. Das Kind sah freundlich zu ihr auf und sie fuhr mit den Fingern durch seine Locken. »Was für ein prächtiger kleiner Junge du bist, Daniel Bonner. Komm, lehn dich an mich.« Der Säugling schien ihre Bedürfnisse genauso gut wie seine eigenen zu kennen, denn er schmiegte sein Gesicht an ihre magere Brust und ließ sich zufrieden streicheln. »Meine Babys waren beides Jungen«, sagte sie mehr zu sich selbst. »Aber keiner von ihnen hat mehr als einen Tag gelebt. Walter wollte einen Sohn, der den Titel meines Vaters erbt, aber ich wollte einen Jungen aufziehen, der mir einmal Moncrieffs noch schlagendes Herz bringen sollte. Das Schlimmste an meinem Sterben ist, dass er ohne Strafe davonkommen wird. Und vielleicht ist das der Grund, warum ich Ihnen diese Geschichte erzähle.« Sie erwiderte Nathaniels Blick, schaute aber wieder weg, bevor er etwas sagen konnte.

»Als ich wieder zu mir kam, lag ich allein auf der Straße. Mein Kopf schmerzte und meine Knie zitterten, aber ich fürchtete, Moncrieff hätte Simon umgebracht, und so lief ich, so schnell mich meine nachgebenden Beine trugen, nach Hause. Und ich fand Simon auch, genau dort, wo ich ihn für den Fall, dass er Moncrieff entkommen war, vermutet hatte. Er versteckte sich im Feenwald, er fieberte bereits und hatte Schüttelfrost.

Ich liebte Simon wie einen Bruder, obwohl er nicht blutsverwandt mit mir war. Zusammen saßen wir im Regen, zitternd und weinend und uns aneinander festklammernd. Und dann sagte ich zu ihm: ›Komm, Simon, komm. Wir müssen den Burgherrn wecken und ihm sagen, dass Moncrieff den Verstand verloren hat. Er wird seine Männer ausschicken, um ihn zu finden, und sie werden ihn töten, wo immer er ist.‹ Aber der Junge wollte nicht zu weinen aufhören, und so wiegte ich ihn und sang, um ihn zu beruhigen, dort im dunklen Feenwald im Sommerregen. Nach und nach fasste er sich und dann legte er seine Arme um meinen Hals – ich fühle immer noch, wie er zitterte –, und er sagte: ›Moncrieff ist zwar verrückt, aber er ist kein Lügner.‹

Und so erfuhr ich die Wahrheit über meinen Vater. ›Du schuldest Carryck Treue‹, hatte er so oft zu mir gesagt. Und während er mir meine Pflichten Carryck gegenüber predigte, war er mit Jean zusammen. Er hatte David Chisholm fortgeschickt – einen anständigeren Mann werden Sie nirgends finden, auch wenn er Protestant ist – *und seine einzige Tochter und Erbin Angus Moncrieff versprochen.*

»Also lief ich davon. Ich ließ den fiebernden Simon im Regen sitzen und rannte nach unten ins Dorf zurück, um Walter zu suchen. Nachdem ich ihn gefunden hatte, fragte ich ihn, ob es stimmte, ob er wirklich ein Campbell of Breadalbane wäre. Und als er dies bestätigte, bat ich ihn, mich mitzunehmen. Noch einen Tag zuvor hätte ich mir lieber selbst die Kehle durchgeschnitten, als etwas mit einem Campbell anzufangen, aber dann nicht mehr. Nicht zu diesem Zeitpunkt. Ich wandte Carryck den Rücken – und Simon ebenfalls.

Natürlich brauchte ich nicht lange, um die Wahrheit über Walter zu erfahren. Ich war nicht mehr für ihn als ein Mittel, mit dessen Hilfe er für seinen Vater Carryck gewinnen und damit seine Gunst erwerben konnte. Und dann hörte ich von Simon, von dem Fieber, das er in jener Nacht im Feenwald bekommen hatte, und sah schließlich, dass mir keine Wahl blieb. Ich heiratete Walter Campbell und ging, als sein Vater ihn zum Verwalter machte, mit ihm nach Loudoun Castle. Flora war in jenen Jahren meine einzige Freude, denn die kleine Waise brauchte mich.

Vielleicht verstehen Sie es jetzt«, fuhr sie nach einer Pause leise fort. »Es ist meine Schuld, dass Simon gestorben ist. Wenn ich sterben sollte, ohne die Beichte abgelegt zu haben, werde ich für alle Ewigkeit in der Hölle brennen. Und nun möchte ich gerne das Betäubungsmittel nehmen, wenn Sie so freundlich sein würden.«

Sie schlief so fest, dass sie sich hätten unterhalten können, aber Elizabeth hatte sich tief in sich selbst zurückgezogen und Nathaniel wusste, dass es für sie jetzt keinen Trost gab; keine Worte konnten die Bilder verbannen, die Isabel vor ihrem inneren Auge heraufbeschworen hatte. Das konnte allein mit Blut gelöscht werden.

Es gab Gründe genug, Angus Moncrieff umzubringen: Die

Wochen, die er im Zuchthaus von Montréal verbracht hatte; Hawkeyes und Robbies Entführung; Matrosen, die ertrunken, Kinder, die verschleppt worden waren; die Hände von Curiosity, die neuerdings zitterten; Elizabeth, die sich in Seelenpein wand, ihre Augen ausdruckslos vor Angst. Grund genug, aber dennoch hätte er bis zu diesem Tag Schottland vermutlich verlassen, ohne dem Mann etwas anzutun. Doch wenn Angus Moncrieff nun starb, dann als Vergeltung für all dies, aber noch viel mehr, um Isabel Scott Campbell, ehemals Isabel Scott of Carryckcastle, zu rächen. *Meine Cousine*, dachte Nathaniel erstmals bei sich. Und Moncrieff würde auch für Simon Hope sterben.

So oft er sich auch die Geschichten, die er von Jennet über Simon gehört hatte, ins Gedächtnis zurückrief, es wollte nicht recht zusammenpassen. Dass ein Junge, der so kräftig wie Simon war, sich in einem Sommerregen Fieber geholt haben und daran vier Wochen später gestorben sein sollte, machte keinen Sinn. Andererseits war Simon der einzige Zeuge gewesen, als Moncrieff die Tochter des Gutsherrn vergewaltigt hatte, und das hatte ihn in eine Lage gebracht, die weitaus gefährlicher war als ein Sommerregen.

Elizabeth hob Daniel an ihre Brust und lehnte sich gegen Nathaniel. Er legte den Arm um sie, und als seine Frau und sein Sohn eingeschlafen waren, blieb er wach, um Acht zu geben. Seine freie Hand lag auf dem Griff der Pistole und sein Daumen strich langsam über das polierte Holz.

Die Kutsche fuhr am Moffat entlang. Sie waren nicht mehr als eine Stunde von Carryckcastle entfernt, als ein scharfer, hoher Pfiff, gefolgt von barschen Rufen, die Pferde aus dem Tritt brachte. Der Kutscher stieß einige Flüche aus, während er die Kutsche rumpelnd zum Stehen brachte.

Nathaniel hielt Elizabeth mit einem Arm fest und beugte sich gleichzeitig vor, um Isabel daran zu hindern, von ihrem improvisierten Bett zu rollen. Das Laudanum hatte seine Wirkung getan, denn sie rührte sich kaum, aber Elizabeth erwachte sofort und der Junge begann ebenfalls sich in ihren Armen zu regen und zu jammern.

»Was ist los?« Sie drückte Daniel enger an sich, woraufhin er noch lauter schrie. »Nathaniel? Werden wir angegriffen?«

»Wegelagerer, sieht ganz danach aus«, sagte er, während er

versuchte, einen Blick auf die Reiter zu werfen, die sich der Kutsche genähert hatten, ohne sich dabei zur Zielscheibe zu machen. »Wegelagerer? Am helllichten Tag?« Elizabeth war wütend genug, um auszusteigen und sich vor ihnen aufzubauen – er hatte sie so etwas schon mehrmals tun sehen –, und deshalb hielt Nathaniel sie zurück.

»Ganz ruhig«, sagte er. »Überlass das nur mir.« Er zog seine Pistole.

»Walter Campbell!« rief eine männliche Stimme scharf und gebieterisch. »Zeigen Sie sich!«

Elizabeths Kopf fuhr in die Richtung, aus der die Stimme kam. »Wegelagerer, ganz genau«, sagte sie, erzürnt und erleichtert zugleich. »Erkennst du nicht Will Spencers Stimme? Was kann das bedeuten?«

Nathaniel stieß grinsend eine Tür auf. »Es bedeutet, dass die Campbells sich sehr geirrt haben, als sie glaubten, sie hätten uns hereingelegt.«

Elizabeth kämpfte noch mit dem aufgeknöpften Oberteil ihres Kleides, als Nathaniel aus der Kutsche stieg, aber sie hörte genau, wie das Wiedersehen vonstatten ging. Nach einem Moment des Schweigens erhoben sich die Stimmen und alle sprachen gleichzeitig, doch Robbies Gebrüll, das so laut war, dass die Pferde sich aufbäumten und die Kutsche erneut zu ruckeln begann, übertönte alles. »Christus erlöse mich, Nathaniel!«

Isabel begann sich langsam zu regen; verwirrt und schmerzvoll verzog sie ihr Gesicht. Elizabeths Verwunderung und freudige Erregung über dieses unerwartete Wiedersehen wurden von Sorge um sie abgelöst.

»Was ist los?«

Elizabeth legte eine Hand auf ihre Stirn – ihr Fieber war wieder gestiegen und ihr Haar war feucht von Schweiß. Sie führten eine Flasche mit Wasser mit sich, sie schenkte schnell etwas ein. Dabei zitterten ihre Hände so heftig, dass sie Flasche und Becher hätte fallen lassen. Daniel lag auf dem Sitz und protestierte wütend, weil er nicht beachtet wurde.

»Trinken Sie das«, sagte sie. »Und schlafen Sie. Es ist nichts, worüber Sie sich Sorgen machen müssten, nur mein Schwiegervater, der gekommen ist, um uns zu begleiten.«

Isabel setzte sich mühsam auf und wandte sich in die Richtung, aus der die Stimmen der Männer kamen. Dann schloss sie die Augen und ließ den Kopf zurücksinken. »Breadalbane hat sie wohl unterschätzt.« Müde fügte sie hinzu: »Wie weit noch?«
»Vielleicht eine Stunde«, erwiderte Elizabeth. »Wir werden keine Zeit verlieren.«
»Elizabeth?« Nathaniel rief nach ihr.
Isabel packte Elizabeth am Handgelenk. »Hat Flora Ihnen von der Überfahrt erzählt, die Walter für Sie arrangieren wollte?«
»Ja.«
»Gut, das habe ich mir schon gedacht. Sie hat ein gutes Herz. Wenn es mit mir soweit ist, werden Sie sie dann benachrichtigen und ihr sagen ... dass sie stark sein soll? Werden Sie das tun?«
Elizabeth nickte. »Natürlich tue ich das.«

Elizabeth legte Daniel – der immer noch seine Empörung hinausschrie – in die Arme seines Großvaters. Gerade noch schwammen seine Augen in Tränen, doch schon blinzelte der Junge, schniefte und begann dann breit zu lächeln.
»Welch ein Anblick für meine müden Augen.« Hawkeye hielt ihn auf Armeslänge von sich weg und die beiden sahen einander an.
Hawkeye war von der Sonne gebräunt und hagerer als sonst, aber das heitere Selbstvertrauen, das ihn auszeichnete, war immer noch zu spüren. Als er ihr eine Hand auf die Schulter legte, schien sich etwas von dieser stillen Kraft auf Elizabeth zu übertragen, und für einen Augenblick überwältigten Dankbarkeit, freudige Erregung und einfach das Wissen, diese Männer wieder in ihrer Nähe zu haben, sie beinahe.
Sie konnte nicht anders, als Robbies Arm zu tätscheln, und er tätschelte den ihren, vor Freude errötend und lächelnd.
»Mrs. Bonner!« rief der Kutscher. Er hielt seine Peitsche hoch über die Pferde erhoben, machte ein verzweifeltes Gesicht und schien bereit, sich aus dem Staub zu machen.
»MacArthur«, sagte sie in einem ruhigen Ton, den er nicht missverstehen konnte. »Es gibt keinen Grund zur Aufregung. Lady Isabel ist nicht in Gefahr. Es sind Freunde, auch wenn mir

klar ist, dass sie Sie erschreckt haben. Wir werden unsere Reise in wenigen Augenblicken fortsetzen.«

Sein kräftiger Kiefer bewegte sich krampfartig, während er zu begreifen versuchte, was er da gerade vernommen hatte. Schließlich setzte er sich wieder und legte die Peitsche quer über seine Oberschenkel.

»Und wir dachten, wir müssten Carryckcastle stürmen, um euch wieder zu sehen«, wiederholte Robbie zum dritten Mal.

»Was tut ihr hier und warum fahrt ihr in einer Kutsche die Straße entlang, die das Wappen der Countess of Loudoun trägt?«

»Was wir hier tun?« Nathaniel lachte.

»Allerdings«, sagte Elizabeth. »Dasselbe könnten wir euch fragen. Vor allem dich, Will Spencer.«

»Er war gekommen, um dich von der *Jackdaw* zu retten, doch stattdessen musste er mit zwei alten Männern vorlieb nehmen«, sagte Hawkeye und klemmte Daniel, der sich den Daumen in den Mund steckte, in seine Armbeuge.

»Tatsächlich?« Elizabeth hakte sich bei ihm ein. »So kenne ich Will Spencer aber gar nicht.«

Will war nicht aus der Fassung zu bringen. »Elizabeth«, sagte er ruhig, »du hast doch nicht wirklich geglaubt, dass ich, nachdem Runs-from-Bears mir von der Entführung berichtet hatte, einfach so in Québec sitzen und auf eine Nachricht über dein Schicksal warten würde?«

Es war Wills Stimme und Aussehen, aber ansonsten erkannte Elizabeth ihren Cousin kaum wieder. Der elegante Mantel und die Strümpfe waren verschwunden; er stand in einem groben Leinenhemd, schlichten Reithosen und einem dunklen Umhang, den er über die Schultern zurückgeworfen hatte, vor ihr. Seine Haare waren kurz geschoren, außerdem war er hagerer geworden, fast drahtig, und als er lächelte, präsentierte er einen fehlenden Eckzahn, was ihm ein geradezu spitzbubenhaftes Aussehen verlieh.

»Ich hätte nicht gedacht, dass du mir hinterherreisen würdest«, sagte sie.

Ein Ochsenkarren, auf dem sich Mist türmte und um den die Fliegen herumsurrten, bog um die Ecke und wurde langsamer, als der Bauer mit offenem Mund die Fremden anstarrte, die sich auf der Straße versammelt hatten.

»Dies ist nicht der richtige Ort für eine Auseinandersetzung«, sagte Hawkeye.
»Wie wahr«, bestätigte Nathaniel. »Aber es gibt noch einige Dinge zu klären, bevor wir Carryckcastle erreichen.«
»Lady Isabel ist in großer Not«, fügte Elizabeth hinzu. »Wir dürfen keine Zeit mehr verlieren.«
Die Männer tauschten vielsagende Blicke. Dann wandte sich Will Spencer an Nathaniel: »Nimm du mein Pferd und ich fahre mit den Damen in der Kutsche. Auf diese Weise können wir die Neuigkeiten austauschen, während wir unterwegs sind. Glaubst du, das ist Lady Isabel zuzumuten, Elizabeth?«
»Ich denke, ihr ist im Augenblick fast alles gleichgültig«, erwiderte Elizabeth. »Aber gib mir einen Moment Zeit, sie darauf vorzubereiten.«

»Also war es tatsächlich Christian Fane«, sagte Elizabeth später, als ihr Cousin ihr von den Ereignissen des vergangenen Monats berichtet hatte: Wie Will in Halifax seinem alten Freund über den Weg gelaufen war, als er verzweifelt nach einem Schiff und einem Kapitän gesucht hatte, der willens war, die Verfolgung der *Jackdaw* aufzunehmen. Wie sie just in dem Moment an Mac Stoker gerieten, als sie die Flotte entdeckt hatten, die sich anschickte, die Franzosen anzugreifen. Von dem Schaden, der der *Jackdaw* zugefügt wurde und von Stokers Verhalten. Von Wills Enttäuschung, als er feststellen musste, dass Elizabeth und Nathaniel gar nicht an Bord waren, sondern sich auf der *Isis* befanden, bei einem viel mächtigeren Widersacher.

»Fane war begierig, uns zu helfen«, sagte Will, »war wie immer sehr erfreut, dir zu Diensten sein zu können. Sobald wir von Hawkeye und Robbie erfahren hatten, dass ihr auf der *Isis* wart, wollte er die Verfolgung aufnehmen ...« Er hielt inne und warf einen Blick auf Lady Isabel.

Elizabeth hatte die Schleier vor ihrem Gesicht drapiert, um ihr jegliche Peinlichkeiten zu ersparen, und ihr Atem – nach wie vor flach – versetzte das feine weiße Netz in unregelmäßige sanfte Bewegungen. Sie schien sich von der Unterhaltung nicht stören zu lassen, und so fuhr Will fort.

»Aber der Admiral entdeckte uns und es half alles nichts: Wir wurden sofort in den Kampf hineingezogen. Es war ein

höchst unglückliches Ablenkungsmanöver zu einer völlig ungelegenen Zeit.«
»Ein Ablenkungsmanöver«, wiederholte Elizabeth trocken. »Dich selbst in eine solche Gefahr begeben zu haben ...«
»Du bist kurz davor, mich zu kränken, Cousine. Glaubst du, ich sei der Herausforderung nicht gewachsen gewesen? Ich gebe zu, ich habe mich in der Schlacht nicht so gut gehalten wie dein Schwiegervater und Robbie. Fane hätte die beiden am liebsten vom Fleck weg in seine Dienste gestellt. Mich hingegen hat ein Schrapnellsplitter erwischt ...«
Er drehte den Kopf, um ihr die verheilende Wunde am Hinterkopf zu zeigen. »Es hat mich, wie du siehst, meine Haare gekostet, aber ich stelle fest, dass es mir recht gut gefällt, wie ein Schaf geschoren zu sein. Und Amanda macht es auch nicht viel aus.«
»Amanda?« fragte Elizabeth. »Wo ist sie?«
»Sie ist mit ihrer Mutter in Edinburgh«, erwiderte Will. »Sie warten auf euch – und zwar sehr ungeduldig, muss ich sagen. Sie sind außer sich vor Sorge. Kannst du mir sagen, was uns in Carryckcastle erwartet? Wie schwierig wird es dort werden?«

Daniel saß auf Wills Schoß, untersuchte interessiert die Bänder an seinem Hemd und kaute darauf herum, nachdem er es geschafft hatte, sie sich in den Mund zu stecken. Elizabeth beobachtete ihn einen Moment, während sie ihre Gedanken ordnete.

»Ich denke, ich muss mit meiner Geschichte in Kanada beginnen, mit Monsieur Dupuis«, sagte sie, während sie erneut nach Lady Isabel sah. »Dort beginnt sie mit ihm, und vermutlich wird sie auch mit ihm enden.«

Hannah und Jennet kletterten auf die Eiche im Feenwald; die Taschen voller Brot und Käse sowie Birnen aus dem Gewächshaus. Ihre Gesichter waren gerötet und noch warm von der Sonne.

»Du bist heute so still«, sagte Jennet, während sie nachdenklich Hannahs Profil betrachtete. »Kannst du mir nicht sagen, was los ist? Ist es die Geschichte, die meine Granny dir erzählt hat, oder denkst du immer noch an Dame Sanderson?«

Hannah biss in ihre Birne und wischte sich mit dem Handballen den Saft vom Kinn. »Ich habe letzte Nacht von ihr geträumt.«

Es war nicht die ganze Wahrheit, aber das musste fürs Erste genügen.

»Als ich heute Morgen zur Kirche hinunterging, habe ich gehört, dass die Bärin bei der gestrigen Hetze drei Hunde getötet hat, ohne selbst auch nur einen einzigen Kratzer abzukriegen.«

Das tröstete Hannah nicht im Geringsten, aber sie wollte Jennet nicht mit etwas beunruhigen, an dem sie ohnehin nichts ändern konnte, und wechselte deshalb das Thema. »Während du weg warst, sind die Französinnen abgereist«, sagte sie.

»Wieder unterwegs, um für die Jüngere der beiden einen Ehemann zu finden«, bestätigte Jennet. »Vielleicht hat sie in Edinburgh mehr Glück.«

»Monsieur Contrecoeur ist hiergeblieben.« Es war keine Frage gewesen, aber Jennet verstand es als solche. Sie stopfte sich wie ein Eichhörnchen ein Stück Brot seitlich in den Mund und kaute nachdenklich darauf herum.

»Er wird bleiben, bis Pater Dupuis gestorben ist«, sagte sie. »Vielleicht auch länger – der Earl ist nicht gerne ohne Priester.«

Nun, da sie offen über diese Dinge sprechen konnten – Hannah war erleichtert, endlich die Fragen stellen zu dürfen, die sie am meisten beschäftigten –, wusste sie kaum, womit sie beginnen sollte. »Wie viele von euch gibt es? Katholiken, meine ich.«

»Nicht allzu viele. Die Hopes, die Laidlaws – die Familie meiner Mutter, weißt du –, außerdem die MacQuiddys, die Ballentynes und den Rest der Männer des Earls. Und Gelleys natürlich.«

»Aber ihr geht trotzdem mit den Protestanten in die Kirche?«

Jennet sah sie an, als wäre sie nicht ganz richtig im Kopf. »Aber ja. Wir leben nach außen hin als Presbyterianer, denn in diesen Zeiten ist Schottland kein guter Platz für Katholiken. Wir gehen alle zur Kirche, sogar der Earl. Granny sagt, dass es zwar das Gehirn belastet, aber der Seele nicht weiter schadet, dem heiligen Willie zuzuhören. Hast du es versäumt, zur Messe zu gehen, seit du hier bist?«

»Zur Messe?«

Ihre Verwirrung schien Jennet zu verärgern. »Du bist katholisch getauft, und zwar von einem *Jesuiten*, oder etwa nicht?«

Hannah war in der Tat getauft worden, wie viele andere Kahnyen'kehàka in Good Pasture auch. Einige hatten den Priestern aus Neugierde ihren Willen gelassen, andere, weil sie sie nicht brüskieren wollten. Aber Jennet schien zu glauben, dass die Taufe mit einer Art Veränderung einherging, während Hannah wusste, dass innerhalb der Familie ihrer Mutter genau das Gegenteil der Fall war. Auch wenn sie vielleicht mit Interesse die Geschichten von Jesus verfolgten, hielt sie das nicht davon ab, Ha-wen-ne'-yu anzubeten oder die sechs Erntedank-Rituale zu praktizieren, die die Jahreszeiten voneinander trennten. Die beiden Glaubensrichtungen hatten nichts miteinander gemein.

»Ich bin getauft, aber ich bin keine Katholikin«, sagte Hannah bestimmt.

Jennet schnaubte verächtlich. »Die Protestanten würden dir darin nicht zustimmen.«

Damit hatte sie allerdings Recht. Vor ihrem inneren Auge erschien Mr. McKay, wie er seinen Abscheu versprühte und sich an der Vorstellung erfreute, dass sie für alle Ewigkeit in der Hölle schmoren müsste. *Papisten unter den Wilden.* Sie dachte nur sehr ungern an ihn, gerade jetzt, da ihr Vater und Elizabeth heimlich in Moffat weilten.

»Ein Reiter«, sagte Jennet, während ihr Gesichtsausdruck von einer Sekunde auf die andere höchste Neugierde verriet. Sie stand, einen Arm um den Baumstamm geschlungen, aufrecht da, um einen besseren Überblick zu haben.

»Nezer Lun«, sagte sie, plötzlich besorgt aussehend. »Ich habe den Mann noch nie so schnell reiten sehen.«

Pferd und Reiter waren bereits im Burghof verschwunden, als die beiden Mädchen es geschafft hatten, von der Eiche herunterzuklettern, aber schon hörten sie weitere Pferde im Galopp herannahen. Im Burghof schrien Männer nach dem Earl.

Die Reiter kamen ins Blickfeld – es waren drei – und brachten ihre Pferde unmittelbar vor dem Eingangstor zum Stehen.

»Ein Angriff«, flüsterte Jennet. Sie war plötzlich sehr blass. Und dann rief sie hinter der davonlaufenden Hannah her: »Warte! Du kannst doch nicht ...«

Hannah wirbelte mit ausgestreckten Armen herum. »Ich kann sehr wohl! Ich muss sogar! Es ist mein Großvater und Robbie und da ist auch mein Vater ...« Weg war sie, und Jennet folgte ihr dicht auf den Fersen.

Nathaniel sah zu, wie der Earl mit großen Schritten über den Burghof auf das Tor zuging. Seine Männer bildeten in seinem

Rücken einen geschlossenen Wall. Er fragte sich, was seinem Vater in diesem Augenblick, da er Carryck zum ersten Mal zu Gesicht bekam, durch den Kopf ging. Wie mochte es sein, an einem Fremden die Wölbung der eigenen Stirn, das eigene Kinnprofil und genau die eigene Schulterform wiederzuerkennen und nun zu wissen, dass alles, was man ihm erzählt hatte, der Wahrheit entsprach: Dieser Mann war auch mit Nathaniel verwandt und sein eigener Vater war auf diesem Grund und Boden geboren worden.

Als der Earl vor ihnen stand, erhob Hawkeye die Stimme und sagte streng und bestimmt: »Ich bin Dan'l Bonner aus dem Staate New York. Und ich bin hier, um den Rest meiner Familie zu holen. Meine beiden Enkelinnen und Curiosity Freeman. Schicken Sie sie zu mir heraus.«

Im kräftigen Licht der Nachmittagssonne wirkte Carryck mitgenommen; die gelbliche Färbung seines Gesichts machte ihn älter, als er war. Seine Stimme jedoch klang kräftig und unerschütterlich.

»Willkommen in Carryckcastle, Daniel Bonner. Ich würde gerne mit Ihnen sprechen – unter vier Augen. Wollen Sie nicht hereinkommen und ein Glas mit mir trinken?«

Für einen Moment sahen sie sich an, zwei alte Löwen, die beide noch im Vollbesitz ihrer Macht und ihrer Kräfte waren, keiner von ihnen gewillt, sich dem anderen geschlagen zu geben.

»In Ordnung«, sagte Hawkeye schließlich. »Aber nur, wenn Sie Ihren Mann Moncrieff für das Unrecht zur Rechenschaft ziehen, das er mir und den Meinen angetan hat. Und wenn Sie einwilligen, uns ziehen zu lassen, sobald wir beschließen, dass es Zeit ist, zu gehen.«

Neben Nathaniel rutschte Robbie auf dem Sattel herum, während er die Ansammlung von Männern im Burghof vergeblich nach Moncrieff absuchte. Dann tauchte Hannah neben ihm auf und er beugte sich hinunter, um ihr eine Hand auf den Kopf zu legen.

Der Earl sprach über seine Schulter hinweg: »Dagleish, bring Moncrieff her. Sag ihm nicht, warum. Und nimm zwei Männer mit, für den Fall, dass er sich sträuben sollte.«

Er erhob erneut die Stimme: »Meine Männer werden Moncrieff im Dorf aufgreifen und Sie können ihn vor diesen Leuten zur Rechenschaft ziehen. Es ist Ihnen freigestellt, abzureisen, wann immer Sie wollen. Würden sie nun meine Gastfreundschaft in Anspruch nehmen?«

»Falls sie uns alle einschließt, ja. Uns und die anderen, die etwas später kommen.«

Carryck sah prüfend in ihre Gesichter und ließ seinen Blick dann auf Nathaniel ruhen. Er überlegte, wie es kam, dass er zu dieser Gruppe von Reitern gehörte, und durchdachte die verschiedenen Möglichkeiten. »Ich sehe, dass Sie fort gewesen sind«, sagte er trocken.

»Das ist richtig«, bestätigte Nathaniel. »Ich war fort und nun bin ich wieder hier, um einzufordern, was mir gehört.«

»Sie haben viel mehr von einem Scott an sich, als Sie jemals wahrhaben wollen«, sagte Carryck. Und dann fügte er an Hawkeyes Adresse hinzu: »Jeder Ihrer Begleiter ist willkommen. Ich werde mir Ihre Beschwerden über meinen Verwalter anhören. Sollten diese eine Bestrafung rechtfertigen, dann wird es eine Bestrafung geben.«

Das Geräusch der Kutsche war nun lauter zu vernehmen. Die Männer hinter Carryck begannen einander Blicke zuzuwerfen und griffen so selbstverständlich, wie Soldaten es zu tun pflegen, nach ihren Waffen.

Einer von ihnen ging auf Carryck zu, doch der Earl forderte sie alle auf: »Lasst mich allein.«

Widerstrebend und vor sich hin murmelnd traten sie ab. Erst jetzt entdeckte Nathaniel am hintersten Ende des Burghofs Jean Hope und den alten MacQuiddy und im Fenster über ihnen Curiosity mit Lily auf ihrer Hüfte. Robbie war abgestiegen und hockte mit ihr ins Gespräch vertieft neben Hannah.

Später einmal würde Nathaniel Elizabeth erzählen, dass er die Geschichte von Lots Frau mehr als einmal gehört habe, aber erst in jenem Augenblick, als Carryck auf der Kutsche das Wappen von Loudoun erspähte, wirklich verstanden hatte, was es bedeutete, wenn ein Mensch zur Salzsäule erstarrte. Sein Gesicht wurde durchsichtig und glatt wie Steinsalz, und als er zu Hawkeye aufsah, waren seine Augen tot.

»Meine Schwiegertochter«, sagte Hawkeye. »Und Ihre Tochter, die nach Hause zurückkehrt, um zu sterben. Aber zunächst hat auch sie noch eine Rechnung mit Moncrieff zu begleichen.«

Jean Hope trat vor. Sie hielt die Hände gegen die Brust gepresst und trug einen Ausdruck auf ihrem Gesicht, wie ihn Nathaniel schon einmal bei einer Frau gesehen hatte – an jenem Morgen, als Sarah eine Tochter bekommen und einen Sohn verloren hatte. Es war das Gesicht einer Frau, die zwischen Freude und Kummer zerrissen wurde. Leise sprach er sie an: »Sie hat nach dem Priester gefragt. Können Sie sie zu ihm bringen?«

Das unerwartete Erscheinen seiner Tochter hatte Carryck in Stein verwandelt; Jean Hope hingegen schien alle Kraft abhanden gekommen zu sein, so wie ihr Körper sich nach vorne krümmte. Sie machte einige Schritte auf die Kutsche zu, blieb dann stehen und sah zu Carryck hinüber, in der vergeblichen Hoffnung, irgendein Zeichen von ihm zu erhalten.

Robbie ging zur Kutsche, als sich der Schlag öffnete. Seit er von Moncrieffs Gräueltaten gegen Carrycks Tochter erfahren hatte, war er ungewöhnlich ruhig und in sich zurückgezogen gewesen; es war, als ob dieser letzte Beweis für Moncrieffs Bosheit das letzte bisschen Glauben in ihm zerstört hätte. Er sah es nun offenbar als seine Pflicht an, Lady Isabel jede erdenkliche Unterstützung zukommen zu lassen, die er ihr geben konnte.

Als er sich wieder umdrehte, hielt er sie so vorsichtig und liebevoll in seinen Armen, als wäre sie ein Kind. Sie hatte einen Schuh verloren und ein kleiner, weiß bestrumpfter Fuß baumelte herunter, zart und zerbrechlich wie der eines Kindes. Ihre Hände lagen auf dem feinen Netz, das ihr Gesicht bedeckte und ihr bis zur Taille ging, Hände, die so verfärbt und geschwollen aussahen wie Männerfäuste nach einem harten Kampf.

Einen Moment lang stand Robbie da und sah Carryck über Isabels bewegungslosen Körper hinweg an – Nathaniel war noch nicht einmal sicher, ob sie atmete –, dann ging er ohne ein Wort an dem Mann vorbei.

Er schritt auf Jean Hope zu, die ihre Hände auf Isabel legte, sie hier und dort berührte. Dann wandte sie sich um und führte Robbie auf den Elphinstone Tower zu. MacQuiddy folgte ihnen, und aus einer schattigen Ecke kam auch Jennet herbeigerannt, warf einen Blick zurück auf Carryck und schloss sich ihnen an.

Sie kamen in der großen Halle zusammen: der Earl am Kopfende des langen Tischs unter dem geschnitzten und vergoldeten

Wappenschild, Nathaniel und Hawkeye zu seinen beiden Seiten sitzend, und neben ihnen Elizabeth und Curiosity, jede mit einem Säugling auf dem Schoß. Will saß neben Elizabeth. Hannah hielt es nicht auf ihrem Stuhl; sie huschte zwischen den Männern hin und her, als ob sie fürchtete, dass sie wieder verschwinden würden, sobald sie sich hinsetzte oder wegschaute. Hawkeye stellte ihr eine Frage in der Sprache der Mohikaner und sie antwortete in der Sprache der Kahnyen'kehàka und stellte dann ihrerseits eine Frage. Nathaniel hörte zu, unterbrach die beiden jedoch nicht, und Elizabeth hatte das Gefühl, dass er alles, was er wissen musste, schon auf dem Weg hierher erfahren hatte. Robbies Gesichtsausdruck nach zu urteilen, als er Isabel begegnet war, hatte Nathaniel ihnen im Gegenzug auch ihre Geschichte erzählt.

Carryck schenkte Whisky ein. Was immer er Hawkeye zu sagen vorgehabt hatte, welche Argumente in Bezug auf Familie und Pflicht und Blutsbande und Landbesitz er auch immer hatte vorbringen wollen – es schien ihm alles abhanden gekommen zu sein. Er starrte abwechselnd auf die Tür, die zum Elphinstone Tower führte, und aus dem Fenster, das zum Burghof hinausging.

Elizabeth wiegte Lily in ihren Armen, streichelte ihr Gesicht und dachte an Isabel, die irgendwo über ihren Köpfen im Turm ein wenig Trost suchte, ein Stück ihrer selbst, das sie in jener Nacht verloren hatte, als sie von diesem Ort davongerannt war. Während der letzten wenigen Minuten ihrer Reise hatte sie einen weiteren Anfall erlitten, der weitaus schlimmer gewesen war als jener früher am Tag im Garten. Er war über sie gekommen, als die Straße zur Burg eine plötzliche Kehre machte und um einen großen Felsvorsprung herum führte. Will hatte, obwohl sie sich in höchster Not befand, sanfte Worte für sie gefunden, und Elizabeth hatte Gebete zu dem Gott geschickt, der über Isabel wachen mochte. *Gib ihr nur noch eine Stunde. Lass sie Moncrieff gegenübertreten und dann unbeschwert ins Grab sinken.*

Contrecoeur betrat mit undurchsichtiger Miene den Raum. Mit Absätzen, die wie ein überdrehtes Uhrwerk auf den Fliesen klapperten, durchmaß er die Halle und kam vor Carryck zum Stehen.

»Dupuis hat ihr die Beichte abgenommen und sie von ihren Sünden freigesprochen, aber es hat ihn seine letzte Kraft gekostet. Sie fragt nach Ihnen, Mylord. Der Doktor sagt, dass sie dem Tode sehr nahe ist.«

Alle Gesichter wandten sich Carryck zu, doch der betrachtete mit unerschütterlicher Konzentration den Boden seines Bechers. Von Curiosity kam ein leises, traurig klingendes Geräusch. Erst als die Pferde in den Burghof galoppierten, hob Carryck schließlich den Kopf. Contrecoeur wartete noch immer auf eine Antwort, aber der Earl schaute an dem Priester vorbei, als wäre er unsichtbar.

Moncrieffs Stimme drang zu ihnen herein, heiser und wütend. Dann erklang laut ein Fluch und eine herausfordernde Bemerkung, die den bewaffneten Männern galt, die ihn hierher gebracht hatten. Es gab eine Rauferei, als sie ihn vom Pferd zerrten. Elizabeths Herz raste und Lily, die nach den Stunden der Trennung von ihrer Mutter gierig trank, hustete, als sich der Milchfluss plötzlich verstärkte.

Er betrat alleine mit großen Schritten die Halle. Beim Anblick von Hawkeye blieb er unvermittelt stehen, er starrte ihn einen Moment lang an und wandte sich dann Carryck zu, den Kopf stolz nach oben gereckt.

»Mylord«, sagte er und ließ seine Stimme unbeeindruckt durch den Raum schallen. »Warum ließen Sie in einer solchen Weise nach mir schicken?«

Carryck schloss die Augen, um sie dann langsam wieder zu öffnen. »Wir haben Besuch.«

»Das sehe ich, Mylord.« Moncrieff reckte die Brust vor. Gespielte Tapferkeit oder Mut – es war schwer zu sagen, was ihn antrieb. »Ich habe Ihnen doch zugesichert, dass er irgendwann schon noch kommen würde.«

»Wir haben Besuch aus Loudoun«, sagte Carryck ruhig. »Lady Isabel ist nach Hause zurückgekehrt.«

Einen Moment lang blieb Moncrieffs Miene unverändert. Dann setzte im Augenwinkel ein leichtes Zucken ein und breitete sich nach und nach über sein Gesicht aus, bis es seinen Mund erreichte, der sich öffnete und wieder schloss, bevor er sich mit blitzenden Augen Hawkeye zuwandte.

»Das ist Ihr Werk«, sagte er. »Sie haben sich mit Breadalbane zusammengetan.«

»Monsieur Contrecoeur«, sagte Elizabeth, bevor Hawkeye

reagieren konnte,»wären Sie so freundlich, Robbie MacLachlan zu bitten, Lady Isabel herzubringen? Sie wird in Gegenwart ihres Vaters von Angesicht zu Angesicht mit diesem Mann sprechen wollen.«

Moncrieff riss protestierend die Arme hoch.»Mylord! Dies ist ein gemeines Komplott! Man will mich diskreditieren, weil ich mehr getan habe als das, was Sie mir zu tun befohlen hatten – diesen Mann, Ihren Cousin, nach Carryckcastle zu bringen. Können Sie einer Breadalbane, die vor Ihnen steht, auch nur ein Wort von dem glauben, was sie zu sagen hat?«

Carryck schenkte sich in seinen Becher Whisky nach. Nachdem er getrunken hatte, wischte er sich über den Mund.

»Ich habe Daniel Bonner mein Wort gegeben, dass ich mir die Anschuldigungen gegen Sie anhören würde. Seine Anschuldigungen und …die von Lady Isabel ebenso. Sie werden hier neben mir stehen und sie mit mir gemeinsam anhören, Angus. Es sei denn, Sie haben etwas zu befürchten.«

Moncrieff hielt seinen Blick eine ganze Weile aus, bevor er nickte.

Ohne ihn anzusehen, sagte Carryck zu Contrecoeur:»Bringen Sie sie her.«

Elizabeth sah Contrecoeur nach, als er zum Elphinstone Tower ging, und hatte das Gefühl, ihn auffordern zu müssen, sich schneller zu bewegen, zu rennen. Schließlich öffnete er die Tür und die Halle wurde von Jean Hopes Weinen erfüllt, ein kaum menschlich klingender Laut, der wie eine launenhafte Brise über sie hinweg strich. Robbie kam die Turmtreppe herab und trat durch die Tür. Sein überlicherweise rötliches Gesicht war aschfahl.

»Sie ist tot.«

»Gott habe Erbarmen mit ihrer Seele«, sagte Will leise.

»Amen«, fügte Curiosity hinzu.

Moncrieff straffte sich. Er wandte sich zunächst Carryck zu und sah dann wieder zu Contrecoeur, der immer noch mit seiner Hand an der Tür zum Turm dastand.

Sich mit der Hand übers Gesicht fahrend lächelte er. Isabel war tot und Moncrieff konnte seine Freude kaum verhehlen. Trauer und ein tief empfundener unkontrollierbarer Ekel vor dem Mann, der dort stand, ließen Elizabeth erschaudern. Er schien verwirrt und zugleich derart erleichtert, dass er es nicht verbergen konnte: ein Verurteilter, der in letzter Minute vor dem Galgen gerettet worden war.

Nathaniel erhob sich und stieß seinen Stuhl zurück. »Na, überlegen Sie gerade, was für ein Segen das für sie ist, Angus? Dass sie gestorben ist, bevor sie ihrem Vater sagen konnte, was Sie für ein Mensch sind?«

Moncrieffs Rücken versteifte sich und er legte den Kopf leicht zur Seite; so, wie es Elizabeth oft bei ihm gesehen hatte, wenn er eine Lüge ersann.

»Welche Beschwerden Sie auch immer über mich vernommen haben mögen, sie haben nichts mit Lady Isabel zu tun. Möge sie in Frieden ruhen«, erklärte er feierlich.

Carryck sog durch die Zähne die Luft ein und ließ sie dann geräuschvoll wieder entweichen. Er lehnte sich langsam nach vorne und legte den Kopf in seine Hände. Seine Schultern hoben sich und dann noch einmal – ein schreckliches trockenes Würgen, das Elizabeth nicht mitansehen konnte. Sie senkte ihren Kopf zu Lily hinunter und atmete ihren sauberen und süßen Geruch ein. Vielleicht dachte Carryck jetzt an Isabel, als sie genauso klein gewesen war – bevor sie sich von ihm entfremdet, bevor er die Frau, die sie geworden war, aus den Augen verloren hatte. Elizabeth besaß die Kraft, ihm diese Tochter zurückzugeben.

Lily an ihre Brust gedrückt haltend, stand sie auf. »Mylord, dürfte ich etwas sagen?«

Moncrieff gab einen kleinen Laut von sich, aber Carryck hob eine Hand, um ihn zum Schweigen zu bringen. »Ja.«

»Auf der Fahrt hierher hat uns Ihre Tochter Isabel erzählt, was an jenem Tag, an dem sie davonlief, geschehen ist. Wollen Sie hören, was sie zu sagen hatte?«

In der Halle war es so still, dass Elizabeth meinte, ihr Herz schlagen zu hören. Sie wartete, bis Carryck schließlich nickte. Moncrieffs Gesicht war ausdruckslos, abwartend. Ungläubig.

»Lady Isabel hat uns Folgendes erzählt: Nach dem Erntefest vor fünf Jahren stellte Angus Moncrieff sich ihr spät in der Nacht auf der Straße zur Burg in den Weg. Simon Hope war bei ihr. Er nannte Isabel eine Hure und Simon Hope einen Hurensohn, und als sie ihn auslachte, weil er behauptete, sie sei ihm zur Ehe versprochen, erzählte er ihr von Ihrer Verbindung mit Mrs. Hope. Dann griff Angus Moncrieff sie an und vergewaltigte sie, dort in Regen und Schmutz.«

Carrycks Miene blieb unverändert, ohne ein Zeichen des Schreckens oder der Überraschung. »Angus. Was sagen Sie zu diesen Anschuldigungen?« fragte er.

Auf Moncrieffs Wangenknochen erschienen rote Flecken, gleich unterhalb des Augenwinkels, der rasend wie ein schlagendes Herz zuckte.

»Lügen! Sie wissen ganz genau, Mylord, dass Ihre Tochter just an jenem Tag, als sie davonlief, John Munro of Foulis versprochen worden war.«

Aus dem Hintergrund trat Jean Hope aus dem Schatten hervor. Ihr Gesicht war vom Weinen gerötet und geschwollen und sie rang über ihrer Schürze die Hände. »Aber man hat Isabel nie etwas von John Munro erzählt!«

Moncrieff zeigte sich von Jeans Kummer und ihrem Einwand unbeeindruckt. Er zuckte die Schultern. »Ob sie es nun wusste oder nicht: Das Versprechen war unter Eid gegeben worden und ich war selbst dabei. Warum hätte ich ihr also etwas anderes erzählen oder sie für mich beanspruchen sollen?« Nun etwas selbstbewusster, warf er Elizabeth einen Blick zu. »Sie haben nicht mehr als das Wort einer rasenden Frau. Elizabeth Bonner würde alles in ihrer Macht Stehende tun, um sich an mir dafür zu rächen, dass ich ihre Kinder aus Kanada entführt habe. Jene Kinder, die Sie vor sich sehen, gesund und kräftig.«

Wie ruhig er ist, dachte Elizabeth. Und warum auch nicht? Isabel und Simon waren tot und nicht mehr in der Lage, ihn zur Rechenschaft zu ziehen.

Carryck wirkte sehr müde. »Gibt es irgendeinen Beweis für Ihre Anschuldigungen, Mrs. Bonner? Irgendwelche Zeugen?«

»Sie würde zweifellos sogar Walter Campbell herbeirufen, um ihn schwören zu lassen, dass dies die Wahrheit ist«, sagte Moncrieff wütend.

Eine Stimme erhob sich, hoch und deutlich. »Simon hat mir erzählt, was passiert ist. Macht mich das zu einer Zeugin?« Jennet wirkte so winzig und durchscheinend wie eine Fee, als sie

mit Robbie MacLachlan näher kam, aber ihre Stimme schien die Wahrheit mit sich zu tragen.
»Komm her zu mir, Jennet«, sagte Carryck. Seine Stimme klang immer noch müde, doch es lag nun eine gewisse Wärme darin. »Komm her, Mädchen, und erzähl mir, was du gehört hast.«
Jennet blieb am Tischende stehen und sah nacheinander jeden von ihnen an. Als ihr Blick bei Hannah angelangt war, lächelte sie.
»Jetzt hast du sie endlich zusammen, deine ganze Familie.«
»Ja«, sagte Hannah. »Ich freue mich für dich.«
Hannah verließ ihren Platz neben Hawkeye, um sich zwischen Jennet und Robbie zu stellen.
»Was hat Simon dir erzählt, Mädchen?« fragte Carryck.
Sie hielt ihren Blick fest auf den Earl gerichtet, als ob allein sein Anblick die Geschichte an die Oberfläche bringen könnte.
»Simon hat mir erzählt, dass der Verwalter vollkommen betrunken war und auf der Straße, die vom Dorf zur Burg führt, mit Lady Isabel gekämpft hat, sie zu Boden geworfen und ihr wehgetan hat. Er sagte: ›Sie will Moncrieff nicht heiraten.‹ Das hat er immer wieder gesagt.«
»Der Junge hatte Fieber« sagte Moncrieff nahezu teilnahmslos ein. »Er war im Delirium.«
»Er hatte kein Fieber«, widersprach Jennet ungehalten. »Nicht, als er mir das erzählt hat. Und er hat mich zum Schweigen verpflichtet und hat mich meine Hand auf die Bibel legen lassen, und nun habe ich den Eid gebrochen und muss in der Hölle schmoren, aber ich konnte es nicht länger für mich behalten.« Ihre Stimme bebte, aber sie zwang sich, fortzufahren. Ihr Zorn wuchs sichtbar an, als sie sich umwandte und Moncrieff ansah. »Simon dachte, es sei sein Fehler, weil er sie nicht beschützt hatte, und meine Mutter glaubte, Isabel sei vor ihr weggelaufen, aber *Sie* waren es, vor dem sie geflüchtet ist. Sie konnten die Tochter des Burgherrn nicht haben und deshalb haben Sie ihr wehgetan, und nun ist sie tot und Sie werden in der Hölle brennen, für das, was Sie ihr und meinem Bruder angetan haben.«
»Mylord«, sagte Moncrieff steif. »Wollen Sie das Wort eines hysterischen Kindes über das meine stellen?«

Carryck richtete sich zu seiner vollen Größe auf. »Sie ist mein eigen Fleisch und Blut, Angus.«

»Sie ist Ihr Bastard, Mylord.«

Carryck erwiderte: »Ich habe eine Tochter verloren. Ich möchte nicht auch noch die andere verlieren. Ich werde Jean heiraten und Jennet zu meiner Erbin machen.«

Auf Moncrieffs Oberlippe und Stirn bildeten sich Schweißperlen, während er um Fassung rang. »Breadalbane wird Sie vor Gericht herausfordern.«

»Ja. Was macht das schon?«

»Mylord«, sagte Moncrieff mit brechender Stimme, »wollen Sie für eine Hure alles aufs Spiel setzen?«

Das Wort schien im ganzen Raum widerzuhallen. Aus Carrycks Gesicht wich alle Farbe und wurde von kalter Wut ersetzt, von jener Raserei, die Männer zu Mördern macht. Moncrieff sah es, zog hörbar die Luft ein und ließ sie wieder entweichen, als Carryck zu sprechen begann.

»Ich erkläre Sie für schuldig, meine Tochter vergewaltigt zu haben. Ich erkläre mich selbst für schuldig, mein Vertrauen in einen Feigling und Verräter gesetzt zu haben. Meine Strafe ist, mit dem Wissen leben zu müssen, dass ich es zugelassen habe, dass meine Tochter Ihretwegen dieses Haus verließ – aber Sie werden morgen dafür hängen.«

Moncrieff bewegte sich so schnell, dass Elizabeth später nie genau sagen konnte, wie das alles geschehen war. Sein Arm fuhr von der Seite nach vorn und in seiner Hand blitzte Metall auf. Elizabeth warf sich auf ihrem Stuhl nach vorn, um Lily zu schützen, und sah dabei Curiosity mit Daniel das Gleiche tun. Noch während sie sich duckte erhaschte sie einen Blick auf Jennets blonden Schopf in der Schusslinie und auf Hannah, die direkt neben ihr stand. *O Gott, Hannah direkt neben ihr.* Die Männer rangen miteinander; Nathaniel warf sich quer über den Tisch auf Moncrieff, aber es war zu spät: Der Schuss hallte durch den Raum und irgendjemand schrie. *Das war ich,* dachte Elizabeth, *ich habe geschrien.* Ein zweiter Schuss vom anderen Ende der Halle und ein leiser Laut des Erstaunens, ein hastiges Atmen, gefolgt von hörbarer Stille. Elizabeth schaute hoch und sah, wie Angus Moncrieff fiel: Seine Kehle öffnete sich wie eine Blume, aus der überall um ihn herum hellrote Blätter regneten.

Hannah war in ein hohes, kummervolles Wehklagen ausgebrochen. Curiosity packte Elizabeths Arm, zog sie hoch und schob ihr Daniel zu. »Nimm deinen Sohn«, sagte sie fest, »nimm ihn sofort.« Sie stieg über Moncrieffs Körper hinweg – der immer noch zuckte, wie Elizabeth sah, bevor sie sich abwandte – und eilte auf die Mädchen zu.

»Elizabeth!« Nathaniel und Will waren gemeinsam an ihrer Seite und versuchten, sie wegzuführen. Beide Säuglinge weinten, aber Nathaniel beruhigte sie flüsternd, und dann geleitete er Elizabeth zu einem Stuhl in Türnähe. »Komm schon, komm. Setz dich hier hin. Setz dich.«

»Ist sie tot? Ist Jennet tot? Ist Hannah ...«

Er legte seine Hände auf ihr Gesicht. Sie hatte ihn selten so blass gesehen, außer als er selbst angeschossen worden war.

»Nein«, erwiderte er. »Keine von ihnen ist verletzt, weder Jennet, noch Hannah.«

»Aber hör doch, wie sie weint.« Sie sagte dies flüsternd, damit er hören konnte, was sie hörte: Hannahs gebrochene Stimme und Hawkeyes Gesang, ganz leise. Eine Melodie, die sie kannte; eine, die sie lange nicht vernommen hatte.

»Wem...?«, fragte sie. »Wem singt er das Totenlied?«

»Robbie«, entgegnete Nathaniel. »Er hat sich vor die Mädchen geworfen und eine Kugel hat ihn in die Brust getroffen.«

»Aber ...« Sie blickte über ihre Schulter auf Moncrieff, der zusammengerollt in seinem Blut lag. Sein Bruder war herangetreten, um ein Gebet für ihn zu sprechen und das Kreuzzeichen über ihn zu machen.

»Jean Hope«, erklärte Will. »Es war Jean Hope, die ihn erschossen hat.«

»Sie hat Vergeltung geübt«, murmelte Nathaniel. »Für sich und für Isabel. Und auch für uns.«

»Gut«, sagte Elizabeth ruhiger, als sie sich tatsächlich fühlte, und fügte dann hinzu: »Lass mich zu Robbie. Lass mich Abschied nehmen. Bitte.«

Er lag auf den blutverschmierten Fliesen, den Kopf in Hannahs Schoß. Hakim und Curiosity beugten sich über ihn und sprachen leise miteinander, nun ohne jegliche Eile. Will hatte die Säuglinge in den Burghof hinaus gebracht, wo sich die Dienstmädchen um sie bemühten und sie von dort aus an einen sichereren Ort brachten. Jennet weinte in den Armen ihrer Mutter, während Contrecoeur hinter ihnen seinem toten Bruder auf Lateinisch etwas zumurmelte.

In der neu entstandenen Stille sang Hawkeye das Totenlied, das Robbies Lebensgeschichte erzählte, während er seinen Weg durch das Schattenreich ging. Elizabeth kniete im Blut und legte ihre Hände auf seinen Körper, strich über sein Haar. »Robbie!« rief Elizabeth und dann noch einmal lauter: »Robbie!«
Hannahs Augen schwammen in Tränen. »Wir müssen ihn gehen lassen«, sagte sie auf Kahnyen'kehàka zu Elizabeth. »Seine Zeit war gekommen.«

9

Sie begruben Robbie MacLachlan und Lady Isabel am nächsten Tag. Am gleichen Abend machte Nathaniel sich auf die Suche nach seinem Vater. Er fand ihn in dem Wald, der hinter den Pferdeställen begann, hoch oben auf einer Eiche sitzend und mit Jennet und Hannah ins Gespräch vertieft.

»Als Simon starb«, sagte Jennet gerade, »dachte ich, dass ihn vielleicht nur die Feen gestohlen hätten und dass er eines Tages wiederkommen würde. Haben Sie sich auch so gefühlt, als Ihr Bruder Uncas starb?«

»Ich fühle mich noch heute so«, sagte Hawkeye und fügte hinzu: »Dein Vater ist hier, Squirrel, um uns zum Essen zu rufen. Warum geht ihr Mädchen nicht einfach schon vor? Ich habe schon den ganzen Tag nach einer Gelegenheit gesucht, ein paar Worte mit ihm zu wechseln.«

»Ich nehme an, ich sollte mich nicht darüber wundern, dass du auf Bäume kletterst«, sagte Nathaniel, als sie davongelaufen waren.

»Du kannst von hier oben sehr weit sehen«, erwiderte Hawkeye, während er so leichtfüßig heruntersprang, als sei er nur halb so alt, wie er wirklich war. »Und die kleine Jennet hat die eine oder andere Geschichte zu erzählen, die es wert ist, nach Hause mitgenommen zu werden.«

»Squirrel wird traurig sein, sie morgen hier zurücklassen zu müssen.«

Hawkeye nickte. Seine Gedanken waren irgendwo anders und Nathaniel wartete, bis er sie ein wenig geordnet hatte.

»Ich glaube nicht, dass Robbie je damit gerechnet hat, noch einmal nach New York zurückzukehren«, sagte er schließlich. »Vor langer Zeit hat ihm eine weise Frau vorausgesagt, dass man ihn einmal in schottischer Erde beerdigen würde. Er hat es mir an dem Tag erzählt, an dem wir hier an Land gingen. Er sagte, dass er in seinem Innersten fühlte, dass sie die Wahrheit gesprochen hatte.«

Hawkeye blickte umher, sah den Sonnenuntergang hinter den Hügeln, golden und lohfarben, und seufzte. »Es war der richtige Ort für ihn zum Sterben, aber für mich ist es nicht der richtige Ort, wie ich es auch betrachte. Und deiner ebenso wenig, soweit ich das beurteilen kann.«

Nathaniel blieb überrascht stehen. »Hast du einmal gedacht, es könnte der richtige Ort für mich sein?«

Sein Vater hob die Schultern. »Ich weiß nicht, was ich gedacht habe. Bevor ich hierher kam, war ich mir hinsichtlich meiner Gefühle Carryck gegenüber ganz sicher, aber nun, da ich ihn kennen gelernt habe, finde ich es nicht mehr so einfach. Ich glaube nicht, dass mir jemals ein Mann begegnet ist, der innerlich so zerrissen war wie er.«

»Es ist ein hoher Preis, den er für seine Fehler bezahlt«, bestätigte Nathaniel. »Aber ich wüsste nicht, dass es irgendetwas gibt, das wir für ihn tun könnten. Die Katholiken und die Protestanten gehen sich schon seit zweihundert Jahren gegenseitig an die Gurgel. Selbst wenn wir hierbleiben wollten, gäbe es nichts, was sich darum mit unserer Hilfe verändern ließe.«

Hawkeye schwieg und Nathaniel hatte das unbestimmte Gefühl, dass etwas auf ihn zukam, das er weder vorhersagen noch kontrollieren konnte. Er sagte: »Du machst mir Angst.«

»Ich weiß«, erwiderte Hawkeye. »Und das nicht ganz ohne Grund. Ich hatte darüber nachgedacht, das, was ich weiß, einfach mit Robbie ins Grab gehen zu lassen, aber ich könnte nicht damit leben. Mir bleibt keine Wahl, als es vor euch auszubreiten und euch eure eigene Entscheidung treffen zu lassen. Dich und Elizabeth.«

»Worum geht es?« fragte Nathaniel.
Sein Vater legte ihm eine Hand auf die Schulter. »Um Giselle Somerville«, sagte er. »Und um den Sohn, den sie dir in jenem Winter vor vielen Jahren, nachdem du sie in Montréal verlassen hattest, geboren hat.«
Während sein Vater sprach, stand Nathaniel im Schatten des Waldes und fühlte, wie die Wahrheit dessen, was er sagte, in ihm höherkroch und sich in seiner Brust festsetzte, Wort für Wort.
»Sie hat es mir nie gesagt«, murmelte er. »Sagte kein einziges Wort, als ich sie verließ, hat niemals nach mir geschickt.«
Hawkeye holte tief Luft. »Ich weiß.«
»Aber du hast ihr geglaubt?«
»Zunächst nicht. Nicht, bis Robbie mir erzählt hat, was er wusste.«
»Iona hätte es mich wissen lassen können.« Der erste Zorn bahnte sich seinen Weg, aber Nathaniel versuchte ihn herunterzuschlucken.
»Das hätte sie natürlich«, sagte Hawkeye. »Aber dann wäre ihr noch ein Kind genommen worden. Meinst du, sie hätte Giselle damals freiwillig Somerville überlassen?«
Somerville. Während der ganzen Zeit, als er im Zuchthaus von Montréal gesessen hatte, war der Junge in der Nähe gewesen, und Somerville hatte ihn von ihm fern gehalten.
»Und all die Jahre dachte Giselle, er sei in Frankreich und wachse bei ihrer Mutter auf.«
»Es sieht ganz so aus.«
»Herr im Himmel«, murmelte Nathaniel. »Und was nun? Mache ich mich auf die Suche nach ihm oder lasse ich ihn, wo er ist? Vielleicht will er gar nichts mit mir zu tun haben und mit seiner Mutter auch nicht. Ich wünschte, ich hätte ihn mir in jener Nacht in Montréal genauer angesehen.«
Tief in seinem Inneren wuchs ein Schmerz heran, ganz so, als entdeckte er erst Stunden, nachdem im Kampf der letzte Schuss gefallen war, dass er dabei eine Verletzung davon getragen hatte.
Hawkeye rieb sich mit dem Daumen über das Kinn. »Das musst du mit Elizabeth ausmachen, mein Sohn. Und ich nehme an, Giselle wird auch etwas dazu zu sagen haben – sie wird nicht aufgeben, bevor sie nicht den Jungen gefunden hat.«

»Es sei denn, Stoker findet sie zuerst.«

Hawkeye neigte den Kopf. »Sie hat ihn sich zum Feind gemacht, das ist wahr.«

Vom Tor zum Burghof her klang Squirrels Stimme herüber und rief nach ihnen. Sie machten sich schweigend auf den Weg dorthin, doch dann blieb Nathaniel unvermittelt stehen.

»Du denkst daran, diesen Jungen ... Wie hat sie ihn genannt?«

»Luke.«

»Du willst Luke hierher schicken, zu Carryck?«

Hawkeye nickte. »Der Gedanke ist mir gekommen, aber es ist nicht an mir, darüber zu entscheiden. Du musst darüber nachdenken.«

»Glaubst du, er könnte an diesem Ort ein Interesse haben?« fragte Nathaniel.

»Die meisten Männer würden sich dafür interessieren«, erwiderte Hawkeye. »Und ein junger Mann ohne Land und ohne Perspektiven ganz besonders. Ein junger Mann, der noch dazu katholisch erzogen wurde.«

»Ich werde ihn nie zu Gesicht bekommen«, sagte Nathaniel und fühlte schon den Verlust, bevor er den Jungen überhaupt kennen gelernt hatte.

Hawkeye sagte: »Ich werde auf Jamie Scotts Land Anspruch erheben müssen. Das kann ich aber nicht tun, ohne zuvor mit Jean Hope und Jennet zu sprechen, um sicherzugehen, dass es ihnen so recht ist. Und dann wirst du Luke zu deinem Erstgeborenen erklären müssen.«

Sie waren jetzt nur noch knapp zwanzig Meter vom Tor entfernt. Vom Burghof her hörte man das Gelächter von Kindern und Curiosity, die nach ihnen rief. Elizabeth stand mit einem der Kleinen auf dem Arm am Fenster. Sie hatte Ringe unter den Augen, wirkte aber so ruhig und friedlich, wie er sie zuletzt zu Hause in Lake in the Clouds gesehen hatte, bevor sie auch nur ahnten, was vor ihnen lag. Als sie ihn entdeckte, lächelte sie und hob ihre Hand.

»Sie ist eine gute Frau«, sagte Hawkeye. »Es wird sie vielleicht zunächst hart ankommen, aber sie ist durch und durch gerecht. Sie wird sich mit dem Gedanken anfreunden.«

»Vielleicht schneller als ich selbst«, stimmte Nathaniel ihm zu und machte sich auf den Weg, um Elizabeth von seinem Sohn zu erzählen.

Hannah wartete gleich hinter dem Tor auf ihren Großvater und zog ihn beiseite. Mit Robbies Tod war ihr ein Teil ihrer Heiterkeit abhanden gekommen, ein Teil ihres Vertrauens in die Welt. Und er erinnerte sich plötzlich an den Morgen, als er mit Nathaniel Montréal verlassen hatte. Wie er gesehen hatte, wie sich sein Sohn veränderte, während sie unterwegs waren, Nathaniel, der nicht nur Giselle Somerville, sondern auch ein Stück seiner selbst zurückgelassen hatte.

»Was ist, Squirrel?«

»Ich brauche deine Hilfe«, sagte sie. »Ich kann es nicht alleine.«

Er legte ihr eine Hand auf die Schulter und spürte ihre Kraft und Entschlossenheit. Die Menschen sahen ihre Hautfarbe und dachten an ihre Mutter, aber sie hatte auch so viel von seiner Cora in sich, ein feuriges Herz und einen eisernen Willen.

»Sag mir, worum es geht.«

In der Sprache der Mohawks sagte sie: »Würdest du mit mir hinunter ins Dorf gehen, Großvater?« Es war seltsam, an diesem Ort die Sprache seiner Kindheit zu vernehmen, und sie erreichte damit, was sie beabsichtigt hatte: Es schloss den Rest der Welt aus und brachte sie einander noch näher.

»Wann?«

»Nach Einbruch der Dunkelheit.«

Er achtete darauf, dass sein Gesicht ungerührt blieb. Ein Lächeln würde bedeuten, dass er ihr Vorhaben nicht ernst nahm, und er wollte sie nicht kränken. »Was ist es denn, das uns im Dunkeln ins Dorf führt?«

»Bervor ich diesen Ort verlasse, muss ich einen Bären töten«, sagte sie. Und dann fügte sie schnell hinzu: »Sie haben der Bärin die Augen ausgestochen und sie an einem Pfahl angekettet. Sie hat mich gebeten, sie davon zu befreien, und ich habe ihr mein Wort gegeben.«

Jetzt war sie sichtbar angespannt und zitterte am ganzen Körper. »Ich kann nicht nach Hause fahren und sie so zurücklassen«, sagte sie.

»Dann werden wir also nach Einbruch der Dunkelheit ins

Dorf hinunter gehen«, sagte Hawkeye ruhig. »Und wir werden tun, was getan werden muss. Lass uns jetzt im Haus etwas essen.«

Sie schüttelte den Kopf. »Ich muss erst noch mit dem Hakim sprechen. Könntest du ihnen das bitte sagen?«

Er nickte und sah ihr dann nach, wie sie flink wie ein Reh davonlief.

Hannah traf Hakim Ibrahim dabei an, wie er seine Instrumente verpackte. Er hatte innerhalb von zwei Tagen mitansehen müssen, wie drei Menschen, die er zu retten versucht hatte, starben, aber als sie zögernd an der Tür stehen blieb, sah er mit seinem gewohnten freundlichen und hilfsbereiten Lächeln auf.

»Aha«, sagte er, während er seine Hände an einem Stück Musselin abwischte. »Ich hatte gehofft, dich heute Abend zu sehen. Ich habe noch etwas für dich, bevor du morgen diesen Ort verlässt.«

Hannah atmete tief ein und wieder aus. Sie hatte befürchtet, dass er vielleicht wütend auf sie sein würde – es waren viele Tage vergangen, seit sie bei ihm gewesen war, um ihm bei seiner Arbeit zu helfen oder auch nur mit ihm zu sprechen – stattdessen stellte sie fest, daß alles unverändert war. »Reisen Sie ebenfalls ab?« fragte sie.

»Ja. Ich muss morgen nach Southerness zurück. Die *Isis* wird nach Bombay segeln.«

»Also fahren auch Sie nach Hause.«

Er nahm eine Ledertasche im Format eines großen Buchs von einem der Tische und legte sie vor sie hin. Dann trat er zurück und verbeugte sich. »Ja. Und ich habe ein Abschiedsgeschenk für dich.«

Hannah war so überrascht, dass sie sich nicht zu sprechen traute. Sie ließ vorsichtig einen Finger über das Leder gleiten und öffnete dann mit unsicheren Händen die Riemen. Vier Skalpelle, zwei davon mit gebogenen Klingen, Pinzetten, Sonden und Nähnadeln, jeweils durch eine lederne Schlaufe in dem dunkelblauen Samt, mit dem das Etui ausgeschlagen war, befestigt. Die Griffe der Instrumente waren aus Elfenbein, das mit den Jahren ein wenig vergilbt war.

Er sagte: »Es wird noch eine Weile dauern, bis du geübt ge-

nug bist, um sie benutzen zu können, aber ich habe keinen Zweifel, dass du sie eines Tages sinnvoll verwenden wirst.«
Sie zwinkerte, um ihre Tränen zurückzuhalten, und nickte. »Vielen Dank...«
»Gern geschehen. Nun, ich denke aber, du bist zu mir gekommen, um über etwas anderes mit mir zu reden. Über Lady Isabel oder Rob MacLachlan?«
»Ich weiß, was Robbie getötet hat. Die Kugel muss eine Arterie getroffen haben, gleich hier ...« Sie berührte die Mitte ihrer Brust. »Die Aorta. Aber niemand kann mir sagen, wie man Lady Isabels Krankheit nennt.«
Er faltete die Hände vor seinem Körper. »So viel ich weiß, gibt es für dieses Leiden keinen Namen. Ich habe es nur selten gesehen und jedes Mal ist es tödlich ausgegangen. Ibn Sina schreibt im *Al-Qanum fi'l-Tibb* von Tuberkelbazillen, die sich in den Nieren festsetzen. Der Zustand ihrer Haut legt diesen Schluss nahe. Aber um das sicher zu wissen, müsste man eine Autopsie durchführen, was unter den gegebenen Umständen ...« Er machte eine Pause. »Ich dachte, es wäre das Beste, nicht noch weiter zum Kummer des Earls beizutragen.«
Hannah überlegte einen Augenblick. »Aber vielleicht wäre es ein Trost für ihn zu wissen, woran sie gestorben ist.«
Hakim Ibrahim schloss kurz die Augen und öffnete sie dann wieder. »Er glaubt, dass es sein mangelndes Vertrauen in sie war, das ihr den Tod gebracht hat. Selbst wenn ich feststellen würde, dass der Körper voller Tumore war, könnte ich ihn nicht vom Gegenteil überzeugen.«
»Dann braucht er ebenfalls Ihre Hilfe«, sagte Hannah.
Der Hakim zeigte ein sehr trauriges Lächeln. »Du hast ein großherziges und mitfühlendes Wesen, Hannah. Aber wenn du eines Tages eine gute Ärztin sein willst, dann musst du lernen zu erkennen, wann deine Fähigkeiten nicht gefragt sind.«
»Erste Regel: Füge niemandem Leid zu«, sagte Hannah und verstand nun, anders als bisher, was damit gemeint war. »Aber wenn Sie ihm nicht helfen können, wer kann es dann?«
»Sein Gott«, erwiderte Hakim. »Und vielleicht sein Priester. Aber ich habe noch eine Frage an dich. Würdest du mir schreiben und mir von deinen Medizinstudien berichten?«
»Ja«, sagte Hannah. »Das werde ich gerne tun.«

»Dann brauchen wir jetzt nicht Auf Wiedersehen zu sagen.«
Hakim Ibrahim lächelte. »Unsere Gespräche sind damit nicht für immer beendet.«
Sie blieb zögernd an der Tür stehen und wog die Mappe mit dem Chirurgenbesteck in ihren Händen. »Glauben Sie wirklich, dass ich eines Tages Ärztin werden könnte?«
Er verbeugte sich. »Davon, meine Freundin, bin ich fest überzeugt.«

10

Der Geruch des Meeres erreichte sie ganz unvermittelt bei Edinburgh, als die Kutsche einen Hügel in Richtung Stadt hinunterfuhr. Elizabeth setzte sich gerader hin und sogar Hannah schüttelte ihre Tagträume ab.

»Auf dem Weg nach Hause«, sagte Elizabeth ein ums andere Mal laut, vielleicht um sich selbst zu überzeugen, dass es wirklich so war. Sie wollten den Abend bei Tante Merriweather verbringen und am darauffolgenden Tag an Bord eines Schiffes gehen. Wenn sie das nächste Mal einen Fuß auf Land setzen konnten, dann würde das im Hafen von New York sein.

Curiositys Gedanken gingen in dieselbe Richtung. »Wenn der Herr will, dann sind wir noch vor Ende des Sommers in Paradise. Gerade noch rechtzeitig zur Maisernte, Hannah. Hast du schon daran gedacht?«

Hannah nickte. »Pünktlich zum Festtag in Trees-Standing-in-Water.«

»Ist noch nicht zu Hause und schon wieder bereit, davonzulaufen«, sagte Curiosity mit einem Seufzer. »Ich für meinen Teil gehe keinen Schritt weiter als bis Lake in the Clouds. Ist mir egal, wenn ich nie mehr eine andere Stadt zu sehen kriege. Oder auch nur riechen muss.« Dabei rümpfte sie über Edinburgh, das in der Sommersonne reichlich nach Abfall stank, die Nase.

Sie erreichten die High Street; die Frauen und Kinder in der Kutsche, Hawkeye, Nathaniel und Will hingegen zu Pferd, umringt von Carrycks Männern. Der Earl wollte in Bezug auf ihre

Sicherheit kein Risiko eingehen. Es würde sich bald herumgesprochen haben, dass Daniel Bonner aus dem Staat New York ein Dokument unterschrieben hatte, das ihn zu James Scotts Sohn erklärte, ein Dokument, das sie zur Zielscheibe der Breadalbane-Campbell-Familie machte. Es spielte keine Rolle, dass Hawkeye sein Versprechen hielt, Schottland zu verlassen und niemals dorthin zurückzukehren. Es spielte keine Rolle, da der Enkel, den er in Kanada zurückgelassen hatte, kein solches Versprechen gegeben hatte.

Daniel spielte friedlich in Elizabeths Schoß. Nathaniels zweitgeborener Sohn. Sie hatte sich noch nicht recht mit diesem Gedanken anfreunden können, aber es würde ihr schon früh genug gelingen. Nathaniel hatte erwartet, dass sie wütend wäre oder verletzt oder um die Ansprüche ihrer eigenen Kinder besorgt, aber bislang fühlte sie nichts als Verwirrung und eine gewisse Neugier. Er beobachtete sie vom Rücken seines Pferdes aus und hielt nach einem Anzeichen dafür Ausschau, dass sie unzufrieden war, wartete darauf, dass ihr Ärger anschwoll.

Irgendwo in seinem Innersten glaubte Nathaniel immer noch, dass sie dem Leben, das sie hinter sich ließ, nachtrauerte. Nur die Zeit würde ihn vom Gegenteil überzeugen.

»Ich denke, deine Tante Merriweather wird wollen, dass wir uns alle mit ihr zusammensetzen«, sagte Curiosity und riss Elizabeth damit aus ihren Tagträumen. »Sie wird bestimmt die ganze Geschichte erfahren wollen.«

»Ich nehme an, du hast Recht«, stimmte ihr Elizabeth zu.

»Aber es ist doch noch gar nicht die ganze Geschichte passiert.« Hannah sah von einem Stück Elfenbein auf, das sie betrachtet hatte.

»Dann werden wir sie ihr erzählen, soweit wir sie kennen«, erwiderte Elizabeth. »Was hast du da in der Hand, Squirrel?«

Sie hielt es hoch. Es war kein Elfenbein, sondern ein Zahn, vom Alter vergilbt, lang und gebogen.

»Der Fangzahn eines Bären«, sagte Curiosity, während sie sich vorbeugte, um ihn besser sehen zu können, und dabei Lilys Hand abfing, die gerade danach greifen wollte. »Ich wusste gar nicht, dass es in der Gegend von Carryck Bären gibt.«

»Gibt es auch nicht«, sagte Hannah und schloss ihre Hand um den Zahn. »Nicht mehr.«

Curiosity beobachtete Hannahs Gesicht nun genauer, besorgt und ein wenig beunruhigt. Und auch Elizabeth beobachtete sie und entdeckte etwas Neues in dem so vertrauten und geliebten Gesicht, einen gewissen Gleichmut, der ihr irgendwo auf dieser langen Reise verloren gegangen war und den sie nun wieder gefunden hatte. Robbies plötzliches Dahinscheiden schien sie auf eine Weise verändert zu haben, die Elizabeth sich nicht hatte vorstellen können.

»Hast du den Zahn von Jennet?« fragte Curiosity.

»Jennet hat genauso einen«, erwiderte Hannah. »Sie wird ihn an einem Band um ihren Hals tragen.«

»Elizabeth, meine Liebe, wir müssen unbedingt noch einen Putzmacher aufsuchen, bevor du in See stichst. Dass du so ganz ohne Schutz vor der Sonne herumläufst! Hast du denn deine gesamte Erziehung vergessen? Es muss dringend etwas geschehen, du bist ja schon so braun wie – wie eine ...«

»Wie eine Indianerin«, ergänzte Hannah ungerührt, während sie die Tante über den Rand ihrer Teetasse hinweg ansah. Sie warf ihrem Vater einen Seitenblick zu, aber Nathaniel verzog keine Miene. Er wusste, dass es besser war, sich nicht in eine von Tante Merriweathers Diskussionen um Hüte hineinziehen zu lassen.

»Ich gebe zu, dass ich in den letzten Monaten nicht an meinen Teint gedacht habe«, stimmte Elizabeth ihr zu und wischte einige Kekskrümel von Lilys Mund. »Aber ich verspreche, auf der Heimreise einen Hut zu tragen.«

Tante Merriweather hatte eine Art, ihren Kopf zurückzuwerfen und an ihrem Nasenrücken vorbei auf andere hinabzublicken, die Nathaniel an einen schielenden Vogel erinnerte. Genauso schaute sie gerade drein, den Mund zu einem kleinen Schnabel gespitzt.

»Ich werde Amanda damit beauftragen, sich darum zu kümmern«, sagte sie. »Hätte ich nicht diesen Hexenschuss, würde ich mich selbst auf den Weg machen. Weiß der Himmel, was aus euch jungen Frauen noch wird, die ihr alle so auf eurer Unabhängigkeit besteht. Ich hatte so sehr darauf gezählt, Kitty mit zurück nach Oakmere zu bringen, und seht nur, wie sie in letzter Minute ihre Meinung geändert hat. Nach wie vor bin ich deswegen sehr ungehalten, aber vielleicht kannst du sie ja überzeugen, sobald du wieder zu Hause bist, Elizabeth. Auf jeden Fall musst du darauf Acht geben, dass sie nicht in den Einfluss von Dr. Todd gerät. So eine leichtsinnige junge Frau; sie braucht deine strenge Hand, wenn sie meine schon nicht haben kann.« Sie schniefte. »Natürlich kann es auch immer noch geschehen, dass du es dir in den Kopf setzt, Freibeuterin zu werden und mit den Kindern im Schlepptau nach China zu segeln. Meinem Schwiegersohn zumindest ist das eindeutig zuzutrauen.« Dabei runzelte sie die Stirn, als hätte sie Will Spencer vor sich.

Elizabeth erhob sich, um ihrer alten Tante einen Kuss auf die Wange zu drücken. »Du machst dir Sorgen um uns«, sagte sie. »Aber bitte sei versichert, dass wir nicht daran interessiert sind, irgendwo anders hinzureisen als nach Hause – und zwar so schnell wie möglich.«

»Versuch nicht, mich zu besänftigen«, sagte ihre Tante und schlug mit einem zusammengefalteten Fächer nach ihr. »Ich werde mich sorgen, wann es mir passt, jeden Tag, bis ich die Nachricht von Eurer glücklichen Ankunft erhalte. Aber nun wartet dein Ehemann schon seit zwanzig Minuten auf dich und ich bin mir sicher, dass seine Geduld nicht unendlich ist. Also lauft schon, ihr beiden, aber bleibt nicht zu lange.«

Sie gingen sich das Schiff ansehen, das sie nach Hause bringen sollte. Hawkeye und Will waren schon früher hier gewesen, genauso wie Thomas Ballentyne in seiner neuen Funktion als Carrycks Beauftragte und Verwalter. Auch jetzt lungerten Carrycks Männer auf dem Kai herum und würden dort auch bleiben, bis die Bonners sicher abgereist waren.

Und dennoch wusste Nathaniel es vielleicht besser als Elizabeth selbst, dass sie in der Nacht nicht zur Ruhe finden würde, wenn sie bis dahin nicht das Schiff einer genauen Untersuchung unterzogen und den Kapitän und seine Mannschaft kennen gelernt hatte.

Das Schiff hieß *Good Tidings*, ein kleines, aber komfortables Postschiff, das mit Briefen, einer Ladung schottischen Whiskys für den Gouverneur und Porzellan für seine Frau auf dem Weg nach New York war. Ein schnelles Schiff und nicht so groß, dass es die Aufmerksamkeit von Freibeutern auf sich ziehen würde –

aber gut genug bewaffnet, um jeden abzuwehren, der ein unwillkommenes Interesse daran zeigte. Der Kapitän und Besitzer war ein New Yorker namens George Goodey, ein kleiner, schweigsamer Mann mit einem strengen Gesichtsausdruck; er führte sie in ihre Kabinen, ließ seine Matrosen die Geschütze vorzeigen, damit Nathaniel sie inspizieren konnte, und verabschiedete sich dann. Er gefiel Elizabeth sehr.

»Curiosity wird ihn ordentlich auf die Hörner nehmen«, bemerkte sie, als die zur Unterkunft ihrer Tante zurückgingen.

»Und sie wird jede Minute davon genießen.«

»Die Kabinen werden ziemlich eng sein«, sagte Nathaniel.

»Deinen Cousin könnte das ein wenig unruhig machen.«

»Amanda ist so froh, Will wiederzuhaben – selbst ihre Mutter kann ihr Glück nicht stören.«

»Und was ist mir dir, Stiefelchen?« fragte er und presste ihren Arm fester unter den seinen.

»Mit mir? Ich würde, wenn nötig, sogar im Kanu nach Hause paddeln«, sagte Elizabeth. »Wir sind zwar kaum länger als vier Monate weg gewesen, aber es kommt mir vor, als sei viel mehr Zeit vergangen.«

Sie schlenderten eine Weile schweigend weiter, bis sie sich ihm plötzlich zuwandte, sich auf die Zehenspitzen stellte und ihn mitten auf der High Street vor allen Leuten küsste.

»Wofür war der, Stiefelchen?«

»Dafür, dass unsere Kinder in Sicherheit sind.«

»Du denkst an Isabel.«

Sie nickte. »Ich kann kaum an etwas anderes denken, als an Robbie und Isabel.«

Auf ihren Wangen breitete sich Röte aus und Zorn und Trauer ließen sie plötzlich in Tränen ausbrechen. Während sie weitergingen legte Nathaniel den Arm um sie und wartete geduldig, bis sie in Worte fassen konnte, was sie empfand. Bis sie das nicht getan hatte, würde sie keinen Frieden finden.

Nach und nach brach es aus ihr heraus: »Ich mag mir gar nicht ausmalen, was Carryck jetzt durchmacht, wo er weiß, dass er seine Tochter nicht etwa verloren hat, weil sie ihrem Zuhause untreu geworden wäre, sondern weil er die Augen vor Moncrieffs wahrem Wesen verschlossen hat.«

Wir selbst haben ihn genauso wenig durchschaut, zumindest zu-

nächst nicht. Nathaniel überlegte, ob er es laut sagen sollte, hielt dann aber seinen Mund, da er nur zu gut wusste, dass sie sich damit noch früh genug würden auseinandersetzen müssen.

»Dieser Ausdruck in Carrycks Gesicht, als wir uns von ihm verabschiedet haben«, fuhr sie fort. »Ich glaube nicht, dass er es sich jemals verzeihen wird, nicht zu Isabel gegangen zu sein, als er ganz am Ende die Möglichkeit dazu hatte. Und vielleicht verdient er auch keine Vergebung.« Sie wurde von der Erinnerung überwältigt und war immer noch sehr zornig.

»Du weißt, dass ich nicht vorhabe, den Mann zu entschuldigen«, sagte Nathaniel so ruhig er konnte. »Aber mir scheint es, als wisse er genau, bei wem die Schuld liegt, und habe nicht vor, sich davor zu drücken. Ich bin mir nicht sicher, ob er dies alles überleben würde, wenn da nicht Jean Hope und Jennet wären. Und du wirst es mir verzeihen, Stiefelchen, wenn ich dich darauf hinweise, dass der Mann an einem Tag seinen Priester und seine Tochter beerdigen musste. Das ist Strafe genug.«

Sie schüttelte heftig den Kopf. »Er bekommt genau das, was er wollte, Nathaniel. Eine Möglichkeit, die Breadalbanes von Carryck fern zu halten – und einen Erben. Machst du dir keine Sorgen deswegen ...? Luke zu ihm zu schicken, jetzt, da du weißt, wie er mit seiner eigenen Tochter umgegangen ist?«

»Ich weiß nicht, ob Luke überhaupt hierher kommen möchte«, sagte Nathaniel langsam. »Er ist mir fremder als Carryck. Und um die Wahrheit zu sagen, die Neuigkeiten hinsichtlich des Jungen erscheinen mir noch so unwirklich. Du fragst mich, ob ich Carryck im Hinblick auf einen Sohn vertraue, den ich gar nicht kenne und den ich vielleicht nie wieder sehen werde. Ich habe den ganzen Tag darüber nachgedacht und ich sage dir etwas: Er ist bereits ein erwachsener Mann, so alt, wie ich war, als er auf die Welt kam. Wir werden ihm erzählen, was er über diesen Ort wissen muss, die guten und die schlechten Dinge, und er wird seine eigene Entscheidung treffen. Und wenn er hierher kommen will und damit Carrycks Probleme löst, nun, dann freue ich mich für sie beide, Stiefelchen. Aber eines weiß ich ganz sicher – und vielleicht ist das etwas, das ich sehen kann und du nicht: Carryck wird erleichtert sein, einen Jungen zu bekommen, der seine Probleme aus der Welt schafft, aber für ihn wird es in dieser Welt dennoch keine Freude mehr geben. Diesen Teil seines Lebens hat er mit seiner Tochter zu Grabe getragen. Und mit Moncrieff.«

Sie waren stehen geblieben, während er dies sagte, und Elizabeth sah mit einem Blick zu ihm auf, der halb Überraschung und halb Anerkennung verriet. Dann trat ein Ausdruck in ihr Gesicht, der darauf schließen ließ, dass sie in ihrem Gedächtnis nach einigen Worten suchte, die sie dort aufbewahrte und die ihr helfen sollten, das, was sie fühlte, zu verstehen. Schließlich hatte sie gefunden, wonach sie suchte, und sprach die Worte laut aus, allerdings mehr zu ihrem eigenen Nutzen, als zu seinem:

Doch sein zerspaltnes Herz – ach, schon zu schwach,
den Kampf noch auszuhalten zwischen Schmerz
und Freud – im Übermaß der Leidenschaft
brach lächelnd.«

»Das trifft es recht gut, würde ich sagen. Woher stammt es doch gleich?«

»*König Lear*«, erwiderte Elizabeth. »Ein Mann, der seine Tochter ungerecht beurteilte und für diesen Fehler teuer bezahlen musste.«

»Vielleicht sollte ich das Stück einmal lesen«, sagte Nathaniel mit dem Versuch, einen heitereren Ton anzuschlagen. »Der Tag ist nicht mehr weit, an dem Squirrel ihrer eigenen Wege gehen wird, und ich denke, ich sollte darauf vorbereitet sein.«

»Wir werden es gemeinsam lesen«, sagte Elizabeth bestimmt. »Ich versuche, eine Shakespeare-Ausgabe für uns zu bekommen, bevor wir in See stechen.«

Als sie Tante Merriweathers Quartier erreichten, stand eine goldverzierte Kutsche mit einer kunstvoll gearbeiteten Krone auf dem Schlag vor der Tür. Elizabeth entdeckte darin einen jungen Mann, der, lässig gegen die Kissen gelehnt, zu warten schien.

»Jemand ist zu Besuch gekommen«, sagte sie zu Nathaniel, und als sie seine widerstrebende Miene sah, fügte sie hinzu: »Ich habe auch keine Lust, mit irgendwelchen Leuten herumzusitzen. Lass uns durch den Kücheneingang hineingehen und sehen, ob wir den Besuch meiden können.«

Im Salon im ersten Stock wartete Curiosity auf sie. Als sie das Zimmer betraten, sagte sie: »Während ihr weg wart, ist ein Brief gekommen.«

»Ein Brief?« Elizabeth setzte ihren Hut ab und legte ihn auf den Tisch.

»Von meinem Galileo«, erklärte Curiosity. »Er hat ihn nach Oakmere geschickt und sie haben ihn hierher gesandt.« Sie stand da und atmete tief ein, reckte die Schultern und lächelte dann. Elizabeth lächelte ebenfalls und merkte zugleich, dass sie aus Angst vor schlechten Nachrichten die Luft angehalten hatte.

»Mach schon«, sagte Curiosity. »Lies ihn vor, Elizabeth.«

Für meine liebe Frau Curiosity Freeman.

Unsere gute Tochter Polly schreibt dies für mich, mit einem Federkiel, den ich für sie angespitzt habe, und der Tinte, die du vergangenen Dezember aus getrockneten Brombeeren gemacht hast. Möge der allmächtige Gott unser Gebet erhören und dich gesund zu uns zurückschicken.

Hier in Paradise plagt uns die Lungenentzündung. Der Herr hat jedoch unsere Mädchen, ihre Ehemänner und diesen müden alten Mann verschont. Den Richter hat es wirklich schwer erwischt, aber Daisy pflegt ihn gut und es sieht so aus, als könnte er der Krankheit trotzen. Für den Herrn ist Gott ein barmherziger Gott.

Wir haben Kitty nicht mehr gesehen, seit sie Ethan nach Albany gebracht hat, und bis zum gestrigen Tag hatten wir auch nichts von ihr gehört. Ihr und dem Jungen geht es gut. Sie schreibt, dass sie letzte Woche mit Dr. Richard Todd verheiratet wurde. Sie sagen, sie wollen im Herbst nach Paradise kommen, wenn die Lungenepidemie ihren Gang genommen hat und der Herr es für richtig hält, dieses Joch von uns zu nehmen.

Gestern Abend bin ich den Hidden Wolf hinaufgegangen, um zu sehen, wie sich die Leute dort oben befinden. Ich musste feststellen, dass der Ort bis auf Runs-from-Bears verlassen war. Er ist bei guter Gesundheit. Die Frauen sind nach Kanada gegangen, um dort mit ihren Leuten zu leben, und Otter ist mit ihnen gezogen. Ich bedaure, mitteilen zu müssen, dass Liam Kirby vor einigen Wochen, als das Leid über uns kam, fortgelaufen ist und seitdem nicht mehr gesehen wurde. Ich weiß, dass Hannah ebenfalls betrübt sein wird, dies zu hören.

Die Mädchen lassen dich wissen, dass sie jede Menge Bohnen, Zwiebeln und Kürbisse gepflanzt haben. Das Frühjahrsgras ist süß und das Vieh wird immer fetter. Wenn Gott will, wird Daisy im Spätherbst unser erstes Enkelkind zur Welt bringen. Die Wege des Herrn sind unergründlich und seine Wunder zu schauen. Jetzt, in den warmen Monaten, haben die Schmerzen meinen Rücken verlassen, aber die Wahrheit des Herrn ist die: Das Haus ist sehr ruhig in diesen Tagen, doch weil du nicht da bist, findet man dort keinen Frieden. Eile nach Hause.

> *Dein dich seit so vielen Jahren liebender Ehemann*
> *Galileo Freeman*
> *Paradise, New York.*
> *Geschrieben am sechsten Tag des Monats Mai im Jahre 1794 unseres barmherzigen Herrn.*

»Ich weiß nicht, wovor ich mich mehr fürchte«, sagte Curiosity. »Deiner Tante von Kitty und Richard zu erzählen, oder Hannah davon zu berichten, dass Liam davongelaufen ist.«

Elizabeth setzte sich, breitete den Brief in ihrem Schoß aus und fuhr mit den Fingern über die schön geschwungenen Buchstaben. »Was, glaubst du, bedeutet das, Nathaniel?« fragte sie.

Er zuckte die Schultern. Sein Gesicht blieb ungerührt. »Ich weiß es nicht. Vielleicht hofft Richard, dass wir nie mehr nach Hause zurückkehren, weil er glaubt, immer noch eine Chance zu haben, an Hidden Wolf heranzukommen.«

Für einen Augenblick schwiegen alle und dachten darüber nach, welche Schwierigkeiten dies heraufbeschwören würde.

»Armer Liam«, sagte Elizabeth schließlich. »Er hat sein Vertrauen in uns verloren und ich kann nicht behaupten, dass ich es ihm sehr verübele. Sie haben sehr lange nichts von uns gehört.«

»Nun, ich gebe zu, dass dies nicht die besten Neuigkeiten sind«, meinte Curiosity, während sie sich erhob. »Aber meine Familie lebt und ist wohlauf und eure Familie ebenfalls. Oben in Carryckcastle hingegen gibt es vier neue Gräber, vergesst das nicht. Ich würde sagen, der Herr hat es gut mit uns gemeint.«

Elizabeth wandte sich Nathaniel zu, der in Gedanken weit weg war – vielleicht in Kanada, bei dem Jungen, der jetzt offiziell sein Sohn war, noch bevor er ihn überhaupt näher kennen gelernt hatte.

»Findest du nicht auch, Nathaniel?« bedrängte ihn Curiosity.

Er nickte. »Er hat es wirklich gut gemeint, ja.«

Ein leises Kratzgeräusch an der Tür, und Tante Merriweathers Kammerzofe betrat das Zimmer. Maria war schon seit zwanzig Jahren in Oakmere im Dienst und Elizabeth hatte sie kaum je aufgeregt gesehen, aber nun wirkte sie überaus unruhig. »Lady Crofton bittet unten im Salon um Ihre Anwesenheit.«

»Wer ist denn zu Besuch gekommen, Maria?«, fragte Elizabeth.

»Eine Miss Somerville, Ma'm«, antwortete Maria in einem Tonfall, in dem sie genauso gut *die Braut des Teufels* hätte ankündigen können.

»Heiliger Strohsack«, sagte Curiosity und erhob sich mit neuem Schwung. »Ich mag die Frau zwar nicht besonders, aber ich muss ihr meine Anerkennung dafür zollen, dass sie auf die Füße gefallen ist. Und stellt euch das vor, Giselle und Tante Merriweather gemeinsam in einem Raum. Da werden wohl ordentlich die Fetzen fliegen.«

Maria deutete ein knappes kleines Nicken an. »Wenn Sie sofort kommen könnten ...«

»Wo ist mein Vater, wissen Sie das?« fragte Nathaniel. »Sie wird auch mit ihm sprechen wollen.«

»Ja, sie hat schon verschiedentlich nach ihm gefragt«, sagte Maria. Der Klang erhobener Stimmen drang durch den Treppenschacht nach oben und sie zuckte nervös zusammen. »Aber Mr. Bonner ist mit dem Viscount fortgegangen, Sir. Schon vor einiger Zeit. Bitte ...«

»Wir werden gleich dort sein«, sagte Nathaniel. »Sie können gehen und ihr das sagen.«

»Sobald wir die Pistolen geladen haben«, murmelte Curiosity.

»Ich trage ihr Kleid«, sagte Elizabeth und stellte selbst fest, wie merkwürdig das klang: Giselle Somerville hatte sie ausfindig gemacht – *die Mutter von Nathaniels erstgeborenem Sohn* hatte sie ausfindig gemacht –, und sie konnte an nichts anderes denken als an das Kleid, das sie trug. Aber Nathaniel schien diese Zusammenkunft genauso zu fürchten wie sie und legte einen Arm um ihre Schulter.

»Wir wussten, dass sie auf der Suche nach einem Lebenszeichen von uns möglicherweise nach Edinburgh kommen würde«, sagte er. »Sobald sie hört, was wir ihr zu erzählen haben, wird es ihr egal sein, was du auf dem Leib trägst. Sie wird das erstbeste Schiff nach Kanada nehmen, das sie finden kann.«

Während sie die Treppe hinunterstiegen, hörten sie Tante Merriweather verärgert mit ihrem Stock auf den Boden klopfen; drei feste Schläge, die nichts Gutes ahnen ließen. Elizabeth wurde an jenen Tag erinnert, als ihre Tante Julian auf die wahren Ausmaße seiner Spielschulden angesprochen hatte.

Nathaniel sah sehr ernst aus, Curiosity hingegen wirkte nicht sehr besorgt. Sie konnte ihr Grinsen erst unterdrücken, als der Diener die Tür für sie öffnete.

»Eigensinniges Weib.« Drei weitere Schläge mit dem Stock. Der Kopf ihrer Tante fuhr auf dem langen Hals zur Tür herum und Elizabeth sah sofort, dass sie zum einen furchtbar verärgert war und sich zum anderen dabei bestens zu amüsieren schien.

Vor ihr stand Giselle Somerville; wie immer prächtig gekleidet in einem üppigen Kleid aus dunkelgoldenem indischem Ikat-Musselin. Auf dem Kopf trug sie einen Turban aus Seidengaze und im Gesicht einen hitzigen Ausdruck zur Schau. Sie nahm nicht die geringste Notiz von Elizabeth, sondern konzentrierte ihre gesamte Aufmerksamkeit sofort auf Nathaniel.

»Diese Dame weigert sich, mir zu sagen, wo ich deinen Vater finden kann«, sagte sie. »Ich habe mit ihm ein Hühnchen zu rupfen, wenn das, was sie sagt, wahr und Rob MacLachlan wirklich tot ist.«

»Es ist wahr«, sagte Curiosity. »Gott möge seiner Seele Frieden geben.«

Tante Merriweathers Augen hatten sich verengt. »Wenn das, was ich sage, wahr ist? *Wenn*? Ich warne Sie noch einmal, Miss Somerville, dass ich nicht bereit bin, solche Unverschämtheiten, solche Unhöflichkeiten zu tolerieren. Wie können Sie es wagen, hier mit solch skandalösen Unterstellungen aufzuwarten?«

»Tante«, unterbrach Elizabeth sanft, »ich denke, es wäre das Beste, wenn Miss Somerville und Nathaniel sich ein wenig unterhalten könnten – und zwar allein.«

»Das ist eine Angelegenheit zwischen Dan'l Bonner und mir«, warf Giselle herrisch ein. »Es gibt nichts, das ich mit seinem Sohn zu bereden hätte.«
Unter Elizabeths Hand fühlten sich Nathaniels Armmuskeln äußerst angespannt an, doch seine Stimme klang beherrscht, als er sagte: »Ich weiß von dem Jungen.«
Tante Merriweather wurde so rot wie Giselle blass wurde, aber fürs Erste war sie so überrascht, dass sie schwieg.
»Nun gut«, sagte Giselle betont ruhig. »Dein Vater hat dir also von ihm erzählt. Und?«
»Er hält sich nicht in Frankreich auf.«
Auf Giselle Wangen kehrte ein wenig Farbe zurück. »Dann ist es also wahr. Er ist in Montréal. Und meine Mutter?«
»Deine Mutter ebenfalls. Wir müssen uns unterhalten.«
»Ich werde mich nicht entschuldigen.« Giselle rang verzweifelt mit sich, aber sie hatte fürs Erste ihre Fassung verloren. Elizabeth durchzuckte plötzlich die Erinnerung an jenen Moment auf dem Dock von Québec, als ihr bewusst wurde, dass ihre Kinder verschwunden waren und dass sie sie nicht zurückholen konnte. Wie schrecklich das für sie gewesen war. Giselle hatte damit achtzehn Jahre lang leben müssen.
Vielleicht hatte Nathaniel dies ebenfalls erkannt, denn seine Stimme klang nun weicher. »Ich will keine Entschuldigungen«, sagte er. »Ich bin für das, was geschehen ist, genauso verantwortlich zu machen. Aber ich werde dir etwas sagen, das du wissen musst. Und noch etwas anderes – es gibt in Carryck einen Platz für den Jungen. Und für dich auch, wenn du willst.«
»Nathaniel«, mischte sich Tante Merriweather ein, die ihre Stimme wieder gefunden hatte und sich auch ihres Stocks erinnerte – einen Schlag für jedes Wort: »Was bedeutet das?«
»Tante«, sagte Elizabeth, »lass Giselle und Nathaniel diese Angelegenheit unter vier Augen besprechen. Ich verspreche dir, ich werde dir alles genau erklären.«

Spät in der Nacht erwachte Elizabeth vom Flüstern des Nieselregens. Sie hatte von Margreit MacKay geträumt und auch von Isabel. Frauen, die sie nur für eine so kurze Zeit ihres Lebens gekannt hatte und die dennoch dazu bestimmt schienen, sie auf ihrer Reise nach Hause zu begleiten. Vielleicht würde sich auch

Robbie noch hinzugesellen, wenn sie nur fest genug an ihn dachte. Vielleicht waren all die Toten so nah und warteten nur darauf, gerufen zu werden. Nathaniel bewegte sich im Schlaf. Als er Elizabeth nach seinem langen Gespräch mit Giselle aufgesucht hatte, war sein Bericht dessen, was zwischen ihnen vorgegangen war, langsam und unbeholfen gewesen und hatte mehr Fragen aufgeworfen, als Antworten gegeben. Während Elizabeth ihm zuhörte, wurde ihr klar, dass es nicht ihr Sohn war, der diese unfreiwillige Verbindung zwischen den beiden geknüpft hatte, sondern die Unsicherheit, die sie teilten. Luke war für sie beide ein Fremder und würde es vielleicht immer sein.

»Ich wünschte, ich hätte ausführlicher mit ihm gesprochen, in jener Nacht in Montréal.«

Es waren die letzten Worte, die Nathaniel sagte, bevor er in einen Schlaf fiel, der so tief war, dass er sich nicht regte, als sie aufstand, um ans Fenster zu treten und auf die Straßen von Edinburgh hinaus zusehen, die feucht im Laternenlicht glitzerten, und auf das irgendwo in der Ferne liegende Meer.

Vor langer Zeit hatte sie die Reise nach Paradise voller Träume und Vorstellungen von sich selbst als Lehrerin angetreten. Nun unternahm sie diese Reise erneut und einige dieser Träume begleiteten sie noch immer – und schienen sogar in Reichweite gerückt zu sein. »*Der Herr hat es gut gemeint*«, flüsterte sie sich zu. Ein Gebet der Anerkennung und des Dankes war das Einzige, was ihr trotz der Gefahren, die vor ihnen lagen, nun in den Sinn kam.

Inzwischen war Nathaniel doch aufgewacht und leise hinter sie getreten, um ihr eine Hand auf die Schulter zu legen. Sie zitterte und er schlang seine Arme um sie.

»Lieber Himmel«, sagte sie leise. »Morgen musst du uns alle an den Breadalbanes vorbei auf ein Schiff bugsieren, und du stehst hier herum. Du brauchst deinen Erholungsschlaf.«

»Ach, Stiefelchen. Das Bett ohne dich darin ist nicht gut für mich.«

Er spürte, dass sie lächelte, als sie sich mit dem Rücken an ihn schmiegte.

»Also, wonach hältst du Ausschau?«

»Nach dem ersten Licht der Morgendämmerung«, sagte sie

und wies in Richtung Meer. »Ich stelle mir vor, dass ich bis nach Hause sehen kann.«

Es war eine seltene Gabe, die sie hatte, diese Fähigkeit, nach vorn zu schauen, durch Verlust und Kummer hindurch, über alle Mühsal hinweg. Und so deutlich alles wahrnehmen konnte, was auf sie wartete. Wenn sie nur stark blieben, wenn sie nur durchhielten.

»Hör nur«, flüsterte sie. »Kannst du das Meer hören? Morgen wird ein günstiger, kräftiger Wind wehen, der uns nach Hause bringt.«

Epilog

MISS HANNAH BONNER
LAKE IN THE CLOUDS
PARADISE, NEW YORK

Liebe Squirrel,
nun, da sich dein Halbbruder und seine Mutter in Carryckcastle eingerichtet haben, ist es, denke ich, an der Zeit, mein Versprechen einzulösen und dir zu schreiben und zu berichten, was es zu erzählen gibt. Um ehrlich zu sein, es ist keine leichte Aufgabe. Du wirst gute Nachrichten hören wollen, aber die Geschichte, die ich zu erzählen habe, ist nur wenig erfreulich.
Er ist ein dürrer Bursche, dieser Luke. Groß und stark und hübsch und schlau wie ein Fuchs. Cook nennt ihn Liebes und backt ihm noch aus den letzten Obstvorräten Törtchen. Der Earl hat ihm ein Pferd gekauft, wie du es sonst in ganz Schottland nicht siehst, schwarz wie der Teufel und genauso gerissen. Die Mädchen kommen aus keinem anderen Grund den Hang herauf, als ihm schöne Augen zu machen, und rennen weg, sobald Giselle sie entdeckt. Sogar meine Mutter lächelt Luke an; mich hingegen durchbohrt sie mit Blicken und zwingt mich, Schuhe zu tragen. Und was spielt das für eine Rolle, dass ich elf Jahre alt bin? Ich fürchte, es hat mit Heiraten zu tun, denn sie ist erst so unvernünftig, seit sie mit dem Earl in einem Zimmer schläft. Meine einzige Hoffnung auf ein friedliches Leben beruht auf Giselle, die eine vernünftige Frau zu sein scheint (trotz all ihrer Spitze und Seide ist es ihr egal, was andere an ihren Füßen oder auch auf dem Kopf tragen. Außerdem erzählt sie gute Geschichten darüber, wie sie diesen Piraten überlistet hat.) Sie sind dicke Freundinnen geworden, seine Mutter und meine, und sie sitzen abends immer zusammen. Wenn ich großes Glück habe, wird sich meine Mutter an Giselle ein Beispiel nehmen und mich so sein lassen, wie ich bin.
Ich muss gerecht sein und berichten, dass Luke hart arbeitet und dass er nichts Gemeines an sich hat, aber es ist furchtbar, wie er mich dauernd aufzieht, und schlimmer noch ist, dass er gut im Necken ist,

sowohl auf Schottisch als auch auf Englisch. Ich gebe zu, er ist nicht so angeberisch, wie er auf den ersten Blick zu sein scheint. Es würde mir aber viel besser gefallen, wenn er dumm wäre, denn mein Vater hat entschieden, dass ich, weil mein guter Cousin Französisch und Lateinisch kann (ist ihm von seiner Großmutter in Kanada beigebracht worden, sagt er, aber welche Großmutter unterrichtet schon Latein? Das wüsste ich wirklich gern!), jetzt auch diese Sprachen lernen muss, obwohl ich doch Schottisch und Englisch spreche und ein wenig diese alte Sprache, die ich von Mairead, dem Milchmädchen, gelernt habe. Aber der Earl wollte nicht auf mich hören und so sitze ich nun jeden Nachmittag mit Luke da, egal wie schön das Wetter ist. Und gerade heute Morgen habe ich etwas von Mathematik und Philosophie läuten hören, um mein Unglück komplett zu machen.

Er ist wirklich schwer zufrieden zu stellen, dieser Luke, aber wenn er einmal mit meinen Fortschritten einverstanden ist, dann erzählt er von Lake in the Clouds, und dann kommt es mir so vor, dass er den Ort vermisst, obwohl er nur so kurze Zeit mit euch dort verbracht hat. Und er erzählt unglaubliche Geschichten von Bäumen, so weit das Auge reicht, und verstecktem Gold und Wölfen, die auf die Berge Acht geben, und dem kleinen Daniel, der mit bloßen Händen ein Kaninchen fängt, und dann weiß ich, dass er ein echter Scott of Carryck ist, denn wer sonst könnte solche Geschichten erzählen und dabei die ganze Zeit ein so ehrliches Gesicht machen? Aber meine Genugtuung ist, dass ich an einem Band um meinen Hals einen Bärenzahn trage und dass er nur das Skapular besitzt, das mein Vater ihm gegeben hat, als er zu uns kam und den Namen Scott annehmen musste.

Es tut mir so leid, sagen zu müssen, dass ich deinen Bruder nicht annähernd so gut leiden kann wie dich. Aber sag mir, da du doch genauso meine Cousine bist wie Luke mein Cousin, findest du nicht auch, dass es Zeit für mich wäre, dich einmal in Paradise zu besuchen? Vielleicht ließe der Earl mich reisen, falls dein Großvater ihn darum bitten würde.

Meine Mutter lässt grüßen und bittet mich, zu schreiben, dass der Birnbaum, den sie auf Isabels Grab gepflanzt hat, in diesem Sommer die ersten Früchte trägt.

    Deine Cousine und wahre Freundin
    Jennet Scott of Carryckcastle.
    Erster Tag im September des Jahres 1795 unseres Herrn.

Anmerkung der Autorin

Carryckcastle, Carryckton und Aidan Rig sind erfundene Orte, genauso, wie der Earl of Carryck und seine Familie erfunden sind. Dennoch tauchen in der Geschichte immer wieder reale Personen auf. Dazu gehören General Major Phillip Schuler und seine Frau Catherine; Sir Guy Carleton, Lord Dorchester und seine Frau Maria, Lady Dorchester; die Seeräuberin Anne Bonney; der Steuereintreiber und Dichter Robert Burns; Willie Fisher; Flora, Countess of Loudoun, sowie John Campbell, der vierte Earl of Breadalbane, Oberhaupt der Glenorchy-Familie und Floras Vormund.

Während Carryck eine erfundene Figur ist, hat es die religiösen und politischen Konflikte, die seinen Charakter und seine Beziehung zu den realen Campbells prägen, wirklich gegeben. Genauso existierten die wachsenden Spannungen zwischen England, den britischen Provinzen Kanadas und den jungen Vereinigten Staaten. Im Jahr 1794 haben die Vereinigten Staaten tatsächlich versucht, per Schiff Getreide nach Frankreich zu schaffen und damit die große Hungersnot zu lindern, die aus der Blockade durch die Briten resultierte. In dem sich daraus ergebenden Seegefecht, in das Hawkeye und Robbie verwickelt wurden – es war der glorreiche 1. Juni –, siegten die Briten über die Franzosen. Die Spannungen zwischen England und den Vereinigten Staaten eskalierten weiter und führten schließlich zum Krieg von 1812, manchmal auch Zweiter Revolutionskrieg genannt.

Ende des 18. Jahrhunderts machte die Medizin rapide Fortschritte, aber die Ärzte hatten noch keinen Namen für die Krankheit gefunden, die Lady Isabels Leben beendete – die gleiche Krankheit, an der auch Jane Austen starb. Die wichtigsten Symptome waren Erschöpfungszustände, Gewichtsverlust, Übelkeit und Verfärbungen der Haut. Sie ist heute als Addison-Krankheit bekannt und wird manchmal auch *Tuberkulöse Niere* genannt – eine Art von Tuberkulose, die die Nebennieren befällt und sie daran hindert, das lebenswichtige Nebennierenhormon zu produzieren. Heute ist es eine seltene chronische, aber behandelbare Krankheit.

Monsieur Dupuis litt an einem Hautmelanom im Endstadium, eine Krankheit, die immer noch tödlich verläuft, wenn sie nicht früh genug erkannt wird.

Danksagung

Kurz nachdem ich mit diesem Roman begonnen hatte, zogen wir in einen weit entfernten Bundesstaat. Ich danke meinen alten Freunden von ganzem Herzen, die mich oder meine Charaktere nicht aus den Augen verloren haben, sowie auch meinen neuen Freunden – vor allem Suzanne Paola, Bruce Beasley und Robin Hemley –, die einen so großen Teil ihrer Zeit geopfert und sich mit mir in die bewegte Welt der Vergangenheit begeben haben. Besonders dankbar bin ich Suzanne, Bruce und Jin Woo für ihre Unterstützung und ihre Freundschaft während dieser interessanten Zeit. Ich weiß wirklich nicht, was ich und meine Familie ohne sie tun würden, und ich hoffe, dass wir das auch nie herausfinden müssen.

Speziellen Dank schulde ich der Person, die darauf besteht, anonym zu bleiben – dem Herausgeber der Baronage Website (www.baronage.co.uk), dessen Sachkenntnis und Großzügigkeit viele Dinge möglich gemacht haben. Die Entwürfe von Carryckcastle stammen von ihm; er entdeckte den Stammbaum und das Wappenschild des Grafen. Ohne die Hilfe dieses ›Anonymus‹ und seiner Mannschaft (vor allem Septimus mit seinem untrüglichen Gespür für Skandale), wäre mein Alasdair Scott, der vierte Graf von Carryck, nur ein Schatten seiner selbst.

Ich träume nur vom Segeln, während ich mich in meinem Sessel zurücklehne, daher war ich beim Schreiben dieser Geschichte von der Hilfe der Menschen abhängig, die das Meer lieben: Ric Day, James Doody, Steven L. Lopata, John Woram und Ray Briscoe ließen mich von ihrem Sachverstand und ihrer Erfahrung profitieren, und dafür bin ich ihnen dankbar. Ich habe in eine Familie eingeheiratet, in der es viele begeisterte Segler gibt, und so danke ich auch meinem Ehemann Bill und meinen Schwiegereltern Ken und Mary für die Hintergrundinformationen und, vor allem, für ihre Ermutigung.

Zu großem Dank verpflichtet bin ich Michelle LaFrance, die das Manuskript gründlich studierte, mir bei der Wortwahl, den gälischen Übersetzungen und der richtigen Perspektive half; George Bray III. für seine beträchtliche Hilfe bei der Beschreibung der Geschichte des Militärs im 18. Jahrhundert, der Kleidung und den Kostümen; Hakim Ibrahim Chishti für sein unschätzbares Wissen über die Details medizinischer Praktiken im Islam, über Traditionen, Geschichte und Theologie; Dr. Jim Gilsdorf für die Hintergrundinformationen über spezielle Erkrankungen und deren operative Behandlung; Dr. Ellen Mandell für wichtige Informationen und Photokopien zur Geschichte der Medizin; ebenfalls danke ich Mac Beckett, Jo Bourne, Rob Carr, Leigh Cooper, Lisa Dillon, Walter Hawn, Nurmi Husa, Susan Leigh, Rosina Lippi, Susan Martin, Sandra Parshall, Susan Lynn Peterson, Stephen Ratterman, Elise Skidmore, Beth Shope, Jack Turley, Arnold Wagner und Michael Lee West. Dank auch einem weiteren begeisterten (besessenen?) Autor historischer Romane, Mr. Calwaugh, für die spendierten Desserts, Spaziergänge durch den Garten und dafür, dass er beinahe halb Portland zum Lesen meines Manuskripts zusammengetrommelt hat.

Die ›Frauen der Wildnis‹ bei AOL unterstützten mich ohne Unterlass. Sehr oft, wenn ich wieder einmal Schwierigkeiten hatte, die richtigen Worte zu finden, ermutigten sie mich, weiterzumachen: Maria, Pokey, Tracey, Lynn, Nancy, Jeanette, Melinda, Liz, Justine, Kit, Sue, Tara, Julie, Sharon, Theresa, Rose Mary, Barb, Christy, Chris, Lee, Mary Rose, Kim Elaine, Susan, Jenni, Michelle, Judy, Ann, Kathleen und die Kathies – diese großzügigen und hilfreichen Frauen waren für mich eine enorme Quelle der Energie und Inspiration, und ich hoffe, sie finden, dass dieser Roman es wert war, auf ihn zu warten.

Nach etwa vier Kapiteln fragte ich Diana Gabaldon, ob der zweite Band eines mehrbändigen Werks der schwerste sei. Wie aus der Pistole geschossen erwiderte sie: »Nein, das ist der fünfte.« Ich danke Diana für ihre Weitsicht, ihre Besorgnis, unsere Telefonate und ihre Freundschaft und Unterstützung bei einem Unterfangen, das einfach nicht leichter wird.

Mein Dank gebührt auch Jill Grindberg, meiner Freundin und Agentin, die selbst in stürmischen Zeiten immer die Ruhe bewahrt; sowie Wendy McCurdy, Nita Taublib und Irwyn Applebaum bei Bantam für ihre unermüdliche Begeisterungsfähigkeit und aufmunternden Telefonate.

Tamar Groffman hat mir und meiner Familie mit ihrer gründlichen Arbeit und ihren Dahlien über so manche schwierigen Zeiten hinweggeholfen. Dafür werde ich ihr immer dankbar sein. Ich wünschte, sie würde mich adoptieren. Mein ewiger Dank gilt meiner Tochter Elisabeth, die jetzt lernt, sich mit einer Mutter abzufinden, die Schriftstellerin ist, und dabei ihren Humor nicht verliert – sowie Bill, der sich von alledem nicht mehr überraschen lässt. Ohne sie würde mir das alles keinen Spaß machen.

Sarah Harrison

Sie gilt heute als eine der erfolgreichsten und beliebtesten englischen Erzählerinnen.

Ihre mitreißenden Familien- und Gesellschaftsromane sind »spannend, nicht mit groben Pinselstrichen skizziert, sondern in farbigen Nuancen ausgeführt.«

NORDWEST-ZEITUNG

Zwei sehr unterschiedliche Töchter
01/9522

Eine fast perfekte Frau
01/9760

Beste Aussichten
01/10303

Stilleben mit Freundin
01/10645

Die Fülle des Lebens
01/10945

01/10303

HEYNE-TASCHENBÜCHER

Barbara Erskine

Die bewegenden und anrührenden Geschichten der Erfolgsautorin Barbara Erskine spiegeln die zahlreichen Facetten der Liebe.

»Barbara Erskine ist ein außergewöhnliches Erzähltalent.«
THE TIMES

Die Herrin von Hay
01/7854

Die Tochter des Phoenix
01/9720

Mitternacht ist eine einsame Stunde
01/10357

Der Fluch von Belheddon Hall
01/10589

Tanz im Mondlicht
01/10984

Das Gesicht im Fenster
01/10985

01/10985

HEYNE-TASCHENBÜCHER

Nora Roberts

Heiße Affären, gefährliche Abenteuer. Bestsellerautorin Nora Roberts schreibt Romane der anderen Art: Nervenkitzel mit Herz und Pfiff!

Sehnsucht der Unschuldigen
01/8740

Zärtlichkeit des Lebens
01/9105

Gefährliche Verstrickung
01/9417

Verlorene Liebe
01/9527

Nächtliches Schweigen
01/9706

Schatten über den Weiden
01/9872

Verborgene Gefühle
01/10013

Tief im Herzen
01/10968

Gezeiten der Liebe
01/13062

Insel der Sehnsucht
01/13019

01/9872

HEYNE-TASCHENBÜCHER